源氏物語の記憶

——時代との交差

久下裕利 著

武蔵野書院

目次

I 『源氏物語』宇治十帖の記憶

Ⅱ　後期物語の記憶

Ⅲ　道長・頼通時代の記憶

Ⅰ

『源氏物語』宇治十帖の記憶

第一章　宇治十帖の表現位相
――作者の時代との交差――

一　はじめに

『源氏物語』の正篇が、その時代設定において醍醐・村上朝の儀式行事を準拠とする場合が多く、光源氏を支える父桐壺帝やまた光源氏が支える実子冷泉帝の治世を聖代として叙する方法として確立していたともいえよう。一方続篇、とりわけ宇治十帖に関しては、作者の生きている時代、一条朝を背景とする史実や史上の人物像の摂り込みが顕著となっていて、その実質的な検証は他ならぬ作者紫式部の筆になる『日記』によって成し得るという幸運にもめぐまれている。しかし、それだけに過度な濃密性が『物語』と『日記』という垣根を越えて指摘され、その連関の相乗が行き着く結果を想定し得るのも事の道理であって、物語の最後の女主人公浮舟が憂愁を抱え苦悩する作者の精神の所産であるなどというのがその最たる事象となろうか。

些か事を急ぎすぎてしまったが、『紫式部日記』は一条天皇中宮彰子の第一皇子敦成親王の生誕から第二皇子の敦良親王誕生の五十日の祝儀までを記録した、それは実に寛弘五（一〇〇八）年七月十九日から寛弘七（一〇一〇）年正月十五日までの足掛け三年ほどの短期間を記録した日記にすぎなかったが、主家道長の慶事が直截的に描かれているだけに、中関白家の伊周が儀同三司となり復権のきざしがある寛弘五（一〇〇八）年当時の政治的状況を背景にすれば、その喜びの実体が見えてくることにもなるし、また長保元（九九九）年十一月一日に入内した彰子が二十一歳となった寛弘五（一〇〇八）年にようやくみずからの第一皇子を出産したにしても、定子腹の一条天皇第一皇子である敦康親王を抱える養母でもある立場を加味すれば、最高権力者の基盤を固める父道長の意向に従って、そのままわが皇子の立太子という事態を受け入れることになるのであろうか。

敦成親王誕生の波紋は道長一家の慶事としてのみで済まされることはなく社会的政治的に重大事であった。その上『源氏物語』の作者である紫式部にとっても中宮還啓時の献上品としての御冊子作りの大役をまかされていて、そのことは同時に『源氏物語』創作においても一区切りを付けることを意味することにもなり、いずれにしても『日記』に描かれる主たる対象者は、各々が当事者となり、分岐点に立たされていると見做せよう。

作者の生きた時代の『物語』証左を、とりあえずこのような『紫式部日記』に叙述されている事実や情景描写などを基準に据えて推し測ろうとするのも、故ないことではなかろうし、個々の正否の検討はともかく、ひとまず従来から指摘されている箇所を列挙することから始めようと思うのである。

二　『紫式部日記』との対置

作者の生きた時代の史実や人物造型のイメージ化を『紫式部日記』が全て網羅している訳ではないことは自明なこととしながらも、とりあえず宇治十帖の巻々において対照し得る本文を管見の及ぶ限り指摘していくこととする。アルファベット大文字が『源氏物語』の本文ないし事項、小文字がそれに対応する『紫式部日記』の該当箇所である。特に傍線箇所は直接に類似する語句・表現であったりする。引用は小学館『新編全集』からである。

〔橋姫巻〕

A　春の日、八の宮と姫君たちの唱和

春のうららかなる日影に、池の水鳥どもの翼うちかはしつつおのがじし囀る声などを、常ははかなきことと見たまひしかども、つがひ離れぬをうらやましくながめたまひて、……「うち棄ててつがひさりにし水鳥のかりのこの世にたちおくれけん　心づくしなりや」と目おし拭ひたまふ。……恥ぢらひて書きたまふ。「いかでかく巣立ちけるぞと思ふにもうき水鳥のちぎりをぞ知る」　（⑤一二二〜三頁）

a 1　寛弘五（一〇〇八）年十月十余日の条

明けたてば、うちながめて、水鳥どもの思ふことなげに遊びあへるを見る。「水鳥を水の上とやよそに見むわれも浮きたる世をすぐしつつ」かれも、さこそ、心をやりて遊ぶと見ゆれど、身はいと苦しかんなりと、思ひよそへらる。　（一五二頁）

a 2　里居の式部への同僚女房大納言の君の返歌

うちはらふ友なきころのねざめにはつがひし鴛鴦ぞ夜半に恋しき　（一七一頁）

B　宇治川に浮かぶ小舟を眺めての薫の感懐

あやしき舟どもに柴刈り積み、おのおの何となき世の営みどもに行きかふさまどもの、はかなき水の上に浮かびたる、誰も思へば同じごとなる世の常なさなり。我は浮かばず、玉の台に静けき身と思ふべき世かはと思ひつづけらる。　（⑤一四九頁）

b　a 1に同じ。

C　宇治の八の宮、薫訪問時に姫君たちに琴を弾くよう勧める

あなたに聞こえたまへど、思ひよらざりし独り琴を聞きたまひけんだにあるものを、いとかたはならんと引き入

りつつ、みな聞きたまはず。（⑤一五八頁）

c　**里居での述懐**

風の涼しき夕暮、聞きよからぬひとり琴をかき鳴らしては、「なげきくははる」と聞きしる人やあらむと、ゆゆしくなどおぼえはべるこそ、をこにもあはれにもはべりけれ。（二〇三頁）

〔椎本巻〕

A　**宇治の八の宮邸の風雅な外観**

中将は参でたまふ。遊びに心入れたる君たち誘ひて、さしやりたまふほど酣酔楽遊びて、水にのぞきたる廊に造りおろしたる階の心ばへなど、さる方にいとをかしうゆゑある宮なれば、人々心して舟より下りたまふ。（⑤一七三頁）

a　**寛弘六（一〇〇九）年九月十一日、御堂詣での舟遊び**

事はてて、殿上人舟にのりて、みな漕ぎつづきてあそぶ。御堂の東のつま、北向きにおしあけたる戸のまへ、池につくりおろしたる階の高欄をおさへて、宮の大夫はゐたまへり。（二一三頁）

B　**薫、七月宇治を訪問**

七月ばかりになりにけり。都にはまだ入りたたぬ秋のけしきを、音羽の山近く、風の音もいと冷やかに、槇の山辺もわづかに色づきて、……（⑤一七八〜九頁）

b　**寛弘五（一〇〇八）年七月十九日、土御門邸の秋**

秋のけはひ入りたつままに、土御門殿の有様、いはむかたなくをかし。池のわたりの梢ども、遣水のほとりのくさむら、おのがじし色づきわたりつつ、……（一二三頁）

〔総角巻〕

A　薫、臣下と皇女・王女との結婚の例を挙げ、大君との結婚を弁に示唆する

同じくは昔の御事も違へきこえず、我も人も、世の常に心とけて聞こえ通はばやと思ひよるは、つきなかるべきことにても、さやうなる例なくやはある　（⑤二二七頁）

a　道長、式部に息頼通と中務宮具平親王女隆姫との縁談の仲介を依頼する

中務の宮わたりの御ことを、御心に入れて、そなたの心よせある人とおぼして、かたらはせたまふも、まことに心のうちは、思ひゐたることおほかり。　（一五〇～一頁）

B　薫、大君の部屋に押し入る

内には、人々近くなどのたまひおきつれど、さしももて離れたまはざらなむと思ふべかめれば、いとしもまもりきこえず、さし退きつつ、みな寄り臥して、仏の御灯火もかかぐる人もなし。　（⑤二三三頁）

b　女主人と侍女たちとの結婚観の対立

おまへはかくおはすれば、御幸ひはすくなきなり。　（二〇四頁）

C　弁、現実的な結婚観で大君を諭す

あながちにもて離れさせたまうて、思しおきつるやうに行ひの本意を遂げたまふとも、さりとて雲、霞をやはくはせたてまつらん。　（⑤二五〇頁）

c　紫式部の厳しい出家観

聖にならむに、懈怠すべうもはべらず。ただひたみちにそむきても、雲に乗らぬほどのたゆたふべきやうなむはべるべかなる。それに、やすらひはべるなり。　（二一〇頁）

D　**薫、明石中宮方の女房たちへの感慨**

うはべこそ心ばかりもてしづめたれ、心々なる世の中なりければ、色めかしげにすすみたる下の心漏りて見ゆるもあるを、さまざまにをかしくもあはれにもあるかなと、立ちてもゐても、ただ常なきありさまを思ひありきたまふ。（⑤二七九頁）

d　**師走、後宮では男性官人の沓音の絶えない状況であることを色めかしく同僚女房が語る**

御前にもまゐらず、心ぼそくてうち臥したるに、前なる人々の、「内裏わたりはなほけはひことなりけり。里にては、いまは寝なましものを。さもいざとき沓のしげさかな」と、いろめかしくいひゐたるを聞く。（一八四頁）

E　**薫、宇治の邸を手入れする**

御簾かけかへ、ここかしこかき払ひ、岩隠れに積もれる紅葉の朽葉すこしはるけ、遣水の水草払はせなどぞしたまふ。（⑤二九二頁）

e_1　**道長、土御門邸を手入れする**

殿ありかせたまひて、御随身召して、遣水はらはせたまふ。（一二五頁）

e_2　**e_1に同じ**

殿出でさせたまひて、日ごろうづもれつる遣水つくろはせたまひ、人々の御けしきども、心地よげなり。

F　**宇治の中の君の昼寝姿**

姫宮、もの思ふ時のわざと聞きし、うたた寝の御さまのいとらうたげにて、腕を枕にて寝たまへるに、御髪のたまりたるほどなど、ありがたくうつくしげなるを見やりつつ、……（⑤三一〇頁）

f　**宰相の君の昼寝姿**

上よりおるる途に、弁の宰相の君の戸口をさしのぞきたれば、昼寝したまへるほどなりけり。萩、紫苑、いろいろの衣に、濃きがうちめ心ことなるを上に着て、顔はひき入れて、硯の筥にまくらして、臥したまへる額つき、いとらうたげになまめかし。（一一二八頁）

G　匂宮、雑事にかまけて宇治を訪れず

五節などとく出で来たる年にて、内裏わたりいまめかしく紛れがちにて、わざともなけれど過ぐいたまふほどに、あさましく待ち遠なり。（⑤三一四頁）

g　寛弘五（一〇〇八）年十一月二十日、五節の舞姫、内裏に参入

五節は廿日にまゐる。侍従の宰相に、舞姫の装束などつかはす。（一七五頁）

〔早蕨巻〕

A　大君の死を受けとめる中の君の追憶

行きかふ時々に従ひ、花鳥の色をも音をも、同じ心に起き臥し見つつ、……（⑤三四五頁）

a　寛弘五（一〇〇八）年冬、御冊子作りから解放された里居での感懐

花、鳥の、色をも音をも、春、秋に、行きかふ空のけしき、月の影、霜、雪を見て、そのとき来にけりとばかり思ひわきつつ、……（一六九頁）

〔宿木巻〕

A　晩秋、宇治の荒涼とした八の宮邸の風情

いとけしきある深山木にやどりたる蔦の色ぞまだ残りたる。（⑤四六二頁）

a　寛弘五（一〇〇八）年九月九日、薫物の夜

御前の有様のをかしさ、蔦の色の心もとなきなど、口ぐちきこえさするに、……　（一二九頁）

B　**中の君、男子出産し産養の儀**

御産養、三日は、例の、ただ宮の御私事にて、五日の夜は、大将殿より……七日の夜は、后の宮の御産養なれば、参りたまふ人々多かり。……九日も、大殿より仕うまつらせたまへり。（⑤四七三～四頁）

b　**寛弘五（一〇〇八）年九月十三日、敦成親王生誕の産養の儀**

三日にならせたまふ夜は、宮づかさ、大夫よりはじめて、御産養仕うまつる。……五日の夜は、殿の御産養。……七日の夜は、おほやけの御産養。……九日の夜は、東宮の権の大夫仕うまつりたまふ。（一四一～九頁）

〔浮舟巻〕

A　**匂宮、浮舟と隠れ家で密会する**

雪の降り積もれるに、かのわが住む方を見やりたまへれば、霞のたえだえに梢ばかり見ゆ。山は鏡をかけたるやうにきらきらと夕日に輝きたるに、昨夜分け来し道のわりなさなど、あはれ多うそへて語りたまふ。（⑥一五四頁）

a　**中宮の御前に白装束で伺候する女房たち**

扇どものさまなどは、ただ雪深き山を月のあかきに見わたしたる心地しつつ、きらきらと、そこはかと見わたされず、鏡をかけたるやうなり。（一四一頁）

〔蜻蛉巻〕

A　**明石中宮の御八講の後片付けの場面**

五日といふ朝座にはてて、御堂の飾り取りさけ、御しつらひ改むるに、北の廂も障子ども放ちたりしかば、みな

入り立ちてつくろふほど、西の渡殿に姫宮おはしましけり。（⑥二四七頁）

a　寛弘五（一〇〇八）年九月十一日、彰子中宮の御産所

十一日の暁も、北の御障子、二間はなちて、廂にうつらせたまふ（一三二頁）

B　薫、六条院の東の渡殿の戸口で女房と戯れる

東の渡殿に、開きあひたる戸口に人々あまたゐて、物語など忍びやかにする所におはして、……押し開けたる戸の方に、紛らはしつつゐたる、頭つきどももをかしと見わたしたまひて、硯ひき寄せて、「女郎花みだるる野辺にまじるともつゆのあだ名をわれにかけめや　心やすくは思さで」と、ただこの障子にうしろしたる人に見せたまへば、うちみじろきなどもせず、のどやかに、いととく、「花といへば名こそあだなれ女郎花なべての露に乱れやはする」と書きたる手、ただかたそばなれどよしづきて、おほかためやすければ、誰ならむと見たまふ。……弁のおもとは、「いとけざやかなる翁言、憎くはべり」とて、「旅寝してなほこころみよ女郎花さかりの色にうつりうつらず……」……まことに心ばせあらむ人は、わが方にぞ寄るべきや、されど難いものかな、人の心は、と思ふにつけて、……（⑥二六六〜七〇頁）

b　道長、式部の局を訪れて、「女郎花」をめぐる歌のやりとりをする

渡殿の戸口の局に見いだせば、ほのうちきりたるあしたの露もまだ落ちぬに、殿ありかせたまひて、御随身召して、遣水はらはせたまふ。橋の南なるをみなへしのいみじうさかりなるを、一枝折らせたまひて、几帳の上よりさしのぞかせたまへる御さまの、いと恥づかしげなるに、わが朝がほの思ひしらるれば、「これおそくてはわろからむ」とのたまはするにことつけて、硯のもとによりぬ。「をみなへしさかりの色を見るからに露のわきける身こそ知らるれ」「あな疾」とほほゑみて、硯召しいづ。「白露はわきてもおかじをみなへしこころからにや色の

染むらむ」　（一一二五頁）

C　Bに同じ

c　**式部が同僚女房宰相の君と居る所に頼通が訪れる**

しめやかなる夕暮に、宰相の君と二人、物語してゐたるに、殿の三位の君、簾のつま引きあけて、ゐたまふ。年のほどよりはいとおとなしく、心にくきさまして、「人はなほ、心ばへこそ難きものなめれ」など、世の物語しめじめとしておはするけはひ、をさなしと人のあなづりきこゆるこそ悪しけれと、恥づかしげに見ゆ。うちとけぬほどにて、「おほかる野辺に」とうち誦じて、立ちたまひにしさまこそ、物語にほめたるをとこの心地しはべりしか。　（一一二六頁）

D　**薫、女一の宮付きの女房中将の君と会話する**

例の、西の渡殿を、ありしにならひて、わざとおはしたるもあやし。姫宮、夜はあなたに渡らせたまひければ、人々月見るとて、この渡殿にうちとけて物語するほどなりけり。……すこしあげたる簾うちおろしなどもせず、起き上がりて、「似るべき兄やははべるべき」と答ふる声、中将のおもととか言ひつるなりけり。「まろこそ御母方のをぢなれ」と、はかなきことをのたまひて、……　（⑥二七一～二頁）

d　**寛弘五（一〇〇八）年十一月一日、敦成親王五十日の祝いの席で左衛門督公任が式部に戯れる**

左衛門の督、「あなかしこ、このわたりに、わかむらさきやさぶらふ」と、うかがひたまふ。源氏に似るべき人も見えたまはぬに、かの上は、まいていかでものしたまはむと、聞きゐたり。　（一一六五頁）

〔手習巻〕

A　**生き返った浮舟の感懐**

隔てきこゆる心もはべらねど、あやしくて生き返りけるほどに、よろづのこと夢のやうにたどられて、あらぬ世に生まれたらん人はかかる心地やすらんとおぼえはべれば、……　（⑥三一〇頁）

a　里居の式部の感懐

住み定まらずなりにたりとも思ひやりつつ、おとなひくる人も、かたうなどしつつ、すべて、はかなきことにふれても、あらぬ世に来たる心地ぞ、ここにてしもうちまさり、ものあはれなりける。　（一七〇頁）

東屋、夢浮橋巻の二帖からは例を挙げ得なかったが、それは『日記』との関連上のことであって、視野を作者の生きた時代当時の事象に拡げれば、手習、夢浮橋巻に於いて浮舟を救済することになった横川僧都は、『河海抄』が指摘して以来、恵心僧都源信（天慶五〈九四二〉年〜寛仁元〈一〇一七〉年）をモデルとすると言われているし、作者の道長邸への出仕時期と『源氏物語』創作上の関連で言えば、年中行事や通過儀礼・儀式の実体験が書物上の知見よりも具体的で詳細な叙述に及ぶ可能性があり得て、山中裕が指摘する藤裏葉巻に描かれる行幸の場面は、『日記』の寛弘五（一〇〇八）年十月十六日、一条天皇が道長の土御門第に行幸した史実に拠っているため類似点が多岐に亙るという見解を導いている。注(1) この山中説は、藤村潔によって批判されるところだが、注(2) 一つの事例をもって、作品成立の順序や影響関係あるいは作者の出仕時期を限定することはできないし、まして藤村氏が寛弘五（一〇〇八）年五月頃までに幻巻までを書き上げたという自説に奉仕するだけであってはならないのは当然のことである。

しかし、一条天皇の土御門第行幸は長保三（一〇〇一）年十月九日及び寛弘三（一〇〇六）年九月二一二日にもあり、それらを含めて作者の生きている時代の多様な史実との接点が、物語形成に反映し、寛弘五（一〇〇八）年五月頃までに幻巻までを書き上げていて、寛弘五（一〇〇八）年十一月の御冊子作りが『源氏物語』正篇全巻ではなく、いわゆる第二部若菜上巻以下幻巻までの清書本作成だとする藤村説を補強していくならば、それ以降の『日記』中の行事儀礼儀式も、まさに作者の時代として宇治十帖に関与しているはずなのである。

産婦の安寧と産まれた子の成育を願う産養は、『源氏物語』では明石女御所生の皇子（若菜上巻）、女三の宮所生の薫（柏木巻）、宇治中の君所生の男子（宿木巻B）の三例が語られている。その中で、三日目、五日目、七日目そして九日目とその日程順に叙述されて、具体的で詳細なのは、宿木巻に於ける中の君の産養であって、それが『紫式部日記』の中で最も盛大な儀礼として描かれる寛弘五（一〇〇八）年九月十一日に誕生した敦成親王の産養の儀と対照できることになる。

その産養の日程と主催者を表にすれば、左のようになる。

日程＼主催者	物語	日記
三日	匂宮	中宮大夫斉信
五日	薫	道長
七日	明石中宮	一条天皇
九日	夕霧	頼通

『物語』と『日記』の産養の日程が対応することが、その主催者たちの立場、役割をも比照し、とりわけ匂宮を次期皇位継承者として、夕霧の六の君との結婚を計り、その上、中の君の男児をも公的に認める七日夜の主催者となる明石中宮の動向が注視されることになろう（後述）。また七日夜には今上帝から「御佩刀《はかし》奉らせたまへり」と記されることも、澪標巻で光源氏が「御佩刀」（守刀）を乳母に持たせて将来の姫君の宿縁を意味づけたことを惹起させて、

明石の劣り腹の〈血〉の問題をも逆照射し、没落した宮家の娘である中の君の救済まで計り、生まれた男児の〈血〉の素姓をも解決するとなると、現実の敦成親王の誕生が、一条天皇の第一皇子である定子所生敦康親王の皇位継承問題、つまり立太子問題に直面する事態を喚起していくこととなろう。

すなわち、こうした『物語』と『日記』との関わりは、『日記』の事実が一方的に物語に影響したというのではなく、田中隆昭が言うように、「現実の場面・事件が、日記にも引用され、物語にも引用された」注(3)のだと理会すべきなのである。しかも、その『物語』と『日記』は、ほぼ同時進行的に文章化され、執筆されていたのであって、作者の現実体験が『物語』と『日記』に分断されたのではなく、作品の目的意図は尊重されながらも、相互補完的に両方に生かされているとみるべきだろう。それも冷めた歴史ではなく現実を照らし出す生々しい事実として定着しているのだと思われるのである。

一方、総角巻の五節（G）は、『物語』に具体的な叙述が伴う訳でもなく、匂宮が宇治を訪れることができない状況を設定したにすぎないし、『物語』の五節が「とく出で来たる年」、つまり十一月の上（一日から十日まで）の丑の日に始まるのに対し、寛弘五（一〇〇八）年十一月は「五節は廿日にまゐる」とあって、中の丑の日に始まるので相異する。むしろ、『物語』の方は寛弘五（一〇〇八）年の五節を意識させないようにあえて日をずらして書き、四日目の辰の日の豊明の節会に中納言たる薫を宇治に居させて、「豊明は今日ぞかしと、京思ひやりたまふ」（⑤三二四頁）という状況下に、大君が薫に看取られて亡くなるという展開にしている。華やいだ五節の舞姫の姿などを極力想起させないで、薫にとっての事の重大性深刻性に配慮したといえよう。

『日記』は丑の日の舞姫参入、寅の日の御前の試み、卯の日の童女御覧、辰の日の豊明と順に筆を進めていき、童女の衣装や介添役の女房などに注視して、とりわけ中宮の権亮であった侍従宰相実成方に筆が及ぶことが多くあるようである。（g）は中宮がその侍従宰相に舞姫の装束などを下賜されたという行文だが、その時の実成の印象などが椎本巻に於いて夕霧の子息のひとりに「侍従宰相」という官職を与えたのかもしれない。もちろん作者の時代に関わるという意味でだが、他に宿木巻に於いて薫に降嫁する女二の宮の母女御の異腹の兄弟として「大蔵卿」という職名がみえる。『日記』寛弘六（一〇〇九）年九月十一日の御堂詣での夜、舟に乗って興ずる若君達の中に五十三歳の「大蔵卿」が年がいもなくすわっているのを見つけて、紫式部が「舟の中にや老をばかこつらむ」と揶揄している。この「大蔵卿」は参議藤原正光であって、長徳四（九九八）年十月二十二日大蔵卿に任じられて以降、長和三（一〇一四）年二月二十九日に五十八歳で死ぬまで、十六年の長きに亙ってこの任にあった。注(4) つまり、作者の時代の「大蔵卿」と言えば、藤原正光がイメージされていたといってよいであろう。とりわけ印象深い現実の場面・事件が『物語』にも官職名として反映している例となろう。

五節の件に戻すと、『源氏』に於いて最も詳しく叙べられるのは少女巻の五節であって、その年の新嘗祭の舞姫に新任の太政大臣である光源氏は家臣惟光の娘を献上したのであった。『物語』が注視するのはその惟光の娘の舞姫であって、それは源氏の息夕霧が懸想する相手であったからに他ならない。豊明の節会で舞の当日である辰の日に、筑紫の五節に対する懐旧の念にかられた光源氏との贈答歌をはじめ、その中心になるのは舞姫自身であって、寛弘五（一〇〇八）年の『日記』とはあくまで別視点なのである。その上、舞姫の献上者は、少女巻では公卿分が光源氏のほか按察大納言、左衛門督と三人で、注(5) 殿上受領分が左中弁で近江守の良清一人であるのに対し、寛弘五（一〇〇八）年の舞姫は、侍従宰相藤原実成・右宰相中将藤原兼隆の公卿分二人と、丹波守高階業遠・尾張守藤原中清の殿上受領分二人であって、これは『権記』（同年十一月二十日条）によっても確認され、『河海抄』注(6)に「五節は恒の年は公卿二人殿上受領二人」とあるように、例年通りなのである。それにも拘わらず山中裕、注(7) 日向一雅注(8)は少女巻の記述は、寛弘五（一〇〇八）年十一月の五節の儀を紫式部が実際に見聞したことにより書かれていると見做しているのである。『物語』の記述が具体的で詳細であろうとも、『日記』に書きとどめられた寛弘五（一〇〇八）・六（一〇〇九）年の儀礼儀式が必ず反映しているとも限らず、五節に関してもその舞姫献上者などの立場、役割などを『物語』と対応させて検証していく必要があって、そこに物語展開や主題構築上、多分に政治性に絡む場合が準拠とともに想定されてくるというのも止むを得ない検証上の手続きだろう。

次に本節最後となるが、蜻蛉巻の後半に於ける明石中宮主催の法華八講の場面（A）で指摘したのは、寝殿を法会を行う御堂としたため部屋の模様替えをしたという些細な記述の対応を『日記』の彰子中宮御座所の設営（a）にみたというにすぎないのだが、前掲した「五日といふ朝座にはてて」の前文、すなわち法華八講の記述箇所を引いて、あらためてその本質的な問題を考えてゆくことにする。

蓮の花の盛りに、御八講せらる。六条院の御ため、紫の上などみな思し分けつつ、御経、仏など供養ぜさせたまひて、いかめしく尊くなんありける。五巻の日などは、いみじき見物なりければ、こなたかなた、女房につきつつ参りて、もの見る人多かりけり。（⑥二四七頁）

明石中宮は浮舟巻から六条院に里下りしていたが、薫に中宮腹の女一の宮をかいま見させるためか、蜻蛉巻後半に集中的にその生活圏の叙述が増えることとなる。そして、こうした記述の背景に紫式部の土御門第での現実の体験が反映しているとみて、それも『日記』直前の寛弘五（一〇〇八）年四月二十三日から五月二十二日まで行われた法華三十講からの影響に固執したのは田中隆昭であった。注(9)

『栄花物語』（巻八「はつはな」）では端午の節句五月五日に当たった『法華経』五巻の「提婆達多品」を講ずる最も重要で盛大な儀式を中心に、彰子中宮の出御もあって詳細に描かれている。『物語』の方も、掲出本文にあるように

「五巻の日などは、いみじき見物なりければ」と、注視されるのは同じ五巻の日なのだが、『栄花』とは異なって儀式の模様を写すことに眼目があるのではないことは明らかである。「蓮の花の盛り」注(10)に明石中宮が亡き光源氏や養母紫の上のために追善供養を催すことの意味は、正篇の『物語』の記憶を蘇えらせて、いまある薫の位相を照らし出すことであった。

薫は浮舟の四十九日の法事を営んだ後も、亡き浮舟への悲嘆を慰め難い思いで居た。そんな薫に明石中宮方で女一の宮をかいま見させて、女二の宮降嫁では満足できない世俗的繁栄志向の薫の一面を描くために、さらなる中宮腹の女一の宮への執着を画し、『物語』の舞台に導いたということになろうか。松岡智之は「浮舟を喪ったことによる仏道への傾斜と女一宮執着との関係は、正篇において、光源氏が六条御息所の死霊出現に接して現世離脱志向を強めながらも紫上への愛執にどうしようもなくとらわれたことに比すべき構図」注(11)と捉えるのだが、かつての紫の上への光源氏の愛執に比すべき位相が、果たして薫の女一の宮執着なのであろうか。この解答は後の節に述べることとしても、薫の愛執は宇治の大君に向かっているはずであろう。

ただ本稿にとって死期を自覚した紫の上を描く御法巻や紫の上の死を冷厳に受け止めざるを得ない光源氏を描く幻巻が、寛弘五（一〇〇八）年の前半までに書かれ、『日記』の御冊子作りによって豪華に仕立て上げられた『源氏物語』を見据えて、宇治十帖の執筆に入ったと思われる作者にとって、紫の上の死と光源氏の愛執は『物語』に於いては遠い過去の情念を探り当てることには違いないが、作者にとってはほぼ共時的な所産なのであり、御法・幻巻に宇治十帖と同じ表現や同じ思念を共有してくるのも当然の成り行きなのである。

そうした意味でも吉井美弥子が指摘した注(12)早蕨巻の冒頭表現「藪しわかねば、春の光を見たまふにつけても、いかでかくながらへにける月日ならむと、夢のやうにのみおぼえたまふ」とする、宇治の中の君が総角巻で他界した大君への追慕の念に浸る巻頭が、めぐり来た春に紫の上の死を悼む光源氏を写し出す幻巻の巻頭「春の光を見たまふにつけても、いとどくれまどひたるやうにのみ、御心ひとつは悲しさの改まるべくもあらぬに」を呼び起こしていたことに注目される。吉井氏は幻巻の光源氏の嘆きをまるごと早蕨巻に取り込む方法としての巻頭表現の一体化を言いながら、早蕨巻が追慕する主体となるべき薫ではなく、中の君によって示され、しかも京へ出ることで浮き立つ女房たちの動向の中に、[注(13)] 幻巻で紫の上の死の悲しみを光源氏と分かち合う女房とも異質な世界を描き出すことで、幻巻の物語世界から既に宇治十帖は遠く隔たってしまっているとするのである。早蕨巻の独自な方法として切り拓かれた論が、いつしか大君を「過去」の人とする早蕨巻という中の君物語を始発させるための特異性が、宇治十帖全体の薫の大君思慕までを変容させ、幻巻の紫の上のような「永遠の女性」ではあり得ないとしている。もはや吉井説も、本稿の意図するところと異なる地点に落着していくので、次節を俟ってもらうしかないが、前掲した〔早蕨巻〕Aの物語本文は、前出した巻頭表現に直接続く行文であり、早蕨巻の巻頭、幻巻の巻頭そして寛弘五（一〇〇八）年の『日記』中の記事の表現類同関係は、本稿の意図するところを支えることになろう。

なお前掲松井論考では、総角巻に於いて臨終の床にある大君を前にして次のように薫が独詠する場面を取り上げて論を終える。

豊明は今日ぞかしと、京思ひやりたまふ。風いたう吹きて、雪の降るさまあわたたしう荒れまどふ。……

かきくもり日かげも見えぬ奥山に心をくらすころにもあるかな

（⑤三二四～五頁。傍点筆者）

松井氏は「豊明」の用語例が幻巻の他にはこの総角巻にただ一例しかないことを指摘した上で、この薫の独詠歌が、幻巻の豊明の節会に於いて筑紫の五節を回想する光源氏の独詠歌「みや人は豊の明にいそぐ今日ひかげもしらで暮らしつるかな」と、そのまま重なると捉えている。両歌とも喧噪の五節の舞の先に「永遠の女」の死を静かに見つめて哀しみに堪える男の詠と解したい。隔たる物語の時空は、それを超えて、寛弘五（一〇〇八）・六（一〇〇九）年の作者の時代に根をはり、収束しているかのようである。

三　明石中宮方と彰子中宮方の上﨟女房

紫の上亡き後を描く幻巻の光源氏にとって女三の宮や明石の君でさえ慰め得ない心の空洞をわずかに埋め、心魅かれる「心ばせかたちなどもめやすし」い一人の女房が居た。紫の上の行き届いた才気（かどかどしうらうらうじう）に、情味や優雅さを忘れないその気だてや「もてなし」を彷彿とさせ、紫の上の形見というに相応しい存在の中将の君という女房であった。

葵祭の日、人少なになった邸内でうたた寝姿の中将の君に源氏がふと近づいている。

中将の君の東面にうたた寝したるを、歩みおはして見たまへば、いとささやかにをかしきさまして起き上がりたり。つらつきはなやかに、にほひたる顔をもて隠して、すこしふくだみたる髪のかかりなど、いとをかしげなり。紅の黄ばみたる気添ひたる袴、萱草色の単衣、いと濃き鈍色に黒きなど、うるはしからず重なりて、裳、唐衣も脱ぎすべしたりけるを、とかくひき掛けなどするに、……　（④五三八頁）

この中将の君のうたたね姿は『紫式部日記』寛弘五（一〇〇八）年八月二十六日の記にある弁の宰相の君豊子（道綱女）の昼寝姿に近似する。

上よりおるる途に、弁の宰相の君の戸口をさしのぞきたれば、昼寝したまへるほどなりけり。萩、紫苑、いろいろの衣に、濃きがうちめ心ことなるを上に着て、顔はひき入れて、硯の筥にまくらして、臥したまへる額つき、いとらうたげになまめかし。絵にかきたるものの姫君の心地すれば、口おほひを引きやりて、「物語の女の心地もしたまへるかな」といふに、見あけて、「もの狂ほしの御さまや。寝たる人を心なくおどろかすものか」とて、すこし起きあがりたまへる顔の、うち赤みたまへるなど、こまかにをかしうこそはべりしか。（一二八頁）

この場の状景について想像を逞しくして言えば、幻巻の中将の君の寝姿などは絵に描かれている姫君の姿などを思い浮かべて書いたものだが、紫式部が『物語』に女君の寝姿を書いたその残像《イメージ》とまるで同じような光景が、弁の宰相の君の戸口をのぞくと現実の一コマとして目に飛び込んできたので、式部はむしろ驚いたのである。『物語』では中将の君が光源氏の気配に気づいて起き上がるのだが、宰相の君は寝入ったままなので、口元を被っている袖をあえて引きのけて、どのような反応をするのか、また寝起きの顔がどのようなのか確かめてみたというのであろう。宰相の君の寝起きの上気している顔つきは、想像した通りであったというので、「こまかにをかしうこそはべりしか」と、その感慨を記しとどめたということであろう。その弁の宰相の君豊子は『日記』の冒頭で「しめやかなる夕暮」に作者式部とともに話をしていた彰子の従姉に当たる上﨟女房で、そこに「殿の三位の君」つまり当時十七歳の頼通が簾の裾を引きあけて立ち寄ったのである。

それは前節〔**蜻蛉巻**〕cに掲出した箇所であり、頼通に対して「物語にほめたるをとこの心地しはべりしか」との印象は、宰相の君に対して式部が言い放った「物語の女の心地もしたまへるかな」と対になる評言で、現実世界に物語の理想的な男女の姿を示したのだといえよう。『日記』のcは、道長が式部の局を訪れて、「女郎花」をめぐる歌のやりとりをする場面だったが、それに対応した物語の場面B＝Cは、蜻蛉巻の後半で薫が六条院東の渡殿の戸口で、ある女房とやはり「女郎花」をめぐる歌のやりとりをする場面で、薫が詠んだ歌は「女郎花みだるる野辺にまじるともつゆのあだ名をわれにかけめや」であった。その本歌は「女郎花おほかる野辺に宿りせばあやなくあたの名をや立ちなむ」（古今集、秋上、小野美材）であって、これは『日記』cで頼通が誦じた「おほかる野辺に」でもあったから、現実世界の頼通がこの場面での薫だとすれば、「いととく」返歌した女房の「中将のおもと」とは、式部の分身であったということになろう。田中隆昭前掲書には〔**蜻蛉巻**〕Ｄｄを指摘していて、薫に若い頼通の面影をみている。この場面の『日記』との対応からしても「中将のおもと」は紫式部自身の転位した姿であったのではあるまいか。

こうした登場人物の『物語』と『日記』との重なりをみると、前述した明石中宮の法華八講、そしてその後片付け場面（Ａａ）から導き出される西の渡殿で女一の宮をかいま見る場面が「宰相の君」という女房とともにあったことに注意したいのである。引用は再び長文に亙ることになる。

御前はいと人少なるなる夕暮に、大将殿直衣着かへて、……池の方に涼みたまひて、人少なるなるに、かくいふ宰相の君など、かりそめに几帳などばかり立てて、うちやすむ上局にしたり。ここにやあらむ、人の衣の音すと思して、馬道の方の障子の細く開きたるより、やをら見たまへば、……白き薄物の御衣着たまへる人の、手に氷を持ちながら、かくあらそふをすこし笑みたまへる御顔、言はむ方なくうつくしげなり。いと暑さのたへがたき日なれば、こちたき御髪の、苦しう思さるるにやあらむ、すこしこなたになびかして引かれたるほど、たとへんものなし。ここらよき人を見集むれど、似るべくもあらざりけりとおぼゆ。御前なる人は、まことに土などの心地ぞするを、思ひしづめて見れば、黄なる生絹の単衣、薄色なる裳着たる人の、扇うち使ひたるなど、用意あらむはや、とふと見えて、「なかなかものあつかひに、いと苦しげなり。ただささながら見たまへかし」とて、笑ひたるまみ愛敬づきたり。声聞くにぞ、この心ざしの人とは知りぬる。（⑥二四七〜九頁。傍線筆者、以下同じ）

「人少なるなる夕暮」とか「うちやすむ上局」とかそれはまるで幻巻の中将の君や『日記』の宰相の君が登場する場面を取り合わせたような文脈で、女一の宮かいま見場面が導かれている。かいま見た憧れの女《ひと》である女一の宮は、さすがに「すこし笑みたまへる御顔」が「言はむ方なくうつくしげなり」と、他を絶する美しい容顔を晒しているが、一方で「かくいふ宰相の君」などと、作者も物語世界と執筆意識との混融の言辞を吐きながら、薫の「心ざしの人」（傍線）となった小宰相の君に「笑ひたるまみ愛敬づきたり」（傍線）と目をとどめさせている。ここで小宰相の君の声を聞いて、その人だと知り得たというのだから、「かくいふ」とするこの前の出会いではことばを交わす程度にとどまっていたということなのであろう。浮舟亡き後の悲嘆の中から拓けた薫の出逢いであった。その場面もやはり引用が長文になりかねないので、ここは抜粋して掲げておくこととする。

○大将殿の、からうじていと忍びて語らひたまふ小宰相の君といふ人の、容貌《かたち》などもきよげなり、心ばせある方の人と思されたり、同じ琴を掻き鳴らす爪音、撥音も人にはまさり、文を書き、ものうち言ひたるも、よしあるふしをなむ添へたりける。（⑥二四五頁）

○かくもの思したるも見知りければ、忍びあまりて聞こえたり。「あはれ知る心は人におくれねど数ならぬ身にきえつつぞふる　かへたらば」と、ゆゑある紙に書きたり。ものあはれなる夕暮、しめやかなるほどを、いとよく推しはかりて言ひたるも、にくからず。「つねなしとここら世を見るうき身だに人の知るまで嘆きやはする　このよろこび、あはれなりしをりからも、いとどなむ」など言ひに立ち寄りたまへり。（⑥二四五～六頁）

○見し人よりも、これは心にくき気添ひてもあるかな、などてかく出で立ちけん、さるものにて、我も置いたらましものを、と思す。人知れぬ筋はかけても見せたまはず。（⑥二四六～七頁）

小宰相の君は美しい顔立ちの上に、嗜みがあり、折柄を弁えて情趣を解せる女《ひと》であって、見方によっては浮舟（傍線「見し人」）よりも奥ゆかしい感じがすると薫好みの人柄、気立ての持ち主として絶賛されている。傍線箇所「ものあはれなる夕暮、しめやかなるほどを」という情趣ある状況設定も、その折柄を踏まえての女側からの贈歌で、匂宮に靡く女たちが多い中で、小宰相の君の特異な存在性を際立たせている。

そして、この画一的な、しかし徹底した状況設定の行文が、まさに『日記』に於いて宰相の君と二人して話をしているところに頼通が訪れたその時を「しめやかなる夕暮」と記していたことと照応するのであって、その上頼通が大人びた様子で言い放った「人はなほ、心ばへこそ難きものなめれ」と、通じ合う理想的な女の人柄を物語の中で描いてみせたということになろう。『日記』の宰相の君は、蜻蛉巻でやはり「小宰相の君」として転位していたといえるのであろう。

蜻蛉巻のかいま見が、薫を魅了する美しい容貌の女一の宮を描くばかりではなく、めったにいない「心ばへ」「心ばせ」の体現者としてそのお付きの女房である小宰相の君をも描き、亡き浮舟の面影を慕う薫の心をひと時癒すことになった。そのかいま見場面が、前掲傍線箇所「いと暑さのたへがたき日」と設定されたのと同じく暑さの厳しい夏の日、薫が宇治の姫君たちをかいま見て、女一の宮を連想した椎本巻の巻末場面との関連性を指摘したのは藤村潔であった注(14)。

いとそびやかに様体をかしげなる人の、髪、袿にすこし足らぬほどならむと見えて、末まで塵のまよひなく、艶々とこちたうつくしげなり。かたはらめなど、あならうたげと見えて、にほひやかにやはらかにおほどきたるけはひ、女一の宮もかうざまにぞおはすべきと、ほの見たてまつりしも思ひくらべられて、うち嘆かる。

（⑤二一七～八頁）

藤村氏は「共に暑さきびしい夏の日のことで、この両場面から考えられることは、女一宮と宇治の姫君が、物語の女主人公として重ね合わされていたということであろう。蜻蛉巻の後半は、宇治の姫君に重ね合わされていたその女一宮が、宇治の大君は死に、中君は匂宮の妻となり、浮舟が失踪して、物語の女主人公がひとりもいなくなったとき、彼女たちの背後からおのずと姿を現わしたものである」と述べている。こうした考え方の根幹にあるのは女一の宮物語構想があとから着想された宇治の姫君物語構想に取って代わられた結果だというのだが、両物語構想の前後関連はともかくとして、この場面で薫が女一の宮を思い浮かべたのは、宇治の姫君たちでも「いとそびやかに様体をかしげなる人」の方、つまり中の君の方であって、藤村氏のように宇治の姫君たちを姉妹一体化して捉える椎本巻のかいま見の方向性にはないのである。物語に於ける人物造型上の系譜は、中の君から女一の宮へという展開を辿るといえよう。椎本巻の父八の宮他界後のかいま見場面で、心労のあまりやつれた大君は、薫に「気高う心にくきけはひそひて見ゆ」（傍点筆者、以下同じ）と捉えられていた。蜻蛉巻で浮舟の四十九日の法事を終え、その死を悲嘆の中で受け止めようとしている薫にとって、女一の宮と「心ざしの人」となった小宰相の君をかいま見る場面との対応を考えるならば、当然椎本巻のかいま見場面では大君ということになろう。浮舟は大君の形代であり、前掲した小宰相の君との歌のやりとり場面でも、彼女を「見し人よりも、これは心にくき気添ひてもあるかな」とする薫の感懐を記していたのである。

　物語の男女の理想のカップルとして、その典型を示す主人公たちを、正篇では光源氏と紫の上、後篇では薫と大君だとすれば、その女君が欠けた跡を「心ばせ」「心ばへ」を具える女房が寄り添うというパターンを出現させているのであり、大君の人柄は橋姫巻で既に「姫君は、心ばせ静かによしある方にて、見る目もてなしも、気高く心にくきさまぞしたまへる」（⑤一一九〜一二〇頁）「心ばへどもを見たてまつりたまふに、姫君は、らうらうじく、深く重りかに見えたまふ」（⑤一二二頁）とあった。[注15] つまり、蜻蛉巻に登場する小宰相の君は、「心ばせ」「心ばへ」の体現者として大君の系譜に位置づけられるのであり、それは幻巻で光源氏に長年つれそった召人中将の君に身分立場上連なることにもなる。小宰相の君もその贈歌に「数ならぬ身」（前掲傍線）とあって、分別を持ち合わせていたし、薫も「我も置いたらましを」と、そうした可能性に思い及ぶが、「人知れぬ筋はかけても見せたまはず」と、両者に男女関係を深め発展する余地はなく、これ以上の物語展開は閉ざされていると見做すべきであろう。なぜならば、北の方亡き後、俗聖であったはずの宇治の八の宮が、召人であろう女房中将の君に手をつけて生まれたのが浮舟であったから、そうした繰り返しを再現する必要も物語にはもはやなかったといえよう。注(16)一方、薫に女二の宮降嫁を実現しながら〝后腹〟でないことで、さらに「およばぬ枝」として女一の宮を偶像視させるのは、このかいま見によって実父柏木のように密通に駆り立て、たとえ旧構想中の女主人公であったとしても、その復活を意図してのことではなかろう。注(17)蜻蛉巻で一品宮となった女一の宮と「心ばせ」の具わった小宰相の君という女房の登場で作者があらためて問いただそうとしているのは、皇女・王女の尊貴性やそこに仕える上﨟女房たちの身分及びたしなみであったのであろう。

六条院が再び恋の場となる蜻蛉巻には薫の叔父に当たる式部卿宮が亡くなった後、あとに残された姫君が明石中宮のもとに出仕するという事件が語られている。明石中宮方や女一の宮方の女房には、「いとやむごとなきものの姫君のみ多く参り集ひたる」(蜻蛉巻。⑥二六二頁)「やむごとなき人の御むすめなどもいと多かり」(総角巻。⑤三〇五頁)とする時世の背景があるものの、いやしくも筆頭皇族が補任される式部卿という格式ある立場にあった宮の娘が、服喪の年内に宮仕えの女房に成り下がるというのも、継母の北の方が兄弟の馬の頭に縁づかせようとする継子譚的策謀を設定した上で、そうした特殊な事情のもとに、明石中宮の次のような判断で出仕要請の運びとなったのである。

「いとほしう。父宮のいみじくかしづきたまひける女君を、いたづらなるやうにもてなさんこと」などのたまはせければ、いと心細くのみ思ひ嘆きたまふありさまにて、「なつかしう、かく尋ねのたまはするを」など御兄の侍従も言ひて、このごろ迎へとらせたまひてけり。姫宮の御具にて、いとこよなからぬ御ほどの人なれば、やむごとなく心ことにてさぶらひたまふ。限りあれば、宮の君などうち言ひて、裳ばかりひき懸けたまふぞ、いとあはれなりける。
(⑥二六三頁)

故式部卿宮の姫君に対する出仕要請は、明石中宮の配慮からすれば、姫君は従姉妹であり、悲劇的な境遇に陥るのを見過ごせない、あくまで「いとほしう」とする同情であって、そこに他意はなく、しかも高貴な出自の女房が多くいる中で、式部卿宮の姫君だからこそ一品宮の話し相手として最も相応しい品格ある女房と考えて、そのプライドを傷つけることなく別格に待遇しているのである。しかし、「宮の君」とする女房名まで与えられて形ばかりにせよ裳を着用しての宮仕えに身を堕とした宮家の姫君に対する語り手の「いとあはれなりける」との表出は、虚構の物語だけに存する事例への哀感で済まされることではなく、作者紫式部を取り囲む現実世界に於いて直面していた同様の事例のそれでもあった。

『紫式部日記』には式部の特に親しい女房として前述の宰相の君や小少将の君が挙げられるが、彼女らにしても前者が大納言で東宮傅の道綱を父とし、後者は道長の正妻源倫子の兄弟である時通の娘で、宇多天皇の皇統に直結する源雅信の孫に当たり、王統の血を受け継ぎながらも不遇にも一介の女房として生きる身の上に作者も「父君よりことはじまりて、人のほどよりは、さいはひのこよなくおくれたまへるなめりかし」と同情を禁じ得ないでいるのである。つまり彰子中宮の側近くに伺候する高貴な女房の多くが、近親者でしかも従姉妹関係にあったということになろう。こうした出自の高貴な女房たちにも、式部は容赦なく痛烈な批判をして宮仕え人としての自覚を促すべく、その心得を説くに及んでいる。

かかるまじらひなりぬれば、こよなきあて人も、みな世にしたがふなるを、ただ姫君ながらのもてなしにぞ、みなものしたまふ。（一九九頁）

掲出した『日記』本文は、いわゆる消息文といわれる箇所の批評で、斎院方と中宮方の女房を比較しながら、後者の引っ込み思案で奥ゆかしさに欠ける応対を難じ、上臈方にもいつまでも姫君然とした態度でいることを諫めている。

そして、その原因の一つとして彰子中宮のものづつみする控え目な姿勢と地味な気風によるとする大胆な発言も記され、「いまは、やうやうおとなびさせたまふ」（一九七頁）と、そうした欠点も徐々に改善される方向にあるというのである。『日記』の執筆時期が寛弘七（一〇一〇）年だとすると、彰子中宮は二十三歳ということになろう。

ここで蜻蛉巻に語られていたことを再確認しておくと、明石中宮方や女一の宮方には、高貴な出自の女房たちが多く参上して仕えていた。こうした状況は彰子中宮の周辺に現実に起きていた。そして女一の宮方に仕える女房たちは薫の応対にも几帳の陰に隠れて気おくれする者がほとんどだったが、「中将のおもと」や「宰相の君」は、気転を利かし、情趣ある会話や贈歌で、薫の「心ばせ」に適う応対のできる女房として登場していた。これも『日記』に於ける女房批評からすれば、物語にこうあるべき女房として紫式部自身や「様態もてなし、らうらうしくをかし」（一八八頁）とある宰相の君豊子が転位して、こうした貴公子との応対の手本を示しているのだといえよう。

そこで蜻蛉巻の創作方法からすると、明石中宮方に高貴な女房として故式部卿宮を父とする「宮の君」が出仕するという設定も、現実に起こり得る事例の反映であった可能性があり、いとこ同士である薫に「ただ今は、いかで、かばかりも、人に声聞かすべきものとならひたまひけんとなまうしろめたし」（⑥二七四頁）とする感懐を抱かせるのも、宮仕え女房の立場に慣れてしまった態度への憐憫（新編全集頭注）と、一方で宮家の尊貴性を損なう時流への憂慮が入り混じっていて、それは作者紫式部の複雑な感慨の露呈であったかもしれないのである。

『紫式部日記』には道長から次のような相談をもちかけられていたことが記されている。

中務の宮わたりの御ことを、御心に入れて、そなたの心よせある人とおぼして、かたらはせたまふも、まことに心のうちは、思ひゐたることおほかり。（一五〇～一頁）

従来は、寛弘五（一〇〇八）年十月十余日ごろに挿入されてあるこの行文を、中務宮具平親王の娘隆姫と道長の長男頼通との縁談の仲介を式部にもちかけたと理解するのだが、こうした把握はそれほど自明であったのだろうか。『栄花物語』あたりから得られた、その後の頼通と隆姫との結婚実現を根拠にしていて、この時点ではあくまで推論の域にとどまる説であるのではあるまいか。なぜならば、頼通と隆姫女王との結婚であるならば、式部も望むこととしてむしろ慶ぶはずであるのに、「まことに心のうちは、思ひゐたることおほかり」とする憂慮は、いったいどういうことなのであろうか。この式部の思案に対する明解が示される注釈書や論考が管見に入ってこないのである。そして、この行文を導く「かたらはせたまふ」にも、こうした事を口実にして道長が式部に親しく近づいてくることを忌避するという式部の口吻を察することもできないのである。

萩谷朴のように道長と式部との間に男女関係を想定することはできないにしても、注(18) 女房たちがそういう日常にあったこと、そして式部自身も決して無縁ではなかったことは事実であろう。道長は中宮女房で正妻倫子の姪大納言の君簾子（扶義女）とも関係があったし、倫子が花山院から寵愛を受けた太政大臣藤原為光の四女儼子を「姫君の御具」（栄花、巻八「はつはな」）つまり、彰子の妹妍子に仕える女房に召し出したのに、道長の漁色の対象となって妾妻の身に納まったことなどが挙げられよう。花山院が崩御したのが寛弘五（一〇〇八）年二月だから、それ以降の事であり、直近の例となろう。

『栄花物語』は寛弘六（一〇〇九）年七月二十九日の具平親王薨去を寛弘七（一〇一〇）年の条に書き記していて、具平親王生前に隆姫と頼通との結婚が成立したことにするが、これに対して萩谷朴は次のように言う。

頼通と隆姫との結婚が、六月十九日中宮遷御以後、十一月二十五日敦良親王御誕生以前のことならば、おそらく、具平親王薨去の後という公算が強いが、『栄花物語』は具平親王御在世中のことのように叙述している。そういえば、『栄花物語』は、中宮遷御を「四月十よ日のほど」としているし、寛弘六年二月二十日呪詛のことによって伊周の朝参を停めた事件を、頼通の結婚よりも下文に叙し、具平親王の薨去をも、寛弘七年正月二十九日の伊周薨去の記事の後に言及するなど、すこぶる前後に錯雑した叙述をしているので、あてにはならない。

（上巻、三五〇頁）

寛弘六（一〇〇九）・七（一〇一〇）年に何があったのか。『栄花』ばかりではなく『日記』もおぼつかない。二の宮敦良親王の誕生は、寛弘六（一〇〇九）年十一月二十五日であったのに、それを記しとどめず、翌寛弘七（一〇一〇）年正月十五日の二の宮の五十日の祝いの儀を記して、『日記』は突然擱筆している。『日記』が頼通の結婚を記しとどめないことが、直に親王薨去後の結婚を立証することにはならないが、この時期には史実関係の確認に微妙な影を落としているといえよう。そして、それが「宇治十帖」創作上に、作者の時代の事例がどのように関わるのかということをも霧中のことにしかねないのである。

蜻蛉巻の故式部卿宮の姫君が、宮の生前、愛育され、東宮入内や薫の婿にとも考えられていたが、宮没後、「姫君の御具」として明石中宮に女房勤めを強いられ、薫の憐憫を受ける身にまで零落し、さらに宮家の血筋に異常な関心を示す匂宮の好色の魔の手にまで怯えることになりかねない立場、環境にあるといえよう。中務宮具平親王の娘隆姫が「宮の君」のモデルだとは言わないが、そうした二の舞になりかねない危惧が、作者紫式部を襲っている現状にあったことの表明が「まことに、心のうちは、思ひゐたることおほかり」の一つであったのではないかと考えられるのである。

四　明石中宮の決断

宇治十帖の中でも宿木巻は、匂宮と夕霧六の君との婚儀、宇治中の君の産養、今上帝女二の宮と薫との結婚そしてその披露としての藤花の宴と晴れがましい慶事が次々と続く稀有の巻である。しかし、これらの祝儀が宇治の物語を牽引する中心人物たる匂宮、薫さらには宇治の中の君まで、各々の立場、身の置き所を変容させていく点で、匂兵部卿巻との呼応で儀式として落着することのみを重視する訳にはいかないのである。

例えば、匂兵部卿巻で匂宮の同腹の兄二の宮が「次の坊がね」として記されているにも拘らず、色恋に迷走する匂宮を諫める〝もの言う〟母明石中宮の介在によって、夕霧の六の君の婿に定まり、それはとりもなおさず次期東宮候補に仕立て上げるための後見役の確保を意味したが、一方で物語は二の宮を蜻蛉の宮薨去の後に式部卿宮に補任する(蜻蛉巻)。二の宮は式部卿任官によって、立坊の可能性を絶たれたといえよう。

これは藤本勝義が指摘するように、村上天皇安子中宮腹の三兄弟である憲平親王(のち冷泉天皇)、為平親王、守平親王(のち円融天皇)の中、為平が従来は「宿老」的親王が任官する式部卿に据えられ、若年の式部卿宮の誕生の例を取り込みながら、『源氏物語』の作者紫式部の時代に於いては式部卿宮の立坊はなく、ゆえに「匂宮が二の宮を越えて皇太弟となり、さらに将来即位する道筋を暗に示しているのではないのか」と推断している通りであろう。注(19) ただ今上帝後の次期東宮に匂宮を立てるという意向は、明石中宮の口を介してのみ伝えられることであって、もしかしたら明石中宮の本音は匂宮を内裏に封じ込めるところにあっただけなのかもしれないのである。

為平親王は源高明の婿であったため立坊の芽が摘まれたが、二の宮を越えて匂宮が次期東宮候補とする背景に、朱雀院皇統の今上帝が東宮の外戚である夕霧源家の独走を阻止する意図で朱雀院女三の宮の息である薫を近臣として重用する目的で女二の宮降嫁を図り、その結果たとえ夕霧家と距離を置いていた匂宮がその藤典侍腹六の君と結婚するとしても遅きに失した感があり、明石中宮を頼りとする夕霧家を牽制する目的は大略達成されているとする縄野邦雄の読みがある。注(20) それにしても匂宮や薫の存在がいっきょに譲位を口にする今上帝の皇位継承をめぐる政治的渦中に投げ込まれていくのが宿木巻であったといえそうである。

宇治の中の君の件に関しても明石中宮は当初女一の宮付きの召人としての処遇を考えていたのを、二条院へ迎えることに変更したのは、匂宮が次期東宮候補であることを見据えてのことで、注(21)匂宮と中の君との関係も極めて政治的状況に関わってくることとなる。しかし、物語として政治的動向の局面にのみ明石中宮を投げ入れて、その造型を画している訳ではなかった。

宇治の大君の死を悲傷する薫の姿から、後にひとり残された妹の中の君を「心苦しがりたまひ」（総角巻）て、二条院への移居を勧めているのだし、故蜻蛉式部卿宮の姫君は、前述した如く後妻の北の方、つまり姫君にとっては継母となり、その実兄馬の頭に縁づけられるのを聞くに及んで、「いとほしう」（蜻蛉巻）思い、女房として出仕させることとなる。野村倫子は「明石の中宮の「いとほしう」思う気持の発現が、継母の手から姫君を守る人道的な思いやりとなって前面に押し出されてくる」注(22)ということだが、同じく父宮の庇護がなくなり、後見がいない従姉妹である八の宮の中の君との境遇に歴然と差が出ている。「いとやむごとなきものの姫君のみ多く参り集ひたる宮」（蜻蛉巻）に出仕して、「宮の君などうち言ひて、裳ばかりひき懸けたまふ」（同）という体は、まさに野村氏が言う「女君と女房の境界を漂う」姿態なのではあろう。そうした状況に堕ちる可能性があった宇治の中の君を二条院へ移居するように勧めた明石中宮の英断を導いた背後に、薫の「おほかたの御後見は、我ならではまた誰かは」（総角巻）とする思念が働いていたという他あるまい。

一方、宇治の八の宮の遺言と危惧に添う形で死後の「人笑はれ」の不名誉を恐れて二人の姫君に遺戒したのは藤原伊周だったが、薨去の寛弘七（一〇一〇）年には、大君が明子腹の道長息頼宗と結婚し、妹中の君周子は彰子からの誘いで、「目やすきほどの御ふるまひならばさやうにや」（栄花、巻八「はつはな」）と女房として出仕したのであった。それに対する『栄花』の語り手の評言は、「心苦しうぞ見えたまひける」とするから、総角巻に於いて前掲した明石中宮が「心苦し」と宇治の中の君に対する同情を禁じ得なかった言表と、これまた一致するのである、たとえ物語の尊貴な姫君が、現実の権門の姫君であったとしても、父を失い後見亡き姫君たちの女房化に、共有する認識と感懐が見据えられていたといえよう。もっとも姫君たちへの安易な結婚や出仕を諭した『栄花』に於ける伊周の遺言が宇治の八の宮の訓戒と近似するのは、『源氏』を踏襲しているからだと言えなくもない[注23]。

そして、『日記』に敦成親王五十日の祝いを迎えた母中宮を「大宮」と記すが、総角巻から明石中宮の呼称に「大宮」という本文が散見し出すのも、東宮や匂宮の母后という意味で、帝の母としての皇太后の敬称として用いられている訳ではない。しかし、それをも予祝された呼称とすれば、彰子のもとには既に定子腹の敦康親王が猶子として大事に養育されていたのだし、寛弘五（一〇〇八）年の敦成、続く寛弘六（一〇〇九）年の敦良の誕生と、物語に於ける東宮、二の宮、匂宮とする三皇子の構図の符合は、近い将来起こり得る立太子争いをも見通されてくる現実に作者が直面していたのである。ともかく明石中宮の映像《イメージ》に彰子中宮が反映する可能性は大いにあったことになろう。

ところで、匂宮は母明石中宮の提言を聞き入れて、宇治の中の君を二条院に迎えた。それも西の対であるから、かつての紫の上の居所であった。それはあたかも光源氏の正妻として女三の宮が降嫁することで紫の上が苦渋をなめたように、匂宮に夕霧の六の君との結婚を招来させて中の君に、その再現を強いることであったのであろうか。そうだとすれば、浅尾広良が言うように「二条院は「幸い人」の系譜、もしくは女君の受ける精神的苦痛の系譜の中に語られてくるとも言えようか[注24]」ということになってしまうのである。久方ぶりに二条院にもどった匂宮が中の君の機嫌を取り繕ろうと、自らは琵琶を弾き、箏の琴を中の君に促す中で、古女房の口から発せられた「幸ひ人」（宿木巻）は、いみじくも若き女房によって制せられていた。紫の上が負った「幸ひ人」の苦悩は、中の君に引き継がれ、さらなる深みに陥るのか。そして「宇治十帖」では〈邸宅〉が、その住人の運命を丸ごと囲い込む象徴的時空となってしまうのであろうか。

薫が女二の宮を迎え入れた三条の宮は、もと母の女三の宮が住み、火事で焼失後、再建したもので、「中納言は、三条宮造りはてて、さるべきさまにて渡したてまつらむと思す」（総角巻）という意図であったから、本来三条の宮に薫は宇治の大君を入れるために万端整えていたのであった。しかし、三条の宮は再建されたが故に朱雀院女三の宮にまつわりつく密通のイメージは払拭されていたはずであり、また宇治の大君の代わりに入った今上帝女二の宮が大君の形代となる訳ではなかった。むしろ三条の宮は、六条院での薫の女一の宮かいま見後、同じような薄物の単衣を女二の宮に着させても、「似るべくもあらず」（蜻蛉巻）であって、姉宮の形代となることさえ拒絶される〈邸宅〉に変容していたのである。

あくまでも手の届かない存在として女一の宮がいることは、翻って宇治の山上に移築された旧八の宮邸の寝殿が御堂となり、大君の思い出が封じ込められ、注(25)新築された寝殿に浮舟を迎え入れるという薫の計画は、大君の形代となり得る存在としての浮舟であったからこそなのだが、「昔のいと萎えばみたりし御姿のあてになまめかしかりしのみ思ひ出でられて」（東屋巻）などと、形代とも成り得ない落胆が当初から横溢していたのであった。このように新しい〈邸宅〉が担う意義は、その管理者の思うままにその住人を規制することができるところにあるのではないのだろうし、また〈邸宅〉の再建は、かつての住人の運命を払拭して、新しい住人の新たな生を始発させ構築する意図のものなのであった。

しかし、女一の宮付きの召人的女房としての不安を残しながら、再建されない旧邸のままの二条院に入った中の君の身に発せられた紫の上と同じ〈幸ひ人〉の呪縛は、いずれ解き放たれるのであろう。それが匂宮の第一子を出産することとなる中の君の造型であり、子を産まなかった紫の上との違いを宮家の姫君として鮮明にしていく〈二条院〉という居所であった。そして、中の君にむけられた〈幸ひ人〉の言表はむしろ明石の君のそれへと直に変容していくのである。つまり明石巻で光源氏を前にして明石の君は琵琶を弾くが、その時源氏は催馬楽「伊勢の海」を謡う。当場面で匂宮が琵琶を弾くのは、その血の系譜を明らかにしているのであって、同時に匂宮は「伊勢の海」を謡って、子の誕生を予祝するから、それは落魄の宮家が宇治にあったことと明石に退いた一家がともに〈家の再興〉を期したこととが脈絡することだったのであろう。

出産間近に迫った中の君のもとに明石中宮から見舞いがあった。

いといたくわづらひたまへば、后の宮よりも御とぶらひあり。かくて三年になりぬれど、一ところの御心ざしこそおろかならね、おほかたの世にはものものしくももてなしきこえたまはざりつるを、このをりぞ、いづこにもいづこにも聞こしめしおどろきて、御とぶらひども聞こえたまひける。（宿木巻。⑤四七〇頁）

匂宮の妻として中の君は三年も世間的に認められていなかったが、ひとたび明石中宮の見舞いによって、その立場を確定する。『新編全集』頭注が「正妻六の君方への遠慮もなく、諸所から見舞が寄せられる。中宮からの見舞に刺激されてであろう」と的確に文脈を読んでいて、この見舞いは明石中宮が当初中の君を女房として召し出す方針であったのを変えての対処であったはずだ。

明石中宮がとりわけ匂宮と夕霧六の君との結婚を仕切り、一方今上帝が「よろづのこと、帝の御心ひとつなるやうに思しいそげば」と、女二の宮の裳着を経、薫を婿として迎える差配を担当するという具合に、帝と后の役割分担は実に際やかなのである。そして、中の君の第一子の誕生とその産養儀、女二の宮の裳着とその婚儀が続くが、それらと同じ月に薫は権大納言兼右大将に栄進し、帝の婿としても中の君の後見としてもその格式を整える。しかもその官職が、〈権大納言〉であるのは実父柏木が死に際にようやく昇進した官職であり、藤花の宴での薫詠「すべらぎのかざしに折ると藤の花およばぬ枝に袖かけてけり」の「およばぬ枝」の再生が柏木の女三の宮への求婚の挫折を揺曳させつつ、その鎮魂へとむかわせていく。その上、兼官となった〈右大将〉が養父光源氏と関わる官職であったことにも注意しなければならないだろう。

そもそも藤壺女御腹の女二の宮と薫との結婚が「朱雀院の姫宮を六条院に譲りきこえたまひしをりの定めどもなど思しめし出づる」（宿木巻）と当然のように対照されている以上、当時権中納言であった夕霧を退かせ、光源氏へと結婚相手が落着した様相は、薫がそのまま中納言の身分であれば軽輩のイメージは拭いきれないであろう。「やむごとなさも添ふ」（葵巻）右大将であった光源氏が東宮の後見役を担ったことからすれば、この昇進によって薫が帝の婿となり、ポスト夕霧の立場を確立するという遜色ない身分とした訳である。光源氏の物語の時代と対応して繰り返される薫の時代の物語が、さらに史実を準拠として呼び込むゆえんでもある。

宿木巻に叙される二つの結婚と一つの産養は、その準拠としてともに天暦期の藤原師輔とその娘たち（安子・登子）と関わって指摘されている。まず匂宮・六の君三日夜の儀は、『花鳥余情』が『李部王記』を掲げ、天暦二（九四八）年十一月二十四日の醍醐天皇第四皇子重明親王・師輔女登子結婚の三日夜の儀を準拠と見做している。類似する儀式次第や調度類、引出物、禄などとは別に人物対応を考えてみると、注(26)式部卿宮である重明親王を匂宮と重ねるには抵抗があるし、注(27)登子は姉安子没後に村上後宮に尚侍として入り寵愛されるから、この場合は右大臣師輔の帝の外祖父となるべく活発な後宮政策の一環として夕霧の政治手腕の方向性を型取っているとみられよう。薫が中納言の時期だから、竹河巻の昇進経過からすると夕霧は右大臣ではなく左大臣なのだが、宿木巻でもう一度夕霧を右大臣に引き戻して、注(28)左大臣実頼を想定するかのように政権争奪の渦中に身を置く右大臣師輔像を夕霧に重ねる方法としてあったのであろう。

次に宇治の中の君、男子出産の産養儀を長文で煩瑣に亙るが本文を引用して具体的に検証することとしよう。

御産養、三日は、例の、ただ宮の御私事にて、五日の夜は、大将殿より屯食五十具、碁手の銭、椀飯《わうばん》などは世の常のやうにて、子持の御前の衝重《ついがさね》三十、児の御衣五重襲にて、御襁褓《むつき》などぞ、ことごとしからず忍びやかにしなしたまへれど、こまかに見れば、わざと目馴れぬ心ばへなど見えける。宮の御前にも浅香の折敷、高坏どもにて、粉熟《ふずく》まゐらせたまへり。女房の御前には、衝重をばさるものにて、檜破子三十、さまざまし尽くしたることどもあり。人目にことごとしくは、ことさらにしなしたまはず。七日の夜は、后の宮の御産養なれば、参りたまふ人々多かり。宮の大夫をはじめて、殿上人、上達部数知らず参りたまへり。内裏にも聞こしめして、「宮のはじめておとなびたまふなるには、いかでか」とのたまはせて、御佩刀《はかし》奉らせたまへり。九日も、大殿より仕うまつらせたまへり。よろしからず思すあたりなれど、宮の思さんところあれば、御子の君達など参りたまひて。

（⑤四七二頁）

再び『花鳥余情』は「とんしき五十く碁てのせにわうはんなと」に「李部王記　天暦四年七月七日是夕藤女御有産養事」を掲げる。注(29) これは師輔の婿である重明親王が第七十日目に当たる七月七日に「産養」として贈った記述なのであろう。注(30) 村上天皇女御藤原安子が憲平親王を出産したのは『日本紀略』『一代要記』などから天暦四（九五〇）年五月二十四日のことだから、三日夜の産養は、二十六日で出産場所を提供した母方親族の主催であったし、五日夜の産養の奉仕は、安子の父師輔であった。引用した「とんしき（屯食）」以下の記載は、五日夜の産養で薫大将の奉仕であって、薫の後見役の立場が公的に明確になるといえよう。故八の宮の代りであり、中の君の後見に徹しようとした亡き大君の代り＝「いにしへの御代り」（早蕨巻）なのである。出産儀礼の一つである産養が原則的には新生児というより産婦をいたわる儀礼[注31]としてあり、五日夜に中の君の故父宮に代って薫が後見する意義は大きいのである。もちろん七日夜の産養が、明石中宮主催であり、中の君が匂宮の第一王子を産んだことによって、その母中宮に正式に匂宮の妻と認められたことになり、[注32]その第一王子が皇子並みに帝から「御佩刀」まで贈られたことで、母子ともども祝儀であることが確認され、九日夜の産養で時の権勢家夕霧まで引き出して、婿である匂宮の妻と第一王子の存在を不本意ながら（三角）認めさせているのである。将来、国母となる明石中宮も公的に認めている以上、同一歩調をとらざるを得ない異腹の兄夕霧だが、六の君に男子が誕生した場合、これが大きな足かせとなるに違いなかろう。

しかし、藤本前掲論考は、夢浮橋巻まで匂宮の子を生むことのなかった夕霧六の君を師輔女登子に準えているとし、またその実姉で冷泉・円融二帝の母となる中宮安子の事例が、まさに中の君の男子出産とこの盛大な産養の背景として支えているとしている。このことは匂宮が六の君との婚儀につけて恨めしく思う中の君を慰めることばに「もし思ふやうなる世もあらば、人にまさりける心ざしのほど、知らせたてまつるべき一《ひと》ふしなんある。たはやすく言《こと》出づべきことにもあらねば、命のみこそ」（⑤四〇九〜一〇頁）とあり、『新編全集』頭注に「東宮、そして帝の位につく可能性のあることをいう」「そのときは中宮への抜擢を考えていると暗に言っているのであろう」と読み解くように、言質となる経過にこの産養を位置づければ、中の君が将来中宮となるばかりではなく、吉井美弥子が指摘したように「この男児の将来すなわち立坊の可能性をも示唆するものとして、大きな意味を持ってくる」[注33]のである。明石中宮の宿運と符合するかのような宇治の中の君を二帝の母となる安子像の揺曳で物語は予祝しているとさえ言えるのである。その上、この『源氏物語』中にみえる産養で最も詳細な記述が、『紫式部日記』の敦成親王誕生と産養の記事で、前述した如くその日程の一致がまず確認できる訳である。具体的な検証は、前掲中嶋論考が支えるが、敦成親王の七日夜の産養の主催者は父一条天皇であった。敦成親王の場合は、誕生の九月十一日当日に御佩刀は贈られていたから、明石中宮主催の産養に帝から贈られた御佩刀を「皇位継承者となった皇子と同格の扱いであった」とする中嶋氏は、匂宮の登極の可能性を指摘しているにすぎないが、それにとどまるところではないのであろう。明石中宮の主催であることが、中の君を公的に皇位継承者である匂宮の妻として迎え入れる証しとなるばかりではなく、帝から皇子並みに下賜された御佩刀は、匂宮の王子の将来までを見通した配慮がやはり示されているといえよう。そこにあえて受領出身という劣りの〈血〉を払拭した明石中宮によって受賀される没落した皇孫の劣りの〈血〉も七日夜の「主催者である中宮の威光によって払拭される」と読む小嶋菜温子の見解[注(34)]を加えて吟味すれば、いっそう強固な将来の構図が築かれてくるはずである。

また敦成親王九日夜の産養は、産婦彰子の同母弟頼通によるから、若宮の叔父として奉仕したのであろうが、一方当該九日を夕霧とするその立場を「父方の後見としての奉仕」（小嶋）とすれば、ただ日程の符合を紫式部の実体験の結果とするにすぎないのであろう。確かに物語本文は「宮の思さんところあれば」とあり、父方匂宮の後見者としての顧慮の一面を記すが、明石中宮との連関は既述の通りだとしても、御佩刀の贈与が六条院の擬似内裏主催として七日目の産養を敦成の場合に比定すると考えれば、次代の皇位継承者を補弼する立場の夕霧像が露わになりはしまいか。本来それを担うのは年齢的には「御子の君達」、つまり夕霧の息子たちなのだろうが、彼らの官職はあまりにも低く抑えられていよう。そこに薫が取って代るべく浮上していて、現実の頼通との対応が『物語』に顕在化しているのだといえよう。

こうして明石中宮により次々と組み上げられる未来の構図は、『日記』に紫式部がその成長を認めたように〝もの言い、行動する〟彰子中宮の限りない栄光と「幸い」の予祝でもあり、同時にこれを主体的に築き上げることを願って止まないこの作家の、惜別の語りでもあるかのようである。

注

（1）山中裕『歴史物語成立序説』（東京大学出版会、昭和37〈一九六二〉年）
（2）藤村潔『源氏物語の構造　第二』（赤尾照文堂、昭和46〈一九七一〉年）
（3）田中隆昭「源氏物語における引用のしくみ」（『研究講座　源氏物語の視界1〈準拠と引用〉』新典社、平成6〈一九九四〉年）
（4）藤本勝義「源氏物語の準拠と紫式部時代の史実―光源氏の元服と薫の出家志向をめぐって―」（『源氏物語　重層する歴史の諸相』竹林舎、平成18〈二〇〇六〉年）
（5）松井健児「幻巻の十一月―光源氏と五節舞姫―」（「国語と国文学」昭和63〈一九八八〉年1月）は、左衛門督の娘を弘徽殿女御の奉仕した舞姫とみて公卿二・受領一・女御一として『寛平御遺誡』にのっとり冷泉聖代を象徴するといい、その中でも源氏の梅壺中宮方と内大臣の弘徽殿女御方との対立の構図を読みとる。この松井説に対し、藤本勝義「源氏物語と五節舞姫―「少女」巻における惟光女の舞姫設定をめぐって―」（『源氏物語の展望　第四輯』三弥井書店、平成20〈二〇〇八〉年）は、衛門督の公卿分を女御分などとすることはないと一蹴し、後宮の権力争いなどに発展する余地はないとする。但し「左衛門その人ならぬを奉りて咎めありけれど、それもとどめさせたまふ」が、女御分とする判断に関わる松井説や、『日記』に実成の姉に当たる弘徽殿女御義子の女房に関する件とがやや気にかかる。
（6）業遠は『権記』寛弘七（一〇一〇）年四月十日条に「寅の時、春宮権亮従四位上高階朝臣業遠卒す四十六」とある。萩谷朴『紫式部日記全注釈　下巻』（角川書店、昭和48〈一九七三〉年）は「紫式部は業遠を故人として扱っていないので、すくなくとも日記第一部の執筆は寛弘七年四月十日以前のことに属するものと考えられる」（五六頁）とする。
（7）山中裕前掲書「源氏物語の歴史的意義」

（8）日向一雅「行事と準拠説―光源氏の人生を中心にして―」（源氏物語研究集成第十一巻『源氏物語の行事と風俗』風間書房、平成14〈二〇〇二〉年）

（9）田中隆昭『源氏物語　引用の研究』（勉誠出版、平成11〈一九九九〉年）「法華八講と法華三十講」

（10）鈴虫巻に「夏ごろ、蓮の花の盛りに、入道の姫宮の御持仏どもあらはしたまへる供養せさせたまふ」（④三七一頁）とあり、また若菜下巻では光源氏と紫の上が蓮の葉に置く露を題材に歌を詠み交わしている。

（11）松岡智之「幻巻の光源氏と蜻蛉巻の薫―作中人物と「仏」―」（『源氏物語を〈読む〉』若草書房、平成8〈一九九六〉年）。他に松岡説に賛する江戸英雄「蓮の花の盛りに―「蜻蛉」巻の法華八講―」（『源氏物語の鑑賞と基礎知識　蜻蛉』至文堂、平成15〈二〇〇三〉年）

（12）吉井美弥子『読む源氏物語　読まれる源氏物語』（森話社、平成20〈二〇〇八〉年）

（13）この早蕨巻の女房たちは田中隆昭前掲書「女主人と対立する女房」に組み込まれてもよいであろう。

（14）藤村潔前掲書三三七頁。

（15）蜻蛉巻には「昔の人ものしたまはましかば、いかにもいかにも外ざまに心を分けましや、時の帝の御むすめを賜ふとも、得たてまつらざらまし」（⑥二六〇頁）という薫の心情が披瀝されている。これを解説した『新編全集』頭注に「死別した大君への思慕が薫の心性の原点であるとする。中の君・浮舟とのかかわり、そしてその近づきがたさの改めて痛感される女一の宮への憂愁にみちた慕情も、結局はそこに回帰していく」（⑥二六一頁）とある。首肯される指摘である。

（16）光源氏の召人が「中将の君」であり、宇治の八の宮の召人も「中将の君」ということになるが、女房呼称名としては一般的であるので作者の不用意というには当たらない。むしろ物語執筆の意図及び状況からすれば、あえて同じ女房名を用いたと理会したい。

(17)手習巻以後の宰相の君の役割として横川僧都がもたらした浮舟生存を薫に伝える役目を負う。

(18)萩谷朴『紫式部日記全注釈　上巻』(角川書店、昭和46〈一九七一〉年)。以下同書。

(19)藤本勝義『源氏物語の想像力―史実と虚構―』(笠間書院、平成6〈一九九四〉年)「式部卿宮―「少女」巻の構造」

(20)縄野邦雄「東宮候補としての匂宮」(『人物で読む『源氏物語』第一八巻　匂宮・八の宮』勉誠出版、平成18〈二〇〇六〉年)

(21)青島麻子「宿木巻における婚姻―「ただ人」の語をめぐって―」(「国語と国文学」平成20〈二〇〇八〉年4月)は、宿木巻に於いて次期東宮候補として据え直された匂宮は複数の妻を娶ることを許容される「ただ人ならざる境遇」だとする。なお「ただ人」に関する言及は有馬義貴「『源氏物語』「宿木」巻という転換点―朱雀院の血脈の問題化―」(「文学・語学」189、平成19〈二〇〇七〉年11月。のち『源氏物語続編の人間関係』新典社、平成26〈二〇一四〉年)にもあり、「ただ人」薫との対照性も指摘されている。

(22)野村倫子「宮の君をめぐる「いとほし」と「あはれ」―続・「蜻蛉」の宮の君―」(南波浩編『紫式部の方法』笠間書院、平成14〈二〇〇二〉年。のち『『源氏物語』宇治十帖の継承と展開―女君流離の物語―』和泉書院、平成23〈二〇一一〉年)

(23)伊周の娘たちへの遺言(栄花、巻八「はつはな」)と宇治の八の宮のそれとが酷似するという指摘は、手塚昇『源氏物語の新研究』(至文堂、大正15〈一九二六〉年)にあるが、今井源衛『紫式部』(吉川弘文館、昭和41〈一九六六〉年)は、橋姫巻の執筆は寛弘六(一〇〇九)年二月の道長呪詛事件と、翌寛弘七(一〇一〇)年正月末の伊周の死去を考慮した結果だとし、宇治十帖は寛弘七(一〇一〇)年二月上旬から書き始められたとする。但し道長一門以外の名門貴族が父亡き後、後見を失って悲惨な運命をたどり、「人笑はれ」な末路に至ることを戒めた『栄花物語』の伊周の遺言は、当時の実状と『源氏物語』の影響に拠ると筆者は考えている。なお『源氏』の「人笑へ」「人笑はれ」については、原岡文子『源氏

物語の人物と表現　その両義的展開』（翰林書房、平成15〈二〇〇三〉年）「浮舟物語と「人笑へ」」（「国文学」平成5〈一九九三〉年11月）等が言及している。

(24) 浅尾広良「六条院／二条院／三条宮」（『源氏物語　宇治十帖の企て』おうふう、平成17〈二〇〇五〉年）

(25) 倉田実「宇治八宮邸寝殿の移築と新築」（『源氏物語の鑑賞と基礎知識　宿木（後半）』至文堂、平成17〈二〇〇五〉年10月）は、「移築は、大君や中の君との思い出を払拭する働きをしていたのである」とする。

(26) 藤本勝義「女二の宮を娶る薫―「宿木」巻の連続する儀式の意義をめぐって―」（『源氏物語の鑑賞と基礎知識　宿木（後半）』前掲）。以下同論考。なお『花鳥余情』には「式部卿重明親王嫁娶之時」召継にも禄を賜ふ事に関して「匂宮の御事もこれになすらふへし」とする。

(27) 中嶋朋恵「宿木巻の二つの結婚と産養―源氏物語創造―」（『源氏物語の展望　第四輯』平成20〈二〇〇八〉年）は、皇位継承の可能性があったとして重明親王と匂宮の立場の近似性を重視して匂宮の将来を見据えるが、重明親王は天暦八〈九五四〉年九月十四日（略記）に薨去するから、匂宮は立太子さえもおぼつかなくなろう。

(28) 『花鳥余情』は宿木巻の「右大臣殿ほのき、給て六の君はさりとも此君にこそは」に注して、「夕霧は竹河巻に左大臣に転す　右大臣はあやまれる也　但藤壺女御の父左大臣にまきる、によりてしはらくもとの右大臣をいへるにや」とする。

(29) 中野幸一編『源氏物語古註釈叢刊　第二巻』（武蔵野書院、昭和53〈一九七八〉年）に拠る。

(30) 憲平親王産養に関しては服藤早苗『平安王朝の子どもたち―王権と家・童―』（吉川弘文館、平成16〈二〇〇四〉年）が詳しく検証している。

(31) 産養の目的は中村義雄『王朝の風俗と文学』（塙書房、昭和37〈一九六二〉年）による新生児と産婦のために行われたとする認識でよいだろうが、産婦のために催されたとする平間充子「平安時代の出産儀礼に関する一考察」(「お茶の水史学」34、平成3〈一九九一〉年)もあり、さらにその平間説を検証した二村友佳子「古代の出産儀礼に関する一考察―平安時代の皇族の出産儀礼を中心に―」(「歴史研究」42、平成8〈一九九六〉年)もある。

(32) 三角洋一「明石の中宮を通して宇治十帖を読む(下)」(「むらさき」43、平成18〈二〇〇六〉年12月)

(33) 吉井美弥子「宇治を離れる中君―早蕨・宿木巻」(『源氏物語講座4 京と宇治の物語 物語作家の世界』勉誠社、平成4〈一九九二〉年。のち前掲書)

(34) 小嶋菜温子『源氏物語の性と生誕―王朝文化史論』(立教大学出版会、平成16〈二〇〇四〉年)「『源氏物語』の産養と人生儀礼―〈家〉と〈血〉の幻影」。ただ『九暦』逸文(『御産部類記』)の天暦四(九五〇)年に於ける女御安子所生の憲平親王産養で、第二皇子である憲平が第一皇子広平親王(元子所生)を越えて立太子する逆転劇を『紫式部日記』に叙される一条天皇の彰子所生敦成親王の産養をもって第一皇子敦康親王との逆転劇を見通す先例として指摘するが、そうした状況が、この宇治の中の君所生王子の産養に照射されるとすれば、好都合だが、憲平の立太子は異常な状況下であり、産養の日程も三・五・七・十一日で、九日を欠くのである。

〈参考文献〉

○山中裕『歴史物語成立序説』(東京大学出版会、昭和37〈一九六二〉年)
○藤村潔『源氏物語の構造 第二』(赤尾照文堂、昭和46〈一九七一〉年)「源氏物語の創造と紫式部日記」
○田中隆昭『源氏物語 引用の研究』(勉誠出版、平成11〈一九九九〉年)「源氏物語と『紫式部日記』」
○石川徹「紫式部日記管見―「思ひかけたりし心」をめぐって」(古代文学論叢第二輯『源氏物語とその周辺』武蔵野書院、昭和46

〈一九七二〉年）

○呉羽長「哀傷の春から孤愁の四季へ―『源氏物語』「幻」巻論―」（「平安文学研究」74、昭和60〈一九八五〉年12月）

○野口元大「『源氏物語』成立前後―『紫式部日記』との関連から―」（『源氏物語の探究　第十六輯』風間書房、平成3〈一九九一〉年）

○石原昭平『平安日記文学の研究』（勉誠社、平成9〈一九九七〉年）「紫式部日記と源氏物語の宇治十帖―現実否定と物語的可能性―」

○沼田晃一「紫式部日記と源氏物語―「なきもの」「あらぬ世」「蔦の色」等の表現をめぐって―」（「帝京国文学」3、平成8〈一九九六〉年9月。のち『研究講座　王朝女流日記の視界』新典社、平成11〈一九九九〉年再録）

○『源氏物語の鑑賞と基礎知識 ⑯椎本、㉘蜻蛉』（至文堂、平成13〈二〇〇一〉年4月、平成15〈二〇〇三〉年4月）

第二章　匂宮三帖と宇治十帖

――回帰する〈引用〉・継承する〈引用〉――

一　はじめに――宇治十帖の始発

『源氏物語』五十四帖の執筆の営為とその完成を、光源氏の没後を描く続篇十三帖、いわゆる第三部は、正篇との間に時間的にも八年の空白を置き、その上宇治十帖は京から離れた宇治に舞台を移す点からしても、物語の主題構想的にも、作者はいったん筆を擱いて中断した感が否めない。

正篇と宇治十帖との断絶に関して、今井源衛は「『源氏物語』全巻の完成はおそらく早くとも寛弘五年以降であり、第二部と第三部、とくに宇治十帖橋姫巻の改まった執筆態度や、第三部全体の主題や内容が第一部までとの間にかなり大きな距離を有することを考えるならば、私はむしろ、寛弘六年ごろにはまだそれは書かれていなかったように思うのである。」と述べ、注(1)また今西祐一郎は正篇が「上の品」の物語であるのに対し、都をさえ離れた「中の品」の物語である「宇治十帖の構想はそうやすやすと生み出されたものではなかった。」とし、つづけて「「中の品」の物語で続篇を始めることに大きなためらいが伴ったであろうことは、想像にかたくない。光源氏の物語を承けての続篇、いわゆる第三部が、ただちに宇治十帖で始まるのではなく、その前に「上の品」を舞台とする匂宮、紅梅、竹河の三巻が置かれているということも、新たな「中の品」の物語誕生のむつかしさを反映したものと考えれば、納得がゆく。注(2)」

とも述べている。

これらの言説からも、いかにも宇治十帖という物語が正篇と異なる主題、設定を構え、隔絶し、改まった執筆姿勢で新たな物語として始動しているのかが窺い知られる。そのために作者は執筆再開までに相当な年月を要したのではないかとも推知されるのだが、例えば前者の今井氏は、宇治十帖の執筆完成の期間を寛弘七（一〇一〇）年二月より同年六月頃までとしていて、正篇献上本の幻巻までの完成を寛弘五（一〇〇八）年十一月十七日までとも考察しているから、[注(3)]実質その空白は丸々寛弘六（一〇〇九）年とその前後一カ月ずつということになる。これは前記両者の言説に於ける正篇との隔たりを誇張するかのような口吻の意味性とは乖離して、意外に短期間な年月の経過なのではないだろうか。さらに今井説に拠れば匂宮三帖はこの約一年二カ月の空白期に書かれたというのだから。[注(4)]

というのも、紫式部の晩年に宮仕え女房としてその顔をみせる『小右記』長和二（一〇一三）年五月二十五日条の記事[注(5)]にもまして、寛仁三（一〇一九）年正月五日条で実資と彰子の取り次ぎ役を勤める「女房」が同じく紫式部だとしたら、その空白の五年間や再出仕の事情はともかくとして、宇治十帖の執筆などとは何ら撞着しないようだから、紫式部の最晩年に至って『源氏物語』が完成したということには今井説もなっていないのである。しかも寛弘八（一〇一一）年六月には一条天皇が崩御するから、それまでには遅くとも『源氏物語』作者としての任から解放されていたのであろう。

このような紫式部の宮仕え動向や前記した先行研究者の言説を鑑みれば、『源氏物語』全篇の完成に関して、正篇から続篇への中断が、光源氏の生死を境とする物語構造上の断絶から引き出されたことではなく、[注(6)]「宇治十帖」の物語的転換がどのような理由に拠るところなのか、その背景を寛弘六（一〇〇九）年という特定期間に於ける作者側の問題として考えてみる必要があると思うのである。

そこで、本稿を「匂宮三帖と宇治十帖」と題する理由は、物語の発想や方法の点から、正篇と「宇治十帖」との間に断絶をみる従来の視座よりも連動、連接させようとする試みであるからであり、本稿および『宇治十帖』の成立前後を不問[注(7)]に付して『紫式部日記』との表現類似を指摘した前々稿「宇治十帖の表現位相―作者の時代との交差―」（「学苑」841、平成22〈二〇一〇〉年11月。これを(A)稿とする。本書〈Ⅰ・第一章〉）と、夕霧の落葉の宮獲得の物語構図を踏まえて宇治十帖との対照を検証した前稿「夕霧巻と宇治十帖―落葉の宮獲得の要因―」（「学苑」853、平成23〈二〇一一〉年11月。これを(B)稿とする。本書〈Ⅰ・第四章〉）とで、宇治十帖の成立に関する三部作としたい。

なおこうした作業を通してあらかじめ浮上してくる問題を提言として挙げておこうと思う。既に(A)稿に於いて『紫式部日記』に記述される中務宮具平親王女隆姫と道長の嫡子頼通との婚姻仲介の依頼として従来は考えられていた件りは、紫式部の「まことに心のうちは、思ひゐたることおほかり」との複雑な感懐がともなうことは、そうした直線的な理会に帰結し難い式部を取り捲く位境にあったことを指摘した。そして、(B)稿の夕霧による落葉の宮獲得に関わって今上帝女一の宮の幸せを気遣う紫の上の述懐に「女ばかり、身をもてなすさまもところせう、あはれなるべきものはなし」（夕霧巻。④四五六頁）[注(8)]とあることや、後見なき女三の宮の行末を憂慮した父朱雀院の「女は心より外に、あはあはしく人におとしめらるる宿世あるなん、いと口惜しく悲しき」（若菜上巻。④二〇頁）との発言は、皇女の身の生き難さが語られる物語の文脈だが、紫式部の現実にも直面する問題として、その思惟を先鋭化させていたに違いないのであろう。

さて『源氏物語』執筆が中断したらしい寛弘六（一〇〇九）年に何があったのか。今井説[注(9)]は、寛弘六（一〇〇九）年の道長家呪詛事件につづき翌七（一〇一〇）年正月末の藤原伊周の死去が紫式部に影響を与え、とりわけ伊周の娘たちへの遺言（栄花物語、巻八「はつはな」）が、橋姫巻の八の宮の遺言と酷似している点から、新しい物語の主題と構想を惹起する契機となったとする。一方、『紫式部日記』は寛弘六（一〇〇九）年正月の敦成親王御戴餅の儀の記事と寛弘七（一〇一〇）年正月の敦成・敦良両親王御戴餅の儀の記事との間が、いわゆる消息文的部分となっていて、寛弘六（一〇〇九）年の彰子第二子懐妊そして敦良誕生及び産養の記事が欠落しているのである。これを原田敦子は、紫式部が道長家栄華の陰に「常に中関白家の不幸と悲劇が存した」[注10]ことを見据えていたのだとした。つまり寛弘六（一〇〇九）年という年は『源氏物語』にとっても『紫式部日記』にとっても、その作品形成上に影響を与えた事件があったことになり、それが両者とも道長方への呪詛事件による中関白家の凋落を重視している点で共通していることになる。

しかし、寛弘六（一〇〇九）年には紫式部にとってもっと卑近な弔事があったことを忘れてはならないであろう。それは他ならぬ中務宮具平親王の薨去である（御堂関白記、寛弘六〈一〇〇九〉年七月二十九日条）。具平親王家は紫式部の家系と縁つづきである上に父為時や伯父為頼が親密な関係にあり、それゆえ紫式部の初出仕先を具平親王家と想定することが可能なのだが[注11]、その上「帚木三帖」を具平親王家サロンに於ける執筆とまで考えることが許されるならば[注12]、道長によって「そなたの心寄せある人」としてもちかけられた相談事にどう対処してよいものなのか。受領出の疎外感とする秋山虔の読みもあるが[注13]、道長家への移籍が具平親王家との関係を悪化させたことによって、「思ひゐたること おほかり」という紫式部の現況の苦しい立場を滲ませる表出となっているとするならば、寛弘六（一〇〇九）年七月の具平親王の薨去の影響は測りしれないであろう。中関白家嫡男伊周の死去と後に残された二人の娘たちへの遺言が、宇治八の宮の遺言と酷似するとの指摘は、具平親王の薨去及び姫君の結婚案件とが相俟ったところでの物語創作への影響が想定されるべきなのである。そして、「匂宮三帖」の「帚木三帖」と相対する物語構造までもが、今西氏の言う「中の品」の物語として、宮家の残された姫君たちの生き難さを問う物語へと進展する方向を示唆することに転換したのも無理からぬこととなろう。

つまり本稿は「匂宮三帖」と「宇治十帖」との間に存する断絶や本文矛盾として挙げられる従来からの論点である匂兵部卿巻の冷泉院女一の宮から今上帝女一の宮構想への転換、紅梅巻の螢兵部卿宮の遺児で真木柱の連れ子である宮の御方への匂宮の執心の行方、そして竹河巻の右大臣夕霧の左大臣及び紅梅大納言の右大臣昇任に関する本文矛盾について、その解消を直接意図するものでないこともあらかじめ言いおいておきたい。

二　竹河巻の蔵人少将――密通不首尾の引用機構

竹河巻は、夕霧の六男蔵人少将[注14]の玉鬘大君への求婚と失恋を描く物語で、若菜上下巻の女三の宮求婚譚を対象化していて、蔵人少将造型への柏木の投影から婿選定の経過まで従来から指摘されている類似点を星山健は整理して前者に関しては九項目、後者に十一項目を挙げている。[注15]星山氏は「宇治十帖を書き始めるにあたり、「信用できない語り手」「悪御達」を創造し、彼女に柏木・女三宮物語を引用させる形をもって、新主人公薫の「血の系図と同時に、生き方の系図」を、読者の前に今一度明らかにするとともに、語りというものの相対性を示したのである。」と説いている。「血の系図と同時に、生き方の系図」という言い回しは益田勝実の言表[注16]で、柏木の血を承ける薫の出生の秘密とそれへの懐疑は既に匂兵部卿巻に於いて確認されていて、その上で竹河巻では恋の苦悶から逃れえぬ宿運を改めて示して新しい物語を書き始めたというのである。それならば社会的に光源氏の子として生きる薫の相克として宿木巻までを見通す「生き方の系図」とはならない[注17]はずなのである。まして恋の苦悶から逃れえぬ宿運では光源氏とて同然であったたであろう。

竹河巻に於ける蔵人少将・玉鬘大君物語が過剰に柏木・女三の宮物語を引用摂取して物語展開を重ねていくが、最後にその結末の不一致、つまり密通と不義の子の誕生が回避されることで、薫の出生の真偽が決着する「悪御達」の語りであったはずだが、〈生き方の系図〉にも二通りの選択肢があることが暗に示されることとなった。玉鬘の「まめ人」との挑発にのったかのような玉鬘大君への仄かな恋情が、愛執に迷妄する扉を開く動機づけとなったにしても、いまだ玉鬘大君への恋情は蔵人少将の陰に隠れるものであった。薫の実父柏木の位相を占めたのは、夕霧の息蔵人少将であって、薫は逆にかつての夕霧の立場にあった。注(18) 竹河巻は匂兵部卿巻とは異なって〈血の系図〉は、薫を自明的に規制、束縛する要因とはならなかったが、玉鬘が薫を「おほかた、この君（薫―筆者注）は、あやしう故大納言（柏木）の御ありさまにいとようおぼえ、琴の音など、ただそれとこそおぼえつれ」（⑤七二頁）と見抜くように、薫にとって薄氷を踏むが如くの危うい現実の只中にあったことは間違いないのである。

一方、野分巻での紫の上に対して、あるいは玉鬘求婚譚を経て培われた夕霧の恋情の抑制、自制が、引用の方法によって薫の位相に限定的に作用するものでもなかった。例えば、玉鬘大君が冷泉院に参入し、男御子を産んだ後も、蔵人少将（既に三位中将）の想いは絶えることがなかった。

この中将は、なほ思ひそめし心絶えず、うくもつらくも思ひつつ、左大臣の御むすめを得たれどをさをさ心もとめず、「道のはてなる常陸帯の」と、手習にも、言ぐさにもするは、いかに思ふやうのあるにかありけん。（竹河巻。⑤一〇六頁。傍線・波線筆者）

この蔵人少将の恋着は、どのようにして収束するのであろうか。池田和臣は波線部「いかに思ふやうのあるにかありけん」という草子地や少将の戯画化の方法によって、「はぐらかされ主題化してゆかない」注(19)と説いて、少なくともこれ以上の物語展開が阻止されるという。それに対し、蔵人少将が日頃手習書きや口ずさみの種としていた傍線部の引歌「東路の道のはてなる常陸帯のかごとばかりも逢ひ見てしがな」（古今六帖・五）に着目したのが、藪葉子であった。注(20) それは玉鬘求婚譚中の一巻である藤袴巻に、夕霧が玉鬘に対し蘭の花をもってその胸中を告白する場面で、「東路の」歌が既に引用されていたからであった。

かかるついでにとや思ひよりけむ、蘭の花のいとおもしろきを持たまへりけるを、御簾のつまよりさし入れて、「これも御覧ずべきゆゑはありけり」とてとみにもゆるさで持たまへれば、うつたへに思ひもよらで取りたまふ御袖をひき動かしたり。

（夕霧）おなじ野の露にやつるる藤袴あはれはかけよかごとばかりも

「道のはてなる」とかや、いと心づきなくうたてなりぬれど、見知らぬさまに、やをらひき入りて、

（玉鬘）「たづぬるにはるけき野辺の露ならばうす紫やかごとならまし

かやうにて聞こゆるより、深きゆゑはいかが」とのたまへば、……　（③三三二頁）

傍線部「「道のはてなる」とかや」は、藪氏が検討したように夕霧歌の末句に「かごとばかりも」とあるところから、「東路の」歌の下句「かごとばかりも逢ひ見てしがな」が喚起されて、夕霧が御簾越しに玉鬘の袖を取らえた行為の意図するところを補った草子地なのであろう。玉鬘の拒否の歌は、紫をゆかりとしてその血縁（従姉弟）ゆえの根拠を口実に御簾を隔てての対面以上の接近した逢瀬などを望むべくもないとする。

引用本文以下には、長々と夕霧の哀訴がつづき、その言辞の最後に「あはれとだに思しおけよ」まで置いて、語り手は「かたはらいたければ書かぬなり」と括って、物語の展開を停止している。結局、玉鬘は髭黒右大将に委ねられてしまうから、夕霧や柏木の未発の情念は、本流の紫の上系の女三の宮求婚譚に持ち越すことになる。求婚譚に於ける「あはれ」の要求や命を賭けた恋情のほとばしりは、その立場や位相を逆転させたり、反転させて以後引き継がれ、深化することになるが、竹河巻の蔵人少将の造型や場面、さらに設置される類型表現が、柏木・女三の宮物語一辺倒ではなく、こうした玉鬘系の藤袴巻に於いて夕霧の求愛が不首尾に終わる「東路の」歌の竹河巻への転移引用は、そ

れが夕霧・蔵人少将父子と玉鬘・大君母娘とが対応する求婚譚だけになおさら有効に機能しているのだと言えよう。注(21)

しからば、拙稿(B)に於いて夕霧・落葉の宮物語と薫・宇治大君物語との間に24箇所にものぼる共通項を確認したが、これをどのような方法的文脈として位置づけられるのか。竹河巻の蔵人少将・玉鬘大君物語に於ける柏木・女三の宮物語の徹底した引用構造の中で、機能した引き歌が「帚木三帖」を起点とする玉鬘系に用いられていたことに特別な意図があるのだろうか。いったい「匂宮三帖」が「宇治十帖」への橋渡し、仲介の巻々だと認識される中で、蔵人少将・玉鬘大君物語と薫・宇治大君物語とに共通するもう一つの物語として光源氏の末摘花物語の影に注目するあたりから、連結と反転の物語機構を考える糸口としよう。

三　宇治の大君・中の君形象の方法

竹河巻ではあくまで蔵人少将の陰に隠れていた薫が、玉鬘とその娘大君の風姿から「宇治の姫君の心とまりておぼゆるも、かうざまなるけはひのをかしきぞかし」（⑤一一〇頁）と思う一文の介在は、巻序の形成では順当な連接をもって橋姫巻へとつなぐこととなる。しかも、新たに宇治に八の宮という失意の宮家を構想し、その姫君たちをかいま見る場面を設置して、仏の道を歩む薫に恋に悩む表情を確かに与えたのである。

竹河巻の次巻となる橋姫巻に再びかいま見場面が繰り返されることになるが、それは安易で稚拙な方法にすぎなかったのかどうか。竹河巻の蔵人少将のかいま見が、桜下で禁忌性を帯び、姉妹が囲碁に興じ、その命運を見定める。注(22)桜下の〈かいま見〉が柏木・女三の宮物語の脈絡を保つ一方、囲碁は空蟬巻に於いて光源氏が空蟬と軒端荻とかいま見る場面を想起させ、その後寝所に忍び入った光源氏は、いちはやく逃れ出た空蟬に代って、その場に残った軒端荻と契った。総角巻には同趣向の場面が設定されているが、薫は身を隠した大君の代わりに中の君と契ることはしなかった。[注23]薫の大君への一途な恋の姿勢が確認される場面であろう。

橋姫巻の晩秋の景での〈かいま見〉が〈姉妹〉であった点で、竹河巻と連結させながらも、もう一つお互いに正篇の末摘花物語が引用されている点でも共通している。

○竹河巻

侍従の君、まめ人の名をうれたしと思ひければ、二十余日のころ、梅の花盛りなるに、にほひ少なげにとりなされじ、すき者ならはむかしと思して、藤侍従の御もとにおはしたり。中門入りたまふほどに、同じ直衣姿なる人立てりけり。隠れなむと思ひけるをひきとどめたれば、この常に立ちわづらふ少将なりけり。寝殿の西面に琵琶、箏の琴の声するに心をまどはして立てるなめり。苦しげや、人のゆるさぬこと思ひはじめむは罪深かるべきわざかな、と思ふ。

（⑤七〇～一頁）

○末摘花巻

寝殿の方に、人のけはひ聞くやうもやと思して、やをら立ちのきたまふ。透垣のただすこし折れ残りたる隠れの方に立ち寄りたまふに、もとより立てる男ありけり。誰ならむ、心かけたるすき者ありけりと思して、蔭につきてたち隠れたまへば、頭中将なりけり。

（①二七一頁）

姫君の居所で二人の貴公子が不意に出会うという同趣向の場面に傍線部のように類似表現を伴っている。「まめ人の名をうれたし」と思う薫（侍従の君）があえて「すき者ならはむかし」と思って挑戦するのだが、結局は観察者の位地に後退してしまう。竹河巻の薫と蔵人少将の関係を、末摘花巻の光源氏と頭中将との関係に匹敵させようとの光源氏を追懐する玉鬘方の眼差で、藤本勝義が言うように「光源氏の後継者もしくは再来としての、熱い期待がこめられ」[注24]た薫が、あえなく退散してしまうのである。その後、梅から桜の季節になって、蔵人少将のかいま見場面が設定されるに至るが、当該引用場面で恋に迷妄する少将が立ち聞いているのは、「寝殿の西面に琵琶、箏の琴の声」とあり、玉鬘大君・中の君姉妹から宇治の大君・中の君姉妹が弾く楽の音に導かれる橋姫巻に於ける薫のかいま見場面へと末摘花物語ともども継承されることになったのかもしれないのである。

一般的に落魄した宮家という以外には共有するイメージを持ち得ない橋姫物語と末摘花物語との意外な類似について、今西祐一郎[注(25)]が指摘する「中の品」の物語としてその姫君や仕える老女房たちの構図以外にも多くを指摘したのは星山健であった。[注(26)]星山氏は「出来事・設定に関する類似」として十三項目を挙げ、その上で亡き夕顔の面影を求める光源氏に一つの幻想を抱かせたというのである。末摘花巻の当該箇所を引用しよう。

○末摘花巻

いといたう荒れわたりてさびしき所に、さばかりの人の、古めかしうところせくかしづきすゑたりけむなごりなく、いかに思ほし残すことなからむ、かやうの所にこそは、昔物語にもあはれなる事どももありけれなど思ひつづけても、ものや言ひ寄らましと思せど、うちつけにや思さむと心恥づかしくて、やすらひたまふ。

（①二六九頁）

○橋姫巻

はかなきことをうちとけのたまひかはしたるけはひども、さらによそに思ひやりしには似ず、いとあはれになつかしうをかし。昔物語などに語り伝へて、若き女房などの読むをも聞くに、かならずかやうのことを言ひたる、さしもあらざりけんと憎く推しはからるるを、げにあはれなるものの隅ありぬべき世なりけりと心移りぬべし。

（⑤一四〇頁）

光源氏の期待は醜貌の姫君ゆえ裏切られるが、こうした山里めいて荒涼とした葎の門を昔物語の理想郷としていて、

「げに心苦しくらうたげならん人をここにすゑて、うしろめたう恋しと思はばや」（①二九五頁）との願望を抱いていたのであった。一方、橋姫巻のかいま見では、薫によって中の君の容貌が「いみじくらうたげににほひやかなるべし」（⑤一三九頁）と捉えられていた。つまり、この両巻の「昔物語」の概念を基点とする対照を星山氏は「「昔物語」のパロディーとして創造された末摘花物語の展開をベースにしながら、王朝の姫君として彼女に欠けていた美質を付加することにより、（橋姫物語は―筆者注）典型的な「昔物語」的ヒロインとしての中の君像を作り上げていったのである」と説いたのである。藤本勝義も宇治の中の君が「昔物語」のヒロインの系譜上に「ゆゆし」「にほひやかなり」の形容をもって位地し、竹河巻の玉鬘―玉鬘大君の延長上に宇治の中の君を設定したとした。さらに宇治の物語の基調はその「にほひやか」さを捨象する点にあり、「薫・大君・浮舟の憂愁を描くところに本旨」があるというのである。[注27]まさに薫が選んだのは「昔物語」に於ける正統的ヒロイン像の中の君ではなく、そうした美質表現を冠しない姉の大君の方なのであった。

　ところで、蓬生巻で末摘花が昼寝に故父宮の夢を見る趣向は、総角巻に於いて宇治の中の君に現象する。[注28]

　昼寝の君、風のいと荒きにおどろかされて起き上がりたまへり。山吹、薄色などはなやかなる色あひに、御顔はことさらに染めにほはしたらむやうに、いとをかしくはなばなとして、いささかもの思ふべきさまもしたまへらず。（総角巻。⑤三一一頁）

　藤本氏の指摘は、中の君の「山吹」（傍線）色の衣装に着目して、竹河巻で蔵人少将のかいま見時に玉鬘大君の衣装も桜の細長に山吹襲であったことをもって玉鬘大君―宇治中の君の系譜の傍証として挙げるにすぎない。造型上の系譜に関しては、以下の如くむしろかいま見場面に於ける竹河巻の玉鬘中の君と橋姫巻や椎本巻での宇治大君との鮮やかな照応の方に注目すべきなのである。

○玉鬘中の君

薄紅梅に、御髪いろにて、柳の糸のやうにたをたをと見ゆ。いとそびやかになまめかしう澄みたるさまして、重りかに心深きけはひはまさりたまへど、（大君）にほひやかなるけはひはこよなしとぞ人思へる。（竹河巻。⑤七五頁）

○宇治大君

うち笑ひたるけはひ、いますこし重りかによしづきたり。（橋姫巻。⑤一四〇頁）

黒き袷一襲、同じやうなる色あひを着たまへれど、これはなつかしうなまめきて、あはれげに心苦しうおぼゆ。髪さはらかなるほどに落ちたるなるべし、末すこし細りて、色なりとかいふめる翡翠だちていとをかしげに、糸をよりかけたるやうなり。紫の紙に書きたる経を片手に持ちたまへる手つき、かれよりも細さまさりて、瘦《や》せ瘦《や》せなるべし。（椎本巻。⑤二一八頁）

玉鬘中の君と宇治大君はその姿形の様子を「なまめかし」「なまめく」注(29)（傍線箇所）と捉え、そして人柄の「重りか」（同）である点、さらに波線箇所の髪の美しさの形容が共通している。つまり、竹河巻の玉鬘姉妹の容姿描写を、宇治の姉妹には逆転させて用いているのであり、単に「玉鬘大君→宇治中の君」の系譜ばかりではなく、「玉鬘中の君→宇治大君」という継承関係を形作って、同じような人物造型・設定の繰り返しになる姉妹物語の展開を避けているようである。

また同工異曲の方法は、竹河巻の蔵人少将にはかいま見時の衣装の色目によって、恋慕の対象である玉鬘大君を「夕暮の霞の紛れはさやかならねど、つくづくと見れば、桜色の文目もそれと見分きつ」（⑤七九頁）と、はっきりと確認させている。こうした衣装や容姿描写によって姉妹を区別させているのだが、橋姫物語に於ける薫の場合は、かいま見場面が二度設定されているにも拘らず、衣装や容姿描写が姉妹の区別に機能していないかのようで、ただ椎本巻末では中の君から薫が理想とする今上帝女一の宮までが引き合わせられて、「かたはらめなど、あならうたげと見えて、にほひやかにやはらかにおほどきたるけはひ、女一宮もかうざまにぞおはすべき」（⑤二一七頁）と叙される。容姿描写に於ける美質形容はくどいほどの峻別であって、明らかに「らうたげ」で「にほひやか」な麗人に薫は目をとめているのである。ということは、竹河巻の「宇治の姫君」に心魅かれるという記述は、容姿上の系譜からは「昔物語」に於ける正統的なヒロイン像の中の君の方であったはずで、橋姫物語の進展に従って薫の心が姉の大君の方へと傾くのは、物語の構想の変更なのか、それとも内的必然性があってのことなのか、薫の特異な恋着の方向を次に見定めたい。

四　薫の想い――幻想の恋着

匂兵部卿巻では出離の妨げとなる女性関係には消極的であった薫が、典型的な「昔物語」の世界に引き込まれ、宇治の姫君たちに心魅かれてゆく。では薫はどのような理由で伝統的なヒロイン像として形象される中の君の方ではなく、姉の大君を選んだのであろうか。言い換えれば、それは大君に薫が何を求めていたのかということでもあろうか、その場合母女三の宮を絡めて論ぜられることが最も多いようである。とりわけ長谷川政春は、女三の宮の尼姿と大君の喪服姿が、薫にとってイメージとして重なり合い、「母親レベルと恋の相手となるべき女たちのレベルとの境界が曖昧で」、それゆえ「母女三宮から大君への雪崩式の移行がなされている」[注(30)]というのが、短絡的に両者を結びつける最たる論で、また近時その長谷川説に賛していく傾向がみうけられるようである。[注(31)]しかし、長谷川氏は薫の視線に捉えられたというが、前節に指摘した如くの本文表現上に女三の宮と大君とが連結する証左はないのである。

橋姫巻のかいま見が、典型的な「昔物語」の世界を末摘花巻に回帰して切り拓いてゆく時、山里めいた洛中の風景に佇む荒廃した宮邸ではなく、まさに宇治の山里に零落した宮によって愛育された深窓の美しい姫君たちを見出し引き込まれてゆくのである。光源氏は結果的に赤鼻の姫君に裏切られたけれども、その志向は継承されているとみるべきだろう。末摘花巻の前掲引用本文に「いかに思ほし残すことなからむ」（波線箇所）とあって、荒れて寂しい境遇に据え置かれる姫君の苦衷や悲哀への関心がそこには掲げてあった。「世の常のすきずきしき筋には思しめし放つべくや」（橋姫巻。⑤一四二頁）として薫が大君に交誼を求めていくのも、色好みに脱しない偽りのない真摯な姿勢の披瀝なのであろう。

かいま見後の大君との歌の贈答の前に次のような末摘花巻（波線箇所）と一致する文言が存することに注意したい。

　峰の八重雲思ひやる隔て多くあはれなるに、なほこの姫君たちの御心の中ども心苦しう、何ごとを思し残すらん、かくいと奥まりたまへるもことわりぞかしなどおぼゆ。　（橋姫巻。⑤一四八頁）

薫は自らの孤絶感に引き寄せて、山で仏道修行する父八の宮との隔たりから、もの思いというもの思いの限りを尽くしているのが、この宇治の姫君たちなのだという認知を与えたのである。その確認として薫の視線によってあらためて捉えられたのが、椎本巻末のかいま見だったといえよう。前掲引用文中にある大君の髪や身体についての描写に、「髪さはらかなるほどに落ちたるなるべし」「手つき、かれよりも細さまさりて、痩《や》せ痩《や》せなるべし」とは、心労のためのやつれと判断される。[注32] こうした描写があって、次巻に急展開する。

まだ八の宮の一周忌の喪も明けない総角巻に、薫は大君の寝所に押し入り、添い臥すことになる。強引な進入を非難する大君を前に事なく終わる薫が居るばかりだが、次に掲げるのは、明け方をむかえようやく落ち着きをとり戻した薫の告白と大君の返答である。

（薫）「何とはなくて、ただかやうに月をも花をも、同じ心にもて遊び、はかなき世のありさまを聞こえあはせてなむ

過ぐさまほしき」と、いとなつかしきさまして語らひきこえたまへば、やうやう恐ろしさも慰みて、「（大君）かういと
はしたなからで、物隔ててなど聞こえば、まことに心の隔てはさらにあるまじくなむ」と答へたまふ。
（総角巻。⑤二三七〜八頁）

薫が屏風を押し開けて入ってきたのを、大君が咎めて「隔てなきとはかかるをや言ふらむ」（⑤二三四頁）などという悶着があった。薫にとっては二人の語らいの場に簾や屏風があって仕切られていることがうち溶け難いというのであろう。「物隔て」がないのが「心の隔て」のないことなのだと主張する薫に対し、「物隔て」があってこそ本当の「心の隔て」はなくなるのだという大君の抵抗は、このように男が押し入り情交を迫る場面では、物語文学史上画期的な女側からの男の論理に対する挑戦で、「こののたまふ宿世といふらむ方は、目にも見えぬことにて、いかにもいかにも思ひたどられず」注[33]（⑤二六六頁）との切り返しともども検討に値するし、さらに「隔て」の意識の「はらから」論への展開注[34]や、女主人の意に反して、結婚を望む女房たちが男を導き入れること等々、この場面から考察すべき課題は多いけれども、本稿では引用本文の傍点箇所「同じ心に」を注視する。

「何とはなくて、ただかやうに月をも花をも、同じ心にもて遊び……」とは、確かに身体の結びつきではなく心の共有を請う薫の本音なのだろうが、この文脈に位地づけられる「同じ心に」とはそれほど特異な表現ではなく、想定しうる引歌も直ちに考えられないかもしれない。しかし、末摘花が夕暮れになって届いた光源氏の遅すぎる後朝の文に返歌した次の詠と響き合っていよう。

晴れぬ夜の月まつ里をおもひやれおなじ心にながめせずとも
（末摘花巻。①二八七頁）

当該歌が『拾遺集』（恋三）『信明集』の「恋しさは同じ心にあらずとも今宵の月を君見ざらめや」を呼び起こし、薫の発言が『信明集』の「あたら夜の月と花とを同じくはあはれ知れらむ人に見せばや」を底流に潜ませていること

も明らかであろうと思われる。[注35]

末摘花は同じ心で慕ってくれることを望み光源氏を待ったが、光源氏の幻想を引き継いだ薫は大君に同じ心を期待し、「宇治」という山里でそれを実現しようとした。蓬生巻で確かとなる末摘花の〈待つ女〉のイメージを移し植えたのは、橋姫巻に於ける薫詠「橋姫の心を汲みて高瀬さす棹のしづくに袖ぞ濡れぬる　ながめたまふらむかし」（⑤一四九頁）が、「さむしろに衣片敷きこよひもや我を待つらむ宇治の橋姫」（古今集・恋四、よみ人しらず）が踏まえられている点からしても、もの思いに沈み憂愁を抱きつつある、〈待つ女〉のイメージが形成されたのであろう。

光源氏は故常陸宮の意向にそって、末摘花を世話する訳だが、同じように故八の宮から薫も後見を頼まれ、その遺志を遂行しようとした。ところが、中の君と匂宮との結婚という行き違いもあって、頑に父宮の遺戒（安易な結婚の禁止）を遵守しようとして、大君は薫を拒み通すことになる。

大君の拒否の理由は、亡き父宮の遺戒遵守の他にもいくつか考えられ、尊貴な宮家の矜持（「人笑へ」への警戒[注36]）、男性不信、女の身の生き難さの痛感等を挙げ得るにしても、妹中の君の幸福を願い、自分は後見の立場に退こうとした背景には、みずからの容色の衰えを意識し、[注37]薫に対し「恥づかしげに見えにくき気色」（総角巻。⑤二四〇頁）を自覚することも、その要因の一つとして挙げ得よう。[注38]薫が求めた「心細し」を慰める方途として隔てなく大君に寄り添うことが潰える経緯に、大君の自律する思念の芽生えがあったことになるが、外見上の衰えの刻印も無残にとどめている。

我もやうやう盛り過ぎぬる身ぞかし、鏡を見れば、痩せ痩せになりもてゆく……（総角巻。⑤二八〇頁）

二十六歳の大君が憂いの積み重ねによって疲弊し、「痩せ痩せ」の身体から生気を失わせてゆく。それに対し、屈託のない昼寝の中の君は、もの思いで夜眠れない証しであるはずなのに、「うたた寝の御さまのいとらうたげ」（⑤三一〇頁）であり、「いとをかしくはなばな」として「いささかもの思ふべきさまもしたまへらず」（⑤三一一頁）なのである。大君の目には結ばれた匂宮の間遠さえも妹中の君から一身に労苦を奪い取ってしまっているのが自分自身なのだと映らなかったのであろう。薫を魅きつける憂いの証しであるはずの「痩せ痩せ」までが、大君の忌避の自覚を促し、薫を拒む結果になったとは皮肉な回り合わせというべきかもしれない。

五　方法としての浮舟物語

『うつほ物語』の仲澄が実姉あて宮を想って悶死するが、「はらから」の間柄を望まれそれを拒否する女の方が、自死するのは特異な物語展開で、大君亡き後、その面影を如実に宿す形代となる浮舟が要請され登場するのは、いかにも『源氏物語』らしい方法だともいえよう。薫に迫られた中の君が祓えの「人形《ひとかた》」として呼び込んだ浮舟を、池田和臣は「中君の内的必然性によってもたらされる」と言う。注(39) それは以後の中の君の運命を浮舟が分け持つということなのだろうか。入水や出家の構想が浮舟の登場時点で定まっていたのかどうか、池田論考は入水までは容認しているようである。注(40)

ともかく異母妹浮舟が、薫に「ただそれと思ひ出でらるる」（宿木巻。⑤四九三頁）大君の形代である限りは、その容貌・様体、つまり顔・姿形の外見がまず酷似する表現描写が伴うはずなのである。

○東屋巻の浮舟

人のさまいとらうたげにおほどきたれば、見劣りもせず、いとあはれと思しけり。（⑥九二頁）

○浮舟巻の浮舟

ありがたきものは、人の心にもあるかな、らうたげにおほどかなりとは見えながら、色めきたる方は添ひたる人ぞかし、（⑥一七五頁）

浮舟の容姿や性情への付与表現は、「らうたげ」と「おほどく」「おほどかなり」であって、この二種類の語が同時に用いられるのは、他に落葉の宮の一例（④四三六頁）と、宇治の中の君の二例（橋姫巻⑤一二二頁。椎本巻⑤二一七頁）があるのみである。注(41)つまり、浮舟は大君の形代であっても、その美質である「あて（貴）」「なまめかし」が付与される訳ではなく、妹の中の君の「らうたげ」「おほどか」を継いで形容されている。だからといって、それが皇女や女王の気品や優美さに欠けていて、浮舟の母中将の君や東国育ちの卑しさが前面に出て、宮家の姫君としての高貴さが損なわれているということでは決してないのである。椎本巻のかいま見場面では、中の君の「おほどきたるけはひ」が薫の理想の女《ひと》今上帝女一の宮を想起させている経緯をみても、むしろ尊貴性を感じさせる美点となり得ていよう。注(42)中の君を匂宮に譲り後悔し、今上帝の女二の宮の降嫁にあずかる栄誉を得ても、なお明石中宮腹の女一の宮を得られないことに落胆する薫に、光源氏が幻視した「昔物語」のヒロインが再び登場したという体なのであろう。浮舟の「らうたげ」「おほどかなり」の美質がそれを証明しているはずであり、大君や中の君の如く失うことを薫はどうしても避けねばならなかった。そのための形代登場であったはずなのに、容姿や性情表現上は大君の形代とはいえない矛盾を孕んでいて、これは中の君と同じ運命を歩むという予示として機能することになるのであろうか。

前掲引用した東屋巻の例は、薫が三条の小家に身を隠していた浮舟のもとを訪れた時の最初の印象なのだが、翌朝その隠れ家から宇治へ連れ出した時には、「昔のいと萎《な》えばみたりし御姿のあてになまめかしかりしのみ思ひ出でられて。髪の裾のをかしげさなどは、こまごまとあてなり」（⑥九八頁）と、あえて髪の裾にまで大君の面影を見出そうとする体で注(43)この連れ出しも何かに急立てられているかのようなのである。次に引くのは到着直後の宇治で東国育ちの浮舟に琴でも教えて教養を身につけさせようとする場面である。

いと恥づかしくて、白き扇をまさぐりつつ添ひ臥したるかたはらめ、いと隈なう白うて、なまめいたる額髪の隙など、いとよく思ひ出でられてあはれなり。まいて、かやうのこともつきなからず教へなさばやと思して、「これはすこしほのめかいたまひたりや。あはれ、わがつまといふ琴は、されとも手ならしたまひけん」など、問ひたまふ。（中略）琴は押しやりて、「楚王の台の上の夜の琴の声」と誦じたまへるも、かの弓をのみ引くあたりにはらひて、いとめでたく思ふやうなりと、侍従も聞きゐたりけり。さるは扇の色も心おきつべき閨のいにしへをば知らねば、ひとへにめできこゆるぞ、おくれたるなめるかし。事こそあれ、あやしくも言ひつるかなと思す。

（東屋巻。⑥一〇〇～一頁）

薫の三条の小家訪問、連れ出し、そして宇治での睦びとこれら一連の場面は、はやくから夕顔巻や若紫巻との類似が指摘され、とりわけ夕顔と浮舟との人物造型の共通性ばかりではなく、夕顔物語と浮舟物語との物語構築までもが類同していると言われているのである。つまり、当場面の白のイメージ（傍線箇所）が、夕顔巻の白い花夕顔とそれを載せた白い扇を想起するのは容易であるはずだ。薫との逢瀬に白のイメージを植えつけようとの作意があるにしても、白い扇は夏の扇であるにも拘らず、季節違いの秋に浮舟に持たせているのは、薫に「楚王の台の上の夜の琴の声」（波線箇所）と口ずさませるためなのであろう。これは『和漢朗詠集』（上巻、雪、尊敬上人）の「班女閨中秋扇色楚王台上夜琴声」の第二句で、琴《きん》を弾いた亡き八の宮を思い出しつつ琴を教える当該場面に擬え、楚の襄王が蘭台のほとりで夜琴を弾じた故事（文選・風賦）に拠ったのである。しかし、第一句「班女ガ閨中ノ秋ノ扇ノ色」とは、まさに浮舟がまさぐる「白い扇」に直結し、漢の成帝の愛妃班婕妤が趙飛燕に帝寵を奪われ、夏の白い扇が秋になって捨てられるのに譬えて、わが身を嘆いた故事（文選・怨歌行）を連想させ、浮舟の不吉な将来を暗示してしまうことになるという訳である。

その上、回帰する〈引用〉は、さらに光源氏が八月十五夜、夕顔の宿で「白き袷、薄色のなよよかなるを重ねて、はなやかならぬ姿、いとらうたげに、……」（夕顔巻。①一五七頁）とある夕顔にむけて永遠の愛を誓った「優婆塞が行ふ道をしるべにて来む世も深き契りたがふな」（①一五八頁）は、『長恨歌』の長生殿の例を連想させ、楊貴妃が馬嵬で殺されるという非業の死が想起される。光源氏は直ちに「弥勒の世」に転じて、その不吉を打ち消し、撤回したのだった。この場の薫の何気ない朗誦が、夕顔の悲劇的な死を導いた〈引用〉と照応し、浮舟の不幸な命運を決定的に予示してしまっているのである。注(44)

儚く死んだ夕顔を忘れられない光源氏の愛着が末摘花を呼び込んで来たのに対し、〈引用〉が物語を反転させ、〈末摘花→夕顔〉という構築を浮舟物語に持ち込み、色好みな頭中将に匹敵する匂宮の投入が内的必然性となり、頭中将の愛人を奪い取る光源氏という図式が逆転し、匂宮が薫の愛人を略奪するための物語の再現、敷設が合理化されるのだと、その〈引用〉方法を解することが許されよう。つまり、頭中将の訪れを期待しつつ五条の家に隠れ住む夕顔と光源氏との出会いが、薫によって宇治に隠し据えられた浮舟を匂宮が手に入れようとする根拠を与えていることにもなろう。まめぶりの光源氏の面の皮を剝そうとする好き者頭中将との確執が、そのまま薫と匂宮との烈しさを増す争奪に転用され、浮舟に襲いかかろうとしている。

それにしても橋姫物語の繰り返しを、浮舟物語に点綴して語るのは何故なのだろうか。浮舟の運命に大君の死と中の君の生を分け持たせようとしているのであろうか。以下にその対応箇所を列挙してみる。

A ╱○薫によって宇治へ案内された匂宮が薫のふりをして中の君の寝所に入り契る。（総角巻。⑤二六四頁）
　╲○大内記によって宇治に案内された匂宮が薫のふりをして浮舟の寝所に入り契る。（浮舟巻。⑥一二三頁）

B ╱○薫は新造の三条宮に大君を移そうとする。（総角巻。⑤二九〇頁）
　╲○薫は新造の三条宮の近くの家へ浮舟を移そうとする。（浮舟巻。⑥一四四頁）

C

○秋の霧わたる明け方、匂宮と中の君は、柴積み舟が行き違う宇治橋の方を眺め、愛を誓う贈答歌を交わす。しかし、その後匂宮の訪れが絶える。（総角巻。⑤二八二～五頁）

○春の霞がたなびく夕月夜に、薫と浮舟は柴積み舟が行き違う宇治橋の方を眺め、愛を誓う贈答歌を交わす。しかし、その後薫の訪れが絶える。（浮舟巻。⑥一四五～七頁）

A・B・Cの対応から浮舟物語内での記事対応となり、東屋巻に於いて薫が三条の隠れ家から浮舟を連れ出すという前掲引用箇所と、浮舟巻に於ける匂宮が宇治川の対岸にある別荘に浮舟を小舟に乗せて渡る周知の「橘の小島」の場面とである。この両対応場面（D）は、『新編全集』がともに八月十五夜、夕顔を五条の宿から某院に連れ出す条に似るとして、頭注に「夕顔[1]一五九ページ」（⑥九二頁・一五〇頁）を指摘していて、東屋巻の薫の連れ出しと浮舟巻に於ける匂宮による連れ出しとが、対照的に位置づけられていることが知られるのである。

しかもその対応は、光源氏が廃院に連れ出す夕顔を牛車に「軽らかにうち乗せたまへれば」（①一五九頁）とあれば、東屋巻では薫が「かき抱きて乗せたまひつ」（⑥九三頁）となり、浮舟巻の匂宮は「かき抱きて出でたまひぬ」（⑥一五〇頁）とあって、宇治十帖の二巻が表現上も「かき抱きて」と同じで、それぞれが恋の熱情にかられているし、また前掲した夕顔巻と東屋巻の〈白のイメージ〉は浮舟巻に於いても全面白の雪景色を背景に「なつかしきほどなる白きかぎりを五つばかり、袖口、裾のほどまでなまめかしく、色々にあまた重ねたらんよりもをかしう着なしたり」（⑥一五二頁）と、うちとけた浮舟の白い下着姿を描出している。『新編全集』は、「白は清楚ではかなく、薄幸を思わせる」（⑥一五二頁）と、夕顔巻と同趣旨の頭注を繰り返し掲げる。

このように執拗に繰り返し重ねていく同趣向の場面や表現が、夕顔巻へ回帰して、薄幸な浮舟の運命を暗示する目的だけに機能しているのだろうか。薫、匂宮と浮舟との関係性に仕組まれた意図が別にあるのだろうか。前掲C・D

は物語の主題にかかわるから、その対応場面をもう少し詳しく検討する必要がありそうである。

C総角巻

人々いたく声づくりもよほしきこゆれば、京におはしまさむほど、はしたなからぬほどにと、いと心あわたたしげにて、心より外ならむ夜離れをかへすがへすのたまふ。

中《（匂宮）》絶えむものならなくに橋姫のかたしく袖や夜半にぬらさん

出でがてに、たち返りつつやすらひたまふ。

絶《（中の君）》えせじのわがたのみにや宇治橋のはるけき中を待ちわたるべき

言には出でねど、もの嘆かしき御けはひ限りなく思されけり。　（⑤二八三～四頁）

浮舟巻

女はかき集めたる心の中にもよほさるる涙ともすれば出で立つを、慰めかねたまひつつ、

「宇《（薫）》治橋の長きちぎりは朽ちせじをあやぶむかたに心さわぐな

いま見たまひてん」とのたまふ。

絶《（浮舟）》え間のみ世にはあやふき宇治橋を朽ちせぬものとなほたのめとや

さきざきよりもいと見棄てがたく、しばしも立ちとまらまほしく思さるれど、人のもの言ひのやすからぬに、今さらなり、心やすきさまにてこそなど思しなして、暁に帰りたまひぬ。　（⑥一四五～六頁）

総角巻と浮舟巻との逢瀬の別れ際に於ける二組の贈答歌で、その「橋姫」「宇治橋」の歌語が依拠する周知の『古今集』歌は次の二首である。

さむしろに衣かたしき今宵もや我を待つらむ宇治の橋姫　（恋四、よみ人しらず）

忘らるる身を宇治橋のなか絶えて人もかよはぬ年ぞ経にける
（恋五、よみ人しらず）

これら二首の「橋姫」「宇治橋」が表徴する「中絶え」「待つ」の心象が、二組の恋する男女の贈答歌の基本的な意味性を支えていると言え、総角巻の匂宮は「中絶えむ」歌の前提に「心より外ならむ夜離れをかへすがへすのたまふ」とある如く、新婚三日目の翌朝に言うというのも辛いとはいえ、母明石中宮の禁足の指示で身動きできない事情を説得する意の域を出ないであろう。それに対し、浮舟巻の薫と浮舟の贈答歌は、薫が「長き契り」を口にしても、「宇治橋」崩壊の危うさに不安を隠せない浮舟の心情が滲み出ているといえよう。匂宮との秘密を抱える浮舟にとって当然と言えるにしても。むしろ薫の詠が「宇治橋」に「長き契り」を託したのは、名香の糸の総角（あげまき）結びにその意を込めたのと同じで、かえって大君との契合を暗示し、「前途の不吉な運命の予兆」（⑤二二四頁頭注）となっていよう。しかも、薫はその後の「中絶え」に「衣かたしき今宵もや」（⑥一四七頁）と口ずさむのは、大君と同じく浮舟をもあくまで〈待つ女〉のイメージに閉ざす想念が、薫にとって居心地の良さを証明していよう。

次のD場面からは浮舟巻に於ける二日の逗留で交わされた匂宮と浮舟による二組の贈答歌を取り上げることにする。

(イ)有明の月澄みのぼりて、水の面も曇りなきに、「これなむ橘の小島」と申して、御舟しばしさしとどめたるを見たまへば、大きやかな岩のさまして、されたる常磐木の影しげれり。「かれ見たまへ。いとはかなけれど、千年も経べき緑の深さを」とのたまひて、

（匂宮）年経ともかはらむものか橘の小島のさきに契る心は

女もめづらしからむ道のやうにおぼえて、

（浮舟）橘の小島の色はかはらじをこのうき舟ぞゆくへ知られぬ

をりから、人のさまに、をかしくのみ、何ごとも思しなす。
（⑥一五〇～一頁）

(ロ)雪の降り積もれるに、かのわが住む方を見やりたまへれば、霞のたえだえに梢ばかり見ゆ。山は鏡をかけたるやうにきらきらと夕日に輝きたるに、昨夜分け来し道のわりなさなど、あはれ多うそへて語りたまふ。

「峰《（匂宮）》の雪みぎはの氷踏みわけて君にぞまどふ道はまどはず
木幡の里に馬はあれど」など、あやしき硯召し出でて、手習ひたまふ。

降《（浮舟）》りふだれみぎはにこほる雪よりも中空にてぞわれは消ぬべき

と書き消ちたり。この「中空」をとがめたまふ。げに、憎くも書きてけるかなと、恥づかしくてひき破りつ。

（⑥一五四頁）

(イ)浮舟詠の下句「このうき舟ぞゆくへ知られぬ」は、川面に漂う小舟に喩えて、行く先も知られないわが身の不安を吐露している。この浮舟の巻名を導く「橘の」歌に『岷江入楚』は「はかなきさまなる歌也　夕顔上のうはの空にてかげやたえなむといへるによくかよひたるさま也」注(45)と注する。「うはの空」歌は、夕顔巻で廃院に到着した際に光源氏と交わす、夕顔の返歌を指している。

「ま《（源氏）》だかやうなる事をならはざりつるを、心づくしなることにもありけるかな。

いにしへもかくやは人のまどひけんわがまだ知らぬしののめの道

ならひたまへりや」と、のたまふ。女恥ぢらひて、

「山《（夕顔）》の端の心もしらでゆく月はうはのそらにて影や絶えなむ

心細く」とて、もの恐ろしうすごげに思ひたれば、かのさし集ひたる住まひの心ならひならんと、をかしく思す。

（夕顔巻。①一五九〜一六〇頁）

近時は『岷江入楚』の指摘とは違って、(ロ)の贈答歌との対応を考える方が一般的で、源氏を「山の端」に「月」を

夕顔に喩えて、「空の中途で姿を消してしまうでしょう」という意味も、(ロ)の浮舟詠の下句「中空にてぞわれは消ぬべき」にほぼ照応して理会されよう。さらに引用した光源氏の贈歌「いにしへも」にしても恋の道行きに関して詠まれているから、浮舟巻の(ロ)の贈答歌と夕顔巻との関連を第一義的には考えてしかるべきであろう。しかし、本稿にとっては(イ)の浮丹詠に対する匂宮の感懐を記す傍線箇所「をかしくのみ、何ごとも思しなす」と、夕顔巻の光源氏の感懐、やはり傍線箇所「をかしく思す」の一致に注視してみたいのである。注(46)ともに女の生の不安感に気づかない、男の無頓着な享楽性が愛欲の場を支配しているといえよう。このことは前述したように光源氏がふと長生殿での七夕の夜の誓いが不吉な女の行末として頭をよぎって、それを直ちに打ち消したことと、この夕顔詠に表われる不吉な予感に気づかず見過ごしたことは、光源氏一身に現象したこととして夕顔物語では描いているのである。それに対し、浮舟物語ではまず東屋巻に於いて薫が「楚王の台の上の夜の琴の声」と吟誦して、浮舟の不吉な運命を予示したことと、次の浮舟巻に於いては匂宮が女の不吉な不安感に気づかなかったことを、夕顔巻に照応する東屋巻と浮舟巻との二場面(D)で、女を連れ出し恋の道行きをする男二人、薫と匂宮とに分け持たせて描いているということなのである。問題はこの役割分担をどのように理会したらよいかということになろう。

ところで、「橘の小島」の雪景色が、「二月の十日のほど」(⑥一四六頁)の内裏に於ける作文会、つまり薫が「衣かたしき今宵もや」と口ずさんだのを密に聞いていた匂宮が急立てられるように宇治にむかったことで、拓かれていくのだが、その場面を次に示す。

かの人の御気色にも、いとど驚かれたまひければ、あさましうたばかりておはしましたり。京には友待つばかり消え残りたる雪、山深く入るままにやや降り埋みたり。(⑥一四八頁)

傍線箇所「友待つばかり消え残りたる雪」は、「白雪の色わきがたき梅が枝に友待つ雪ぞ消え残りたる」(家持集)

を踏んで、二月早春の景の情趣を引き出している。この引歌が導き出す場面に、若菜上巻に於ける女三の宮との新婚五日目の朝、白梅につけて「中道をへだつるほどはなけれども心みだるるけさのあは雪」（④七一頁）と贈歌する光源氏の姿を描く件りがある。

白き御衣どもを着たまひて、花をまさぐりたまひつつ、友待つ雪のほのかに残れる上に、うち散りそふ空をながめたまへり。鶯の若やかに、近き紅梅の末にうち鳴きたるを、「袖こそ匂へ」と花をひき隠して、御簾おし上げてながめたまへるさま、……（若菜上巻。④七一頁）

早春の雪景色の取り合わせとはいえ、手紙の「白き紙」に白梅、そして源氏の衣装の白い衣と、何やら表徴する情趣は不測の事態を招きかねない不安要因で充ちている。そこで問題となるのが、次の女三の宮からの返歌なのである。

はかなくてうはの空にぞ消えぬべき風にただよふ春のあは雪（④七二頁）

光源氏は女三の宮の筆跡の幼さだけに気を取られてしまって、その内容に無頓着なのだが、その表出は松井健児の言うように、(ロ)の浮舟詠「降りみだれみぎはにこほる雪よりも中空にてぞわれは消ぬべき」と、確かに響き合っている。注(47) 池田和臣は「浮舟の歌は女三の宮の歌の引用、変奏」として処理するが、松井氏はこう説いているのである。

女三の宮の返歌は、淡雪の「消ゆ」ことをいい、その行く末をすでに憂えるものとなっている。浮舟の歌がそうであったように、贈歌とまっすぐに向き合うというよりも、むしろみずからの生を見つめる歌であった。浮舟は「中空に消える」ことを予感し、女三の宮もまた「うはの空に消える」ことを感じている。ともに雪が溶けた後に訪れる、喪失の感覚に身をまかせているのである。

匂宮は浮舟詠に「中空」とあるのを咎めた。薫との間で浮舟が心を決めかねていると解したからである。源氏の贈歌に「心みだるる」（傍点）とあるのは、『新編全集』頭注に指摘する「紫の上と女三の宮との板挟みで苦しむ気持を訴えた形」を潜めている。浮舟巻では男女の位相は逆転するけれども、男二人の間で板挟みとなる浮舟の苦悩の状況まで符合しているのである。女三の宮の薄幸な運命を背負ったのがいまの浮舟なのだといえよう。そこからさらに池田氏が言うように女三の宮の生をも逆照する主題的に構造化された物語世界は、これ以後の浮舟の出家の重さを問い質していく可能性があるともいえよう。父八の宮に見捨てられた浮舟が、父朱雀院に行く末を案ぜられた女三の宮と、結局は同じ出家の道を選ぶこととなり、心の平穏と安寧をみずから手に入れることとなるのである。

このように一首の引き歌によって導かれ、継承する〈引用〉機構は、物語が主題的に構造化する方法を担う場合がある。そのような例として、もう一つ、小野で尼姿となった浮舟に往時の記憶を蘇らせた新春の「雪間の若菜」をめぐる妹尼との贈答歌を受け継ぐ以下の場合がある。

閨のつま近き紅梅の色も香も変らぬを、春や昔のと、こと花よりもこれに心寄せのあるは、飽かざりし匂ひのしみにけるにや。後夜に閼伽奉らせたまふ。下臈の尼のすこし若きがある召し出でて花折らすれば、かごとがましく散るに、いとど匂ひ来れば、

袖ふれし人こそ見えぬ花の香のそれかとにほふ春のあけぼの　（手習巻。⑥三五六頁）

この色も香も昔と変わらず咲く紅梅の景が、傍線箇所「春や昔の」と周知の『伊勢物語』（第四段）の「月やあらぬ春や昔の春ならぬわが身ひとつはもとの身にして」（古今集・恋五、業平）を喚起して、導く過去との往還に身を置く浮舟を捉えている。出家したにも拘らず、俗時の恋の欲望に揺れる心が、執着した匂いとは、薫なのか、それとも匂宮なのか、近時も議論が絶えない。[注48] また波線箇所「飽かざりし匂ひ」は、「あかざりし君がにほひの恋しさに梅の花をぞ今朝は折りつる」（拾遺集・雑、具平親王）に拠るから、作者に近親の意味深な引き歌となっている。ともかく浮舟の歌の「袖ふれし人」の恋しい匂いを紅梅の香が呼びさますが、いったい薫と匂宮のどちらなのか。しかし、両

者とも逢瀬に、その匂いが有効に機能したことはなかったはずである。やはりもう一つの「春や昔の」に導かれた場面と対照して、考えてみなければなるまい。それは、中の君が京の二条院に移る前日、薫が宇治を訪問した場面にある。

　御前近き紅梅の色も香もなつかしきに、鶯だに見過ぐしがたげにうち鳴きて渡るめれば、まして「春や昔の」と心をまどはしたまふどちの御物語に、をりあはれなりかし。風のさと吹き入るるに、花の香も客人の御匂ひも、橘ならねど昔思ひ出でらるるつまなり。つれづれの紛らはしにも、世のうき慰めにも、心とどめてもてあそびたまひしものを、など心にあまりたまへば、

　見る人（中の君）もあらしにまよふ山里にむかしおぼゆる花の香ぞする

言ふともなくほのかにて、絶え絶え聞こえたるを、なつかしげにうち誦じなして、

　袖（薫）ふれし梅はかはらぬにほひにて根ごめうつろふ宿やことなる

（早蕨巻。⑤三五六～七頁）

宇治の八の宮の宮邸をあとにするに際し、紅梅の香が過往の大君を回想する縁《よすが》になっている中の君なのだが、亡き大君がこの紅梅を「心とどめてあそびたまひし」場面は、物語に叙されていない。宇治の山里での思い出深い記憶の数々を、「御前近き紅梅」に封じ込めて、惜別の想いにくれる中の君なのであろう。

　ところで、早蕨巻の冒頭表現「藪しわかねば、春の光を見たまふにつけても」（⑤三四五頁）が、幻巻の起筆表現「春の光を見たまふにつけても」（④五二一頁）を引用して再生されるのは、紫の上を失って悲傷に沈む光源氏と中の君の心境とを一致させるための方法だったといえようが、その対照が薫でなかった点に注視したのが、吉井美弥子であった。[注49] 吉井氏は「春の光」を先導する「藪しわかねば」が「日の光藪しわかねば石上ふりにし里に花も咲きけり」（古今集・雑上、布留今道）を踏んでいるところから、暗く閉ざされた心にも不条理にも季節がめぐれば「春の光」が

射し込んでくる意味の引き歌を、紫の上を追懐する光源氏とは違って、薫が大君を「永遠の女性」と位置づけるのではなく、過去の思い出の人として葬り、中の君を新たに物語の中心に据えようとする意図に変容しているのだと説いている。

この早蕨巻の場面の薫にとっては、『伊勢物語』第四段で「梅の花ざかりに、こぞをこひ」て詠まれる「春や昔の」歌の主人公なのである。薫が失うのは大君だけではなく、中の君もということであり、未練を残す表出が「袖ふれし梅」であって、実事がなくとも一夜をともにした中の君までもが宇治を去っていく現実に、それは「根ごめうつろふ」という喪失感にうちのめされているのである。恋しさを呼び戻す紅梅の香は、ありもしなかった〈幻想の時空〉を回顧させ、全てを失った現実を呼び醒すのだといえよう。

過去の記憶を集中、集約する引き歌「春や昔の」によって導き出される早蕨巻の「花の香」『袖ふれし（梅）』の重なりとともに宇治での記憶が封じ込められた色も香も変らない幻視する紅梅が「閨のつま近き紅梅」として浮舟の前に現象しているのが手習巻の場面だといえよう。「袖ふれし人」とは誰なのかという疑問があるとすれば、それは三田村雅子が言う「薫・匂宮は渾然一体」となった、宇治での「陶酔の日々の記憶」だったというのが穏当な落としどころとなろう。注(50)

それよりもむしろ、中の君の位相を引き継いで宇治ではなく小野の山里で尼となり新しい門出に居る浮舟の位境を察するべきで、浮舟の歌の末句「春のあけぼの」が一筋の明るい光に照らされる予兆を刻んでいるとすれば、封じ込められたはずの花の香が「それかとにほふ」というのは、もはや「袖ふれし人」に囚われない心の解放を意味するのかもしれない。

以上、「友待つ雪」の引き歌表現が導いた女三の宮との契合、そして「春や昔の」が中の君と同じ位相を照らし出しながらも、また中の君とも異なる出家への道を選びとった浮舟が、見捨てられた亡き父八の宮の生き方を継いでいるともいえよう。注(51)

六　おわりに——円環の終結

橋姫巻以下宇治十帖は、方法的に『源氏物語』正篇の初期の巻々と対照して末摘花や夕顔の物語に回帰していった。最後になる本節では充分に論じられなかった紅梅巻と浮舟物語との連関性についても言及しておきたい。

紅梅巻に描かれる匂宮の宮の御方への執心は、匂宮が不遇な〈宮の姫君〉に恋着する根拠を与えるばかりではなく、浮舟物語との人物設定にしても、紅梅大納言→常陸介、真木柱→常陸介北方、大夫の君→小君、宮の御方→浮舟と対置させ、継承している。注(53)その紅梅大納言は、故柏木の弟で紅梅巻の冒頭に「按察大納言」と紹介される。賢木巻で童殿上して初登場し催馬楽「高砂」を謡い、その後も美声ゆえ「高砂うたひし君」と言われ続け、竹河巻でも「高砂うたひしよ」（⑤六五頁）と回想されるほど、『源氏物語』に於いて最も長く登場する脇役である。紅梅巻では右大臣夕霧と競って春宮に大君を参内させ、匂宮には中の君をと画策するほどの実力者の相貌を呈している。

また宿木巻では「按察大納言」の呼称を引き継いで、今上帝女二の宮の降嫁を受ける権大納言兼右大将薫の晴れがましい栄達をみて、自分こそこの女宮を得る光栄に浴したかったとして、「心の中にぞ腹立ちゐたまへりける」（⑤四八四頁）まま藤花の宴にのぞんでいる。按察大納言の年齢など度外視して紅梅巻で「腹立ちたまふ」（⑤四六頁）としたその性格を継承して、宿木巻で「腹立つ大納言」（⑤四八五頁）のイメージを植えつけ固定している。同じ表現の繰り返しで、正篇の「高砂うたひし君」のイメージは続篇に於いて一変する。その作意をどう考えればよいのか。これは「按察大納言」という官名に対するイメージの変革であり、『源氏物語』始発時の「按察大納言」像に関する変容として、作者は対照されるべき存在として意図的に浮上させているのではあるまいか。

今上帝女二の宮の母女御は宿木巻の冒頭で藤壺の女御として紹介されている。『新編全集』は、「梅枝巻に点描された東宮入内の話題がよみがえり、当時の麗景殿がいま藤壺女御として再登場してくる。「藤壺」の名は、桐壺帝の中宮藤壺と呼称が同じというだけで、この物語では独特の重みをもつ。」（⑤三七四頁）と頭注に特記している。注視すべきは「藤壺」の名ばかりではなかろう。

この女御は「わがいと口惜しく人に圧されたてまつりぬる宿世嘆かしくおぼゆる」（⑤三七三頁）意趣をもち、女宮の幸福だけを願って死んでいったというのである。これは光源氏の母桐壺更衣の遺志に類似する設定なのではあるまいか。しかも、梅枝巻で東宮参入をひかえ明石姫君（現今上帝中宮）の裳着の準備に忙しい最中に催された月下の宴で催馬楽「梅枝」を謡ったのが、他ならぬ弁少将、つまり現在の按察大納言なのである。そして「按察大納言」の呼称が呼び起こすのが、桐壺更衣の父〈按察大納言〉の映像と、「この人の宮仕の本意、かならず遂げさせたてまつれ。我亡くなりぬとて、口惜しう思ひくづほるな」（桐壺巻。三〇頁）という熱い思いの遺言なのである。紅梅・宿木巻の按察大納言はポスト夕霧を狙うまでの権勢者だが、思うにまかせない現況に苛立ち「腹立つ大納言」との異称さえ与えられていた。果たして現世に無念を残し死んでいった桐壺巻の〈按察大納言〉と、どう関わるのか、関わらないのか。あるいは変貌したのか、変貌していないのか。それとも対照する必要すらないのであろうか。[注54]

ところで、紅梅巻の「大夫の君」は、宮の御方と同じく真木柱腹の弟（異父弟）で、父大納言から匂宮への文使いを命ぜられるうちに、匂宮が宮の御方に言い寄る手助けをするようになる。この「大夫の君」が、浮舟の弟（異父弟）で薫と浮舟との仲立ちを務める役回りの「小君」と類似するというのが、前記「大夫の君→小君」の指摘なのである。また恋の仲介役として光源氏と空蟬とをとりもつのも空蟬の弟の「小君」なのであった。[注55] 恋の仲介としての役割をもって「小君」の存在を問題視するならば、それは夕顔の侍女と浮舟の侍女に「右近」という同名の女房を配するのに近い関係性で、正篇の帚木・空蝉・夕顔そして末摘花巻へと回帰する〈引用〉手法の一端として「小君」を位置づけ理会しておけばよいのだろうが、夢浮橋巻の「小君」は薫と浮舟との仲立ち役を果たしながら、もう一つ『源氏物語』をどのように終結させるのかに関わる重要な存在でもあったのである。

というのは、薫の使者として小野に遣わされる小君が「長恨歌」の方士に擬せられているようで、面会を拒否する浮舟に取り次ぐ妹尼にむけて小君は、「わざと奉れさせたまへるしるしに、何ごとをかは聞こえさせんとすらむ。ただ一言をのたまはせよかし」（⑥三九四頁）とせがむのである。この「しるし」「一言」（傍点）が、「長恨歌伝」の「験」「一事」に依拠した表出である可能性があるからである。[注56] 特に桐壺巻で桐壺更衣の死を嘆く桐壺帝が更衣の母からの贈物を見て、「亡き人の住み処尋ね出でたりけん、しるしの釵《かむざし》ならましかば」（①三五頁）と落胆し、「たづねゆくまぼろしもがなつてにても魂のありかをそこと知るべく」（同）と詠む。それと照応させて、紫の上の死を嘆き光源氏が詠む「大空をかよふまぼろし夢にだに見えこぬ魂の行く方たづねよ」（幻巻。④五四五頁）との重なりは、「長恨歌」の楊貴妃を失った玄宗皇帝の悲傷にもとづくからである。つまり、それは『源氏物語』正篇の首尾に於ける「長恨歌」の引用が、物語の主題的構造化を支える方法としてあったということである。

そこで『源氏物語』五十四帖の結末に、「長恨歌」を引用して幕引きを作意するにしても、浮舟は生きていて弟小君との面会さえ拒絶している。一方薫には拒絶して死んでいった大君がいた。「故宮の御遺言違へじ」（総角巻。⑤二四九頁）との一念で大君が他界した時の薫の悲嘆はどう表現されていたのか。大君の臨終を叙す総角巻には匂宮に譲った形見としての中の君に執着し、大君の面影を慕うばかりの薫を前面に出し、その後悔を主体として語られていて、「長恨歌」の引用は見えないのである。それはようやく宿木巻末で、「長恨歌」を用いて中の君への執心を浮舟に転嫁する方法として以下の如く引用されるに至るのである。

　世を海中にも、魂のあり処尋ねには、心の限り進みぬべきを、いとさまで思ふべきにはあらざなれど、いとかく慰めん方なきよりはと思ひよりはべる。人形の願ひばかりには、などかは山里の本尊にも思ひはべらざらん。なほたしかにのたまはせよ　（宿木巻。⑤四五一頁）

傍線箇所「世を海中にも、……」が、「長恨歌」に於いて玄宗が方士に海上の蓬萊山の宮殿に生まれ変わった楊貴妃の魂を尋ねさせたことを踏むにしても、薫はあくまで現世に於ける慰めの対象となる人形《ひとかた》を求めているのであって、ついに薫が浮舟を初めてかいま見る場面にも「蓬萊まで尋ねて、釵《かむざし》のかぎりを伝へて見たまひけん帝はなほいぶせかりけん、これは別人《ことひと》なれど、慰めどころありぬべきさまなりとおぼゆるは、この人に契りのおはしけるにやあらむ。」（⑤四九四頁）とあって、反魂香や絵姿を祀る故事を引く白楽天の新楽府「李夫人」との関係を視野に入れなければならないにしても、浮舟物語の首尾は確かに「長恨歌」によって枠組まれているのだといえよう。

「長恨歌」を機軸に輪廻転生思想を『源氏物語』が〈ゆかり〉の物語として方法的に構造化したとするならば、そのモチーフを支える理念が、八の宮のことばに女の罪深さを、「何ごとにも、女はもてあそびのつまにしつべくものはかなきものから、人の心を動かすくさはひになむあるべき」（椎本巻。⑤一八〇頁）ゆえとする認識に表われているのではあるまいか[注57]。つまり、薫の愛執の罪を絶ち切るための方法として、浮舟物語の創出があったのだとしたら、〈女の立場〉を描いたの[注58]は、紫の上の女の生き難さの認識を引き継いだ大君物語までとの可能性があり、そのため橋姫巻始発時には浮舟構想はいまだなかったという議論に発展しかねない[注59]が、椎本巻の八の宮のことばに対する挑戦として、言い換えれば、女が「人の心を動かすくさはひ」にすぎないことへの抵抗として、女の身をていして阻止する出家後の浮舟の姿は、むしろ紫式部の作家精神そのものであったのだといえまいか。

本稿の本来の目的は『源氏物語』の方法や構造化を指摘するのではなく、その方法や構造化を通して『源氏物語』の執筆意図やその完成の期日を探ることを第一義としていた。論点を再度確認すると、『紫式部日記』に道長が中務宮具平親王家に縁故のある者として紫式部に相談を持ちかけているが、それはいったいどういう内容であったのか。そして、式部はその件について「思ひゐたることおほかり」と記しているのだが、何故思案にくれているのか。また『紫式部日記』には寛弘六（一〇〇九）年の記事が欠落しているのだが、どのような理由があってのことなのか。この二点に関わって『源氏物語』の創作完成にどのような影響を及ぼしているのか、それともいないのか。寛弘五（一〇〇八）年十一月の御冊子作りの対象が正篇までだと認めた上で、具体的には匂宮三帖以下宇治十帖の創作期日を考えるという立場である。

一般に匂宮三帖は宇治十帖への橋渡し、仲介の巻と考えられていて、匂兵部卿巻での夕霧の六の君の結婚問題、紅梅巻の按察大納言の継娘宮の御方と匂宮との結婚の行方、さらに竹河巻でのまめ人薫の恋への挑戦と、その話題をいったん中断するかのように宇治を舞台とする橋姫巻が始まる。その京ではなく宇治へ物語の中心を移すという発想転換に込められた作者の意図とは何なのか。そもそも宇治という山里を選ぶ根拠は奈辺にあったのか。光源氏の異母弟となる八の宮を新たに設定し、その死と遺言、あとに残された二人の姫君たちの生き様を描くその素材に、伊周の死とあとに残された二人の姫君への遺言が関わるというのが今井説だが、中関白家側から道長方への呪詛事件が発覚する寛弘六（一〇〇九）年という年に注目できるのは、『紫式部日記』とて同然なのだが、その年にはもう一つ具平親王の薨去が記録されねばならなかったはずなのである。結果的に宮の姫君隆姫と道長息頼通との結婚の運びとなったが、婚儀が宮の生前なのか、没後なのか『栄花物語』（巻八「はつはな」）の語るところは覚束ない。

宇治十帖が結婚をモチーフに、父という後見を失った宮の姫君の生き方を語る物語となっている点を重視して、紫式部が彰子付き女房となる前の宮仕え先を縁故関係からしても具平親王家と踏んだ訳だが、具平親王家と紫式部との関係を最も詳しく考証した坂本共展は、なぜか太皇太后宮昌子内親王家が紫式部の最初の出仕先だったと考えている。注(60)

彰子が入内したのが長保元（九九九）年十一月一日（日本紀略）で、その同年十二月一日（小右記日本紀略）に昌子内親王が崩御するから、紫式部が新たな出仕先を決めるにしても問題は生じないであろうし、もし故太皇太后宮の前女房であったとしたら、坂本氏が指摘するように、桐壺院の山陵を北山にした件りは、昌子内親王の岩蔵陵があること、朱雀院が秋好中宮に贈った絵巻の件りは、醍醐天皇の描かせた年中行事絵巻が昌子内親王のもとに伝来していた可能性があり、また『竹取物語』『うつほ物語』などの物語絵類も内親王のもとに集められていて容易に実見できたこと、そして『源氏物語』に叙される仏事、例えば賢木巻の法華八講・胡蝶巻の中宮季御読経・鈴虫巻の女三の宮持仏供養・御法巻の紫の上法華経千部供養なども実際の見聞やその記録類を通して描かれたとすれば、内親工の邸宅である三条宮で催された仏事を参考にしたといえるし、さらに「前坊の姫君」で斎宮卜定そして退下後の立后という秋好中宮の人物造型には、内親王の母である熙子女王と昌子自身の印象を重ねているとしている。特に三条宮は、正篇では藤壺宮、夕霧の祖母大宮、続篇では朱雀院女三の宮の邸宅呼称として、『源氏物語』では重要な位置を占めて生起している。

このような点を鑑みれば、彰子付き女房となる前に皇太后となった昌子内親王家への出仕を前提とすることは妥当とも思えるのだが、例えば坂本氏が指摘した胡蝶巻に於いて秋好中宮が主催する季の御読経に関しては、彰子立后の長保二（一〇〇〇）年以来、皇太后となるまで毎年恒例化する法会であり、しかも昌子内親王が「中宮季御読経」を催した記録は見えないと甲斐稔が報告しているから、注(61)昌子内親王家出仕説の根拠の一つは崩れることとなろう。さらに道長は為政者としてその権勢の示威や発揚を目的に度々追善法華八講を行っている。道長の政治的意図は明らかであり、彰子中宮の春秋に催される季の御読経が、胡蝶巻で「三月二十日余りの頃」に秋好中宮によって主催される春の御読経に反映して、中宮を後見する道長の権勢と威厳が示される盛大な法会であったことからしても、冷泉天皇皇后昌子内親王家への出仕体験では、法会にまで政治的権力性を見せつける視点は拓けなかったであろう。

紫式部の道長家への出仕年次を坂本氏は岡一男説に従い[注(62)]寛弘二（一〇〇五）年十二月二十九日とする。そして、夫宣孝の喪が明けた長保四（一〇〇二）年の夏か秋ごろから、『源氏物語』の執筆にかかり、寛弘二（一〇〇五）年の夏ごろには、正篇が完成し、道長の正室倫子の許に届けられたと推断している。つまり、正篇の完成をまって出仕要請に応えたことになる。前記したように昌子内親王家で行われる法会等にあれほどこだわった坂本氏が、紅葉賀巻の朱雀院行幸の賀宴や若菜上巻の光源氏四十の賀宴の叙述に、長保三（一〇〇一）年十月九日に土御門殿で催された東三条院詮子四十の賀宴が影響していることを認めているのである。詮子の賀宴が『源氏物語』の二つの賀宴に反映していることは認めるにしても、正篇が彰子付き女房となる前に完成していたとするのは首肯し難い説であろう。

朱雀院行幸の盛儀に関する具体的描写はなく、紅葉賀巻に清涼殿の前庭での試楽によって集約されるが、その盛儀の準備が、若紫巻（「十月に朱雀院の行幸あるべし」）や末摘花巻（「朱雀院の行幸、今日なむ、楽人、舞人定めらるべきよし」）に記されている。玉鬘系後記挿入説もあって、末摘花巻から紅葉賀巻へと展開する現行の巻序が、その巻の執筆順序を意味する訳ではないかもしれないが、長保三（一〇〇一）年の詮子の賀宴が反映しているならば、これらの巻々はそれ以降の創作完成と考えられ、また夫宣孝の死が『源氏物語』執筆や宮仕え先変更の機縁であったと捉えることが可能ならば、具平親王家の女房であったことも想定されよう。その場合、末摘花巻が故常陸宮の姫君を古風で醜貌の姫君として造型したことは、紫式部に具平親王家を去る決意があったにしても、不評をかったに違いないのである。たとえ蓬生巻で醜貌であることを強調せず一途な姫君へと変貌させたにしても、紫式部への反感は具平親王家の女房たちには消えなかったはずである。

『紫式部日記』に表出される「思ひゐたることおほかり」には、道長の皇孫への好色癖に加えて、[注63]交渉する具平親王家とのしこりが気がかりになっていると思われるのである。そこで新たに京から疎外された八の宮とその姫君たちの物語を創作するにあたって、末摘花巻との反定立の意味を込めて、正統的な宮の姫君の創立を企て、「同じ心に」というイメージを再び潜ませ、頼通的な薫に[注64]発信させたのであろう。それが宇治十帖創作の動機と早急な完成を目差した理由であったのではないかと考える。

注

（1）『今井源衛著作集第1巻　王朝文学と源氏物語』（笠間書院、平成15〈二〇〇三〉年）「為信集と源氏物語」。以下今井説は同『著作集』に拠る。

（2）今西祐一郎『源氏物語覚書』（岩波書店、平成10〈一九九八〉年）「宇治十帖への一視点」。以下今西説は同書に拠る。

（3）『著作集第3巻　紫式部の生涯』「『源氏物語』の展開と『紫式部日記』」

（4）『著作集第1巻』「竹河巻は紫式部原作であろう」

（5）『小右記』「去夕相逢女房」の割注に「越後守為時女、以此女前々令啓雑事而已」とあって、実資昵懇のいつもの女房「越後守為時女」すなわち紫式部の応接であったことが知られる。

（6）陣野英則『源氏物語の話声と表現世界』（勉誠出版、平成16〈二〇〇四〉年）「「光源氏の物語」としての「匂宮三帖」―「光隠れたまひにしのち」の世界―」は、「「光隠れたまひにしのち、……」という冒頭をもつ「匂兵部卿」巻の物語が、「幻」巻の巻末部の「光」をそのまま踏襲するかのように語り始めている」とし、「匂宮三帖」に於ける亡き光源氏をことさらに称揚しようとする〈語り〉の姿勢から、「匂宮三帖」を続篇とする認識はそれほど自明ではないことを説く。

（7）今井源衛『紫式部』（吉川弘文館、昭和41〈一九六六〉年）は、宇治十帖執筆後、つまり『源氏物語』全巻完成後に『紫式部日記』をまとめ始めたとするが、近時高橋亨「物語作者の日記としての紫式部日記」（南波浩編『紫式部の方法』笠間書院、平成14〈二〇〇二〉年）は、仏教的救済の実験小説のような趣で『紫式部日記』完成後、宇治十帖が書き継がれたとする。

（8）引用本文は小学館新編全集で、カッコ内はその巻、頁数である。私意に読点、傍線等を付す場合がある。以下同じ。

（9）今井源衛前掲『紫式部』及び「竹河巻は紫式部原作であろう」。当該説は夙く手塚昇『源氏物語の新研究』（至文堂、昭和元〈一九二六〉年）に指摘がありそれを受けたものだが、さらに中島あや子「匂宮・紅梅・竹河巻考」（『源氏物語の展望　第三輯』三弥井書店、平成20〈二〇〇八〉年）に受け継がれている。また中島論考には、前記夕霧巻の紫の上の述懐を経て、橋姫物語に於ける大君、中の君を通して女のあり得べき生が追求されると述べる。

（10）原田敦子「「十一日の暁」をめぐって―紫式部日記形態試論―」（『古代中世文学論考　第四集』新典社、平成12〈二〇〇〇〉年）。「十一日の暁」の記事が、敦良親王生誕の予祝の方法だとしても、慶事を何故直接描かなかったのか、それとも描けなかったのかの見解は多様にある。

（11）福家俊幸「紫式部の具平親王家出仕考」（「中古文学論攷」7、昭和61〈一九八六〉年10月）

（12）斎藤正昭『源氏物語　成立研究―執筆順序と執筆時期―』（笠間書院、平成13〈二〇〇一〉年）「帚木三帖の誕生―具平親王家サロンにおける執筆の可能性―」

（13）秋山虔『源氏物語の世界』（東京大学出版会、昭和39〈一九六四〉年）「紫式部の思考と文体㈡」

（14）久下「夕霧の子息たち―姿を消した蔵人少将―」（考えるシリーズ③『源氏物語を考える―越境の時空』武蔵野書院、平成23

〈二〇一二〉年。本書〈Ⅰ・第五章〉所収）

(15) 星山健『王朝物語史論―引用の『源氏物語』―』（笠間書院、平成20〈二〇〇八〉年）「「竹河」巻論―「信用できない語り手」「悪御達」による「紫のゆかり」引用と作者の意図―」

(16) 益田勝実『火山列島の思想』（筑摩書房、昭和43〈一九六八〉年）「日知りの裔の物語―『源氏物語』の発端の構造」

(17) 益田論を承けて既に筆者の考えは『王朝物語文学の研究』（武蔵野書院、平成24〈二〇一二〉年）「『源氏物語』第二部主題論―父桐壺帝との出会い―」に於いて述べてある。

(18) 久下前掲『王朝物語文学の研究』「竹河・橋姫巻の表現構造」

(19) 池田和臣『源氏物語　表現構造と水脈』（武蔵野書院、平成13〈二〇〇一〉年）「竹河巻と橋姫物語試論―竹河巻の構造的意義と表現方法―」

(20) 藪葉子「源氏物語における「東路の道の果てなる……」の引歌をめぐって」（『中古文学』66、平成12〈二〇〇〇〉年12月）

(21) 原山絵美子「『源氏物語』竹河巻の研究―源氏と軒端荻・夕霧と玉鬘の物語と「露のかごと」―」（平野由紀子編『平安文学新論―国際化時代の視点から―』風間書房、平成22〈二〇一〇〉年）

(22) 久下『源氏物語絵巻を読む―物語絵の視界』（笠間書院、平成8〈一九九六〉年）

(23) 両場面は同趣向とは言え、空蟬巻では光源氏の香りで抜け出し、総角巻ではなぜか薫の香りではなく物音を察知して隠れた。薫の特異な芳香は場面ごとに機能したり機能しなかったりする。川島絹江『『源氏物語』の源泉と継承』（笠間書院、平成21〈二〇〇九〉年）「『源氏物語』続編の梅花と香り―正編と続編を繋ぐもの―」

(24) 藤本勝義『源氏物語の人　ことば　文化』（新典社、平成11〈一九九九〉年）「「竹河」巻論―光源氏的世界の終焉―」

(25) 今西祐一郎前掲書

(26) 星山健前掲書「橋姫物語における末摘花物語引用―光源氏が幻視した女君としての宇治中君―」
(27) 藤本勝義前掲書「宇治中君―古代文学に於けるヒロインの系譜」
(28) 『紫式部日記』宰相の君の昼寝姿が宇治の中の君とも類似していることは、久下(A)稿に指摘してある。
(29) 優美、上品の意である「なまめく」「なまめかし」が形容に冠せられる用例は、女性では宇治の大君が最も多い。梅野きみ子『王朝の美的語彙　えんとその周辺続』（新典社、平成7〈一九九五〉年）
(30) 長谷川政春『物語史の風景―伊勢物語・源氏物語とその展開―』（若草書房、平成9〈一九九七〉年）「恋を拒む女―宇治の大君」
(31) 土居奈生子「第三部における女三の宮―〈大宮〉たる明石中宮と女二の宮の降嫁―」（『人物で読む『源氏物語』第十五巻　女三の宮』勉誠出版、平成18〈二〇〇六〉年）。有馬義貴「『源氏物語』「宇治十帖」の〈はらから〉」（『日本文学』平成21〈二〇〇九〉年12月。のち『源氏物語続編の人間関係　付物語文学教材試論』新典社、平成26〈二〇一四〉年）。櫻井清華「女三の宮と薫―〈母〉と〈女〉をつなぐ糸―」（龍谷大学「國文學論叢」57、平成24〈二〇一二〉年2月）等。
(32) 落葉の宮とも外見描写に類似点があることは、久下(B)稿に指摘してある。
(33) 廣田收『『源氏物語』系譜と構造』（笠間書院、平成19〈二〇〇七〉年）「『源氏物語』宇治十帖論」に竹河巻の蔵人少将のことばに「その昔の御宿世は目に見えぬものなれば」とあり、「光源氏物語と宇治十帖とを媒介している」とする。筆者は男の論理の転用であっても女である大君が発言していることを重視したい。
(34) 有馬義貴前掲論考に先行論考が挙げられるが、久下『平安後期物語の研究』（新典社、昭和59〈一九八四〉年）「『狭衣物語』冒頭部の考察」で指摘している。但し、宇治十帖に於ける「はらから」は同腹の兄弟姉妹であろう。
(35) 詳しくは尾髙直子「『信明集』歌物語化歌群の影響―「おなじ心」―」（お茶の水女子大学「国文」101、平成16〈二〇〇四〉年

7月）及び久下「後期物語創作の基点―紫式部のメッセージ―」（考えるシリーズ④『源氏以後の物語を考える―継承の構図』武蔵野書院、平成24〈二〇一二〉年。本書〈Ⅱ・第一章〉所収）参照。

(36) 神野藤昭夫「宇治八の宮論―原点としての過去を探る―」（『源氏物語と古代世界』新典社、平成9〈一九九七〉年）。橋姫巻は八の宮がきわめて有力な親王であり、朱雀朝下の皇太子冷泉の廃太子の陰謀に右大臣側から担がれそうになったことを語る。もし立坊となれば、大君中の君は王女ではなく皇女となる。翻弄された失意の八の宮の過去は、姫君たちへの教育や遺訓に活かされていると判断される。

(37) 経済的支援を受けるのは屈辱的な関係だとする池田節子「大君―結婚拒否の意味するもの―」（森一郎編『源氏物語作中人物論集』勉誠社、平成5〈一九九三〉年）がある。

(38) 呉羽長「宇治大君の造型の方法をめぐって」（『源氏物語の展望　第三輯』三弥井書房、平成20〈二〇〇八〉年）。前掲池田節子論考も容色の衰えの危惧を挙げる。

(39) 池田和臣前掲書「浮舟登場の方法をめぐって―『源氏物語』の『源氏』取り―」

(40) 池田和臣前掲書「類型への成熟―浮丹物語における宿命の認識と方法―」。但し、中の君の入水構想が浮舟に移譲されたという意味ではない。

(41) 星山健前掲論考「橋姫物語における末摘花物語引用」に指摘がある。なお久下(B)稿で指摘する椎本巻の宇治大君と夕霧巻の落葉の宮との類似（④四〇七頁）と、当該箇所では母一条御息所が皇女の尊厳において夕霧との情交を詰問している場面性による相違とみる。見る人や場面状況の変化によって異なることは、柏木が落葉の宮を「さすがにあてになまめかしけれど」（若菜下巻。④二二三頁）と捉えることで知られる。

(42) 針本正行「『源氏物語』の「おほどか」―宇治八の宮一族の血脈の言葉を視点として―」（『王朝女流文学の新展望』竹林舎、

平成15〈二〇〇三〉年）は、宇治八の宮一族の血脈を指示する語として浮舟の「おほどく」「おほどか」な性情をいう。また同書には中嶋朋恵「『源氏物語』浮舟における「おほどく」「おほどか」」も掲載され、中の君や薫が浮舟を「おほどか」と見るのはそこに大君を見ようとするからであろうとする。両説とも「なまめく」「なまめかし」と形容される大君との関係を考慮せず従えない。

（43）次に掲げる東屋巻の引用本文中にも細かい額髪の隙にまで視線をやって、それを「なまめいたる」と形容し、同じく「思ひ出でられて」をともなって大君の面影を少しでも探し求めている。

（44）吉井美弥子『読む源氏物語　読まれる源氏物語』（森話社、平成20〈二〇〇八〉年）「浮舟物語の一方法―装置としての夕顔」は、東屋巻と浮舟巻に摂り入れられた夕顔巻との類似が浮舟を死へと導くことを言うが、夕顔巻の光源氏が五条の夕顔の宿で明け方を迎える件りや夕顔を車に乗せて廃院へともない愛を語らう場面を挙げて、一連の場面として、東屋巻との対照を指摘しても当該箇所についての具体的な論及はない。なお夕顔は廃院で絶命するが、浮舟は廃院（宇治院）で助けられる。

（45）中野幸一編源氏物語古註釈叢刊第九巻『岷江入楚』（武蔵野書院、平成12〈二〇〇〇〉年）

（46）「をかしく思す」の対照を指摘した先行論考に鈴木一雄「浮舟登場の意義（その1）」（『源氏物語の鑑賞と基礎知識⑥東屋』至文堂、平成11〈一九九九〉年6月）がある。

（47）松井健児「水と光の情景―早春の浮舟と女三の宮をめぐって―」（『源氏研究』10、翰林書房、平成17〈二〇〇五〉年）。但し、先行論考である池田和臣前掲書「引用表現と構造連関をめぐって―第三部の表現構造―」を掲げていない。女三の宮と浮舟との関連性について、池田論考は他に「世の中にあらぬところ」の例を挙げる。

（48）近時の論考で、薫説は高田祐彦「浮舟物語と和歌」（「国語と国文学」昭和61〈一九八六〉年11月）、匂宮説が吉野瑞恵「浮舟と手習―存在と言葉―」（「むらさき」昭和62〈一九八七〉年7月）、金秀姫「浮舟物語における嗅覚表現―「袖ふれし人」をめぐって―」（「国語と国文学」平成13〈二〇〇一〉年1月）、及び川島絹江前掲論考。

(49) 吉井美弥子前掲書「早蕨巻の方法―巻頭表現を起点として」

(50) 三田村雅子『源氏物語　感覚の論理』（有精堂、平成8〈一九九六〉年）「方法としての〈香〉―移り香の宇治十帖へ―」。他に両者とする池田和臣前掲書「手習巻物怪攷―浮舟物語の主題と構造―」がある。

(51) 吉井美弥子前掲書「宿木巻と「過去」―そして「続編」が生まれる」

(52) 三田村雅子前掲書「第三部発端の構造」、神野藤昭夫「紅梅巻の機能と物語の構造―『源氏物語』宇治の物語論のための断章―」（『源氏物語とその前後』桜楓社、昭和61〈一九八六〉年）

(53) 池田和臣前掲書「竹河巻と橋姫物語試論」

(54) 桐壺巻では「故大納言」との記載にとどまり、明石巻で「按察大納言」の呼称を出す。明石一族の政権奪還への野望に絡んでの表出か。なお近年の按察大納言に関する研究史の動向は、横溝博「按察家の人々―『海人の刈藻』を中心として―」（考えるシリーズ④『源氏以後の物語を考える―継承の構図』武蔵野書院、平成24〈二〇一二〉年）に整理されている。

(55) 光源氏と小君は男色関係にあったが、竹河巻の東宮と大夫の君も男色関係にある。

(56) 表（小穴）規矩子「源氏物語第三部の創造」（「国語国文」284、昭和33〈一九五八〉年4月）

(57) 宇治十帖に集中的に引用されるという「李夫人」の六箇所を検討した三田村雅子前掲書「「李夫人」と浮舟物語」にも、この八の宮の思念が「李夫人」の末尾「人非二木石一皆有レ情　不レ如不レ遇二傾城色一」を踏んでいるとする指摘はないが、漢の武帝の悲しみと迷いの根源に、女の罪深さを観ているのだと考える。

(58) 新間一美「源氏物語の結末について―長恨歌と李夫人と―」（「国語国文」535、昭和54〈一九七九〉年3月）。なお新間論考を承け〈女の立場〉〈ゆかり〉そして引用論まで大局的な見地から整理した横井孝『円環としての源氏物語』（新典社、平成11〈一九九九〉年）「円環としての引用構造」がある。

(59) これをもって浮舟中途構想説を支持している訳ではない。竹河巻の冷泉院が正篇の冷泉院像を変貌するかのように玉鬘大君との間に子をなすが、八の宮の〈聖〉としての側面を否定する形での異母妹浮舟投入を疑問視する考えに同調できない。

(60) 坂本共展『源氏物語構成論』（笠間書院、平成7〈一九九五〉年）「女三宮構想とその主題」

(61) 甲斐稔「胡蝶巻の季の御読経」（「中古文学」38、昭和61〈一九八六〉年11月。『研究講座　源氏物語の視界4――六条院の内と外』新典社、平成9〈一九九七〉年再録）

(62) 岡一男『源氏物語の基礎的研究』（東京堂、昭和29〈一九五四〉年、増訂版昭和41〈一九六六〉年）

(63) 久下(A)稿では道長の漁色への危惧として、当該行文を理会している。

(64) 田村俊介「物語にほめたる薫論」（「国語国文」664、平成元〈一九八九〉年12月）

第三章　宇治十帖の執筆契機
――繰り返される意図――

一　はじめに

『源氏物語』には正篇四十一帖と匂兵部卿巻から始まる続篇十三帖ないし宇治十帖との間に執筆の中断と主題的断絶があると言われている。それを最も合理的に判断できるのは『紫式部日記』に記録する敦成親王誕生後の寛弘五（一〇〇八）年十一月に於ける彰子中宮還啓に際しての〈御冊子作り〉の時機との照応であろう。しかし、その短期間の慌ただしい浄書豪華本制作がはたして『源氏物語』第一部なのか、それとも第二部を含めた正篇全体に及ぶものなのか。逆にもう少し短い単位として玉鬘十帖というような括りを想定すべきなのか。はたまた寛弘五（一〇〇八）年当時『源氏物語』がどこまで書き進められ成立していたのかという問題と同一視することができるものなのかどうか。この点からすれば発想を逆転して〈御冊子作り〉以後、寛弘六（一〇〇九）年には記事欠脱問題もあって、『源氏物語』のどの巻が書かれたのか、むしろそうした課題の設定に切り換えた方が『紫式部日記』との対置に於いても有効な視座となろうと思われる。

既に筆者には『源氏物語』と『紫式部日記』との表現上の関連性を主体に論じた「宇治十帖の表現位相―作者の時代との交差―」（昭和女子大学「学苑」841、平成22（二〇一〇）年11月。以下当論を第一論稿とする。本書〈Ⅰ・第一章〉）があり、宇治十帖との共有の表現を二作品間に於ける引用と被引用との前後関係ではなく、共時的な営為の所産と考え、例えば明石中宮の思念に彰子中宮のあるべき姿を投影させたり、あるいは既に指摘されていることではあるが、宇治の中の君の王子出産と産養の叙述に寛弘五（一〇〇八）年の敦成親王誕生を記す『紫式部日記』との符合により、皇位継承者誕生に関わる母子の将来の構図を予示する方法であったことを指摘した。さらに「夕霧巻と宇治十帖―落葉の宮獲得の要因―」（昭和女子大学「学苑」853、平成23〈二〇一一〉年11月。以下当論を第二論稿とする。本書〈I・第四章〉）では、光源氏と紫の上との物語の終結にむけて、なにゆえ柏木未亡人である落葉の宮への〝まめ人〟夕霧の逸脱した懸想を描く必要があったのか。それを夕霧の典侍腹六の君を落葉の宮の養女として匂宮との結婚を見据えた対処であるとする結論を導く過程で、ポスト夕霧の立場を確保する薫にも焦点を当て、小野と宇治との物語の共通項を24項目に亙って指摘したのである。帰属が不安定な男主人公二人、夕霧と薫とが宇治十帖に於いてともに権勢家光源氏の後継者として、その威光を継承すべき相貌を確かにしていったことを述べたのである。残されたのは宇治八の宮とその姫君たち、大君、中の君、浮舟の造型意図であり、それを第三論稿となる「匂宮三帖と宇治十帖―回帰する〈引用〉・継承する〈引用〉―」（昭和女子大学「学苑」865、平成24〈二〇一二〉年11月。本書〈I・第二章〉）で考えるに至った。作者紫式部の宇治十帖創作の主眼は中務宮具平親王家との交誼回復を顕在化していくことであって、生き難き女の身を描き切ることで、作者現在の位境をも照らし出すという営為との連結を探ったのである。

これら三論稿によって、作者紫式部がいかにも性急に正篇の完成を目差したのは、従来言われる〈御冊子作り〉のためだけなのかは疑問で、宇治十帖に於ける幾度も繰り返される類似表現や場面、あるいは人物造型に作者の隠された方法的意図を汲み上げる必要があったことを確認したのである。本稿はこれら三論稿を前提とした上で、宇治十帖の執筆契機に関して遺漏した案件や残された問題について考えていこうとするものである。

二 『紫式部日記』寛弘六年の記事欠脱

『紫式部日記』（以下『日記』と略す）が主家道長家の待ち望んだ皇子誕生の慶祝記録を主眼とするならば、寛弘五（一〇〇八）年晩秋の彰子腹第一皇子敦成親王生誕とそれに伴う産養等の諸儀式及び晴れがましい土御門邸行幸とつづき、十一月一日には五十日の祝い、そして寛弘六（一〇〇九）年正月をむかえ、元旦の戴餅の儀の中止と三日の若宮参内を記した形態は順当な筆の運びだと言えるが、『日記』は「このついでに」（一八九頁）注（1）以下いわゆる消息的部分に入り作者周辺の女房に関する人物批評となり儀礼記録はいったん中断する。

中断との判断は、「十一日の暁、御堂へ渡らせたまふ」（二一二頁）から記録が再開され、寛弘七（一〇一〇）年正月、道長の枇杷殿で一条天皇による戴餅の儀がとり行われるが、そこには「宮たち」（二一五頁）とあって、既に第二皇子敦良親王が誕生していたことが知られ、その二の宮の正月十五日に於ける五十日の祝いの詳述をもって『日記』の筆は擱かれている。少なくとも第二皇子の誕生が寛弘六（一〇〇九）年十一月二十五日（御堂関白記・権記）にあったことを記さないと、「宮たち」とする根拠が欠落し、記録体は破綻していると見做せよう。

『日記』が作者の任意により何を書き何を書かないかの選択判断が委ねられていて、たとえ「十一日の暁」に冒頭文（寛弘五〈一〇〇八〉年九月十一日の記事）との対照で弟宮の誕生が象徴的に予示されていようとも、また二の宮の産養等は確かに一の宮との重複となり、それを避けたとする理由は考えられるものの、形態上からは明らかに記録すべき寛弘六（一〇九〇）年の重要事象、つまり左大臣道長家にとっての重ねての慶事が欠落していると言えよう。それは何故の欠落なのかをもう少し慎重に問う必要があるはずなのだ。

稲賀敬二は、今井源衛が指摘した寛弘六（一〇〇九）年二月に発覚した彰子、敦成そして道長に対する呪詛事件の首謀者に目されたことを苦にして死んだ伊周の悲運が宇治十帖執筆の一因かとする説[注(2)]を受けて、『日記』の寛弘六（一〇〇九）年正月記事執筆中に生じた筆の渋滞《（ママ）》理由の一つをこの呪詛事件ではないかとする見解を表明したのである[注(3)]。この稲賀氏の『日記』執筆状況と物語（宇治十帖）創作との停滞を呪詛事件という外的共通要因で考える隻眼は筆者を極めて刺激するものであったが、伊周側の動向にしても彰子の養子となっていた定子腹敦康親王についても『日記』にはいっさい筆が及ぶことはなかったのである。筆の停滞理由の最大要因は他に紫式部の身辺にあったはずで、それを見逃すべきではないのである。紫式部にとって最も重視して考えるべき事象は、紫式部の旧主家である具平親王の薨去であって、そのための寛弘六（一〇〇九）年の記事欠脱と認識すべきなのであろう。

『御堂関白記』寛弘六（一〇〇九）年七月二十九日条には「子時許中務卿親王薨去〻」（大日本古記録）と記され、同年八月十四日条には一条天皇への薨奏が行われたことを記している。道長の腹心行成の『権記』には後者十四日の具平親王薨奏のみが記録されている。しかし、問題は具平親王逝去の事実だけではなく、その前後に挙行されたはずの具平親王女隆姫と道長の嫡子頼通との結婚が記録されていないのである。『御堂関白記』には長和元（一〇一二）年四月二十七日条に頼通と同じく倫子腹の弟教通と藤原公任女との婚礼の儀が確かに記載されているのに、道長家にとってまずもって望まれるはずの嫡子頼通の婚儀が何故記録されていないのか、甚だ疑問と言わざるを得ないのである。

ところで、『栄花物語』（巻八「はつはな」）は、具平親王の薨去を寛弘七（一〇一〇）年の記事中に置き、それに先立ち頼通と隆姫との婚儀を寛弘六（一〇〇九）年の挙行と位置づけて、次のように記している。

その宮、この左衛門督殿を心ざしきこえさせたまへば、大殿聞しめして、「いとかたじけなきことなり」と、畏まりきこえさせたまひて、「男は妻がらなり。いとやむごとなきあたりに参りぬべきなめり」と聞えたまふほどに、内々に思し設けたりければ、今日明日になりぬ。さるは内などに思し心ざしたまへる御事なれど、御宿世に

や、思したちて婿取りたてまつらせたまふ。（①四三五頁）

六条の中務宮具平親王（その宮）の意向が道長の息左衛門督頼通との結婚を本来望んでいたのかどうか、「心ざしきこえさせたまへば」とある一方、「さるは内などに思し心ざしたまへる御事なれど」ともあり、権力志向のない親王に入内の意向などあるはずもなかろうが、重々しい姫君としての体を示す。さらにこの結婚を「御宿世にや」と受け止めざるを得ないような事態を匂わせる口吻で、『御堂関白記』にも記せない嫡男左衛門督頼通の不祥事の出来が、隠されているのではないかとさえ疑いたくなるような文脈である。

そもそも具平親王の死去に関しても不自然な点があって、『権記』の寛弘六（一〇〇九）年の記事を辿ってみると、道長の腹心であるとともに宮家とも親交があった行成は、注(4)同年二月二日、三月二十五日、四月七日、五月二十九日に宮家を訪れていて、四月七日には真草の『玉篇』三巻を返却したことが記されている。特に宮が病悩であったとするような健康上の不安を示す情報は皆無であって、何か突然の事態が具平親王を襲って四十六歳の生涯を急に閉じられたと勘繰りたくなるような忌日までの状況である。また頼通のこの結婚が父道長（大殿）に「男は妻がらなり。いとやむごとなきあたりに参りぬべきなめり」と、あたかも本人が乗り気でない結婚を諫められて致し方なく承諾させられたのではないかと思われる説得の挿入が気にかかってくる。もしかすると、右衛門督柏木と朱雀院女三の宮との密通の現場は、光源氏の六条院であったが、六条の宮邸に頼通が忍び通う別の女性がいて、それを誤解されて姫宮との結婚を招いてしまったのかも知れず、具平親王の突然の死の原因、その背景に親王を苦しめる不測の事態を左衛門督頼通が惹き起こしていたのではなかったのかと不謹慎な想像までをめぐらしたくなる衝動にかられてしまう。

その頼通に関して『紫式部日記』の冒頭には、土御門邸で初秋朝露にぬれる女郎花の一枝を折る道長との贈答歌を記した後、つづいて夕暮に「殿の三位の君」（一二六頁）つまり頼通が宰相の君（道綱女豊子）と二人して居る紫式部の前に立ち現われ、「おほかる野辺に」と口ずさみながら去っていく姿を「物語にほめたるをとこの心地してはべりしか」と叙して、権力の中枢に居る父とその後継者たる子を紹介して栄華の確かな地歩を象っている。さらに誕生した若宮を抱き幸せをかみしめる道長の姿を描く寛弘五（一〇〇八）年十月十日過ぎ、近づく行幸を前にして次のような文が置かれている。

中務の宮わたりの御ことを、御心に入れて、そなたの心よせある人とおぼして、かたらはせたまふも、まことに心のうちは、思ひゐたることおほかり。（一五〇頁）

通説はこの道長の相談内容を直に頼通と隆姫との結婚の件に結びつけて解釈するようだが、それならなおさら道長家にとって二重の慶事となるはずの嫡子頼通の結婚について記さないのは不自然な欠落だと考えるべきであろう。冒頭部で「物語にほめたるをとこの心地しはべりしか」と賞讃しておきながら、寛弘六（一〇〇九）年の記録すべき頼通の結婚を記さないことを重要視する論考を寡聞して知らない。しかもこの欠落の事実は『日記』だけでなく結婚を切望しているはずの道長の『御堂関白記』にも記されていないのだから、想定外の事態を考えに入れる余地があろう。

そもそも親王家への正式な婚姻の申し入れをするならば、その仲介役は行成が最も適任であるはずなのに、『権記』からは行成の動向にその気配さえ窺うことができない。その上、道長が持ちかけた式部との相談内容が隆姫との婚儀に関してのことならば秘すべき理由もないはずであろう。さらに「そなたの心よせある人」とは、中務宮が式部に「心よせ」があると解釈すべきところで、注（5）その信頼関係は「藩邸之旧僕」（本朝麗藻）とする父為時が親王家の家司であったことなどから父娘ともどもの主従関係を中心的に考える縁よりも、父の兄為頼の息伊祐が具平親王の落胤頼成を養子とするほどの親密な関係を築いていたその縁者として式部に相談を持ちかけていると思われるので、親王家の内状に深く踏み込んだ内容の相談ではなかったのかと考えたのである。

穿ちすぎるかもしれないが、式部の「まことに心のうちは、思ひゐたることおほかり」の一端は、道長の好色に関する心配であることを第一論稿に於いて述べたが、式部が中務宮家と縁あるものとしての前提で相談される話の実質はあくまで不明だから、頼通と隆姫との結婚が記録されていないからといって『日記』内での破綻は鮮明な形で浮上している訳ではない。逆にこの記事を頼通と隆姫の結婚の件として理会するならば、やはり婚儀の記事の欠落は大きな意味をもってこよう。

『栄花物語』は頼通の結婚記事の前後に故花山院に寵愛された太政大臣藤原為光の四女が鷹司殿倫子の女房となって召し出された記事を配し、道長がその四の君を妾妻としたことに注視している。むしろ紫式部も道長の召人だとする説が『新編全集』頭注（二一五頁）などにあたかも通説の如く根強く残っていて、『源氏物語』で召人論で取り上げられる場合、継承する同一呼称に〈中将の君〉があって、近時でもその造型に注目されるところだが、[注(6)]例えば幻巻で亡き紫の上を痛惜回顧する光源氏を慰める召人「中将の君」や宇治十帖で八の宮の召人であった浮舟の母の「中将の君」などは、愛する妻を失ってその身代わりとなり召された女房なのである。そういう通常では日陰の身であるはずの召人の存在が、クローズアップされる物語の背景として、道長の周辺の女房でも大納言の君（源扶義女廉子）などが知られる存在として仕えている。

道長が宮の姫君を召人とするようなことは杞憂でしかないが、宮没後のこととなるといかにも不安が増す。頼通と隆姫の婚儀にしても親王生前に挙行されていれば、上記の指摘は戯言として全く不要となろう。

頼通と隆姫の婚儀は、はたして具平親王薨去の寛弘六（一〇〇九）年七月二十八日以前に挙行されたのかどうか。結婚時期に関して、宮没後となるとその服喪期間中は正式な婚姻は不可能とすることや、[注(7)]萩谷『全注釈』が頼通が寛弘六（一〇〇九）年三月四日に参議から権中納言（同日、左衛門督）に任じられて間もない頃かと推察することは、宮家との結婚を前にして頼通の官職を整えたということであろう。大勢は親王生前結婚説であって、その中で加藤静子は、親王の母荘子女王が寛弘五（一〇〇八）年七月十六日に薨去（日本紀略）していたことから、父方祖母の服喪期間は五箇月としてその忌明けは十二月となるから、頼通・隆姫の結婚は、寛弘五（一〇〇八）年十二月下旬には可能とし、また『中務親王集』断簡十四の詞書「正月つこもり、左衛門督殿〻、女房たちうたよみたりけるを御らんして」の「左衛門督殿」を頼通と解して、結婚成立後、具平親王家の人となった頼通が女房たちとの交流場面と理会できるゆえ、これが「正月つこもり」のことだから正月早々には結婚した可能性があるとして、「頼通・隆姫の結婚は、寛弘五年の十二月下旬か、翌六年正月早々に成った」との推量を示している。[注(9)]

しかし、前者だとすると寛弘五（一〇〇八）年十二月二十日は敦成親王百日の祝宴であり、以後は二十九日には式部が中宮のもとに帰参し、三十日は内裏で引きはぎ事件があり、それらを記録し、明けて寛弘六（一〇〇九）年一月三日の敦成親王参内まで『日記』は記録しているから、頼通と隆姫との結婚を何故記録しないまま放置しているのかの疑問に充分に応えているとは言い難い。しかも加藤氏は『御堂関白集』五九・六〇番歌の頼通と隆姫との五月五日あやめの節句に因む贈答歌を掲げ、この五九番歌の詞書に「左衛門督殿の、北の方にはじめてつかはす」とあり、頼通がはじめて隆姫に求婚歌を贈ったと理会できることから、五月五日は寛弘五（一〇〇八）年かもしくは翌六（一〇〇九）年の五月としたのである。ところが寛弘五（一〇〇八）年五月では求婚期間が長くなるが、前記した祖母荘子女王の服喪期間があるゆえ、婚儀の延期を想定し、道長が式部に持ちかけた相談も結婚話が相当具体化している時点のこととし、寛弘六（一〇〇九）年五月を一顧だにしないで切り捨てたのである。頼通の隆姫への求婚歌が寛弘六（一〇〇九）年五月五日だと具平親王薨去は同年七月二十八日だから、生前の婚儀を実現するには短期間すぎると判断したからだろうか。前掲の『中務親王集』断簡十四で自説を組み立てるべく、寛弘五（一〇〇八）年五月五日を頼通が隆姫へはじめて求婚歌を贈った日と定めたということだろう。いまのところ断簡一葉の解釈で事が決せられた状況であり、それも断簡一三の「左衛門のかみ」は公任であり、断簡一四では「左衛門督殿」と「殿」が付くから頼通だとする。「左衛門督」とある点から紛れ込んだ可能性はないのか。『日記』では寛弘五（一〇〇八）年十一月一日の敦成生誕五十日の祝宴で、「あなかしこ、このわたりに、わかむらさきやさぶらふ」（一六五頁）と戯れた「左衛門の督」は公任で、寛弘七（一〇一〇）年正月元日の戴餅の儀に於いて若宮たちを抱いている「左衛門の督」は頼通となり、公任を「四条の大納言」と記す。公任は寛弘六（一〇〇九）年三月四日権大納言となり、同時に左衛門督の任を解かれ、左衛門督は頼通に移る。中務宮具平親王家と親しく交わる公任と、その官職が、宮家の婿となる頼通に移る寛弘六（一〇〇九）年は、この点からしても紛れ易いのではあるまいか。

ともかく『日記』「中務の宮わたり…」以下の文脈を頼通と中務宮具平親王の息女隆姫との結婚に結びつけ、そして加藤説の如く成婚が寛弘五（一〇〇八）年十二月下旬ないし、翌六（一〇〇九）年正月早々だとすれば、『日記』が結婚の事実を書かない理由をなおさら問わねばならないだろう。以下寛弘六（一〇〇九）年の記事欠脱を想定し、主要な関連事象をその前後含めて挙げておく。

寛弘五年十二月二十日　敦成親王、百日の祝宴
　　　十二月三十日　内裏に引きはぎ事件
寛弘六年　一月　三日　敦成親王、参内
　　　　一月　初旬
　　　　（頼通・隆姫結婚――加藤説）
　　　　二月二十日　中宮・若宮呪詛事件により伊周朝参停止
　　　　三月　四日　頼通、権中納言兼左衛門督に補任

四月二十六日　土御門邸法華三十講開始
五月　五日　法華三十講五巻日
六月十三日　伊周、朝参許可
六月十九日　中宮再び懐妊により土御門邸に退出
七月二十八日　中務宮具平親王薨去
十月　四日　一条院内裏焼亡
十九日　枇杷殿へ行幸
十一月二十五日　敦良誕生
二十七日　皇子三日夜の儀
二十九日　皇子五日夜の儀
十二月　二日　皇子七日夜の儀
四日　皇子九日夜の儀
二十六日　中宮枇杷殿内裏に還啓
寛弘七年　一月一〜三日　敦成・敦良両親王、戴餅の儀
十五日　敦良親王、五十日の祝宴
（二十九日　伊周没）

三　末摘花巻の位相

紫の上系十七帖を『源氏物語』の最初の形態として玉鬘系後記挿入を説く武田宗俊の見解の核心を「玉鬘系人物のすべてが同系の巻にのみ表れ、紫上系十七帖にわたって全然現れないのは、玉鬘系の巻が後の挿入とみる以外には説明出来ないであろう。」とする言説に拠る認識として定着していよう。注(10) それに対して、玉上琢彌は『源氏物語』の成立を短篇から長篇化に至る過程を想定し、「最初帚木・空蟬・夕顔のみの短篇として発表され、その好評に力を得て、ついで若紫・末摘花をかき」注(11)と把握していて、これには稲賀敬二が指摘する「帚木・空蟬・夕顔・末摘花諸巻は一連の構想下に一群」注(12)をなしており、蓬生巻以後とを区別して、これらを画一的に後記挿入されたとする立場はとれないとする説とも符合してくるのである。

特に玉上説に拠る「最初帚木・空蟬・夕顔のみの短篇として発表され」とする執筆過程を踏まえた成立論は、紫式部の旧主家である具平親王家注(13)の享受母体たる女房たちを想定でき、そこを基点として世に好評を得、その評判が道長家倫子方にも達し、紫式部の移籍を促したとする説ともなり、しかも「ついで若紫・末摘花をかき」が、移籍時の手土産にも匹敵する巻々として物語の成立過程をリアルに再現できることになろう。注(14) その「若紫」には初お目見えした十七歳の彰子の意外にも幼なそうな様態と十歳ほどの愛娘賢子のイメージを基として書き、その結果彰子が一条天皇の愛を得て男皇子を出産するに到ったという移籍の意図が達成されたからこそ、具平親王家に親しく出入りしていた歌道の重鎮公任が「あなかしこ、このわたりに、わかむらさきやさぶらふ」（日記）との放言も、「わがむらさき」と読んで単なる親近感による戯れの言辞として理会すべきではなく、「若紫」を引っ提げて転機とした物語作者としての式部がみごとに成功をおさめたという意味を込めて慶祝にふさわしい賛辞として受け取るべきなのであろう。

とすれば、「末摘花」は古風で醜貌の宮の姫君を描いたとなれば、旧主家の女房たちの反発と非難の怒声は測り知れない事態に陥ったことであろう。いくら蓬生巻で末摘花像の修正を図ったところで、宮家のかつての同僚女房たちの憤懣が収まるはずもなかろう。これが『日記』に「中務の宮わたりの御ことを、御心に入れて、そなたの心よせある人とおぼして、かたらはせたまふも、まことに心のうちは、思ひゐたることおほかり」（傍点筆者）とする式部の心中の悩みの種のもう一つであったのではないかと推察している。その関係修復のための物語が宇治十帖となるはずであったが、予期せぬ中務宮の急死で鎮魂の物語ともなっていくであろう。

ところで末摘花巻の冒頭に「思へどもなほあかざりし夕顔の露に後れし心地を、年月経れど思し忘れず」（①二六五頁）と、夕顔追想の文脈を生成して、末摘花登場の脈絡を設定したのだから、夕顔物語の方法が末摘花という常陸宮の姫君像の由来をも牽引してしまうのは無理からぬことであったというべきで、そこでやはり空蟬・夕顔造型の物語方法を確認しておくことが、末摘花巻の位相を照らし出すこととなろうと思われる。

まず空蟬物語が、紫式部母方の祖父為信の家集『為信集』を源泉としていることを、今井源衛[注15]・中島あや子[注16]・笹川博司[注17]が指摘している。そのすべての指摘を繰り返すことは避けるが、主要な二、三を挙げておくと、『為信集』一五五番歌とその詞書（ある男、女の、物など言へど、さすがに心強きにやらんとて／さすがには靡くものからなよ竹の折る心も見えぬ君かな）が、方違えの中宿りで年老いた伊予介の若い後妻空蟬と光源氏が唐突な情交を結ぶことになる場面に、女の強く拒む姿勢を、「人がらのたをやぎたるに、強き心をしひて加えたれば、なよ竹の心地して、さすがに折るべくもあらず」（帚木巻。①一〇一〜二頁）と表現を共有して、二人の逢瀬を脚色している。また「衣を脱ぎ捨てて男から逃れる女」の造型が『為信集』九五・九六・九七番の歌群にあって、空蟬巻では伊予介女の軒端荻と碁を打つ場面をかいま見た源氏が、小君に導かれて忍び入るが、それをいち早く察した空蟬は、脱け出してしまったのであった。その後には「脱ぎすべしたると見ゆる薄衣」（①一二七頁）、つまり小袿が残されていた。この脱衣脱出の件は、従来『今昔物語集』巻三十第一話平中滑稽譚を挙げ、本院侍従のもとに忍び入った定文が、懸金の錠の掛け忘れを口実にまんまと逃げられてしまうのだが、「女起テ上ニ着タル衣ヲバ脱置テ、単衣袴許ヲ着ノ行ヌ」（④四六八頁）が、まさに空蝉の脱出時の行為も「やをら起き出でて、生絹なる単衣をひとつ着て、すべり出でにけり」（①一二四頁）とあって対照され、この両者の関連性が指摘されていた。しかし、『為信集』では女が衣を脱ぎ捨てて奥にはいってしまったという状況に加えて、九七番歌に「つれなきを思ひわびては唐衣かへすにつけてうらみつるかな」とあって、奪った衣を恨みを添えて返してやったというのである。注(18)一方、源氏は空蝉が残していった人香の染まった小袿を身近に置いて偲んでいたが、夕顔巻巻末には空蝉が夫の任国である伊予に下向していく時、逢うまでの形見と思っていたその小袿を返却したというのである。注(19)

空蝉巻々末には知られるように伊勢の歌「空蝉の羽におく露の木がくれてしのびしのびにぬるる袖かな」（①一三一頁）を据え置いて蟬の抜け殻のように衣を脱ぎ捨てて出ていった女の心境を披瀝する結末が、古歌を物語構想の拠り所とした方法を象徴的に明示しているといえようが、作者の近親者にまつわる卑近な例として色好みであった祖父の『為信集』もその素材の一つとして活かされていたに違いないのである。

さらに夕顔巻では『紫式部集』の自己体験物語が摂り入れられたようである。夕顔と源氏の出会いの場面の贈答歌、夕顔の「心あてにそれかとぞ見る白露の光そへたる夕顔の花」（①一四〇頁）と源氏の「寄りてこそそれかとも見めたそかれにほのぼの見つる花の夕顔」（①一四一頁）とが、方違えに訪れた男、つまりその後に式部の夫となった藤原宣孝との出会いの贈答歌との対照が、田中隆昭によって検討されている。注(20)

方たがへにわたりたる人の、なまおぼおぼしきことありて帰りにけるつとめて、あさがほの花をやるとて

おぼつかなそれかあらぬかあけぐれの空おぼれするあさがほの花（4）

返し、手を見わかぬにやありけむ

いづれぞと色わくほどにあさがほのあるかなきかになるぞわびしき（5）

田中氏は「朝顔を夕顔に詠みかえたのは作者が意識してしたことであった。上の品に対する中の品以下の物語であるこの花で象徴的に示そうとしたのである。式部卿宮の姫君と六条の女性とに朝顔を用いてことさら対照的にしたのであった。」（七七・八頁）と述べるが、物語機構上の「朝顔」ではなく、式部自身の体験上からすれば、それは身分ではなく矜持の問題であったろうし、「たそかれ」「あけぐれ」の相違はあるものの、はっきりしない幽冥の中で、「それかとぞ見る」「それかとも見め」と光源氏と見極めるのと対比的に「それかあらぬか」「手を見わかぬにや」と、式部と見定め難い状況のまま空とぼけている男の姿態を彷彿とさせている。複数の妻の存在が知られ色好みであった宣孝との出会いから恋愛、結婚、突然の死別を詠んだ式部歌が、『紫式部集』から引歌という形ではなく引用されていることが看取されることも田中氏は言う。

してみれば、夕顔の「山の端の心もしらでゆく月はうはのそらにて影や絶えなむ」（①一六〇頁。傍線点筆者）も男とのしどろもどろな男女関係の構築に次のような『紫式部集』歌をも指摘できよう。

なにのをりにか、人の返りごとに

いるかたはさやかなりける月影をうはのそらにもまちしよひかな（83）

返し

さして行く山の端もみなかきくもり心の空にきえし月影（84）

夕顔歌は「山の端」を光源氏に「月」は女を喩えていようが、「さして行く」歌の「山の端」は式部で、「月影」は宣孝であろう。男女の立場は逆転するが、夕顔歌に不吉な死を暗示すると読み解くのも、「きえし月影」から夫宣孝の頓死を前提としての作詠とみれば、容易であろう。夙くから夕顔の死を悼む源氏歌「見し人の煙を雲とながむれば夕の空もむつましきかな」（①一八九頁）を、『紫式部集』夫宣孝没後の詠である「見し人のけぶりになりし夕べよりなぞむつましきしほがまの浦」（48）との関係性が指摘されているが、とりわけてその詞書に「世のはかなき事をなげくころ、みちのくに名あるところどころかいたる絵を見て、しほがま」とある塩釜の浦のある「陸奥」に「むつましきかな」の「むつ」が掛けられていることから『集』の歌の方が原作で、夕顔巻の作中歌が改作であるとの岡一男[注21]の指摘を田中氏は評価している。

そして、なお作者の陸奥の塩釜との縁からだろうか[注22]、もう少し大きな想像力の連鎖が働いて、夕顔が物の怪に襲われて頓死する「なにがしの院」を、その準拠として『河海抄』が「河原院」を挙げたように[注23]、宇多法皇が寵愛した京極御息所[注24]こと藤原時平女褒子を連れ出し、密事に及ぶに際し旧主の源融の霊が出現する河原院説話（江談抄、古事談）が摂取されているとみるのが通例である。しかし、角田文衞は「なにがしの院」を河原院ではなく具平親王の別邸であった六条の千種殿として、夕顔怪死事件も『古今著聞集』巻十三（第四五六話）に載る具平親王が最愛の雑仕女を連れ出して遍照寺に赴いた時、その雑仕女が物にとらわれて亡くなった事件が対応していることを指摘し、夕顔物語の素材としたのであった[注25]。

要するに、本節でまず確認しておくべきは、空蝉物語にしても夕顔物語にしても『源氏物語』の初期の物語の素材源が、祖父の家集である『為信集』所載歌や『紫式部集』所載歌の式部の夫となった宣孝関連の複数の詠歌と契合することが想定できることであって、こうした作者の近親者や身の回りの出来事が物語構築の素材源として摂り入れられているならば、末摘花巻に登場する宮の姫君としての末摘花の造型を具平親王家のかつての同僚女房たちを含む読者は、どのように受け取っていたのかということなのである。

式部は父為時が具平親王家の家司を勤めていた縁もあって、宮家に女房として初めて出仕したと推定する筆者にとって空蟬・夕顔物語がまず最初の物語デビューを飾る作品群であり、文学的環境の整っている宮家での営為として考え、その好評ゆえに道長家への転出が実現したのだと認識している。そして若紫・末摘花両巻は、道長家に移籍後初めて物語作者としてお披露目した作品群なのであろうとの憶測である。いまだ作品の視界には本格的な宮廷儀礼や後宮闘争の話題は入らない無縁で遠い世界の事象であったし、この時期の物語創作の目的でもなかった。

末摘花巻の冒頭は前記したように夕顔を忘れ得ない源氏の追慕から惹き出されているし、夕顔巻を前提として読むべき方向づけが叙述上なされていることが知られる。中嶋朋恵は島津久基『対訳源氏物語講話』（矢島書房、昭和12〈一九三七〉年）及び玉上琢彌『源氏物語評釈第二巻』を踏まえて、夕顔巻と末摘花巻との類似表現十四箇所を挙げて、夕顔巻を下敷きにした創作方法であることを確認した。またそうした類似点があるだけに両巻の対照が、夕顔巻の〈白〉に対し、末摘花巻の〈紅〉であることが鮮やかに浮き彫りにされていることも指摘したのであった。[注26] 特に末摘花巻の巻末には源氏が自分の鼻に紅《べに》をつけ、紫の君を笑わせる場面で、源氏が詠む「紅の花ぞあやなくうとまるる梅の立ち枝はなつかしけれど」（①三〇七頁）は、田中前掲書に指摘があるように宣孝が熱烈な求愛のしるしに朱をたらして血涙の趣向に仕立てた手紙に応じた式部の返歌「くれなゐの涙ぞいとどうとまるるうつる心の色にみゆれば」（31）の傍線部が類似表現として対照できよう。夫となった宣孝に関わるこの『紫式部集』歌からの指摘は、式部の身辺に起きた卑近な事象を摂り入れるという方法も夕顔巻を継承していることが確認できよう。

具平親王家のかつての同僚女房たちが赤鼻の醜女である〈宮の姫君〉としての末摘花造型をどのように受け止めていたのかは、明石からの帰還後、源氏が荒廃した末摘花邸を訪れる蓬生巻の末摘花造型の変容をみれば、察しがつこう。末摘花巻と蓬生巻とに於ける末摘花造型の相異に関して、末摘花が変貌したのかどうかの議論が絶えない[注27]が、蓬生巻で描かれる末摘花は、醜い容貌には触れずにその一途に源氏を待ち続けるけなげな心根の持ち主として造型されている。いかに不評を買ったにしても、せいぜい視点を変えての設定で取り繕うことぐらいしかできなかったのであろう。本格的な〈宮の姫君〉の物語は宇治十帖を俟って展開されることになるのは、既に第三論稿に於いて星山健[注28]の指摘を取り上げて、「昔物語」の正統的ヒロインの登場が、琴の音に導かれ零落した邸内に発見されるという「昔物語」の常套的設定で拓かれていることを確認している。

　末摘花物語と宇治の姫君たちとを結びつける事例としてまず想起されるのは、昼寝に亡き父宮の夢を見るという現象で、蓬生巻では末摘花が故宮の夢を見た直後に源氏の訪れが有り、総角巻では中の君が匂宮と結ばれた後に見る夢となっている。この昼寝の夢が、男女間の不安定で間遠な逢瀬を形象する点で共通性があるものの、中の君と匂宮との関係を、宇治の橋姫伝承に関わる『古今集』歌二首で形成し[注29]、男の訪れの中絶えに堪えて待ち続けるヒロイン像を、〈をこ〉物語ではなく、正統的物語性を支える方法によって定位する一方、故八の宮の軽々な結婚を諌めた遺言を重く受け止める姉大君の死をも導く点で、亡き八の宮の夢は姉妹の運命の分岐点ともなって物語構造上に於ける中の君ヒロイン化への要に位置づけられている。

　こうした従来周知の対照関係を確認した上でこれも第三論稿で指摘した点だが、末摘花巻の「晴れぬ夜の月まつ里をおもひやれおなじ心にながめせずとも」（①二八七頁）が『信明集』に於ける源信明の中務への求愛歌「あたら夜の月と花とを同じくはあはれ知れらむ人に見せばや」及び「恋しさは同じ心にあらずとも今宵の月を君見ざらめや」（113）を踏んだ作者のメッセージ性は、薫が大君に望む恋の〈かたち〉に再び繰り返されている。

　総角巻で情交を強く迫るかに見えた薫の口から発せられたことばは、「何とはなくて、ただかやうに月をも花をも、同じ心にもて遊び、はかなき世のありさまを聞こえあはせてなむ過ぐさまほしき」（⑤二三七頁）と意外に老成した関係性を求めるものであった。鈴木宏子は、薫の真意が亡き八の宮に代わって寄り添い語り合う相手を求めるところにあったのだというが[注30]、薫が大君に望んだこの恋の〈かたち〉は、橋姫巻で語られる宇治の八の宮とその北の方との「をりをりにつけたる花紅葉の色をも香をも、同じ心に見はやしたまひしにこそ慰むことも多かりけれ」（⑤一二〇頁）とする〈かたち〉の継承ということができる。さらに問題としたいのは、この時点での求愛が八の宮の一周忌も明けていない服喪中のこととして語られ、しかも行為に及ぶのが仏間であったのだ。薫の自制も時と場の異例さを思えば当然のことかもしれないが、この〈実事なき逢瀬〉の設営に、夕霧巻での夕霧・落葉の宮求婚譚の表現を集中的に顕在化させていることをいま一度確認しておきたい。引例の前者が夕霧巻、後者が総角巻である。

（イ）　山里のあはれをそふる夕霧にたち出でん空もなき心地して　（④四〇三頁）
　　　山里のあはれ知らるる声々にとりあつめたる朝ぼらけかな　（⑤二三九頁）

（ロ）　何ごとにもかやすきほどの人こそ、かかるをば痴者などうち笑ひて、つれなき心も使ふなれ　（④四〇八頁）
　　　人はかくしも推しはかり思ふまじかめれど、世に違へる痴者にて過ぐはべるぞや　（⑤二三四頁）

（ハ）　あさましや。事あり顔に分けはべらん朝露の思はむところよ。　（④四一一頁）
　　　事あり顔に朝露もえ分けはべるまじ。　（⑤二三八頁）

(ニ)　めづらかなることかな」とあはめたまへるさま、いとをかしう恥づかしげなり。（④四一二頁）

「隔てなきとはかかるをや言ふらむ。めづらかなるわざかな」とあはめたまへるさまのいよいよをかしければ、（⑤二三四頁）

(イ)の前者は夕霧から落葉の宮へ、後者は薫が大君への贈歌で、〈小野〉と〈宇治〉の山里の情趣深い風景を〈実事なき逢瀬〉の首尾に配してその誘因となる夕霧歌と、収束となる薫歌を対置して、薫・大君物語に於ける夕霧・落葉の宮物語の繰り返しが、構造的集約から表現レベルまで浸潤して構築されていることを知らしめている。(ロ)はその表現性に関わって、男の求愛姿勢が表明されている。「痴者（＝愚かな）」は、恋愛においての愚直なまでの誠実な対応をいうのであり、無体な行為には及ばないという意味で、夕霧は「御ゆるしあらでは、さらにさらに」（④四〇九頁）と言い、薫は「御心破らじと思ひそめてはべれば」（⑤二三四頁）と、女側の意向に全面的に従うことを誓う。(ニ)は信頼を寄せていた男に裏切られる行為を「あはむ（＝たしなめる）」女君として落葉の宮、大君、中君を挙げて論じた中川正美は、大君のみが〈対話する〉女君として独自な造型となっていることを指摘するが、[注31]むしろそれを「をかし」と捉える男の反応の方が特異なのだから、夕霧と薫の異質性を暴き出しているといえよう。そして(ハ)は〈実事なき逢瀬〉の真偽によらず、演技によって実事の虚構を図る意味を問う。ここにその波紋となる、誤解する落葉の宮の母一条御息所と、誤解される当事者となった大君が、ともに死へ傾斜する道筋をたどることとなる共通項を築く。

皇女の尊貴性を保つために常に結婚には反対であった一条御息所の死が結果的にはその服喪中における強引な夕霧との結婚を許してしまうことになった。また妹中の君と薫の結婚を願い孤立化を深める大君の死を導く最大の要因は、その意に反した薫の画策による匂宮と中の君との結婚であって、亡き八の宮の服喪中での結婚が回避されていることを物語は「御服などはてて、脱ぎ棄てたまへるにつけても…」（⑤二四二頁）と確かに刻むのである。忌明けも間近な服喪中の薫の求愛行動は結局〈実事なき逢瀬〉として終結し、〈対話する〉大君の造型を主眼としてそこに「同じ心に」とする作者のメッセージを組み込むことは、具平親王家の女房たちに向けてまず発信しなければならなかった交誼回復を目的とする薫・大君物語であったのであろう。そしていま物語の状況は、父宮を失って、後見なき〈宮の姫君〉の結婚問題が女房たちの期待に沿うかのように緊迫的に浮上しているのであり、それは同時に作者紫式部が現実に直面している問題でもあったのである。総角巻には老女房弁の口を借りて次のような認識が示されている。

ほどほどにつけて、思ふ人に後れたまひぬる人は、高きも下れるも、心の外に、あるまじきさまにさすらふたぐひだにこそ多くはべるめれ。（⑤二四九～五〇頁）

宮の死後、残された姫君には宮家の尊厳も容赦なく崩れ去る苛酷な現実が待ち構えているとするこの諫言は、物語上の老女房ひとりの危惧なのではなく、作者が現実に直面している問題の反映として具平親王の急死がもたらした渦中の有り得べき忠言として機能しているのではないか。加藤静子が示した古筆切一葉の残欠が、頼通と宮家との縁組みが親王の生前に成り立ち、整然と婚儀が執り行われたとする唯一の証左だとすれば、依然として決定的な結論を導くには不充分といえ、注(32)そうした生前の結婚は幻想になりかねないだろう。物語は常に現実と一体ではないが、宇治十帖は寛弘六（一〇〇九）年の〝いま〟を描いた物語となっていよう。

それは『源氏物語』創作の意図・目的が、一条天皇・彰子中宮のための物語から既に変質しているからであって、『紫式部日記』で道長が式部の局に忍び入って持ち出した原匂宮三帖と思われる物語が、尚侍として東宮居貞（のち三条天皇）に入内した道長次女妍子のための物語であったことが知られる。その後の里居での式部がこの道長の行為にいかに打ちのめされたか、物語の作者としての矜持の瓦解はむろんのこと、その侮蔑的行為によって底知れない虚脱感に襲われ、執筆意欲の喪失を招いたであろう。里居の「こころみに、物語をとりて見れど、見しやうにもおぼえず、あさましく」（一七〇頁）という作者の心理状態は、従来〈御冊子作り〉の疲弊による倦怠感と理会されるが、現匂宮三帖の混乱はこのような仮定を首肯するといえよう。ということは、宇治十帖が誰のための物語であったのかという問題が、おそらくこの里居の時点で作者に創作目的の方向転換を促した結果と見合うはずなのである。

猫好きで横笛の上手としても知られる一条天皇[注33]の関心を誘うかのような第二部若菜上巻に於ける六条院での蹴鞠の折の唐猫による女三の宮の立ち姿の露呈と、その姿をかい間見る主体となる横笛の名手である太政大臣家の嫡子柏木の設定と、その造型に皇女志向に裏打ちされた唐突な情念を抱かされるのは、伊藤博が論じたように「野分によって点じられた狂熱の炎が、夕霧からその友柏木に、対象を変えて転移された物であろう。[注34]」とするのに従いたいが、なお「対象を変え」たのかどうか、朱雀院女三の宮が藤壺中宮の姪との設定は〈第二の紫のゆかり〉として光源氏ばかりではなく紫の上を思慕する夕霧にとっても狂熱の対象となるはずであった。紫の上との未発の密通事件の当事者が、「おほけなき」恋着の衣を纏い柏木に替わることで、その死を導き後に[注35]「今より気高くものものしう、さまことに見えたまへ」（④三四九頁）る薫を残し、さらにその未亡人落葉の宮獲得への執着を夕霧に課する夕霧巻は、もはや光源氏・紫の上物語の終焉を形作る物語ではなく、宇治十帖の伏線として機能する設営に外ならなかった。[注36]

女三の宮物語の内実を「女三の宮降嫁による紫の上の心情の揺れと、柏木の密通による源氏の心情の揺れ」を語ることにはっきり二分する構造を呈していると看破した吉岡曠はまた横笛巻について次のように述べる。[注37]

宇治十帖の構想が第二部執筆中に形を成していたとすれば、この巻には、夕霧物語の構想、第二部の閉幕の構想、宇治十帖の構想が、三者輻湊してはじめて認められるわけで、柏木巻との間に引かれる一線は、構想論的には、幻巻と匂宮巻の間の一線よりもはるかに重要な意義をもつといってよいのである。（中略）夕霧物語の構想と前後して、柏木の遺児を主人公とする新しい物語を書こうという意欲も、作者の脳裡にきざしていたであろう。

〈源氏一代記〉の大団円という性格をもつ御法・幻の二帖の発想は、この宇治十帖の発想と無縁ではなく、つまり、宇治十帖を書くために〈源氏一代記〉にピリオドを打つ必要にせまられて、宇治十帖の執筆が決定された時点以降で、具体的に構想されたものであろう。（九五〜六頁）

吉岡氏の説くところは、宇治十帖の執筆意欲の昂揚が、光源氏・紫の上物語の終結を急ぐことになったということなのだが、作者の内的要因ばかりではなく外的要因として例の〈御冊子作り〉に第二部まで収めるべく取り計らうために〈源氏一代記〉の閉幕を急いだとも考えられるし、また道長からの新たな物語執筆要請があってのことなのかとも思われる。それが『日記』に記す道長が式部の局からもちだした草稿を宇治十帖への導入となる原匂宮三帖だとする蓋然性を支えるとなれば、『日記』との接点が第二部の執筆状況を考えるヒントになり得ようか。それはとりもなおさず〝いま〟を描く物語への発進の助走とみられるからである。

女三の宮の設定が、若き日の紫の上の引き立て役であった末摘花と同じく晩年の紫の上の存在をあらためて源氏に見直させているし、またその造型イメージは紫式部が最も親しく交わった同僚女房の小少将の君を基調としていることは、その上品で優雅なさまを「二月ばかりのしだり柳のさましたり」（日記）と喩えて表現しているが、女三の宮にも「二月の中の十日ばかりの青柳のわづかにしだりはじめたらむ心地して、（鶯の羽風にも乱れぬべくあえかに見えたまふ）」[注38]（若菜下巻。④一九一頁）と同様な形容をしていて明らかであり、『新編全集』の頭注がこの照応を指摘し、「女三の宮像と小少将の君との類似性を示すものとして注目すべきことである」（日記、一九〇頁）とわざわざ注意を喚起している。女三の宮の〈幼さ〉への源氏の落胆は言うまでもなく、柏木密通事件の発覚後の応対を「みづからいとわりなく思したるさまも心幼し」（④二六〇頁）とか「あまり心もとなく後れたる、頼もしげなきわざなり」（同）とする源氏の感懐は、『日記』に於ける小少将の君への批評に「いと世を恥ぢらひ、あまり見ぐるしきまで児めいたまへり」「あまりうしろめたげなる」(一九〇頁)とあり、予期せぬ出来事への未熟な頼りない反応を共有している。

この件はまた武田氏が玉鬘系後記挿入説の論拠として挙げた十一箇条の第五項に掲げる「夕顔の巻の主人公夕顔は、宮仕後に知ったと思われる小少将をモデルにしたと推定されること」[注(39)]に対する反論として、これらの女三の宮との類似表現が、宮仕え当初ではなく小少将の欠点を挙げ得るほどの親交を重ねた上での批評としてその優位性があろう。また福家俊幸は、「小少将の君に女三の宮のイメージが付されている」(傍点筆者)との観点からではあるが、永延元(九八七)年に父源時通が出家したことを由因とする小少将の君の薄幸を、朱雀院の出家にはじまる女三の宮の不幸と重ね合わせて考えられるというのである。[注(40)]一方、夕霧巻に於ける夕霧と落葉の宮との仲介役にとどまらず沈黙する落葉の宮の代行ともいえそうな重要な役割を果たす「小少将の君」という呼称の女房は、一条御息所の姪で宮の従姉妹に当たる訳だが、実在の小少将の君も倫子の姪で彰子の従姉妹であって、その容態・性格の虚弱さとは無縁な気転の利く女房として登場しているところをみると、その呼称のみを借りているらしいから(あるいは女房としてこうあってほしいとする姿か)、第二部に於ける一連の創作過程に紫式部は同僚の女房小少将の君を巧みに使い分けていると見做せよう。同僚女房への物語への活用という点からすれば、末摘花を紹介する「大輔命婦」という同一呼称の女房が彰子中宮のもとに仕えていた。[注(41)]道長家という新しい世界の見聞がこういう形で拡かれていったともいえる。

四　宇治十帖の位相

いっぱんに続篇第三部という場合、その主体は宇治十帖を意味していると思われるが、宇治十帖の前には言うまでもなく光源氏没後を語る匂宮三帖があって、その初巻匂兵部卿宮巻が夕霧家、紅梅巻が按察大納言(柏木の弟)家、竹河巻が玉鬘家と、各家の姫君たちの結婚の動向を話題の中心に据えているが、それを受け継ぐはずの宇治十帖では、夕霧の幼な恋の転移となるような柏木を実父とする薫に冷泉院女一の宮への恋が解消され、紅梅巻では真木柱の連れ子である宮の姫君への匂宮の執心が以後の巻に語られないし、注(42)そして竹河巻では夕霧の息蔵人少将が玉鬘大君への柏木に似る情念の恋も解消され、総角巻で宰相中将としてこともなく再登場して、注(43)宇治十帖は終結しているのである。それに対し、後付で薫が今上帝明石中宮腹の女一の宮をかいま見た件（椎本巻）や、宇治の大君の死が物の怪の仕業であったこと（手習巻）を語るのは、周知の夕霧の左右大臣呼称の混乱と合わせて構想の断絶や変更があったことの証左であろうといわれている。このような断絶を薫と匂宮との年齢差の逆転などを挙げて第二部と第三部との隔たりと容易に同一視することはできないけれども、匂宮三帖と宇治十帖との亀裂を前述したように外的要因に起因するものとする考証の埒外にあったことを思えば、それを前もって踏まえざるを得ないのである。

というのも第三論稿冒頭で引用した今井源衛の言説は『為信集』を検討した上での記述だが、『源氏物語』の完成、成立の時期に関する言及はともかくとして、本節では特に「第三部全体の主題や内容が第二部までとの間にかなり大きな距離を有する」注(44)という指摘をまず問題にするところから始めたい。第二部と第三部との間には物語の主題や内容に隔たりがあり、その「かなり大きな距離」があるとする認識が、第三部でも特に宇治十帖の物語構想に関わって、その人物造型や設定等に苦慮したのではないかとする想定でのもの言いであっただろう。

一方、石田穣二に若菜上巻以後の物語と宇治十帖に於いて出家する父親がその後に残る娘の結婚問題に心労するという設定は、朱雀院・女三の宮と宇治の八の宮・大君との父娘に共通して顕現するし、また父から見離される娘の落葉の宮と浮舟、その娘の行く末を案ずる母親たち、そしてその娘たちに近づく夕霧と薫という具合に、第二部と宇治十帖とに多くの類似が指摘されている。注(45)これらをもって大きな隔たりを人物造型や設定に認識することはできないし、その主題性をも受け継がれ深められていく可能性があろう。

また「宇治」という京から遠く離れた地に物語の舞台を移した点は、空間的距離感を抱え込むことになるにしても、宇治周辺は当時の高級貴族たちの別荘地であるとともに、失意の宮が出家を志す隠棲地として喜撰法師の「わが庵は都のたつみしかぞ住む世を宇治山と人はいふなり」（古今集、雑下）が支え、かつ夕霧巻の小野に代わって山里に隠れ住む女君とそこを訪れる男君という恋物語構想にやはり伝統的背景の支えとなる『古今集』歌「さ莚に衣片敷きこよひもや我を待つらむ宇治の橋姫」（恋四、読人しらず）「忘らるる身を宇治橋のなか絶えて人もかよはぬ年ぞ経にける」（恋五、読人しらず）の橋姫伝説引用による心象風景の形成は、異和感なく京文化圏から接続可能な空間となり得よう。

さらにこうした連繫する物語構想を支える水脈の例として夕顔巻に於ける「なにかしの院」に「河原院歟」とした『河海抄』が、少女巻の「八月にぞ六条院つくりいて、わたり給」に「此六条院は河原院を模する歟」（三八〇頁）と注記する。もちろん六条院は源融という一世源氏が建造した河原院のみを準拠としたというわけでもないことは『河海抄』にも次項の本文「六条京極のわたりに中宮の御ふるき宮のほとりによまちをしめてつくらせ給」を挙げての注記に『うつほ物語』に於ける四面八町を四季に彩る神南備種松邸を挙げて物語史上の位置付けを試みてはいるが、他に当然四町構造の源正頼邸や関係のあった女たちを一同に住まわせる色好みの藤原兼雅邸をも反映した水脈に加えて、物語内の連繫によって秋好中宮の里邸としてその一町に六条御息所邸を組み込むことは、前述した源融の死霊の如く紫の上や女三の宮に取り憑く六条御息所の死霊という旧主の霊出現に根拠を与えることにもなろう。[注46]

そのことは第二論稿に於いても〈三条宮〉を軸に帰属すべき邸宅に固執する作者の方法について論じたが、邸宅と人脈との関わりは容易に解消し得ないのであって、六条河原院を背景にして夕顔からその娘玉鬘が「すき者どもの心尽くさするくさはひにて、いといたうもてなさむ」（玉鬘巻。③一二二頁）と、光源氏の六条院に招かれるのはその反映ともいえそうだ。そして、宇治の地もそうした水脈と無縁とはならなかった。椎本巻の匂兵部卿宮が初瀬詣の中宿りとする宇治川の西岸の夕霧の別邸を「六条院より伝はりて、右大殿しりたまふ所」(⑤一六九頁)とし、それに注した『花鳥余情』が次のように記している。注(47)

河原左大臣融の別業宇治郷にあり　陽成天皇しはらくこの所におはしましけり　宇治院といふ所也　宇多天皇朱雀院と申も領し給へる所也　承平の御門是にて御遊猟ありける事李部王記にみへたり　其後六条左大臣雅信公の所領たりしを長徳四年十月の比御堂関白此院を買とりておなしき五年人々宇治の家にむかひ遊なとありき　宇治関白の代になりて永承七年に寺になされて法華三昧を修せられ平等院となつけ侍り　治暦三年に行幸ありき　いまは藤氏の長者のしる所也　六条左大臣より御堂関白につたはりたるを六条院よりつたはりてとはかきなし侍なり

河原左大臣源融の別業が宇治にあったことは、『扶桑略記』(国史大系)寛平元(八八九)年十二月二十四日条に「左大臣源融朝臣奏、臣之別業在宇治郷、陽成帝幸其所、悉破柴垣、朝出渉猟山野、夕還掠陸郷閭、如此事、非只一二」とあり、寛平元(八八九)年に宇治の融別業を訪れた陽成天皇の乱行が伝えられている。

椎本巻で匂宮を歓待する夕霧の別荘がかつての融別業で宇治院と称したとすると、手習巻に於いて横川僧都一行が意識を失って倒れている浮舟を救助した地を「故朱雀院の御領にて宇治院といひし所」(⑥二八〇頁)としているのと矛盾してしまうから、物語の朱雀院と史実の朱雀院との重ね合わせを認めて理会すれば、前掲『花鳥余情』の「宇多天皇朱雀院と申も領し給へる所也」とする指摘に符合する記載として『貞信公記』(大日本古記録)天慶九(九四六)年十二月三日条に「朱雀院上皇幸宇治」とあるから、源融の宇治別業は、京の河原院と同じく宇多天皇以来皇室の御領となり朱雀院にまで伝領されていたが、その後廃院となったとおぼしい。一方、前掲『花鳥余情』の「其後六条左大臣雅信公の所領たりし」を道長が買い取ったのは、『小右記』(大日本古記録)長保元(九九九)年八月七日条によれば

「六条左府後家」、つまり故源重信の未亡人からであって、そうした誤認もあって、存続した宇治院は以後寛弘年間に於ける数回にわたる宇治遊興の場となっている。中で寛弘元（一〇〇四）年閏九月二十一、二日条には宇治に出向き、そこでの作文会で道長が作った詩に中務宮具平親王が和した詩を右大弁藤原行成を介して賜わったと二十五日条に記されている。平等院の基礎となる道長から頼通へと伝領した別荘を廃院となった融の別業と同一視するわけにはいかないから、現在の平等院周辺には『本朝麗藻』にみえる藤原伊周の詩句で知られる如く一条朝には既に廃墟となった融の別業であるもうひとつの宇治院があったということであろう。

ともかく夕顔から〈白〉のイメージとともに〈はかなさ〉を引き継いだ浮舟が[注48]、八の宮邸に住みついていた物の怪（女色に迷妄する法師の霊）に取り憑かれ、宇治川へと身を投げてその命を奪われそうになったところを、「いときよげなる男」[注49]（手習巻。⑥二九六頁）に抱きかかえられて宇治院の大樹の下に置かれたのである。浮舟が入水を回避できたのは、この清げなる男による救出とみられるのだが、これを長谷観音の霊験とすれば、『源氏物語』で最も怪異的な超常現象となろう。横川僧都の調伏によって物の怪は「観音とざまかうざまにはぐくみたまひければ、この僧都に負けたてまつりぬ。今はまかりなん」（⑥二九五頁）と言って退散している。坂本氏が言うように、「観音は、物怪と、浮舟自身の自殺願望とから、彼女を救った」とはいえ、浮舟が観音の化身によって救われたことと、連れて来られた所が宇治院であったこととは同義ではないはずだ。

物語は夕顔とは違って浮舟の怪死を避けるために長谷観音の加護を用いたが、その娘玉鬘と夕顔の侍女右近との再会を導いた長谷観音の霊験と等しくお互いの祈願が結び合わされ、それに惹かれ導かれて宇治院に連れて来られたのである。偶然宇治院を中宿りとした横川僧都の妹尼は度々初瀬詣を繰り返していて、浮舟の出現を亡き娘の代わりと思い、「初瀬の観音の賜へる人なり」（⑥二九三頁）と、信じて疑わなかったのであるから、この妹尼の祈念との因縁を窺わせて、死ぬ夕顔から生きる浮舟へと転回する場（廃墟の院）と状況（物の怪出現）を夕顔巻と類同させて設営しているといえよう。

ところで、浮舟にもその侍女に〈右近〉と呼ばれる女房がいた。夕顔の侍女〈右近〉と同一呼称の命名は、夢浮橋巻々末で登場する浮舟の弟〈小君〉が、空蟬の弟〈小君〉を想起させるのと同じく、初期の巻々への回帰を積極的に模索する方法なのである。注(50)しかし、〈右近〉に関しては同一呼称の混在は、混乱を招く結果となってしまったようで、それは宇治の中の君の女房にも〈右近〉が近侍していたからに外ならないからだ。中の君の〈右近〉と浮舟の〈右近〉は、同一人物なのかそれとも別人なのか議論があるが、注(51)〈右近〉の重出は、浮舟中途構想による縫合の欠陥が露呈している存在と見做されている。

この一介の女房にすぎない脇役である〈右近〉ではあるが、主人である中の君あるいは浮舟との一対としての物語設定で夕顔物語との接合を構築しようとする意図があったものと思われる。藤村潔は八の宮の遺言に背いた中の君に悲劇的な末路が用意されていたと考えて、次のように述べている。注(52)

作者の構想の中で、宇治川投身が中君から浮舟に変更されたため、投身のための介添えとして構想されていた右近をも不用意に中君から浮舟に移しかえてしまったものであろう。（一六二頁）

作者は何を中の君から浮舟に移しかえたのか。右近や入水（藤村説注(53)）だけではなかったはずで、八の宮の遺言の呪縛から解き放つには、遺言とは関わらない亡き大君の形代としての浮舟の設定が必要であったからであろう。というのも、匂宮と中の君との結婚で精神的に追い詰められたのは大君の方であって、「なほ我だに、さるもの思ひに沈まず、罪などいと深からぬさきに、いかで亡くなりなむ」（総角巻。⑤三〇〇頁）とあるのは、『新編全集』頭注に「結婚によって煩悩をかかえこむのは罪業を積むことである。またそれは父宮の遺訓にそむき、その霊を悩ませてさらに罪を重ねることになる。そこからおのずから死への志向が意識に上りはじめる。」と、この大君の心情を的確に読み解いている。さらには匂宮と夕霧の六の君との婚約の噂を耳にしても、父の遺戒の意図を深刻に受け止めるのはやはり大君の方で、昼寝する中の君は「いささかもの思ふべきさまもしたまへらず」（⑤三一一頁）であって、大君の苦悩とは対照的な中の君の姿を写し出している。

大君没後の宿木巻では匂宮の間遠にはじめて悩む二条院の中の君のもとを訪れた薫との対面に次のようにある。

折りたまへる花を、扇にうち置き見ゐたまへるに、やうやう赤みもて行くもなかなか色のあはひをかしく見ゆれば、やをらさし入れて、

（薫）よそへてぞ見るべかり白露のちぎりかおきし朝顔の花

ことさらびてしももてなさぬに、露を落さで持たまへりけるよとをかしく見ゆるに、置きながら枯るるけしきなれば、

（中の君）「消えぬまに枯れぬる花のはかなさにおくるる露はなほぞまされる

何にかかれる」といと忍びて言もつづかず、つつましげに言ひ消ちたまへるほど、なほいとよく似たまへるものかなと思ふにも、まづぞ悲しき。（⑤三九四～五頁）

扇にうち置いた朝顔は薫の自邸三条宮から持参したものだが、朝顔を手折った時、「女郎花をば見過ぎてぞ出でたまひぬる」（⑤三九一頁）とあった。この「女郎花」は三条宮に薫を慕って参集している女房たちを暗喩しているらしいが[注(54)]、あだ心の匂宮の表徴とも考えられ、露を落とさぬ朝顔の花は薫の恋愛における矜持を示しているのだと思われる。

薫歌「よそへてぞ」は「白露」が大君で「朝顔」を中の君に喩えたが、それに応じた中の君歌「消えぬまに」は、

「花」を大君に、「露」を中の君として、露よりもはかなく枯れてしまった花を前提として薫歌に切り返しているものの、花よりはかないはずの露の身が生き残っている現実が照らし出されている。この中の君歌が『紫式部集』の「消えぬ間の身をもしる〳〵朝顔の露と争ふ世を歎くかな」（53。傍線筆者）と措辞が近似している点から、中の君歌が家集（53）歌に拠っているとして、榎本正純はさらに中の君の思考パターンに作者紫式部みずからの思考の反映がみられる例として次の宿木巻の件りと家集歌を挙げている。注(55)

○ひたすら世に亡くなりたまひしに人々よりは、さりとも、これは、時々もなどかはとも思ふべきを、今宵かく見棄てて出でたまふつらさ、来し方行く先みなかき乱り、心細くいみじきが、わが心ながら思ひやる方なく心憂くもあるかな、おのづからながらへば、など慰めんことを思ふに、さらに姨捨山の月澄みのぼりて、夜更くるままによろづ思ひ乱れたまふ。（⑤四〇三～四頁）

○いづくとも身をやる方の知られねば憂しと見つつもながらふるかな（125）

榎本氏は、傍線箇所と（125）歌との対応から、中の君の形象化に作者紫式部との内面の〈同質性〉を把捉して、匂宮が夕霧の六の君と結婚しても中の君にはその夜離れを憂えて自壊するのではなく、何とか克服しようとする思念が働いているとする。

結婚当初も匂宮の禁足や夜離れに対して、中の君は結婚を後悔したり、不実を恨んだりせず、現実を受け入れて、「心の中に思ひ慰めたまふ方あり」（総角巻。⑤二九九頁）と自己救済するのに対し、大君は「我も、世にながらへば、かうようなること見つべきにこそはあめれ」（⑤三〇〇頁）と、結婚拒否の念を強くし、生存の忌避までを内面に沈潜させて死へと傾斜する思考パターンを示していた。それは当然のちに薫を裏切って匂宮を通わせることになる大君の形代浮舟が「いかで死なばや、世づかず心憂かりける身かな」（浮舟巻。⑥一八一頁）とか、「わが身ひとつの亡くなりなんのみこそめやすからめ」（⑥一八四頁）と自暴自棄的に死への傾斜を強めていく思考の閉塞とは異なって、引用箇所でも「おのづからながらへば、など慰めんことを思ふに」（波線筆者）とする思い乱れる中での自浄は諦念とも違って、生きていこうとする姿勢の開示なのであろう。このような早蕨巻以来、中の君が培った大君と異なる生への志向性（榎本）は、物語の内的論理として中の君に入水を強いる終末は不可能と言うべきで、父宮の遺言の受け止め方の相違が姉妹の生死を分けた物語で、〈宮の姫君〉として「おいらか」に生きる中の君の形象化は、作者紫式部が隆姫と頼通との結婚を慫慂するメッセージとして、その方法からも達成されていよう。

しかし、中の君の形象化にみずから投影させての自画像の物語は、さらに身分的にも作者と近い浮舟を投入せざるを得なくなった。[注(56)] 次に早蕨巻と手習巻との『伊勢物語』四段「春や昔の」（古今集、恋五）を引く同趣向な場面を掲出しておく。

早蕨巻

御前近き紅梅の色も香もなつかしきに、鶯だに見過ぐしがたげにうち鳴きて渡るめれば、まして、「春や昔の」と心をまどはしたまふどちの御物語に、をりあはれなりかし。風のさと吹き入るるに、花の香も客人の御匂ひも、橘ならねど昔思ひ出でらるるつまなり。つれづれの紛らはしにも、世のうき慰めにも、心とどめてもてあそびたまひしものを、など心にあまりたまへば、

見る人（中の君）もあらしにまよふ山里にむかしおぼゆる花の香ぞする

言ふともなくほのかにて、絶え絶え聞こえたるを、なつかしげにうち誦じなして、

袖（薫）ふれし梅はかはらぬにほひにて根ごめうつろふ宿やことなる

たへぬ涙をさまよく拭ひ隠して、言多くもあらず、「またもなほ、かやうにてなむ。何ごとも聞こえさせよかる

べき」など聞こえおきて立ちたまひぬ。（⑤三五六～七頁）

手習巻

閨のつま近き紅梅の色も香も変らぬを、春や昔のと、こと花よりもこれに心寄せのあるは、飽かざりし匂ひのしみにけるにや。後夜に閼伽奉らせたまふ。下﨟の尼のすこし若きがある召し出でて花折らすれば、かごとがましく散るに、いとど匂ひ来れば、

袖ふれし人こそ見えね花の香のそれかとにほふ春のあけぼの（浮舟）（⑥三五六頁）

色も香も変わらぬ紅梅の景を眼前に据えて、前者は中の君が宇治の八の宮邸から京の二条院へ移るに際し薫との惜別の贈答歌であり、後者手習巻は小野の里で既に出家を遂げた浮舟の回想となる独詠歌だが、前者の薫歌「袖ふれし梅」に近似する表現の後者浮舟歌「袖ふれし人」も宇治の八の宮邸の紅梅を対象としているはずだ。ところが、八の宮邸の庭前に桜の情景はありはしたが、所在なさやこの世の憂さを慰めるために紅梅に心を留めていたなどという場面は、いっさいないのだから、ことさらめいた場面設営ということになろう。のちに二条院を訪れた薫が庭前の桜を眺めて、「主なき宿のまづ思ひやられたまへば」（⑤三六七頁）ともあって、「根ごめうつろふ宿やことなる」と詠じた「主なき宿」の紅梅はその景がどこにも存立し得ないのである。これらは物語の一場面ではあっても、作者に別の意図があったればこその設定ということになろうか。

両者の「袖ふれし」の語句は共通して「色よりも香こそあはれと思ほゆれ誰が袖ふれし宿の梅ぞも」（古今集・春上、読人しらず）に拠ってはいても、後者の浮舟歌の場面の方が、「飽かざりし匂ひのしみにけるにや」（傍線箇所）の文飾とともに明示的だ。ここに具平親王歌「あかざりし君がにほひの恋しさに梅の花をぞ今朝は折りつる」（拾遺集・雑）が引歌となっていて、しかも『公任集』に拠れば親王と公任との贈答歌となっている。

中務の宮にて、人々酒飲みしつとめて、宮のきこえたまふ

あかざりし君がにほひの恋しさに梅の花をぞけさは折りつる（18）

返し

いまぞしる袖ににほへる花の香は君が折りけるにほひなりけり（19）

酒宴の余韻のまま男同士があたかも後朝の歌のように戯れて詠んでいるのは、福家俊幸が読み解いたように親王と公任とのいかにも親密な関係が察せられる。[注(57)] そしてこのように男同士で一方が梅花の枝を折るという行為を伴う贈答歌の場面として、早蕨巻で前掲場面に先行する次の場面を福家氏は挙げている。

内宴など、もの騒がしきころ過ぐして、中納言の君、心にあまることをも、また、誰にかは語らはむと思しわびて、兵部卿宮の御方に参りたまへり。しめやかなる夕暮れなれば、宮、うちながめたまひて、端近くぞおはしける。箏の御琴掻き鳴らしつつ、例の、御心寄せなる梅の香をめでおはする、下枝を押し折りて参りたまへる、匂ひのいと艶にめでたきを、をりをかしう思して、

（匂宮）折る人の心に通ふ花なれや色には出でずしたに匂へる

とのたまへば

（薫）「見る人にかごとよせける花の枝を心してこそ折るべかりけれ

わづらはしく」と戯れかはしたまへる、いとよき御あはひなり。（⑤三四八～九頁）

二条院の匂宮のもとを訪れる薫が手折った梅の一枝を持って参上した。薫の芳香と混じり合った梅の香に匂宮は即座に中の君を慕う薫の下心を嗅ぎとっての薫との贈答歌の場面となっている。前掲浮舟巻の「こと花よりもこれに心寄せのあるは」に対応する匂宮の「例の、御心寄せなる梅の香をめでおはする」とする表現もあって、福家氏は梅の

芳香を素材として男同士の戯れの交友が描かれる点で、具平親王と公任との贈答場面を想起させると指摘して、さらに次のように述べる。

> ここでの梅の芳香をめぐる匂宮と薫とのやりとりは、遠く浮舟の「袖ふれし人こそ見えぬ花の香のそれかとにほふ春のあけぼの」まで響いているのではないだろうか。ここで梅を媒介にして、戯れていた二人の貴公子はまさに「袖ふれし人」が薫と匂宮の二人であることを示唆しているのだろう。それは中の君をめぐる恋のさやあてがまさに浮舟にスライドしていたことを表象しているのであった。

浮舟が眺めている「閨のつま近き紅梅」は、その遠景に作者は具平親王家の紅梅を見据えているのかもしれないということだが、早蕨巻の薫歌「袖ふれし」でも知られるように中の君と一晩過ごしたことを前提にしながらも男女関係を認めるものではなく、親密な関係や深い因縁から成り立ち得る表現であり、具平親王と紫式部との男女関係を仮定するものとはならないであろう。ともかく浮舟歌の「袖ふれし人」とは薫と匂宮との二人が混在しているとの福家氏の認識で、それは池田前掲論考や第三論稿に於ける自説も同じ結論に至っている。ただ「袖ふれし人」に関しての最新の論考の徳岡涼が、具平親王が若き日兵部卿でもあったことを根拠に、「作者の立場からは匂宮を想定した浮舟歌だった」とするのはあまりにも短絡すぎるが、「少なくとも作者紫式部にとって、この浮舟歌は具平親王の面影を背景にして詠まれたもの」とする、この浮舟歌を組み込む場面性への理会は首肯できよう。[注58] しかし、浮舟歌の「袖ふれし人」が匂宮なのか薫なのかの議論にばかり注視するのではなく、その下句にも注意を払うべきなのである。とはいえ、第四句「それかとにほふ」が揺曳する夕顔歌「心あてにそれかとぞ見る白露の光そへたる夕顔の花」（①一四〇頁）を想起して、頭中将か光源氏なのかとの議論があったのと同じような渦中に再び舞い戻ろうというのではなく、夕顔歌にもあるわずかな期待感「光そへたる」に当たり、それが収束するはずの語となった末句「春のあけぼの」に関してである。つまり「春のあけぼの」と詠む心境に至っている『源氏物語』最後の女主人公浮舟という存在について考えておくべきではないかということである。[注59]

藤村潔は正篇の女三の宮と続篇浮舟とを比較して、形代ないしゆかりとしての登場（藤壺の宮、宇治の大君）、二人の男との関わり（源氏と柏木、薫と匂宮）、そしてその結果出家するという点で類似関係があるとし、一つのパターンとして捉えることができるのは、それが作者による作為的な創造なのではなく、創作の軌跡として同じ結果となってしまったのだと主張している点である。[注60]

女三の宮と浮舟とが物語構成の核となる新しい悲劇的な登場人物の設定という照応関係は言うまでもないことだが、〈密通と出家〉という事象の因果関係で主題性を担う役割を問題とした場合、女三の宮はどちらかと言えば〈密通〉に関して光源氏への波紋は大きく、それに対して浮舟は〈出家〉に関して薫への影響は大きいと見做せよう。浮舟の出家が中の君の肩代わりをしたとすれば、紫の上の出家の代わりに女三の宮が出家して、中の君は紫の上と同じく二条院の女主人としてその「幸ひ人」としての地位を確保するという物語の方向性は認められようが、浮舟の出家に関しては薫の存在の不安感による道心を引き受けてしまった感があり、夢浮橋巻で浮舟に還俗問題まで浮上しかねないのは、そのためだろう。[注61]その上、薫とともに三条宮に尼姿で暮らす女三の宮の実態やその内心は語られずに、物語はその存在だけを明らかにしているにすぎないから、むしろ出家後の女三の宮の心情までも浮舟に託されているとさえ言えるかもしれないのである。「春のあけぼの」が春の陽光が射し出す一歩手前の明るさの前兆を示唆しているとすれば、そこにこそ出家の意味があり、心安らかな暮らしを志向する浮舟がようやく辿り着いた心境の表徴としてのことばの響きが感じられ、尼姿の女三の宮へと還元される言辞とも考えられるのではなかろうか。つまり、宇治十帖に於ける女三の宮と浮舟とに関わる〈密通と出家〉の対応関係は、両者の背負うべき罪の因果性に薫がどのように絡み、向き合うのかという主題性を担う設定にあったといえよう。

また、宇治十帖が実父柏木の死とそこからつき放された存在ゆえに薫が絆を求めて彷徨する物語となり、それが次に八の宮の死とそこからつき放された存在として登場する浮舟が、やはり父との絆を求めて彷徨する物語に引き継がれたのだとしても、注(62)浮舟の中途構想の矛盾解消にはつながらないだろう。しかも、浮舟物語の渦中に位置する蜻蛉巻には亡き式部卿宮（八の宮と兄弟）が愛育した姫君が、明石中宮腹の女一の宮の女房として出仕した件までが叙べられるのであり、高貴な宮家の姫君であっても父宮亡き後に、しっかりした後見のないことがあわれな行末を想定させ、中の君の行末を肩代わりしたはずの浮舟ではなく、注(63)むしろこの宮の姫君が中の君と対照的な存在として浮上してくる点は、劣り腹の浮舟を女房として設定するよりは、現実に具平親王没後に直面する姫君たちの行末を可能態として、衝撃的に叙べているといえようから、入水未遂後とはいえ、浮舟の存在意義を別に考える必要があろう。

夙く森岡常夫によって指摘された橋姫・宿木巻に於ける八の宮の矛盾は、①八の宮が俗界を捨てた動機が違っていること。②中の君より五歳下の浮舟が誕生した頃、橋姫巻の八の宮は既に行い澄ましており、誕生が不自然なこと、③慈愛の父として描かれた八の宮が、浮舟に対して非常に冷たいこと。注(64)この三点に拠り浮舟中途構想は揺るぎないとはいえ、もし浮舟の存在が当初から秘められ隠すべき存在として位置づけられていたとしたら、物語の内的必然性として匂宮の妻となった中の君に大君を忘れられない薫が迫り、追い詰められた中の君はその形代を物語に呼び込んでくるという図式は予定構図であったともいえ、もちろんそこには「俗聖」と言われ清廉で柔和な八の宮のイメージと矛盾しその修正を余儀なくするものだけれども、幻巻で紫の上の死を受け入れ難い源氏がその寂寥を癒そうと召人〈中将の君〉を求めた行為と同じく、当時の貴族社会の有様としては責められるべき事象ではなかろうし、むしろ物語は桐壺巻の当初から形代を是認し、方法化していた。また浮舟母娘の心情を度外視しての彼女らとの決別や放擲は、八の宮の潔癖さゆえとも、あるいは社会通念上許容される範囲であったとも考えられ、宇治へ墓参目的で訪れた浮舟母娘にとってその縁に縋る外なかったとはいえ、自分たちを捨てた父宮への怨みや憎しみは認められないのである。

確かに宿木巻での唐突な浮舟の登場は、第二部から準備していた宇治十帖の構想とは異なる想定外の事態が作者を襲って、急きょそれに対応すべく多少の矛盾には目をつぶって造型したのが、隠すべき劣り腹の存在である浮舟だったのではあるまいか。想定外の事態とは言うまでもなく寛弘六（一〇〇九）年七月の具平親王の薨去であったのであろうし、その死を前提としなければ、いくら紫式部の分身としての一面を引き据えた造型であるとしても、親王家の女房たちにさらなる反感を呼び起こしかねない浮舟の登場と存在であったろう。

八の宮の経歴には、京での政治的陰謀に巻き込まれ、惨めな敗退と宇治での隠棲が、『源氏物語玉のをぐし』[注65]に指摘されるように惟喬親王に準拠させての設定と言えそうだが、劣り腹の浮舟の登場は、明らかに具平親王という作者紫式部が初めて宮仕えに出仕した元の主人を想定せざるを得ないようだ。後中書王として知られる具平親王の意外な一面だが、既に指摘したように藤原伊祐の養子となった頼成の実父は具平親王であり[注66]、さらには隆姫の夫となった頼通と関係した進命婦こと祇子を具平親王の落胤と取り繕うこと（栄花、巻三十一「殿上の花見」）が可能であったのは、親王の所業にそうした素地があったからなのであろう。[注67]

五　おわりに

宇治十帖には『源氏物語』の初発の巻々である、空蟬、夕顔、末摘花の投影が色濃く塗り込められていた。玉鬘系の物語が後記され挿入されたとする物語成立過程からすれば、それらの巻々の面影が前面に押し出されて、その傍流に位置づけられた巻々が、逆転した形の相貌が呈せられて、さらに正続篇の物語構成としては、京の雅びさと対照する宇治や小野の山里の寂寥の空間とが対比されて、物語の枠組みとしては均整のとれた全体像を浮き上がらせている。

しかし、物語創作に立ち向かう作者紫式部が抱え込んだ精神的内実の葛藤をその表現世界から嗅ぎ分けてみると、正篇（とくに第一部）と続篇との創作の目的とその意図の径庭は明確に存していたといえよう。若紫巻や末摘花巻は、彰子の心を巧みに物語世界に引き入れたと思われるが、それらに少し遅れて執筆成立したと思われる首巻の桐壺巻に関しては、作者紫式部が道長の依頼に応じ、一条天皇と彰子中宮との新しい関係構築のため、彼らを取り囲む現状を打解する目的で時代を的確に反映させた物語を提供したといえよう。この桐壺巻に関して、清水婦久子は次の様な見解を示している。注(68)

> 桐壺巻の役割の一つは、亡くなった人々の鎮魂であったと思う。村上天皇が催した「壺前栽の宴」、栄花物語では「月の宴」とされる康保三年（九六六）内裏前栽合は、安子中宮を追悼する歌合であった。これを基にして作られた桐壺巻の「野分の段」こそ、長保二年（一〇〇〇）に崩御した中宮《（ママ）》定子の鎮魂と、定子を愛し続けた一条天皇の悲しみを癒やすために作られた物語だったのではないか。（三九二頁）

皇后定子の崩御を桐壺更衣の死に準え、寵愛した后への哀惜と誕生した皇子への慈しみを物語の核として長篇化の始発に据えたのである。後見のない第二皇子を帝の英断によって臣籍に降下させて不安を取り除かれた物語の主人公光源氏に、定子所生の第一皇子敦康親王の行末を重ねたのであろう。伊周の失脚で道隆側の後見を失った敦康親王は、その将来を見越して寛弘元（一〇〇四）年には藤壺の彰子中宮の猶子として安泰を計っていたことからして、一条天皇は物語の展開に不安を覚えることはなかったであろう。しかも、物語作者は折りにつけ主人公に敵対する弘徽殿女御方の派手好みで不用意な対処を責め、藤壺中宮方の地味だがその嗜深さを賞揚して、定子サロンの開放性から徐徐に脱却を図り彰子サロンの情趣性への転換を誘導していくうちに、宮仕え当初は十七歳であどけなかった彰子も成長を遂げたのである。『紫式部日記』に記される寛弘五（一〇〇八）年敦成親王の誕生は、道長の命に従った物語の成果であり、物語作者はその目的、役割を果たしたのだといえよう。

それに対し、宇治十帖執筆の意図、目的は当初具平親王家のかつての同僚女房たちとの和解を目指し、隆姫と頼通との結婚を有効に導くための物語創作であったが、いっけんそれは道長の意向を汲んだ形でもあるのだが、具平親王の急死に接して、宇治十帖の結末は親王の鎮魂の目的へと変容したのであった。

注

（1）小学館『新編日本古典文学全集』の頁数。引用は『源氏』『栄花』とも同全集に拠る。

（2）今井源衛『紫式部』（吉川弘文館、昭和41〈一九六六〉年）

（3）稲賀敬二「紫式部日記逸文資料「左衛門督」の「梅の花」の歌—日記の成立と性格をめぐる臆説—」（『源氏物語の研究—物語流通機構論—』笠間書院、平成5〈一九九三〉年）

（4）大曽根章介「具平親王考」（『日本漢文学論集第二巻』汲古書院、平成10〈一九九八〉年）

（5）萩谷朴『紫式部日記全注釈上巻』（角川書店、昭和46〈一九七一〉年）、筑紫平安文学会編『為頼集全釈』（風間書房、平成6〈一九九四〉年）解説。

（6）原岡文子『源氏物語とその展開　交感・子ども・源氏絵』（竹林舎、平成26〈二〇一四〉年）「『源氏物語』の女房をめぐって—宇治十帖を中心に—」、千野裕子「『源氏物語』における女房「中将」—宇治十帖とその「過去」たる正篇—」（『古代中世文学論考第26集』新典社、平成24〈二〇一二〉年）。特に後者は「中将」のイメージ造型から脱皮する浮舟の母が常陸介の北の方として過去から解放され前進するという。

（7）新山春道「『紫式部日記』の人物関係考―具平親王家の婚姻―」（神奈川大学「人文研究」166、平成20〈二〇〇八〉年12月）。なお『栄花』は宮没年を寛弘七（一〇一〇）年正月二十九日の伊周薨去記事よりも後に置いて服喪期間中の成婚の可能性を排除する。

（8）久保木秀夫『中古中世散佚歌集研究』（青簡舎、平成21〈二〇〇九〉年）

（9）加藤静子「『御堂関白集』から照射される『栄花物語』」（「都留文科大学研究紀要」76、平成24〈二〇一二〉年10月）。なお加藤説は『御堂関白記』寛弘七（一〇一〇）年五月十四日条の「左衛門督内方渡」とする頼通室の道長法華三十講参会の記事を示した上での期間設定である。

（10）武田宗俊「源氏物語の最初の形態」「源氏物語の最初の形態再論」（『源氏物語の研究』岩波書店、昭和29〈一九五四〉年）を再録して評価する『テーマで読む源氏物語論　第4巻　紫上系と玉鬘系―成立論のゆくえ』（勉誠出版、平成22〈二〇一〇〉年）の中川将昭の解説に「〝②玉鬘系の巻々の出来事・人物は、紫上系の巻々に全く現れない〟という事実こそが、武田成立論の唯一にして最大の根拠であるということである。」（二四五頁）などとするのがその典型である。

（11）玉上琢彌「源語成立攷」（『源氏物語研究　源氏物語評釈別巻一』角川書店、昭和41〈一九六六〉年）

（12）稲賀敬二「源氏物語成立論の争点」（阿部秋生編『講座日本文学の争点（二）中古編』明治書院、昭和43〈一九六八〉年）。『稲賀敬二コレクション（三）『源氏物語』とその享受資料』（笠間書院、平成19〈二〇〇七〉年）前掲『テーマで読む源氏物語論　第4巻』再録。

（13）福家俊幸「紫式部の具平親王家出仕考」（「中古文学論攷」7、昭和61〈一九八六〉年10月）

（14）若紫巻と末摘花巻とを一組と考える理由は、伊藤博『源氏物語の原点』（明治書院、昭和55〈一九八〇〉年）「源氏物語始発部の層序―帚木三帖・末摘花巻をめぐって」でも明らかにしているように末摘花巻の「瘧病にわづらひたまひ、人知れぬもの思ひまぎれも、御心の暇なきやうにて、春夏過ぎぬ」（①二七七頁）は、若紫巻の瘧病や藤壺密通事件を指し、「朱雀院の行幸、今日なむ、楽人、舞人定めらるべきよし、昨夜のうけたまはりしを」（①二八五頁）が、若紫巻の「十二月に朱雀院の行幸あるべし」（①三三九頁）を受けて、行幸準備に追われる日々の中で、末摘花訪問がなされる。伊藤氏は「末摘花巻が帚木三帖を承けつつ桐壺系列に合流する志向を有する」と述べる。

(15) 今井源衛『王朝文学の研究』（角川書店、昭和45〈一九七〇〉年）「為信集と源氏物語」

(16) 中島あや子「源氏物語と為信集―諸説の整理と検討―」（「鹿児島大学法文学部紀要　文学科論集」13、昭和53〈一九七八〉年3月）

(17) 笹川博司『為信集と源氏物語』（風間書房、平成22〈二〇一〇〉年）「『為信集』から『源氏物語』へ」。なお『為信集』の引用は同書に拠り、傍線は筆者。

(18) 今井源衛前掲書（二七八頁）は九七番歌が玉鬘巻の末摘花が光源氏に送った歌「きてみればうらみられけり唐衣かへしやりてむ袖をぬらして」とも類似性が強いと指摘する。

(19) 空蟬の小袿返却時に添えた源氏の歌「逢ふまでの形見ばかりと見しほどにひたすら袖の朽ちにけるかな」は、藤原興風の詠「逢ふまでの形見とてこそとどめけめ涙に浮ぶもくづなりけり」（古今集・恋四）を踏んでいるのだが、その詞書に「親の守りける人のむすめにいと忍びて逢ひて物らいひけるあひだに、親の呼ぶといひければ、急ぎ帰るとて、裳をなむ脱ぎおきて入りにける、その後裳を返すとてよめる」とあるように、女の脱ぎおいた衣を手に入れた男が、後にそれを返すということを含めよくある事例であって、『為信集』だけに限定して、その発想の素材根拠として提示し得ないが、有効な事例とはなろう。

(20) 田中隆昭『源氏物語　引用の研究』（勉誠出版、平成11〈一九九九〉年）「朝顔と夕顔―『紫式部集』の宣孝関係の歌と源氏物

語―」。なお『紫式部集』の引用は上原作和・廣田收編『紫式部と和歌の世界』〈武蔵野書院、平成24〈二〇一二〉年〉

(21) 岡一男『源氏物語の基礎的研究』〈東京堂、昭和29〈一九五四〉年〉「第一部　紫式部の周辺と生涯」

(22) 父為時の次兄為長が陸奥守在任中に亡くなっていて、その死を悼む詠が『為頼朝臣集』に以下の如くある。「兄弟の陸奥守亡くなりてのころ、北の方の生海松をこせたりしに／磯に生ふるみるめにつけて塩釜の浦さびしくおもほゆるかな」

(23) 引用は玉上琢彌編『紫明抄　河海抄』〈角川書店、昭和43〈一九六八〉年〉二四五頁。以下当該箇引の全文を掲げておく。

なにかしの院　河原院歟

五条よりそのわたりちかきなにかしの院とあれは也六条坊門万里小路坊門南万里小路東相二叶京極御息所先蹤一歟彼院左大臣融公旧宅也又号六条院後二宇多院御跡也延喜御記云皆参入六条院此院是故左大臣源融朝臣宅也大納言源朝臣奉二進於院一

(24) 『大和物語』六一段に時平女褒子は六条京極にあった河原院に住んで居たとの記述があり、京極御息所とも六条御息所とも言われたことをはじめとして、塩釜を模した邸宅河原院の旧主であった源融の霊の出現と『源氏』の六条御息所との関連を田中隆昭前掲書は指摘する。

(25) 角田文衛「夕顔の宿」「夕顔の死」〈『若紫抄』至文堂、昭和43〈一九六八〉年〉『紫式部の世界』〈『角田文衛著作集　七』法蔵館、昭和59〈一九八四〉年〉。なお千種殿は「六条坊門北・西洞院東」にあり、のちに後朱雀天皇媄子中宮所生の禖子内親王を六条斎院と称するのも内親王の家司に補された源師房が具平親王の嫡子で千種殿に住んでいたからであろう。

(26) 中島朋恵「源氏物語末摘花の巻の方法」〈「中古文学」23、昭和45〈一九七〇〉年4月〉

(27) 外山敦子「末摘花は変貌したのか―老女房との関係性から―」〈「愛知淑徳大学国語国文」20、平成9〈一九九七〉年3月〉

（28）星山健『王朝物語史論―引用の『源氏物語』―』（笠間書院、平成20〈二〇〇八〉年）「橋姫物語における末摘花物語引用―光源氏が幻視した女君としての宇治中君―」

（29）総角巻に於ける匂宮・中の君結婚三日目の贈答歌、匂宮詠「中絶えむものならなくに橋姫のかたしく袖や夜半にぬらさん」、中の君詠「絶えせじのわがたのみにや宇治橋のはるけき中を待ちわたるべき」（⑤二八四頁）は、『古今集』所載歌「さ筵に衣片敷きこよひもや我を待つらむ宇治の橋姫」（恋四、読人しらず）「忘らるる身を宇治橋の中絶えて人も通はぬ年ぞ経にける」（恋五、読人しらず）を踏む。

（30）鈴木宏子「薫の恋のかたち―総角巻「山里のあはれ知らるる」の歌を中心に―」（『国語と国文学』平成26〈二〇一四〉年11月）

（31）中川正美「宇治大君―対話する女君の創造―」（『源氏物語のことばと人物』青簡舎、平成25〈二〇一三〉年）

（32）前述した通り『栄花』は頼通・隆姫の婚儀を親王生前として描くが、この虚構性は、教通と禔子内親王（三条天皇皇女）の結婚は万寿三（一〇二六）年二月五日（日本紀略）だが、禔子の母藤原娍子（万寿二〈一〇二五〉年三月二十五日崩）による重服中であったのを『栄花』（巻二十七「ころものたま」）は、娍子の一周忌後として描くのと同様である。

（33）猫に関しては『枕草子』第七段「上に候ふ御猫は」（三巻本）に、五位のかうぶりした猫に乳母をつけて人並みに扱う異様さが描かれ、横笛に関しては第二二八段「一条の院をば今内裏といふ」で一条天皇みずから笛を吹く。笛の師は藤原高遠と記される。

（34）前掲書『源氏物語の原点』「「野分」の後―源氏物語第二部への胎動」「柏木の造型をめぐって」

（35）須磨巻で光源氏は「恩賜の御衣は今此に在り」と誦して菅原道真に准えて無実を訴えた。一方柏木巻で夕霧は「右将軍が塚に草初めて青し」（④三四〇頁）と口ずさんで柏木の死を哀悼したが、この句は『河海抄』に拠れば、時平の長男保忠の死を悼む紀在昌の詩（本朝秀句）とする。源氏を菅公に比してその祟りとしたか。また保忠の弟敦忠を柏木像のモデルとする藤河家利昭「藤原敦忠伝―柏木像の形成―」(『武庫川国文』5、昭和48〈一九七三〉年3月)は、「敦忠の妻が敦忠死後文範の妻となるということから柏木の妻落葉宮が夕霧の妻になるという物語が構想されたのであろうか」とする。なお敦忠の山荘は小野にあった。

(36) 第二論稿及び「夕霧の子息たち―姿を消した蔵人少将―」(秋澤亙・袴田光康編〈考えるシリーズ③〉『源氏物語を考える―越境の時空』武蔵野書院、平成23〈二〇一一〉年。本書〈Ⅰ・第五章〉所収)

(37) 吉岡曠『源氏物語論』(笠間書院、昭和47〈一九七二〉年)「女三宮物語の講造」「第二部の成立過程について」

(38) 『河海抄』は『日記』の小少将の比喩表現を挙げるとともにカッコ内の「鶯の羽風」に『具平親王集』の「鶯の羽かせになひく青柳のみたれて物をおもふころ哉」を指摘する。

(39) 前掲「源氏物語の最初の形態再論」

(40) 福家俊幸「『紫式部日記』の上﨟女房と物語の世界―『こまのの物語』・『源氏物語』―」(『論集平安文学3 平安文学の視角―女性』勉誠社、平成7〈一九九五〉年10月。のち『紫式部日記の表現世界と方法』武蔵野書院、平成18〈二〇〇六〉年)

(41) 斎藤正昭『紫式部伝―源氏物語はいつ、いかにして書かれたか』(笠間書院、平成17〈二〇〇五〉年)。ただ「大輔の命婦」という呼称の女房の存在は定子皇后の乳母として『枕草子』で知られ、角田文衛「大輔の命婦」(『王朝の残影』東京堂出版、平成4〈一九九二〉年)は、彼女の出自を重明親王女の祐子女王とし、親王の薨後その娘が出仕したとする。

(42) 宿木巻に「あだなる御心なれば、かの按察大納言の紅梅の御方をもなほ思し絶えず、花紅葉につけてものたひわたりつつ、いづれをもゆかしくは思しけり」(⑤三八一～二頁)とあるが、物語化しない。

(43) 『日記』に伊周息道雅が「蔵人少将」として華やいだ皇子誕生祝いの勅使を果たすのは、寛弘五〈一〇〇八〉年の時点まで彰子が道雅をかわいがっていた融和状況の反映として物語にイメージ造型されていた。寛弘六〈一〇〇九〉年の変事によって状況が一変したのであろう。竹河巻の成立時期に関わる蔵人少将の設定と造型ということになる。

（44）今井源衛前掲書

（45）石田穣二『源氏物語論集』（桜楓社、昭和46〈一九七一〉年）「若菜以後の三つの場合」「若菜の発端における朱雀院について」

（46）当該箇所の『河海抄』の全文を掲げる。

八月にそ六条院つくりいて丶わたり給

此六条院は河原院を模する歟別記〔真本御記二〕みえたり

延喜（十）七年三月十六日己丑此日参入六条院此院是故左大臣源融朝臣宅也大納言源朝臣奉進於院矣

一世源氏作られたるも其例相似たる歟

延長二年正月廿六日乙丑皆参入六条院々御此院

（47）中野幸一編『花鳥余情（略）』（武蔵野書院、昭和53〈一九七八〉年）

（48）坂本共展「玉鬘と浮舟」（『論集平安文学Ⅰ　文学空間としての平安京』勉誠社、平成6〈一九九四〉年10月）は、萩原広道『源氏物語評釈』の指摘を受けて、「続篇では、頭中将の孫である薫を、源氏の孫である匂宮との間に、嘗ての夕顔巻の繰り返しともいうべき運命が用意されたのである。違っていたのは、源氏が夕顔と逢った時、頭中将が夕顔の所在を見失ってしまっていたのに比して、匂宮が浮舟と逢った時、浮舟が薫の管理下にある宇治の邸にいたことである。」とし、この設定の相違が浮舟が抱え込む悩みの由因とする。方法的にはこの指摘は、竹河巻に於いて、かつての夕霧の立場に薫を位置づけ、逆に柏木の立場に夕霧の息蔵人少将を設定し、玉鬘大君をかいま見た蔵人少将が恋の迷妄に陥る構図と対応する。久下『王朝物語文学の研究』（武蔵野書院、平成24〈二〇一二〉年）「竹河・橋姫巻の表現構造」

(49) 池田和臣『源氏物語　表現構造と水脈』（武蔵野書院、平成13〈二〇〇一〉年）「15　手習巻物怪攷―浮舟物語の主題と構造―」は、夕顔巻の「いとをかしげなる女」との表現上の類似から「いときよげなる男」を物怪とする。これには従えないが、死ぬ夕顔から生きる浮舟へと物語は一八〇度回転する。

(50) 空蟬巻と総角巻とに於ける脱出事件は、軒端荻と中の君を置き去りにしたが、空蟬と大君とに作者像の反映がみえることで、大君の形代である浮舟を〈小君〉によって空蟬と結びつけ、三者の連結性を築いたのか。

(51) 稲賀敬二「夕顔の右近と宇治十帖の右近―作者の構想と読者の想像力―」（菊田茂男編『源氏物語の世界　方法と構造の諸相』風間書房、平成13〈二〇〇一〉年。のち前掲『『源氏物語』その享受資料』）は、同人説で「中君の女房「右近」が勤務先を変えて今は浮舟女房「右近」になっている」とする。

(52) 藤村潔『源氏物語の構造』（桜楓社、昭和41〈一九六六〉年）「宇治十帖の構想成立過程細論」

(53) 早蕨巻で上京する中の君を前にして詠む右近の母大輔の君の歌「あり経ればうれしき瀬にもあひけるを身をうぢ川に投げてましかば」（⑤三六二頁）が、中の君の入水を先導すると理会されるのに対し、浮舟巻では右近が東国の悲話や粗暴な警固の者の話を浮舟に語って、それが入水決意への誘因となっている。しかし、中君入水構想説を否定する後藤幸良『平安朝物語の形成』（笠間書院、平成20〈二〇〇八〉年）「第二十八章　中君の造型と役割―中君入水構想はあったか（一）―」「第二十九章　中君・浮舟物語構想の形成―中君入水構想はあったか（二）―」があり、筆者は浮舟中途構想説に賛するが、中君入水構想説には首肯できない立場である。以下本節の論点となる。

(54) 玉上琢彌『源氏物語評釈第十一巻』。なお引用掲出本文の前文に「いみじく気色だつ色好みども」（⑤三九一頁）ともあり、それは『日記』冒頭での「女郎花」めぐる道長との贈答歌にも関わって、宇治十帖では「朝顔」との対照性を明確に描く。
(55) 榎本正純「物語と家集―宇治十帖中君の再検討―」(「国語と国文学」昭和49〈一九七四〉年7月)。なお榎本論考に賛意を示した岩佐美代子「宇治の中君―紫式部の人物造型―」(国文学研究資料館編『伊勢と源氏　物語本文の変容』臨川書房、平成12〈二〇〇〇〉年)がある。
(56) 空蝉は紫式部の自画像に最も近いとされる(島津久基『源氏物語新考』明治書院、昭和11〈一九三六〉年)が、浮舟周辺に〈小君〉を配する他に、小野に来て薫の動静を語る「大尼君の孫の紀伊守」(⑥三五六頁)は、薫の家司らしく、かつての光源氏と紀伊守との関係を想起させる。
(57) 福家俊幸「具平親王家に集う歌人たち―具平親王・公任の贈答歌と『源氏物語』―」(考えるシリーズ⑤『王朝の歌人たちを考える―交遊の空間』武蔵野書院、平成25〈二〇一三〉年)
(58) 徳岡涼「「手習」巻の浮舟歌について―「袖ふれし人」とは誰か―」(熊本大学「国語国文学研究」49、平成26〈二〇一四〉年3月)。但し先行する福家論考や拙論には触れていない。
(59) 浮舟造型に和泉式部の投影をみ、その詠歌の関連性に注目する久富木原玲「和泉式部の花と夢の歌―小町詠を起点として―」(『論集　和泉式部』笠間書院、昭和63〈一九八八〉年)は、末句「春のあけぼの」が和泉の「恋しさもあきのゆふべにおとらぬは霞たな引く春のあけぼの」(続集188)に拠ったとする。
(60) 藤村潔『古代物語研究序説』(笠間書院、昭和52〈一九七七〉年)。構成上の大きな三点を挙げたが、他に二人の女君に対する物の怪の登場、出家させる朱雀院と横川の僧都の慈愛、主題性を担う役割の肩代わり等を挙げている。
(61) 夢浮橋巻々末で誰かが浮舟を隠し据えたのだと薫は推測しても、それがいっこうに匂宮に想到しないのは〈密通〉を軽視している証左と考える。

(62) 鷲山茂雄「薫と浮舟―宇治十帖主題論」（『源氏物語の語りと主題』武蔵野書院、平成18〈二〇〇六〉年）

(63) 匂宮には浮舟を姉女一の宮の女房として仕えさせる腹案もあった（浮舟巻。⑥一五五頁）。

(64) 森岡常夫『源氏物語の研究』（弘文堂、昭和22〈一九四七〉年）。但し三点の箇条書は後藤幸良前掲書の整理に従った。

(65) 該当箇所の全文を「源氏物語玉のをぐし九の巻」（『本居宣長全集　第四巻』筑摩書房、昭和44〈一九六九〉年）から掲げておく。

ふる宮おはしけり二のひら　惟喬親王に准擬して書るなるべし、冷泉院の御世になりて、世にはしたなめられ給へる事、似たることあり、又宇治にすみ給ふは、かの親王の、小野の山里にこもり住給へりしに准へたるなるべし、薫君のとぶらひ参り給へるも、業平ノ朝臣のおもかげあり、莵道ノ稚郎子の御事は、さらによしなし、

(66) 『権記』寛弘八（一〇一一）年正月某日条に「藤原頼成為二蔵人所雑色一阿波守伊祐朝臣男 実故中書王御落胤」とある。

(67) 藤原宗忠の『中右記』大治二（一一二七）年八月十四日条に藤原寛子が崩じたことを記し、「太后諱寛子、宇治殿御姫、母贈従二位藤祇子、後冷泉院后也」とある。

(68) 引用は清水婦久子『源氏物語の巻名と和歌―物語生成論へ―』（和泉書院、平成26〈二〇一四〉年）。同趣旨の見解が『源氏物語の真相』（角川選書、平成22〈二〇一〇〉年）にみえる。但し清水氏は続篇の物語は、一条天皇が寛弘八（一〇一一）年に崩御された後に作られたとする。

第四章　夕霧巻と宇治十帖
――落葉の宮獲得の要因――

一　はじめに

なぜ『源氏物語』の作者は光源氏の物語の終結を急ぐのだろうか。紫の上の死を描く御法巻とその死を嘆き追懐する源氏の姿を写し出す幻巻の前に位置するのが、〈まめ人〉とされる夕霧の落葉の宮（朱雀院女二の宮）への不条理な恋模様を描く夕霧巻なのである。言い換えれば、終幕する光源氏の物語の前になにゆえその子息夕霧と落葉の宮の恋物語を描く必要があったのかと言うことなのである。

朱雀院皇女三の宮と柏木の密通事件の後日譚として、女三の宮の薫出産と落飾そして柏木の死を描く柏木巻、柏木の遺言による落葉の宮母娘への弔問と柏木遺愛の横笛伝授を描く横笛巻、そして女三の宮の出家生活を叙す鈴虫巻が当てられていれば、物語展開上からも六条御息所の怨霊も消え去って、しめやかな紫の上の終焉をむかえる物語へと繋がるはずなのである。

従来現況の横笛巻と夕霧巻をもって「夕霧の物語」とする認識も、未亡人となった落葉の宮の後見を柏木の遺託から忠実に実践しようとする〈まめ人〉が、前後の見境なく一途な恋情へと暴走する恋物語として把捉するからで、落葉の宮が母一条御息所の背後に隠れたまま亡き夫柏木を哀惜する形で夕霧の求婚を拒否する段階にとどまる横笛巻をもって、事を収めておいて、何も皇女落葉の宮を塗籠にまで追い込み、夕霧が理不尽な欲情を果たすところまで筆を及ぼす必要が奈辺にあったというのであろうか。

そもそも夕霧巻の冒頭が「まめ人の名をとりてさかしがりたまふ大将」（④三九五頁）とあまりにも皮肉を込めて開巻するというのも、同じく大将で「名に立てるまめ人」（真木柱巻。③三五二頁）の鬚黒が、玉鬘を得て妻子との離別を招くという家庭崩壊に至った再現を企てるために設けられたような巻を当初から予想させて、横笛・鈴虫巻と続く柏木哀惜の物語をあえて遮断したのであろうか。

夙く藤村潔は「夕霧巻の物語は、若菜、柏木、横笛、鈴虫の諸巻をまっすぐに受けて、御法、幻という結びの二巻につながる物語とは思えない」と言い、「夕霧巻は、物語の結末にあたって作者の補足した物語であって、その時点における作者の興味や関心を端的に示している巻である」とも述べている。注(1) また島津忠夫は、御法・幻巻をもって長篇物語を終結させる意図が作者には当初からあったとしながらも、「作者紫式部がなぜ結末を急ぐ必要があったか」という疑念を提示し、それは「夕霧の物語が長くなり筆が流れてゆくのをとめて、ここにはじめからの腹案であった結びへとつないだのである」とし、夕霧巻から御法巻への接続の不具合を指摘したのであった。注(2) さらにその背景事情を『紫式部日記』に於ける寛弘五（一〇〇八）年十一月十七日の浄書作業が幻巻まであった事由によるのではないかと示唆したのである。

とにかくこうした指摘によると、夕霧巻の成立や存在理由を考える時、前後の巻との縫合も連続性に欠き、物語展開上も必要不可欠とは言えない物語を作者の感興の赴くままに書きつらね、それが藤村氏の言う「宇治十帖の予告」にすぎない物語となっているならば、そういう夕霧巻を予定に反して何故早急に書くことになったのか、理会に苦しむところなのである。また近時、「宇治物語時空論」注(3) の筆者である高橋亨が折につけ『紫式部日記』成立後の宇治十帖執筆説に言及しているのに鑑み、[注(4)]『紫式部日記』との関連で『源氏物語』の執筆状況やその成立時期を考えることが従来の研究成果によって十分に検討できる状況に至っているのではないかと思い、その整理を前提にするのが本稿の目的とするところとなった。

しかも前稿では宇治十帖と『紫式部日記』との言語表出の類似性、共通性を指摘して、[注(5)]この両作品がどちらか一方の影響を受けて成り立っているというよりも、ほぼ同時期に執筆されたからこそ類似表現を抱えもつのだという方向性にあった訳だから、本稿に於いてもその視点は同じくして、夕霧巻と宇治十帖との対照を、主題、モチーフ、構造、場面、人物造型及び設定、そして表現の細部に至るまで広範囲に亙って試みることにしたい。つまり本稿は、従来説を整理することを主眼とするものであって、主体的に論を展開するのではなく、その合間に適宜私見を述べることになるから、場合によっては指摘項目の連続性を損なうことにもなるので、あらかじめお断りしておきたい。

二　夕霧の恋／薫の恋――心象風景論

夕霧の恋にしても薫の恋にしても、その恋物語の実質が展開されるのが、都ではなく小野や宇治であって、そこはともに〈聖〉と〈俗〉との境界空間で、山里であった[注(6)]（**共通項(1)**）。夕霧巻は、一条御息所が病気平癒の加持のため小野の山荘に移るところから語り始められるが、それこそが後見役を自任する（**共通項(2)**）夕霧にとって絶好の機会の到来であり、移居にかかる手配用意の礼状がまず落葉の宮の自筆でとどけられ、夕霧を小野に吸引することになったのである。

三谷邦明は前掲論考で、落葉の宮へとむかわせる夕霧の衝動には(a)皇女であること、(b)柏木の遺言、(c)友人柏木の欲望の模倣、(d)未亡人であることの魅力、(e)父光源氏への反抗を挙げ、特に最後の(e)が、(a)〜(d)の要素の根底にある夕霧の落葉の宮恋慕の決定的要因なのだとした上で、そこに夕霧の実存的〈不安〉という概念が加わるとした。夕霧の〈不安〉は、「小野という異境空間において、霧に閉じこめられたという体験を媒介に認識された」とし、その「不安を解消できる唯一の方法」が落葉の宮への愛の形として顕彰されていると言うのであろう。三谷論考は夕霧の恋の衝動要因を挙げてほぼ網羅されてはいるが、さらに先学の研究から妻雲居雁との日常からの脱出・逃亡を[注(7)](f)として指摘しておくこととする。以下節をまたいで上記項目については適宜検討していくことになろう。

まず夕霧や薫の恋物語が秋の山里訪問を機に〈霧〉を背景として始発している点を挙げ得よう。自然現象として発生する霧さえも、夕霧巻の小野や、八の宮とその姫君たちが生活する宇治では象徴的モチーフ（**共通項**(3)）となっていることは、同じ小野でも浮舟が尼となって俗界と絶縁する手習巻や夢浮橋巻では霧は漂ってはいないという三谷論考の指摘で本稿の目的としては十分なのだが、あとはその霧がどのような役割を担って発生しているのかという点で論者によって見解が分かれることだろう。三谷論考は〈不安〉を誘発する霧と見定めたようだが、伝統的和歌イメージを採り入れての景情一致の描法に参与するため実景の域を超えて霧に象徴的意味性を確認した上坂信男は、霧を夕霧・薫の嘆息と読解した[注(8)]。

また鈴木日出男は前掲書で「霧そのものが夕霧を山里の恋の世界へと駆りたてる力をも象徴している」と言い、小学館新編日本古典文学全集『源氏物語④』の頭注には「この巻の、夕霧が落葉の宮を訪問する場面に「霧」を配する自然描写が顕著である。「霧」は、人の理性・分別をとりこめ、かつ見境のない煩悩の象徴として立ち現れる」（四〇一頁）と解説する。ともかく夕霧巻に於ける八月中秋、夕霧がはじめて小野の山荘を訪問した時に落葉の宮と御簾ばかりを隔てた所で彼の視界にとどめられた庭前の景観をまず引用しよう。

A日入り方になりゆくに、空のけしきもあはれに霧りわたりて、山の蔭は小暗き心地するに、蜩鳴きしきりて、垣ほに生ふる撫子のうちなびける色もをかしう見ゆ。前の前栽の花どもは、心にまかせて乱れあひたるに、水の音いと涼しげにて、山おろし心すごく、松の響き木深く聞こえわたされなどして、不断の経読む時かはりて、鐘うち鳴らすに、立つ声もゐ代はるもひとつにあひて、いと尊く聞こゆ。所がらよろづのこと心細う見なさるるも、あはれにもの思ひつづけらる。出でたまはん心地もなし。
（④四〇一〜二頁。波線傍線筆者）

このような秋の景物が並ぶ情景描写に於ける引歌「ひぐらしの鳴きつるなへに日は暮れぬと思へば山の蔭にぞありける」（古今集・秋上、よみ人しらず）「あな恋し今も見てしが山賤の垣ほに咲ける大和撫子」（古今集・恋四、よみ人しらず）の散在が、小町谷照彦が言うように「「ひぐらし」のもつ寂しさや「撫子」の人恋しさを背後に置いた和歌的な抒情を盛り上げることによって、飛躍的に夕霧が落葉の宮に接近するような状況設定を導き出すためのもの」注(9)という理会が一般的だろうが、ここで注目すべきはむしろ後半の山里らしい「水の音」や「山おろし」であったり、松の響きに加わる不断経の声や打ち鳴らす鐘の音の交響で催す心細さやあはれの感懐であろう。特に傍線部「水の音」は、この場合川や滝の音ではなく筧の水音なのかもしれないが、注(10)言語表出としては「水の音」の用例は正編ではこの夕霧巻にある一例のみで、他は宇治十帖での使用例なのであり（**共通項④**）、また傍線部「山おろし」も夕霧と薫の恋の迷妄に関わっている（**共通項⑤**）。前者は清水婦久子が指摘するところで、宇治川の「水の音」ばかりではなく、山里の「風の音」にも注視している。注(11)

・同じき山里といへど、さる方にて心とまりぬべくのどやかなるもあるを、いと荒ましき水の音、波の響きに、もの忘れうちし、夜など心とけて夢をだに見るべきほどもなげに、すごく吹きはらひたり。（橋姫巻。⑤一三二頁）

・もののみ悲しくて、水の音に流れそふ心地したまふ。（総角巻。⑤二三七頁）

・宵すこし過ぐるほどに、風の音荒らかにうち吹くに、はかなきさまなる蔀などはひしひしと紛るる音に、人の忍びたまへるふるまひはえ聞きつけたまはじと思ひて、やをら導き入る。（総角巻。⑤二五一頁）

橋姫巻の例は宇治の八の宮や姫君たちが、山里の荒々しい「水の音」や「風の音」に取り囲まれながらも、父の愛育によって守られ、危うく山荘への侵入を免れているという体なのであろう。ところが、八の宮の没後、その堰（＝関）が決壊し、薫の侵入を許すことになってしまう「水の音」や「風の音」が総角巻の例なのである。この総角巻の「水の音」の例は、八の宮の一周忌も終わっていない状況下のことで、服喪中にも拘らず、男君の闖入を許してしまうのは、夕霧巻では落葉の宮が母亡き一条宮邸に帰ってきてからのことであった[注12]（共通項⑹）。

それぞれ三度も繰り返される男君の異常接近（共通項⑺）に関しては後に述べることにして、清水氏が指摘した「水の音」「風の音」に関してもう一つ注目すべきことは、手習巻で浮舟が意識を取り戻した後の眼前に広がる小野の風景である。些か長文だが引用する。

b昔の山里よりは水の音もなごやかなり。造りざまゆゑある所の、木立おもしろく、前栽などもをかしく、ゆゑを尽くしたり。秋になりゆけば、空のけしきもあはれなるを、門田の稲刈るとて、所につけたるものまねびしつつ、若き女どもは歌うたひ興じあへり。引板ひき鳴らす音もをかし。見し東国路のことなども思ひ出でられて。かの夕霧の御息所のおはせし山里よりはいますこし入りて、山に片かけたる家なれば、松蔭しげく、風の音もいと心細きに、つれづれに行ひをのみしつつ、いつともなくしめやかなり。（⑥三〇一頁）

宇治の荒々しさとは打って変わって、のどかな田園風景が広がり、「水の音」も穏やかで、「風の音」に驚かされることもなく静かな落ち着いた風情である。就中「かの夕霧の御息所のおはせし山里」と、夕霧巻の小野との対比が、とかく作者の巻名命名説で取り挙げられる叙述を含むため周知の文脈だが、新たに加わった傍線部「引板ひき鳴らす音」、つまり鳴子の音が両巻を結びつけている（共通項⑻）。

B木枯の吹き払ひたるに、鹿はただ籬のもとにたたずみつつ、山田の引板にも驚かず、色濃き稲どもの中にまじりて、うちなくも愁へ顔なり。滝の声は、いとどもの思ふ人を驚かし顔に耳かしがましうとどろき響く。

（④四四八頁）

さすがに手習巻bには雄鹿が雌を慕う鳴き声はなく、Bは一条御息所死去後の慰問の一場面であるが、傍線部「山田の引板」の音にも驚かない雄鹿のように夕霧は落葉の宮への恋に一途にのめり込んでいる。しかし、落葉の宮にしても浮舟にしても、出家へと傾く途中に位置する穏やかな田園風景だといってよいだろう（共通項⑼）。

さて、Aの傍線部「山おろし」の方だが、この「山おろし」が比叡山から吹きおろす「山おろし」であるのは当然だが、薫を八の宮の姫君たちをかいま見る場面へと導く宇治行に於いても「霧」を背景に据えての「山おろし」が定位していることに注視したのは、小嶋菜温子であった。注⒀

a川のこなたなれば、舟などもわづらはで、御馬にてなりけり。入りもてゆくままに霧りふたがりて、道も見えぬしげ木の中を分けたまふに、いと荒ましき風の競ひに、ほろほろと落ち乱るる木の葉の露の散りかかるもいと冷やかに、人やりならずいたく濡れたまひぬ。かかる歩きなども、をさをさならひたまはぬ心地に、心細くをかしく思されけり。

山おろしにたへぬ木の葉の露よりもあやなくもろきわが涙かな

（橋姫巻。⑤一三六頁）

この宇治行の景観が、「道も見えぬしげ木の中」を分け入って、「人やりならず」木の葉の露に濡れつつ、知らぬまに「わが涙」を誘発していったという文脈は、竹河巻に於ける夕霧息蔵人少将の玉鬘大君への求愛を介して「あけぐれ」の時空に漂う恋の迷妄が、柏木・女三の宮密通へと遡り行き着くことは既に述べた。注⒁

薫の存在の〈不安〉とは、とりもなおさず出生の秘密であって、「おぼつかな誰に問はましいかにしてはじめもはても知らぬわが身ぞ」（匂兵部卿巻。⑤二四頁）の生まれどころかわが身の行く末だって全くわからないという謎が一部解消される道行きであった。父を光源氏とする血の系譜に於いては確かな夕霧の〈不安〉にしても、薫と交差する同類の性質と認識しているのだが、いまは柏木が死の間際に女三の宮に送ったことばである「あはれとだにのたまはせよ。心のどめて、人やりならぬ闇にまどはむ道の光にもしはべらむ」（柏木巻。④二九一頁）を挙げて、あまりにも性急すぎる薫の「あはれとのたまはせばなん慰むべき」（橋姫巻。⑤一三七頁）があったことの確認だけにとどめておこう。夕霧と薫とが生まれながらに背負う宿世、存在の〈不安〉が、立場は異なるけれども柏木と絡む状況下で、木の葉の露は吹き落とす荒々しい山風だけれども、「霧」は吹き払うことができない、そういう〈霧〉がAaともに発生しているのである。

ところで、小嶋氏の指摘は『古今集』歌（巻五・秋下）「恋しくは見てもしのばむもみぢ葉を吹きな散らしそ山おろしの風」（二八五）と「秋風にあへず散りぬるもみぢ葉のゆくへさだめぬ我ぞかなしき」（二八六）のともに散るもみぢ葉を詠む隣接関係から、「山おろし」と「ゆくへさだめぬ」の相関性を導き出し、『源氏物語』に於ける「山おろし」は、恋に関わる「迷い」の喩として現われるとした。

確かに夕霧にも落葉の宮への後朝の手紙に「たましひをつれなき袖にとどめおきてわが心からまどはるるかな……さらに行く方知らずのみなむ」（④四一五頁）と表出されている。因に「たましひを」歌は、「飽かざりし袖の中にや入りにけむわが魂のなき心地する」（古今集・雑下）を踏んでいて、匂宮が浮舟との逢瀬の場面の別れ際に「袖の中にぞとどめたまひつらむかし」（浮舟巻。⑥一三五頁）と見えている注⑮（共通項⑽）。夕霧と薫の恋の迷妄は、「山おろし」にその背後を押されて急立てられるかのように「行く方知らず」の、〈霧〉による〈まどひ〉の闇空間、聖／俗との

境界空間に踏み出していったことによって始まっているといえよう。注(16)

しかし、和歌的伝統イメージの〈霧〉の役割は、Aから続くはじめての落葉の宮との歌の交換場面から徐々に顕現してくるとも言える。それはむしろ女君たちにとっての〈霧〉の役割、喩の意味を確認する様相を呈していくであろう。

Cいとど人少なにて、宮はながめたまへり。しめやかにて、思ふこともうち出でつべきをりかなと思ひゐたまへるに、霧のただこの軒のもとまで立ちわたれば、「まかでん方も見えずなりゆくは。いかがすべき」とて、

　山里《（夕霧）》のあはれをそふる夕霧にたち出でん空もなき心地して

と聞こえたまへば、

　山《（落葉の宮）》がつのまがきをこめて立つ霧も心そらなる人はとどめず

ほのかに聞こゆる御けはひに慰めつつ、まことに帰るさ忘れはてぬ。「中空なるわざかな。家路は見えず、霧の籬は、立ちとまるべうもあらずやらはせたまふ。つきなき人はかかることこそ」などやすらひて、忍びあまりぬる筋もほのめかし聞こえたまふに、年ごろもむげに見知りたまはぬにはあらねど、知らぬ顔にのみもてなしたまへるを、かく言に出でて恨みきこえたまふを、わづらはしうて、いとど御答へもなければ、いたう嘆きつつ、心の中に、またかかるをりありなんやと思ひめぐらしたまふ。（④四〇二～四頁）

御息所が急変したため女房たちも出払ってしまった折のことで、夕霧にとっては胸の中を明かす絶好の機会が訪れた。霧が立ち込めて帰る道も見えなくなり、落葉の宮のもとを立ち去り難い心情を披瀝する巻名歌にもなる夕霧詠に対して、「心そらなる人はとどめず」と切り返す拒否の姿勢は明らかだけれど、宮のかすかな声を発端に「霧の籬」が破られ、「霧の籬」の内が混乱に陥ることになる。

先走るが、二人の間に実事があったと誤解した御息所の手紙には「女郎花しをるる野辺をいづことてひと夜ばかりの宿をかりけむ」（④四二六頁）という歌が記されることになるが、この「女郎花」は「霧の籬」と一体化して、既にCの場面に介在していたと思われる。

夕霧巻にはこれまで見てきたように豊饒な和歌引用の連鎖によって場面構築がなされていて、しかもここには「夕霧に衣は濡れて草枕旅寝するかも逢はぬ君ゆえ」（古今六帖・一）が想定され、この夕霧歌とともに実事のない旅寝を「濡れ衣」（④四二二頁）ともする物語の枠組みに寄与することからも、宮が垣根を包んで立ち込める霧を男の侵入を妨げる防護と見做していたのにも拘わらず、夕霧によって歌語成句の「霧の籬」として認識されたことで、かえって夕霧に「かかるをりありなんや」という強い決意を促すことになった。というのは「霧の籬」が「人の見ることや苦しき女郎花　霧の籬にたちかくるらむ」（古今六帖・六、忠岑）を喚起させ、物語構図に於いて宮を男の手中に帰す「女郎花」に喩える根拠を与えてしまっていたからだ。注(18)

さらに隠れる落葉の宮の造型は、都に戻ってからの一条宮邸では「霧の籬」を失っているため身を隠す部屋として邸内の「塗籠《ぬりごめ》」に変容するが、内側から錠を掛けて閉じこもり抵抗するにしても、所詮人の往来を許す境界空間で、注(19)結局は小少将の手引きによって身をまかせることになってしまうのである。

Cが母御息所の病状急変の隙に夕霧と落葉の宮とがはじめて直接歌を交わす場面だとすると、橋姫巻に於いて父八の宮の不在時に薫と大君とが同じくはじめて歌を贈答する次の場面も、やはり霧が深く立ち込めているため帰る家路も見えないという状況下のことで極めて一致している（**共通項⑾**注(20)）。

c　かのおはします寺の鐘の声かすかに聞こえて、霧いと深くたちわたれり。峰の八重雲思ひやる隔て多くあはれなるに、なほこの姫君たちの御心の中ども心苦しう、何ごとを思し残すらん、かくいと奥まりたまへるもことわりぞかしなどおぼゆ。

「あさぼらけ家路も見えずたづねこし槙の尾山は霧こめてけり

心細くもはべるかな」とたち返りやすらひたまへるさまを、都の人の目馴れたるだになほいとことに思ひきこえたるを、まいていかがはめづらしう見ざらん。御返り聞こえ伝へにくげに思ひたれば、例のいとつつましげにて、

雲のゐる峰のかけ路を秋霧のいとど隔つるころにもあるかな

すこしうち嘆いたまへる気色浅からずあはれなり。（⑤一四八頁）

Cが夕方であるのに対し、cは夜明け方の霧であり、「霧の籬」という鍵語もないが、傍線部の「家路は（も）見えず」「やすらひ」の語句が一致し、両者の「都には帰る気にもなれない」とする男君の心底を表徴する歌の発想も共通して察せられるところである（**共通項⑿**）。

Cの「立ちとまるべうもあらずやらはせたまふ」の「やらふ」は追い払う意だが、難語であったらしく『源氏物語大成』の校異に拠ると、河内本の平瀬本及び別本の保坂本、国冬本がともに「やすらはせ」となり、次の「やすらふ」と同化してしまう程、男君のその場に思いを残しているため帰ることをためらう表情、足をとめて佇む状態がみてとれる。一方、落葉の宮の「ほのかに聞こゆる御けはひ」は、独詠歌風に口ずさんだのを夕霧がわずかに聞き取ったというのではなく、取り次ぎの女房も居ない状況下で、男君に聞こえるか聞こえないかという程のかすかな声で応じた歌、返した詠が「山がつの」歌なのであろう。「御けはひ」にこの歌を詠むにあたり、わずかに奥に入ったのかもしれないが、宮自身が直接応じたと判断すべきで、夕霧はほんのかすかでも宮の声を聞き知ることができたのであろう。

それに対し宇治の大君の場合は、取り次ぎの女房は控えていたのだが、「御返り聞こえ伝へにくげ」であったので、「いとつつましげに」直接応じたというのである。「例の」とあるのは、前の場面で「いとよしあり、あてなる声して、

ひき入りながらほのかにのたまふ」（⑤一四二頁）と、薫と直接会話を交わしていたことによる。この場面でも「雲のゐる」歌の次に「すこしうち嘆いたまへる気色」とあり、大君の生の息遣いまでも知り得る距離にあったということであろう。

橋姫巻のcは霧りわたる月下でのかいま見を経て夜明けをむかえているから、絶え間なく霧につつまれている状態である。椎本巻にも「君たちは、朝夕霧のはるる間もなく、思し嘆きつつながめたまふ」（⑤一八八頁）とあって、その日常性が知られる。『源氏物語』に「霧」「霧る」とその複合語を検出すると六十九例のうち夕霧巻が十四例と最も多く、次が橋姫巻の十一例となるが、頻度からすると橋姫巻が一番高いようだ。注(21) 特に大君の「雲のゐる」歌によって、「霧」と「隔つ」「隔て」との結合を明らかにし、しかも八の宮と薫ないし都との隔絶を「峰の八重雲」と表象することで、「霧」の「隔て」と峻別し、それが大君の嘆息であることを「すこし嘆いたまへる気色」と叙すことでいっそう明示しているといえよう。この場面の「霧」が決して薫の〈不安〉や〈嘆息〉だけによる現象ではなかったこと、そして霧に閉じ込められる「心細さ」、つまり不安や孤独を共有できる女君として大君は薫に捉えられるようになっていくのである。

落葉の宮にしても霧に閉じられる日常の環境は同じだから、衣服の裾を押えられて夕霧に迫られる事態になる時に「まだ夕暮の、霧にとぢられて内は暗くなりにたるほど」（④四〇五頁）という状況の実体は、その「霧」が落葉の宮の嘆息であって、「霧にとぢられて」とは、「宮の閉塞した心理状態」を、また「内は暗くなり」も「暗鬱な気持ちを象徴する」という読解も首肯できることになろう。注(22) つまり宮は心を固く閉ざしたままで、夕霧は追い払われるように朝霧の中を都へ帰ることになる。その別れ際の夕霧歌は「荻原や軒端の露をそぼちつつ八重たつ霧を分けぞゆくべき」（④四一一頁）とある。「八重たつ霧」は夕霧にとってまさに宮の頑な拒絶を表徴していたのである。

ところで、落葉の宮と宇治の大君は、その人柄や容姿までも近似的に描かれている（共通項⑬）。

D人の御ありさまの、なつかしうあてになまめいたまへること、さはいへどことに見ゆ。世とともにものを思ひたまふけにや、痩せ痩せにあえかなる心地して、うちとけたまへるままの御袖のあたりもなよびかに、け近うしみたる匂ひなど、とり集めてらうたげに、やはらかなる心地したまへり。（④四〇七頁）

柏木が落葉の宮に愛情が薄かったのは容貌が劣るからではないかと疑っていた夕霧の視線に捉えられた襖越しの落葉の宮の容姿やその風情は、上品で気高くまたしとやかでもあった。一方、薫も山里に暮らす姫君たちは、もの柔らかなところは縁遠いのではと想像していたが、予想外に「いとあはれになつかしうをかし」（橋姫巻。⑤一四〇頁）であって、椎本巻に於ける二度目のかいま見では大君は妹中の君と比較され以下の如く薫の眼に写っている。

d頭つき、髪ざしのほど、いますこしあてになまめかしさまさりたり。（略）黒き袷一襲、同じやうなる色あひを着たまへれど、これはなつかしうなまめきて、あはれげに心苦しうおぼゆ。（略）紫の紙に書きたる経を片手に持ちたまへる手つき、かれよりも細さまさりて、痩せ痩せなるべし。（⑤二一八頁）

このように落葉の宮と宇治の大君は、傍線部「あて」「なつかし」「なまめく」と共通して形容され、男君たちの眼前に意想外な優雅さで魅力的な姿態を現わしている。また両者の「痩せ痩せ」だというのも心労ゆえと推量されるところである。

〈まめ人〉夕霧と薫とが[注(23)]、女君に下心を露わにして直接行動をとるのは各三度で（共通項⑭）、薫の場合は、八の宮の一周忌を間近にひかえる総角巻に入ってからである。夕霧は横笛巻で既に柏木の一周忌をむかえ慰問を重ねていた訳だから、小野の山荘訪問での急接近が、いかにも唐突とはいえ、時期的には分別されていた。むしろ薫の方に逸脱をみるべきだが、男たちの強引な求愛方法や女君たちの反応まで類似させ、表現をも追尋させた意図は奈辺にあったのであろうか。以下はその夕霧巻と総角巻の類似表現を列挙していく。

夕霧巻

E水のやうにわななきおはす。（④四〇五頁）**共通項⒂**

Fかかるをば痴者《しれもの》などうち笑ひて（④四〇八頁）**共通項⒃**

G心強うもてなしたまへど、はかなう引き寄せたてまつりて、（④四〇九頁）**共通項⒄**

H事あり顔に分けはべらん朝露の思はむところよ。（④四一一頁）**共通項⒅**

Iめづらかなることかな」とあはめたまへるさま、いとをかしう恥づかしげなり。（④四一二頁）**共通項⒆**

Jよろづに思ひ明かしたまふ。山鳥の心地ぞしたまうける。（④四六八頁）**共通項⒇**

総角巻

eわななくわななく見たまへば、（⑤二五二頁）

f世に違へる痴者にて過ぐしはべるぞや（⑤二三四頁）

g障子の中より御袖をとらへて、引き寄せていみじく恨むれば（⑤二六四頁）

h事あり顔に朝露もえ分けはべるまじ。（⑤二三八頁）

i「隔てなきとはかかるをや言ふらむ。めづらかなるわざかな」とあはめたまへるさまのいよいよをかしければ、（⑤二三四頁）

j夜半の嵐に、山鳥の心地して明かしかねたまふ。（⑤二六七頁）

EからIは、夕霧にとっては宮との間に実事はなくとも浮名を立てられる「濡れ衣」で構わないとする小野での一夜の表現群である。それらに対する薫の大君への求愛行動は、服喪中のfhi、喪明け後に薫の闖入に気づき中の君を部屋に残したまま脱出した大君が怯えながら見る態のe、そして匂宮を中の君のもとに導き入れての大君への求愛時のg・jとなっている。

特にI・iの男の言動に対する非難、抗議の意の「あはむ」に関しては、『源氏物語』に於ける恋の場面での五例の用例を検討した中川正美は、「女君が男君の理不尽な行為に対する真剣な抗議」となる落葉の宮、大君、中の君の三例中でも、大君が「あはめ」後にも対話を続ける独自な女君として造型されていることを力説される。注(24)それはそうとしても、男の強引な言動に対して波線部「めづらかなること（わざ）かな」と咎め抗議する発話の「あはめ」に対して、男たちはともに傍線部「をかし」と感じるその特異な反応の一致なのだ。窘められ怯むのではなく、さらに関心をもち好感を寄せる。どうしようもない男たちの心理をも丸抱えに共通している点にこそ留意すべきであろう。

なおFfの一歩踏み出せない自身を自嘲する語となる「痴者」注(25)や、逢瀬を遂げた男が朝露に濡れながら帰る姿態を表わすHh「事あり顔に分けはべらん朝露」注(26)、そしてJ・jの雌雄が谷を隔てて寝るという山鳥に見立てた男たちの独り寝を表徴する「山鳥の心地」注(27)については、それぞれ従来から指摘されている表現で、女君に無体に迫り拒み通された結果のみじめな男側の心情、姿態が共通の表現で型取られている。次節では男たちの行動原理の支えとなる遺言についてさらにみていくことにする。

三　柏木／八の宮――遺言論

女君たちには「あさまし」と思われるような男たちの強迫観念にも似た侵入行動そして凌辱は、いったい何を根拠にしていたのであろうか。従来、遺言は、託されたものの行動を規制し、その将来をも呪縛していたと言われていたが、むしろ遺託された側の執行の正当化、都合のよい解釈に翻弄される傾向にあったといえ、注(28)少なくとも残される身内に対する訓戒と他者への依託とは自ら遺す側の意識も相異するはずなのであろう。とはいえ、遺言が恋の道に於いても〈まめ人〉としての誠実な行動を強いられる夕霧や薫にとっては、必要不可欠な大義名分として機能していたといえよう。

落葉の宮の夫であった柏木（K）と、二人の姫君の父であった八の宮(k)の遺言は次の通りである（引用箇所は遺言の全容ではない）。**共通項**(21)

K一条にものしたまふ宮、事にふれてとぶらひきこえたまへ。心苦しきさまにて、院などにも聞こしめされたまはむを、つくろひたまへ」などのたまふ。（柏木巻。④三一七～八頁）

k亡からむ後、この君たちをさるべきもののたよりにもとぶらひ、思ひ棄てぬものに数まへたまへ」などおもむけつつ聞こえたまへば、（椎本巻。⑤一七九頁）

Kは国宝『源氏物語絵巻』にも描かれる場面で、病気見舞いに訪れた親友夕霧に依託された柏木の最期のことばである。夫として幸せにすることが叶わなかった落葉の宮の後事を託すことになるが、先に「誰にも、この宮の御事を聞こえつけたまふ」（④三二一頁）とあって、特に夕霧だけに後援を頼んでいた訳ではなかった。舅となる致仕大臣（かつての頭中将）はむろんのこと、柏木の弟たちそして夕霧の北の方である雲居雁は柏木の妹であるから、そういう人たちが中心となることではあった。しかし、夕霧は忠実にこの遺言を実行しようとした。一条の宮邸への最初の弔問で御息所には「いまはのほどにも、のたまひおくことはべりしかば、おろかならず」（柏木巻。④三二九頁）と遺言ゆえの訪問であることを明かし、またそれが純粋な経済的支援であったからこそ、皇女は独身を貫くべきと考える母御息所も夕霧に全幅の信頼を寄せて、感謝していたのである。まして柏木が宮の再婚までを夕霧に許していたはずはなかったであろう。

ところが、仲介役の女房小少将の君には「ことならばならしの枝にならさなむ葉守の神のゆるしありきと」（④三三八頁。傍点筆者）と、柏木の遺言には落葉の宮を託す意思があったのだとして、その下心を吐露していたのであった。亡き柏木に代わって未亡人となった宮を庇護するのだという夕霧の曲解は何を根拠にし何に由来しているのか不明だけれど、遺言が〈ゆるし〉となって、その行動原理を支えていることだけは確かなようだ。小野の山荘での肉薄する求愛場面でも「「御ゆるしあらでは、さらにさらに」といとけざやかに聞こえたまふ」（夕霧巻。④四〇九頁）と、律儀な〈まめ人〉の余りにも愚直で不器用な告白だが、〈ゆるし〉を乞う姿勢を堅持している。

また横笛巻では想夫恋の演奏でしとやかな哀惜と憂愁に満ちた一条の宮邸と、日常性にすっかり埋没して〈みやび〉や〈あはれ〉とは無縁となってしまった三条邸との落差の中で、残された宮への関心が故人が冷淡であった理由を推し量りかねている「いといぶかしうおぼゆ」（④三五九頁）に集約されていったことであろう。そもそももう一つの遺言である後生の妨げともなる咎めを「事のついではべらば、御耳とどめて、よろしう明らめ申させたまへ」（柏木巻。④三一六頁）とする光源氏への執り成しの依頼と関連するようなのである。柏木の急逝が女三の宮との密通が原因であったこと、そして柏木の異様な執着、情念の全てが女三の宮に向いていたことの判断を夕霧はつきかねていたのである。夕霧の真相への疑念が、一条の宮邸訪問にむかわせ、結局は不審を増幅させるに過ぎない柏木遺愛の横笛を預かり得ただけなのである。物語展開が夕霧の落葉の宮獲得へと急傾斜するには〈まめ人〉の制約を打破する必要があった。

池田和臣は「薫は夕霧とは対照的に、女君の心を尊重する〈人のゆるし〉を踏みこえて行動に移ることがない」と[注(29)]する。夕霧は一条の宮邸に於いて塗籠で強引な契りを結んだのである。薫の〈人のゆるし〉に関する自己規制は既に匂兵部卿巻に「人のゆるしなからんことなどは、まして思ひよるべくもあらず」（⑤二九頁）や、竹河巻で恋に苦しむ蔵人少将を見て「人のゆるさぬこと思ひはじめむは罪深かるべきわざかな」（⑤七一頁）とあり、若き頃に自覚した恋愛意識であり、犯し得ぬ理念なのである。ただこれらの「人」は相手の親を意味するから、八の宮の遺言に於ける薫への後事の依頼が果たして姫君たちとの結婚を許容していたのかどうか。それは八の宮の方が薫を聖／俗の境界空間に通う道心の貴公子と考えていたからに外ならない。薫にとって重要なのは、大君自身による〈ゆるし〉であったはずであろう。〈人のゆるし〉の語が再び浮上するのは一線を越えて浮舟と関係する時で、弁のことばにある「よも人のゆるしなくて、うちとけたまはじ」（東屋巻。⑥九一頁）[注30]とする信頼を裏切り、生来の規範を逸脱してこそ実事は成り立ち得ることなのである。

朱雀院の姫宮、女三の宮と女二の宮（落葉の宮）に関わった柏木、夕霧はその跡をどう引き継ぐのか。宇治の八の宮の遺言には「この君たち」とあった二人の姫君、大君と中の君とに薫はどう対処していくつもりなのか。森一郎のように第二部を朱雀院の二人の姫宮の不幸な結婚による悲劇を主題的に意図するものであるならば[注31]、第三部宇治十帖の前半も八の宮の二人の姫君の女の生き難い宿世を命題としていたはずであって、皇女から王女への格下げもいかなる意味があったのか。一方「世に数まへられ給はぬ」（橋姫巻）八の宮とは光源氏の弟宮ながら、朱雀朝下に於いて冷泉廃太子の陰謀に担がれた東宮候補の零落した後の姿で[注32]、片や落葉の宮の母一条御息所も朱雀帝に寵愛された女三の宮の母藤壺女御とは異なって「下﨟の更衣」（若菜下巻）と見下され拙い運勢に翻弄され、悲しみにうち拉がれながら生きることに堪えてきたのである[注33]。いま権勢者として栄光に生きた光源氏の息子、それも華やいだ右大将の職責にある夕霧とエリートコースを歩む中納言薫との残される娘たちへの親身な後見を期待できる親交が築かれていた。遺言論としては朱雀院の二人の皇女から八の宮の二人の王女の行く末を案じる物語展開の対照よりは、絶命を間近にして語る一条御息所と八の宮との不如意な前半生を背景とするらしい処世についての訓戒に目を向けねばなるまい

（共通項㉒）。

Lなほ、御宿世とはいひながら思はずに心幼くて、人のもどきを負ひたまふべきことを。とり返すべきことにはあらねど、今よりはなほさる心したまへ。（略）ただ人だに、すこしよろしくなりぬる女の、人二人と見る例は心憂くあはつけきわざなるを、ましてかかる御身には、さばかりおぼろけにて、人の近づききこゆべきにもあらぬを。（夕霧巻。④四三五～六頁）

lおぼろけのよすがならで、人の言にうちなびき、この山里をあくがれたまふな。ただ、かう人に違ひたる契りことなる身と思しなして、ここに世を尽くしてんと思ひとりたまへ。（略）まして、女は、さる方に絶え籠りて、いちじるくいとほしげなるよそのもどきを負はざらむなんよかるべき（椎本巻。⑤一八五頁）

一条御息所の最期のことばは夕霧との関係があったことを前提として語られているのに対し、八の宮の遺言はこれから予想される姫君たちの結婚について厳しく戒めたもので、男の甘言には慎重にも慎重を期して対処するようにというのが真意であったはずで、共通して皇族の誇りを保ち、それは悲運をのり越え培われてきた矜持でもあったはずだが（波線部「おぼろけ……」）、世間の非難（傍線部「人のもどき」）を受けるようなことをしないようにと諫めているといえよう。それにしても八の宮の「この山里をあくがれたまふな」「ここに世を尽くしてんと思ひとりたまへ」とは余りにも自己的な規制となる処世訓であった。

八の宮の遺言で念頭にあったのはおそらく匂宮のことであって、誠意ある経済的支援を怠らない薫に対して、度重ねての姫君たちへの後事の依頼とその確約は、八の宮を安堵させていた。ところが、薫の方に「ものをも聞こえかはし、をりふしの花紅葉につけて、あはれをも情をも通はすに、憎からずものしたまふあたりなれば、宿世ことにて、外ざまにもなりたまはむは、さすがに口惜しかるべう領じたる心地しけり」（椎本巻。⑤一八二頁）とする心変りに、八の宮が法の友薫に寄せる信頼がもろくも崩れる予兆が記されている。都からの侵略に堪え得ない俗／聖の境界空間の危うさが露呈しだしているのだともいえよう。

落葉の宮は母一条御息所の遺言をどのように受け止めることになったのか。御息所の絶命が夕霧との一件を原因とすることは自明なのだから、遺言を遵守して頑に拒絶するが、その抵抗もむなしく小少将の導きで一条邸の塗籠に於いて身を委ねることになってしまう。夕霧は御息所の遺詠となる「女郎花しをるる野辺をいづことてひと夜ばかりの宿をかりけむ」（前掲）を楯に宮に迫ったのである。この遺詠が夕霧にとっては御息所の〈ゆるし〉として機能していたのであろう。誇り高く生きていくべき皇女を汚された屈辱をかみしめながら、夕霧の訪れを不本意ながら期待する御息所を再び踏みにじった無念の記憶そのものなのである。

一方、八の宮没後匂宮絡みの展開は、大君に薫と中の君との結婚を選びとらせていく。そのために薫の求婚を拒否しつづけることになった。薫に好意を抱きながらも経済的な後見を前提とする隷属関係は屈辱以外の何ものでもなく、零落した宮家の姫君の処遇は目に見えていることは、薫の態度で感取されるところであったろう。八の宮の遺言は、つまるところ薫と大君に対立的な作用を生じさせた。それぞれの遺言は、頼りにすべき男の方への依頼と愛すべき娘たちへの訓戒は逆方向に設定され、反発しあうことを余儀なくされていた（共通項㉓）。さらに夕霧の場合は柏木の遺言ばかりではなく、御息所の遺詠にすり換えられ口実とするところに加速度的な進展が促され、母代花散里に「亡からむ後の後見に」とする「かの遺言は違へじ」（夕霧巻。四六九頁）と、巧妙な戦術となって開陳されている。

薫が匂宮を中の君の寝所へ導いての結婚が、大君には想定外の出来事であり、薫と中の君との結婚後妹の後見を思い描いていた生き方の見取図が崩壊し、さらに匂宮の足が遠のき、夕霧の六の君との縁談までが耳に入る始末で、「これこそは、かへすがへす、さる心して世を過ぐせとのたまひおきしは、かかることもやあらむの諫めなりけり」

〈総角巻。⑤三〇〇頁〉と亡父の遺言が反芻され、男性不信をつのらせていく。それが大君に死を至らしめたと考えられている。[注34] 伊藤博は、どうにもならぬ行き違いにもとづく「誤解がもとで人の生死をも左右するに至るという人生のあやにくさ」をまず一条御息所にみ、のちに「宇治十帖において大君の心理劇において再現」され、しかも「この場合もこの誤解がかの女の死を究極的に決定づける」という認識を示している。[注35] しかし、筆者はそもそもは信頼を寄せる男の裏切り行為が絶命の切符を切ってしまっていたのではないかと考えている（**共通項㉔**）。

このように遺言は、それを拝受する男たちにとっては、女たちとの恋愛を遂行するための〈ゆるし〉となって利用されていた。たとえその言動が反社会的であり、非人道的暴挙であったり、罪や咎に当たるとしても、また相手の女たちに憎悪や恨みを残す結果を招来させたとしても、自身の行動を正当化できるのが、〈人のゆるし〉なのだと言えよう。それが夕霧によって積み上げてきた物語に於ける恋愛論理なのだが、それを夕霧賛美のもとに容易に決着させてしまったのが、他ならぬ絶対者の父光源氏であった。

さるさまのすき事をしたまふとも、人のもどくべきさまもしたまはず、鬼神も罪ゆるしつべく、あざやかにもの清げに若う盛りににほひを散らしたまへり、〈夕霧巻。④四七一頁〉

これはいったいどういう落着なのであろうか。落葉の宮獲得に於ける夕霧が負うべき過失へのすべての非難が鬼神の〈ゆるし〉[注36]を楯に排除され、免責されるのである。つまり、物語は夕霧の妻の一人にどうしても早急に落葉の宮を必要としていたに違いないからであろう。もちろん宇治十帖の物語のためにである。

四　三条宮／六条院——居住論

夕霧の存在の〈不安〉が父である光源氏との乖離に根差していたものなのかどうか。というのは、本稿が夕霧巻の位相を定位する目的を主眼として宇治十帖との対照を試みているのだが、それは同時に夕霧という人物が『源氏物語』の中でどういうふうに位置付けられているのかということと等質なのである。父が光源氏であるという血縁の系譜だけでは、夕霧の存在を問うに値しないのである。

ところで、第二部の総括テーマを〈父との出会い〉あるいは〈父との対峙〉と把捉する筆者にとっては、[注37]夕霧にとっての父の存在性が問われずして、第三部に於ける薫の実父不在の疑念に応える物語は始発し得ないのである。前掲三谷論考に於いて(e)として父光源氏への反抗を挙げ、「これこそが夕霧の落葉の宮恋慕の決定的要因」と喝破し、「女三宮が降嫁しなかった夕霧にとって、女二宮は自分を飾るために必要な魅力的な皇女だった」ともし、さらに是非手に入れなくてはならない、位を極めるための装飾品だとも言い放っているのである。

「女三宮が降嫁しなかった」柏木が一途に女三の宮へと執着した情念、そして父太政大臣の懇請によって落葉の宮（女二の宮）を降嫁し得た過程を丸ごと抱え込んで、夕霧は嫡男柏木を失い、後嗣なき太政大臣家の穴を埋めるために代行したとも考えられ、第二部の女三の宮求婚譚で婿の第一候補に上がりながら、父光源氏に横取りされ、「女三宮が降嫁しなかった夕霧」が、「(c)友人柏木の欲望の模倣」の如く形を変えて、以後光源氏家と太政大臣家にどのように関わり、渡り合うのかの位相を照し出すことにしたのではなかろうか。一方、視点を換えれば、朱雀院の二人の皇女を、父と子とが分け持つことになるが、それを「女三の宮出家後の朱雀院家と源氏家との紐帯の補強」[注38]の構図と読みとるには、余りにも悲惨な運命を皇女二人に負わせたことになるし、准太上天皇の父が皇女降嫁が可能ならば、息子であるわが身にもという父への当て付けならば、源家を含めての皇孫への侮蔑、軽視となり自虐的な自壊行為に発展しかねないであろう。父光源氏への反抗を、落葉の宮獲得をもって顕在化するという認識には特に懐疑的にならざるを得ないのである。

よく引かれる例だが、第一部野分巻ではじめて紫の上をかいま見胸を高鳴らす夕霧、そして玉鬘に寄り添う源氏を見て「あなうとまし」（③二七九頁）と反発する。禁じられた聖域である六条院内部への進入が、吹き荒れる嵐とともに夕霧に観察者、批判者としての立場を促し、その揺動が、六条院から養女玉鬘を略奪する鬚黒右大将の侵入で間隙を切り拓くことになって、第二部の正妻女三の宮への柏木密通を誘発することになった。

夕霧は紫の上のかいま見時、光源氏に対しても、「親ともおぼえず、若くきよげになまめきて、いみじき御容貌の盛りなり」（③二六六頁）との観察を示すが、今井源衛はそれを「父親を他者と見るようにしむけたのは、むしろ源氏のほうなのである」[注39]として、夕霧に警戒を怠らなかった源氏の姿勢を喚起する。このかいま見をきっかけに紫の上との密通をして子の誕生を可能態と見据える高橋亨は、現実の認識者としての夕霧がその不可能性に立ち返らせていて、新たな柏木・女三の宮という人間関係の状況に転移させたのだと物語の主題的拡散の構造を読み解くから[注40]、つまりは夕霧の物語は、「〈父〉の絶対性を超克できない〈子〉の物語である」との理会に落着するのであろう。

夕霧の紫の上への侵犯の制御は、女楽での簾内の紫の上に対して「あるまじくおほけなき心などはさらにものしたまはず」（若菜下巻。④一九四頁）と評され、また後年紫の上の死に際して、野分の日のかいま見を思い出して「おほけなき心はなかりしか」（御法巻。④五〇八頁）と、夕霧は述懐しているが、柏木は「さてもおほけなき心あり」（柏木巻。④二九四頁）[注41]て、とんでもない過失を引き起こしたと告白しているから、もとより同じく方法的には六条院内でのかいま見から始まる一途な執着ではあったにしても、「おほけなき心」の有無で柏木を死へと追い込むまでの恋慕を夕霧から転移とも、移譲したとも、あるいは柏木から逆に置き換えられて[注42]、さらにその夫人まで夕霧に奪われてしまう物語をして、いったい柏木の物語は夕霧の物語にのみ込まれてしまうものと言ってよいのであろうか。

ここで前掲した「鬼神も罪ゆるしつべく…」以降の本文を引用する。

> もの思ひ知らぬ若人のほどに、はた、おはせず、かたほなるところなうねびととのほりたまへることわりぞかし、女にて、などかめでざらむ、鏡を見ても、などかおごらざらむ、とわが御子ながらも思す。
>
> （夕霧巻。④四七一〜二頁）

野分巻で夕霧が捉えたいみじき盛りの父源氏の姿、そして落葉の宮騒動後、源氏が「わが御子ながらも」として今を盛りの魅力あふれる夕霧に、自立した他者を見て、口を噤む他なかった親なのである。

若菜下巻では女三の宮への琴《きん》の琴の教授を終え、「伝はるべき末もなき」（④一九九頁）と慨嘆する光源氏に、いちはやく疎外されている嫡男の夕霧が居たし、柏木遺愛の横笛の相伝に於いては、夕霧はその仲介役に過ぎない。その横笛巻では落葉の宮の一件について訓戒する光源氏に対して「さかし、人の上の御教へばかりは心強げにて、かかるすきはいでや」（④三六六頁）と内心反発する夕霧には、野分巻での玉鬘との戯れが想起されていたのであろう。こうした父子の隔絶の様相を踏まえれば、柏木の死とその遺言に関して、密事の真相を知り得ない傍観者、ないしは仲介者としての一条の宮邸訪問の意味を考えざるを得ない。つまり、夕霧が未亡人落葉の宮を手に入れることは別の次元の、異質な物語要因が考えられてよいはずなのである。

そもそも父源氏への反抗ならば、夕霧巻末に於いて十二名の子沢山であることと、その正妻が太政大臣家の雲居雁であり、妾妻が五節の舞姫を経験した惟光の娘であることの二点からしても既に顕在化している。落葉の宮が単なる飾りとして夕霧の妻妾集団の一員に加わる必要もないことは、史実に関白道隆の正妻が高内侍であったことでもあり、夕霧巻現在、大納言兼左大将の身分で、その将来大臣クラスへの出世を妨げたり、不安材料となるようなことは何もないであろう。むしろ気がかりなのは、夕霧の帰属、立場なのであり、それこそが霧を呼ぶ〈不安〉の実体であったのかもしれないし、この夕霧巻末に取って付けたように記される子息子女の動向なのである。

正妻雲居雁は知られるように幼馴染の恋を実現して、幸せな家庭を築き上げていたのにも拘らず、夫夕霧がこうした騒動を招いて、雲居雁は三条殿を出て父邸に帰ってしまうのである。三条殿は祖母大宮（桐壺院妹宮）邸を譲り受けての名称だから、野分巻当時、大宮在世中は三条宮と呼ばれ、見舞いのため夕霧は本拠の二条東院からたびたび六条院と三条宮との間を行き来していたのである。三条宮と言えば、朱雀院から下賜された薫の母女三の宮が住まう邸宅があった（柏木、鈴虫巻）。もちろん呼称は同じでも同邸を意味するのではなく、三条通りの区画に建つゆえ、三条の宮と呼ばれたに過ぎないが、藤壺中宮の里邸もまた「三条宮」であったことを思うと、作者がいかに〈三条宮〉に固執していたのかが知られよう。光源氏、夕霧、薫ともどもが恋を遂げるために、または恋しい女《ひと》と住まうために〈三条宮〉へとむかったのである。

賢木巻では三条宮に侵入した光源氏は、人少なになるまでしばらくの間「塗籠」に身を隠していた。その「塗籠」を小嶋菜温子は「禁忌の恋のための、籠もりの時空」であるとした。[注43] 一方、夕霧は拒否の姿勢を貫くために「塗籠」にたて籠る落葉の宮に押し入って、契りを交わしたのである。そこは日常的な納戸としての空間にすぎなく、小嶋氏は「擬似的なタブーの枠」だけなのだとした。つまり、夕霧が宮と契りを結んだ「塗籠」は、「東の対の南面をわが御方に仮にしつらひて、住みつき顔におはす」（夕霧巻。④四六五頁）、改修した一条の宮邸だったからなのであろう。むしろ深刻な事態は姿を変えたかつての〈三条宮〉の方に起ころうとしていた。

嫉妬が昂じる雲居雁を夕霧はなだめながら、はやる外出の身仕度に余念がない時の贈答歌に次の如くある。

（雲居雁）なるる身をうらむるよりは松島のあまの衣にたちやかへまし

（夕霧）松島のあまの濡れ衣なれぬとてぬぎかへつてふ名を立ためやは　（夕霧巻。④四七五～六頁）

「松島」は陸奥の松島で歌枕。「あま」は海女と尼を掛けて、雲居雁歌は長い間連れ添ってきた身の不幸を恨むよりは、尼になってしまおうとの意で、それを受けて夕霧は衣が涙に濡れてしまうからといって、尼になるのは悪い評判が立つからやめてほしいと制止しているのだろう。この贈答歌は、賢木巻で既に尼となってしまった藤壺を三条宮に訪れた時の光源氏の贈歌を喚起してしまうのである。

　（光源氏）ながめかるあまのすみかと見るからにまづしほたるる松が浦島
　（藤壺）ありし世のなごりだになき浦島に立ち寄る浪のめづらしきかな
（②一三六頁）

源氏歌は「音にきく松が浦島今日ぞ見るむべも心あるあまは住みけり」（後撰集・雑一、素性）を踏んで、物思いに沈む尼の住みかと見るだけで涙に濡れてしまうという程の意で、藤壺歌は「松が浦島」を三条宮とし、「立ち寄る浪」を源氏に見立てて、昔の名残りさえなくなった宮邸を訪問する源氏に感謝する気持ちを伝えている。これを浦島伝説に関わるとすると、小野から新装の一条の宮邸に転居する際、母御息所の形見の経箱を持って帰るわが身を落葉の宮は「浦島の子が心地なん」（夕霧巻。④四六五頁）とした。小町谷照彦は「雲居雁との心情の交流が夕霧の行動の原動力をもたらす支えとなっている[注44]」と説くが、従えまい。〈三条宮〉の実質を見失って迷走する夕霧の姿がここにあるといってよいだろうし、『伊勢物語』天福本二十三段の筒井筒の物語がいまだ変奏して息づいているとも言えよう。何しろ「化粧じて」（④四七五頁）出かけるのは、夕霧であったのだから。

　薫も住む家が定まらなかった。匂兵部卿巻に拠ると、薫は冷泉院の上皇御所の対屋を居所として、元服も冷泉院で行われた。因に夕霧の元服は祖母大宮邸、つまり三条宮で行われた（少女巻）。一方、母の住む三条宮にも薫に思いを寄せる女たちが大勢集まり女房として仕え、時には情を交わすこともあったようで、「はかなき契りに頼みをかけたる多かり」（⑤三一頁）とあって、道心志向の埒外に三条宮の居所があったようである。

　ところが、椎本巻の巻末近くに、三条宮が火災で焼失したため、母子とともに六条院に移り住んだのだから、従前から六条院にも立ち寄る曹司（部屋）ぐらいは確保されていたとみられよう。その後、次の年に当たることになるが総角巻に、三条宮が再建されたことが記される。

中納言は、三条宮造りはてて、さるべきさまにて渡したてまつらむと思す。（⑤二九〇頁）

三条宮の再建が何の目的でなされたのかというと、宇治の大君を迎えるための邸宅として構えられたという。それが大君の死で霧散してしまうことになるのだが、宿木巻では薫は降嫁された今上帝女二の宮を三条宮の寝殿の東側に移す計画で、「東の対どもなども、焼けて後、うるはしく新しくあらまほしきを、いよいよ磨きそへつつ」（⑤四七六頁）、準備がすすめられている。再建された三条宮邸は、薫にとって人生の再出発のための拠点となって変容していくのである。

夕霧は薫が今上帝の婿と決まったので、急きょ典侍腹の六の君を匂宮と結婚させようと考えた。六の君の結婚相手は薫か匂宮のどちらかにしようとの思案は既に匂兵部卿巻に記されていて、おそらくその目的を効果的に達成させるため六の君を落葉の宮の養女にしたというのである。

一条宮の、さるあつかひぐさ持たまへらでさうざうしきに、迎へとりて奉りたまへり。（⑤三二頁）

この「一条宮」というのは邸宅ではなく、落葉の宮の人物呼称であって、この本文に拠って夕霧巻に於ける夕霧による落葉の宮獲得の要因が明らかになり、それと同時に夕霧自身の位相、つまりその立場や帰属が、夕霧巻以後どのように変容したのかが知られる訳である。『新編全集』の頭注は「落葉の宮は身分が高いので、夕霧は六の君を子のない宮の養女にして世評を高めようとする。父源氏が、明石の中宮を紫の上の養女にした意図と同趣」と何げなく補足説明を付置するが、ほぼこれが十全な回答となるはずである。

夕霧巻での落葉の宮獲得の過程に於いて、夕霧は柏木の弟、弁の君（のちの紅梅大納言）の露骨な求婚活動を排し、一条御息所の法事では宮の舅である致仕の大臣に先んじて公然と取りしきっている。そのことが致仕の大臣（かつての頭中将）にとっては甥であり娘婿の夕霧が雲居雁を悲しませることになるのだから、面目を潰される以上の不快な行為であったはずだろう。その上雲居雁が実家である致仕の大臣邸に帰ってしまう結果を導いてしまっている。かつて大宮によって故左大臣の政治的遺志を支えていた三条宮は、雲居雁を妻とした夕霧によって再び活気づいたが（藤裏葉巻）、友とした柏木を失い、妻の雲居雁までも立ち去ってしまった三条殿の内部崩壊は見るも無残な形で、その外郭だけが佇んでいる。夕霧にとってもその帰属すべき世界を喪失したのである。夕霧巻末は雲居雁を取り戻せないままの夕霧を置き去りにして終わってしまっている。玉鬘を得たために北の方との離縁を余儀なくされた鬚黒と同じ轍を踏むことになってしまったのか。それとも雲居雁は尼になってしまうのか。全てが匂兵部卿巻の次の記述を待つことになっているのである。注(45)

丑寅の町に、かの一条宮を渡したてまつりたまひてなむ、三条殿と、夜ごとに十五日づつ、うるはしう通ひ住みたまひける。（⑤二〇頁）

「三条殿」とは雲居雁のことで、この呼称の再生は実家に帰ってしまった雲居雁が和解して三条邸に戻ってきたことを意味している。十年程の歳月が夕霧に本来的な姿を回復させているのである。さらに「丑寅の町に、かの一条宮を渡したてまつり」ということが、単に月の十五日ずつを落葉の宮との間で通い分け住んでいるという〈まめ人〉らしい状況の報告ばかりではなく、落葉の宮を一条の宮邸から「丑寅の町」、つまり六条院の東北の町にその居所を移した上で夕霧が通い住んでいるということが夕霧にとっては重要なことなのである。夕霧の帰属、立場が六条院・光源氏と太政大臣家・頭中将との両翼をもって、その基盤、つまり〈血〉と〈家〉との分裂の様相から、その一体化へと安定的に確保されたことが確認できるのである。物語はその上で、もう一人の不安定な位相に漂い、三条宮に定住できない薫を照射していくのである。

ところで、六条院の丑寅の町には花散里が住んでいたはずである。

花散里と聞こえしは、東の院をぞ、御処分所にて渡りたまひにける。

（匂兵部卿巻。⑤一九頁）

光源氏没後の女たちの離散を語る中で、花散里は二条東院に移っていた。落葉の宮が一条の宮邸から東北の町に移居したのは、その後数年の歳月が経過してからであったのではないか。その間、六条院が荒廃することもあったらしい（宿木巻）。落葉の宮が六条院の丑寅の町に移居するにともなって、藤典侍腹の六の君を養女として迎えとったのであろう。この構想はおそらく夕霧巻末には既に組み立てられていたと思われる。

典侍腹の御子のうち二郎君と三の君とが花散里の養子となって育てられていると夕霧巻末に記されるが、若菜下巻ではただ「典侍腹の君を切に迎へてぞかしづきたまふ」（④一七八頁）とあって、まさか二人だったとは想い至らないが、注(46)さらに巻末には「内侍腹の君達しもなん、容貌をかしう、心ばせかどありて、みなすぐれたりける」（④四八九頁）とわざわざ付言があって、姫君たちの将来に入内が考えられるならば、注(47)三の君までを花散里の養女としてしまっていることに疑念が湧くのである。なぜならば、花散里では身分柄、入内する姫君の養母としては役不足なのである。ここは典侍腹の姫君の内、六の君一人のみをその該当する入内候補者として残すための所為であったと考えたい。

六の君の養母を身分の高い落葉の宮とすることによって、入内後も意味のある正室の地位に付くことが可能となる訳で、『新編全集』が「父源氏が、明石の中宮を紫の上の養女にした意図と同趣」（前掲）と頭注する意味は、紫の上が式部卿宮の姫君であったことからしても落葉の宮は皇女であるのだから、その養女に六の君を迎えとらせる意義は申し分ない処遇ということなのである。匂宮と結婚する六の君が落葉の宮の養女となっていたことを、藤本勝義は「そうしなければ、匂宮の北の方とはなれまい。ましてや、将来、匂宮が東宮あるいは帝となったとしたら、とても歴とした女御としての入内はできまい」注(48)と、意義づけている。またそうした夕霧の分別が「父源氏」の配慮と同趣であったことは、後の読者がそう思い合わせるというのではなく、夕霧が為政者として自然と「父源氏」的成長を遂げているということで、それは六の君を「そのころの、……御心尽くすくさはひ」(⑤一九頁)にして六条院の復興を企てたというのも、かつて光源氏が玉鬘を「すき者どもの心尽くさするくさはひにて、いといたうもてなさむ」(玉鬘巻。③一二二頁)としたのとも同趣で、『新編全集』の頭注も的確にこの点を指示してある。夕霧が権勢者としての風格を身につけ、「父源氏」的趣向を、父の六条院で実践するに至っていたのである。夕霧巻では落葉の宮獲得の経緯は、「父源氏」にわずかに〈血〉の係累として結びついているばかりで、隔絶した精神的状況から「父源氏」を認めて、その子として生きる兆しが徐徐に回復する過程であったといえよう。まさに十年程の歳月の経過がその実践となって、匂兵部卿巻に現出しているという体なのであろう。

夕霧は異母妹明石中宮との共同歩調で匂宮を強引に六の君の婿にむかえたのである。匂宮には義父となる夕霧左大臣が堅物との印象があり、気のすすまない結婚であったが、予想に反して六の君に心魅かれ、二条院で夫の帰りを待つ中の君を悲しませることになってしまった。そんな匂宮は後朝の文への返歌を中の君のもとで隠し隔てなく開封することとなる。

M ひき開けたまへるに、継母の宮の御手なめりと見ゆれば、いますこし心やすくて、うち置きたまへり。宣旨書きにても、うしろめたのわざや。「さかしらはかたはらいたさに、そそのかしはべれど、いとなやましげにてなむ。

女郎花しをれぞまさる朝露のいかにおきけるなごりなるらん」

あてやかにをかしく書きたまへり。(宿木巻。⑤四一〇〜一頁)

思い返してみると、かつて夕霧は小野の山荘で落葉の宮に迫ったが、実事なく帰ることになってしまった。それを男女の関係があったと誤解した一条御息所は、夕霧からの手紙に不信を抱き、鳥の足跡のように乱れた手紙を書き送ったのだった。それが雲居雁に奪われてしまった手紙なのである。

m「頼もしげなくなりにてはべる、とぶらひに渡りたまへるをりにて、そそのかしきこゆれど、いと晴れ晴れしからぬさまにものしたまふめれば、見たまへわづらひてなむ、

女郎花しをるる野辺をいづことてひと夜ばかりの宿をかりけむ」

（夕霧巻。④四二五～六頁）

娘を気づかって代筆する母親の心境が、傍線部の行文で鮮やかに対照され、その上、記されている歌は共通して「女郎花」に女君を譬えて、どのような気持ちで逢瀬を遂げたのかとまるで男を詰問するような内容なのである（共通項㉕）。匂宮にとっては、それが上品に美しく書かれているにしても、「かごとがましげなるもわづらはしや」と不平を言われる筋合いではないと心外に思うのも当然なのだ。それをここまで酷似して「継母」落葉の宮に書かせている理由とはいったい何であったのだろうか。

夕霧巻を強く意識したこのようなことばの契合を指摘した加藤昌嘉は次のような系図を示して説明を加えている。注(49)

一条御息所―落葉宮
　　　　　　＝――六君（養女）
　　　　　夕霧
　　　　　　＝　　＝
　　　　　雲居雁　匂宮
　　　　　　　　　＝
　　　　　　　　　中君

この手紙によってかつての一条御息所の立場を落葉の宮が踏襲していることは言うまでもなく、六の君がかつての落

葉の宮の位置にいることから、二人の妻を娶る状況を匂宮に納得させる明石中宮のことばであった、「かの大臣の、まめだちながらこなたかなたうらやみなくもてなして、ものしたまはずやはある」（宿木巻。⑤三八一頁）を引用して、夕霧を見習うべくある匂宮との重なりまで指摘したのであった。夕霧巻の宿木巻への取り込みが、落葉の宮の獲得によって夕霧の勢力圏拡張へと大きく前進したことを既定の事実として、六の君との結婚が匂宮の立坊から即位への道へと夕霧の後見によってしっかりと支えられることでもあったことを見落とすべきではないだろう。

しかし、そのような男たちの権力志向や欲望の蔭で常に泣かされる女の身の生き難さが、夕霧巻に於いては「女ばかり、身をもてなすさまもところせう、あはれなるべきものはなし」（④四五六頁）と、紫の上の思案として現出され、宿木巻では中の君を襲う脈絡ともなり、雲居雁とは異なる対処が求められてもいる。それが宇治十帖では落魄した皇女の身から宮の姫君へと移行し、しかも蜻蛉の式部卿宮の姫君が明石中宮腹の一品の宮の女房となって出仕したなどという情報を挿話として差し挟まざるを得ない時代状況を反映して語られることが、また作者紫式部の生きる現実へと回帰する糸口ともなっているはずなのであろう。

注

（1）藤村潔『源氏物語の構造』（桜楓社、昭和41〈一九六六〉年）「宇治十帖の予告」。但し藤村氏の後記挿入説に対して伊藤博『源氏物語の原点』（明治書院、昭和55〈一九八〇〉年）「夕霧物語の位相」は鈴虫巻こそ夕霧物語を遮断すると考え、既に柏木巻あたりから夕霧巻を呼びおこす誘因は用意されていたとして、不同意。なお伊藤氏も夕霧が恋に落ち込む過程を薫の先蹤とする。

（2）島津忠夫「夕霧から御法・幻へ―源氏物語終結に働いた作者の意図をめぐって―」（「中古文学」35、昭和60〈一九八五〉年5

月）

（3）高橋亨『源氏物語の対位法』（東京大学出版会、昭和57〈一九八二〉年）

（4）高橋亨「物語作者の日記としての紫式部日記」（南波浩編『紫式部の方法』笠間書院、平成14〈二〇〇二〉年）「〈紫式部〉による『伊勢物語』の引用と変換」（山本登朗、ジョシュア・モストウ編『伊勢物語　創造と変容』和泉書院、平成21〈二〇〇九〉年）

（5）久下「宇治十帖の表現位相―作者の時代との交差―」（「学苑」841、平成22〈二〇一〇〉年11月、本書〈1・第一章〉所収）

（6）三谷邦明「宇治・小野―源氏物語の「山里」空間」（『源氏物語研究集成第十巻』風間書房、平成14〈二〇〇二〉年）。三谷氏は小野や宇治が山里空間として『源氏物語』に設定されたことの理由に当時の権門貴族がその周辺に散所（庄）を所有していたからだとする。物語ではむしろ小野には加持する叡山の律師、宇治には師事する阿闍梨の住む山寺の近くに山荘を設定するという趣向。なおこのように夕霧巻と宇治十帖との共通項目として随時指摘する。

（7）室伏信助「源氏物語第二部―夕霧物語を読む―」（「国文学」昭和61〈一九八六〉年11月。のち『王朝物語史の研究』角川書店、平成7〈一九九五〉年）。鈴木日出男『源氏物語歳時記』（筑摩書房、昭和64〈一九八九〉年）

（8）上坂信男「小野の霧・宇治の霧―源氏物語心象研究断章―」（「言語と文芸」61、昭和43〈一九六八〉年11月）

（9）小町谷照彦『源氏物語の歌ことば表現』（東京大学出版会、昭和59〈一九八四〉年）「夕霧の造型と和歌」。なお藤村潔前掲書には幻巻で亡き紫の上追慕にくれる光源氏を叙す「つくづくとおはするほどに、日も暮れにけり。蜩の声はなやかなるに、御前の撫子の夕映えを独りのみ見たまふは、げにぞかひなかりける」（④五四二頁）とある情景に〈蜩〉〈撫子〉が揃うのは、この両巻だけだとする指摘がある。

（10）のちに「風いと心細う更けゆく夜のけしき、虫の音も、鹿のなく音も、滝の音も、ひとつに乱れて艶なるほど」（④

四〇八頁）とあり、「滝の音」も聞こえたはずであり、また『うつほ物語』（忠こそ巻）には「そのわたりは比叡坂本小野のわたり、音羽川近くて、滝の音、水の声あはれに聞こゆる所なり。もの思はぬ人だに、もの心細げなるわたりなり」とあるから、音羽川の上流にある音羽の滝の音まで聞こえていたのだから、「音羽川」の川音である可能性もあるが、「宇治川」を印象深くするためか、「音羽川」の指摘は見えない。また「水の音」とは遣水などの雅びな世界とは無縁な山の水が流れ落ちる小さな清流の音かもしれない。

（11）清水婦久子『源氏物語の風景と和歌』（和泉書院、平成9〈一九九七〉年）「宇治十帖の自然と構想」

（12）『源氏物語の鑑賞と基礎知識　総角』（至文堂、平成15〈二〇〇三〉年）四七頁

（13）小嶋菜温子『源氏物語批評』（有精堂、平成7〈一九九五〉年）「〈喩〉としての音―「波」「風」そして「山おろしに」」

（14）久下「竹河・橋姫巻の表現構造」（「学苑」533、昭和59〈一九八四〉年5月。のち『王朝物語文学の研究』武蔵野書院、平成24〈二〇一二〉年）

（15）『源氏物語の鑑賞と基礎知識　浮舟』（至文堂、平成14〈二〇〇二〉年）九七頁

（16）横井孝「「まどふ」人々と浮舟と」（『研究講座　源氏物語の視界5―薫から浮舟へ―』新典社、平成9〈一九九七〉年）に於いて総角巻（しるべせしわれやかへりてまどふべき心もゆかぬあけぐれの道）と夢浮橋巻（法の師とたづぬる道をしるべにておもはぬ山にふみまどふかな）の薫詠を挙げて、「女の心を得る術を失った薫の心象風景が「まどふ」なのである」とする。総角巻が宇治の大君、夢浮橋巻が浮舟で、両者の拒否の前で薫は頓挫する。横井氏に賛し「まよふ」ではなく「まどふ」とした。

（17）柏木・横笛巻に於いて夕霧に応対するのは母御息所か女房の小少将であって、夕霧巻には「みづからなど聞こえたまふことはさらになし」（④三九六頁）とある。田中菜採兒「夕霧の恋と一条宮家の矜持―源氏物語における皇女―」（「国

語と国文学」平成17〈二〇〇五〉年4月）の分析に従う。

(18) 植田恭代「浸透する「引歌」―『源氏物語』夕霧巻「霧の籬」から―」（「日本女子大学紀要 文学部」44、平成6〈一九九四〉年3月）

(19) 小野の山荘にも「塗籠」があって御息所と落葉の宮との対面時に「中の塗籠の戸開けあはせて渡りたまへる」（④四二二頁）とある。ここに対する『新編全集』頭注は「御息所の部屋と落葉の宮の部屋との間にある塗籠」と指示する。

(20) 恋の接近までに両三年の歳月を費やしていること（伊藤博前掲論考）及び親不在ゆえに訪れた男と直に初めて応接するという状況のみをCc場面に於ける第一段階の共通項として指摘しておく。深澤三千男「夕霧二題」（森一郎編『源氏物語作中人物論集』勉誠社、平成5〈一九九三〉年）

(21) 『源氏物語の鑑賞と基礎知識 橋姫』（至文堂、平成13〈二〇〇一〉年）一一二頁の指摘に拠る。因に各一例が末摘花・明石・藤裏葉、二例が葵・須磨・槿・野分、四例が夕顔・若紫・松風・宿木、五例が賢木・椎本・総角となるようだ。

(22) 『源氏物語の鑑賞と基礎知識 夕霧』（至文堂、平成14〈二〇〇二〉年）五五頁。

(23) 「まめ人」が両者の共通項として挙げ得るが竹河巻に於いて薫が玉鬘邸を訪ねた時に「侍従の君、まめ人の名をうれたしと思ひければ」（⑤七〇頁）とあり、『新編全集』頭注に「この段は、野分巻（③二八三ページ）に、夕霧が「まめ人」であることに自己嫌悪すること、あるいは、その場の女房との応酬に似た趣がある」とする。ゆえに夕霧巻時点での共通項には挙げない。

(24) 中川正美「宇治大君―対話する女君の創造―」（『論集 源氏物語とその前後4』新典社、平成5〈一九九三〉年。のち『源氏物語のことばと人物』青簡舎、平成25〈二〇一三〉年）

(25) 『源氏物語の鑑賞と基礎知識 総角』（前掲）四五頁。『源氏物語』以外は「愚か者」の意で、恋愛がらみの場面はなく、

「源氏、夕霧、薫といった客観的には高貴で秀抜な男性が「痴者」と自称するのは『源氏物語』独自の用法である」とする。

(26) 久下「客人薫―『源氏物語』第三部主題論序説」(『論集平安文学5 平安文学の想像力』勉誠出版、平成12〈二〇〇〇〉年5月。のち前掲『王朝物語文学の研究』)

(27) 『源氏物語の鑑賞と基礎知識 夕霧』(前掲)二〇一頁。

(28) 尹勝玟「八の宮の遺言の多義性―呪縛される遺言から利用される遺言へ―」(『国語と国文学』平成21〈二〇〇九〉年1月)

(29) 池田和臣「源氏物語夕霧巻の引用論的解析―反復・変奏の方法、あるいは「身にかふ」夕霧―」(『研究講座 源氏物語の視界Ⅰ』新典社、平成6〈一九九四〉年)

(30) この「人」を相手つまり浮舟本人と考えるのが一般的であるが、弁と乳母との会話からしても母中将の君と考えたい。

(31) 森一郎「落葉宮物語―その主題と構造―」(『源氏物語作中人物論』笠間書院、昭和54〈一九七九〉年)

(32) 神野藤昭夫「宇治八の宮論―原点としての過去を探る―」(『源氏物語と古代世界』新典社、平成9〈一九九七〉年)

(33) 『源氏物語の鑑賞と基礎知識 椎本』(至文堂、平成13〈二〇〇一〉年)の鑑賞欄「悲しみの景物」(一〇四~五頁)に於いて、宮川葉子は「拙い運勢に愚弄《ママ》され続ける人間が存在することを紫式部は書いている。その代表者が一条御息所と八宮であろう」とする。

(34) 池田節子「大君―結婚拒否の意味するもの―」(前掲『源氏物語作中人物論集』)は中の君の結婚後に於ける大君の拒否理由には容色の衰えを危惧する点があるとして、落葉の宮の例を挙げ「男の心の頼み難さのみによるのではなく、(略)自分《ママ》が相手に幻滅することへの恐れからも拒否するのであり、受け身に終始するのではない女の自己主張」があるとする。が容色の衰えを共通項にするには躊躇する。

（35）伊藤博前掲書「夕霧物語の位相」

（36）高木和子「夕霧と光源氏―光源氏の物語としての夕霧巻小考―」（「中古文学」58、平成8〈一九九六〉年）、加藤昌嘉「源氏物語　夕霧巻の機構《メカニズム》―致仕大臣一族と夕霧勢力圏―」（『古代中世文学論考4』新典社、平成12〈二〇〇〇〉年）に拠れば、夕霧巻の表現史から「鬼」は正妻雲居雁、「神」は故柏木を表徴するとある。但し前者は、「たかだか妻の許しといった程度の、矮小な比喩に引きずり降ろされてしまう」と「鬼神」の比喩を過小評価する。

（37）久下「『源氏物語』第二部主題論―父桐壺帝との出会い―」（『研究講座　源氏物語の視界4』新典社、平成9〈一九九七〉年。のち前掲『王朝物語文学の研究』）

（38）藤村潔「夕霧」（『源氏物語必携』学燈社、昭和57〈一九八二〉年）

（39）今井源衛『源氏物語の思念』（笠間書院、昭和62〈一九八七〉年）「親と子」

（40）高橋亨「可能態の物語の構造―六条院物語の反世界」（前掲『源氏物語の対位法』）

（41）島津忠夫前掲論考に指摘がある。

（42）伊藤博前掲論考は、夕霧の落葉の宮獲得に関して逆に柏木の禁制への犯しが夕霧に転移したとするが、禁制への犯しではないであろう。

（43）小嶋菜温子『源氏物語の性と生誕―王朝文化史論』（有斐閣、平成16〈二〇〇四〉年）「「ぬりごめ」の落葉宮―〈家なき子〉夕霧と、タブーの不在」

（44）小町谷照彦前掲書「夕霧の造型と和歌」

（45）小山清文「源氏と左大臣家の〝御仲らひ〟の物語―六条院物語に於ける三条宮をめぐって―」（「中古文学論攷」7、昭和61〈一九八六〉年10月）。また大宮邸が野分巻で初めて三条宮と呼称されていることを指摘している。

(46) 若菜下巻の他の箇所に「大将の御典侍腹の二郎君」(④二七九頁)とあって、花散里の養子となったのは二郎君一人だけと思われていた。

(47) 大君を典侍腹とする本文があるが採らない。宿木巻に「三条殿腹の大君を、春宮に参らせたまへるよりも、この御事(匂宮・六の君の結婚)をば……」(⑤四二〇頁)とある記述に従う。久下「夕霧の子息たち―姿を消した蔵人少将―」(考えるシリーズ③『源氏物語を考える―越境の時空』武蔵野書院、平成23〈二〇一一〉年。本書〈Ⅰ・第五章〉所収)参照。

(48) 藤本勝義「浮舟の母・中将の君論―認知されない母子―」(『源氏物語の展望 第九輯』三弥井書店、平成23〈二〇一一〉年)

(49) 加藤昌嘉前掲論考。

第五章　夕霧の子息たち

――姿を消した蔵人少将――

一　はじめに

光源氏没後の動静を、その子孫である薫と匂宮を基軸として、夕霧家、紅梅大納言家、玉鬘家の三家の浮沈やその復活を期す各家の結婚問題を絡めて描く匂宮三帖、つまり匂兵部卿、紅梅、竹河の三巻は、続篇として作者別人説などで紫式部という作者も遠景に退けられ、以下の宇治十帖とも断絶した様相に晒されているといえよう。とりわけ、竹河巻に於いては、右大臣夕霧やその息で玉鬘大君に求婚する蔵人少将の官職に関して、従来から本文及び構造上の齟齬で物議をかもしていることで知られている。

例えば、それは竹河巻末近くで竹河左大臣の死去によって、その後を襲い右大臣から左大臣となったはずの夕霧が、宇治十帖では右大臣のままであり[注(1)]、また同時に紅梅大納言も左大将を兼ねた右大臣に昇進したはずなのに、再び新しい官職で登場することはなかったのである。

こうした矛盾に対する議論を竹河巻を紫式部の原作とする立場から深めたのが、今井源衛であったが[注(2)]、近時その今井論を再吟味して、宇治十帖に於いては藤原道長に憚っての任左大臣の撤回とする主張を退けた田坂憲二は[注(3)]、玉鬘に関する「尚侍」呼称が、正篇に於いては物語の展開や場面に則して柔軟に使い分けられていたのに、竹河巻では無神経に乱用されているとして、竹河巻が正篇の作者と異なる可能性を示唆したのである。

竹河巻に於ける特異な語り手や髭黒亡き後「尚侍」であることを矜持にして気丈に生きる玉鬘の姿を巧みに描いていると理会していた筆者とは異なる見解だが、それはそれとして確かに田坂氏が指摘したように、夕霧の任左大臣を回避して、正篇との脈絡を校勘するならば、夕霧の五十歳前後という年齢からしても、澪標巻に於ける宿曜の予言の実現を図って、はやく太政大臣に昇進させることが最も妥当な選択であったに違いなかろう。しかし、それでも宇治十帖に於いて夕霧を長く右大臣のままに留め措いたのは、田坂氏が言うように、「この人物があくまで政治の第一線に留まり、手中にしている権力を手放さない人物として描こうとしているから」であろう。春宮も二の宮も匂宮もすべて聟にして外戚としての権力基礎を磐石にしようと計り、右大臣にとどまることで、後進を大納言止まりとし、その間に子息たちの公卿への昇進を待ち、自家の勢力の拡充を期す配慮は、まさに兼家や道長的な政治力の顕彰だったのではあるまいか。

さらに言えば、今井氏が指摘した『紫式部集』の式部の自詠歌四首と竹河巻の四首との発想や用語の類似より、竹河巻の不用意で稚拙な表現を問題とするならば、紫式部以外の作者を想定するよりも、その草稿本の可能性を考えることはできないものなのか。折しも寛弘五（一〇〇八）年、中宮彰子還啓に際し親王誕生記念の冊子作りが『源氏物語』の正篇であったはずであり、その折道長が式部の局に忍び入って、こっそりと持ち出した物語の原本（作者の完成本）が竹河巻を含む後篇の一部であったとしたら、「内侍の督」である彰子の妹妍子に尚侍玉鬘の物語をまず読ませたいとする親心のゆえであったのではないか。こうした背景のもと始発した宇治十帖の表現位相が『紫式部日記』のそれと近似するのも当然なのであり、注（4）かつて一就された言説を再起動させる不安はあるが、さらに一歩踏み込んで、正篇の清書作業と新しいその続篇の物語創作の狭間で、正篇の一部に手を加えたこともあったのではなかったか。それが夕霧巻々末に於ける夕霧の子息子女たちの帰属に関する本文異同であった可能性は全くないといえるのだろうか。

また一方で、竹河巻の主人公蔵人少将の造型が、続篇の男主人公薫への橋渡し、媒介としてその主題化の継承を担っている。女三の宮への柏木的な求愛行動に蔵人少将を駆り立てるが、その結末は密通や略奪に至らず、背後に佇む薫によって「人のゆるし」のない求愛原理に疑問が投げられ、さらに「あはれ」の一言も玉鬘大君の肩透かしに合い、戯画的に収束するかに見受けられる。こうした蔵人少将と薫との設定を、かつて拙稿で次のように述べたことがある[注(5)]。

皮肉なことだが、柏木の情念を傍観者として立ち合ったのは「まめ人」夕霧だったが、竹河巻ではその立場を換えるかのように息子蔵人少将の恋情を、柏木を実父とする「まめ人」薫が観察しているのである。

竹河巻に於いて夕霧の息としての蔵人少将の設定は、言うまでもなく柏木の息薫との対置ゆえであり、橋姫巻以降の薫の求愛原理・理念を左右するように仕組まれているのである。そして、近時、竹河巻の薫には夕霧の恋情が重ねられていることが明らかにされることによって[注(6)]、ますます竹河巻の構造的位相と主題化の意図が鮮明になりつつあるといえよう。本稿は、椎本巻の秋、宰相中将薫が中納言に昇進するのと同時に蔵人少将は薫の後を追うかのように宰相中将となる竹河巻の昇進記事との照応を背景に、夕霧の子息としての実体を本文的に見定めようとする試みである。

二　椎本巻の官名列挙

宇治八の宮の姫君たちとの縁を目論む匂宮の初瀬詣の帰途に、あらたに出迎えに参集したのは宰相中将薫をはじめ、物忌のため外出を控えた右大臣夕霧を除いた、その子息たちであった。

御子の君たち、右大弁、侍従宰相、権中将、頭少将、蔵人兵衛佐などみなさぶらひたまふ。帝、后も心ことに思ひきこえたまへる宮なれば、おほかたの御おぼえもいと限りなく、まいて六条院の御方ざまは、次々の人も、み

な私の君に心寄せ仕うまつりたまふ。（小学館新編全集⑤一七〇頁。なお傍線等は筆者）

おぼえめでたい明石中宮腹の匂宮を東宮候補と目すればこそ、夕霧一門にとって権勢の揺るぎなさを支え、光源氏一統の末永き共栄を誇るが如きの「右大弁」以下、夕霧子息たちの官職名が列挙されている。しかし、ここに掲げられたのは「右大弁」以下五名であって、それを受ける「―などみな」との本文は、「など」（傍点）にその他の官職を記さない兄弟の存在をほのめかして、その者たちを含めて「みな」（波線）、すなわち官職にある夕霧の子息たち全員が伺候したというのだろうか。それとも誰かを欠いているのであろうか。「―などみな」とは夕霧の子息たちの人数を限定するどころか、かえって不確定な混迷を深める本文なのである。というのは、引用本文の底本は青表紙本系大島本で、その本文は「―なとさふらひ給」注(7)とあるにも拘らず、伝明融筆本をはじめ他の青表紙諸本と河内本・別本の全てが「―などみな」であるため校訂した本文なのである。

竹河巻には夕霧が年賀に玉鬘邸を訪れる時、「御子ども六人ながら引き連れておはしたり」（⑤六五頁）とあって、それと対照すると、ここに記されないもう一人の兄弟がいるのだと知られるが、ではいったいそれは誰なのか。そして何故その一人だけを掲げることなく五人の官職名までを書き連ねたのか、といったことをいろいろ考える必要が出てこよう。そもそも竹河巻で冷泉院参入となって玉鬘大君に失恋した蔵人少将を見出すことができないのは何故なのか。現行巻序に従って読みすすめれば、橋姫巻に登場しない夕霧の子息たちが、このようにその次巻である椎本巻の巻頭近くに列挙されれば、当然注目されるのは蔵人少将であるはずであろう。では、この列挙された官職名に蔵人少将は紛れているというのだろうか、それとも「など」に含まれているのであろうか。いずれにしても薫がまだ宰相中将であった時期なのである。

薫が「十九になりたまふ年、三位宰相にて、なほ中将も離れず」（匂宮巻。⑤二九頁）との宰相中将を受けて、この蔵人少将は竹河巻に「少将なりしも、三位中将とかいひておぼえあり」（⑤一〇六頁）と、「三位中将」に昇進しているのである。そこで前掲傍線箇所の「権中将」が「三位中将」を許容する官職名であるならば、同一人物となり、蔵人少将の後身となる訳だが、果たして「三位中将」を格下である従四位下相当の「権中将」をもって書き記す理由があるのだろうか、という疑問が当然出ることとなろう。

池田和臣は、前途有望な呼称である「三位中将」を、椎本巻の内的要請でわざわざ「権中将」と記す理由はないとし、総角巻で匂宮の宇治紅葉狩に随って、「いつぞやも花のさかりにひとめ見し木の本さへや秋はさびしき」（⑤二九六頁）と詠む宰相中将（もとの蔵人少将）は「去年の春、御供なりし君たちは、花の色を思ひ出でて」（同）の一人として前掲椎本巻でも随行していたとして、次のように述べている。注(8)

この「いつぞや」は、確かに椎本巻の宇治立寄りを指すであろうから、先の椎本に掲げられた夕霧の子息たちの中で総角で歌を詠んだ宰相中将と同一人となし得るものを探すなら、権中将を当てるのが最も自然ということであろう。しかし、あくまでこれは蓋然性であって、同一人である確証とはならない。むしろこれを別人として総角の宰相中将は椎本に列挙された夕霧の子息の中にはないが、「など」の中に含まれ同行していたとした方が、合理化ゆえの矛盾を避けられるであろう。

池田氏の蔵人少将を「など」の中に含めるという論法は、竹河巻に於いて男踏歌の「右の歌頭」を務める薫が侍従の兼官である中将として暗黙裡に了解されていたのに拘らず、「四位侍従」と呼び通したのは、「憂いなき名門の貴公子という形象を与える」という竹河巻の内的要請に見あっているからだという。と言うならば、逆に椎本巻では蔵人少将を「など」の中に含める内的要請があったのかを問わねばならなくなるし、また三位中将を「権中将」と記す内的要請があるならば、それは池田氏も言う通り「権中将を当てるのが最も自然」ということなのである。

実は池田氏は、史上に「従三位権中将」である道兼一男でのちに紫式部の娘大弐三位の夫となる藤原兼隆と道長二男の藤原頼宗とを指摘していたのであった。兼隆は長保四（一〇〇二）年から寛弘九（一〇一二）年まで従三位右近権中将だが、寛弘六（一〇〇九）年には参議つまり宰相となるから、物語内の呼称例として明らかに区別される宰相中将を除外しても七年程「三位中将」ないし「権中将」と呼ばれる可能性があったし、何より「権中将」から宰相中将へ昇進する訳で、作者紫式部にとっては卑近な例となろう。

後者の頼宗は寛弘八・九（一〇一一・二）年非参議従三位右近権中将であった。さらに道長五男の教通も同じく寛弘八（一〇一一）年には非参議従三位左近権中将（同年八月十一日正三位―公卿補任）であったらしく、寛弘五（一〇〇八）年には従四位上だが、教通は右近衛権中将で同年十一月二十八日に行われた賀茂の臨時祭の奉幣使《みてぐらづかい》に抜擢され、『紫式部日記』に「臨時祭の使は、殿の権の中将の君なり」と記されている。「権中将」なる官職名が一条朝でも寛弘ごろの摂関家の若公達を表徴する呼称たり得、作者の時代である長保・寛弘間が宇治十帖の背景としてあった証左として『紫式部日記』との表現上の対照連関が顕著となっている。その一つとして「権中将」なる官職名もあったということなのだが、この椎本巻に於ける夕霧右大臣の子息たちの官職名列挙に於いては他に「侍従宰相」や「蔵人兵衛佐」も該当していたのであった。

「侍従宰相」は、長保年間に於いては長保三（一〇〇一）年の藤原行成、長保五（一〇〇三）年の藤原隆家の例をみるが、注(9)とりわけ寛弘五（一〇〇八）年には内大臣公季の嫡男である藤原実成が当たり、『紫式部日記』に於いては土御門邸行幸の十月十六日、敦成親王宣下で中宮権亮の実成が正四位下から従三位に昇ったのを「加階したる侍従の宰相」と記し、注(10)さらに十一月二十日には実成が五節の舞姫を献上することになったので、「侍従の宰相に舞姫の装束などつかはす」と、中宮彰子が中宮職の権亮である実成に舞姫の装束等を贈っていて、注視されているのである。

また「蔵人兵衛佐」も「権中将」とともに『枕草子』に貴族の子弟の有望な官職として掲げられ、紫式部の視界にも入ってくる。伊周息男の右兵衛佐であった道雅が寛弘四（一〇〇七）年正月十三日に蔵人に補されていて、『御堂関白記』には「被補蔵人右兵衛佐道雅了、雖若年故関白鍾愛孫也、仍被補也」（大日本古記録）と、道雅が故関白道隆の鍾愛の孫であるから蔵人に補すのだという一条天皇の意向も記されている。その蔵人兵衛佐道雅は、寛弘五（一〇〇八）年正月二十八日には右少将に転じて蔵人少将となり、『紫式部日記』に敦成親王生誕七日目の夜の朝廷主催の産養で勅使に任ぜられ、「蔵人の少将を御つかひにて、もののかずかず書きたる文、柳筥に入れてまゐれり」と、天皇から若宮へ贈られる品々を書いた目録を携えた使者の様が写し出されている。その後の「蔵人兵衛佐」としては、道長四男の能信が寛弘七（一〇一〇）年二月十六日に蔵人に補されるが、寛弘八（一〇一一）年十月十九日には右兵衛佐が止められている。道雅、能信とも一年程の短期間の蔵人兵衛佐の任にすぎないが、十六・七歳の若公達の印象として作者の目にとどめられる可能性が確かにあったということである。注(11)

このように夕霧の子息たちの官職名として列挙されている中で、「権中将」ばかりではなく「侍従宰相」や「蔵人兵衛佐」という官職名も作者と同時代的で『紫式部日記』の中に確認できる卑近な表徴呼称であって、しかも摂関家やその周辺の名門の子弟が任ぜられるという特徴があり極めて限定的なのである。つまり、こうした現実貴族社会との対応を保ち、政権を担う右大臣夕霧の子息たちの官職名として適しい設定がなされていると言ってよいだろう。

しかも、官職の一般的な位階相当から言えば、この列挙はほぼ官位は正四位から従五位までに当たり、「右大弁」以下「蔵人兵衛佐」まで位階の上位者から順に記されているといえよう。もし、この時点で宰相中将となった薫とともに「蔵人少将」が昇進している「従三位権中将」を、竹河巻と同じように「三位中将」と記せば、位階上突出した感は否めないだろう。竹河巻では「憂いなき名門の貴公子」として形象化されるはずの「三位中将」が、玉鬘大君への失恋の痛手を抱え、「この中将は、なほ思ひそめし心絶えず、うくもつらくも思ひつつ」（⑤一〇六頁）と依然として悶悶たる心情であることを述べるのに対し、椎本巻では「権中将」として呼び分けるのは、前掲引用本文中に「六条院の御方ざまは、次々の人も、みな私の君に心寄せ仕うまつりたまふ」とあるように、あくまで夕霧一統全員で匂宮へ追従《ついしょう》奉仕するその子息の一人として掲げられているという体なのである。

夕霧夫妻の応援にも拘らず求婚に失敗し、挫折した蔵人少将は、昇進して竹河巻では「三位中将」と記される一方、椎本巻では「権中将」と記され兄弟の序列の中に埋没し姿を隠している。いわばそれは玉鬘大君求婚譚に於ける中心的な役割から解き放たれているということなのであろう。そしてその正式な官爵は「従三位権中将」であったはずなのである。同時期に於いて同一人物の呼称が匂宮三帖と宇治十帖との連関上で不一致となるのは、他に柏木の次弟である紅梅大納言についてもみられる。

紅梅巻に「按察大納言」とされる呼称が、宿木巻、東屋巻に受け継がれるが、竹河巻で「藤大納言」とされる呼称は、橋姫巻、椎本巻に再生しているのである。「按察大納言」と「藤大納言」との呼び分けを、近時巻序に関わる問題として処理する議論もあるが、[注12]物語展開の様相を時系列のみに帰趨させるのではなく官職呼称の混在をも主題化の多面的機能と捉えれば、「藤大納言」なる呼称が藤原氏の氏長者であることを言い表わし、「按察大納言」は政権中枢への執着により后妃入内に気を揉む造型、役割設定ゆえの呼称の区分けとでも言っておこう。[注13]要するに、続篇は各巻による内的要請の相違があって、官職呼称でさえ分裂と集合を繰り返しているといえよう。

＊

ところでまた、椎本巻で夕霧の子息たちの五人の官職名が列挙されて「――などみな」という本文で括られるのを、竹河巻「御子ども六人」（前掲）という本文と対照してみても、かつての蔵人少将を「――など」に含めるという池田論は、そもそも「右大弁」以上の兄の存在を許容しない人数制限となっていた。

例えば、少女巻に於いて夕霧との一件で雲居雁を自邸に引き取る算段で参内の途次、大宮邸に参集した内大臣（かつての頭中将）とその子息たちが、やはり次のように列挙されている。

　内の大殿の君たち、左少将、少納言、兵衛佐、侍従、大夫などいふも、皆ここには参り集ひたれど、御簾の内はゆるしたまはず。左衛門督、権中納言なども、異御腹なれど、故殿の御もてなしのままに、今も参り仕うまつりたまふことねむごろなれば、その御子どももさまざま参りたまへど、この君に似るにほひなく見ゆ。（③五二頁）

ここに内大臣家の子沢山が官職名をともなって列挙されるというのも、少女巻で源氏が太政大臣となり、大納言兼右大将が内大臣となって政権委譲が語られた直後のことであって、内大臣家は弘徽殿女御後の後宮政策の敗退は許されない状況下での后がねの雲居雁と夕霧との一件浮上で、動揺する内大臣を写し出しながら、その家族構成を紹介しているのである。祖母大宮が孫の中でも秀でた夕霧（この君）を格別に鍾愛していることも、「御簾の内はゆるしたまはず」で明らかにされている。

この椎本巻と同じく「―などみな」という形で子息五人の官職を列挙している訳だが、誰が除外されているのかは、内大臣の子に関しては「腹々に御子ども十余人」（少女巻）とあるばかりでむろん特定し難いが、以後の物語展開で活躍する長子柏木衛門督や次弟紅梅大納言は正妻右大臣四の君腹で、当然この年齢順らしい官名列挙に入っていると考えられている。筆頭の「左少将」に『新編全集』が「のちの衛門督〈柏木〉か」（③五三頁）と注するのも穏当なはずなのであり、これらの官職は典型的な公卿の昇進コースとして指摘される「侍従→兵衛佐→少将→中将」のコースを配し、[注14] 時に少将の代りに少納言を経る例もあることからすれば、至極順当な配列には違いなかろう。

しかし、父が内大臣で執政するのに、その嫡男がいまだ左近衛府の少将ではいかにも覚束ないと言わざるを得ない。

長子柏木が中将としての初見は胡蝶巻の「内の大殿の中将」で「右中将」（螢巻）であったのだろうが、少女巻に於けるこの引用筆頭の「左少将」から「右中将」への昇進を考えるよりも、少女巻の秋、父が内大臣となるに及んで長子柏木が中将となったとしても、十七・八歳の年齢からして不都合ではなかろう。注(15)玉鬘巻々末で中将として初出する夕霧が左中将で、玉鬘求婚譚を夕霧より五、六歳上（柏木巻）の右中将である柏木とともに構成すると考えればどうだろう。つまり、私見はこの筆頭に掲げられる「左少将」を長子柏木ではなく次男として、初音巻々末男踏歌で光源氏によって、「中将の声は、弁少将にをさをさ劣らざめるは」と、夕霧中将の美声を弁少将に匹敵すると引き合いに出され、それは賢木巻に「中将の御子の、今年はじめて殿上する、八つ九つばかりにて、声いとおもしろく、笙の笛吹きなどするを、うつくしびもてあそびたまふ。四の君腹の二郎なりけり」（②一四頁）とあったことに拠るのだと関連づけられる。

次男とする美声で知られる後の紅梅大納言の「弁少将」は、実務官人として弁官コースを以後歩むことになり、若菜下巻では「衛門督、昨日暮らしがたかりしを思ひて、今日は、御弟ども、左大弁、藤宰相など奥の方に乗せて見たまひけり」（④二三八頁）とあって、女三の宮求婚譚に於いて主役に躍り出る長兄柏木衛門督に従う同腹の弟左大弁であったと考えられる。伊井春樹は「長男が語られないでどうして次男なのか、しかも最大限の賛辞だけに、この方がむしろ柏木であってもよかったはずである」と人物の設定や造型上に疑義を呈するが、注(16)内大臣の嫡男柏木は物語の主筋に投入されるまで、その影さえ現わさずに隠されていたというべきであろう。

さてこうした少女巻の内大臣家の子息たちの官名列挙は、個々の官職名に対する配慮もさることながら、椎本巻の夕霧の子息たちの官名列挙との意図とも相対していると言えそうなのである。つまり、少女巻の内大臣は光源氏の後塵を拝しての内大臣職だったが、内大臣が実質的な政権担当者としての相貌を呈していく物語構築の中での官名列挙は嫡子柏木衛門督を欠くまでは、藤原氏の氏長者としてその一統を率いる立場で、政権基盤の中核を子孫の繁栄をもって象徴していたといえよう。「きらきらしうきよげなる人」（竹河巻）の〝族〟として内大臣家の一面を夕霧右大臣家は引き継いで、夕霧自身は母方の親族に包摂され、成長の基盤と生活圏を一にし、今もってそれは三条殿にあった。匂宮巻に「丑寅の町に、かの一条宮を渡したてまつりたまひてなむ、三条殿と、夜ごとに十五日づつ、うるはしう通ひ住みたまひける」（⑤二〇頁）とあるのは、六条院の東北の町に落葉の宮を移し住まわせて、本邸の三条殿とに月に十五日ずつを分けて通い住んでいるという。それはまさに、血統上は源家のはずの夕霧が、内大臣家の〝族〟と、〝筋〟に同化し受け継いでゆく相貌を持ち得ているということで注意してよいだろう。[注(17)]

五人の官名列挙を「―などみな」という形で呼び込んでくる内大臣家と夕霧右大臣家の政治的立場とその子息たちの地歩を固める昇進の有様とが相対する中で、椎本巻の方が誰が欠けているのかを探るのは、本文的には容易なはずなのに、池田論はそうした本文を無視した上で立論を進めているに過ぎなかったのである。

それは、匂宮巻々末に於いて賭弓《のりゆみ》の還饗《かへりあるじ》に負方の宰相中将薫を六条院に夕霧が招く箇所に、「御子の衛門督（大島本のみ右衛門のかみ）、権中納言、右大弁など、さらぬ上達部あまたこれかれに乗りまじり、いざなひたてて、六条院へおはす」（⑤三四頁）とあって、前掲椎本巻の官名列挙の筆頭「右大弁」の前に「衛門督、権中納言」と書かれている。「など」に含まれるのが、長兄と次男の公卿二人であったことになって、若菜下巻で朱雀院の五十賀に於いて夕霧の子の童殿上した三人が揃って舞人を勤めていることから、右大弁を加えてこの三人を対応させて考えることもできようが、このほぼ同年齢の三兄弟を藤村潔のように「衛門督」と「権中納言」とを兼官であるとし、同一人物と考えれば[注(18)]、夕霧の子息を六人とする竹河巻の限定とは抵触しなくなるといえよう。

しかし、そもそも従四位下相当官の「衛門督」を先に掲げ、従三位相当官の「権中納言」を後に掲げるのは不審と言わざるを得ないのである。前掲少女巻には内大臣の異腹の兄弟をやはり「左衛門督、注(19)権中納言なども」という順で示してあって、作者の無意識な筆癖というべきなのか、それとも「衛門督」という官職に柏木の悲劇的な末路「あはれ、衛門督」を導くような異状な執着をみせているための混乱なのか測り知れない。本文的には三条西家本のように「ゑもんのかみ《権中納言イ》。右大弁など」とあれば、「権中納言」を異文として削除することも可能だが、これは後の校勘本文だろう。

いずれにしても少女巻の内大臣の異腹の兄弟である「左衛門督」は、この後に五節の舞姫を奉仕する人物として登場し、また匂宮巻の夕霧右大臣の長子である「衛門督」も総角巻に於ける匂宮の紅葉狩にことよせての宇治微行に薫中納言と宰相中将（かつての蔵人少将）ばかりを供としていたが、明石中宮の下命による監視役として「宰相の御兄の衛門督、ことごとしき随身ひき連れてうるはしきさまして参りたまへり」（⑤二九四頁）とあって、「衛門督」が登場してくるのである。それにひきかえ両者の「権中納言」は登場しないとなると、「衛門督」にともなって本文に出現する「権中納言」をそれほど顧慮する必要もないということだろう。

むしろここで注視すべきは、「―などみな」で示される少女巻の内大臣と椎本巻の夕霧右大臣の子息で、隠された一人は、それぞれの嫡男であり、官職は「衛門督」に関わり、またその次が弁官の「大弁」に関わる設定も共通してくるということである。しかし、夕霧右大臣の子息の中では、長子「衛門督」が悲恋の渦中に陥って物語の主題化を担うことになったのではなく、その弟の蔵人少将だったのである。

そうした主題化の一端を支える本文表現に蔵人少将が発する「その昔の御宿世は目に見えぬもの」（竹河巻。⑤九五頁）があり、このあやにくな宿世を認識することばは光源氏の「宿世などいふらんものは目に見えぬわざ」（若菜下巻。④二六三頁）を受け継ぎ、薫を拒否する宇治大君のことばに現象する、「このたまふ宿世といふらむ方は、目にも見えぬことにて、いかにもいかにも思ひたどられず」（総角巻。⑤二六六頁）へと橋渡しをしていくことになるのである。注(20)そして、蔵人少将の官位の昇進も「三条殿の御腹にて、兄君たちよりもひき越しいみじうかしづきたまひ」（竹河巻。⑤六二頁）とあるからには、格別な配慮があったと考えられる。竹河巻に「この薫中将は中納言に、三位の君は宰相になりて」（⑤一〇七頁）とあるのを受ける椎本巻の「宰相中将、その秋中納言になりたまひぬ」（⑤一七八頁）と対応させれば、蔵人少将は三位中将から椎本巻の秋宰相中将となって、総角巻に於ける匂宮の宇治微行にも「左の大殿の宰相中将参りたまふ」（⑤二九二頁）と登場してくることになる。これは薫の昇進にともなって蔵人少将の昇進が確認できる本文構造であって、竹河巻の蔵人少将の主題化ゆえの設定が薫へと引き継がれていくのをその昇進経過にそってたどられているともいえよう。

椎本巻々頭近くの右大臣夕霧の子息たちの官名列挙に於いては、そうした主題化の一翼を担う蔵人少将の後身を露呈する必要もなく、また「権中将」が兄たちを越えた突出した位階である三位であることを、ことさら強調する必要もないのである。ここではその序列の中に埋没させておけばよかったというべきであろう。また長兄の衛門督を欠くことで、正篇の無用な位相を持ち込むことなく、内大臣と夕霧右大臣の政治的手腕も手堅い実務派として兼家が弁官である有国や惟仲を重用した如く次男以下に弁官を配している状況が推知されてくるといえよう。

三　夕霧巻々末との対照

竹河巻で夕霧の元服後の子息が六名と限定されていることとの意義は、宿木巻に於ける女二の宮の婚儀に際して帝主催の藤花の宴で、「右の大殿の御七郎、童にて笙の笛吹く」（⑤四七二頁）と七郎が童であることで、椎本巻の時点での早世者を否定し、また夕霧巻々末で列挙される子息六名と童である七郎以外の子息の誕生を否定するものであった。夕霧巻々末に於ける正妻雲居雁腹と妾妻藤典侍（惟光女）腹とを分けての子息子女の列挙は何のためにあるのか、さらに竹河巻の蔵人少将と如何に関わるのだろうか。そうしたことを本節では考えることとなろう。まず夕霧巻の当該箇所を掲げておくことにしよう。

Aこの御はらには、太郎君三郎君五郎君六郎君、なかの君四の君五の君とおはす。内しは、大きみ三の君六の君、二郎君四郎君とぞおはしける。すべて十二人が中に、かたほなるなく、いとおかしげに、とりどりにおひいでたまける。内侍ばらのきんだちしもなん、かたちおかしう心ばせかどありて、みなすぐれたりける。三の君二郎君はひんがしのおとゞにぞとりわきてかしづきたてまつり給ふ。（大島本85ウ。句読点濁点傍線等は筆者）注[21]

Bこの御はらには太郎君三郎君四郎君六郎君、おほい君なかの君四の君五のきみとおはす。ないしは、三の君六の君、二郎君五郎君とぞおはしける。すべて十三《二》人が中にかたほなるなく、いとおかしげに、とりどりにおひ出給ける。内侍ばらのきむだちしもなむ、かたちおかしう心ばせかどありて、みなすぐれたりける。三の君二らう君はひんがしのおとゞにぞとりわきてかしづきたてまつり給ふ。（実践女子大学山岸文庫蔵伝明融等筆本）

夕霧巻々末には、Aとして掲げた『源氏物語大成』の底本として採用されて以来、青表紙の代表的本文と見做されてきた大島本の本文に拠れば、雲居雁腹に男子四人（太郎、三郎、五郎、六郎）、女子三人（中の君、四の君、五の君）で、藤典侍腹に男子二人（二郎、四郎）、女子三人（大君、三の君、六の君）とある。一方B実践女子大本では、雲居雁腹が男子四人（太郎、三郎、四郎、六郎）、女子四人（大君、中の君、四の君、五の君）となり、藤典侍腹は、男子二人（二郎、五郎）と女子二人（三の君、六の君）となる。

夕霧の子どもたちの「あまた」の実数が、十二名と知られるが、青表紙本類でさえこのように雲居雁腹と藤典侍腹とでその内分けを異にしている。B実践女子大本のように雲居雁腹の男子として五郎ではなく四郎を掲げ、女子に大君を加える本文は、他の青表紙に肖柏本と三条西家本があり、日本大学総合学術情報センター蔵伝藤原為家筆本を含む河内本の全てと、別本の多くが占めているから、A大島本は相対的に孤立的本文ということになる。近時注目されている別本の保坂本は肝心の六の君を誤脱した上で十二人とする。掲げた実践女子大の「十三人」は単なる誤写であろう。また近時世に再出した大澤本では「十よ人」とし、雲居雁腹に「太郎、三郎、四郎、六郎、中の君、四の君」を挙げ、藤典侍腹は「二郎、五郎、大君、三の君、六の君」として、雲居雁腹の子息はBでありながら、子女はAの典侍腹に転換するため「五の君」を脱してしまっている。[注(23)]

とにかく「大君」と「四郎君」がAでは典侍腹であるのに対し、Bでは典侍腹が「五郎君」となり、正妻雲居雁腹に「大君」と「四郎君」がいる。つまり子息の「太郎君」「三郎君」「六郎君」と、子女の「中の君」「四の君」「五の君」は雲居雁腹であり、「三の君」「六の君」と「二郎君」が典侍腹であることに本文異同はないのである。

特に若菜下巻に於いて朱雀院の五十賀に童殿上した太郎と三郎が雲居雁腹であったことは、前掲引用本文後半に「ひんがしのおとゞ」つまり花散里が養子とした二郎のみを「大将の御典侍腹の二郎君」(④二七九頁)と典侍腹と明記して峻別している点で明らかであろう。太郎、二郎、三郎は若菜下巻からその所生を特定できるものの、残りの多くの子どもたちは、この夕霧巻々末以前に物語に設定される役割はなく、その存在さえ不明だったのであり、例えば夕霧巻とともに柏木未亡人落葉の宮をめぐり正妻雲居雁との心のすれ違いを描く前巻の横笛巻では、柏木の亡霊に寝おびれて泣く乳飲み子の「若君」が登場していたが、その赤子が雲居雁腹であり、子息ならば四郎以下の男子には違いないものの、「若君」では男女の区別もできないまま、夕霧巻々末までこの「若君」が誰に当たるのかを明かさず終わってしまっているのである。ことほど左様に作者は、正妻、妾妻どちらの所生で、何番目の子が誰に当たるのかの全てを明らかにしようとする意図はなかったと言うべきで、それが夕霧巻以降で重要な設定役割を果たすことになる竹河巻の蔵人少将や宿木巻で匂宮の正妻となる六の君に関わって、ABのような「大君」「四郎」「五郎」の本文異同を生じる原因になったのであろう。物語本文に同母兄弟などの明示的な人物相互関連上の言及がないまま、椎本巻の官名列挙に至ってしまっているから、夕霧巻々末との対照を考えるにしても、それは多分に憶測であるに過ぎないかもしれないが、前節で確認したように作者の生きた時代の反映が濃密となる後篇の世界に於いて歴史的に合理的な位置づけが少しでも可能となるはずである。

古注釈の一つ『岷江入楚』は、前掲匂宮巻の「御子の衛門督、権中納言、右大弁」に傍注して、「嫡男母三条上　二男母藤内侍　三男母三条上」と記している。この「右大弁」が椎本巻の「右大弁」と同一人物という認定であろう。そして、椎本巻には左(1)の系図が掲げられている。注(24)

(1)夕霧
- 三男 右大弁　母三条上
- 四男 侍従宰相　母不審
- 五男 権中将　母三条上　系図ニハ源宰相中将竹川蔵人少将三位中将又宰相になるトアリ
- 六男 頭少将　母藤内侍　系図ニハ頭中将竹川に源少将といへり
- 七男 蔵人兵衛佐　母三条上　系図ニハ四位少将竹川に兵衛佐

(2)太郎君——衛門督
二郎君——右大弁
三郎君——侍従の宰相
四郎君——権中将
五郎君——頭少将
六郎君——蔵人の兵衛佐

夕霧の子息に関して椎本巻の官名序列と長幼との対応で最も混乱を招くのは「権中納言」の存在であって、前述したように権中納言が衛門督を兼ねることがあっても、従三位相当官の権中納言の前に従四位相当官の衛門督を書くことは不自然であるし、ましてや夕霧の子息の場合は二男の母は藤典侍であって、嫡男が雲居雁腹であるのに、妾妻腹の二男が嫡男の上位の官職に就くことはあり得ないから、三条西家本の本文に従って「権中納言」を除くのが至当であろう。夙にその点を考慮した藤村潔説は右(2)の系図を示している。注(25) その藤村第二論考は、『岷江入楚』の系図を見据えて次のように述べている。

蔵人兵衛佐を七男とするのは、匂宮巻の衛門督と権中納言をそれぞれ長男二男としたからであろう。三男、五男を雲居雁腹とするのはよいとして、四男の母を「不審」とするのは、雲居雁腹とする本文もあるからであろうか。六男を典侍腹とするのは、それこそ不審である。大君を雲居雁腹とする本文も六郎は雲居雁腹としているからである。が、ともかく「岷江入楚」は椎本巻の権中将を竹河巻の蔵人少将と同一人物と見ている。

この両説はともに椎本巻の官名序列を年齢の長幼で兄から弟へとそのまま対応させているところに共通性があって、『新編全集』をはじめ近時の注釈類もほぼそれに従っている。その中で新潮日本古典集成は、権中納言の存在を認めるものの、彼を三男とし、右大弁を二男として、官名の序列と兄弟の上下を一致させないのである。注(26) それを評価して田坂憲二は「能吏のイメージの強い右大弁（おそらく頭弁か、又は参議の兼任であろう）は、祖父惟光の血を引く二男の方が相応しいとの判断であろうか。年齢が極めて近いのであるから、雲居雁腹の三男が、藤典侍腹の二男の官職を越えることも不自然ではない」としながらも、付載系図に表われない椎本巻の「侍従宰相」を排除したのか、それとも三年前の匂宮巻の「権中納言」が椎本巻の「侍従宰相」であるというのか、逆に官職が下って矛盾は解消できない

とする。注(27)

いずれにしても「権中納言」の存在を排除する藤村説は近時の注釈には受け入れられていないのだが、その上に正妻雲居雁腹の子息と妾妻藤典侍腹の子息とが誕生した順番通り同じように叙位任官し昇進するという前提に立っての『岷江入楚』以来の対応系図は、歴史的な婚姻の背景を全く配慮していないと言えよう。周知のように道長の子息子女達は、儀式婚を経て同居した嫡妻の鷹司殿倫子所生と、終生通うにとまった次妻の高松殿明子所生とに分かれ、その待遇には大きな差が生じていたのであった。注(28)

嫡妻倫子腹には、頼通〈正暦三〈九九二〉年〉、教通〈長徳二〈九九六〉年〉、彰子〈永延二〈九八八〉年〉、妍子〈正暦五〈九九四〉年〉、威子〈長保元〈九九九〉年〉、嬉子〈寛弘四〈一〇〇七〉年〉の二男四女が誕生し、次妻明子腹には頼宗〈正暦四〈九九三〉年〉、顕信〈正暦五〈九九四〉年〉、能信〈長徳元〈九九五〉年〉、長家〈寛弘二〈一〇〇五〉年〉、寛子〈長保元〈九九九〉年頃〉、尊子〈長保五〈一〇〇三〉年頃〉の四男二女が生まれる。子息子女が計十二人というのも夕霧巻々末に対応し、嫡妻腹と次妻腹の子息がほぼ同年次に生まれているというのも、若菜下巻の童殿上の記述に見合うことになる。

それは史実と物語との偶合に過ぎないかもしれないが、そもそも史実がストレートに虚構である物語にそのまま取り入られるという視点に立っている訳でもないし、ましてやそれを証明しようというスタンスでもない。藤典侍が五節の舞姫に選ばれる程の美女だからといって家臣筋の受領の娘であり、劣り腹であることは決定的だから、前掲夕霧巻の後半には「三の君　二郎君」は「ひんがしのおとゞ」、つまり花散里に預けられ養育される。六の君はと言えば、落葉の宮の養女として「迎へとりて奉りたまへり」〈⑤三二頁〉と匂宮巻に記され、その理由も「やむごとなきよりも……世のおぼえのおとしめざまなるべきしもかくあたらしきを心苦しう思して」〈同〉とあるのも、男たちに「御心尽くすくさはひ」〈⑤一九頁〉とする父夕霧の配慮である。「やむごとなきよりも」と対照される正妻雲居雁腹の子女たちよりは歴然とその出自が劣ることは明らかだからである。正妻腹の子女たちというと、大君は春宮妃で、次の坊がねとされた二の宮に中君が既に嫁いでいるというのが匂宮巻の現状だから、四の君や五の君ということになる。また当然ABの本文対応で大君の所生の違いによってその処遇が問題となるところであって、大君がもし典侍腹であるならば、春宮への入内候補時に六の君の場合と同じくその処遇に至ったはずであり、それがどこにも書かれていないのは、やはり正妻雲居雁腹というのが落ち着くところとなろう[注29]。

このような物語の正妻と妾妻との身分格差ほど、史実の倫子と明子との間に出自的遜色があったとは思われない。倫子の父は宇多天皇の王孫源雅信で時の左大臣であり、母穆子は時平の娘であるのに対し、明子の母は不明ながら、父は醍醐天皇第十皇子源高明で、安和の変で左遷後、天元五(九八二)年に薨じたので、女王明子は叔父の盛明親王の養女となった。さらに親王薨後、道長の姉皇太后詮子の後見を受けて、東三条院南院に入ったのである。そこに道長が通うことになった。ただ倫子腹の子息たちが元服して正五位下に叙せられるが、明子腹は従五位上から出身したことは、二人の妻の位地には差があったと言うべきであろう[注30]。

それにともなって母を異にする子息たちの昇進経過にもおのずから差が生じ、拡大していったのである。嫡妻腹で五男の教通は、十三歳の寛弘五(一〇〇八)年十月、次妻腹次男頼宗が従四位下であったのを抜いて、従四位上となるから、侍従—兵衛佐—少将—中将という昇進ルートは同じにしても、その遅速の差は歴然で、十八歳の正三位教通は長和二(一〇一三)年六月二十三日、権中納言兼左衛門督に任ぜられる。一方従二位頼宗は二十三歳の長和四(一〇一五)年に権中納言となる。長男頼通が十八歳で従二位権中納言兼左衛門督となったのは、寛弘六(一〇〇九)年三月四日のことであり、教通ともに同日左衛門督に補任されているところに特長がある(公卿補任)。こうした視点が作者に確保されれば、左衛門督ならば権中納言であるとも言えるが、あくまで例外で、参議衛門督から中納言ないし権中納言に昇進するのが通例である。

また次妻腹四男能信は、侍従、兵衛佐を経るのは同様だが、寛弘七（一〇一〇）年二月蔵人となり、前記した如くここに蔵人兵衛佐が誕生する。長和二（一〇一三）年六月左権中将、同年十月頭となった。十九歳の能信が頭中将である時、一歳年下だが嫡妻腹の教通は権中納言兼左衛門督であったことになる。井上宗雄は前掲論考で能信に蔵人を経させたのは実務官僚としての道を歩ませる意図があったのだとする。蔵人所と近衛府を圧えることが天皇とのパイプを保持し、藤原氏権勢の基盤を支えたことは歴史が証するところであろう。

道長の次男頼宗と五男教通の異母兄弟で位階の逆転劇が生じたのは、寛弘六（一〇〇九）年のことであったが、ことはもっと過酷な〝兄弟同職〟という状況の中で見せつけている。寛弘四（一〇〇七）年には正五位下の二人であったが、頼宗は正月二十八日右少将に任ぜられた。一方教通は同年正月二十八日に右兵衛佐に任ぜられたばかりであったが、同年十月二十九日の京官除目の直物《なおしもの》で、春日祭使として急きょ左近衛府の権少将に任ぜられたことが『御堂関白記』（寛弘四〈一〇〇七〉年十月二十九日条）に見える。頼宗が右少将であったにも拘らず、藤原氏嫡流の近衛府将官の登用が必要であったのだと察せられる。寛弘五（一〇〇八）年正月五日、両者とも従四位下に叙され、同月二十八日に教通は新たに右近権中将に任ぜられ、頼宗は左近少将に転じたにすぎなかった（寛弘五〈一〇〇八〉年正月二十九日条）。そして、位階の逆転は、寛弘六（一〇〇九）年三月二十日、教通は従四位上となり右中将から左中将に転じたのに対し、異母兄頼宗は従四位下のまま左少将から右中将に任じられたのであった。きわどく同府の任官を避けながら、近衛府の少・中将間を嫡妻腹の弟と次妻腹の兄とが渡り歩かされている様が窺知されよう。三歳年下の嫡妻腹の教通に異母兄の頼宗が越階されるばかりではなく、近衛府内で越官されるという厳しい現実があった。

そこで物語に目を転じてみよう。紫の上の供養に明け暮れる幻巻に世間ではなんとなく浮き立つ五節になって、光源氏のもとを童殿上した夕霧の孫たちが挨拶に訪れている。

五節などいひて、世の中そこはかとなくいまめかしげなるころ、大将殿の君たち、童殿上したまひて参りたまへり。同じほどにて、二人いとうつくしきさまなり。御叔父の頭中将、蔵人少将など小忌にて、青摺の姿ども、清げにめやすくて、みなうちつづきもてかしづきつつ、もろともに参りたまふ。(④五四五頁)

ここで童殿上した夕霧の子息を、藤村第一論考では太郎と二郎としていたが、明らかな誤認に気づいた第二論考では四郎と五郎とし、幼い五郎の方を雲居雁腹とする方に傾いて、次のような説を展開している。

ここで童殿上した夕霧の二人の子息の年齢を八歳と七歳と仮定すると、十五歳の薫が四位の侍従として姿を見せる竹河巻では、この二人は十八歳と十七歳になっている計算になる。玉鬘の大君に熱い思いを寄せた夕霧の子息蔵人の少将は雲居雁腹であった。夕霧の大君を典侍腹とする本文によれば、四郎は典侍腹であるから、ここでは十七歳の五郎のほうが蔵人の少将であったということになる。大君を雲居雁腹とする本文は、五郎を典侍腹とし、四郎を雲居雁腹とするのであるからその関係をこの場合にあてはめると、十七歳の弟と十八歳の兄とを入れ替えたことになる。

藤村第一論考に於ける前掲系図との対照に拠ると、四郎は権中将で、これを蔵人少将の後身とし、五郎を頭少将としていたから、「ここでは」といかにも場当たり的な処理では矛盾だらけになってしまうだろう。

本稿が藤村説を掲げた理由は、こうした視点で四郎と五郎の所生を考え、さらに竹河巻の蔵人少将を誰にするかを思案するからこそ、AB二つの本文が並立するようになったのではないかということである。つまり、この幻巻の本文で「同じほどにて」とあるにしても、童殿上した二人が異腹でなければいけない理由とはならないのではないか。顕信と能信は同腹の年子であった。特にこの場面には内大臣(かつての頭中将)の子息で、雲居雁の兄弟である叔父たちが世話をしながら連れだって参上しているのである。雲居雁腹の二人の子息だからこそ、親身な叔父たちが立ち現れてきて、しかも頭中将と蔵人少将だというのである。兄と弟が、蔵人頭と五位蔵人であり、かつ近衛の中将と少将であるという。蔵人所と近衛府に兼務する〝兄弟同職〟の叔父たちは、いかにも権勢のただ中にいる晴れがましさを表徴しているのであろう。紫の上を失った寂寥、孤独をかみしめる源氏と対比して、時を得た叔父たちに支えられて、童殿上した孫たちの華やいだ行く末が見透せられている。叔父たちの光彩を添える官職名が、「対置する二者を顕現させる一つの手法として用いられる設定である」と今野鈴代は述べている。注(31)

また竹河巻では玉鬘大君が冷泉院参院となり、失恋した蔵人少将をしり目に父夕霧は手伝いに子息を玉鬘邸にさし向けたのである。

「(夕霧)みづからも参るべきに思ひたまへつるに、つつしむことのはべりてなん。男ども、雑役にとて参らす。疎からず召し使はせたまへ」とて、源少将、兵衛佐など奉れたまへり。「(玉鬘)情はおはすかし」とよろこびきこえたまふ。
(⑤八八頁)

父母ともに蔵人少将の願いを実現すべく努力したものの、その結果は落胆すべきものであり、雲居雁は恨めしく思い、夕霧も心中穏やかではない。『新編全集』はその頭注で「夕霧の手紙には恨み言は見えないが、内心不愉快なので、参院の儀式には参列せず、手紙だけ出す」(⑤八九頁)と、デリケートな夕霧の対応を読み解く。しかし、派遣した二人の子息、源少将と兵衛佐に対しての頭注は「蔵人少将の兄たち」とだけで、その配慮も霧散してしまうことになろう。ここに蔵人少将の同腹の兄たちを派遣する意図はなかろう。

夕霧は玉鬘との約束を守って少なくとも雑役に子息を遣わすにしても、蔵人少将の失意を知るはずの同腹の兄たちを避け、異腹の兄弟たちを当てて、妻雲居雁の心中を逆なでするようなことは決してしなかったに違いなかろう。雲居雁腹の蔵人少将の痛手に対して、期待を裏切った玉鬘邸にわざわざ手伝いを派遣するにしても、その子息たちは藤典侍腹の源少将と兵衛佐であったのだという判断を示しておきたい。さらにこの時点で近衛府に於いて左右別府で二人の少将、すなわち正妻腹の蔵人少将と妾妻腹の源少将が配されていたのだとの認識が可能である。教通と頼宗の史実が対照できるとすれば、「源少将」は異腹の兄である。兵衛佐も順当な昇進コースに居るが、異腹の兄とも弟ともこの段階では何とも言えない。

そこで、いよいよ椎本巻の官名列挙に於いて、〝兄弟同職〟という視点からあらためて注意すると、権中将以下の頭少将、蔵人兵衛佐が問題となろう。この時点で竹河巻の蔵人少将は権中将であるから、蔵人から離れている。竹河巻の異腹の兄「源少将」が蔵人頭に就いて、「頭少将」となり、その同腹の弟「兵衛佐」が、同じく蔵人になって、同腹の兄弟、つまり藤典侍腹の兄弟二人がともに蔵人所にいて、兄が蔵人頭で、その弟が五位蔵人ということになろう。異腹の兄弟だと反目することにもなりかねない。何より雲居雁と落葉の宮とに十五日ずつ分けて通う父夕霧が、異腹の兄弟が争うような素地を作るはずはなかろうと思われる注(32)。

雲居雁と同腹の兄弟に頭中将と蔵人少将があったように、右大臣夕霧の子息に頭少将と蔵人兵衛佐がいる椎本巻の風景は、その権勢の充足感とともに夕霧一統の安寧を保証するものであった。今野氏は「当場面における〝兄弟同職〟は、対照的な二つの世界を顕示する一素材である。対極にある八の宮と夕霧一族との対比は、のち匂宮をめぐる中の君と夕霧女六の君とのかかわりまで揺曳するものであることは言を俟たない」とする。

しかし、ここに既に不安要因が介在していることに気づかざるを得ない。正妻雲居雁腹の権中将と、妾妻腹の頭少将の近衛府に於ける葛藤である。異母兄にとっては少将だが異例の蔵人頭との兼官であることがわずかにその矜持を支えることになろうが、権中将が宰相中将となると、頭少将も頭中将へと昇進したらしい。左右の相違は物語に記されないが、当然別府であったのだろう。例えば、長和四（一〇一五）年十月二十七日頼通が左大将に任じられたため、左中将であった異母弟能信は翌長和五（一〇一六）年正月十二日に右中将に転ぜられた。『近衛府補任』の注記には「兄頼通卿為左大将、有傍親忌也」とあり、兄弟同府が忌避され、異母弟能信は左府から右府へ転ぜられたのである。嫡妻腹の長兄頼通の左大将補任とはいえ、能信に屈辱感はなかったのかどうか。『小右記』には「左大臣子多越階、未知其故」とあるから、他者からの視点とはおのずから異なる身内の複雑な事象である。

　ともかく「権中将」と「頭少将」の関係は、前述したように近衛府に於ける教通と頼宗との関係を想起させるような物語展開である。宿木巻に藤典侍腹六の君との婚儀のため、六条院の東の御殿を磨きととのえて待ちわびる夕霧が、二条院に居る匂宮を迎えに「御子の頭中将」（⑤四〇一頁）を使者としてさしむけたのである。その「頭中将」に『新編全集』の頭注は「六の君と同じく、藤典侍腹」（同）と的確に指示し、なお竹河巻の「源少将」そして椎本巻の「頭少将」の後身であることを追認しているのである。

　藤典侍腹の子息二人のうちAB本文共通の「二郎」が、この過程に於いて特定されていると見做せよう。つまり、椎本巻の「——　権中将、頭少将、蔵人兵衛佐」の序列は、決して兄弟順ではなく、「権中将」までが正妻雲居雁腹であり、「頭少将、蔵人兵衛佐」の二名は妾妻藤典侍腹の子息だったのである。そしてなお若菜上巻に於ける記事で上の兄三人の太郎、二郎、三郎が年齢的に近く、また幻巻で雲居雁腹の童殿上した二人の兄弟もほぼ同年齢であることを鑑みれば、「四郎」と「五郎」ないしは、「五郎」と「六郎」の組み合わせとなるが、AB本文で帰属が入れ替わるのが「四郎」と「五郎」であり、「六郎」は共通して雲居雁腹であるから、この「六郎」こそが「権中将」、つまり竹河巻の蔵人少将、その人であったのだと考えたにしても、その官職上の越階は何ら不自然ではないはずなのである。竹河巻の求婚譚で末子だったからこそ夕霧夫婦に最も鐘愛されていたということにもなろう。竹河巻の前掲本文

「三条殿の御腹にて、兄君たちよりもひき越しいみじうかしづきたま」う「蔵人少将」に対して、『新編全集』頭注は「夕霧の五男もしくは六男」（⑤六二頁）とし、岩波新大系脚注は「五男か六男」（四、二五四頁）と既に「六郎」案は提出されている。また、異腹であれば同年齢ということも考えられるが、幻巻で童殿上した雲居雁腹の兄弟の年齢差を二、三歳というところまで妥協すれば、四郎が雲居雁腹の侍従宰相となり、五郎が藤典侍腹の蔵人兵衛佐とすることも可能となる。むしろ異腹の「兄たち」二人を越階しているのが「権中将」一人となるから、B本文の帰属とも符合するこの案を、私案として掲げておくこととしよう。

太郎――　衛門督　（雲居雁腹）
二郎――　頭少将　（藤典侍腹）
三郎――　右大弁　（雲居雁腹）
四郎――　侍従宰相　（雲居雁腹）
五郎――　蔵人兵衛佐　（藤典侍腹）
六郎――　権中将　（雲居雁腹）

ただそれでも問題がなくもない。史実の蔵人兵衛佐となる能信は寛弘七（一〇一〇）年十六歳であり、一条朝に於ける兵衛佐のイメージは若々しいのである。注(33)蔵人兵衛佐が「四郎」であっても「五郎」にしても、竹河巻の『新編全集』の頭注通り「蔵人少将の兄たち」ということになるが、「六郎」とする蔵人少将も年齢を下げることになるから、余りにも幼いということになろう。四位侍従の薫が十五歳だったにしても、熱烈な求婚者蔵人少将は十九歳前後という設定であろう。竹河巻末には「左の大殿の宰相中将」として「二十七八のほどの、いと盛りににほひ、はなやかなる容貌したまへり」（⑤一一二頁）とある。寛弘五（一〇〇八）年正月二十八日、蔵人兵衛佐だった藤原道雅（伊周息）が右少将に任ぜられ、蔵人少将として『紫式部日記』に立ち現れてくるのが、十七歳の時であった。寛弘五〈一〇〇八〉年時の、権中将教通は十三歳で、左少将頼宗は十六歳だから、椎本巻の官名序列とそれに対応する年齢想定は、こうした史実的なイメージに近いものなのであろう。

史実との対照で拓けてくる物語世界という点では、椎本巻の官名列挙は、既に拙稿で指摘した如く夕霧の子息たちの年齢を切り下げ若返らすための苦肉の策であったのだろうが[注(34)]、その意図するところは、ポスト右大臣夕霧にむけて、夕霧の子息ではなく、今上帝女二の宮降嫁を実現し、その婿として権大納言兼右大将となった薫がおさまるという構図なのである[注(35)]。問題は次の次なのである。現春宮が即位し、式部卿宮となった二の宮ではなく、三の宮である匂宮が立太子し、約束通り后に近づく中の君の皇子は後見役の薫によって支えられているのだろうが、落葉の宮の養女である六の君との間に匂宮の男児が誕生した場合、それを後見するのは、正妻腹の子息たちではなく、夕霧の母代であった花散里を養母とする「二郎」である頭中将なのである。藤裏葉巻で内大臣〈かつての頭中将〉は雲居雁との結婚を許すため、夕霧をむかえにいく使者に頭中将柏木をたてている。いままた匂宮と六の君の婚儀にたてられた使者が頭中将だったのである。こうした物語の循環は、紫式部の机上の不安だけだったのであろうか。

注

（1）近時に於ける青表紙本系大島本の本文評価の見直し作業〈中古文学会関西部会編『大島本源氏物語の再検討』和泉書院、平成21〈二〇〇九〉年〉等によって、まず大島本本文の問題〈藤井日出子「右大臣と左大臣―大島本における夕霧の官位表記をめぐって―」中京大学「国際教養学部論叢」1巻2号、平成21〈二〇〇九〉年〉とする研究状況にあろう。

（2）今井源衛『紫林照径　源氏物語の新研究』〈角川書店、昭和52〈一九七七〉年〉『今井源衛著作集　第一巻』〈笠間書院、平成

15〈二〇〇三〉年）

（3）田坂憲二「竹河巻紫式部自作説存疑」（『源氏物語の展望　第二輯』三弥井書店、平成19〈二〇〇七〉年）。なお既に田坂論に対する反論として中島あや子「匂宮・紅梅・竹河巻考」（『源氏物語の展望　第三輯』三弥井書店、平成20〈二〇〇八〉年）が提出されている。但し中島論考は帚木三帖に対置する竹河巻の位相を構造化し、しかも玉鬘系であることを指摘する点が特出している。

（4）久下「宇治十帖の表現位相―作者の時代との交差―」（昭和女子大学「学苑」841、平成22〈二〇一〇〉年11月。本書〈Ⅰ・第一章〉所収）

（5）久下「竹河・橋姫巻の表現構造」（昭和女子大学「学苑」533、昭和59〈一九八四〉年5月。のち『王朝物語文学の研究』武蔵野書院、平成24〈二〇一二〉年）

（6）後藤幸良『平安朝物語の形成』（笠間書院、平成20〈二〇〇八〉年）。同書に「柏木の位置にある蔵人少将を介して柏木の恋が薫と読者に突きつけられ、また一方では夕霧の位置にある薫に夕霧的な恋情が導入されているのである」（五七二頁）ともある。

（7）『源氏物語大成』底本・角川書店影印本。

（8）池田和臣『源氏物語　表現構造と水脈』（武蔵野書院、平成13〈二〇〇一〉年）「竹河巻官位攷―竹河論の序章として」（初出「国語と国文学」昭和55〈一九八〇〉年4月）

（9）高田信敬『源氏物語考証稿』（武蔵野書院、平成22〈二〇一〇〉年）「侍従の場合―官職が語るもの―」

（10）同日の『御堂関白記』（裏書）には叙位終了後に実成の「書落」に気づき、「従三位実成書加」と記されている。

（11）『紫式部日記』には寛弘五〈一〇〇八〉年の華麗な五節後の寂寥感の中で高松殿源明子腹の子息たちが若女房と戯れてい

る光景が点描されている。時に頼宗十六歳、顕信十五歳、能信十四歳である。

（12）斉藤正昭『源氏物語成立研究—執筆順序と執筆時期—』（笠間書院、平成13〈二〇〇一〉年）。長谷川佳男「源氏物語本文考—続編巻序について」（『講座源氏物語研究〔第八巻〕源氏物語のことばと表現』おうふう、平成18〈二〇〇六〉年）「源氏物語本文考—続編巻序について2—」（『源氏物語の展望　第七輯』三弥井書店、平成22〈二〇一〇〉年）。

（13）常磐井和子「匂宮・紅梅・竹河」（『源氏物語講座第四巻　各巻と人物Ⅱ』有精堂出版、昭和46〈一九七一〉年）が「按察大納言を、娘を入内させる願いの強い人として書きつづけている」との指摘に賛し、拙著『平安後期物語の研究』（新典社、昭和59〈一九八四〉年）で「按察大納言の職名を与えられる人物の意志にその娘を入内させるという傾向があり、また逆にそのような条項が付帯されることを期しているような感さえある」（一一五頁）として以来、当該呼称への関心は絶えないが、近時大臣を目前にしながら極官としての按察使兼帯の大納言像を史上との対応で指摘する高田信敬前掲書があるが、唯一人といってよい右大臣昇格の例に実資がいて、寛弘四（一〇〇七）年に道綱から按察使を引き継ぎ権大納言兼右大将で、寛弘六（一〇〇九）年に大納言になるが、寛弘九（一〇一二）年まで按察使を兼ねる。『紫式部日記』に「右大将よりて、衣の褄、袖ぐち、かぞへたまへるけしき、人よりことなり」とあり、藤原実資の一面を映し出すイメージが紅梅大納言（のち右大臣）にあろう。

（14）笹山晴生「平安前期の左右近衛府に関する考察」（『日本古代史論集下』吉川弘文館、昭和37〈一九六二〉年）

（15）関白内大臣道隆を父とする十七歳の伊周は、永祚二（九九〇）年十月に右少将から右中将に昇進した。

（16）伊井春樹「『源氏物語』の登場人物と本文異同」（『源氏物語論とその研究世界』風間書房、平成14〈二〇〇二〉年）。但し伊井氏は少女巻の「左少将」を柏木、「少納言」を紅梅と見做している。「兵衛佐」は従五位上、「少納言」は従五位下であるから、正妻腹二男の紅梅が「少納言」だとすると、「兵衛佐」の下位となり不都合であろう。

(17) 吉村悠子「『源氏物語』の家と筋―頭中将家と柏木―」(名古屋大学「国語国文学」95、平成16〈二〇〇四〉年12月)「夕霧の家と筋」(『人物で読む源氏物語　内大臣・柏木・夕霧』勉誠出版、平成18〈二〇〇六〉年)

(18) 藤村潔『源氏物語の構造』(桜楓社、昭和41〈一九六六〉年)「夕霧の子息たち」(以下第一論考とする)

(19) 青表紙本系大島本は「左兵衛督」で孤立した本文である。

(20) 廣田收『『源氏物語』系譜と構造』(笠間書院、平成19〈二〇〇七〉年)

(21) 阿部秋生「矛盾する本文」(『源氏物語の研究』東大出版会、昭和49〈一九七四〉年)と同じ分類。なお新出の春敬記念書道文庫蔵飯島本(池田和臣編『飯島本源氏物語　第七巻』笠間書院)も同類の本文である。

(22) 高田信敬前掲書「小さな窓から眺めた源氏物語―古筆切二題」

(23) 『幻の写本　大澤本源氏物語』(宇治市源氏物語ミュージアム、平成21〈二〇〇九〉年。56頁)

(24) 中野幸一編『源氏物語古註釈叢刊第九巻　岷江入楚』(武蔵野書院、平成12〈二〇〇〇〉年)

(25) 藤村潔第一論考では兼官説に傾き系図の「衛門督」の下に「(権中納言)」を付すが、「未央の柳―源氏物語の本文試論―」(藤女子大学・藤女子短期大学「紀要第Ⅰ部」21、昭和59〈一九八四〉年1月。以下第二論考とする)では消極的でその意を介して「(権中納言)」を削除した。但し第二論考の『岷江入楚』系図の掲出には誤植がある。

(26) 新潮古典集成『源氏物語』(七)(八)の付録系図に拠る。但し六郎と七郎をともに蔵人兵衛佐とするなど理会し難い点が多い。

(27) 田坂憲二「夕霧の子供たち」(『源氏物語の鑑賞と基礎知識23　夕霧』至文堂、平成14〈二〇〇二〉年6月)

(28) 井上宗雄『平安後期歌人伝の研究』(笠間書院、昭和53〈一九七八〉年)「道長の諸子―頼宗・能信・長家付源師房」。なお高群逸枝以後の摂関家正妻論に於いて梅村恵子「摂関家の正妻」(『日本古代の政治と文化』吉川弘文館、昭和62〈一九八七〉年)の反響は甚大であった。例えば野口孝子「平安貴族社会の邸宅伝領―藤原道長子女の伝領をめぐって―」(『古代文化」557、平成17〈二〇〇五〉年6月）は、妻の地位の違いが所生の子女たちの邸宅伝領にも影響を及ぼして、嫡妻倫子の子女には婚姻後の邸宅を父道長が全て準備したのに対し、次妻明子の子女には一切譲渡していないことを証明した。しかし梅村論の中でも明子を東三条院詮子の女房とする説などをはじめとして批判があり、各論に於いてはいまだ疑義が提出されている。

（29）藤村第二論考に指摘がある。

（30）増田繁夫『源氏物語と貴族社会』（吉川弘文館、平成14〈二〇〇二〉年）「摂関家の子弟の結婚」は、梅村説に対し疑義を呈する中で、この点に関しても従来摂関家の子息も従五位下で蔭位する慣例であったことからすれば、明子の子はむしろ優遇されているとする。本稿ではこの点を鑑み、道長の他の妾妻と区別して次妻とした。

（31）今野鈴代「『源氏物語』に表われる一設定―蔵人所の〝兄弟同職〟―」（京都大学「國語國文」786、平成12〈二〇〇〇〉年2月）

（32）藤典侍の生死は不明となる。物語上の役目を終えて退場したと思われるから、宿木巻でその誕生が知られる七郎は本文に明記されることがなくとも雲居雁腹だろう。

（33）黒木香「『篁物語』成立考―兵衛佐を手掛りとして―」（広島大学「国文学攷」112、昭和61〈一九八六〉年12月）

（34）久下「姿を消した「少将」―本文表現史の視界―」（昭和女子大学「学苑」760、平成16〈二〇〇四〉年1月）。なお当該論に於いて既に「二郎」が椎本巻の「頭少将」であることは指摘しておいたが、「六郎」が「権中将」であることは本稿によって修正する。ただ「五郎」である「蔵人兵衛佐」が手習巻の「四位少将」となるという推断は前稿のままである。

（35）藤本勝義「女二の宮を娶る薫―「宿木」巻の連続する儀式の意義をめぐって―」（『源氏物語の鑑賞と基礎知識 42宿木（後半）』至文堂、平成17〈二〇〇五〉年10月）

Ⅱ　後期物語の記憶

第一章　後期物語創作の基点
――紫式部のメッセージ――

一　はじめに

『紫式部日記』では主家賛美の記事を中断するかのように寛弘六（一〇〇九）年に相当する箇所に「このついで」以下所謂消息文と言われる女房たちへの批判を介在させ、また『源氏物語』では宇治十帖も後半、入水未遂後再生する浮舟が、夕霧巻と同じく叡山西坂本付近の小野で尼となって生きる最後の物語は、就中作者である紫式部のメッセージ性が強く働いて極めて作意的な所産を形成していると思われる。

しかし、そこに作者紫式部の生の声を反映させたメッセージが巧みに織り込まれていたとしても、それを受け取る側の立場や関係性に於いて、さまざまな受容の偏差として現象することは、宇治の八の宮の遺言が薫や娘の大君とで誤解や相異を生じさせたように、日記にしても物語にしてもそのメッセージ性が多分に恣意的な方向に曲解される可能性は充分に承知していたはずなのである。

もし紫式部のメッセージがその娘大弐三位賢子に対して主体的にむけられていたものならば、その受け手であった賢子はその宮仕え人としての生涯に於いて、それらを指標として生きたことは、結果的にその軌跡から証されるところとなろう。たとえ偶然性が働いたとしても後冷泉天皇（親仁親王）の乳母となり、三位典侍は女房としての頂点を極めたのだと言えるから、日記の遺訓や後一条天皇（敦成親王）の乳母である宰相の君豊子（道綱女）との培かった親交は生かされたと見られよう。

さらに萩谷朴『平安朝歌合大成』で知られる賢子が名を連ねた五回の歌合のうち永承五（一〇五〇）年六月五日の祐子内親王家歌合（於高陽院）では伊勢大輔、出羽弁、相模らの名だたる女流歌人を従えて左方の筆頭に列せられ、対する右方男性歌人側には能因や和歌六人党の藤原範永・経衡らというメンバーで構成されていたから、客分とはいえ頼通文化圏を支える有力歌人に互して、その栄誉を汚さなかったといえよう。しかも、その評価が「歌人本位の新形式を晴儀歌合の上に見事に結実された最初の例であるといってもよい」（萩谷『大成三』）とすれば、賢子歌の検証はその存在意義を明らかにしよう。

例えば、歌題「鹿」の筆頭、賢子の十三番左歌は「秋霧の晴れせぬ峰に立つ鹿は声ばかりこそ人に知らるれ」（後拾遺集、秋上）だが、この「秋霧の晴れせぬ」の歌句は、『源氏物語』椎本巻に於ける薫詠「秋霧のはれぬ雲居にいとどしくこの世をかりと言ひ知らすらむ」（小学館新編全集⑤二〇二頁。傍線筆者以下同じ）と関わり、また「晴れせぬ峰」は、浮舟巻の浮舟詠「かきくらし晴れせぬ峰の雨雲に浮きて世をふる身をもなさばや」（⑥一六〇頁）から、その歌句を取って詠出した作例であることは、中周子が言うように「賢子は『源氏物語』摂取を自らの詠法として確立しようとした」と見做し得るのである。[注(1)] こうした晴儀歌合に於いての『源氏』取りの手法の披露は、私的詠歌として残る『大弐三位集（藤三位集）』に顕現する同手法の意味合いとは別に歌壇や周辺女房の物語作者たちにも絶大な影響を及ぼしたに違いないのである。そして、それは典侍にまで上りつめていた紫式部の娘である賢子に特権的に与えられた使命だったかもしれないのである。

だからこそ、こうした状況を苦々しくも思い、また内心羨望するひとりの祐子内親王家に仕える女房がいた。『更級日記』の作者菅原孝標女である。永承元（一〇四六）年十月二十五日、新帝後冷泉天皇大嘗会の御禊当日、わざわざ初瀬詣に出向くのもその背景に典侍賢子の存在を見透すことも故なしとはしないのである。注(2) 物語作者としては紫式部を引き継ぐ意欲と気概を見せる孝標女がどう反応しているのか。

例えば、長久三、四（一〇四二、三）年ごろ、源資通との出遭いに於いて『更級日記』には〈すさまじさ〉の概念を払い去って雪景に映える「冬の夜の月」を賞美する光源氏（朝顔巻）を彷彿とさせながら、作中歌に「冬の夜の月」を結実させることはついになかった。注(3)『更級日記』に於ける月をめぐる春秋論争の一場面は、作中歌「あさみどり花もひとつに霞みつつおぼろに見ゆる春の夜の月」で示す美的情趣が『浜松中納言物語』との共有でみせる孝標女の美意識そのものの反映であったのか、それともむしろ〈冬の夜の月〉ではなく〈時雨〉に資通との追憶の風景を収斂させるためであったのか。作中詠「何さまで思ひ出でけむなほざりの木の葉にかけし時雨ばかりを」がそれを暗示しているといえよう。いま少し大弐三位賢子の影を『更級日記』に追うところから始めたい。

二　『更級日記』の「荻の葉」と「笹原」

『更級日記』では治安二（一〇二二）年、道長の末子長家に嫁した侍従大納言行成の中の君が猫に転生し、注(4) 翌治安三（一〇二三）年にはその猫が焼死したという記事に挟まれる形で、隣家の女を訪れた男がむなしく笛を吹きながら帰ってしまうという挿話が次の如く記されている。

かたはらなる所に、さきおふ車とまりて「荻の葉、荻の葉」と呼ばすれど答へざなり。呼びわづらひて、笛をいとをかしく吹きすまして、過ぎぬなり。

笛のねのただ秋風と聞こゆるになど荻の葉のそよとこたへぬ

といひたれば、げにとて、

荻の葉のこたふるまでも吹きよらでただに過ぎぬる笛のねぞうき
（新編全集三〇三～四頁）

七月十三夜の月を姉と二人で眺めている折のこととして語られる「荻の葉」段は、作者の詠と思われる「笛のねの」歌と姉との唱和で構成されるたわいない日常の一齣で、直前に「ただいま、ゆくへなく飛び失せなば、いかが思ふべき」と発問した姉の死の前兆の語らいとして位置づけられるにしても、文脈上も「荻の葉」段自体は前後に連関しないから、従来さほど問題にされてはいなかったのである。

ところが、近時孝標女が当時の新しい文芸的風潮を取り入れて構築した物語的趣向が窺知される段として、柏木由夫の指摘[注(5)]を踏まえた上で浮舟物語との詳細な対照を試みたのが和田律子であった。[注(6)]手習巻で小野での再生を期す浮舟が、介抱する老いた尼君たちによってかぐや姫化された存在となり天の衣ならぬ尼の衣を着る決意に至る物語が構築されているが、そんな中横川の僧都の妹尼の娘婿だった中将が、まるでかぐや姫への求婚者のように立ち現われてくるのである。

『更級日記』の作者の姉が、かぐや姫のように姿を消す危惧を抱かせた浮舟とは違って、その死が現実となる治安四（一〇二四）年五月以降に墓所を訪ねた姉の乳母の詠歌「なぐさむるかたもなぎさの浜千鳥なにかうき世にあともとどめむ」（三〇七頁）と、その泣く泣く帰って行った乳母を思いやって詠んだ「昇りけむ野辺は煙もなかりけむいづこをはかとたづねてか見し」（同）との作者詠が、ともに浮舟が死を決意した時に匂宮に宛てて詠んだ歌「からをだにうき世の中にとどめずはいづこをはかと君もうらみむ」（浮舟巻。⑥一九四頁）を傍線部の歌句の対応からして踏んでいるには違いないが、「荻の葉」段は既に二年前のこととなっている。

作者の姉が生前探し求めていた『かばねたづぬる宮』という物語を届けてくれた人と継母と兄と作者との悲しみの

唱和が意味するのは、野辺の煙となって跡かたもなく消えてしまった姉の死という現実を受け止めるものであって、それに反して『かばねたづぬる宮』物語も、そしてその物語の姫君も埋もれないでこの世に残っていたのにという皮肉が込められていると解釈される展開となっていて、ことさら「荻の葉」段との直接的な対応が構造化されていると も見做されないのだが、この「荻の葉」段に関して和田氏は手習巻の構成を意図的に取り込んだとして次のように力説されている。[注(7)]

みやびな貴公子が笛を吹き、しかも、その結果としての恋の不成立という事例は、きわめて珍しいものであった。物語作者として孝標女にとり、その意外な展開は物語創作にあたって興味深いものであったことであろう。「手習」巻の笛を吹く貴公子は、物語の人物として取りこむにあたって魅力的な存在であったのではないだろうか。さらに、当時、和歌詠作上での新しい流行として、「笛を吹く」場面が関心を持たれていたことは、すでに指摘されている（四六四頁）。

と言い、さらに「『源氏物語』「手習」巻の浮舟と中将を下敷きに、笛吹く貴公子と「荻の葉」という、新しい流れを感じさせる用語や状況を取りこんで、『源氏物語』の枠組みに現代風な味付けの内容を組みこんで、頼通の文芸世界の風景をさりげなく示したのではなかったろうか」（四八九頁）とも述べるのである。

つまり、「荻の葉」段に関してのこうした把握は、日記文脈の中途に「笛を吹く貴公子」と「荻の葉」をモチーフにして物語的な恋愛局面を描く虚構を挿話として投入したということになり、それは何故ここに設置しなければならなかったのかという疑問に加えて、和田氏の言うほどに触発されたならば、何故孝標女作の物語やその他の後期物語にも反映されなかったのだろうか、という疑問が起こるのである。

確かに〈笛を吹きながら立ち去る貴公子〉の映像は、永承四（一〇四九）年に西宮前左大臣源高明の旧邸で行われた歌会の歌題に「行客吹笛」があって、家経・範永・経衡らの和歌六人党が主導した構図ともいえ、頼通的文芸世界の風景としてかいま見ることもできそうだが、「荻の葉」を歌材とする恋の場面との連関は特異で、それを『更級日記』の独創性と把捉しても、それだけに何故姉の死を語る文脈上の契機としてこの挿話を設置したのかは不明なのである。[注(8)]

一方『源氏物語』では、浮舟失踪後の蜻蛉巻で理想とする明石中宮腹女一の宮への薫の思慕を語る挿話と、手習巻に於ける浮舟に求婚する中将の挿話は、薫にとっては実父柏木の愛執を照らし返し叶えられない宿命であることを刻印し、なお身代わりにすぎない浮舟が拒否することを運命づけられる物語の方法として認められている。[注(9)]これら二つの挿話以上に『更級日記』の「荻の葉」段は暗喩的な挿話として出現し、位置づけられていると思われるのである。

それにしても浮舟物語に於ける二つの挿話に、共通して恋の不成立に関わるモチーフとなっているのが「荻の葉」であって、蜻蛉巻の薫は「荻の葉に露ふきむすぶ秋風も夕ぞわきて身にはしみける」（⑥二五九頁）と叶わぬ恋の憂愁を詠んでいるし、また手習巻の浮舟は、執拗な中将の求婚に対して「荻の葉に劣らぬほどほどに訪れわたる、いとむつかしうもあるかな」（⑥三三二頁）と、拒否の姿勢を貫くために尼姿への変身を願っているのである。恋の不成立は「荻の葉」のイメージの方にあって、中将の笛は〈みやびな貴公子〉の造型に参与しているにすぎないのではないかと思えてくる。

『更級日記』の作者にとって、「荻の葉」の唱和と恋の不成立とを結びつける想念の寄ってくる背景を、『源氏物語』を通してみることを強いる方法であったとしたら、そこに暗喩的に指示されるのは何であったのかということになろう。唐突だが、歌語「荻の葉」をめぐる恋の場面での贈答歌で顕著な事例を挙げ得るのは、紫式部の娘大弐三位賢子と公任の息定頼の間で交した詠歌なのである。

『大弐三位集』[注(10)]

かた近き荻のすゑを、馬にのりながら結びてゆく人なんあると聞きて、つとめて

なほざりにほずゑをむすぶ荻の葉の音もせでなど人のゆきけん（八）

返しに

ゆきがてにむすびし物を荻の葉の君こそ音もせでは寝にしか（九）

白き菊にさして、同じ人に

つらからんかたこそあらめ君ならで誰にか見せむ白菊の花（一〇）

かへし

初霜にまがふまがきの白菊を移ろふ色と思ひなすらん（一一）

『定頼集』注(11)

ほととぎすのよもすがら鳴きあかしたるあかつき、大弐三位のもとより

いく声か君はききつる郭公いもねぬわれは数もしられず（四三八）

ときこえたれば

二夜三夜またせまたせてほととぎすほのかにのみぞ我宿に鳴く（四三九）

ひさしくをとづれたまはざりけるに、同じ人白菊にさして

つらからん方こそあらめ君ならで誰にか見せん白菊の花（四四〇）

『大弐三位集』に馬に乗りながら家の近くの荻の穂末を結んで挨拶もなく通り過ぎてゆく男は、のちの白菊の花に付けて手紙を送った「同じ人」で、その「つらからん」歌が『定頼集』にあることから、その男が定頼であることが知られる。そして、二人の恋の局面は、賢子の方に募る思慕の情があるものの、定頼の方はやや冷めた趣で、「ほとと

ぎす」歌も含めてこれらの贈答歌には既に二人の間に温度差が出始めているといえよう。

そのことは『定頼集』の「つらからん」歌の詞書に「ひさしくをとづれたまはざりけるに」とあり、また同歌は『後拾遺集』（秋下）に採歌され、その詞書にも「中納言定頼かれがれになり侍りけるに、菊の花にさしてつかはしける」とあることでも明示的だが、定頼との関係が疎遠となった原因に、賢子の方にも「つらからん方こそあらめ」と薄情な応対をすることもあったのだろう。ともかく掲出した贈答歌の情況は、賢子と定頼との恋が終末に至っていることが確認できよう。その中で、定頼の返歌に「荻の葉の君」（九）とあり、また荻の穂末を結んであるだけで、定頼と推知できた訳だから、そもそも定頼との恋の馴初に「荻の葉」が二人の機縁を結ぶことになっていたのではないかとも思われる。『定頼集』には他に三首、「荻の葉」に関わる贈歌が載る。注(12)

秋たつ日
秋たちてしるしばかりも風吹かば荻の上葉のそよとこたへよ（二二）
をとせぬつらしといひし人に
荻の葉の音はすれどもいかなればなを吹く風に人うらむらん（二七）
おなじ日、ある人のもとにはじめてやる
秋風の身にしみまさる心地して荻の上葉をほのめかす哉（一二八）

定頼は女性関係が派手で、これら三首の相手が誰とも特定できないが、例えば「ある人のもとにはじめてやる」の詞書がある「秋風の」歌の相手が賢子だとすれば、秋風が身にしむ頃注(13)に始まった恋が定頼の「荻の葉」を詠み入れた贈歌で、その翌年の秋には早くも「そよとこたへ」ぬ、つまり「つらからん方」を示すことが賢子の方にもあって、二人の間に行き違う心のズレが生じてしまい、今度は何とか賢子が「白菊の花」を贈って定頼の愛情を取り戻そうとしたとも想像できよう。

このように賢子と定頼との間に「荻の葉」をめぐる恋の局面が確かに存し、その情況が似通っているからと言っても、それが直に『更級日記』「荻の葉」段と関わる根拠にはならないし、孝標邸の隣家は東に脩子内親王邸、西に禎子内親王邸で、大宮彰子に仕える大弐三位（そのころ越後の弁）[注14]がそこに居るはずもない。しかし、この挿話自体が物語的虚構である可能性があり、それが姉の死の前兆、予告の位置に何故設置されねばならなかったのか。そして『源氏物語』手習巻の浮舟物語と何故関連づけて構築されているのかという疑問が生じているのである。

それともう一つ前記した通り、『更級日記』には永承元（一〇四六）年、新帝後冷泉天皇の大嘗会の御禊当日、作者はあえて初瀬詣に出発した。同じく大嘗会を意識して物詣に出発した『蜻蛉日記』を通してみると、孝標女にはこの時大弐三位賢子が意識されていたのではないかということが読みとれるのである。つまり後冷泉天皇の乳母であった賢子が即位にともなって典侍となったのであり、福家俊幸が言うように「作者孝標女の夢を理想的に実現していたのが」[注15]他ならぬ賢子なのであったからだ。『源氏物語』の作者紫式部の娘、大弐三位賢子への過剰な意識が『更級日記』の中で、唯一大嘗会の当日の初瀬詣として突如現出したというのではなく、この「荻の葉」段にも孝標女の大弐三位賢子への意識が浮上していたと読み解くことが許されるのではないかと思われる。しかし、ここには大嘗会のように衆目を集める事件があったわけではないのが気にかかる点ともなろう。

ところで、『小右記』寛仁三（一〇一九）年正月五日条の記事に於いて「相逢女房」とする実資の取り次ぎを担う女房が紫式部だとすれば、[注16]紫式部は太皇太后宮彰子のもとで依然と宮仕えしていたとみられ、以後所見が絶えることで、寛仁三（一〇一九）年までの生存を確認し得、没年はその後と言える。一方、賢子が母紫式部に伴われて大宮に出仕したのが十四、五歳ごろと推定され、[注17]定頼や頼宗等との恋愛関係はその二十歳前後のことと思われる。森本元子は定頼との親交を「定頼の蔵人在任中、寛仁二年（一〇一八）三年のころと推定される。定頼二十七、八歳。賢子二十歳ころ」とする。注(18)また当時同じく蔵人頭であった源朝任とも恋愛遊戯的な次元での交渉があって、それを後藤祥子は「時期的には定頼とほぼ重なる寛仁三年（一〇一九）から治安三年（一〇二三）までの数年間」とする。注(19)朝任との関係は定頼との破局を知ってのことだとすれば、治安元（一〇二一）年以降とするのが穏当なところであろう。

たとえ寛仁三（一〇一九）年ごろに定頼と賢子との間に「荻の葉」をめぐる恋の贈答歌があり、深い親交があったとしても、治安二（一〇二二）年に据え置かれる『更級日記』「荻の葉」段と、どう関連してくるというのだろうか。厳密な年次の対応がなくとも、定頼と賢子とが恋にうつつをぬかしていた頃、二人の縁者に記憶すべき異変があったというのであろうか。いやむしろ孝標女の方に記憶すべき異変が、治安元（一〇二一）年春の自身の乳母の死と行成の娘の死であって、それが具体的に記しとどめられていて、うち続く作者の姉の死の記述へとつながっていったのである。

寛仁から治安年間にかけて『更級日記』には具体的事象として記載されないけれども、記憶されるべき異変があって、それが「荻の葉」段として象徴的に語られているとしたら、それは誰かの死を暗示していたに違いなかろう。してみれば、定頼には父公任の姉四条宮遵子の養女となっていた妹（次女）が治安三（一〇二三）年三月病でにわかに亡くなり、また続いて教通室となっていた妹（長女）の方も二十四歳の治安三（一〇二三）年十二月下旬に男子を無事出産したものの、翌年万寿元（一〇二四）年正月六日、容態が急変し絶命してしまうという悲惨な事実があるにはあるが、注(20)それが孝標女にとって記憶されるべき異変であったのかどうか。もっと衝撃的な事変があったのではなかったか。

西本願寺本兼盛集付載佚名家集の十二首の歌群中末尾の四首は、賢子が母紫式部の死を偲ぶ体で、三月三日の日付が記してあるところから、前記『小右記』の記述から寛仁三（一〇一九）年には紫式部が存命であったゆえ、平野由紀子は紫式部が「寛仁四年春（一〇二〇）没したと推定されるのではないだろうか」注(21)とするのだが、式部が彰子のもとから身を引いた原因が何であったのかは知られないが、[注22] 式部が正式に退任したのが寛仁三（一〇一九）年末頃だとしても、その翌年寛仁四（一〇二〇）年の春直に死が訪れたとみるのは余りにも性急で、よほどの大病を患っていない限り、少なくとも引退後二、三年の猶予があっても不自然ではなく、その後死に至ったとするのが穏当な判断となろう。そうとすれば、紫式部の死没を万治元（一〇二一）年あるいは二（一〇二二）年とでも想定することができれば、孝標女の姉の死の嘆きの中に、賢子の嘆きをも封印することが可能となろう。

大弐三位賢子の詠歌には『大弐三位集』には見えないが、『百人一首』に採られた周知の一首がある。

有馬山ゐなの笹原風吹ければいでそよ人を忘れやはする

当歌は『後拾遺集』（恋二）に「かれがれになるをとこのおぼつかなくなど言ひたるによめる」との詞書で入集しているから、前述した白菊の花につけて贈った「つらからん」歌の詞書に「中納言定頼かれがれになりはべりけるに」とあったことと対照でき、なお荻の葉に風が吹くと「そよ」と応えるという趣向が、「笹原」に代っているだけで、歌意も「あなたとは違って、私の方はあなたを忘れるものですか」と、間遠な男への執着を見せている点で、共通しているところからすれば、その男を定頼と想定してみてもよさそうだ。[注23]

そこで当歌の「笹原」だが、柏木由夫が『源氏物語』総角巻で中の君と契った匂宮の後朝の歌「世の常に思ひやすらむ露深き道の笹原分けて来つるも」（⑤二七〇頁）に初出することを指摘し、賢子の「有馬山」歌がこれを踏んでいるとの明徴はないものの、中の君への訪れが途絶えがちになった頃に、「中君からの匂宮への返歌に相当する趣を看取することができる」[注24]とする。つまり、この「笹原」にも『源氏物語』との関連を積極的に見定めてよいと思われるが、まさにこの「笹原」が『更級日記』の姉の死を悼む唱和歌に出現するのである。[注25]

前掲した姉の墓所を泣く泣く訪れた乳母詠とその労苦を慰撫する作者詠、さらに離別した継母まで巻き込んで、その悲しみを分かち合う詠、そして次に掲出する該当歌へとつづくのである。

かばねたづぬる宮おこせたりし人、

住みなれぬ野辺の笹原あとはかもなくなくいかにたづねわびけむ

これを見て、せうとは、その夜おくりに行きたりしかば、

見しままにもえし煙はつきにしをいかがたづねし野辺の笹原（三〇七頁）

野辺の煙となった墓所をどんなにか捜しあぐねたことかと乳母の心情を共有し、悲しみの輪がおし拡げられる文脈に、注(26)「かばねたづぬる宮おこせたりし人」は、乳母自身が「かばねたづぬる」身になってしまった悲運をも象って「笹原」を歌に込め、またその「笹原」が兄の歌に再出し、癒し難い悲哀につつまれ輻輳されている。

このように『更級日記』の「荻の葉」から「笹原」へと孝標女の姉の死が語られる経緯に、大弐三位賢子の影を刻印し、『源氏物語』の享受を通して賢子の恋着を悲傷に転化して紫式部の死をも封じ込める表現が構築されているのではないかと思えてくるのである。しかし、本稿にとってこれはまだ序章にしかすぎない。

三　紫式部のメッセージ

『更級日記』「荻の葉」段と『源氏物語』手習巻に於ける中将の小野の里訪問との対応関係で、ようやく後者の本文を掲出する時となった。とりあわない浮舟を前に、憂愁を抱え込むような体で中将が横笛を吹きながら帰ろうとするのを、二人を結婚させたいと願う妹尼が引きとめようとする条である。

中将は、おほかたもの思はしきことのあるにや、いといたううち嘆きつつ、忍びやかに笛を吹き鳴らして、「鹿の鳴く音に」など独りごつけはひ、まことに心地なくはあるまじ。「過ぎにし方の思ひ出でらるるにも、なかな

か心づくしに、今はじめてあはれと思すべき人、はた、難げなれば、見えぬ山路にも、え思ひなすまじうなん」と、恨めしげにて出でたまひなむとするに、尼君、「など、あたら夜を御覧じさしつる」とてゐざり出でたまへり。

（⑥三一七～八頁）

右の傍線箇所「あたら夜」は『後撰集』（春下）に載る「月のおもしろかりける夜、花をみて」との詞書がある源信明の詠「あたら夜の月と花とを同じくはあはれ知れらむ人に見せばや」に拠るのであろう。しかし、尾高直子の指摘する次の紅梅巻や橋姫巻の一節が、信明と中務との恋愛模様を六十六首の贈答歌で物語化した家集である『信明集』に依拠しているとすれば、ここも再考を要することとなろう。注(27)

○『信明集』注(28)

行きたるに逢はねば

あたら夜の月と花とを同じくはあはれ知れらむ人に見せばや

かへし

君ならで誰にか見せん梅の花色をも香をも知る人ぞ知る

○紅梅巻

この東のつまに、軒近き紅梅のいとおもしろく匂ひたるを見たまひて、「御前の花、心ばへありて見ゆめり。兵部卿宮内裏におはすなり。一枝折りてまゐれ。知る人ぞ知る」とて、…（略）…「この花の主は、など春宮にはうつろひたまはざりし」、「知らず。心知らむ人になどこそ、聞きはべりしか」など語りきこゆ。

（⑤四七～五一頁）

○橋姫巻

をりをりにつけたる花紅葉の色をも香をも、同じ心に見はやしたまひしにこそ慰むことも多かりけれ、いとどしくさびしく、よりつかん方なきままに、持仏の御飾りばかりをわざとせさせたまひて、明け暮れ行ひたまふ。

（⑤一二〇～一頁）

『信明集』の返歌「君ならで」は、実は『古今集』（春上）に「梅の花を折りて人におくりける」と詞書する紀友則詠「君ならで誰にか見せむ梅の花色をも香をも知る人ぞ知る」であって、本来は信明の「あたら夜の」歌とともに恋の贈歌を二首組み合わせているのであって、尾高論が信明詠、友則詠個々の受容ではなく、それらが一体化した『信明集』からの受容の痕跡として紅梅巻と橋姫巻の本文を指摘したのであった。

紅梅巻は宮の君ではなく実娘の中の君に匂宮を婿取ろうとする按察大納言が息子の大夫の君に紅梅の一枝を持たせて匂宮の気をひこうとした場面で、掲出した『信明集』の「君ならで」歌の「知る人ぞ知る」（波線）と「あたら夜の」歌の「あはれ知れらむ人に見せばや」（点線）とで、大納言の意向を組み立てていると見做すのだが、場合によっては「色も香もまづわが宿の梅をこそ心知れらん人は見に来め」（信明集）一首に拠っているとも考えられる。しかし、宇治の八の宮の憂愁を象る橋姫巻の例は、「君ならで」歌の「色をも香をも」（傍線）と、「あたら夜の」歌の「あはれ知れらむ人に見せばや」（点線）を同文に融合して摂り込むに際し、『信明集』での信明・中務贈歌化群のキーワードにもなっている「同じ心」[注(29)]という語を導いているというのである。尾高氏は、こうした『信明集』の享受の有様を寛弘年間に彰子周辺で注目を浴びていた証左として次のように述べるのである。

少なくとも紫式部が源氏物語を執筆している頃には、信明・中務の贈答歌群はその読者にも十分に理解され得るほどに知れ渡っていたと考えられる。

賢子の出仕が十四、五歳頃とすれば、寛弘から長和（一〇一二）年間に入っていたはずだから、『源氏物語』は既に宇治十帖まで完成し流布していたと思われるが、信明・中務贈答歌群の「同じ心」を結果的に主導したことになる『源氏物語』を受けとめる賢子が、定頼との思うにまかせない恋愛状況に於いて、信明・中務の恋愛時空をそのまま再現したらしいのである。

というのも、前掲した『大弐三位集』の「荻の葉」の贈答歌につづく、白菊の花につけて定頼に贈った賢子の歌、

つらからんかたこそあらめ君ならで誰にか見せむ白菊の花

の傍線箇所「君ならで誰にか見せむ」の歌句は、他ならぬ『信明集』の「君ならで誰にか見せん梅の花色をも香をも知る人ぞ知る」の一・二句をそのまま摂り入れて作詠してあることで知られよう。『信明集』の詞書に「行きたるに逢はねば」とある如く行き違う男女が、何とか「同じ心」の地平に立つことを祈念しているが、『源氏物語』の浮舟と中将のように、はたまた信明・中務の歌物語化歌群のように、実のらぬ恋の行方が不安げに暗示されていよう。

さらに前述した兼盛集付載佚名家集の十二首の最後の四首は、紫式部の死に関わっていたのだが、これもここで掲出することとなった。注(30)

同じ宮の藤式部、親の田舎なりけるに、「いかに」など書きたりける文を、式部の君亡くなりて、その娘見侍りて、もの思ひ侍りけるころ、見て書きつけ侍りける

憂きことのまさるこの世を見じとてや空の雲とも人のなりけむ（九）

まづかう〳〵侍りけることを、あやしく、かのもとに侍りける式部の君の

雪つもる年にそへても頼むかな君をしらねの松にそへつゝ（一〇）

この娘の、あはれなる夕べを眺め侍りて、人のもとに、「同じ心に」など思ふべき人や侍りけむ

眺むれば空に乱るゝ浮雲を恋しき人と思はましかば（一一）

又、三月三日桃の花おそく侍りける年

わが宿に今日をも知らぬ桃の花はなもすかむははゆるさらけり《本まゝ》（一二）

紫式部の死後、祖父為時を案じた母の手紙を見た賢子が、その脇に書きつけた歌が「憂きことの」歌であろうとする平野由紀子の推論[注31]にほぼ首肯され、「空の雲」となった母を偲ぶ営為が、「眺むれば」歌では「空に乱るゝ浮雲」と再出して、亡き母と思えたらと詠んでいるのであろう。

ところが、平野氏は「同じ心」が中務と信明の巧みな贈歌で人々の間に印象づけられた歌詞であることを指摘するにとどめ、その宛て先の考察をひかえ、森本元子の賢子の愛人説[注32]に対して、「男性とはかぎらず同性でもありうる」としている。先行論考で賢子の愛人として定頼の名を挙げるのは萩谷朴だが[注33]、寛仁から万治年間にかけて、賢子と定頼には愛人関係が想定されるばかりではなく、その間柄を中務と信明の恋愛関係を鮮明化する『信明集』を基盤として構築する傾向にあったのであり、「あはれなる夕べ」を眺めながら、浮雲を「恋しき人」と思う「同じ心」を共有できるのは、母を失った後年、母の手紙を見てあらためて悲しみに沈む賢子と、妹を同じ頃に失った定頼だからこそと思われるのである[注34]。

四　『花桜折る中将』の「あたら夜の」歌

中務と信明との恋をイメージできる手習巻の浮舟と中将の挿話、そしてそれをまた現実の賢子と定頼との恋愛に比定し再現するかのような『更級日記』「荻の葉」段の設定と姉の死を悲傷する唱和の輪。ここには鍵語となるはずの「同じ心」の表出はないけれども、あてどない墓所を探し求めて涙にくれた姉の乳母の痛哭が推し拡げられて悲しみの輪を構築してゆく連鎖は、確かに故人を悲しみ哀悼する「同じ心」を共有した証しだったのであろう。

こうした『更級日記』の家集の日記化ないしは日記の物語化は、享受史に於いても評価されるところだが、浮舟と中将の挿話は、画中画の如く、物語の中の物語として切り取られ、短篇物語として独立する可能性があったことにも思い至るべきであろう。短篇の集積としての長篇化が、いまや長篇物語から分化する短篇物語への自立性を胚胎し促していったのではなかろうか。そこに中務との恋愛を語る物語化した『信明集』の流行が深く関わっていくことになったのではあるまいか。

ところで、短篇収載の物語集として知られる『堤中納言物語』の一篇『花桜折る中将』は、天喜三（一〇五五）年五月三日開催の六条斎院禖子内親王家〝物語歌〟合に提出された小式部の新作『逢坂越えぬ権中納言』とその題名の命名法が同じで、主人公名にその恋愛の帰結が暗示される連体修飾語が冠せられていて、『思はぬ方に泊まりする少将』などとともに同趣向の祐子・禖子両内親王姉妹や叔母の四条宮寛子皇后家に於けるサロン文芸の作と思われる。注(35) ただ『花桜折る中将』の結末は、目当ての姫君、つまり花桜折る＝美女を手に入れるどころか、祖母の尼君を誤って盗み出したというオチで締括られていて、冒頭は『源氏物語』蓬生巻の末摘花邸の趣向を彷彿とさせるものの、紫の君略奪談のパロディーとして構成されている物語である。

月あかりの中、朝帰りの主人公中将がとある桜の美しく咲く荒れた邸の前を通りかかり、透垣のもとでかいま見ていると、物詣に出かけようとしているらしい女童のひとりが、扇をかざして口ずさんだ歌句が、「月と花とを」だったのである。当然この古歌は従来から指摘される『後撰集』（春下）の詞書に「月のおもしろかりける夜、花を見て」とある源信明の「あたら夜の」歌であった。しかし、翌朝、既に日も高くなっている頃、中将を訪れてきた友人の源中将と兵衛佐とが庭前の桜の花が多く散るのを見て詠んだ連歌に唱和した主人公中将の詠が、次の歌なのである。

散る花を惜しみとめても君なくは誰にか見せむ宿の桜を　（新編全集三九一頁）

当歌は『風葉集』（春下）にも詞書に「花の散るころ人のまうできたりけるに」として採歌され、二句目が「をしみ置ても」となり小異はあるものの、歌意を左右する程ではない。注視すべきは傍線箇所「君なくは誰にか見せむ」であって、『信明集』に於ける「あたら夜の」歌と「君ならで」歌との連関の確証である。

もちろん「月と花とを」と口ずさんだのは、目当ての姫君ではなく、そこに仕える女童だったのだが、表出対象はかいま見たその女主人であることを的確に捉えて、中将の意中の姫君を想定させているし、「君ならで」ではなく、「君なくは」と変容するのも、入内予定の故源中納言の娘との素姓が後に明かされ、居なくなってしまう可能性を予期させる言表であると理会されてこよう。

『花桜折る中将』の注釈史に於いて、土岐武治前掲書（六〇二頁）が村上忠順自筆本の書込に「後拾遺　大弐三位」としてある「つらからむ」歌を指摘するのみで、『信明集』の「君ならで」歌までを視野に入れるものは管見に及ぶ限りないのだが、「梅の花」から賢子の「白菊の花」となり、この『花桜折る中将』に於いて「桜花」となる水脈は、『源氏物語』再生が開花する後期物語生成基盤に於ける歌壇上での大弐三位賢子の立場や手腕に拠るところでもあったのだろう。

ところが、こうした認識から逸脱して、いっきょに時代を遡らせて中務周辺に於ける物語生成を考えるに至ったのが、故稲賀敬二なのであり、小学館新編日本古典文学全集の解説には次のようにある。

> 「花桜折る」は、信明・中務夫妻や、そこへ親しく出入りしている景明がまだ身近な存在であった時期、限定すれば『源氏物語』成立以前の十世紀に書かれたであろう。天喜三年の物語合より半世紀前の作品である。
>
> （五二〇頁）

『花桜折る中将』は『源氏物語』成立以前の作品だという、従来の文学史を塗り変える驚愕すべき発言なのである。

このような稲賀氏の見解に対して、筆者は既に「引歌の背景を物語の作者や成立基盤と結びつけることに余りにも性急すぎはしまいか」と批判してある。注(36) 鬼籍に入った稲賀氏に再考を促すことができないが、その壮大で緻密な考証に、『源氏物語』手習巻に於いて浮舟に求婚する中将の挿話に「あたら夜の」歌が引歌されていること、及び中将の度重なる訪れを「荻の葉に劣らぬほどほどに訪れわたる」と〈荻の葉〉に比して言表する本文への言及は見られないのである。

ともかく、筆者が本節で『花桜折る中将』が孝標女作だとする新説を出してあらたな混乱を招くよりも、稲賀説の収拾を意図する方が研究史上にとっては先決かつ有益なのであろう。それは他ならぬ『源氏物語』によって熟成した「同じ心」が『信明集』の表出次元を担っていたはずの確認は、もっと慎重であらねばならなかった。

浮舟に求婚する中将の挿話が、薫や匂宮との過往の関係性に於いて把捉されるならば、それは身代わりとの認識や浮舟に出家の契機を与えるという中将登場の役割を見定め得ようが、表出次元で「あたら夜の」歌の典拠を明示して、中将が浮舟に詠む「山里の秋の夜ふかきあはれをもの思ふ人は思ひこそ知れ」(⑥三二八頁)の下句は、「君ならで」歌の末句「知る人ぞ知る」に想到すべきであって、拒否する姫君との対置が集約化された構図として提示された理由もあったことになろう。

そもそも総角巻に於いて八の宮の一周忌も近い頃、薫は大君と隔てなく語らうことを望み押し入ったが、実事なく夜を明かすことになり、その時薫は「何とはなくて、ただかやうに月をも花をも、同じ心にもて遊び、はかなき世のありさまを聞こえあはせてなむ過ぐさまほしき」(⑤二三七〜八頁)と大君に訴えていた。傍線箇所「月をも花をも」をもって「あたら夜の」歌の表出次元にとどまる理会をしていたが、傍点箇所「同じ心に」に注目すれば、『信明集』で信明・中務の最後の贈答に位置づけられる「恋しさは同じ心にあらずとも今宵の月を君見ざらめや」(一一三)を指摘すべきなのであろう。

「私の恋しさはあなたが抱く思いと同じではなくとも」という前提を心内に抱えて求愛する表出史に至れば、兼盛集佚名家集で賢子が「眺むれば」歌を贈った定頼に、「同じ心に」と見極めた詞書作者を森本元子に従って道綱女豊子とすれば、同じ彰子サロンに於いて『信明集』の浸透は確かなのであろう。注(37)

注

(1) 中周子「大弐三位賢子の和歌における『源氏物語』享受の一様相」(『和歌文学研究』79、平成11〈一九九九〉年12月)。私的詠歌に於ける『源氏』取りの有様については横井孝『円環としての源氏物語』(新典社、平成11〈一九九九〉年)「読者としての藤原賢子論」。また紫式部自身が『源氏』を使った同僚女房の大納言の君との贈答歌がみえる『紫式部集』の例を指摘して「源氏物語受容の始発は他ならぬ源氏物語の作者紫式部の詠歌に求めることができる」と中周子「平安後期和歌における源氏物語受容」(『源氏物語の展望 第六輯』三弥井書店、平成21〈二〇〇九〉年)は述べる。

(2) 福家俊幸『紫式部日記の表現世界と方法』(武蔵野書院、平成18〈二〇〇六〉年)「『更級日記』の方法―表現の深部へ」

(3) 『四条宮下野集』には下野との贈答歌に隆綱の「雪ごとに待ちて過ぐさむ冬の夜の月には人も音せざりけり」と見える。康平六(一〇六三)年冬のことと推定される。なお恵慶をはじめとする河原院歌人たちが「冬の夜の月」を美的なものとして歌語まで昇華させ、それを経衡をはじめとする和歌六人党が開花させたという文脈を吉田茂『経衡集全釈』(風間書房、平成14〈二〇〇二〉年)解説は指摘している。『源氏物語』ひとりの「冬の夜の月」への美的憧憬ではないが、大弐三位が永承四(一〇四九)年十一月九日内裏歌合の散会に際し詠んだらしい「山の端は名のみなりけり見る人の心にぞ入る冬の夜の月」(後拾遺集・巻六。大弐三位集)の詠作意識に『源氏』の存在性を評価する。このように大弐三位の永承年間に於ける啓蒙活動が顕著である。なお、稲賀敬二（『源氏物語の研究―物語流通機構論―』笠間書院、平成5〈一九九三〉年）により康平三〈一〇六〇〉年成立説のある『夜の寝覚』（巻二）には、雪の夜に広沢を訪れた男主人公が中の君に逢えずじまいに帰る際、仲介の女房少将が「めぐりあはむをりをも待たず限りとや思ひ果つべき冬の夜の月」（新編全集二一五頁）と詠む例がある。

（4）寛仁二〈一〇一八〉年三月十三日藤原行成家に婿どられる（左経記）。

（5）柏木由夫「更級日記の表現をめぐって」（「昭和学院短期大学紀要」17、昭和56〈一九八一〉年3月。のち『平安時代後期和歌論』風間書房、平成12〈二〇〇〇〉年）

（6）和田律子『藤原頼通の文化世界と更級日記』（新典社、平成20〈二〇〇八〉年）。以下引用の頁数は同書のもの。

（7）作者詠「うづもれぬかばねを何にたづねけむ苔の下には身こそなりけれ」（三〇六頁）の「うづもれぬ」から物語の宮は生存している姫君を尋ねないで入水したと信じ込み、その屍を探し求めたということであろう。大槻福子『『夜の寝覚』の構造と方法』（笠間書院、平成23〈二〇一一〉年）「「うづもれぬかばね」の物語―『かばね尋ぬる宮』の復元試論―」参照。

（8）父は尾張守中清で、その母は倫寧女（尊卑分脈）だから、範永の祖母は『更級日記』の作者の母の姉妹にあたる。

（9）池田和臣『源氏物語　表現構造と水脈』（武蔵野書院、平成13〈二〇〇一〉年）「浮舟物語の方法―二つの挿話をめぐって―」

（10）引用は『新編国歌大観』（角川書店）に拠る。但し私に適宜漢字を当て濁点を付した。なお脚元のカッコ内は歌番号。

（11）引用は『私家集大成中古Ⅱ』（明治書店）「定頼Ⅱ」に拠る。但し私に適宜漢字を当て濁点を付した。なお脚元のカッコ内は歌番号。

（12）明王院本『定頼集』の「秋風も」歌（一一七）の返歌として「吹きそめし日より身にしむ秋風も荻の葉ならぬ人は知

らじな」（一一八）がある。

(13)「風の音―身にしむ」という表現が『中務集』に由来して『源氏物語』に生成してあることを尾髙直子「和泉式部続集「日次歌群」の表現―歌語「みどりの紙」「風の音」から―」（『和歌文学研究』89、平成16〈二〇〇四〉年12月）が指摘している。また久下・横井編著『源氏物語の新研究―本文と表現を考える』（新典社、平成20〈二〇〇八〉年）「あとがき―「身にしむ風」再考」

(14)『私歌集大成中古Ⅱ』「定頼Ⅰ」の定家本「つらからむ」歌の詞書は「ゑちごの弁にかれがれになり給けるころ…」とあり、その頭に「為時弁也紫式部没後祖父存生之間事歟」との書き入れがある。

(15)福家俊幸前掲書。

(16)角田文衞「実資と紫式部―『小右記』寛仁三年正月五日条の解釈―」（『紫式部とその時代』角川書店、昭和41〈一九六六〉年。『紫式部伝―その生涯と『源氏物語』―』法藏館、平成19〈二〇〇七〉年）

(17)渕江文也「紫式部周辺人瑣事覚え書き―大弐三位と粟田兼房―」（『親和国文』18、昭和58〈一九八三〉年12月）

(18)森本元子『定頼集全釈』（風間書房、平成元〈一九八九〉年）二九六頁。

(19)後藤祥子「平安女歌人の結婚観―私家集を切り口に―」（『論集平安文学3　平安文学の視角―女性―』勉誠社、平成7〈一九九五〉年10月）。因に定頼は寛仁元（一〇一七）年三月六日から寛仁四（一〇二〇）年十一月二十九日まで、朝任は寛仁三（一〇一九）年十二月二十一日から治安三（一〇二三）年十二月十五日まで蔵人頭であった。

(20)父公任や夫教通の悲傷が『栄花物語』「巻十六「もとのしづく」」「巻二十一「後くゐの大将」」に語られる。

(21)平野由紀子『平安和歌研究』（風間書房、平成20〈二〇〇八〉年）「逸名家集考―紫式部没年に及ぶ―」

(22)今井源衛『紫式部』（吉川弘文館、昭和41〈一九六六〉年）『王朝文学の研究』（角川書店、昭和45〈一九七〇〉年）「晩年の紫式

部」は、実資との接近が、道長の忌諱にふれたため追放されたとの考えを示す。

(23) 賢子の最初の夫を兼隆とみるのが通説だが、『栄花物語』(巻二十六「楚王のゆめ」)の「左衛門督」を「左兵衛督」の誤記として公信を夫とする萩谷朴「紫式部とその娘賢子」(「むらさき」11、昭和48〈一九七三〉年6月)の説に賛した中周子は「「有馬山ゐなの笹原」考―その詠作事情をめぐって―」(片桐洋一編『王朝文学の本質と変容 韻文編』和泉書院、平成13〈二〇〇一〉年)に於いて、「有馬山」歌が有馬に湯治療に行った男からの便りに対する返歌として公信を推すが、『小右記』万寿元(一〇二四)年十月二十五日条には有馬温泉へ出向いた道長に随伴した頼宗が居、摂関家領摂津の名所「猪名」ともども関わる点からすれば、定頼でなければ頼宗だろう。なお孝標女は後年頼宗家からも情報を得ていた可能性がある。久下「迷走する孝標女―石山詣から初瀬詣へ―」(考えるシリーズ①『王朝女流日記を考える―追憶の風景』武蔵野書院、平成23〈二〇一一〉年)参照。

(24) 柏木由夫「大弐三位賢子の生」(『源氏物語研究集成第十五巻 源氏物語と紫式部』風間書房、平成13〈二〇〇一〉年)

(25) 『源氏物語の鑑賞と基礎知識 総角』(至文堂、平成15〈二〇〇三〉年)に「笹原」は「有馬山」歌の載る『後拾遺集』が勅撰集では初出であることを言い、『更級日記』にも見えることを指摘している(一一九頁)。

(26) 渡辺久寿「多武峯少将物語」(「国文学」平成4〈一九九二〉年4月)

(27) 尾高直子「『信明集』歌物語化歌群の影響―「おなじ心」―」(お茶の水女子大「国文」101、平成16〈二〇〇四〉年7月)。なお平野由紀子「私家集研究の現在」(『平安文学史論考』武蔵野書院、平成21〈二〇〇九〉年)は同論を取り上げて家集の物語化を解説している。

(28) 引用は平野由紀子『信明集注釈』(貴重本刊行会、平成15〈二〇〇三〉年)

(29) 『拾遺集』(恋三。七八七、七八八)にも採られた贈答歌の一例を挙げておく。

月のあかかりける夜、女の許につかはしける　　源信明

こひしさは同じ心にあらずとも今夜の月を君見ざらめや

返し　　中務

さやかにも見るべき月を我はただ涙にくもるをりぞおほかる

(30) 引用は『私家集大成中古Ⅰ』。但し私に漢字を当て、読点を付した。

(31) 平野由紀子前掲論考「逸名家集考―紫式部没年に及ぶ―」

(32) 森本元子「西本願寺本兼盛集付載の佚名家集―その性格と作者―」（『和歌文学研究』34、昭和51〈一九七六〉年3月。のち『古典文学論考』新典社、平成元〈一九八九〉年）。以下同論考の説。

(33) 萩谷朴『紫式部日記全注釈　下巻』（角川書店、昭和48〈一九七三〉年）は、紫式部の死を寛仁三〈一〇一九〉年正月以後その年内とし、該歌に対し「同じように亡き母のことを恋しく思い出してくれるであろう知人、おそらく定頼か、または、寛仁三年ごろに結婚したと推定される公信のもとに送った賢子の歌である」（五〇七頁）とする。

(34) 『定頼集』に「三月三日、姫君の御事ありしに、人の御もとより」として「思ひやる人の袖だにかわかねば尽きはてぬらん君が涙は」とある。従来、「姫君」は次女で、その死去が三日というのは誤りとされてきたが、佚名家集に「三月三日」とあり、その詠歌「わが宿に」（一二）が賢子の歌で、定頼に贈ったとすれば、「三月三日」は紫式部の忌日というよりも、定頼の妹の忌日として看過できない。

(35) 土岐武治『堤中納言物語の注釈的研究』（風間書房、昭和51〈一九七六〉年）解説「花桜折る少将の成立」に『源氏物語』『逢坂越えぬ権中納言』等との対照が詳しく論じられている。但し小式部同一作者説に組みするものではない。なお主人公中将が琵琶を弾くが、『更級日記』では孝標女の憧れの貴公子源資通が琵琶を弾くし、『夜の寝覚』の女主人公

は琵琶の名手として造型される。そして冒頭「ひとへにまがひぬべく霞みたり」の「ひとへ」は前掲『更級日記』「あさみどり花もひとつに霞みつつ」からすれば、「へ」は「つ」の誤写の可能性があろう。

(36) 稲賀敬二コレクション4『後期物語への多彩な視点』(笠間書院、平成19〈二〇〇七〉年)の久下解説「研究の原点となった後期物語」

(37) 道長家に仕えた女房の筆とされる『御堂関白集』にも斎院側へ送った詠歌に「荻の葉に風の吹きよる夕暮れはおなじ心にながめましやは」(二〇)とみえる。

第二章　挑発する『寝覚』『巣守』の古筆資料

——絡み合う物語——

一　はじめに

孝標女の物語創作がポスト紫式部を意図して、彰子にアピールするために幾篇もの物語を精力的に産み出し、その度ごとに『源氏物語』をいかに吸収し再生変容しているのかを繰り返し見せつけている。特に作者が固執するのが男女主人公の出逢いと別れの場で、『寝覚』『浜松』『朝倉』に共有の場、物語の舞台として設定されていることは『源氏物語』での初瀬と石山との落差を、同じ観音信仰の霊場といえど、その位相を逆転する方法として位置付けられていることまでは従来の研究で周知されているはずだが、さらに『寝覚』では女主人公寝覚の上の父が隠棲する地であるとともに、寝覚の上が身を寄せる地として〈広沢〉が聖域化し浮上することは、当時の和歌六人党と称する歌人集団たちが、遍照寺を含む広沢の池近隣を景勝地として詠作の場に選択したという背景をもっていた。また『風葉集』に於いては、寝覚の上の呼称を「ひろさはの准后」として〈広沢〉が女主人公の生涯を統括する象徴的な名称として冠せられている。一方男性主人公との間に産まれた第一子の女児を「石山の姫君」などと呼称するのも、いかにも『寝覚』の登場人物を認定するのに聖域化した地名に依存しているのかが窺えよう。

このように特定の場が聖域化するのは作者にとって何らかの意図があってのことで、たとえ類似表現の頻出や物語展開が交差し類同場面が出現しても、それらを未詳な散佚物語として埋没させずに、孝標女の物語群に向き合わせていくことの論証に理がある方法的指標ともなるはずなのである。そうすることで『寝覚』を『源氏物語』でもって解体していくことの意義も見出せよう。とりわけ『寝覚』には現存巻二と巻三との間に「中間欠巻部」が、現存巻五以後に「末尾欠巻部」と言われる散佚した物語世界が拡がっていて、いくら残欠資料があるとはいえ、その全体像を把握できないのが現状なのである。

しかし、物語内引用による物語の増殖は、『源氏物語』自体が構築した物語に存在した。宇治十帖の八の宮の姫君たちは、常陸宮の姫君であった末摘花の焼き直しであったし、浮舟は夕顔の再生であったことを白のイメージの象徴性が最もよく語っている。新たな登場人物たちが背負う過去の呪縛を払拭することが目的であったのか、それともさらに混迷と泥沼の奈落に突き落とすことが意図であったのか。ここでもう一つ新たな覚醒があったのであって、紫式部が生きる現実世界の投影、生々しい作者の鼓動を宇治や小野の物語世界に注入したのであった。図らずもそれらの対照が『紫式部日記』や『紫式部集』の表現から抉摘されている。そうとすれば、孝標女も物語作者としてそういう領域、次元に行き着いた所産としての『寝覚』を検証する時機にあって、相次ぐ散佚部の古筆切の発現にも促されて、『寝覚』の全体像やその物語方法を考え、孝標女の物語群への認識までもあらためて先鋭化させてみる必要があろう。

二　『寝覚』中間欠巻部――広沢での逢瀬と別れ

『寝覚』は主人公姉妹の設定や人物造型ばかりでなく、場面構成上からもその冒頭が『源氏物語』夕顔巻での光源氏との邂逅場面の踏襲から始まり、夕顔の怪死事件や紫の上の仮死事件（若菜下巻）との接点も考えられる寝覚の上のいわゆる偽死事件や、六条御息所の如く凄じい怨念を寝覚の上に自覚させる生霊事件が描かれる中で、注(1)現存巻三の帝（のちの冷泉院）の闖入事件と言われる展開は、仁平道明によれば、帝の一途で執拗な寝覚の上への執着が、いざ逢瀬を遂げようとする時に思いとどまり、「をこがまし」と悔む思考は、薫のそれを受け継いだものだと指摘し[注(2)]、また宮下雅恵は、帝の寝覚の上への「口説き」の方向性が、柏木・女三の宮密通事件や夕霧・落葉の宮略取事件を端緒として設営されながらも、結局は宇治の大君や匂宮の妻となった中の君に迫った時の薫的な自制によって実事なき〈逢瀬〉を型取るために『源氏物語』の告白求愛場面や表現が組み込まれていると述べている[注(3)]。つまり、物語としては巻三に至って寝覚の上をめぐり男主人公内大臣と帝との争奪が本格化する訳だから、その状況を浮舟をめぐる薫と匂宮との三角関係に対置できる構成要素が散りばめられていると認識できるはずなのである。

ところが、現存巻の巻末から中間欠巻部にかけては、いまだ一人の男（男主人公）をめぐる姉妹の物語であって、姉の夫を図らずも妹が奪ってしまう物語の収束にむけて、父入道が隠棲する広沢の邸に身を寄せることになる妹寝覚の上の動向が注視されることとなる。その中で従来散佚部の内容推定の資料となった『風葉集』や『後百番歌合』の次のような場面を採り挙げてみよう[注(4)]。

○『風葉集』（巻二、八七）

広沢に住み侍りけるころ、朝ぼらけの空の気色にも、見し世のこと思ひ出でられければ

寝覚の広沢の准后

咲きにほふ花も霞も都にて見しながらなる春のあけぼの

○『後百番歌合』　三番右（二〇六）

広沢に独りながめて、姉の上もろともに起き臥し慣れにし方を思ひ出で給ふにも、「春や昔の」とのみ偲ばれて

咲き匂ふ花も霞ももろともに見しながらなる春のあけぼの

「咲き匂ふ」歌が寝覚の上の広沢での独詠歌であって『風葉集』歌の第三句「都にて」が後者の『後百番歌合』歌では、「もろともに」との相違はあるものの、同歌であろう。しかも、『後百番歌合』歌の詞書によって姉とともに過ごした昔が思い出され、広沢での寝覚の上の孤愁を引歌「春や昔の」が導いて浮き彫りにしている。注(5)引歌「春や昔の」は『伊勢物語』第四段及び『古今集』恋五に採歌される業平の周知の名歌「月やあらぬ春や昔の春ならぬ我が身一つはもとの身にして」だが、「咲き匂ふ」歌の末句「春のあけぼの」(傍線部)との連結がさらに『源氏物語』手習巻の次の場面を喚起させるのである。

閨のつま近き紅梅の色も香も変らぬを、春や昔のと、こと花よりもこれに心寄せのあるは、飽かざりし匂ひのしみにけるにや。後夜に閼伽奉らせたまふ。下﨟の尼のすこし若きがある召し出でて花折らすれば、かごとがましく散るに、いとど匂ひ来れば、

袖ふれし人こそ見えね花の香のそれかとにほふ春のあけぼの

(小学館新編全集⑥三五六頁)

尼姿に身をかえた浮舟が清澄な新春を迎えて、昔日の惑乱に一瞬わが身をゆだねて、現在の心境の揺るぎなさを推しはかろうとしているのであろうか。「袖それし人」とは、匂宮かそれとも薫なのか議論のあるところなのだが、波線部「それかと」がまた夕顔巻の「心あてにそれかとぞ見る白露の光そへたる夕顔の花」を惹起し、光源氏か頭中将なのかの謎解きの混迷に陥れるかの如くで、物語の冒頭と結末とが夕顔歌の「見る」と浮舟歌の「見えね」でも挑発し合う構造になっていよう。しかし、ともかく引歌「春や昔の」で導かれ、「春のあけぼの」に定位する回想の視界が、浮舟の場合は、二人の男に愛されたひとりの女の恋の行方であったのに対し、寝覚の上の場合は、一人の男によって引き裂かれることになった姉妹の絆であった。寝覚の上は広沢に赴く直前に、姉大君との別れを惜しんで次の

ように涙していたのであった。

端に出でて見渡したまへれば、今日を限る心地して、なにの草木も目とまるに、年ごろあの御方ともろともに、明暮ながめつつ、故上の御面影の我はおぼえぬを、言ひ出でなどしたまひつつ、月をも花をももろともにもてあそび、琴の音をも同じ心に掻き合はせつつ過ぎにし昔の、恋しきに、「残りなく飽き果てられぬる世なれば、いよいよ山より山にこそ入りまさらめ。またしも帰り見じかし」とおぼすに、池に立ち居る鳥どもの、同じさまにひとつがひなるもうらやましきに、涙のみこぼれつつ、

立ちも居もはねをならべしむら鳥のかかる別れを思ひかけきや（巻二。新編全集一九六～七頁）

ひと番の「羽根を並べし」群鳥に仲の良かった姉妹を喩えるのは、『紫式部日記』にもひと番の鴛鴦に喩えて離難さを同僚の大納言の君が式部への返歌に認めた例はあるものの、傍線箇所「月をも花をももろともに……」が、「あたら夜の月と花とを同じくは心知れらむ人に見せばや」（後撰集、巻三、源信明）を踏まえながらも、『源氏物語』総角巻で八の宮の服喪中にも拘らず大君に迫る薫が、「何とはなくて、ただかやうに月をも花をも、同じ心にもて遊び、はかなき世のありさまを聞こえあはせてなむ過ぐさまほしき」（⑤二三七頁、傍線筆者）と哀願した、実事なき〈逢瀬〉の核心を刻む表出となって現われるのだから、通例男女の恋の場面を形成する文言であろう。引歌「春や昔の」によって導かれた懐旧の念も、姉大君と仲睦まじく過ごした昔日の回想に参与する信明歌も、『源氏物語』では手習巻や総角巻を想起させるように、男女の恋の場面に奉仕するはずの引歌なのである。

ところで前掲『風葉集』「咲きにほふ」歌の二句目「花も霞も」は、のどかな春景を花と霞とで表徴する発想という点から、『更級日記』の「あさみどり花もひとつに霞みつつおぼろに見ゆる春の夜の月」に近似する訳だが、当該歌を所載する資料に新出の伝後光厳院筆『夜寝覚抜書』（大阪青山大学蔵）がある。散らし書きされた本文の構成は、

物語本文とおぼしき本文と作中歌を抄出し、それらは五組の場面で成り、中間欠巻部に相当するのが第一場面から第三場面で六首の作中歌を掲げ、残りの第四・五場面が三首の歌を含む末尾欠巻部に相当するという資料である。当該歌「咲きにほふ」は第一場面に存している。注(6)

「はるやむかしの」とのみ、このごろのよとてもねざめ□□に、かゝるまゝにながめあかしたまへるあさぼらけのそらのけしきも、おもふどちみし世のことは、まづしのばしうおぼしいでられて

さきにほふはなもかすみもみやこにてみしながらなるはるのあけぼの

あはれなどかげをならべて山のはにすみはつまじき契なりけん

前掲『後百番歌合』の詞書に拠れば、「咲きにほふ」歌は広沢での寝覚の上の独詠歌であったはずなのに、この『抜書』には「あはれなど」歌が添えられて、この場面を単独で推量すると、あたかも男主人公との贈答歌のようで、まさか姉と二人で仲良く過ごした頃を懐かしく回想している場面とは思われまい。つまり、「あはれなど」歌は、別の場面での作中歌であって、なぜか「咲きにほふ」歌に並記されているのである。田中登に「『欠巻部資料集成』で第一場面の最後に位置せしめた「あはれなど」歌を、むしろ第二場面の冒頭に位置させる方がより適切な処置かと思われる」注(7)とまで言わしめた。「咲きにほふ」歌と「あはれなど」歌をいったん引き離して考えるべきなのか、それともむしろ掲出本文に「おもふどち」ともあることによって、『抜書』の作意的な抄出とも思われてくるのである。

いったい「あはれなど」歌が詠まれた場面とは、物語のどの位置にあるべきなのか。現存本の本文に見出せないところからすれば、やはり中間欠巻部に存在した作中歌であるはずで、次の現存本巻五の場面と『後百番歌合』（十番右・二二〇）とを突き合わせてみると、それは明らかであろう。

○現存本巻五

二所は、すこしさし離れたるかたに、御几帳どもあまた引き寄せて、端近く御簾巻き上げて、小倉山を程遠からず聞きし鹿の声々、変らぬ音なひに妻恋ひわたるも、年ごろの忍び音によそへられて、「すみ果つまじき契りなりけむ」とながめわび別れし暁など、所も変らず、空の気色なども同じながらなるに、その折の心づくし、今さへ胸ふたがりつつ、泣きみ笑ひみとかいふにも尽きせぬ御仲、あはれなり。

（四八七頁）

○『後百番歌合』　十番右（二二〇）

年久しく絶えて後、巡り逢ひ給へる秋、月の光、虫の声も、ただ昔ながらの心地して、いしし山にて、「住み果つまじき契りなりけむ」ときこえしほど、別れ給ひし夜の心地おぼし出でられて、なかなか心尽しもややたちまさるに、人やりならず、涙にくれて

限りとて命を捨てし山里の夜半の別れに似たる空かな

両者に前掲『抜書』第一場面の「あはれなど」歌の下句「すみ果つまじき契りなりけむ」（傍線部）が引用されていて、男主人公との別れの場面として余程衝撃的で辛い場面だったことから記憶に残り繰り返し回想されているのであろう。しかし、当該場面は現存本になく巻五に於いて回想され得る時期は中間欠巻部ということになるが、その場所は巻五に「所も変らず」とあることから、そこはつまり「峰の浅霧晴れぬ山里」（巻五、四八一頁）とも表現される広沢にある邸宅だったのである。それゆえ『後百番歌合』の傍点箇所「いし山」は諸家が指摘する如く、「にし山」と訂正しなければならないが、寝覚の上との再会を「年久しく絶えて後」とする『後百番歌合』の詞書からすれば、「限りとて」歌が詠まれた時期は、老関白が没した後で、少なくとも八年の経過があり、中間欠巻部でも末尾の再会場面ということになる。はたして『抜書』では第三場面であって、以下の如くである。

月はいみじうきりわたり、むしのこゑ〴〵みだれあひたるに、とがめがほなるかぜのをとなひも、山ざとにて、

すみはつまじき、ときこえしほど、わかれいでにし夜の心地おもひいでられて、こよひもいとなか〱なるこゝろづくしなり。人やりならぬ涙にくれて、

かぎりとていのちをすてしやまざとの夜半のわかれににたるそらかな

傍線部「すみはつまじき」と内部引歌にしての「かぎりとて」歌の提示で、『抜書』にとって第一場面に「咲きにほふ」歌に並記して、まがりなりにも「あはれなど」歌を掲出しておくことが必要だったのかもしれないのである。

しかし、「あはれなど」歌は、前掲田中論考がその定位すべき位置に疑問を抱いたように、本来は『抜書』第二場面に該当するはずなのである。それは「ひるはをぐらのやまをながめくらし……」と始まり、寝覚の上の懐妊の夢を含む三首が掲出されている。老関白（当時、左大将）との結婚が決まった後に、最後の逢瀬を広沢で過ごし、夜半に別れ、内大臣は都へ帰らざるを得なかったようだ。つまり、第二場面は中間欠巻部でも冒頭近くに存するはずで、しかも男主人公内大臣にとっての寝覚の上と老関白との結婚は、二人の間を切り裂く、絶望的できわめて深刻な別離として受け止められていたことは、「かぎりとていのちをすてし」とか「すみはつまじき契りなりけむ」との過激なことばが躍る詠出によって窺知されよう。

その上、「あはれなど」歌の二句目は「かげをならべて」とあり、この言表は孝標女の物語にとっての特異語[注(8)]で、『寝覚』巻一（四三頁）では、既に式部卿の宮の中将が、但馬守の娘を石山で見初めた場面の贈答歌に「さやかにもみつる月かなことならば影をならぶる契りともがな」（宮の中将）「天の原雲居はるかにゆく月に影をならぶる人やなからむ」（女）とあり、『浜松』には現存巻一の冒頭で、渡唐した中納言が、在京の大君を恋慕して、「別れにしわがふるさとの鳰の海にかげをならべし人ぞ恋しき」（新編全集三一頁）と詠んでいる。両者とも石山での場面だから、琵琶湖畔の水面に影を並べて佇む相思相愛の男女の理想形として表出されているのであろう。

父入道の住む広沢の邸宅は「広沢の池のわたりに、言ひ知らずおもしろき御堂」（巻二。一二五頁）だったことから、「あはれなど」歌は広沢の池畔での「かげをならべて」の詠出だったことになる。そうとなれば、物語に於いて〈石山〉のイメージが深く底流していることからすれば、「いし山」をあながち誤写としてのみ、「にし山」に訂することも安易な対処としてその享受上から考え直してみる必要があろう。

三　『寝覚』末尾欠巻部――「しらかはの院」での幽閉と脱出

良房以来藤原摂関家の別業とおぼしき白河院を西山の〈広沢〉に対極する東の物語舞台に設営したのは末尾欠巻部に至ってからであって、[注(9)]それが『寝覚』の成立時期、つまり稲賀敬二によって推定される康平三（一〇六〇）年と、[注(10)]後朱雀天皇崩御後の寛徳二（一〇四五）年以来、上東門院彰子が白河院に居を遷している時期と重なっていて、『寝覚』の存立意義が問われることになる。

第四部とされる末尾欠巻部の内容推定に於いては従来の資料である『風葉集』『後百番歌合』だけからでも、ある程度可能であって、その一つの山場が寝覚の上の偽死事件に関わる「しらかはの院」幽閉と脱出であり、もう一つが息子真砂の冷泉院による勘当事件であって、この二つの事件の先後は不明ながらも、承香殿女御腹の女三の宮の動向が「しらかはの院」に於いて結びつく可能性があった。というのも、『後百番歌合』九番右（二一八）の詞書に「しらかはの院にて、身のありさまおぼしつゞくるゆふぐれに」とあり、また十五番右（二三〇）の詞書にも「しらかはの院より、あながちにのがれいでたまへるを」とあって、これらが寝覚の上が「しらかはの院」に不本意な滞在を強いられた、つまり幽閉された根拠となるが、一方真砂が恋慕する女三の宮の所在を「しらかはの院」とするのが、やはり『後百番歌合』に次のように存するからである。

○『後百番歌合』十三番右（二二二六）

院の御気色よろしからで、女宮具したてまつりて、冷泉院に渡らせ給ひにける後、右大将、白河の院に参りて、むなしく立ち返るとて、わたくしにだに忘れ給ふなよと侍りければ

女三の宮の中納言

嵐吹く浅茅が末の白露の消え返りてもいつか忘れむ

○『後百番歌合』十四番右（二二二八）

中納言の君、きえかへりてもいつかわすれむときこえけるかへし

右大将

吹き払ふ嵐にわびて浅茅生の露残らじと君に伝へよ

女三の宮の所在が「しらかはの院」（原文）と認められると同時に、冷泉院が鍾愛の女三の宮を真砂（「右大将」）との密会を阻止するために仙洞御所（「冷泉院」）に連れ帰ったという事情が十三番右の詞書によって明らかとなっている。そして「伝慈円筆寝覚物語切」や残欠の『寝覚物語絵巻』（大和文華館蔵）第二段第一紙とされる詞書には女三の宮付きの女房である中納言君の詠歌「嵐吹く」の波線部「あさぢがすゑ」（原文）の歌句が引かれていて、この「しらかはの院」での物語展開の具体相までかなり把捉できる資料状況であった訳だが、寝覚の上と女三の宮とがともに「しらかはの院」に居住していたにしても、その時期が重なっているとは判然としなかったが、新出の伝後光厳院筆『寝覚』を紹介する考えるシリーズⅡ『知の挑発①　王朝文学の古筆切を考える―残欠の映発』（武蔵野書院、平成26〈二〇一四〉年）所載の横井孝「『夜の寝覚』末尾欠巻部断簡の出現―伝後光厳院筆物語切の正体―」によって、両者がまさに同時期に「しらかはの院」に同居していたのだということが分明し、なおかつ伝後光厳院筆のツレである仁平道明

蔵の切が未詳物語の切ではないかという疑念を打ち消すことになり、その実質的評価も定まったということになる。

横井氏が紹介する新出断簡の一行目が『抜書』にも掲出される「しらざりしやまぢの月をひとりみてよになき身とや思ひいづらん」(後百番歌合、八番右、一二一六。風葉集・巻十七、一二七〇)であることで、『抜書』の第五場面に並記された一首目の「しほれわびふるさとのおぎの葉にみだるとつげよあきのゆふかぜ」(後百番歌合、九番右、一二一八。風葉集・巻四、二二九)と同場面であることも、この『抜書』本文「あはれ我を思いづる人もあらむかし。三位中将ふかくあとをたちたえこもりたるらむ(略)おさなき人〴〵のさま〴〵恋しさなど、身をせむるやうに、いとたへがた□にも、ものおもふ秋はあまたへにしかど、いとかくしもは、おぼえざりきかし」から察し得るのである。三位中将真砂が母寝覚の上が死んだと思い込んで北山へ籠ったことを嘆くのが、二首目の「しらざりし」の詠歌であり、一首目の「しほれわび」歌が、故関白の娘内侍督のちご宮などを恋しく思い出して心を乱していることが「伝慈円筆寝覚物語切」とも照応し、『抜書』に並記された二首が同年の秋の夕暮れに尽きないもの思いに沈んでいる寝覚の上の心境を映し出していることが知られてくる。

また『抜書』の第四場面は、寝覚の上が蘇生直後の痩せ衰えたわが身の姿を鏡に写してみるという場面で、いわゆる偽死事件の実態がその経緯とともに明らかになり「しらかはの院」を事件の現場として浮上させてくるのであり、「しほれわび」歌を収載する『後百番歌合』『風葉集』の詞書に「白河の院」とあることの意義もおのずから重要視されてくる訳である。そして仁平氏の断簡の内容が、次のように解釈できることになる。注(11)

これは、冷泉院が死んだような状態となっていた寝覚の上を白河院にかき抱いて連れて行き、大願を立てて仏に祈り、寝覚の上が生き返ったということを語っている場面の一部ということになる。

冷泉院が死んだようになった寝覚の上の〝遺体〟を内密に「しらかはの院」に運び入れたのであろう。寝覚の上が仮死状態に陥った原因は不明ながらも、冷泉院にとって長年執心する寝覚の上をこのような方法でしか取り込めなかったのであろう。そして冷泉院は寝覚の上を死んだことにして、つまり池田和臣が推測するように「『源氏物語』の浮舟の偽りの葬儀のように、死体を密かに処理してしまったように装ったのではないか。」ということなのである。注(12)仁平断簡を未詳物語ではなく『寝覚』の切と認める池田論考には同氏架蔵で伝称筆者を伝後光厳院筆とするツレの新出断簡をも掲出していて、その場面を「冷泉院は寝覚上が死んだことにして、男君と対面する。」としていて、「かばかりの御身をもしらせ給はずひたぶるにたえこもりおぼしめさる、いかばかりの人ならんとゆかしきに」(池田断簡本文)の試解を「「それにしても院は高貴なご身分をお考えにならず、ひたすら引き籠もって誰か女性を寵愛していらっしゃる、その女性はどれほどすばらしい人なのだろうか」と女性の素性を知りたいと思うが」と示しているからには、男主人公内大臣が白河の院に幽閉されている女性が寝覚の上その人であると思いも寄らない状況が設定されていたことになる。息子真砂ばかりでなく、その父の内大臣までが寝覚の上の死を確信していたことを前提とするから、〈偽りの葬儀〉の想定は充分な可能性があろうと思われる。

それにしても寝覚の上への冷泉院の執心を熟知していたはずの男主人公が既に心を他の女性に移している冷泉院に奸計の疑惑さえ抱かないのは不審なのだが、作者を同じくする『浜松』では吉野の姫君を清水寺から略奪して、侍女などに紛らわせて宮中の梅壺に隠し据えたのが式部卿の宮なのだが、主人公中納言は三位中将などを疑ったりして、当然嫌疑をかけるはずの宮を疑いもせず、姫君を探し出す方途を見失って数カ月を無為に過ごしている。ともかく宮が吉野の姫君を清水寺より連れ出す様を『浜松』は「衣を顔に押しくくみて率て出で給ひしか」(巻五、四〇一頁)と叙すから、仁平断簡に「この院にいてたてまつりて」とあるからには、某所から意識を失って仮死状態になっている寝覚の上を連れ出したのであろう。

問題はむしろ「しらかはの院」からの脱出の方で、寝覚の上が懐妊状態であることや、同殿した女三の宮との関係如何によっては、その時期や方法が異なってさまざまな想定が可能だけれども、池田氏はさらに脱出時に於いても寝覚の上が仮死状態に陥り死んだと思われ、その遺骸が「しらかはの院」から運び出され、その後蘇生するという二度目の〈死に返り〉を設定する。というのも、寝覚の上は真砂の勘当を解くため、冷泉院に許しを乞う手紙を送ったことで、冷泉院は寝覚の上の生存を知り得るからである（寝覚物語絵巻、詞書第三・四段）。

しかし、『後百番歌合』十五番右の詞書には「しらかはの院より、あながちにのがれいでたまへる」とあり、脱出時にはそれなりの困難が伴っただろうが、それが自ら死を装うような「そら死に」であったとは思われない。仁平氏は架蔵断簡の「しにこしかたゆくすゑもおぼえず、これをみすてゝいなば、よにいき返りながらへ給とも、我にはなげのことの葉もかけたまはじ」とあるところを、『源氏物語』夕顔巻で夕顔の死骸を東山に送った後の光源氏の心中を語る表現で、「などて乗り添ひて行かざりつらん、生きかへりたらん時、いかなる心地せん、見棄てて行きあかれにけりと、つらくや思はむ、と心まどひの中にも思ほす」（①一七三頁、読点私意）を踏まえているとする。[注13] であるならば「しらかはの院」からの脱出に際し、『源氏物語』蜻蛉巻の冒頭「かしこには、人々、おはせぬを求め騒げどかひなし。物語の姫君の人に盗まれたらむ朝のやうなれば、くはしくも言ひつづけず。」（⑥二〇一頁）と同じような状況を想定してみることができよう。「しらかはの院」がある東山の麓は賀茂川（白川は支流）が流れ、入水の想定も可能だけれども、例えば冷泉院は真砂との密会を恐れ、あるいはそれによって寝覚の上の生存を知られることもあり得るということからも、承香殿の女三の宮を京の仙洞御所へ連れ去る、その時を同じうして、邸内の騒ぎや混乱に乗じて、寝覚の上は人知れず逃げ出すことに成功し、失踪したのだと考えるのが、「あながちにのがれいでたまへる」とする文言からも最も穏当ではなかろうか。しかも物語は、脱出の顛末を「くはしくも言ひつづけず」であっても、そうした省筆が許容されるはずなのだ。

姫君を拉致・監禁、略奪・幽閉する物語が多い中でも、孝標女の作である『みづからくゆる』の尚侍は、男主人公左大将によって一時大内山に隠し据えられるが、その後行方をくらます。また『朝倉』では、男主人公三位中将が素姓も知らずに契った朝倉君を白河の家に住まわせるが、その後やはり脱出し行方をくらます。実は朝倉君は古里の家に帰るのだが、その途中賀茂の河原で、白河へ向かう三位中将の牛車とすれ違うことになる。『後百番歌合』五十五番右（三一〇）の詞書に「思ひわびて、白河より忍びて出づる川原のほどにて、おとど（三位中将―筆者注）の御車の会ひ給へる、」とある。寝覚の上の「しらかはの院」からの脱出をこのような『朝倉』と雁行させてみても大過あるまいと思われるのである。つまり池田氏のような二度目の「死に返り」を想定しなくとも、寝覚の上の脱出は可能であるといえよう。さらに『朝倉』では女君失踪後に、三位中将が白河の邸を訪ね、中納言君という女房と月を見ながら贈答歌し、女君失踪の理由を測りかねている（後百番歌合、五十三番右、三〇六）が、『寝覚』でも前掲の如く真砂が「しらかはの院」を訪れ、女三の宮付きの女房である中納言君と贈答歌し、真砂は「吹き払ふ」歌を詠んでいる。孝標女が『朝倉』『寝覚』ともに白河の邸宅にわざわざ「中納言の君」という女房を残すのは、彰子居住の白河院に中納言の宣旨と言われた女房が仕えていたからで、そのイメージを追ったものと筆者は考えている。

ともかく冷泉院は死んだことになっている寝覚の上を仰々しく探索することはできなかったであろうし、跡を絶えて数カ月も行方が知られなくなれば、寝覚の上が死んだと思っても致し方ないはずであろう。寝覚の上は「しらかはの院」から逃れ出て、広沢の故入道邸に帰っていたのであった。そこには叔母の女二の宮（元斎宮）が住んで居た。寝覚の上の出産と出家は、その叔母の助力があってこそであろうことが推察できる。『狭衣』では道成によって略奪された飛鳥井君が、兄僧に助けられ、常磐に住む叔母の尼君のもとで主人公狭衣の胤である姫君を産み、出家する。

広沢の邸宅と白河の院とが東西にその立地を分けて対極するばかりでなく、寝覚の上にとっては前者が安寧と救済の聖地であるのに対し、後者「しらかはの院」は混迷と惑乱の俗地と化していた。

四 『巣守』の「しらかはの院」

『寝覚』と『巣守』とが孝標女の作であることは、男主人公をめぐる姉妹の確執や女主人公に関わる琵琶伝授及び贈三位のこと、そして山里に逃れた女主人公が出産し出家を遂げることなどの共通項を旧稿に指摘して次のように述べた。注(14)

『寝覚』末尾欠巻部に白河の院が舞台となり、寝覚の上をめぐる冷泉院と内大臣の関係は、ほぼそのまま巣守の君をめぐる匂宮と薫との関係と言ってよい程、濃密な親近性をもって描かれている。

しかも「しらかはの院」が、女主人公寝覚の上と巣守の君の危機的状況を演出する舞台となり、執拗な求愛を拒み回避する場として機能しているとも述べたのである。

この白河の地には平安時代中期以降に於いては上級貴族の別業が複数あり、摂関家の邸宅であっても「院」「殿」と表記上の相異がみえ、注(15)その別業が誰の所有なのかさえ特定することが甚だ困難な状況なのだが、例えば少なくとも『和泉式部集』の次のような「白河院」は『公任集』と突き合わせてみれば特定できよう。

○『和泉式部集』(正集九八)

いづれの宮にかおはしけむ、白河院まろもろともにおはして、かく書きて家守にとらせておはしぬ

われが名は花ぬす人とたたばたてただ一枝はをりてかへらむ

○『公任集』(二九)

　帥の宮、花見に白河におはして
　われが名は花盗人とたたばたてただひと枝は折りてかへらむ

『和泉式部集』では「白河院」とする藤原公任の北白河山荘に帥宮敦道親王が和泉式部をともなって花見に訪れたが、あいにく公任が不在で、花の一枝を折って持ち帰ったというのである。当該「われが名は」歌は、単独ではなく『和泉式部集』では九八〜一〇六と『公任集』では二九〜三六とが一連の贈答歌群を形成し、『和泉式部集』一〇五「いまさらに」歌の詞書には「左衛門督、みちのくのかみの下りしころ」とあるところから、式部の先夫橘道貞が陸奥守に任ぜられた長保六（一〇〇四）年（七月に寛弘に改元）三月のころだと知られる。

また当該の「われが名は」歌の花の一枝が梅なのか桜なのかの議論もあって定まらないが、注(16)一般的には白河の地は、「都人士女之論花者、多以白河院、為第一矣」（本朝文粋・巻十、源順「後二月遊白河院同賦花影泛春池応教」）とまで言われる桜の名所として知られる。本稿ではこの公任山荘への道行きは、和泉式部が宮邸入りしたことによって、帥宮敦道親王の正室小一条大将藤原済時女（二女）が退去した後の出来事とみて、良房の別業「白河殿」があったとおぼしい「大白河」に対し、公任の山荘があった「小白河」と呼ばれる地には、済時の「白河院」（枕草子「小白河といふ所は」段）も近くにあり、この時期に「白河院」と呼ばれるのは、ほぼ済時の「白河院」に限られるという増田繁夫の指摘を参考にしたい。注(17)そうとすれば、宮が「花の一枝」を折って持ち帰るという行為が、済時を主とする「白河院」の桜から、公任山荘の梅に差し替えたという意味が含むとも理会され、正室と離別してまで和泉式部を手に入れた宮が花盗人と呼ばれても名誉を惜しまないとする心奥の決意を披瀝した詠が「われが名は」歌であったのだと読むことが許されよう。さらに小白河の公任山荘は、恋の舞台として次世代に引き継がれ、『今鏡』「白河のわたり」巻には教通が和泉式部の娘小式部内侍を花見に誘う逸話がみえ、教通室が公任女であったことから、義兄定頼と親しい間柄であって、『定頼集』には公任山荘をたびたび訪れている痕跡がみえる。注(18)頼通の同母弟教通の動向に注視するのは、寛仁元（一〇一七）年四月以降、四十六年の長きにわたって左大将の職にあり、そのことが『寝覚』『浜松』に於ける〈左大将〉設定の根拠となっていると思われるからである。注(19)そこで『巣守』の「しらかはの院」に関わる古筆資料を以下に挙げてみよう。次に『巣守』の『風葉集』所載歌全四首も合わせて掲出しておく。

○堀部旧蔵『源氏歌集』断簡注(20)

すもり内よりいづるに宮車にすべりのらせ給ひて、　宮
いとふ〳〵あはれ成ける君によりなどていのちを、しまざりけん
やがてしらかはの院におはしてうちふし給へり、とかくきこゑのがるけしきもあはれなるに、　宮
つらかりしこゝろを見ずはたのむるをいつはりとしもおもはざらまし
御かへし　女
ことさらにつらからんとはおもはねどいかにいかなるこゝろにはみし

○『風葉集』

(イ)　匂兵部卿のみこ、白河の院に侍りけるに、花見にまかりてよみ侍ける　薫大将
散り散らず見てこそ行かめ山桜古里人は我を待つとも（巻二、一〇八）
(ロ)　女のいひ逃れてつれなきさまなりけるが、またもさのみこしらへ侍りければ　匂兵部卿宮
つらかりし心を見ずは頼むるを偽りとしも思はざらまし（巻十四、八四九）
(ハ)　山里に侍りけるが、帰りてかしこなる女のもとに遣はしける　薫大将
暁は袖のみぬれし山里に寝覚いかにと思ひやるかな

返し

松風を訪なふものと頼みつつ寝覚せられぬ暁ぞなき

一品内親王家の三位

（巻十九、一三九三、一三九四）

堀部断簡詞書の「すもり」は『風葉集』(ハ)の詠人名「一品内親王家の三位」と同一人物であり、一品内親王とは明石中宮腹の女一の宮のことで琵琶の師として仕え巣守三位（古系図共通呼称）と呼ばれる『巣守』の女主人公である。その巣守三位が宮すなわち匂兵部卿宮にしつこく言い寄られ、この時は内裏からの退出時に後を追ってきたのか、それとも待ち構えていたのか、巣守三位の牛車にいきなり乗り込まれてしまった。おそらくそのまま従者に命じて「しらかはの院」に向かったと思われ、次の贈答歌が成立したと理会して構わないだろう。つまり「やがて」以下の状況は、「いとふ〳〵」歌から連続していたと判断され、巣守三位は拉致され「しらかはの院」に連れ込まれ、さらに横に添い伏され口説かれたということであろう。なお「つらかりし」歌が『風葉集』(ロ)と一致して、巣守三位が匂宮を頑に拒絶してその身を守ったことが知られる。樋口氏は「つらかりし」歌を「つれなかったあなたの本心を知らなければ、あなたが期待させるのを、うそ偽りであるとも思わないでしょうに」と解している。注(21)

とにかく匂宮が拉致して巣守三位を連れ込んだ「しらかはの院」は、匂宮の別邸であったことは『風葉集』(イ)で明らかで、詞書の「花見にまかりてよみ侍りける」や薫詠の上句に「山桜」とあるからには、歴史的な時代背景となる桜の名所である白河の地の景観がそのままのイメージで物語世界を横溢しているのであり、かつまた薫詠の下句に「古里人は我を待つとも」とあるのを、巣守三位が待っている地が白河であったとすれば、巣守姉妹の邸も白河にあったことになろう。白河に祖父螢宮伝領の別業があったとするのは旧稿以来の想定だが、そこに匂宮は中の君目当てに通っているうちに、姉の巣守三位に心を移したのだと思われる。しかし、巣守三位はそうした匂宮のあだ心を嫌って、誠実な薫を受け入れたのだと思われ、薫詠の「古里人は我を待つとも」とは相変わらず悠長な性格をみせる薫だが、もしかしたら匂宮に拉致された頃には既に巣守三位は懐妊していたのかもしれない。[注(22)]このように匂宮の別業や巣守姉妹の邸がある白河は、まるで平安中期以降の上級貴族たちの別邸が乱立する様相にむきあっていると思われる。

色好みの匂宮やまめ人とされる薫の設定や人物造型は宇治十帖の世界をそのまま持ち込んでいるのだが、池田和臣が言うように恋の勝利者が薫と匂宮とで逆転しているのが『巣守』の世界なのである。[注(23)]

巣守巻の匂宮・巣守三位・薫の関係は、現行の源氏物語の薫・浮舟・匂宮の関係を逆転したものとなっている。現行の物語では、まじめな貴公子薫が色好みの匂宮に浮舟を奪われるのだが、巣守の物語では、薫が匂宮から巣守君を奪うことになっている。薫に同情した後人が、薫を恋の勝利者に仕立て上げようと、巣守巻を書き加えたのだと推察される。

薫優位の評価の気運のなかで、[注(24)]『源氏物語』に書き加えたのが巣守巻だとする認識はともかくとして、「浮舟の女君のやうに山里に隠し据ゑられ」（更級日記）る相手が、薫であってほしいとする願望の実現が孝標女の試作物語『巣守』であったはずで、その人物対応関係をそのまま引き据え直して本格的な物語に仕立て上げたのが『夜の寝覚』であった。『巣守』での匂宮が妹中の君に通い始め、それから姉巣守三位に心を移した様相は久下旧蔵伝藤原為家筆『源氏歌集』巣守断簡に明らかであり、[注(25)]それでも巣守三位は匂宮を受け入れなかったはずで、前掲した堀部断簡の白河邸での密会は、いわば薫と宇治の大君との間の実事なき〈逢瀬〉であったとみられるし、それはまさに『寝覚』に於ける冷泉院による闖入事件や「しらかはの院」への略奪幽閉事件での踏襲であったといえよう。

一方、匂宮は意に靡かない巣守三位を姉の女一の宮の琵琶の師とすることで機会をねらっていたが、ついに巣守三位の牛車に乗り込み、密に白河の別邸に連れ込むという暴挙に及んだとおぼしい。その道行きの想定に匂宮の造型に影を落としていると言われる敦道親王と和泉式部の白河行きを重ねた筆者の妄説なのだが、白河と対極するのが『寝覚』では広沢であったのに対し、京都の西郊御室の北嶺である大内山が『巣守』では比定されたのであり、『みづからくゆる』では尚侍が左大将の住む大内山に隠し据えられたのだが、巣守三位は大内山に隠棲する朱雀院女四の宮を頼ったのであり、それも寝覚の上が広沢邸に居住する叔母で元斎宮の女二の宮を頼ったことと同定するのである。

妹中の君は姉と匂宮との〈逢瀬〉を誤解して実事があったと思い込んでしまったのであろう。巣守三位は妹中の君の誤解を晴らすためにも薫を受け入れたのであろうが、現在の諸断簡に薫との邂逅を推し測る資料は残念ながらない。しかし、薫との関係がその隠棲地であるはずの大内山に於いて続いていたことが察せられるのが、池田〈古筆切2〉であろう。[注(26)]「そひふし給へり」は、巣守三位に誰かが添い寝していると解してよいであろうし、そうなれば薫以外に考えられないのは当然である。また「宮いざりいで給へばい、さしつ」の「宮」は女四の宮で、宮の目を憚って二人が逢っている場面と把握できよう。さらに掲出した『風葉集』（八）が続くとなれば、「山里」が白河ではなく、巣守三位が匂宮から逃れて隠れ住む大内山となり、[注(27)]薫の「暁は」歌はその逢瀬の後朝歌ということで、池田〈古筆切2〉との連続性も確保され、『巣守』の内容復元が一段とすすむことになろう。

五　おわりに

孝標女が出仕した祐子内親王の妹禖子内親王家で開催された天喜三（一〇五五）年五月の物語歌合は、物語作者を和歌の詠人と同じ次元に引き上げた画期的な出来事であった。紫式部の時代では称賛の噂もいまだ戯れを生むにすぎなかった時代から、孝標女の時代は当物語歌合のエピソードを伝える『後拾遺集』巻十五、八七五の詞書「小弁遅く出すとて、方の人々とめて次の物語を出し侍りければ、宇治の前太政大臣、かの小弁が物語は見どころなどやあらむとて、こと物語をとどめて待ち侍りければ、岩垣沼といふ物語を出すとてよみ侍ける」で知られる如く、後援者であり実質的な主催者とも目される関白左大臣藤原頼通に宮の小弁が物語作者としてしっかりと認知されていたのである。つまり、誰が書いた物語なのかが問われる時代の到来であり、物語作者としていかに自作をアピールするのかが重要な課題となったはずなのである。

『巣守』『朝倉』『みづからくゆる』『夜の寝覚』『浜松』と繰り返される拉致、略奪のモチーフ、そして女の生き方を探るテーマの意味は、たとえ物語の写本に作者の署名がなくとも誰が作った物語なのかをはっきりと知らしめる方法として有効であると孝標女は判断したからに他ならなかったからではあるまいか。中で『夜の寝覚』が『更級日記』の執筆時期と兼ね合って、その執筆姿勢、意識を高揚拡充させたに違いなかろう。姉妹の構図を設定しても『巣守』とは逆に、女主人公を妹中の君に据えたのも自らの立場の反映であることは、亡き姉の子を身近に置いて育て上げるという共通項となって活かされる時期をむかえていたからだろう。紫式部にとってみれば、『紫式部日記』とともに宇治十帖を書き終えるという時期に当たる、そういう創作時期の作品として『夜の寝覚』は完成したのだと思われる。自らの物語に自らの体験を語り込めることは、方法的にも宇治十帖から学んだことだろうけれども、〈白河〉や〈広沢〉は孝標女固有のイメージではなく平安時代後期を象徴する地名でもあった。最後に和歌六人党のひとり範永の詠作を『後拾遺集』から拾い出しておく。

後朱雀院うせさせたまひて、上東門院白河に渡りたまひて、あらしのいたく吹きけるつとめて、かの院に侍ける侍従の内侍のもとにつかはしける　　藤原範永朝臣

いにしへを恋ふる寝覚めやまさるらん聞きもならわぬみねのあらしに

侍従の尼の広沢にこもると聞きてつかはしける　　（巻十五、九〇二）

山のはにかくれなはてそ秋の月このよをだにもやみにまどはじ
（巻十五、八六七）藤原範永朝臣

二首目詞書の「侍従の尼」に関して岩波新日本古典文学大系の脚注は「あるいは侍従内侍の出家後の呼称か」（二七七頁）と指摘する。もちろん同一人物とみてのここへの掲出である。このように〈白河〉〈広沢〉の地は、上東門院彰子からも繋がり、結び合う地であって、孝標女ひとりが幻想を膨らませた訳ではなかろう。

注

（1）小学館日本古典文学全集『夜の寝覚』の解説に於いて鈴木一雄は『源氏物語』との関係を大略に整理し、㈠作中人物の類似として四項目、㈡構想・場面・趣向などの類似として二十二項目を挙げる。
（2）仁平道明「などしつるをこがましさぞ―『夜の寝覚』の帝とそのゆくえ―」（『講座平安文学論究　第十八輯』風間書房、平成16〈二〇〇四〉年。のち『物語論考』武蔵野書院、平成21〈二〇〇九〉年）
（3）宮下雅恵『夜の寝覚論　〈奉仕〉する源氏物語』（青簡舎、平成23〈二〇一一〉年）
（4）引用は樋口芳麻呂校注『王朝物語秀歌選（上）（下）』（岩波文庫）に拠る。但し傍線は筆者。
（5）『後百番歌合』三番左（二〇五）は、兵部卿宮の上つまり宇治の中の君が、二条院に移るに際し、軒端の紅梅をみて「春や昔の」と亡き姉を偲ぶという早蕨巻の詠歌「見る人もありしに迷ふ山里に昔おぼゆる花の香ぞする」と番われていて、内容との関係は一致する。
（6）引用は『寝覚物語欠巻部資料集成』（風間書房、平成14〈二〇〇二〉年）に拠る。但し傍線波線は筆者。
（7）田中登「『夜半の寝覚』欠巻部資料覚書」（『平安後期物語の新研究―寝覚と浜松を考える』新典社、平成21〈二〇〇九〉年）

（8）和田律子「孝標女の「石山」―「影をならべ」を中心に―」（前掲『平安後期物語の新研究』）

（9）白河院の伝領に関し特に平安後期の頼通・彰子時代の実態については横井孝『源氏物語の風景』第五篇第五章「『寝覚』の風景二―「しらかはの院」―」（武蔵野書院、平成25〈二〇一三〉年）が詳しい。

（10）稲賀敬二「康平三年「寝覚」成立・仮説」（『源氏物語の研究―物語流通機構論―』笠間書院、平成5〈一九九三〉年）

（11）仁平道明「『夜の寝覚』末尾欠巻部断簡考―架蔵伝後光厳院筆切を中心に―」（『狭衣物語の新研究―頼通の時代を考える―』新典社、平成15〈二〇〇三〉年。のち前掲『物語論考』）

（12）池田和臣「『夜の寝覚』末尾欠巻部と伝後光厳天皇筆不明物語切の新出断簡―寝覚上は二度死に返る―」（「文学」岩波書店、平成24〈二〇一二〉年3・4月）

（13）注（2）と同じ。

（14）久下「『巣守物語』は孝標女作か―本文表現史の視界」（中野幸一編『平安文学の風貌』武蔵野書院、平成15〈二〇〇三〉年。のち『王朝物語文学の研究』武蔵野書院、平成24〈二〇一二〉年）。なお当論考に於ける『寝覚』に関しての訂正事項を列挙しておきたい。

①「寝覚の上は白河の院にみずから身を隠したとおぼしい。冷泉院によって幽閉されたのではあるまい」としたのを訂し、冷泉院によって幽閉されたと改める。

②「白河の院で無事女児を出産した寝覚の上」としたが、白河院での出産ではなく、広沢での女児出産とする。

③「まさこ君が承香殿の女御腹の女三の宮を白河の院に略奪してきた」としたが、これを削除する。

（15）『日本紀略』長元六（一〇三三）年二月十六日条に「今日、関白家於二白河院一有二子日之遊一」を『続古事談』（巻二―一、三七）には「宇治殿、白河殿にて子日し給けるに」とあり、また『扶桑略記』寛徳二（一〇四五）年閏五月十五日条に

「上東門院遷二白河院一」とあるが、『栄花物語』（巻三十六「根合」）では「白河殿に渡らせたまひぬ」とある。

（16）伊井春樹「公任と和泉式部―『公任集』覚え書き―」（『講座平安文学論究　第一輯』風間書房、昭和59〈一九八四〉年）、後藤祥子「源経信前史―道済集・公任集の読み―」（犬養廉編『古典和歌論叢』明治書院、昭和63〈一九八八〉年）は、和歌配列、源為善邸から公任山荘への紅梅移植、「花の香」を根拠に「梅」とし、それに対し増淵勝一「藤原公任白河山荘詠草考」（「並木の里」16、昭和53〈一九七八〉年10月）、竹鼻績『公任集注釈』（貴重本刊行会、平成16〈二〇〇四〉年）は、開花時期、霞とのとり合わせなどで「桜」とする。

（17）増田繁夫『能宣集注釈』（貴重本刊行会、平成7〈一九九五〉年）八〇歌〔補説2〕「白河院」「白河殿」について

（18）長和元（一〇一二）年四月、公任長女と結婚後、公任山荘は教通に譲渡されたか。長和五（一〇一六）年三月七日の『御堂関白記』には「従中宮人々行左衛門督（教通―筆者注）小白河云々」とある。

（19）久下「『浜松中納言物語』の世界」（前掲『王朝物語文学の研究』）

（20）堀部正二『中古日本文学の研究』（教育図書、昭和18〈一九四三〉年）「「桜人」・「狭蓆」・「巣守」攷」。但し濁点、傍線筆者。

（21）前掲『王朝物語秀歌選（下）』一〇三頁。

（22）鶴見大学本古系図には「朱雀院の四宮にまいりて、かくれたりしを、かほる中将み給て、かたらひより給ふ」とあり、二人の関係自体が大内山から始まることになる。久保木秀夫「『源氏物語』巣守巻関連資料再考」（『平安文学の新研究―物語絵と古筆切を考える』新典社、平成18〈二〇〇六〉年）は、物語本文・物語内容が相違する『巣守』の存在を示唆する。

（23）池田和臣「源氏物語には五十四帖以外の巻があった―散佚した巣守巻の古写本断簡―」（実践女子大学文芸資料研究所「年報」29、平成22〈二〇一〇〉年3月）

（24）内閣文庫本『狭衣物語』の巻四巻末に後人注と思われがちな付言も薫評価の立場にある。

(25) 前掲『平安文学の新研究』及び久下『王朝物語文学の研究』口絵写真。

(26)「武蔵野文学《特集》王朝物語の古筆切」(平成22〈二〇一〇〉年増刊夏号。のち前掲考えるシリーズII『知の挑発①王朝文学の古筆切を考える—残欠の映発』再掲載)の写真及び栗山元子「『夜の寝覚』・『巣守』の古筆切をめぐる研究史」(同書掲載)の翻刻。

(27) 巣守三位の「松風を」歌と『みづからくゆる』の尚侍歌(風葉集・巻十七、一三〇四)の「松風」との契合は大内山のイメージが重なる。

第三章　『狭衣物語』の位相

——物語と史実と——

一　はじめに

『狭衣物語』はとりわけ本文研究史の前に作品論が服従せざるを得ない状況が重く長く続いた。それは当然な研究様態とはいえ、本文の多様性が一つの本文に収束できない伝本の現状と焦りが、研究自体の枯渇を促しかねない時節が到来しているともいえよう。しかし、現存する最古写本として知られる深川本が小学館『新編日本古典文学全集』の底本として採用されるに及んで、最古写本が必ずしも最善本とは言えない事実が、全文の活字化によって白日の元に晒され、いくつもの論考を重ねるより有効的かつ如実に明らかとなった。

つまり、諸本系統図の最先端は、ますます遠くなるばかりなのだが、これさえ内閣文庫本・飛鳥井雅章筆本・蓮空本等による校合本文で、新たな異本成立が繰り返されたのであって、物語はどのような形でさえ進化するとはいえ、むしろ現今の進化が、近代的合理的思考による本文校合の結果でしかすぎないところに問題があって、その一端は既に古活字本・版本系の流布本として本文整合の結果、矛盾を抱え込まない物語世界が創出されているのである。

本稿はそうした本文相異や収束できない伝本の現状を再認識して、改作本である九条家旧蔵本（巻一は為家本）を絡ませての昭和期の不毛な原態論争にひとまず終止符を打ち、流布本対非流布本程度の本文対立に集約して、物語文学史上の『狭衣物語』の位相を見定めようとするものである。しかも研究史の動向を踏まえて論述しようという意図のもとにできる限り先行論考を取り込み、煩をいとわず繰り返しを避けることをしなかったので、既出の拙論とも多々重複する点があろうし、またその後の研究によって前言を修正する場合もあろうと思われるので、予めお断りしておきたい。

二　継子譚としての飛鳥井君物語

『狭衣物語』に於ける主人公狭衣と「一つ妹背」と見做され、叶わぬ恋の相手となる源氏の宮との狭間で、狭衣の現実逃避的な情交を描く飛鳥井君物語は、その女側に悲恋を構成する継子譚的要素をふんだんに採り入れながら入水譚として収束するという話型を活かして本物語中最も構造上整った仕上がりをみせている。注(1)

物語文学史上、継子譚の祖型とも言える『住吉物語』との関係は、夙く石川徹が飛鳥井君の乳母の亡夫が「主計頭」であるところにその脈絡を見出していたが、注(2) そもそもこの乳母こそが奸策を弄して飛鳥井君を欺く張本人であった訳で、石川氏も「継娘物ではないが、『狭衣』の飛鳥井一件は、継母を乳母に置き換えて、悲劇的結末に持って往ったものであろう」注(3) とし、一方三谷栄一は狭衣が仁和寺の威儀師を追い払って以後飛鳥井君のもとに通うようになってからの乳母の心境を分析し、「飛鳥井女君物語は継子虐め譚の変型」で、「乳母の継子虐め的な女君への感情と華やかな生活に憧れる性格が、女君を窮地に追い込むのである」注(4) とし、ほぼ共通の認識を示したのである。つまり、継子譚に於ける継母に代わる乳母の位相が問われることとなろう。

さらに石川論を踏まえて『古本住吉物語』（以下古本住吉と略す）との関連を検討した森下純昭は、飛鳥井登場の威儀師による拉致場面、式部大夫道成が飛鳥井君を盗む件、庇護者として叔母である常磐尼の存在、高野・粉河詣で狭衣が飛鳥井君の消息を知る件が、程度の差こそあれ何らかの影響下に構想されていることを指摘したのであった。注(5) 中で、巻二巻末の高野・粉河詣は従来から指摘されている永承三（一〇四八）年十月頼通が当地を参詣した史実を摂り入れながら粉河寺での普賢菩薩の示現を導き、その上で飛鳥井君の兄僧との邂逅を設定して、飛鳥井君の生存を知るという経過をたどるのは、『古本住吉』に於いても男主人公が長谷観音の霊験によって姫君が住吉に隠れ住んでいること注(6)を知ることと対応していると森下氏は言う。狭衣の高野・粉河詣の目的は、飛鳥井君の行方を捜すためではなかったが、高野から粉河への途次、吉野川を下る船上で狭衣は飛鳥井君を偲んで次のように独詠する。

　浮舟のたよりにも見んわたつ海のそこと教へよ跡の白波　（巻二。新編全集①二九七頁）

該歌は、巻一に於いて狭衣が飛鳥井君のもとを訪れた最後の夜、懐妊した姿で現れた飛鳥井君の入水を暗示する夢告歌「行方なく身こそなりなめこの世をば跡なき水を尋ねても見よ」（①一一三頁）と照応する。注(7)『古本住吉』でも『異本能宣集』に拠れば、男主人公侍従が「ならびの池」に佇み「入りにしはそこぞとだにも言ひつけば玉藻分けても問ふべきものを」（傍点筆者）と詠んでいるから、入水構想も視野に入ってこようが、「浮舟の」歌の末句「跡の白波」は、やはり「大領か女」が入水に至る散佚物語『かたの物語』に「かつきゆるうき身の沫と成ぬとも誰かはとはん跡のしら浪」注(8)との関連性を考えるべきであろう。つまり森下氏は前掲論考で「飛鳥井の入水事件もその構想を古本住吉物語にも負うている」と述べるけれども、男主人公の女君救出により結婚し、〈女の幸い物語〉として描く継子譚と男主人公との悲劇的な別離をむかえる入水譚への切り換えを考えるべき物語展開の節目ともなっていよう。

　父母をはやくに亡くしている飛鳥井君にも縁者に常盤に住む叔母の尼君が居て、『古本住吉』での姫君が身を寄せる母宮の乳母であった住吉の尼君に匹敵するのだが、もう一人虫明の瀬戸で入水間際の飛鳥井君を救出する僧が居た。それが粉河詣で狭衣が偶然山会った飛鳥井君の兄僧だった訳である。注(9) 兄僧との問答から飛鳥井君は「いかにも海には入らずなりにけるなめり」（①三〇三頁）と、入水しなかったことが察せられたのである。その『新編全集』の頭注には「女の入水というイメージの思い込みは『源氏物語』の浮舟の仕掛けに似る」とある。もちろん飛鳥井君物語が入水譚の構成に於いて浮舟物語を主体に摂り入れているという認識は共通していようが、[注10] また生田川伝説（大和物語一四七段）にしろ帝と采女の身分違いの猿沢の池伝説（同一五〇段）にしても、そうした古伝承の入水譚との決別は、まさに入水が未遂となり女君が救出されるという点にある。そして、その救出者が男主人公でないところが継子譚との分岐点として設定されるのであり、粉河詣に於ける飛鳥井君の兄僧の出現だったと言い得よう。

　しかも浮舟物語には継子譚的様相が濃密に現象し、継母に代わる実母が娘を偏愛するあまり、過剰な期待を押し付け、入水にまで追い込んでしまうという愚かな母を中将の君が演じ物語を創出してゆくことを、足立繭子が論証しているから、[注11] それを受ける飛鳥井君物語が第三の母として母権を執行する乳母の存在性に着目したことは姫君に親近する当時の環境としてまことに合理的な設定であった。[注12] それに加えて救出者が僧侶であったことは、浮舟を救助したのが横川の僧都と妹尼であったこととも関連して出家譚への新たな変節を構える布石ともなるが、いまは王朝物語文学に於ける入水譚の重要な話素として男主人公以外の救助者が設置されていることへの注視にとどめておう。

　というのも入水譚の形成に、孝標女の作『朝倉』を投入して考えれば、より明確となろう。女主人公朝倉君が粟津の浜で琵琶湖に入水しようとしたことが、『風葉和歌集』（巻十四、恋二）所載歌の詞書「あはれと思ひける女の、あはつのはまのほとりにて身をなけにけりと聞て」から知られ、[注13] その救助者が出家して身を隠していた父三河入道であったらしいことから、森下氏も「救助者が肉親の出家者であるという共通点」を指摘している。『朝倉』は孝標女の初期の作品であろうし、『狭衣物語』との影響関係も考えられるところから、[注14] 横川の僧都という他者から肉親の兄僧という女君の血縁者の救助者を設置する方向は拓けたと考えられよう。乳母による奸策を弄し女君を欺く継子譚的様相から入水譚へと接合し、その変節点に女君の肉親の兄僧を設営する飛鳥井君物語の成熟した物語構築を確認できるであろう。

さらに、もう一つの継子譚である『落窪物語』との関連が、飛鳥井君の亡父の官職名に関わってくる。物語の当初に「この女は、帥の中納言といひし人の女なりけり。親たちはみな失せにければ、乳母の主計頭といふ者の妻にて」(巻一。①八五頁)とある紹介文に「乳母の主計頭」とともに提示されていたのではないかと思われる。ここでは巻二に於いて式部大夫道成が飛鳥井君の顚末を主人狭衣の前で語る箇所を掲げる。

帥の平中納言の女さぶらひけり。親たちみな筑紫にて失せにける後、ただ乳母を頼もし人にてさぶらひけるに、蔵人少将時々通はれけるを、女はあひ思ひはべりければ、下り候ひにし暁、乳母に心あはせてとらせはべりしを、船にてもやがてひき被きて、道のままに泣き焦がれて、近くも寄せで心清くて本意なくはべりしかど……

(①二四九頁)

道成は乳母と計って飛鳥井君を筑紫下向の船に乗せたものの、泣き崩れている飛鳥井君に手を出せずに終わったことが告げられている。道成も飛鳥井君が「帥の平中納言」の娘であったことを知っていたようだが、本文的にはここで「平」が添加され、物語が歴史上の実在人物とより明確に切り結んだ文脈となっているのである。『新編全集』の頭注に「大宰帥となって任地で没した平中納言には格好のモデルがある。平惟仲《これなか》は寛弘二年(一〇〇五)三月十五日、大宰府で没した(小右記・四月七日条)」と指摘する所以である。しかし、飛鳥井君の亡父を「帥の平中納言」と官職設定し、そのモデルを平惟仲と見定めたところで、その官職呼称が物語内部でどのような機能、役割を果たすための設定なのか、また享受者にどのようなインパクトを与えて物語の奥行をかいま見させていくのか、それとも作者の歴史社会的背景に拠る官職呼称の選択なのか、いずれにしても単にモデル探しでは意味がなかろう。

『大鏡』道隆伝に拠れば、伊周男道雅が惟仲の娘と関係し、男女各一人の子を成したという。惟仲の子という訳ではないが、その男子が法師となった点や、道雅から逃れ去った女子が、三条院皇太后宮妍子の女房となった大和宣旨(勅撰作者部類)で、その後後冷泉天皇の中宮となった章子内親王家に仕えたようだから、天喜三(一〇五五)年の六条斎院禖子内親王家物語歌合で二番左に『菖蒲かたひく権少将』を提出した大和はその人なのである。その時『狭衣物語』作者宣旨は一番右に『玉藻に遊ぶ権大納言』を披講しているのだから、物語歌合関連で『玉藻に遊ぶ』の「蓬の宮」とともに五月の菖蒲の節句に「蓬が門の女」と歌を交わす場面に摂り入れたのかもしれないし、何より宣旨の叔父である和歌六人党のひとり頼家の母が平惟仲の娘であったのだから、大和の姉妹が頼光室であった関係で頼国の娘である宣旨の縁戚に当たる訳である。注(15)

また前掲引用本文に飛鳥井君のもとに時々通ってきていた「蔵人少将」とは、狭衣の偽称であったのだが、女君方を「別当殿の御子の蔵人少将」(巻一。①八七頁)と思わせて、恐れさせたのである。「別当殿」とは当時の警察組織である検非違使庁の長官のことで、作者宣旨の後夫となった源隆国も長久四(一〇四三)年から一年程使別当の経歴をもち、その長子隆俊は長久三(一〇四二)年から四(一〇四三)年まで蔵人少将で、それはちょうど父隆国が使別当であった時と重なるので、「別当殿の御子の蔵人少将」とは、作者宣旨にとって確かな映像イメージをともなった蔵人少将ということができよう。注(16)

それに加えて検非違使別当に補任される可能性が中納言兼左衛門督にあり、源重光が円融朝から花山朝にかけて九年間も別当職にあったことなどが、その子息に蔵人少将を設定する機縁ともなり得るのは、重光の娘と伊周が結婚し、道雅が生まれるからである。『紫式部日記』寛弘五(一〇〇八)年九月十七日、彰子中宮敦成親王誕生にともなう七日夜の産養は朝廷主催で、勅使として蔵人少将が遣わされた。十七歳の道雅であった。『御堂関白記』寛弘四(一〇〇七)年正月十三日条には「右兵衛佐道雅を蔵人に補せられ了んぬ。若年と雖も、故関白鍾愛の孫也。仍って補せらるる也」とあり、道雅が少将になったのは寛弘五（一〇〇八）年正月二十八日のことであった。こうして〈蔵人少将〉像は、中関白家にとって道隆―伊周―道雅と父子三代にわたる強固なイメージ形成がなされていったのである。

上述の如く「帥の中納言」や「蔵人少将」という官職呼称は『狭衣』作者にとって歴史社会的背景に関わるのだが、『落窪物語』に登場する人物官職名でもあった。蔵人少将は落窪の姫君の継母が期待し実娘三の君の婿となったが、その後離反させ男主人公道頼は妹中の君と再婚させた。一方、継母の実娘四の君は面白駒との結婚で、男主人公道頼の復讐の犠牲となっていたが、四の君の将来を考え大宰の帥と再婚させたのである。つまり、「帥の中納言」や「蔵人少将」は男主人公道頼の継母ないしは源中納言家への報復に絡んでの登場であったとはいえ、そもそもその官名が『落窪物語』を喚起し、飛鳥井君物語の継子譚的構築に参画していたのではなかったか。

ところで、やはり中将から中納言に昇進した時衛門督を兼ねた（巻二）男主人公道頼のモデルとしては、道隆の長男で伊周の異母兄に当たる同名の山の井中納言藤原道頼が挙げられている。[注17] つまり、『狭衣物語』と『落窪物語』の登場人物の官職呼称の連鎖は中関白家の人々かその縁につらなる者ということになろう。当然、「帥の中納言」に兼家の「左右の御まなこ」（栄花、巻三「さまざまのよろこび」）とされた平惟仲と藤原有国とが比定されてこよう。惟仲は道隆に重用され、道兼を推した有国は道隆時代は憂き目をみる。その有国は道長の命を受けて長徳元（九九五）年大弐となり、惟仲は長保三（一〇〇一）年中納言で帥を任命される。[注18]『落窪物語』の作中官職が「帥の中納言」なのだから、平惟仲の方に重心があろうが、齋木泰孝は次のように述べている。[注19]

落窪物語巻四の作者は、帥の中納言のモデルとして、藤原有国と平惟仲を重ね合わせ、その筑紫下向については、「いと猛にて」下った有国とそれとは対照的であった伊周の配流にその材を取っているのではなかろうか。

長徳二（九九六）年四月、内大臣伊周は大宰権帥として左遷されたのだが、時の大弐有国が献身的に奉仕したことが『栄花物語』（巻五「浦々の別」）にみえる。斎木氏の言う伊周配流に関わる点とは『落窪物語』巻四に於ける帥の筑紫下向に際して、「おほやけの、「とくまかれ」と重ねて宣旨下りければ」とか、「帥は、播磨守待ち受けて、いみじういたはりける」（新編全集三二七頁）という記述で、伊周が播磨から重病の母貴子を見舞うため密かに入京したことで、再度の宣旨が下りたこと、及び播磨守の厚い接待ということなのであろう。『落窪物語』の成立時期の問題とも関わって軽々には言い難いが、後に「播磨守は、弁になりたまひけり」（三三九頁）ともあり、弁官コースを歩んだ有国のイメージが確かにあろう。注(20)

『狭衣物語』では『落窪物語』より明確に平惟中をモデルとし、そうした「帥の平中納言」を父と設定される飛鳥井君が継子譚的様相の物語に居る。乳母の悪計で追いたてられるように慌ただしく身支度を整える飛鳥井君は、「櫛の箱」（①一三二頁）とともに牛車に取り込まれるのだが、これは住吉の姫君が家を出る際に亡き母宮の形見の品と思われる「櫛の箱」と「琴の琴」を牛車に積み込んでいたし（上巻。九一頁）、『落窪物語』巻二では男主人公が帯刀とともに姫君を救出して二条邸に向かう時に「御櫛の箱ひきさげて乗りぬれば」（一三七頁）とあって、継子譚のキーワードを投入することを作者は忘れない。狭衣が行方知らずになった飛鳥井君の生存を兄僧から聞き知った後、その居所が常磐の尼君のもとであることを知り得たのは、はからずも今姫君の母代の口からであった。

三　今姫君入内騒動と養女譚

狭衣の父堀川関白には、三人の北の方がいた。狭衣の実母である堀川の上は源氏の宮を養女とし東宮（後一条院）への入内が期待され、坊門の上には今上帝（嵯峨院）の中宮がいたが、ただ太政大臣の娘である洞院の上方にはそのように慈しむ姫君がいなかった。

太政大臣の御方にぞ、いかにもいかにもかやうの人おはせねば、いとつれづれに思さるるままに、さるべからん人の女もがな、さざりをさへ（流布本―預かりてかしづき立てむなど）、明け暮れ恨みたまふ。（巻一。①二九頁）

源氏の宮を取り囲む狭衣の忍ぶ恋や東宮入内の方向性が示される文脈に挿し込まれ不安定性は否めないが、洞院の上方の姫君渇望を明示し、それが流布本に拠ると「さるべからん人の女もがな、預かりてかしづき立てむ」というから、明確に養女期待を象ることになって、今姫君登場への伏線となっていよう。

こうした養女待望の文脈を、『源氏物語』澪標巻に於ける「思ふさきにかしづきたまふべき人も出でものしたまはば」に対応させた構造化とみて、『狭衣物語』の玉鬘出現かと思いきや、堀川の上の養女源氏の宮が〈山吹〉の形象化とともに既に玉鬘の位置を占めていたから、今姫君はその名の通り玉鬘から引き出された近江の君の再来であるにすぎなかったのである。[注(21)] 今姫君を取り囲む無教養な女房たちの狂態や〈舌疾〉な母代そして一見おほどかに見える今姫君の愚鈍さはやはり嘲笑の対象でしかなかった。その今姫君の母伯の君が飛鳥井君の常磐の尼君と姉妹であったので、母代が飛鳥井君と狭衣との関係を知り得たことから、母代の口から狭衣に飛鳥井君の情報を伝えるという飛鳥井君物語との接続がなされることは既述した。しかし、今姫君物語の渦中で、もう一つ見過ごすことができない本文異同いや物語の構造上の問題があるのである。

そもそも今姫君は堀川関白の落胤ということで洞院の上の養女となった訳だが、身に覚えがない堀川関白と狭衣父子で、その容貌と痴者の兄の素姓から「宮の少将」（巻一。①一一一頁）に似ていることを確認する。「宮の少将」とは、中務宮の少将のことで、狭衣に親近し、高野・粉河詣の折にも三位中将として以下の如く随行していたのである。

中務宮の少将と言ひし、いまは三位中将、このごろは殿上人のなかに、何事もすぐれたるものに思はれたる、この殿に人よりもつかまつり馴れまほしきものに思ひきこえさせたれば、かかる御供にもおくれず参りたまふ。中宮の祖父の式部卿の御ゆかりに、この方々にもこと人よりは睦びきこえ申したまひて、大将殿の御ありさまも、懐かしくなづさはまほしさに、明け暮れたち添ひきこえたるばかりを、なほ、えふり捨てたまはずなりぬる。

(巻二。①二九五頁)

巻二の巻末近くに於いて、ことさらな人物紹介で、何やら後の物語展開に重要な役割を担わされるのかと予想される。特に中務宮の少将の系譜が「中宮の祖父の式部卿の御ゆかり」とされ、巻一には「坊門には式部卿宮と聞こえし御女」(①二二頁)とあるから、『新編全集』頭注に「三位中将の父中務卿宮と中宮の祖父式部卿宮が兄弟なのであろう」とする推察が成り立ち、しかも坊門の上と若い中将の年齢から式部卿宮を兄とする年の差のある兄弟となろう。また中将には姉妹がいて「かの姫君こそ大将の具にはせまほしく見えたまへ」(巻一。①一七〇頁)とあり、狭衣と似合いの夫婦になるような美しい姫君の存在を、女二の宮付きの女房たちの噂話で狭衣は耳にしていたはずなのである。

つまり、巻三で登場する「宮の中将」は中務宮の中将でなければならないのだが、巻四で明かされる宮の中将の妹である姫君は式部卿宮の姫君となり、翻って巻三で妹を狭衣に勧めた「宮の中将」も式部卿宮の中将であったことになってしまうのである。注(22) 巻三から巻四への接続は、「宮の中将」に関して奇妙な接合をしていて、系図も坊門の上の父である式部卿宮の子息がまた式部卿宮となるような不手際を呈することになってしまうのである。たぶんこの中務宮と式部卿宮の本文混乱は、単なる書写上の錯綜なのではないはずで、巻一で源中将狭衣が横笛を吹き天稚御子降臨を招来させた場面に於いて清涼殿に居並ぶ上達部たちとその担当楽器は次のようであった。

中納言に琵琶、兵衛督箏の琴、宰相中将和琴、源中将横笛、中務宮の少将笙の笛など賜はす。今の名高き上手どもなるべし。

(①三八頁)

笙の笛を担当したのが引用した『新編全集』の本文では「中務宮」であるのだが、これは底本である深川本が「式部卿宮」であるのを、頭注に示してある如く「為家本や流布本などによって改め」（①三九頁）たのである。深川本のままの「式部卿宮」とすると、前掲した如く坊門の上が式部卿宮の娘だから、その弟の少将ということになる訳だろうが、しかし、『新編全集』は「坊門には、式部卿宮と聞こえし御女」の本文箇所も改訂していたのであって、これも頭注に「底本「兵部卿」を流布本などにより改める」（①二二頁）とある。つまり深川本本文ではどうにも〈読め〉ないのであって、ここは「式部卿宮」か「中務宮」のどちらかなのである。

巻二では中務宮の姫君が狭衣の似合いの妻として噂され、〈蓬が門の女〉に関わって中務宮の姫君の乳母を挙げたり、とりわけ兄少将が狭衣に親近し、高野・粉河詣ではわざわざ「中務宮の少将と言ひし、いまは三位中将」と、その官職昇進をも語っているのだから、巻三に「宮の中将」（②一六六頁）として登場し、その妹を狭衣に薦めるのが、中務宮の中将であって、巻一・巻二ではその姿を現さなかった姫君がいよいよ登場するのかと読者に期待させておきながら、それは巻四では「故式部卿宮」（②二四〇頁）の姫君で、巻三の「宮の中将」も「大人しき宰相中将のありさま」（②二四三頁）と、狭衣より年長として新たに紹介されてくるのである。

巻一の天稚御子降臨場面で笙の笛を担当するのは、巻二までの物語展開からすれば、当然「中務宮の少将」が穏当なのであり、「式部卿宮の少将」とするには巻四に至ってのどんでん返しに近い手法と見なければならなくなるだろう。そうした『花桜折る中将』に近い物語手法として認めれば[注23]、巻一・巻二に於いて式部卿宮にその姫君の存在さえ知られなくとも、笙の笛を担当するのを式部卿宮の少将とし、坊門の上の娘である中宮と狭衣が何故か仲が良い関係を形作っているから、式部卿宮の姫君が突如源氏の宮似の形代として登場する趣向がわずかに受け入れられる物語状況だといえよう。ただ作者はあくまで中務宮の少将を「中宮の祖父の式部卿の御ゆかり」とするから、今姫君の一件でその容貌に多少不安が残るけれども、中務宮の姫君を源氏の宮の形代として登場させる予定だったのではあるまいか。つまり、巻一の天稚御子降臨場面で笙の笛を担当するのが「中務宮の少将」ではなく、「式部卿宮の少将」とするのは、巻四以下の物語展開を知る読者が書き改めたという他あるまい。系譜的にも宮の中将の「余り若うをかしげなる」（②二四三頁）母を点描して狭衣に行きずりの懸想をさせている程なので、式部卿宮の後妻とみればよいだろう。坊門の上にとって宰相中将や姫君は異母弟妹ということになろう。そういう判断をあらたに示しておく。注(24)

ともかく構想の変更とも考えられなくはない「中務宮」から「式部卿宮」への転換なのだが、作者がどちらも固執した宮名での設定の可能性が考えられ、特に式部卿宮の姫君は源氏の宮の形代として狭衣後宮に入っているのであり、源氏の宮が東宮入内から斎院卜定へと一転することともあいまって、それぞれの女君の動向が、作者の立脚する歴史社会を背景として極めて急接近してくるようなのである。

周知のように『狭衣物語』作者源頼国女は六条斎院禖子内親王家に仕える宣旨女房であって、源氏の宮を斎院となすのも主家との関係によろうが、物語開巻時には源氏の宮は堀川家の養女として東宮入内候補者であった。そして、その養女入内を果たすのが祐子・禖子両内親王の母であった嫄子女王なのである。嫄子の父は式部卿敦康親王であり、母は中務卿具平親王二女であって、頼通が嫄子を養女とした。注(25)頼通の正室隆姫が具平親王の長女であった縁からであろうが、彰子の猶子となった敦康親王とも頼通は交誼があって、隆姫の妹の婚儀に際し、「わが御女のやうに」（栄花、巻十二「たまのむらぎく」）世話したという。

同母弟教通や異母弟頼宗・能信にひきかえ後宮政策に遅れをとった関白左大臣頼通は、嫄子の処遇に関して姉上東門院彰子との合議の上で、後朱雀天皇の大嘗会御禊の女御代としてそのまま入内させる方針を固めたらしいと倉田実は指摘して、注(26)『狭衣物語』の源氏の宮も同じであったとして、以下の本文を掲げる。注(27)

京には、大嘗会など近くなりければ、源氏宮、女御代したまひて、やがて参りたまふべしとあると聞きたまふ、大将の御心、ゆめいかばかりあらん。（巻二。①二六八頁）

式部卿宮の娘である源子は頼通・隆姫夫妻の養女として入内したが、堀川の上の養女源氏の宮は巻二巻末近くに、賀茂明神の託宣によっていってんして斎院に決定する。源氏の宮入内は方向転換された訳だが、巻四に式部卿宮の姫君が登場して、まさに源氏の宮の形代として入内が実現するのであり、源子像は『狭衣物語』の首尾に、その〈養女〉と〈入内〉を分離させて設置されていると見做せよう。

また狭衣帝の後宮には飛鳥井君の遺児姫君を養女としていた一条院一品の宮の後宮入りの可能性があったが、正室一品の宮は結婚がその姫君ゆえの事情と悟り、飛鳥井君の姫君ひとりを参内させて、自らは辞退したので、宮の姫君が参内後の後宮は、その立后も平穏に行われた。しかし、後朱雀天皇に入内後、源子の身辺は慌ただしく、まず一品の宮禎子内親王が、長暦元（一〇三七）年二月十三日に中宮（平行親記・一代要記・扶桑略記）、その後同年三月一日には源子女王が立后し中宮となったので、それにともなって禎子は皇后に転上した（要記・略記）。倉田氏は、この一帝二后は一条天皇の後宮の再現だとし、頼通が後宮に足場を作るための養女源子の入内が、水面下にあった嫡妻倫子腹と、皇后宮大夫で禎子を後見する能信の庶妻明子腹の対立を浮上させたとする。とにかく『狭衣物語』はこうした対立を回避するためもあって、兄の宰相中将しか後見のない宮の姫君にとって、一条院一品の宮の入内が退けられている。

一条院一品の宮は落飾しその薨去までが物語に記されるが、内親王で一品の宮となるのは史実面でも少ない上、一品の宮となった最も尊貴な内親王が降嫁する訳だから、平安朝期の物語でもその例は他にないのである。注(28) 朝日『全書』解説は、注(29) 院政以前の平安朝で内親王で一品に叙された八名（文徳皇女儀子、醍醐皇女康子、村上皇女資子、一条皇女脩子、三条皇女禎子、後一条皇女章子、後朱雀皇女良子、後三条皇女聡子）を挙げ、その中で出家した一条皇女脩子内親王や後朱雀皇女良子内親王を重視し、「この物語の擱筆期が承保四年以後だとすれば、物語中の一条院皇女の一品の宮には、脩子のほかにこの良子内親王の俤も混じてあるとしてよいであらう」とした。特に脩子内親王は皇后定子所生の第一皇女で、敦康親王の実姉であり、治安三（一〇二三）年頃、頼宗二女延子（母は伊周の長女）を従姉妹の縁で養女として三条宮で育てていたから、飛鳥井の姫君を養女とする〈一品の宮〉像に大きく関わると考えられる。それに加えて前述したように道長二女妍子腹の禎子内親王が嫄子女王と競うように後朱雀天皇に入内し立后する状況を阻止する意向が強く『狭衣物語』作者に働いたのであろう。一品禎子内親王を見据えて、頼通の養女であった嫄子女王が式部卿宮であった敦康親王を実父としていたから物語では養女源氏の宮の形代として式部卿宮の姫君が代わって入内し立后するという構造への反映とみられよう。

養父関白左大臣頼通と嫄子との関係を、『狭衣物語』では故先帝の皇女源氏の宮が『源氏物語』からは玉鬘の、史実からは嫄子の映像《イメージ》をもって造型されているようだから、嫄子に対して頼通に光源氏のような色好み性は認められないので、堀川関白とその子狭衣とに分離し養父性と色好み性を付与させたのかもしれない。『全書』解説は物語当初は狭衣の父堀川関白が左大臣でもあったことを言う。それは首肯されるものの[注(30)]、養女入内を計る関白左大臣ではなく「堀川」であるところに観点を置いたのか、モデルを堀川右大臣頼宗だと指摘する。庶妻明子腹の頼宗が堀川関白の造型に関わることは前記の点からも否定的であるし、やはり堀川関白単独でのモデル探しは有効性に欠けよう。特に今姫君物語の渦中では養女今姫君に対して、源氏の宮の場合とは逆に、狭衣の視点でその痴呆と狂態を把捉しながら父子一体で対処していたのである。そして今姫君物語と飛鳥井君物語とは、常磐の尼君がかつて一条院の女房であり、その妹が今姫君の母伯の君であった点で両物語は連関した。また中務宮の少将は今姫君の弟と似ると噂され、粉河詣では狭衣に随行し飛鳥井君の兄僧との出会いを導いていた。

狭衣を頼通に見立てれば[注31]、近侍する中務宮の少将の造型は、頼通の正室隆姫の弟で猶子とした中務宮具平親王の息師房を挙げ得よう。師房は禖子内親王の家司で、六条斎院の呼称もその居所とした師房の六条邸に由来すると考えられる[注32]。三谷栄一は岩波『大系』の解説で[注33]「狭衣物語が一世の源氏・二世の源氏親子を描いたのも、具平親王とその子師房、更にその子俊房、顕房とを折衷したと考えられる節がある。」と述べている。再度、「中宮の祖父の式部卿宮の御ゆかり」に着目してみると、史上の中務宮具平親王の子女隆姫・師房の母方の祖父は式部卿宮として知られる為平親王であった。

書写上の混乱ばかりではなく作者が人物系譜を明確に構築していないため巻四の式部卿宮の姫君はその兄が宰相中将であるゆえ、このままだと式部卿為平親王の二男源頼定の映像《イメージ》が付着してしまう可能性がある[注34]。為平親王と具平親王は村上天皇の異腹の兄弟であったから、物語内でも式部卿宮と中務宮は前記した如く兄弟で、おそらく故先帝の皇子たちであり、その先帝と中納言の御息所との間に誕生したのが源氏の宮であった。先帝后腹の式部卿宮先妻北の方のもとに坊門の上が誕生し、後妻北の方に男二人女一人が生まれた。その兄が頼定像を払拭する色好みでない宰相中将であり、妹姫君が源氏の宮に生き写しで、源氏の宮の形代として狭衣帝後宮に入るという次第であろう。

今姫君物語に於ける中務宮家に絡む落胤騒ぎも「いろいろに重ねては着じ」と一夫一妻を志向する狭衣を頼通に見立てる時、頼通周辺の騒ぎと関連してくるかもしれない。というのも頼通の正室具平親王長女隆姫は最愛の妻であったにも拘わらず子に恵まれなかったのである。そういう状況下で式部卿為平親王の一男源憲定没後、残された娘二人を隆姫は憲定が母方の伯父に当たる関係で引き取っていたが、「対の君」と呼ばれる妹の方と頼通は通じ、万寿二（一〇二五）年正月、通房が誕生した。隆姫の嫉妬を恐れ「対の君」との関係を絶った後、頼通は再び生母倫子のもとに侍女として仕えさせた進命婦こと祇子と関係をもち、次々と子が生まれたらしい。『栄花』（巻三十一「殿上の花見」）は次のように記している。

尼上の御方（―倫子）にさぶらふ人を忍びつついみじう思しめすといふこと出で来て、つねにただならで子など生みたまふといふこと聞ゆれど、上の御方（―隆姫）に思しめさんことをつつませたまふなるべし。故中務宮の御女などぞ聞えさすなりし。（新編全集③二〇〇頁）

祇子は、定綱、忠綱、俊綱、師実と男子を立て続けに産んだ（新編全集頭注一九九頁）。ところが、祇子の素姓について「故中務宮の御女などぞ聞えさすなり」と、中務宮具平親王の娘なのかどうか、いかにもその出自情報の歯切れが悪いのである。それはおそらく隆姫への配慮というのが実情だろうが、祇子腹の寛子が永承五（一〇五〇）年十二月二十一日、後冷泉天皇に入内する際に、寛子の母三条殿祇子も付き添って参内した。『扶桑略記』は同日の事を「関白左大臣藤原朝臣頼通息女寛子、初メテ内裡ニ入ル。母ハ中務卿具平親王女、贈従二位源朝臣祇子也」と記している。そして女御寛子の立后は翌永承六（一〇五一）年二月十三日のことで、『栄花』（巻三十六「根合せ」）はまたこの時点で以下の如く記すのである。

今后を皇后宮と聞えさす。三条殿をば、内々に故中務宮の女にさぶらふとぞ申させたまひける。尼上のさるもの憎みをせさせたまひければ、かたはらいたがりて紛らはして、中務宮の御子の因幡守の女とてさぶらはせたまひけれど、今は何ごとのつつましうてかは忍ばせたまはん、めでたしなども世の常なり。（③三六二頁）

尼上倫子の「もの憎み」がどのような筋合いのものであったのか不明だが、通房生誕の折にも「宮々の刀自、長女にてもこの御子をだに生みたらば。われあるをりに疾く見ん」（巻二十四「わかばえ」。②四四三頁）とする感懐であったのだから、頼通の隠蔽工作を嫌ったようで因幡守藤原頼成の娘だとして祇子を仕えさせたのである。頼成は具平親王の落胤で藤原伊祐の養子となっていた。頼通と祇子の関係を「内々に」でない者にとって、どのような噂となって飛び交っていたことか察するに余りあろう。とにかく中務宮具平親王とその娘祇子の存在は、洞院の上が養女とした今姫君が堀川関白に身に覚えがないとすれば、中務宮の落胤の可能性があるといえ、[注(35)]そうした騒動の渦中に点綴する中務宮家の関わりと、才能豊かな若い貴公子中務宮の少将及び狭衣の「御具」に相応しいとされる妹の姫君は、史上の中務宮具平親王の正嫡である師房と隆姫に匹敵しよう。

しかし、物語では今姫君の入内は阻止された。太政大臣の子の宰相中将が今姫君の寝所に忍び入ったのが露見して立ち消えとなったのである。[注(36)]宰相中将は太政大臣の子だから洞院の上の兄弟で、前掲引用した巻一の天稚御子降臨場面で、琵琶を担当した権中納言や箏の琴の左兵衛督の弟ということになる。[注(37)]長兄の権中納言は、巻三で一条院一品の宮と狭衣との関係を言い触らした権大納言であり、今姫君入内を強引に進める洞院の上自身に対しても、「はなやかに物好みしたまふ御本性」（②三三頁）と批判的で貶めている。一条院系に連なる太政大臣家の人たちは皇権を支えたり、王統に関わるには不適格な造型で、養女の今姫君の入内騒動が象徴的にこの家系の自滅を暗示しているといえよう。ただ狭衣が後一条帝（一品の宮の弟）の養子となって即位していること、及び飛鳥井の姫君の着裳に於ける後一条院からの贈物によっても、狭衣帝は「一条院皇統に連らなる」と倉田実は言うが、[注(38)]飛鳥井君の遺児が狭衣の実娘であることが明かされた上で、後一条院が一品の宮の形見として慈しむのであり、前斎院嵯峨院女一の宮を後見し、堀川関白の養女として狭衣が後一条帝に入内させたことも、狭衣が一条院系に組み込まれていく訳ではなく、むしろ逆に堀川・狭衣父子の温情に包摂されていくのであり、狭衣と一条院一品の宮の接近を促した飛鳥井の姫君とて、田村良平が言う通り、「狭衣を帝位へ導いた要素の一つ」なのである。[注(39)]

四　女二の宮密通事件から王権譚へ

『狭衣物語』は、堀川関白が「一つ后腹」(①二一頁)の一条院、嵯峨院と並ぶ二の皇子[注40]であったにも拘らず、「何の罪にか、ただ人」(同)となってしまった、その王権を父とともにその息男狭衣が奪回する物語である。[注41]

狭衣の帝位実現には嵯峨院の皇女たち、とりわけ女二の宮密通と若宮誕生が大きな要因となっている。嵯峨院の三人の皇女は、皇太后宮腹でいずれも狭衣への降嫁が庶幾されながら、挫折しているところに物語上の特徴があるとは、倉田実の指摘するところだが[注42]、物語開巻当初、最初に降嫁が取りざたされたのは女二の宮で、例の天稚御子降臨場面で天空に天稚御子とともに飛び立とうとした狭衣を地上にとどめようとした当帝嵯峨院が女二の宮降嫁を示唆したのであった。それ以来、「いろいろに重ねては着じ」とする狭衣の苦悶葛藤の歴史が始まることになる。

狭衣は源氏の宮への恋情を貫き通す意味で、嵯峨院の好意を無視していた。ところが、ある夜のかいま見で、女二の宮は狭衣の屈折した欲情の犠牲となってしまうのである。そうした内親王の降嫁拒否と密通事件には、また史実背景が指摘されている。

病がちな三条天皇は皇后娍子所生の第二皇女禔子内親王降嫁の意向を道長に示したのであった。『栄花』(巻十二「たまのむらぎく」)は次のように記している。

殿の大納言殿をば、今は左大将と聞ゆ。帝の御物の怪ともすれば起らせたまふも、いと恐ろしく思すに、皇后宮の御女一の宮は、斎宮にておはしましにき、女二の宮児よりとり分きていみじうかなしうしたてまつらせたまふに、わが御身だに心のどかにおはしまさば、いかにもいかにもあるべき御有様なれど、ともすれば今日か明日かとのみ心細く思しめしたれば、いかでこの御ためにさるべきさまにと思しめすに、ただ今さべく思しめしかけさせたまふべきことのなければ、「この大殿の大将殿などにや預けてまし。御妻は中務宮の女ぞかし、それはいかばかりかあらん。さりともこの宮にえや勝らざらむ。またわれかくてあれば、えおろかにあらじ」と思しとりて、

大殿参らせたまへるに、このことを気色だちきこえさせたまへば、…（②五四頁）

大納言兼左大将の頼通へ、「この大殿の大将殿などにや預けてまし」と、三条天皇は鍾愛の女二の宮禔子内親王を降嫁する意向が披瀝されている。道長は恐懼してうけたまわったが、頼通は正室隆姫への情愛ゆえ乗り気ではなく、「男は妻は一人のみやは持たる、痴のさまや。いままで子もなかめれば、とてもかうてもただ子をまうけんとこそ思はめ。このわたりはやうにはおはしましなん」（②五六頁）と、道長は頼通を叱責している。

三条天皇の退位後の不安や後見のない内親王の降嫁を『源氏物語』若菜上巻に於ける朱雀院女三の宮降嫁を下敷に叙述しているかのような筆法はさて置いて、子を産めない隆姫でもその愛情ゆえに一夫一妻を守り貫こうとする頼通の意志に、狭衣の「いろいろに重ねては着じ」の文脈と、その後の隠密な女性遍歴とを重ねて理会しようとするのが本稿の既述の意図するところであった。『栄花物語』はその後、重病に陥った頼通のもとに具平親王の霊が出現して、今回の縁組の破談を道長に迫ったので、やむなく降嫁は中止となり、頼通は全快したのであった。この降嫁が三条天皇のどのような思惑によるところなのか『小右記』の記すところと違い[注43]、また降嫁の中止理由の真相も不明だけれども、ともかく頼通への禔子内親王の降嫁は実現しなかったのである。

一方、大納言兼左大将である狭衣への嵯峨帝女二の宮の降嫁の件も立ち消えとなっている。弘徽殿に忍び入ってのかいま見からいっきょに女二の宮と契りを結び、それによって懐妊した女二の宮は若宮を産む。出産を偽装した母皇太后宮の死そして女二の宮の出家と物語は急展開している。要は、嵯峨帝の皇太后腹の三皇女とその若宮をどのように狭衣側に取り込んでいくのかが、狭衣即位と連関することを確認すればよいこととなる。その前に、前掲引用本文中に見える女二の宮の同母姉女一の宮当子内親王に着目しなければならない。

当子内親王は、長和元（一〇一二）年十二月四日に十一歳で斎宮となり、長和三（一〇一四）年九月二十日に伊勢へ発った。

その後父三条天皇の譲位により長和五（一〇一六）年八月十七日に斎宮を退下し、翌年の寛仁元（一〇一七）年四月に藤原道雅との密通が露見した。従来狭衣の女二の宮密通事件は、天喜五（一〇五七）年九月に起きた源師房の嫡男宰相中将源俊房と前斎院後朱雀皇女娟子内親王との密通事件を準拠としていると説かれていたが、当子・禔子姉妹の内親王に関わる降嫁拒否と密通事件ということで、近来にわかに物語構想への密着性が論じられている。

特に吉田文子は女二の宮密通事件との共通項を以下の如く六箇条にまとめて指摘した。注(44)

（一）当子の苦悩と女二宮の苦悩　（二）道雅の恋慕の情と狭衣の未練　（三）事件後の父三条帝崩御と若宮誕生後の母大宮崩御　（四）父崩御後の当子の病による出家と母后崩御後の女二宮の病による出家　（五）当子の尼姿の美しさと女二宮の尼姿の美しさ　（六）母娍子が当子の翌々年出家した事と、女二宮の父嵯峨帝が翌年出家した事

この六箇条の中で、やはり注目されるのは、当子が出家したことで、治安三（一〇二三）年には二十三歳の若さで亡くなってしまうのだが、娟子内親王の方は事件後の康平三（一〇六〇）年には俊房と結婚することになる（百錬抄）。女二の宮の母皇太后宮が皇女独身主義を主張しているし、そもそも前斎院禖子内親王のもとで、禖子の前任の斎院に当たる異母姉娟子の密通と、その後の幸せな結婚（今鏡、巻四「藤波の上」）が許容されたのであろうか。娟子の母が後朱雀天皇に入内した禎子内親王であるところにも問題があろう。注(45) それにひきかえ、前節に述べた飛鳥井君に通う蔵人少将を偽装する狭衣にしても道雅の投影が考えられるところからも、道雅・当子内親王密通事件との関連が濃厚となろう。

当子内親王にしても娟子内親王にしても二人の間に子の誕生はなかったが、女二の宮の男児は母皇太后宮の擬装によって嵯峨帝の皇子として育てられる。柏木密通で女三の宮に誕生した男児薫は光源氏の子として育てられた。皇太后が狭衣に生き写しの赤子を見て、「雲居まで生ひのぼらなん種まきし人もたづねぬ峰の若松」（巻二。①二一九頁）

と詠むが、本歌は光源氏が女三の宮に問い掛けた「誰が世にかたねはまきしと人問はばいかが岩根の松はこたへん」（柏木巻）としてよいだろう。薫の五十日の祝儀の日には既に尼姿であった女三の宮に光源氏が「この人をばいかが見たまふや。かかる人を棄てて、背きはてたまひぬべき世にやありける。あな心憂」と詰問した上での該歌であった。狭衣も出家した女二の宮に対して、「つれなく思ひ捨てて、知らず顔に見放ちたまへる御心の中は、なほ我が過ちといひながら、涙こぼれたまひぬ」（巻三。②二九頁）とする感懐は、若宮を引き取って親身に後見する時期のものだが、母でありながら子を見捨てている母に対する二人の男の心痛は共鳴していよう。注(46)

さて、若宮五十日の祝で退位間近な嵯峨帝の思念が披瀝されている。

二の宮、大宮の御かはりにて、大将を後見にておはしまさましかば、行く末の御ためどもに、いかにうしろやすからましと、返す返す口惜しく思しめされて、いつしか、この御方人おほすべきにもなきが、いと心細き、三の宮の御事をや、なほ言はまし、この若宮、御後見にもやがて預けて、思ふさまにしも思はずとも、おほかたの心めやすき人なれば、さりともことの外にはえ思ひ捨てじなど、懲りずまに思しめしけり。（巻二。①二五六頁）

嵯峨帝にとって皇女たちと若宮の後見として狭衣が最も頼もしき人であって、これは天稚御子降臨場面で地上にとどめる代償として鍾愛の女二の宮降嫁を決して以来の同様な思案であって、倉田実が「嵯峨院の狭衣贔屓と後見人不在による皇女降嫁がセットになって語られていた」と述べ、さらに「常に若宮の処遇と抱き合わせての関係で思案されている」と指摘されるところである。注(47)

この引用箇所は既に出家した女二の宮を断念し、女三の宮と若宮とを狭衣に預けるべく思案するのだが、こうした嵯峨帝の狭衣への絶大な信頼と執心は格別で、語り手から「懲りずまに思しめしけり」と揶揄される程なのであった。狭衣が自然に嵯峨院系を取り込むことができたのは、嵯峨院の意向に添う順当な成り行きの結果であったにすぎない。

嵯峨帝は後一条帝に譲位し、東宮には嵯峨院中宮（母坊門の上）腹の第一皇子が立坊する。新帝の父一条院が崩御したため、斎院であった一条院の姫君（一品の宮）が退下し、女御代を勤めてそのまま入内予定であった源氏の宮が新斎院に卜定した。そこで御代替りにともなって斎宮も交代するのが慣例であったから、その新斎宮にあいにく嵯峨院が狭衣の後見を期待していた女三の宮が決まってしまうのである。残されたのは天稚御子降臨当時斎院であった女一の宮と若宮だけなのである。その女一の宮は前述の通り狭衣の後見と堀川関白のバックアップで後一条帝に入内することになるから、結局若宮ただ一人が狭衣のもとに取り残されてくる。臣籍に下り狭衣の猶子となった若宮の袴着も堀川邸で盛大に執り行われたのである。こうして嵯峨院女二の宮腹の若宮及び一条院一品の宮養女で飛鳥井君腹の姫君がともに狭衣に委ねられてくる。この子たちは出家遁世志向の強い狭衣にとって障碍となり、現世にとどまる絆であった。

二世の源氏である狭衣が「顔かたち身の才よりはじめ、この世には過ぎて、ただ人にてある、かたじけなき宿世・ありさま」（巻四。②三四三頁）とはいえ天照大神の託宣で即位が決まるというのは、いかにも物語的だが、その皇権が一条院系と嵯峨院系とを統合する上に成り立っていることは注目しておいてよいだろう。[注(48)] 狭衣即位が父堀川関白をも「おりゐの帝の位に定ま」（巻四。⑦三五一頁）ったことは、「二の皇子」で臣籍降下した父の皇権回復で、いったんは堀川家系が一条院系と嵯峨院系の協調的な両統迭立の間に割り込む形となろうが、坊門の上所生嵯峨院中宮腹の現東宮、次に嵯峨院女二の宮腹の若宮（狭衣一の宮）、そして藤壺中宮の姫君腹の若宮（狭衣二の宮）と皇位は継承されるはずで三代先まで明確なのである。後一条帝には宣耀殿女御[注(49)]との間に子はなく、嵯峨院女一の宮との間にも皇女一人のみの誕生で、「継嗣つぎのおはしますまじきにやと、口惜しきこと」（巻四。⑦三四一頁）と皇嗣不在を嘆いていて、世間体は皇太后腹である嵯峨院の若宮を臣籍降下した処遇を後悔しているのである。天照大神は「若宮は、その御次々にて、行く末をこそ。親をただ人にて、帝に居たまはんことはあるまじきことなり」(②三四三頁)との託宣で、「御次々にて」とは狭衣帝退位後、一の宮は現東宮の即位時の皇太子となり、将来の天子への道筋を示したものであろう。倉田実は狭衣即位にあたって一の宮の処遇をめぐり皇位継承の混乱は避け難いとする。注(50) 養子と実質的な血統の問題は『狭衣物語』内部の問題として浮上するばかりではなく、藤原頼通が猶子とした源師房を祖とする村上源氏の抬頭という史実との関係にも拡がりかねないが、まずは狭衣に譲位するにあたって、後一条帝は「我が御皇子にならせたまひて」(②三四四頁)とした。後一条帝の養子となっての即位は便宜的な処置であって、これをもって狭衣が一条院系に組み込まれたと理会するのは早計であろうし、嵯峨院一の宮は狭衣の養子となったからこそ、実質的な血統を回復して、順次皇統は父堀川の血から狭衣の血へと継承されていくのであり、その連接点に一の宮が存在していたのである。つまり、狭衣の即位がなければ、場合によっては両統迭立に従い嵯峨院の皇子として、後一条帝が養子にむかえる可能性があったということであろう。狭衣の色好み性による女二の宮との密通によって誕生した一の宮が、神託で「親をただ人にて、帝に居たまはんことはあるまじきことなり」とされ、その系譜を正し、狭衣を帝位に推し上げたのであった。狭衣を実父とする一の宮は、この文脈に於いて既に帝位を確約されている。

注

(1) 話型に関しては久下『物語の廻廊—『源氏物語』からの挑発』(新典社、平成12〈二〇〇〇〉年)
(2) 石川徹「古本住吉物語の内容に関する臆説」(『中古文学』3、昭和44〈一九六九〉年3月。のち『平安時代物語文学論』笠間書院、昭和54〈一九七九〉年)
(3) 石川徹「物語文学の成立と展開」(『講座日本文学3 中古編Ⅰ』三省堂、昭和43〈一九六八〉年)

（4）三谷栄一『狭衣物語の研究〔異本文学論編〕』（笠間書院、平成14〈二〇〇二〉年）「飛鳥井女君物語に見る継子虐め譚」

（5）森下純昭「古本住吉物語と狭衣物語―飛鳥井の物語との関係―」（『語文研究』35、昭和48〈一九七三〉年8月。のち『研究講座　狭衣物語の視界』再録、新典社、平成6〈一九九四〉年）

（6）『古本住吉』の長谷詣に確証がないゆえ藤村潔「源氏物語に見る原拠のある構想とその実態」（『藤女子大学・藤女子短期大学紀要』9、昭和47〈一九七二〉年1月。のち『古代物語研究序説』笠間書院、昭和52〈一九七七〉年）に於ける『源氏』玉鬘の長谷詣が『古本住吉』に拠っているという考証を援用している。

（7）野村倫子「『狭衣物語』の吉祥天女―飛鳥井姫君をめぐって―」（『立命館文学』昭和63〈一九八八〉年3月）

（8）『増訂校本風葉和歌集』（友山文庫、昭和45〈一九七〇〉年）に拠る。

（9）飛鳥井君にはもう一人叔母が居たという議論もあり、上京時その叔母に同行したとの考えもあるが、兄僧の単独救出である。久下「飛鳥井君救出事情」（『狭衣物語の人物と方法』新典社、平成5〈一九九三〉年）

（10）森下純昭「入水譚の系譜―狭衣物語を中心に―」（『中古文学』10、昭和47〈一九七二〉年11月。のち前掲『研究講座　狭衣物語の視界』再録）も浮舟的な入水譚に猿沢の池型の入水譚の要素を摂り入れたという判断を示している。首肯されるが薫と匂宮とほぼ対等の男君を配する浮舟物語がより生田川伝説に近いのに対して、飛鳥井君物語が男女の身分差を抽出する猿沢の池型に近いという認識も必要であろう。

（11）足立繭子「浮舟物語と継子物語―母娘物語としての位相から『夜の寝覚』論へ向かうために―」（『中古文学論攷』13、平成4〈一九九二〉年12月）

（12）主人を欺く乳母の発想と造型をどういう視点で捉えるかによって多様な分析が成り立ち得よう。浮舟にも常に乳母が親近して実母と一体化しその代行をする可能性があったし、また従来から知られ禖子家にも出入りする橘為仲の歌集に物語絵に添えた一首の詞書に「おやなき女にめのとのならのほうしをあはせんとするに、なきたるかたをかきたる」とあり、乳母の悪計が知られ、『狭衣』作者宣旨が禖子内親王の乳母でもあった関係を重視して、飛鳥井君の乳母ばかりではなく、女二の宮の乳母等、その設定及び役割について考えることができよう。齋木泰孝『物語文学の方法と注釈』（和泉書院、平成8〈一九九六〉年）

(13) 他に『後百番歌合』（五十七番右）の詞書「権中納言ときこえし時、あさくらの君あふみのうみに身をなげてけりと人づてにききたまひけるころ、いしやまにまうで給とて」がある。

(14) 樋口芳麻呂『平安・鎌倉時代散逸物語の研究』（ひたく書房、昭和57〈一九八二〉年）は、『狭衣』巻四の作中歌「行ずりの花の折かと見るからに過ぎにし春ぞいとど恋しき」と、『風葉集』（巻一、春上）に所載する『朝倉』皇太后宮大納言詠「よそへつつをりける梅の花みれば過にし春ぞいとど恋しき」の関係を指摘している。

(15) 久下「フィクションとしての飛鳥井君物語」（『狭衣物語の新研究—頼通の時代を考える』新典社、平成15〈二〇〇三〉年。のち『王朝物語文学の研究』武蔵野書院、平成24〈二〇一二〉年）

(16) 久下「蔵人少将について—王朝物語官名形象論—」（『論叢　狭衣物語2』新典社、平成13〈二〇〇一〉年。のち前掲『王朝物語文学の研究』）

(17) 塚原鉄雄『王朝の文学と方法』（風間書房、昭和46〈一九七一〉年）「物語文学の素材人物」

(18) 久下「大宰大弐・権帥について」（昭和女子大学「学苑」785、平成18〈二〇〇六〉年3月。本書〈Ⅲ・第七章〉所収）

(19) 斎木泰孝「落窪物語に登場する帥の中納言のモデル—藤原有国と平惟仲—」（「王朝細流抄」6、平成15〈二〇〇三〉年3月）

(20) 『紫式部日記』の「播磨守碁のまけわざしける日」に関する考証で、萩谷朴『紫式部日記全注釈　上巻』（角川書店、昭和46〈一九七一〉年）は有国を推す。

(21) 篝火巻冒頭に「ころごろ、世の人の言いぐさに、内の大殿の今姫君と、事にふれつつ言ひ散らす」とあり、『狭衣』の方は「大臣の御方に参りたまへるに、この今姫君の住みたまふ対の前を過ぎたまへば」(巻一。①一〇四頁)とある如く、「今姫君」の呼称はともに作中命名である。久下「『狭衣物語』の人物呼称について」(前掲『狭衣物語の人物と方法』)

(22) 「中宮の祖父の式部卿の御ゆかり」に関して『新編全集』頭注に「諸本「御をぢ」とあり「をぢ」に叔父を当てる説もあるが、坊門の上の兄弟ならすでに皇孫で、宮ではなく、式部卿を拝命する史実はない」(①二九五頁)とする。ただ例外的に父方からすれば叔父で母方からすると祖父という場合もあり、また歴史上に式部卿宮であった敦明親王が立太子し、その後退位するが院号を受け小一条院となる。父が院つまり上皇だから、その息子は宣下次第で親王対遇となり、よってその男敦貞親王は中務宮となった。なお式部卿宮敦明親王の弟敦儀親王が中務宮であって、その娘は源子女房である。

(23) 『新編全集』頭注にも故式部卿宮邸の情景描写を「この辺、『堤中納言物語』「花桜折る少将」の冒頭部の舞台に似る」(②二四〇頁)と指摘がみえ、さらに「短編小説の一齣のように鮮やかな垣間見場面。しかも本命の姫君より前に主人公はその母に惹かれる。『花桜折る少将』の滑稽な落ちが、実はこの物語のような倒錯趣味の戯画化だとも読めてくる」(②二四三頁)ともある。ただ『花桜折る少将』との関係は土岐武治『狭衣物語の研究』(風間書房、昭和57〈一九八二〉年)等に指摘されている。

(24) 久下「宮の姫君の登場方法」(前掲『狭衣物語の人物と方法』)

(25) 頼通の養女となった時期は明確ではないが、『小右記』寛仁四(一〇二〇)年十一月二十六日の着袴記事に「関白養女」とある。

（26）『扶桑略記』に拠れば、御禊は長元九（一〇三六）年十月二十九日、大嘗会は十一月十七日である。嫄子は二十一歳。

（27）倉田実『王朝摂関期の養女たち』（翰林書房、平成16〈二〇〇四〉年）「嫄子女王の境涯」

（28）久下「一品宮について―物語と史実と―」（「学苑」792、平成18〈二〇〇六〉年10月。のち前掲『王朝物語文学の研究』）。高橋由記「『狭衣物語』の一品宮―降嫁した内親王の問題として（二）―」（「明星大学研究紀要―日本文化学部・言語文化学科―」16、平成20〈二〇〇八〉年）

（29）石川徹が「狭衣物語の作者と成立年代」（愛知学芸大学「国語国文学報」8、昭和33〈一九五八〉年11月）並びに「狭衣物語の定位」（「国語と国文学」昭和34〈一九五九〉年4月）とに述べたことを、「その後の調査考究をも加へて、増補訂正して本書の読者のために再録する」としたもの。なお石川徹「狭衣の構想と史実との関係―その基本的構想の原拠を探る―」（「国語国文学報」16、昭和38〈一九六三〉年9月。のち前掲『平安時代物語文学論』）でも同見解を知り得る。

（30）『夜の寝覚』でも男主人公の父は関白左大臣であり、女主人公中の君の父が源氏の太政大臣である。狭衣の父は源氏で関白左大臣、洞院の上の父は藤原氏で太政大臣である。

（31）中城さと子「『狭衣物語』と禖子内親王の周辺の人々」（前掲『論叢　狭衣物語2』）は「源氏宮物語における狭衣のモデルを頼通とした作者は、禖子内親王扮する源氏宮を狭衣の手の届かない存在とし、皇女禖子内親王礼讃の物語とした。また政権担当者としての頼通を、堀川大臣のモデルにも用いた作者が、堀川夫妻に養われる源氏宮の実父母のない嘆きを描くのは、幼くして父帝と母后を亡くした禖子内親王の境遇への同情からであろう。」とした。

（32）作者宣旨の同母弟頼実の歌集『故侍中左金吾家集』勘物（榊原本、松平文庫本）に「土御門右府家之人也」とあり、頼実は師房の家人であった。

（33）同解説は三谷栄一『狭衣物語の研究〔伝本系統論編〕』（笠間書院、平成12〈二〇〇〇〉年）に所収。

(34)久下「宰相中将について—王朝物語官名形象論—」(『論叢　狭衣物語3』新典社、平成14〈二〇〇二〉年。のち前掲『王朝物語文学の研究』)

(35)朝日『全書(下)』「狭衣物語登場人物関係表」の(註八)に「この今姫君の「せうと」は、中務宮に引き取られて、その猶子となったわけになる。その場合、今姫君もその実父は中務宮らしいといふ事になる。」(四〇七頁)との説明がある。

(36)宰相中将の大胆な行動は堀川関白や今上帝が入内を承引しない状況を察してのことであった。なお六条院に忍び入って玉鬘をわが物にし得た鬚黒も光源氏や実父内大臣(頭中将)の意向を見透かしての行動だった。

(37)和琴を担当した宰相中将は前文に「右大将の御子の宰相中将」(①三七頁)と紹介されている。この宰相中将とは別人である。他に宮の宰相中将も居て、当物語に宰相中将は頻出する。

(38)倉田実前掲書「飛鳥井の姫君の位置づけ」

(39)田村良平「『狭衣物語』における飛鳥井母子の位相」(『中古文学論攷』8、昭和62〈一九八七〉年12月。のち前掲『研究講座狭衣物語の視界』再録)

(40)『新編全集』の底本深川本はこの辺長い脱文で、内閣文庫本「五のみこ」で補っている。流布本は「二の御子」である。

(41)『狭衣物語』が究極的に堀川家の帝位奪回のテーマをもつと看破したのは平井仁子「『狭衣物語』試論」(『物語研究』2、昭和55〈一九八〇〉年5月)である。

(42)倉田実前掲書「嵯峨院とその皇女たち」

(43)『小右記』長和四(一〇一五)年十月十五日条や十一月十五日条では、三条天皇が帝位を保つためあるいは東宮に敦明親王を立てるためのかけひきとの批判が見えるが、退位後頼通の実弟教通へ禔子内親王は降嫁するから、あながち実資の推測が正しいとも言えまい。

(44) 吉田文子「道雅と當子の恋愛事件と『狭衣物語』の構想―六条斎院宣旨に於ける史実摂取の方法―」(広島大学「国文学攷」131、平成3(一九九一)年9月)

(45) 石川徹「狭衣の構想と史実との関係」(前掲)は、俊房・娟子事件は源氏宮系、一品宮系、今姫君系、女二宮系に分散されていると述べる。その指摘に俊房が事件当時宰相中将であったことが、今姫君に関わるとする点は首肯される。今姫君の母代は狂乱して事件を表面化するが、狭衣・女二の宮密通事件では、「心賢き」乳母出雲が醜聞にまみれることなく適切に対応したとされる。

(46) 久下「女二宮の位相」(前掲『狭衣物語の人物と方法』)

(47) 倉田実前掲書「嵯峨院とその皇女たち」

(48) 堀口悟「狭衣即位の意義」(前掲『論叢狭衣物語2』)は、「前半で摂関としての路線をたどっていた狭衣自身が天皇となることで、本人の即位ばかりか、嵯峨系・一条系両統の統一と同時に、摂関としての後見役と後見されるべき天皇とが同一人に帰結するという希なケースを創りえた」と述べる。

(49) 巻一に於いて狭衣は東宮であった当時の後一条帝宣耀殿女御に通じて、既にその皇権を犯していた。

(50) 倉田実前掲書「狭衣物語の皇位継承と狭衣の出養即位」

第四章　主人公となった「少将」

——古本『住吉』の改作は果たして一条朝初期か——

一　はじめに

『源氏物語』以前の成立で、物語の主人公として特に名の知れた「少将」は、帚木巻々頭に「なよびかにをかしきことはなくて、交野の少将には、笑はれたまひけむかし」とある「交野の少将」で、光源氏など及びもつかない余程の色好みの主人公であったらしく、『落窪物語』では女なら誰でも心ときめく貴公子として主人公の少将から嫉妬されていた。その間の事情は『枕草子』にも「交野の少将もどきたるおちくぼの少将」と記され、当時としては好評を博した物語であったことが知られる。

しかし、「交野の少将」は散佚した物語の主人公であって、「少将」を主人公とする物語としては『源氏』以後の成立になる『堤中納言物語』中の二篇『貝合』や『思はぬ方に泊まりする少将』を挙げ得るにしても、短篇物語の主人公としてしかその相貌を確認できないのである。前者は姉妹で催す貝合に母のいない姫君の方に加担する蔵人少将を描き、後者は故大納言の二人の姫君にそれぞれ通う右大臣家の権少将と右大将家の少将が、おのおの相手の姫君を取り違えて契る話である。他に「権少将」が主人公となる物語に、天喜三（一〇五五）年五月三日に催された六条斎院禖子内親王家の題を「物語」とする歌合に提出された十八篇の物語の一つに『菖蒲かたひく権少将』があるが、これとて

注(1)

やはり短篇で、主人公の「少将」は二十歳未満の若い貴公子が想定されるばかりである。

ところで、本稿が対象とする男主人公が「少将」となる物語、それはリメイクされた『住吉物語』なのだが、[注(2)]従来鎌倉時代の改作として考えられていた物語の変容過程にもう一段階加えて、稲賀敬二は「新版住吉」の存在を仮説し、その成立を一条朝初期、寛和末年~永祚初年（九八六~九八九）と想定されている。[注(3)]つまり、稲賀氏のいう「新版住吉」こそが、現存『住吉』の祖本となる訳である。なお稲賀説はその後、武山隆昭によって認証されてもいる。[注(4)]

二　稲賀説の行方

まずもって稲賀説の骨子、つまり男主人公の官職変更にともなう「新版住吉」成立の根拠を再確認するところから始めねばなるまい。

前掲(A)「延喜・天暦期と『源氏物語』とを結ぶもの」論考に於いては、大斎院選子の文芸サロンのもとで新たに設置した物語司や和歌司の機能をためすために古本『住吉』紛失事件を演出し、「新版住吉」の成立のきっかけとしたと述べている。その折、恋物語の主人公として古本『住吉』の「侍従」のままでは、当代の有望な貴公子との間に官職と在官年齢とにズレが生じてしまって、ふさわしくなくなっているとした。すなわち、藤原忠平十七歳（昌泰三〈九〇〇〉年、保忠十六歳（延喜七〈九〇七〉年）、師輔十七歳（延長二〈九二四〉年）、師尹十六歳（承平五〈九三五〉年）というように十六、七歳の侍従が定着していた時期と、寛和二（九八六）年の時点で、十二歳で伊周が侍従となって登場した現実との乖離が、物語の主人公の官職名の変更を促したとする。折しも道長が「四位少将」となったのが、寛和二（九八六）年十一月であって、二十一歳の「四位少将」の出現とが相重なっている時期として、寛和二（九八六）年を注目し、「新版住吉の寛和二―三年成立の線はこの点からも相当に確実な推定と思われる」とした。

次に前掲(B)「皇女と結婚した中納言兼左衛門督」論考に於いては、(A)論考で遺漏した「四位少将」の例として、寛和三（九八七）年、十七歳の道頼（道隆一男）と永延三（九八九）年、十六歳の伊周（道隆二男）を挙げつつ、物語の冒頭で「中納言にて左衛門督かけたる人」として紹介される住吉の姫君の父の官職に関わって、「中納言兼左衛門督」の地位に極めて長くとどまっているのは、何か実在の人物とかかわりがあってのことではないかとし、「中納言兼左衛門督」に十五年在任した源重光を挙げ、その重光の娘と伊周との結婚を「新版住吉」は視野に収めていた可能性があるというう。重光の娘と伊周との結婚を永祚元（九八九）年と推定して、「新版住吉」の成立時期を寛和二（九八六）年〜永祚元（九八九）年と多少幅を持たせたのである。

そして、さらに「新版住吉」成立後も、大斎院選子内親王のもとでは絵巻の創作も有り得たとし、稲賀論はあらたな展開をしてゆくこととなる。それは、《絵巻詞書化》と《物語歌集化》とに「新版住吉」の本文は分化して、現存諸本の流布本系が前者で、広本系が後者の祖となるということである。注(5)

そうした論述の方向の中で書かれたもう一つの稲賀論考を次節で具体的に取り上げながら、検討を深めていき、男主人公を「侍従」から「四位少将」とした新装の『住吉』が果たしてその歴史的背景に道長のイメージを負うのかどうか、そして『源氏物語』は稲賀氏の言うように古本『住吉』ではなく「新版住吉」の影響を受けて成立したのかどうかを考えてゆくこととなろう。

三　広本系『住吉』の「蔵人少将」

現存諸本の分類に於いて本文の増減や歌数の多少という差違を広本系伝本と流布本系伝本との祖本成立と切り離して、その二系統間に於ける影響関係に基づく本文変容を認めているのが、稲賀敬二「広本系住吉物語の「蔵人の少将」―女君の異母兄弟は流布本で抹殺された[注(6)]―」である。特に本節では広本系に登場する女主人公の異母兄弟「蔵人少将」に注目してみることとしよう。

物語の展開としては前後する指摘となるが、すでに三位中将となっている男主人公が初瀬から住吉へと一人で赴いたので、それを心配した父関白が殿上人たちを迎えに行かせる箇所で、流布本系の藤井本では次のようになっている。[注(7)]

さてゆかりある人〳〵、左衛門《さゑもむ》の佐《すけ》、蔵《くら》人の少将、兵衛の佐殿《すけどの》よりはじめて、四位五位など、その数《かず》、住《すみ》の江に尋行給て、　（一八六頁）

実は長谷観音の霊験で琴の音に導かれた中将が、住吉で姫君と再会を果たすという物語のクライマックスの直後に存する本文箇所で、訪れて来た殿上人たちと三位中将は、その夜管絃の遊びに興ずることとなる。

夜ふくるほどに、住の江に月さやかに澄《す》みわたりて、松風、波の音にたぐひつゝ、淡路島《あはぢしま》までかよひて聞ゆるさま、この世ならず面白かりければ、人〳〵、住の江にて遊《あそ》びたはぶれ給へり。三位の中将琴、蔵人の少将笛、兵衛《ひやうゑ》の佐笙《すけしやう》の笛、左衛門《さゑもん》の佐謡《すけうた》うたひ給けり。姫君《ひめぎみ》、侍従、尼《あま》君など、これを聞て、晴《は》るゝ心地《ち》ぞし給ける。　（一八六頁）

藤井本は住吉に参集した殿上人たちの官職名とこの管絃の場面とで対応するのだが、同系統の成田本[注(8)]では迎えのメンバーに蔵人少将が明記されているにも拘わらず、管絃の場面ではその姿が消えている。また大東急記念文庫蔵一位局筆本などは三位中将と蔵人少将の担当楽器が入れ替わり、三位中将が笛で、蔵人少将が琴となり、絵との照応関係からしても、ここは藤井本の本文形態があるべき姿であろうと思われる。[注(9)]

さて、問題としたい行文は、男主人公三位中将を迎えに赴いた左衛門佐、蔵人少将、兵衛佐を「ゆかりある人〳〵」と紹介してある箇所で、彼らは三位中将の縁者であったのである。中将に随伴せず初瀬から立ち帰った者たちを叱りとばした関白が信頼できる身寄りの者たちを住吉へさしむけたと思われるのだが、中でひとり兵衛佐のみが女主人公の異母妹である中の君の夫として藤井本などでも前出しているのであり、左衛門佐と蔵人少将は浅井峯治が「「ゆかりある人々」とあるが前には出てゐないから如何なるゆかりかは判然しない」[注(10)]と指摘するように、三位中将とどのような縁故関係なのか不明なのである。

そこで稲賀氏が注目したのが、広本系の真銅本や野坂本で、中納言邸に於いて行われた姫君たちの袴着の場面に、蔵人少将が存在していたのである。

(イ)姫《ひめ》君いかにかこの世の人《ひと》ともおぼえず。三の君、中の君もよけれども、この君ほどはなかりけり。御引《ひ》き手物《でもの》、さま〴〵したまひて、人をの〳〵帰《か》りぬ。いつくしき姫《ひめ》君持《も》ち給へる中納言かなと道《みち》すがらほめあへり。宰相《さいしやう》の御子の侍従《じじう》の君、ほのかに見てし面影忘《おもかげわす》れがたくて、帰《かへ》る空《そら》もなくおぼしける。左衛門《さへもん》の督《かみ》の御子、蔵人《くらんど》の少将《せうしやう》も同《おな》じ心にぞおぼしける。　（二八六〜七頁。三五三頁）[注(11)]

この袴着の場面で姫君をかいま見て心を奪われた人物に「宰相の御子の侍従の君」がいて、「左衛門の督の御子」である「蔵人の少将」も同じ心情だというのである。まず「侍従の君」の素姓は、「宰相の御子」というが、中の君の腰結い役として「中納言の叔父《おぢ》」で「宰相《さいしやう》」が務めたと真銅本本文にあり、その宰相の子だから、侍従は姫君の従兄弟に当たることになる。

次に「蔵人の少将」だが、「左衛門の督」はいわずと知れた姫君の父中納言の兼官だから、「蔵人の少将」は姫君とは異母兄弟ということになる。その異腹の兄弟である蔵人少将が姫君に恋心を抱いている状況が物語の展開相に新たに加わっているのが、真銅本や野坂本ということになろう。

そして、奈良絵の場面としても最も華麗に描かれ、四位少将が姫君たちをかいま見て思い乱れることになる「嵯峨野の遊び」の場面に続いて、次のような行文が、真銅本にみえる。

(ロ)さても袴着《はかまぎ》の時、ほの見し侍従《じゞう》、少将《せうしやう》、下燃《したも》えの煙《けぶり》、絶《た》えざりけり。又、少将《せうしやう》、侍従《じゞう》に会《あ》はんとて、たたずみ給ひけれども、音《を》ともせざれければ、恨《うら》めしうて、出《い》でざまに、

白波《しらなみ》のよる〳〵ごとに立《た》ちくれど寄《よ》するなぎさのなきぞ悲《かな》しき

と、うち詠《なが》め給ふ。　（三〇七頁。三六一頁）

「袴着の時、ほの見し」とあるから前掲(イ)を受けている。その侍従と少将の恋心を「下燃えの煙、絶えざりけり」とした。だから、この「少将」は蔵人少将のことなのだが、以下後文の「少将」は四位少将であり、「侍従」は姫君の乳母子の侍従であるから、呼称上も人物の混乱は目に見えている。それを積極的に評価して稲賀氏は次のように述べている。

真銅本、野坂本に従うならば、「侍従の君」「蔵人の少将」という、女君の従兄弟や異母兄弟が女君に恋しており、さらにそこへ右大臣家の「四位の少将」が、女君の求婚者として登場するとなると、これはもう継子いじめの物語よりも、『宇津保』の貴宮求婚譚に近い展開を読者は期待することになるであろう。

新たに求婚譚としての意匠を作意するにしては、きわめて断片的であり、いたずらに混乱を招く、加筆補入の傾向が著しいのだが、稲賀氏はさらに、「おそらく、これらの人物は、広本系の原祖本に、私の推定では「新版住吉」のオリジナル・テキストに、既に存在していたであろう」ともいう。

「新版住吉」が古本『住吉』の男主人公「侍従」を時代の恋物語の主人公としてふさわしく「四位少将」に改めた意義も、真銅本が求婚譚としての様相を画する中に再び侍従を投入するのでは半減しよう。また蔵人少将は中納言兼左衛門督を父とし、姫君とは異腹の兄弟[注(12)]という素姓が、藤井本をはじめ多くの伝本の「ゆかり」の位相を明らかにす

るけれども、依然として左衛門佐の素姓を確定することができない。稲賀氏のいう「新版住吉」を基点とし、絵や和歌を媒介とするきれいな二分化の本文の流れは慎重な再検討を迫られるといわねばならないだろう。

加えて、真銅本の特異な本文内容に関しては、横山重、注(13)桑原博史、注(14)そして菊地仁注(15)がいずれもその霊夢、夢告を指摘している。菊地氏に拠れば、姫君の主人公化が後退し、実母と継母との〝家〟対立が真銅本では顕在化しているという。このようなことからすれば、真銅本系伝本の総体的変容の中に求婚譚的様相も加えられてくる可能性が高いといえよう。

四　古本『住吉』から『源氏物語』へ

稲賀氏は「新版住吉」が『源氏物語』に影響を与えたとするから、姫君の求婚者として男主人公「四位少将」の他に「侍従の君」や「蔵人少将」が加わる時、その様相に『うつほ物語』のあて宮求婚譚を想起した指摘を前節に引用したが、これはむしろ『源氏』竹河巻の玉鬘大君求婚譚を通過した位相に於いて不都合ではなくなる官職呼称の設定だといえよう。

すなわち、竹河巻では薫は光源氏の子としての立場から「四位侍従」「侍従の君」「源侍従」と呼ばれ登場し、求婚者の一人となるが、最も熱心に求婚していたのが右大臣夕霧の息蔵人少将で、この少将の母は雲居雁だから玉鬘大君にとって従弟ということになる。求婚譚当初の薫の年齢が十四・五歳で、蔵人少将は二十歳前後と想定されている。

もし真銅本系『住吉』に於けるこの求婚譚の創出が、増補改訂の結果だとすれば、『住吉』から『源氏』への影響関係が明示的な、「住吉の姫君の、さし当りけむをりは、さるものにて、今の世のおぼえもなほ心ことなめるに、主計頭が、ほとほとしかりけむなどぞ、かの監がゆゆしさを思しなずらへたまふ」（螢巻）とある、玉鬘物語との関連を視野に入れた可能性をまず考えるべきであろう。[注(16)]『住吉』の姫君が七十歳余の主計頭に犯されそうになったことを玉鬘は自らの大夫監の忌まわしい求婚と思いくらべているのだが、両者の符合は幼い時に母を亡くしていることから始まり、その後は母の乳母の庇護を受け、さらに長谷観音の加護を受ける等、従来から多くの類似点が指摘されている。[注(17)]特に長谷観音の加護に関しては、市古貞次、[注(18)]桑原博史が古本『住吉』にはなかっただろうという見解に対して、藤村潔は上述の古本『住吉』と玉鬘物語との関係性の中に定位している。

そもそも長谷観音の加護といっても、『住吉』の場合は行方知れずになった姫君の所在を捜すために長谷寺に参籠した七日目の夜、男主人公の夢に「わたつ海《み》の底《そこ》とも知らずわびぬれば住《すみ》よしとこそあまはいふなれ」と、姫君のお告げを聞いて、住吉にむかうこととなる。それを観音の示現と理会してのことなのだが、住吉に着いても途方に暮れていた訳で、ようやく岸の松風にのって聞こえてくる姫君の弾く琴の音が男主人公を導いて、再会を果たすことができるのである。吉海直人が「二人の邂逅は長谷観音の霊験だけでなく、琴の霊力も大きいと言えよう」とする所以である。[注(19)]

一方、『源氏』も夕顔の乳母子右近は玉鬘との再会を祈願しにたびたび長谷寺に参詣していたけれども、二人の再会は、初瀬詣には必ず通る長谷寺の手前にある椿市であって、[注(20)]このような両物語の独自性からすれば、長谷観音の利生という対応関係は、あくまで物語展開の一項目、つまり話素の一つとして構成され符合しているに過ぎないといえよう。再会後、住吉の姫君は男主人公の父関白邸に入り、玉鬘は養父となる光源氏の六条院にむかえられた。

ただ『住吉』の琴の方は物語の中で首尾一貫して機能していて、その展開上に於いてはむしろ注目しなければならないだろう。すなわち、男主人公は誤って三の君と結婚したことを、西の対から聞こえてくる姫君が弾く琴の音によって知ることになったのであり、また度重なる継母の結婚妨害から逃れるため住吉下向を決意した時も、

さて夜《よ》ふくるほどに、車《くるま》やりて、来たりければ、櫛《くし》の箱《はこ》、また琴《こと》など車《くるま》にいれて、侍従《じじゅう》ともに乗《の》りぬ
（成田本44）

と、櫛の箱とともに琴を携行している。注(21)櫛の箱と琴は亡き母の形見の品との共通認識が成り立っている。大東急本はこの箇所では「琴《きん》の琴《こと》」（新編全集九一頁）とするが、住吉で男主人公を導いた琴の音は「箏の琴の音」（一一五頁）であった。ままこうした同一伝本内での混乱もみえるが、ともかくも『住吉』の姫君がいつも亡き母の形見の琴を身近に置き、折にふれ琴を弾き、その音が男主人公との結びつきを確かなものにしていった経緯がみえる訳である。

　ところで、光源氏の須磨流謫は、朧月夜の君との密会発覚を契機とする弘徽殿大后の画策に拠る所（賢木巻）もうかがえるから、藤村氏が指摘するように、「この物語の構想には、継母の難を住吉の浦に避けた住吉物語の影響があった」注(22)のであろう。そして、須磨への旅立ちの準備に整えた日常の道具類や使用品のほか、源氏が携行したものは「さるべき書《ふみ》ども、文集など入りたる箱、さては琴《きん》一つ」（須磨巻）であった。一つの箱と一つの琴との対応は、古本『住吉』から『源氏』へと受け継がれた形であったのであろうが、大東急本の如く琴《こと》が「琴《きん》の琴《こと》」としたのは、『源氏』との対応に走った改変の跡だろうと認識するのが筆者の立場である。

　さらに『住吉』への改変の流動性はこれだけでは収まらなかった。源氏が須磨から明石へと移る契機となったのが、住吉明神への祈願であった。源氏の夢枕に亡き父桐壺院が立って、「住吉の神の導きたまふままに、はや舟出してこの浦を去りね」（明石巻）と告げ、いっぽう長年娘の都の貴人との良縁を住吉の神に祈念していた明石入道との邂逅を成り立たせるのであった。

　このような住吉明神の霊験を住吉の名を冠した『住吉物語』が見逃すはずもなかった。改変の触手は前掲菊地仁が指摘する真銅本系統に顕現している。中で最も特徴的な住吉に居る姫君の夢に故母宮が出現する箇所を引用する。

さて少《すこ》しも怠《おこた》らず仏《ほとけ》に祈《いの》り給ひ、そのまゝ夜もふけぬれば、うちまどろませ給ふ。あか月がたの御夢《ゆめ》に母《はゝ》宮みへ給ひければ、四十ばかりなる女房《ねうばう》、大明《みやう》神の御前《まへ》の広縁《ひろゑん》に居《ゐ》給ひて、「われは中務《なかつかさ》の宮の御娘《むすめ》なり。中納言《なごん》の北《きた》の方《かた》は、たゞ人にてをはすれば、いかでか果報等《くわほうひと》しからんと思《おも》いしかども、いかなる報《むく》ゐにや、まさしく呪《のろ》い失《うしな》はれつゝ、はかなくなりぬ。（略）思《おも》ふさまにて侘《わび》しき事なきゆへに、姫《ひめ》君に夜昼《よるひる》たち添《そ》ひて守《まも》るなり。さりとも中務《なかつかさ》の宮もろともに引《ひ》き立《た》ちて、わが仇《かたき》とらざらんやは」と、返《かへ》す〴〵の給ふぞと思《おも》ひてうち驚《おどろ》き給ひて、

（三五八～九頁。三八〇～一頁）

母宮の死因にまで言及しつつ、実母が継母を仇とする事情を語るが、住吉明神の利生によって、母の素姓が「中務の宮の御娘なり」と明かされていることを本稿では重視したいのである。物語の冒頭に於いて姫君の母を、藤井本は「ふるき御かどの御むすめ」（成田本にはナシ）とし、古活字十行本は「古き宮腹の御娘」注㉓として、ほぼ二通りの本文で紹介されているから、ここでの具体的命名が「中務宮の娘」であったことは、いずれにしても抵触してしまう。「中務宮」の呼称は、いかなる意図による命名なのかも不分明と言わざるを得ないし、また偶発的に付加された本文での命名呼称ならば、含意するところはないのが自然であろう。

ところで、光源氏は明石君の様子を「伊勢の御息所にいとようおぼえたり」（明石巻）とした。これを六条御息所の物語（賢木巻）でモチーフとした《琴》と《松風》を引き継ぐ行文と理会すれば、上京して身を寄せる母尼君伝領の大堰邸が、源氏の「形見の琴《きん》」を掻き鳴らし、「松風はしたなく響きあ」（松風巻）う空間となるのは道理であった。そして、尼君の素姓も大堰邸伝領の経緯をもって知らされた。すなわち、「母君の御祖父、中務宮と聞こえけるが領じたまひける所」（松風巻。新編全集②三九八頁）であった。もちろんそれは単なる呼称の一致というのではなく、真銅本が主題化した〝家〟と〝王権回復〟の物語として大きく関わってくるからである。

明石入道が語った源氏の母桐壺更衣は叔父であった按察大納言の娘という系譜と、延喜帝の琴の御手を相承し、中務宮兼明親王との系譜にもつながる明石の君が、光源氏と明石一統の王権回復に寄与したのである。注(24)それは『住吉』の母宮が、姫君の入内を強く望んだことと、按察大納言が同じく娘の入内に固執した、その遺言の重みと、実現の物語化に於いて意を帯したのが『源氏物語』であって、その本来的な芽を新たに育んだのが、真銅本系統の姿なのであろう。住吉明神は主人公をできるだけ早く都に帰るように促し、流離を終息させ、以後の幸せと栄耀をはかるかのようである。『住吉』では諸本とも男女主人公の間に生まれた姫君は今上帝の女御として入内している。もちろん明石の姫君は中宮となっている。

上述の如く『源氏物語』が『住吉』に影響を与えているのは真銅本系伝本の増補箇所であり、多くの継子譚的要因は古本『住吉』から『源氏物語』へと考えられる受容系譜を形成していると判断されよう。

五　古本『住吉』と『狭衣物語』

三角洋一は、『住吉物語』と『狭衣物語』との表現の類似、影響関係を指摘する際にも、『夜の寝覚』の始発時、姉と結婚する予定の男主人公が、女主人公の中の君と契を結ぶという、ひとりの男と姉妹との関係構図と、『住吉』の誤まって妹三の君と結婚してしまう男君とを、「男女主人公のあやにくな関係」の類型として言及しているのである。注(25)

こうした物語の男女主人公の人物関係の構図や、その関係を混乱に導く事件の誘因設定など、物語展開の基本、根幹に関わる類同設営が、如何なる微細な表現の一致ないし近似性をも共有の所産として認知されていくのだろうし、またそれが両物語の先後関係を決することにはならないかもしれないが、平安後期の物語にも、『住吉』の影響が深く浸潤している痕跡と見做し得ることで、『源氏』以後も『住吉』への関心が引き続き、『竹取物語』や『うつほ物語』とともに顕在化していることだけは確かなのであろう。
　そうした意味で前節では『源氏』の玉鬘物語を取り上げたのだが、『狭衣』では飛鳥井君物語がそれに該当しよう。夙く石川徹が、飛鳥井君の乳母を紹介する行文に、「主計頭といふ者の妻」とある「主計頭」と、姫君を庇護する住吉の尼君に匹敵する常磐の尼君の存在、そして、男主人公が女君の行方を捜し求める姿勢が似通うことを示唆したが、注(26)それを受けて森下純昭が飛鳥井君を略取する仁和寺の威儀師や式部大夫道成を、六角堂の別当法師や主計頭と対応させ、また物語後半に於ける姫君の行方を知る初瀬詣と、やはり飛鳥井君の消息を知る狭衣の高野、粉河詣を関連づけて、物語の枠組上からも両物語の影響関係の深さを察することができることとなった。注(27)さらに継母の奸計にしても、その実行役の「むくつけ女」が三の君の乳母だとするから、継母の悪行を乳母に置き換えたとする従来の認識も多少修正されて、飛鳥井君の乳母の類型性が加味されよう。注(28)
　しかし、飛鳥井君物語の中核話素はあくまで入水事件であるから、そちらは浮舟物語との関連でと割り切ることはできない。もちろん森下氏がこの点も遺漏なく言及している。狭衣の夢に腹のふくよかになった飛鳥井君が現れて告げる歌に、

　行方なく身こそなりなめこの世をば跡なき水を尋ねても見よ　（深川本を底本とする新編全集①一二三頁）

とある。まさに「物語の展開を先取りした予言的」（新編全集頭注）な歌で、入水を暗示している。飛鳥井君は太秦の広隆寺に度々参籠しているから、その霊験とも考えられる。というのは、乳母と謀って筑紫下向の船に乗り込ませる道成は、狭衣の従者で乳母子であったが、その道成が飛鳥井君を見初めたのが広隆寺参詣の折だったのである。それはともかく、住吉の姫君が失踪直前に書き置いた歌に、

　わが身こそ流《なが》れも行かめ水茎《みづぐき》の跡《あと》をとゞめん形見《かたみ》とも見《み》よ　（三四六頁。三七七頁）

とある。当歌は藤井本や成田本にはなく、引用は真銅本からなのだが、『風葉和歌集』雑三に所載されている。歌中の「水茎の跡」は筆跡のことだから、森下氏が言うほど密接な関係にあるとは思えない。ただ姫君の入水を思わせる古本『住吉』の資料に、男主人公侍従が失踪した姫君を捜し求めて、「ならびの池の楲《いひ》のつらにゐたるところ」を詠んだ能宣の「入りにしは底ぞとだにも言ひつけば玉藻分けても問ふべきものを」（異本能宣集）があり、突然の姫君の失踪から入水を危惧する男主人公の意中を忖度することができよう。

もちろん『狭衣』が古本『住吉』から影響を受け、物語展開の様相にかかわって引用を重ねていったことを決定づける根拠はないのだが、もう少し指摘を続けることにしたい。

前に住吉の姫君が離京に際して、牛車に櫛の箱と琴を運び入れたことを指摘したが、飛鳥井君も出立時に、「あざやかなる衣ども持て来て着せ、櫛の箱など車に取り入れなどして、ただ急ぎに急ぎて」（巻一。一三二頁）と、慌しい中にしっかりと「櫛の箱」が積み込まれている。深川本をはじめ流布本もほぼ諸本に存在する行文だが、この「櫛の箱」が『狭衣』では亡母の形見とか、飛鳥井君の遺品とかの意味を負わない。それがかえって古本『住吉』の残滓と考えられるのか、それとも単に女君の身支度を整えるための化粧道具として必要だったので記されたにすぎないのか。これも幾つかの状況対応の中での一つの表現の一致としてみておこうと思うのである。

ところで、三角洋一が前掲論考で指摘する中に、引歌を介在させての関係箇所が挙げられている。

(イ)○僧どもに祈りせさせなど、もて扱いつつ、這ひ寄りては、とざまかうざまに言ひ恨みつつ、一日も波になど、
　すさみ臥したるを聞くも、（巻一。一四三頁。傍線筆者）
○河尻《じり》を過《す》ぐれば、遊《あそ》びものどもあまた舟につきて、
　心からうきたる舟に乗《の》りそめてひとひも浪にぬれぬ日ぞなき（傍線箇所―成田本「ひといと波に」）

など歌《うた》ひて、淀《よど》までぞつきにける。

（藤井本。一八七頁）

『住吉』の「心から」歌は、『後撰集』恋三、小野小町詠「心からうきたる舟に乗りそめて一日も波に濡れぬ日ぞなき」で、遊女たちが口々にみずからの境遇の悲哀を古歌に託しながら、主人公たちが乗る船に近づいて来ている光景である。それに対し、前者『狭衣』の場面は、身重で気分がすぐれない上に乳母の裏切りにあって落胆している飛鳥井君に言い寄る道成が、あれこれと恨み言をいい、「一日も波に」と思いが叶わず一日たりとも涙で袖が濡れない日はないなどと、口ずさみながら近くに添い臥しているのである。出航を前にして、道成は「江口のわたりの逍遥、この度は不用なめり」（一三四頁）と言っていた。父大宰大弐が急いでいることもあるが、妻とした飛鳥井君が居るからであろう。江口や河尻は、淀川河口の地で、遊女を相手に遊興を楽しむのである。道成は思惑はずれで、拒絶する飛鳥井君を前にして困惑している体である。

ただこの箇所、深川本系は「一日も波に」とあるのだが、流布本は「くだる僧どもに祈りせさせなど、よろづにもて扱ひつつ、這ひ寄りては、とざまかうざまに言ひ恨むるを聞く」（朝日全書上、二七二頁）となり、存在しない。一方、『住吉』も、真銅本系は「河尻《かわじり》に着《つ》きて、さし上《のぼ》り給へば、程《ほど》なく淀《よど》にも着《つ》き給ひぬ」（二七二頁。三八六頁）と消失する。三角氏は「引歌が偶然一致しているとしか答えようがなさそう」として、『住吉』から『狭衣』への影響なのか、それとも逆に『狭衣』から『住吉』へなのか判断を保留するが、筆者は古本『住吉』から『狭衣』への関係の方向性にあるという認識である。

さて、飛鳥井君の道成に対する拒絶姿勢にはもう一つ別の大きな理由があった。それは道成に下賜した狭衣からの餞別の扇によって、道成と狭衣との関係を知るに及んだからである。

(ロ)○移り香のなつかしさは、ただ袖うちかはしたまひたりし匂ひ変らず、仮名など書きまぜられたるを、泣く泣く見れば、渡る船人楫を絶え、と返す返す書かれたるは、我を思して書きたまふらんにもあらじを、只今見るには、ことしもこそあれ、いかでかはいみじうおぼえざらん。顔を当てて、とばかり泣かるさま、外までも流れ出でぬべし。

楫を絶え命も絶ゆと知らせばや涙の海に沈む船人

添へてける扇の風をしるべにて返る波にや身をたぐへまし

と思ひ続けらるるも、物のおぼゆるにや、我ながら心憂く、悲しきこと、限りなし。　（一四〇頁）

○少将《せうしやう》いまは侍従さへ忌みの内《うち》なれば、かひなき御文をだにも参《まい》らせ給ふ事なし。いとゞせんかたなきまゝに、たゝずみ給ふ。横笛《よこぶゑ》にてかくぞ吹き給ふ。

白波《しらなみ》の深《ふか》き闇路《やみぢ》に立《た》ちくれて身のうき舟は寄《よ》るかたもなし

と、吹《ふ》き給ふ。さのみすごく聞《き》ゝ知《し》らぬさまなれば、

由良《ゆら》の門《と》を渡《わた》る舟《ふな》人楫緒《かぢを》絶《た》え行方《ゆくへ》も知《し》らぬ恋《こひ》の道《みち》かな

姫《ひめ》君も琴《こと》の音《ね》にて返し給ふ。

楫緒《かぢを》絶え寄《よ》する渚《なぎさ》のうき舟は思《おも》はぬそら（野坂本「かた」）に波《なみ》や寄《よ》すらむ

と、弾《ひ》き給へば、少将《せうしやう》、

引《ひ》く網《あみ》にたゞよふ海士《あま》の捨《す》て小舟《をぶね》寄る辺《べ》知《し》りぬる琴《こと》の浦風《うらかぜ》

この度《たび》は、音《をと》もし給《たま》はず。　（真銅本三〇九～三一〇頁。三六二頁）

飛鳥井君を前にして道成が見せびらかす扇には狭衣の移り香とともに、「渡る船人楫を絶え」と書き記されてあったのである。その古歌は、曾禰好忠詠「由良の門を渡る舟人楫緒《かぢを》絶え行方も知らぬ恋の道かな」（好忠集。新古今集・

恋一）に拠って、狭衣は「行方も知らぬ恋の道」である源氏の宮への恋の思いを披瀝したものだろうが、舟中に拉致された飛鳥井君にとっては、まさに現在の「行方も知らぬ」状況を重ね得る歌であった。

対して、『住吉』の少将は、乳母の死によって服喪する侍従を介せず、みずから横笛を吹いて恋の胸中を伝えようとして、古歌「由良の門を」を用いている。姫君からの返答は琴によって、「思はぬ方《かた》に波や寄すらむ」と、本当の恋の相手ではないのでしょうと少将を揶揄している。

(ロ)に関しては『狭衣』は流布本とともに存在する場面だが、『住吉』の方は真銅本系のみに存して、恋物語としての様相を加える結果となっていよう。当該箇所に関して、三角氏は、「まずは『狭衣』が先と判断して誤らない」としている。

『狭衣』『住吉』ともに諸本の本文が錯綜していて、原態を定めることもできない伝本状況であるから、判断は当然揺らぎかねない。『狭衣』の場合を非流布本系本文を優位に据えて、古本『住吉』と新装『住吉』との兼合いを検討しているつもりである。ただ少なくとも稲賀氏の立論する「新版住吉」が男主人公を「侍従」から「四位少将」へと変更するばかりではなく、侍従の君や蔵人少将を加えての求婚譚的様相を含めるとすれば、それに対する男主人公の求愛過程も増幅され得るのであり、これらが真銅本系にのみ現象する特有な本文で、それは『狭衣物語』以後の増補加筆によると思われるのである。

六　小一条院詠の存在

侍従は亡母の法事を終えて、姫君のもとに帰参した。初秋の月の夜、姫君のもとを訪れた少将が、ひょんなことから侍従を弔問することとなった場面である。

とぶらひ侍らむとて、蔀《しとみ》をたゝけば、侍従は、「少将なり」とて、出あひて聞《き》こゆる様、「もの思《おも》ふは悲《かな》しき事とは、このほどこそ思《おも》ひ知《し》られ侍れ」と言《い》へば、「さこそは侍けめ。あなあはれ」など言《い》ひ通《かよ》はすほどに、さ夜《よ》も半《なか》ばに過《す》ぎて、鐘《かね》の音聞えければ、侍従、何心《なにごゝろ》もなく物語《ものがた》りの中に、

暁《あかつき》の鐘《かね》の音《をと》こそ聞《き》こゆなれ

と言《い》へば、

これを入相《あひ》と思《おも》はましかば

とうちながめ給ける。姫《ひめ》君も、哀とぞ聞とがめ給ける。さて夜も明《あ》けにけり。

（藤井本。一六六頁）

少将と侍従との対話の中で、交わされた「暁の鐘の」と「これを入相と」が連歌になっていて、この箇所、諸本によって文脈構成に混乱がみえるものの、当連歌はほぼ必ず存在している。[注29] 問題は、この連歌が小異はあるものの『後拾遺集』雑二に「女のもとにて暁、鐘を聞きて」とする詞書をともなって、小一条院詠「暁の鐘の声こそ聞こゆなれこれを入相と思はましかば」を所載しているからである。小一条院とは敦明親王のことで、誕生が正暦五（九九四）年で、崩ずるのが永承六（一〇五一）年だから、もしも当歌が小一条院自身の作詠だとすれば、円融朝頃の古本『住吉』や稲賀氏が想定する「新版住吉」の寛和二（九八六）年～永祚元（九八九）年の成立では、『住吉』に引用摂取されるはずはないのである。

つまり、自作の小一条院詠が『住吉』の改作過程で組み込まれたとするならば、永承六（一〇五一）年以降と考えるのが穏当であろうし、また文永八（一二七一）年成立の『風葉和歌集』の序に「すみよしのこれを入あひの連歌は小一条院の御歌とかきこゆ、かゝるたぐひおほかれど、いづれもものがたりやさきならむとてもるべきならねば、今これをのぞかぬなるべし」[注30] としているから、この間に於ける小一条院詠の挿入となろう。さらにおそらくこの連歌は男主人公

が「少将」であり、姫君の乳母子が「侍従」という呼称のもとで、両者間に設営されていると考えるのも妥当なのである。すなわち、樋口芳麻呂がこの序の指摘を説明して、注(31)

『風葉集』撰者は侍従と少将の連歌が掲載される改作本『住吉』を古本そのままと考えていたように思われる。そして、古本『住吉』は、『後拾遺集』よりはるかに古い成立であるから、古本・改作本を区別していない撰者が、物語の方が成立は早いと断ずるのは、無理からぬことなのである。

とするのだが、もう少し踏み込んで言えば、『風葉集』撰者は古本・改作本の区別ができなかった。いやむしろ当時既に古本『住吉』は散佚してしまって、『住吉』といえば、改作本のことであって、それに小一条院詠の存在を認めるとなると、その『住吉』は正暦五(九九四)年以降、『後拾遺集』成立の応徳三(一〇八六)年の間に限定される。『とりかへばや物語』が「今とりかへばや」に改作され、それを絶賛する『無名草子』の流れに立って、『風葉集』は「今とりかへばや」(現存本)から採歌している。院政期に『とりかへばや物語』が創作され、その後改作された。『無名草子』の成立時期は、樋口氏の想定に拠れば、正治二(一二〇〇)年から建仁元(一二〇一)年とされる。注(32)

『風葉集』が採歌する古本『住吉』ならぬ『住吉』が、いかなる形態の本であったのか。所載する七首の中の一首に、「はかなくてわがすみなれし住のえの松の梢のかくれゆく哉」(羇旅五八八、京大本)があるが、当歌が帰京する船中での姫君の詠歌として存在するのは、成田本系にはなく、真銅本系(三七二頁。三八六頁)だけなのである。注(33)ただ諸本中最も多い作中歌を抱える真銅本系と、その特異な付加本文の存在とは同次元に論じられないが、意外とはやく平安後期頃には、その骨格となる本が成立していたようなのである。

ところで、上記した推論は、あくまで「暁の」の連歌が小一条院詠を物語に摂り入れて形成されたという前提に立つから、『風葉集』序の如く、当連歌が存する『住吉』が先にあって、それを用いて小一条院が一首に仕立てたとも考えられる訳である。こうした場合の推定パターンは夙く土居光知にみえていて、注(34)『源氏』空蟬巻の巻末歌「空蟬の羽におく露の木がくれてしのびしのびにぬるる袖かな」が、唯一『源氏』作者の創作歌でなく伊勢の歌と知られているものの、『伊勢集』の伝本にこの歌を含まないものもあり、当時人口に膾炙した古歌との判断も捨て切れないのと同様で、注(35)作品展開の内的必然性や表現の類型性を検討することによって、その妥当な設営を認証していく方法が採られよう。とりわけ『住吉』の場合は連歌形態であるところに注意せられよう。

そこで、三角洋一「平安中後期の『住吉物語』―「暁の」の連歌をめぐって―」注(36)は、まず小一条院詠としての表現、素材、詠歌事情の三方向から検討を加えた上で、『住吉』の連歌としての適合性に言い及んでいる。つまり、句切れや歌中の「これ」の指示性及び結句の反実仮想に於ける表現含意の異質性をいい、小一条院詠の如く恋の逢瀬の近づいたしるしと聞く「入相の鐘」の例が皆無なこと、そして「暁の鐘」に関しても後朝の別れを促す音として恨めしく聞きなす例がないことを指摘して、「素材的風体的に自然な『住吉』の連歌を、院が異なる状況で転用した」と述べている。

それにしても三角氏が校注・訳を担当した大東急本を底本とする『新編全集』（五四頁）に於いて、忌明けの侍従を弔う少将の付句と判断するのは早計で、入相の鐘ならば、女を訪問する時刻が近づいたと解すべきなのである。逆に前掲した藤井本その他の諸本、例えば古活字十行本を底本とする『新大系』に於いて、稲賀氏が脚注で「この鐘が逢瀬を告げる入相の鐘だったら、うれしかろうに」（三一二頁）とするのは誤りで、侍従は母の死を経験して、少将の恋のもの思いへの共感を成し得るのであって、武山隆昭『住吉物語』（有精堂校注叢書）が「母の死を契機に侍従は少将に対して好意的になる」と、注するのは正鵠を射ていよう。その点、三角氏が「これを入相の鐘と聞きなしたならば、さぞ悲しいことでしょうね」と訳すのが、まずは穏当であろうし、「うちながめ給ける」は浅井峯治『詳解』

の如く「物思ひに沈まれた」（八八頁）と解すべきなのであろう。

だからといって、少将の求婚譚的様相がこの場面で強まる本文構成の大東急本に依拠して小一条院が詠じた訳でもなかろうから、「暁の鐘」「入相の鐘」ともども歌材として恋の情趣への転用はいかにも特異なのであろう。当連歌が含まれた『住吉』を読み、それをふと思い浮かべて、「新たなる思いをこめて吟じたのが評判をとり、『後拾遺集』に入集するにいたったのではないだろうか」とする三角氏の説明は、余程の『住吉』の熟知と、これらの歌材への鋭い認識が撰者にも要請されよう。

侍従の前句「暁の鐘」は、長居している少将の帰りを促すものだから、それを付句に於いてどのように対処するかによって一首の趣や意味合いが変容するのだから、少なくとも「入相の鐘」に対する当時の一般的な感懐が、『住吉』にも共有されていなければならないし、またそういう下地があってこそ小一条院にしても恋の場の詠みぶりに転用することが可能となったといえよう。

繰り返すが、「暁の鐘」は恋の場面であろうとなかろうと、夜が明ける時刻が近づいたことを告げる鐘としての機能で十分で、例えば『定頼集』〈明王院本〉[注37]には寛仁二（一〇一八）年頃のこと、定頼が同僚の蔵人たちを誘って広沢の遍照寺を訪れた記事に、「かくいふほどにあかつきになりぬるにや、鐘つけば帰りぬ」とある。一方、「入相の鐘」に関しては、三角氏が挙げられた例に尽き、「山寺の入相の鐘の声ごとに今日もくれぬと聞くぞかなしき」（拾遺集、哀傷、よみ人しらず）あたりが、規範的に領導して、「山寺の情景と無常・哀傷にまつわる思いを描き出したものばかりである」といいえよう。重なるが『源氏』以後の若干例を挙げておくこととする。

○『狭衣』（巻二）〈飛鳥井君の一周忌の場面〉

事果てて、僧も人々もまかでぬれど、自らは留りたまひて、尼君に会ひたまひて、尽きせぬあはれと思したり。

入相の鐘の音ほのかに聞こえたる、夕べの空のけしき、所がら、言ひ知らず心細げなるを、簾かき上げて、つくづくと眺めたまひて、行ひたまへるけしき、いみじう尊くあはれげなり。（新編全集②一四一頁）

○『更級』〈太秦参籠の場面〉

世の中むつかしうおぼゆるころ、太秦にこもりたるに、宮にかたらひきこゆる人の御もとより文ある。返事きこゆるほどに、鐘の音の聞こゆれば、

しげかりしうき世のことも忘られず入相の鐘の心ぼそさに　（新編全集三五〇頁）

○『浜松』（巻三）〈中納言と吉野の尼君との対面場面〉

夕暮れの空、いと深く霞みわたりて、内も外も人の音もせず、かすかにいみじきに、聖の、入相の鐘の声ばかりぞ聞こゆる。

（中納言）奥山の夕暮れがたのさびしきにいとどもよほす鐘の音かな

うらながめわたい給ふ夕映えは、いとどしきまでめでたく見え給ふ。「今日も暮れぬとばかりは、この鐘の音に聞き過ごしはべるほどを、推し量らせ給ふこと」とうち泣き給ひて、

（尼君）明け暮れも山のかげには分かれぬを入相の鐘の声にこそ知れ　（新編全集二一六頁）

○『浜松』（巻四）〈吉野の姫君、清水寺参籠の場面〉

夕つ方出で給ふほど、山風涼しう吹きたるに、入相の鐘のひびき添ひたるも、吉野の山に思ひよそへらる。立ちかへりやすらひて、出でもやり給はず。

（中納言）思ひ出づや見し山かげの夕暮れに心細さはおとりこそせね

いとなやましながら、すこし起き上がりて見送り給へるも、つねよりことに立ち離れにくうおぼさるるに、

（姫君）住み馴れし峰の松風それとただ聞きわたすにもものぞかなしき　（三七六頁）

孝標女などが「入相の鐘」に関心を寄せるばかりではなく、『住吉』第一首の「初時雨今日降りそむる紅葉の色の深さを思ひ知れとぞ」の「時雨」や「紅葉」という歌材や「嵯峨野」への関心は、平安後期の志向性に兼ね合うのであり、『浜松』（巻四）の例などは主人公中納言が吉野の姫君のもとから立ち帰り難くしていて、お互いの心細さ、淋しさを共有することで慰められる状況が点描されているとも解され、二人の馴初めからすれば明らかに恋の場面なのである。小一条院詠の世界にもう一歩というところまで近づいているといえよう。

ともかく、たとえ「暁の」歌がもとは小一条院詠でなく、稲賀氏のいう「新版住吉」の成立に抵触するものでないにしても、「入相の鐘」に対する寂寥感、悲哀感の醸成は、物語史的には『源氏』以後『浜松』などによって確認できるのであって、「暁の」の連歌をともなう『住吉』の改作が、『後拾遺集』成立以前のことであるとともに、当該歌が小一条院の自作詠だとした場合の方が、平安後期の時代相を反映しているとみられるのである。

七　「四位少将」は伊周か

「暁の」の連歌は小一条院詠からの摂取として積極的に考えてゆくことになるが、それは同時に古本『住吉』の男主人公侍従が「四位少将」となる改作過程を本稿では意味することになる。

そもそも古本『住吉』の紛失を前提とする、その直後の「新版住吉」の成立には、多少無理があった。大斎院の女房たちが「住吉の三室の山の失せたらば」「慰めもあらじ」（大斎院前御集）とする龍田越えの場面が簡略化されるはずはなかったであろう。注(38) ただこの場面の簡略化が、どの時期の改変によるのかで、古本『住吉』の侍従は何度か住吉の姫君のもとへ通い、現存本の少将は姫君との再会後、直ちに姫君をともなって帰京しているという相違をいまのところ埋め尽くし得ないのである。

また例えば、前掲した侍従が姫君を捜しあぐねて「ならびの池」で佇む場面が、現存本では「みぞろ池」の場面へと当代化して受け継がれたようだが、注(39) 桑原博史の分類でいう第四、五類の中の数本に限定的に存するようである。注(40)

雪いみじう降けるに、鞍馬《くらま》へ詣《まう》でして下向《かう》したまふに、みぞろ池《いけ》の蘆《あし》のはざまに、鴛鴦鳥《をしどり》のひとつ寝《ね》たるをみて、

わがごとくものや悲《かな》しき池水《いけみづ》につがはぬ鴛鴦《をし》のひとりのみして　（第五類千種本三五〇頁）

この場面の「つがはぬ鴛鴦」という表現が、『狭衣』（巻二）に見出すことができる。

池にたち居る鴛鴦の音なひ、つがはぬにやと耳とまりたまひて、

我ばかり思ひしもせじ冬の夜につがはぬ鴛鴦の浮き寝なりとも　（新編全集①二三三頁）

右は、狭衣が結婚を破談にし出家に追い込んだ女二の宮を思っての感慨で、流布本、非流布本ともに存する場面である。これも、三角洋一が指摘するところだが、注(41)「つがはぬ鴛鴦」の類想歌は、「思ひやれつらひまなきはらの池の番はぬ鴛鴦の夜の浮寝を」（続詞花集、恋中、藤原惟規）の他に、『新編全集①』頭注に掲げられる「冬の夜の霜うち払ひ鳴くことは番はぬ鴛鴦のわざにぞありける」（小大君集）や「冬の池の番はぬ鴛鴦はさよ中に飛び立ちぬべき声聞こゆなり」（和泉式部集）もあって、『住吉』と『狭衣』との影響関係や、成立の前後を論ずるための表現資料にはなり得ないであろう。注(42)

だからといって、前節で述べたように物語文学史に於ける本文表現史の展開相が有効に機能する場合もあって、その一環として官職名表記を補捉する方法で、「侍従」から「四位少将」への変更を問題にし、それを歴史的背景に位置づけることによって、「暁の」の連歌も、小一条院詠であることの意味が浮上してくると思われるのである。

男主人公が「侍従」から昇進するコースと、現存本「四位少将」の昇進コースとが全て一致するとも考えられないから、時代相の反映を考慮するならば、当然「侍従」を変更しただけにとどまらなかったはずなのである。「四位少将」は「三位中将」を経て、「中納言」となっている。

　中将は、願《ねが》はざるに中納言に成給て、やがて右大将に成給けり。中納言は大納言に成て、按察使《あぜち》かけ給へり。

（藤井本一八八頁。新大系三四二頁）

男主人公は中納言で右大将を兼ねたとある。中納言兼右大将は史上でも稀であり、物語でも右大将を兼ねるのは通例大納言で、頭中将（葵上の兄）や薫、そして狭衣がそうであった。この例外的な兼官の史上での例は、夙くは時平が寛平五（八九三）年から九（八九七）年まで二十三歳から二十七歳の間補されていて、兼家が安和三（九七〇）年四十二歳（公卿補任）の八月、中納言で右大将を兼ねるようになり、翌々年の天禄三（九七二）年正月に権大納言となるまでその地位にあった。また道綱も同じく四十二歳で長徳二（九九六）年十二月右大将を兼任することになり、長徳三（九九七）年七月大納言に昇進するまで中納言兼右大将であった。

『源氏物語』でも夕霧が十八歳で権中納言となって（藤裏葉巻）、翌年の父光源氏の四十の賀宴の折（若菜上巻）、右大将に昇進する。十代の中納言兼右大将の例は、史上にはない。源氏は葵巻で右大将として登場し、兄朱雀院の言葉にも「二十がうちには、納言にもならずなりにきかし。一つあまりてや、宰相にて大将かけたまへりけん」（若菜上巻）とあるから、従来源氏は中納言には任官しなかったという認識であった。それを坂本共展は、延喜五（九〇五）年以降、斎院御禊に供奉する公卿が「中納言一人、参議一人」と恒例化することから、参議（宰相）としては花宴巻で南殿の桜花の宴の行事を務める源氏の姿を描き、葵巻では参議の一人として供奉したのではなく、「斎院御禊の上卿を務める権中納言の映えばえしさが描出されている」とした。[注(43)] 二十二歳の中納言兼右大将であった。物語では権中納言であっても中納言と表記したり、その中納言は権官を含めると、七、八名にのぼることもあるから、栄誉職でもある右大将の方を用いて、官名表記するのである。『住吉』の男主人公も、その後「大将」と呼称されている。親の威徳、権勢による若々しい中納言兼右大将の出現は、異例の昇進を物語るものであって、これを『住吉』から『源氏』への影響として捉えるのではなく、やはり物語としての内実をともなった『源氏』から『住吉』への方向で把握するのが順当なのであろう。

坂本論考はつづけて、春宮（のち冷泉帝）に後見役がいないことを心配して、「大将の君によろづ聞こえつけたまふ」（葵巻）のは、源氏を東宮傅にも設定してあると説き、「長徳元年八月二十八日、二十二歳で東宮傅に任ぜられた内大臣伊周の例が、鮮明に記憶されていたのではなかろうか」としている。

中関白道隆の息伊周は、光源氏須磨流謫まで、源高明とともにその準拠に据えられる。注(44) 源氏は須磨下向を前に、父桐壺院の御陵に参拝するのだが、「院の御はかおかみたてまつり給とて北山へまうて給」（須磨巻）に注して、『河海抄』は「栄花物語云帥殿《伊周公》夜半はかりにいみしうしのひて御おちのあきのふはかり御ともに人二三人はかりしてぬすまはれいてさせ給てこわたの御はかへまいり給」注(45) を指摘しているのである。中関白家の係累を政敵とする道長政権下に於いて『源氏物語』は創作され、多くの読者を獲得し、流布していったことを思うべきであろう。伊周・隆家兄弟流罪の契機となった花山院奉射事件（長徳二〈九九六〉年）は、為光の四君に通う伊周が、三君に通う花山院を四君に通じたと誤認して惹起した訳だから、姉妹の人違いをモチーフとする『思はぬ方に泊まりする少将』は、本件を取材したのではないかとも思われるのである。その為光が比較的長く四位少将でいたので、武山隆昭は「道長とともに『住吉』の男主人公のモデル（時代的反映者）の一人に数えてよさそうである」としている。注(46)

論を元に戻そう。前掲引用本文には、住吉の姫君の父中納言が同時に、按察使を兼帯する大納言となったことも記されていた。前述したように、稲賀氏は住吉の姫君の父が「中納言兼左衛門督」に長く留まっていることを根拠に実在人物として源重光を挙げ、その娘と伊周との結婚を「新版住吉」は視野に収めていた可能性があるとした。その重光が権大納言に進んだのが正暦二（九九一）年九月であった。ただ『住吉』のように按察使にはならなかったのだが。翌年には舅重光は伊周に権大納言を譲り、その職を辞している。また『住吉』には「年月行《ゆ》く程《ほど》に、大将殿には、父《ちゝ》、関白譲《ゆづ》り給ぬ」（藤井本一九四頁。新大系三四八頁）とあって、男主人公大将に父が関白を譲ったとあり、史上では父から子に関白を譲った初例は、永祚二（九九〇）年五月、兼家が道隆に譲っている。注(47) 武山隆昭はこの件に関して次のように述べている。

> 『住吉物語』の男主人公は、摂関家の嫡子で、関白にまで昇進したことがわかる。実在の人物からモデルを捜すと、やはり道長が一番近いようである。右大臣から摂政・関白になった兼家の子で、冷泉院女御超子と円融院女御詮子の弟であり、左大将から内覧となっているからである。ただ道長は中将を経ていないことと、父兼家から直接に関白を譲られたのではない点が、物語と違うところである。

改変を繰り返している『住吉』に於いて一貫して道長を想定できるはずもないし、また物語が常に史実を摂り入れて形成されているはずもないのである。ただ古本『住吉』の男主人公「侍従」を「四位少将」と呼称変更する改作時には、ストーリーの展開を左右する程までには至らないが、相当程度の改変が同時に行われたと思われるのである。伊周とて中将は経ているが、三位ではなく四位で、父道隆から関白を直接譲られている訳ではない。しかし、『源氏』でさえその主人公光源氏の前半生、須磨・明石流離までは太宰府に左遷される源高明や伊周の面影を宿しているのである。その上、改作時には享受者の視座がとりわけ介入するだろう。道長が円融院女御詮子の弟であり、詮子の加担があって、中関白家との権力闘争に勝利をおさめたことが知られている。『住吉』の男主人公、「この少将殿は、いまの后の御せうと」（一五八頁。三〇一頁）とも紹介されている。『寝覚』の男主人公権中納言は「后の御兄《せうと》」（巻一）であり、中宮は親身な相談相手となっている。『逢坂越えぬ権中納言』の権中納言も中宮と兄弟姉妹で仲が良い。こうした中宮を姉妹に設定する意識に、男主人公が将来を約束されている摂関家の子息であるという意味合いだけではなかったはずだが、『住吉』には「たゞ今世に出給はんずる人なり」の本文が付帯するところに、道長と詮子とする読みが可能になって、伊周と定子としてや、さらには頼通と彰子としての間柄として読むには多少径庭があるかもしれない。ただ問題なのは、「暁の」の連歌である。もしこれが小一条院詠だとすれば、道長をイメージしながら、男主人公の口から「これを入相と思はましかば」と発せられることは堪え難い屈辱と理会されたに違いなかろう。

小一条院、つまり敦明親王は三条天皇の皇子で東宮に立たれたが、三条院崩御直後に、道長は彰子の第三皇子敦良親王を立太子させるため、敦明を遜位に追い込んだのである。道長の計略は既に定子所生の第一皇子敦康親王の立太子を阻止して、寛弘八（一〇一一）年、彰子所生の第二皇子敦成親王を立てていた。敦明が東宮となったのは、その敦成が三条天皇の退位後、後一条天皇となった長和五（一〇一六）年のことである。その翌年寛仁元（一〇一七）年、敦明が東宮を退いて、彰子所生の第三皇子敦良が九歳で皇太子となった。後一条天皇は十歳だから、道長は外戚として大いに権力をふるうこととなったのである。注(48)

伊周を流罪へと導き、中関白家を制圧して権力を掌中に収めはじめた道長が、敦明親王を皇太子の座から追い払い権力基盤を盤石にした。そのような時代背景によって『住吉』の男主人公を伊周のイメージをもって読めば、道長によってともに権力の中枢から追放された二人の男たちの無念と運命の悲哀をかみしめることができる場面となろう。また「暁の」歌が『後拾遺集』に採歌された小一条院の一首であるところの意味は、次の上野埋の説明で十分であろう。注(49)

高明の時代に、身分のある貴族の詠歌は、褻の歌の分野にかぎられていた。高明の歌を採択しようとするなら、それは恋の歌を主としたものにならざるをえない。『後撰』『拾遺』の両集が無視した高明歌を『後拾遺集』が優遇したのは、『拾遺集』が採択しなかった伊周・隆家・定子の歌に『後拾遺集』が好意をよせ、『栄花物語』や『大鏡』が摂関政治を讃美しながら、菅原道真・源高明・藤原伊周らの左遷を悲しむのと同様に考えなくてはならない。

もちろん上野氏の論説は、源高明に関することだが、敦明親王のこととしても状況は同じであろう。古本『住吉』のストーリー展開をほぼ原形のまままとどめている現存本の姿形からすれば、場面性を重視する方向の改変が、姫君の行方を捜しあぐねて「番はぬ鴛鴦」に目をやる「みぞろ池」の場面や、侍従の母の死を悼む場面が、情趣的傾向を帯びながら、作り変えられたとも推断されるのであって、少なくとも後者の「暁の」歌の連歌の場面は、『後拾遺集』的な享受基盤が成り立ち得る同時代の共有の感懐が示されていると考えられるのである。すなわち、古本『住吉』の男主人公「侍従」を「四位少将」に変えるにともなって、「四位少将」の面影に伊周像の反映をみながら、小一条院詠の設営を試みた場面なのであろう。鎮魂の物語の系譜に位置づけられる物語として生まれ変わったといえよう。

注

（1）蔵人少将については久下「蔵人少将について—王朝物語官名形象論—」（『論叢狭衣物語2　歴史との往還』新典社、平成13〈二〇〇一〉年。のち『王朝物語文学の研究』武蔵野書院、平成24〈二〇一二〉年）がある。本稿と一部重なる箇所があるので前もってお断りしておく。また古本『住吉』の変容についても拙著『変容する物語』（新典社、平成2〈一九九〇〉年）に於いていちおうの整理は試みてあるし、話型論からの言及は『物語の廻廊—『源氏物語』からの挑発』（新典社、平成12〈二〇〇〇〉年）にもあるので参照願いたい。なお短篇であることに執着したこのもの言いは、主人公が「少将」として初発し、その官位の昇進を追い得ない点をいう。中・長篇であれば、中納言のままとどまる『浜松中納言物語』を例外として、必ず官職昇進の記述が伴うはずで、それも時代性を反映する可能性があるからである。

（2）「四位少将」が主人公となり改作が絡む鎌倉期の物語に『しのびね物語』があり、なお『住吉物語』とも影響関係にあることが知られているが、本稿では言及しない。また定家筆『松浦宮物語』の主人公は弁少将だが同様に対処する。

（3）稲賀敬二「延喜・天暦期と『源氏物語』とを結ぶもの—大斎院のもとにおける新版『住吉』の成立—」（『源氏物語—その文芸的形成』大学堂書店、昭和53〈一九七八〉年）—上記論考を(A)とする。同「皇女と結婚した中納言兼左衛門督—住吉物語の人物設定とその成立」（「広島大学文学部紀要」46、昭和62〈一九八七〉年2月。のち『源氏物語の研究—物語流通機構論—』笠間書院、平成5〈一九九三〉年）—上記論考を(B)とする。

（4）武山隆昭『住吉物語の基礎的研究』（勉誠社、平成9〈一九九七〉年）

（5）稲賀敬二『王朝物語テキストの変貌契機・序説—『住吉物語』の背後に《物語歌集化》《絵巻詞書化》本文を想定する」（『源氏物語の内と外』風間書房、昭和62〈一九八七〉年）

（6）初出「広島大学文学部紀要」47、昭和63〈一九八八〉年1月。のち前掲書『源氏物語の研究』

（7）藤井本の引用は市古貞次・三角洋一編『鎌倉時代物語集成　第四巻』（笠間書院）に拠る。但し、適宜私に漢字を当てたが、その場合仮名本文をルビとして残した。

（8）成田本との対照は前掲武山隆昭『住吉物語の基礎的研究』「校本・索引篇」の「校本Ⅰ成田本（流布本）系」が至便である。なお成田本を現存本の祖形に位置づける向きもあるが、豊島秀範「『住吉物語』論—成田本・契沖本を中心に—」（「弘前学院大学紀要」22、昭和61〈一九八六〉年3月）「『住吉物語』成田本・契沖本の相貌」（「弘学大語文」12、昭和61〈一九八六）年3月）が指摘する如く、藤井本に本文的優位性がある場合もあるから、相補う必要があろう。

（9）大東急本を底本とした小学館『新編全集』の頭注にも「成田本などには「三位の中将琴」とあり、そうすると画面中央の黒い直衣姿が中将ということになる。おそらくこれが本来的なかたちとみられ、画面構成上も最も安定する」（一一二頁。但し部分引用）とある。

（10）浅井峯治『住吉物語詳解』（有精堂、昭和63〈一九八八〉年覆刻版）。なお同書が底本とした群書類従本は、藤井本本文を主としてそれに十行古活字本との混態を示す。

（11）真銅本の引用は桑原博史『中世物語研究―住吉物語論攷―』（二玄社、昭和42〈一九六七〉年）に拠り、適宜、私に漢字を当て、濁点、句読点を付した。頁数は上が同書の該当頁数で、下は参考として野坂本を翻刻した岩波『新大系』の頁数を付した。

（12）但し現存本『住吉』の冒頭では姫君に男の兄弟が居たとの紹介はない。

（13）横山重『住吉物語集（本文篇）』（大岡書店、昭和18〈一九四三〉年）

（14）前掲注（11）と同じ。以下桑原説は同書に拠る。

（15）菊地仁「真銅本「住吉物語」の特質」（小林健二・徳田和夫・菊地仁『真銅本「住吉物語」の研究』笠間書院、平成8〈一九九六〉年）

（16）玉鬘関連での人物設定から言えば、献身的な役割を果たす母夕顔の乳母子の右近の存在が、住吉の姫君の乳母子である侍従となるが、その「侍従」の呼称は、古本『住吉』では「右近」であった。なお住吉の姫君と結ばれる「四位少将」の父は右大臣だが、手習巻に登場する「四位少将」もその父夕霧は右大臣であった。筆者は稲賀氏の言う「新版住吉」成立の可能性を許容する立場だが、その成立時期を問題にしている。また現存本『住吉』は、古本『住吉』と新装『住吉』での改訂本文とが混在しつつ変容を重ねている本文という認識である。

（17）藤村潔『古代物語研究序説』（笠間書院、昭和52〈一九七七〉年）。藤村説は、稲賀前掲(A)論考に整理されている。なお藤村氏も「左衛門督の子の蔵人の少将が姫を見初めたというくだりも、誤字のないかぎり原本にあったものということになる」（二三七頁）とする立場である。藤村説は以下同書に拠る。

（18）市古貞次『中世小説の研究』（東大出版会、昭和28〈一九五三〉年）

（19）吉海直人「『住吉物語』の琴をめぐって」（『国学院雑誌』昭和57〈一九八二〉年7月）。ただ野坂本は「誠に泊瀬の観音のあらたなる御利生なり」（三八四頁。真銅本該当箇所三六七頁）と、これをも長谷観音の霊験とする。なお琴に関しては前掲拙著『物語の廻廊―『源氏物語』からの挑発』「音楽相伝譚」参照のこと。

（20）金秀美「玉鬘物語における「九条」と「椿市」―《市》を巡る説話との関わりから―」（『中古文学』73、平成16〈二〇〇四〉年5月）は、「六条院に入る前に玉鬘が通り過ぎた九条・椿市には、「失ったものを取り戻す」説話での《市》の性格が投影されている」とした。なお『枕草子』には椿市を「長谷にまうずる人のかならずそこにとまるは、観音の縁のあるにやと、心ことなり」とある。

（21）同じ継子譚の『落窪物語』にも「御櫛の箱」（巻二）がみえる。

（22）藤村潔前掲書「継子物語としての玉鬘物語」（二六八頁）

（23）本文中に諸本ほぼ住吉の姫君を「中納言の宮腹の娘」としている。つまりその母は「古き帝の娘」となる。但し、『新大系』稲賀氏は「古き宮腹の御娘」の文脈を、母宮の素姓説明ではなく、姫君自身の紹介と把握している。

（24）日向一雅『源氏物語の主題―「家」の遺志と宿世の物語の構造』（桜風社、昭和58〈一九八三〉年）、『源氏物語の王権と流離』（新典社、平成元〈一九八九〉年）。浅尾広良『源氏物語の準拠と系譜』（翰林書房、平成16〈二〇〇四〉年）

(25) 三角洋一『王朝物語の展開』(若草書房、平成12〈二〇〇〇〉年)二五二頁。「『狭衣』『寝覚』『浜松』をめぐって」にも同様の指摘がある。以下三角説は同書に拠る。

(26) 石川徹「古本住吉物語の内容に関する臆説」(「中古文学」3、昭和44〈一九六九〉年3月。のち『平安時代物語文学論』笠間書院、昭和54〈一九七九〉年)

(27) 森下純昭「古本住吉物語と狭衣物語—飛鳥井の物語との関係—」(「語文研究」35、昭和48〈一九七三〉年8月。のち『研究講座狭衣物語の視界』新典社、平成6〈一九九四〉年)

(28) 久下「フィクションとしての飛鳥井君物語」(『狭衣物語の新研究—頼通の時代を考える』新典社、平成15〈二〇〇三〉年。のち前掲『王朝物語文学の研究』)

(29) 桑原博史前掲書所収の「国会図書館蔵書吉野弘隆旧蔵本」は連歌の形にはなっていない。

(30) 中野荘次・藤井隆『増訂校本風葉和歌集』(友山文庫、昭和45〈一九七〇〉年)に拠る。但し引用に際し濁点を付した。

(31) 樋口芳麻呂『平安・鎌倉時代散逸物語の研究』(ひたく書房、昭和57〈一九八二〉年)五五九頁。

(32) 樋口芳麻呂前掲書四八八頁。

(33) 前掲『増訂校本風葉和歌集』に既に藤井氏に拠る指摘がある。

(34) 土居光知「平安朝の住吉物語か」(「思想」昭和5〈一九三〇〉年9月)

(35) 最近の検証に、高木和子「『源氏物語』空蟬巻の巻末歌—『源氏物語』の生成過程についての一考察—」(王朝物語研究会編『論叢 源氏物語3—引用と想像力—』新典社、平成13〈二〇〇一〉年)がある。

(36) 三角洋一『物語の変貌』(若草書房、平成8〈一九九六〉年。初出「国語と国文学」昭和57〈一九八二〉年8月)

(37) 森本元子『定頼集全釈』(風間書房、平成元〈一九八九〉年)に拠る。

(38) 山口博「古本住吉物語」（体系物語文学史第三巻『物語文学の系譜Ⅰ平安物語』有精堂出版、昭和58〈一九八三〉年）に指摘がある。

(39) 石川徹前掲論考は水鳥が多く棲息していた「ならびの池」が、田圃になってしまった後の改変だろうとする。

(40) 桑原博史前掲書。引用も同書に拠る。但し、漢字を当て濁点、読点を付した。

(41) 三角洋一前掲書『王朝物語の展開』

(42) ただ『小大君集』収載の「冬の夜の」歌が小大君への源頼光の返歌であるところに注視している。なぜなら頼光は『狭衣』作者宣旨の祖父だからである。

(43) 坂本共展「右大将源氏の本官」（『中古文学』54、平成6〈一九九四〉年11月）

(44) 手塚昇『源氏物語の新研究』（至文堂、大正15〈一九二六〉年）。但し手塚説はモデル論である。なお『栄花』が伊周を光源氏的に描いたとも考えられる。

(45) 引用は、玉上琢彌『紫明抄　河海抄』（角川書店）に拠る。

(46) 武山隆昭前掲書『住吉物語の基礎的研究』九一頁。以下、引用は同書に拠る。

(47) 史上では大臣を経ないで摂政関白になることはない。道隆の場合も、急據権大納言から内大臣としている。

(48) 山中裕『平安人物志』（東京大学出版会、昭和49〈一九七四〉年）に拠る。敦明の父三条院が立太子を強く望んだことで本人には余りその気がなかったようだが、例えば後の『長秋記』に敦明の子孫である有仁の賜姓を「如レ奪二小一条院東宮一之議歟、誠不レ可レ愁不レ可レ歓事也」とある如く、後世のこうした憤激を問題としている。

(49) 上野理『後拾遺集前後』（笠間書院、昭和51〈一九七六〉年）三三二頁。

第五章　物語の事実性・事実の物語性
——道雅・定頼恋愛綺譚——

一　はじめに

何が純然たる虚構の物語で、何を事実の物語化と見定めることができようか。しかし、渾然とした物語は常に事実化への方向をたどっているのだといえよう。例えば、『伊勢物語』の享受史は、主人公の「昔男」をことごとく業平へと仕立て上げ、『狭衣物語』ではついに「在五中将の日記」（流布本巻一）という事実化に転換した実録作品呼称名表記となってしまう。それは、藤原行成の『権記』（寛弘八〈一〇一一〉年五月二十七日条）でさえ定子腹第一皇子敦康親王立太子の件を一条天皇に諦めさせる根拠の一つに、定子の外戚の不祥事、つまり『伊勢物語』第六十九段「狩の使」での斎宮恬子《やすこ》内親王と業平との密事の後胤として生まれた高階師尚の存在を暗示し、まるで事実の如く幻視させるまでに至っている。これが道長の意を受けての行成による説得工作とはいえ、天皇への虚偽の申告だとしたら明らかに不敬の謗を免れ得まい。

さらに純然たる虚構の物語は事実の物語化の前に風下に立たされるという状況の顕現は、作り物語の中で語られる事実が物語を凌駕してしまうという物語内の演出で、享受者の現実を覚醒させてしまうからに他ならないが、それは多分に『源氏物語』享受による影響として考えられるところで、玉鬘によって語られる大夫監による求婚の悍ましさが『住吉物語』の主計頭の例に比肩され我が身に照らし合わされる事件として回想していることや、また虚構に真実性を見出す光源氏の物語論もさることながら、絵合巻で光源氏の「あはれなる歌などもまじれる」須磨の絵日記が、四季絵・名所絵などを含む慣例的な年中行事絵よりも評価されて、個々の苦難や逆境時での事象が心情的な共感をともなって哀れを誘う媒体となり、それが『狭衣物語』では狭衣との出会いから道成による拉致監禁そして兄僧による救出を経て狭衣の子の出産とその別れなどを描くと思われる「我が世にありける事ども、月日確かに記しつゝ、日記して、さるべき所々は絵に描き給へり」（流布本巻四）とする飛鳥井君の絵日記として物語文学史上には源氏の絵日記が女の手に代って継承されているのだと見做されよう。そこには物語の裏側にある語られざる物語の事実性の露呈が、描きとめられた事実として記憶に蘇えっている錯覚を虚構が演出するに至っていると言えないだろうか。

『狭衣物語』ではその冒頭から手習書きをする女主人の源氏の宮を取り囲む女房たちが「絵描き彩りなどさせ」（非流布本巻一）て、おそらく源氏の宮の手習も絵の詞書の草案とも考えられ、絵物語の制作に勤しむ様が写し出されていたのであろうし、また巻二には中務宮の姫君が、内裏での狭衣による横笛吹奏で起きた天稚御子降臨事件を題材に絵筆をふるったことが記されていて、こうした姫君たちの個々の営為による絵物語・絵日記などの女絵創作流行の先鞭をつけたのは、やはり玉鬘周辺の女房たちが、「さまざまにめづらかなる人の上などを、まことやいつはりにや、言ひ集めたる」（螢巻。新編全集③二一〇頁）とする女房集団による真偽を判別しつつ行う奇談蒐集への熱狂が、既に時流としてあったものかどうか。匂宮が浮舟との逢瀬でたびたび絵を描いてその心情を捉えようとしたのも、当時の女房たちの関心の所在を認知していたからに他ならないが、そういう背景を証拠づける史料に欠けていたといえ、『栄花物語』（巻十六「もとのしづく」）には道長の六男長家は行成女との死別後再婚（治安元〈一〇二一〉年）した斉信女が「手いとよく書きたまひ、絵などもいとをかしう書きたまふ」（新編全集②二四六頁）とあって、こうした平安後期の女絵流行を支える体現者の資格を斉信女は得よう。

このような女絵流行を支える個の営為と違って『大斎院前の御集』にみえる大斎院選子内親王方の古い草子の新装清書を目的とする物語司や、『赤染衛門集』には「との、御前、ものがたりつくらせ給ひて」(流布本一三六)と、道長主導の物語冊子作りのさまが見られ、組織化されたサロンでの営為として一部では成り立っていたのであろうが、女絵流行の下支えとなる基盤は主人となる姫君の傘下集団で、女房たちの交流も盛んな時代であったから情報網がはりめぐらされ、どこの誰がどのようなモチーフで描いているのかは、例に挙げた『狭衣物語』という限られた虚構空間でのみ成立していたわけではなく、現実の反映として息づいていたものと理会され得るのである。

その結実は言うまでもなく頼通の後援による後朱雀天皇禖子中宮の皇女である六条斎院禖子内親王家で催された天喜三(一〇五五)年五月三日の物語歌合であったことは周知されているはずである。十八篇の物語名とその作者名を記す廿巻本『類聚歌合』の記録で数多くの物語作者となり得た女房の存在が知られるとともに、その内情が明らかになる『後拾遺集』(巻十五、雑一、八七五)の詞書によると、遅くなる小弁の物語を「かの弁が物語は見どころなどやあらむ」(新大系)と頼通が他の物語提出を制して小弁の物語披講を待ったということがあり、この件はたとえ物語に作者の署名などがなくとも、時の権力者である頼通が物語作者として特定の女房を指示できる文化的状況になっていたということである。

さらに当物語歌合に『あらば逢ふ夜のと歎く民部卿』という物語を提出した出羽弁という女房は、頼通から信任され物語歌合の運営にまで携わっていたと思われ、役職にとらわれない才覚のあるリーダーの出現があったようである。

出羽弁は後一条天皇中宮威子からその皇女章子内親王にも引き続いて勤仕した女房として知られ、当時の融和的交流が招請によって主家をまたいで出仕するような信任の厚い女房の存在が支えとなっていたとも考えられ、そうだとすれば、もうひとり同物語歌合に『あやめかたひく権少将』を提出した大和を挙げ得ようか。この大和が三条天皇中宮妍子に仕えた大和宣旨と同一人物であったとすれば、女房たちの情報源とその拡散の機構を考えていく存在の要ともなろう。

本稿は、平安時代後期の物語盛行の中で、物語題材提供者ともなり得る女房である大和宣旨の動向に注視しながら、事実にしろ虚偽にしろ、それらを収集編成する母体が、物語創作にも主体的に参画するようになった、いわばつながる女房集団の覚醒によるところが大きな役割を果たすようになったのではないかと、その一端を検証することになろう。それはかつて稲賀敬二が物語の流通機構論を展開したのと等しい視点となるかもしれない。

二　道雅の恋

儀同三司藤原伊周の嫡子道雅（九九二～一〇五四）が晴れ姿を見せるのは、『紫式部日記』寛弘五（一〇〇八）年九月十七日に第二皇子敦成親王生誕七日目に行われた朝廷主催の産養で勅使となった十七歳の蔵人少将道雅が登場していたことであろう。そもそも道雅の蔵人抜擢は一条天皇の意向として『御堂関白記』寛弘四（一〇〇七）年一月十三日条に「被補蔵人右兵衛佐道雅了、雖若年故関白鐘愛孫也、仍被補也者」（大日本古記録）と記されていて、道雅の力量不足を見抜いていた道長は不承であったようだが、それが定子腹第一皇子敦康親王の養母であった中宮彰子の意向の反映でもあったらしいことは、その後の道雅への支援でも知られるところであろう[注(1)]。

しかし、寛弘六（一〇〇九）年一月末に中宮彰子・敦成親王呪詛発覚（権記同年二月一日条）により、二月二十日には伊周の朝参が停止される（政事要略）という事件が起きる。この事件が新たな物語構想を変更する一つの要因となった物語があった。他ならぬ『源氏物語』第三部発端、現存する匂宮三帖に相当する物語である[注(2)]。

現況の竹河巻は右大臣夕霧の息蔵人少将が玉鬘の大君に求婚し失恋する物語だが、椎本巻に於ける夕霧の子息たちの官職名列挙では「権中将」と記され、兄弟の序列の中に埋没し姿を隠している。注(3) その後、竹河巻で昇進した「左の大殿の宰相中将」として立ち現れてくるのは、総角巻（⑤二九二頁）で、その間正式な官爵であったはずの「従三位権中将」の期間をあいまいにして、熱烈な求婚者であった蔵人少将の失意の緩衝期間となるべく操作設定しているのだといえよう。

新たな物語、宇治十帖でも薫との関係で切り捨てることができなかった竹河巻の蔵人少将の鮮烈なイメージが、何故道雅と重なるのか。正篇の玉鬘物語を引き継ぐ継子譚的様相の中での求婚者としてその中心人物の役割を担う一人に〈蔵人少将〉の官名を負う貴公子が登場するというのも必然的な踏襲であったのかもしれないが、注(4) 道隆―伊周―道雅という中関白家嫡嗣の系譜に若い貴公子像の映像《イメージ》として〈蔵人少将〉が定着するというのも、道隆が蔵人少将であったのが、天延二（九七四）年十月から貞元二（九七七）年一月の足掛け四年に亙る期間であり、伊周は永延元（九八七）年十月から永延二（九八八）年一月と短期間で、以後頭中将に転進するが、物語的伝統性からも現況中宮彰子サロンの志向性からも〈蔵人少将〉像に道隆鍾愛の孫である道雅が適ったのだといえよう。注(5)

竹河巻の〈蔵人少将〉像に道雅の映像《イメージ》が付着したまま物語を進めることができなくなった紫式部はその払拭のための操作として如上のような緩衝期間を置いて復活させたが、それはあくまで匂宮を取り巻く夕霧家の信任ある息子の一人として以後の物語では脇役にすぎなかった。そのような登場人物の転身は紅梅巻で匂宮が恋着した真木柱腹の宮の姫君も宇治十帖ではその位相を八の宮の姫君たちにとって替わられ、物語の後景に退き、わずかに宿木巻で匂宮の「あだなる御心なれば、かの按察大納言の紅梅の御方をもなほ思し絶えず」（⑤三八一頁）と言及されるのみとなっている。

ところで、道雅が再び物語上に浮上してくるのは全く正反対の期待されざる暴挙の奇人としての相貌で、吉田文子が『狭衣物語』の狭衣・女二の宮密通事件の背景に寛仁元（一〇一七）年に起きた道雅・当子内親王密通事件を嗅ぎ取ったように注(6)、まさに性行粗野な「荒三位《あらさんみ》」（大鏡、師伊伝）の通称どおりの人に変貌していた。因みに、寛仁元（一〇一七）年は三月四日に内大臣となったばかりの頼通に、十六日には父道長が摂政を辞して譲った年でもあった。

この道雅・当子内親王密通事件は、三条天皇の皇后であった娍子の弟で当子の叔父であった修理大夫藤原通任注(7)の報告を受けた道長も『御堂関白記』寛仁元（一〇一七）年四月十一日条に「所申事甚以異様、無尻口」と記し、あまりの奇怪さに唖然とした体であった。さて吉田論考が狭衣・女二の宮密通事件との共通項を探るあまり欠落した物語文学史上における重要事項は、当子内親王が前斎宮であったことと、その密通に乳母が関与したことであろう。

三条天皇の第一皇女当子内親王は、長和元（一〇一二）年十二月四日に十一歳で斎宮に卜定され、長和三（一〇一四）年九月二十日に伊勢へ発った。その二年後の長和五（一〇一六）年八月十七日には父帝の譲位により斎宮を退下したのであったから、密通事件はその翌年のこととなる。退位は皇太子敦成親王（後一条天皇）への譲位を早めようと目論んだ道長による策謀の結果とも考えられるところから注(8)、三条天皇にとっては度重なる悲劇の招来と認められよう。要するに、妍子を擁する道長方との確執が、藤原済時注(9)女娍子腹の当子内親王への侮りを産んだ間隙に前斎宮への従三位道雅の密通が成り立っていたとも言えそうである。

そうは言っても高階家の血を受けた末裔が前斎宮当子内親王を犯すという図式は何らかの因縁を想起させずにはおかないが、はたして『栄花物語』（巻十二「たまのむらぎく」）の当該事件に関する記述は以下のようである。

かかるほどに、前斎宮上らせたまひて、皇后宮のおはします宮は狭しとて、またしらせたまふ所にぞおはしまさせたまひける。年ごろにいとおとなびさせたまへる御有様も、いみじくおろかならず思し見たてまつらせたまへれど、ほかにしばしとておはしまさせたまひけるほどに、帥殿の松君の三位中将、いかがしけん、参り通ふということ世に聞えて、ささめき騒げば、宮いみじく思し嘆かせたまふほどに、院にも聞しめしてけり。(イ)異事ならず、斎宮の御乳母、やがてかの宮の内侍になさせたまへりし中将の乳母の仕業なるべしとて、院いみじくむつからせたまひて、やがて永くまかでさせたまひつ。院には、いとどしき御心地に、これを聞しめししより、いとどまさらせたまふやうに思されて、宮たちを隙なう御使にて、皇后宮と内とのほどの御消息いみじうしきりなり。斎宮われにもあらずいみじう思さる。中将の内侍は、やがて逐はせたまひしままに、かの道雅の君迎へとりて、わが御もとにいみじういたはりて置きたりと聞しめす。さて院には、皇后宮めざましう思しめされて、人知れずいみじう思し嘆かせたまへど、(ロ)まことそらごと知りがたき御事なれど、世にかく漏り聞えたるに、院の御気色のいといみじきなり。かの在五中将の、「心の闇にまどひにき夢現とは世人定めよ」など詠みたりしも、かやうのことぞかし。それはまだまことの斎宮にておはせしをりのことなり。されど、これぞ前の斎宮と聞えさすれば、あながちに恐ろしかるべきことにもあらねど、院のいときはだけく思しのたまはするが、いとかたはらいたきになん。皇后宮いといみじう思し乱れたるに、宮々の御気色もいといみじきに、東宮もいみじく心やましげに思し乱るべし。

(小学館新編全集②八九~九〇頁。傍線傍点筆者)

『栄花物語』の記事は、密通事件を聞き及んだ三条院の非憤慷慨の様相を主体に記されていて、引用本文末尾にある「きはだけく」(傍点)を捉えて『新編全集』の頭注は、『源氏物語』少女巻に於ける夕霧と雲居雁との内密な関係を知り怒る内大臣(かつての頭中将)と比照して、「どちらも父親は、しかるべき手続きを経ない関係が許せない。」(②九〇頁)と、その憤慨の由因を指摘する。しかし、父三条院が斎宮退下後の当子内親王の行末をどう考えていたのかも不明で、妹禔子《しし》内親王の頼通への降嫁の提案までしているところをみると、皇女独身主義に固執してのことでもないらしい。

傍線箇所(イ)で知られる如くこの一件に女主人の幸せを最も願うはずの乳母が関与していることは、道雅に唆かされてのことだとはいえ、そうした前斎宮の行末への不安が、乳母に軽率な行動を採らせてしまったのだとも考えられよう。また当密通に乳母が関与したことは、道長の『御堂関白記』寛弘元（一〇一七）年四月十日条にも「其乳母至道雅」と記されて、本来乳母は密通などが起きないように姫君の身辺に目を光らせているはずの存在なのに手引きをしたらしい事が記され、乳母の関与の意外さゆえの記載だと思われる。

『栄花物語』が、三条院の逆鱗の根拠を内侍にまで採り立てて信頼を寄せていた中将の乳母の裏切り行為と見定め、秘すべき事態を騒ぎ立て、世の噂にすぎなかった密事をさらに深刻な状況へと追い込んでいったのは他ならない三条院だという口吻の文脈で、傍線箇所(ロ)に「在五中将」、つまり在原業平の詠歌「かきくらす心の闇にまどひにき夢うつつとは世人さだめよ」を例示する。当該歌は『古今集』（巻十三、恋三、六四五）に収載されるが、定家本系『伊勢物語』第六十九段の通行本文は第五句が「今宵さだめよ」となり、『栄花物語』の文脈には馴染まない。しかし、業平と斎宮恬子内親王との密事を前提とした上での例示で、事の真偽を世評に委ねようとする配慮は、静まらぬ三条院の露骨な動揺が周囲に心痛を及ぼしていることを明らかにしているのに等しいといえよう。

そうした『栄花物語』は一転して巻十三「ゆふしで」の巻頭に当該事件の当事者となる道雅・当子内親王の立場から次のような顚末を記している。

かくて前斎宮いと若き御心地に、このことといと聞きにくく思さるれば、いかにせんと人知れず思し嘆かれて、御覧ぜし伊勢の千尋の底の空せ貝恋しくのみ思されて、しほたれわたらせたまふに、げにわりなき御濡衣も心苦しきに、三位中将は跡絶えて、わりなくのみ思ひ乱れて、風につけたりけるにや、かくてまゐらせたりける。

榊葉のゆふしでかげのそのかみに押し返しても似たるころかな

人知れぬことも多かめれど、世に聞えねばまねびがたし。また高欄に結びつけたまへりける。

陸奥の緒絶えの橋やこれならん踏み踏まずみ心まどはす

宮、「ふるの社の」など思されて、あはれなる夕暮に、御手づから尼にならせたまひぬ。またあはれに昔の物語に似たる御事どもなり。皇后宮聞きにくかりつれど、いみじう悲しう思さるることもおろかなり。院は聞しめして、雄々しき御心は、ひたみちに、あへなん、めざましかりつるよりはと思されけり。（②九五〜六頁）

前掲引用本文の傍線箇所(ロ)にあったように「まことそらごと知りがたき御事」であったはずの三条院によって仕立て上げられた不本意な密通事件を、従来言われているように悲恋物語として収拾しようとする『栄花物語』の作意とみられよう。寛仁元（一〇一七）年のことならば、十七歳の若い当子内親王にとって不安と困惑ばかりに陥っていた中で、「濡衣」（傍点）との発信は救済の言質だが、『源氏物語』夕霧巻に於ける小野の山里を訪れて皇女落葉の宮とともに一夜を明かす夕霧の「濡れ衣」（④四一二頁）とは違って、道雅がみずから身を引く形をとる。しかも、「榊葉の」「陸奥の」歌の二首は、『後拾遺集』（恋三、七四九、七五一）に所収されていて、他の三首ともども当子内親王との悲恋の際の詠歌と思われ、二十六歳の道雅としては純情すぎる詠みぶりだが、これらから少なくとも邪心の底意を汲み取ることはできないであろう。しかし、武田早苗は次のような理会を示している。注(11)

注(10)

『栄花物語』が「在五中将」の名を挙げて語りたくなったのも、裏を返せば、この密通が露見した頃は、いまだ当子が斎宮のイメージを纏っていた時期でもあったからだろう。しかもその相手が、中関白家の嫡流でありながら不遇感漂う道雅であったればなおさらである。如上のような見方をすると、この恋もその露見もいかに都合の良い時期であったかが分かる。あと少し待てば、三条院は崩御し、当子の身辺警護はさほど堅いものではなくなったに違いないのだから。そういえば、前掲の「さかきばの」歌なども、わざわざ斎宮であった頃を思い起こさせるような詠いぶりであった。もちろん、これらの想像が事態の結末を知り得た、後世の詮索によるものであり、当時の人々の判断、さらには当事者のものと一致するとは言い難い。だが、そうだとしても、『栄花物語』が思わず在中将の一件を引き合いに出してしまう、程よいタイミングにこれが起こっているのもたしかだ。そして、それが企てられるのは、やはり、恋の当事者である、道雅自身に他ならない。とするならば、道雅自身が、『伊勢物語』の在中将と斎宮の恋と比定されながら語られるのを望んだという想像を捨てることは、ますますできにくいのである。

在五中将業平と斎宮との恋に擬する三位中将道雅自身の思惑を嗅ぎ取ったとしても、語られる記憶が優先するのか、書かれた記録が正しい真実を伝えているのか、相互の介在が『栄花物語』正篇の編著者赤染衛門[注12]を取り巻く事件当時の環境であったはずだが、当子内親王の落飾を『栄花物語』が「御手づから」と記しても、『小右記』寛仁元（一〇一七）年十一月三十日条には「前斎宮依病為尼」とあり、重病ゆえの慣例による出家とみられるし、その間注には「此親王、故院御在生時、為三位中将道雅被密通、其後母后不出宮中之間、今依重病出家、故院令勘当道雅之程崩給」（大日本古記録）とも記してあって、三条院は既に同年五月九日（御堂関白記）に崩御しているので、内親王の剃髪を聞き及ぶことはできなかったのである。

このような『栄花物語』の潤色は、出家を密通との因果と捉えたり、父娘の葛藤に注視したりする手法の定型にあったといえ、『栄花物語』は巻十一「つぼみ花」の冒頭にも承香殿女御元子と源頼定との密通事件を収載している。

一条院うせさせたまひて後、女御、更衣の御有様ども、さまざまに聞ゆるに、承香殿女御に、故式部卿宮の源宰相頼定の君忍びつつ通ひきこえたまふほどに、右大臣聞きたまひて、[ハ]まことそらごとあらはし聞えんと思しけるほどに、御目にまことなりけりと見たまうてければ、いみじうむつからせたまひて、さばかりうつくしき御髪を、手づから尼になしたてまつりたまふに、憂きこと数知らず見えたり。（②一九頁）

まず注意しなければならないことは一条院に更衣がいたのかどうか、馴れ親んだ文脈に韜晦させられてしまうのと同じように、憤怒した右大臣の父顕光が元子の髪をみずから切り取って尼にしてしまうというのだが、『小記目録』には寛弘九（一〇一二）年（長和元年）閏十月十一日「右大臣ノ女御、自ラ髪ヲ切リ、尼ト為ル事」と記してある点からすれば、この場合、実状は元子が自ら髪を切ったということなのであろう。しかも、『新編全集』の頭注には顕光の憤怒の理由を説明して、「天皇の女御であった人の再婚は、続く尊子と通任の場合のように、倫理的には問題はなかった。顕光の怒りの原因はしかるべき手続きを経ないで二人の関係ができたところにあるのだろう。」（②一九頁）とあって、個々の事情を斟酌する余地などなく、一律な理会を押し通すことができる硬直性にも逸話の内実がかいま見られよう。それよりも何よりも傍線箇所㈧「まことそらごとあらはし聞えん」とする思念が、ここでも悲劇的な結末を導いていることを思うべきで、「憂きこと数知らず見えたり」とは『栄花物語』筆者の慨嘆に他ならない。事の真偽を見極めることの危うさであり、異装の歴史を作り上げる『栄花物語』が警鐘していることにもなろう。

高貴な女性たちを襲う不祥事と醜聞に好奇の目が注がれていく当時の女房集団の実態はともかくとして、『栄花物語』には道雅に対して好意的な視座が介入し得たのも内的心情を発露した『後拾遺集』歌に拠るところが多大なのであろう。前斎宮当子内親王を巻き込む密通事件に関しては道雅の狂気の鋒先がむかっていたとは思われないし、後年の花山院姫君惨殺事件にからむ常軌を逸し、暴走する道雅のイメージには直接結びつく要因は、武田説に拠らない限り見受けられようもない。前斎宮当子内親王の出家を記す『小右記』の三日前の二十七日には賀茂臨時祭が行われたことと、道長に任太政大臣の宣旨が下った二件が記されていて、臨時祭の報告を頭弁定頼から受けた二十八日条には、臨時祭の公卿参入者として三位中将道雅の名がみえる。また『御堂関白記』寛仁元（一〇一七）年十一月二十七日条には、臨時祭のことと摂政である頼通がわざわざ天皇の宣旨を伝えに来邸したことを感銘深く記している。

道雅も日常の諸事に紛れて密通騒動は既に記憶の底に埋没していたのかもしれないが、前掲した『小右記』の間注からすれば、気真面目な実資には記憶の風化が止められていたようである。とかく『小右記』は道雅の奇怪な言動をとどめおくが、長和二（一〇一三）年九月十六日条にも、三条天皇上東門院邸行幸時の競馬の記事に、見物していた道雅が「不堪感歎、脱衣」し、「見者為奇」とみえ、二十二歳の道雅に既にそうした兆候があったとすると、前斎宮当子内親王を道雅の自己顕示欲による被害者とする関口力が、その原因の一端として道雅の妻の出奔を考えていることは注目に値する。

三　出奔する女

関口氏は道雅と妻であった平惟仲女との結婚の時期を、道雅が元服を迎えた寛弘二（一〇〇五）年正月（小右記）以後の間もない時期と考えている。惟仲は道隆に重用され、その道隆の愛孫が道雅なのであり、また長保元（九九九）年八月九日（日本紀略）には中宮定子が御産のため惟仲の弟で中宮大進であった生昌邸に移御したことで知られ、惟仲女との成婚は中関白家と近しい関係があったからであろう。

しかし、この結婚は妻の出奔という形で終幕をむかえることになった。その間の事情は、以下に引く『大鏡』道隆伝に窺い知られる。

この君、故帥中納言惟仲の女に住みたまひて、男一人・女一人うませたまへりしは、法師にて、明尊僧都の御房にこそはおはすめれ。女君は、いかが思ひたまひけむ、みそかに逃げて、今の皇太后宮にこそまゐりて、大和宣旨とてさぶらひたまふなれ。年頃の妻子とやは頼むべかりける。なかなかそれしもこそあなづりて、をこがましくもてなしけれ。（略）さるは、かの君、さやうに痴れたまへる人かは。魂はわきたまふ君をは。

（新編全集二七〇～一頁）

道雅室となった惟仲女は、二人の子をなしたが、ある時期こっそりと夫のもとを逃げ出し、「今の皇太后宮」となった、つまり三条天皇中宮妍子のもとに出仕して、大和宣旨という女房呼称で仕えていたというのである。また『勅撰作者部類』にはこの出奔した惟仲女に関して、「三条院太皇太后宮女房、中納言惟仲女、大和守義忠為妻之故号大和」とあり、妍子の宣旨女房として忠勤に励んだのだろうが、大和守義忠との結婚は妍子の崩後（万寿四〈一〇二七〉年九月十四日）で義忠が大和守となった長元九（一〇三六）年十月十四日（範国記）以後ということになろう。つまり惟仲女は妍子出仕当初から大和宣旨と指呼されたというのではないこととなろう。さらに義忠没後（長久二〈一〇四一〉年十一月一日）に章子内親王のもとに「大和」という女房名で出仕したと考えられる。[注13] ここでようやく出羽弁と同僚女房となる。

ところで、『勅撰作者部類』に「太皇太后宮」と記すのは誤りで、陽明文庫本『後拾遺和歌抄』作者勘物にも「三条院皇太后宮女房」とあるから、『大鏡』が「皇太后宮」とするのは正しい訳だが、道雅の妻であった惟仲女が妍子の女房となったのが、寛仁二（一〇一八）年十月十六日、妍子中宮が皇太后宮となった時期（御堂関白記）以降とするのは当たらない。[注14] 妍子の女房出仕時期として最も適わしいと想定できるのは、妍子が東宮入りの際の女房スカウトに応じたとする関口説に従えば、妍子の東宮参りは、寛弘七（一〇〇九）年二月二十日だから、それ以降のことといえよう。[注15]

さて、任地の太宰で没する帥平中納言惟仲の映像《イメージ》は、『狭衣物語』の飛鳥井君の父を「帥の平中納言」（巻一。新編全集①一四九頁）と設定していることで活かされていることは既に拙論「フィクションとしての飛鳥井君物語」で述べていることだが注(16)、本稿に於いて再確認しておくことは、飛鳥井君のもとに通う狭衣の偽称が「蔵人少将」(巻一。①二四九頁)であって、道雅のイメージにも重ねられることや、狭衣の従者である式部大夫道成を誘って女主人飛鳥井君を欺き連れ出すという、奸計を労して暗躍する乳母像の着想など、道雅密通及び離縁事件に絡む情報は、妍子の女房から章子内親王家の女房となった大和からの直接的な情報として伝えられている可能性があったことによろう。そうした情報の一つとして、源氏の宮の東宮参りに際しての女房スカウトに、乳母が飛鳥井君に応募するように勧めているのも関口説との照応をうかがわせる事例であったことになると、もはや疑う余地のない情報源の認定となろう。

しかし、前掲引用の『大鏡』に、「女房は、いかが思ひたまひけむ、みそかに逃げて」とあり、情報源の特定は、「みそかに逃げ」た理由も明らかにし得る状況であったことになるから不自然な文脈になってしまうのだが、『小右記』などが記録する道雅の奇行、変人ぶりからして非があるのは、当然道雅の方と考えるのが順当とする判断を裏切って、『大鏡』は引用末尾にあるように、道雅に対して「さやうに痴れたまへる人かは。魂はわきたまふ君をは。」と擁護するから、「いかが思ひたまひけむ」はその含意に惟仲女への非難を潜ませた文辞となり、明らかに『栄花物語』が伊周一門に寄せる好意的な立脚点とも異質なのだといえよう注(17)。

ところで、『狭衣物語』は男主人公側からすれば、事情を摑めず飛鳥井君の失踪と事態を掌握せざるを得ないものの、その失踪は式部大夫道成に乳母が加担して、男が女を盗み出して妻にしようとする従来の物語パターンに落着するのだが、道雅室の惟仲女の場合は、女が自力で男のもとから密かに立ち去り、身を隠すという「みそかに逃げ」る女の所為に特異性があって、『大鏡』の叙述が事の真実を言い当てているのかの疑問は、もはや逆に作り物語にその根拠を求め得るのかどうかではないか。

『更級日記』の作者孝標女の作と思われる物語群、『巣守』注(18)『朝倉』『みづからくゆる』『夜の寝覚』には特徴的に

「みそかに逃げ」る女、つまり出奔する女が描かれる。しかも女主人公の行動として顕著なのだ。初期の作品として『源氏物語』の偽作らしい『巣守』では巣守の君が匂宮に連れ出された白河の院（やがてしらかはの院におはしてうちふし給へりとかくきこえのかるけしきもあはれなるに―堀部氏旧蔵古筆切）に一時隠し据えられたのであろう。その白河の院から密かに脱出して朱雀院の女四の宮が勤行に励む大内山へむかったのではあるまいか。あまり想像に過ぎると言われてもしかたがないが、〈白河〉と〈大内山〉は孝標女が何故か固執した地名なのであり、『みづからくゆる』では尚侍が大内山を去って主人公の前から行方をくらまし、『朝倉』『夜の寝覚』ではともに女主人公が白河に隠し据えられている。

その後者『夜の寝覚』は末尾欠巻部であり、確定され得ない古筆切の内容検証に惑わされがちの現況ではあるものの、注(19)類似パターンの繰り返しこそが孝標女の物語群の証しであるとの認識にすすむべきで、『後百番歌合』十五番右歌（一二三〇）の詞書「白河の院より、あながちにのがれ出で給へるを、初めて聞かせ給ひて遣はしける御文に」注(20)と、仁平道明蔵伝後光厳院筆切の「ひたぶるにかきいだきてこの院にいてたてまつりていひしらぬ心をつくして大願をたてて仏を念じたてまつりし」注(21)との本文をつき合わせてみれば、寝覚の上のいわゆる偽死事件に関わって、強引に迫る冷泉院が仮死状態に陥った寝覚の上を「この院」つまり白河の院につれてきて、仏法によって生き返った寝覚の上は、養生後隙を見て白河の院から「あながちにのがれ出で」たということなのである。さらに伝慈円筆切によって白河の院から脱出後、寝覚の上は叔母である元斎宮女二の宮のもと（広沢の故父入道邸）に身を隠し、出家生活に入ったというのである。注(22)

この結末も『巣守』と照応する展開をみせて、孝標女の物語群の中でも『夜の寝覚』はみずからの物語群の集大成的傾向といえそうで、道雅が三条院から勘当されていたことの反映として物語では稀な勘当事件を寝覚の上の息真砂の上に設定したことなどをも加えて新味を出すが、白河の院幽閉とそこからの脱出という物語展開の脱出方法には、『朝倉』との類似展開を想定し得る。当該論証に最低限必要な箇所のみ『後百番歌合』から掲出しておく（傍点筆者）注(23)。

(イ)『後百番歌合』五十六番右

身の有様思ひ乱れて、白河より出でなむことを思ひ立つ日、「うち解けて見つる名残に常よりも恋しさまさる朝顔の花」と侍りける御返し　　朝倉の女君

置く露も光添へつる朝顔の花はいづれの暁か見む（三一二）

(ロ)『後百番歌合』五十五番右

思ひわびて、白河より忍びて出づる川原のほどにて、おとどの御車の会ひ給へる、すだれを押しあげてさしのぞき給へるを見て　　朝倉の女君

玉鉾の道行きずりのかばかりもあはれいづれの世にか見るべき（三一〇）

(ハ)『後百番歌合』五十七番右

権中納言ときこえし時、朝倉の君、近江の海に身を投げてけりと人づてに聞き給ひけるころ、石山にまうで給ふとて　　関白内大臣

恋ひわびぬ我もなぎさに身を捨てて同じ藻屑となりやしなまし（三一四）

物語展開を配慮して(イ)(ロ)の掲出順にしたが、白河の院からの脱出が単独でも可能な様子は、(ロ)の詞書傍点箇所の朝倉の君の事例によって保証されよう。

賀茂の河原で白河に向かう男主人公三位中将（権中納言→関白内大臣）の牛車とすれ違い、行方をくらました朝倉の君は、その後色好みな式部卿宮と関係をもち、懐妊する。そのような式部卿宮像にしても、舞台を石山にして琵琶

湖への投身自殺を企てるなどの内容は、『浜松』に急接近するが、宮の姫君を出産した朝倉の君は、曲折を経て、皇太后宮に出仕し、男主人公権中納言と再会することとなる。ここで注視したいのは朝倉の君が女房として皇太后宮に出仕することだ。惟仲女がいずれ皇太后宮となる妍子のもとに出仕したことと関連するとみるべきなのではあるまいか。

四　定頼の恋

歌壇の重鎮四条大納言藤原公任の息定頼（長徳元〈九九五〉年～寛徳二〈一〇四五〉年）は、妹を摂関家道長の五男、つまり頼通の実弟である教通に嫁していたため、『江談抄』巻二（三〇）に定頼が蔵人頭（長和六〈一〇一七〉年三月～寛仁四〈一〇二〇〉年十一月）であった時、源顕定を嘲ったことで宇治殿頼通から勘当され、半年ばかり蟄居したとの逸話がみえる中に、「顕定は宇治殿の方人なりと云々。定頼は二条殿（教通―筆者注）の方人なり。故に意緒（ひいき―筆者注）有るか。[注24]」と記されている。

またこの二人、教通と定頼は平安後期を代表する色好みとしても知られている。和泉式部の娘小式部内侍をめぐっての関係は、教通との間には一子（のちの静円）を儲けたことでその関係は明らかなのだが、[注25]定頼との関係は、『百人一首』にも採歌される「大江山いくののみちのとほければふみもまだみず天の橋立」（金葉集、雑二、五五〇）の詠出状況をも鑑みて論じられる場合が多く、私説は二人に親密な関係があっても教通室を慮る定頼にとって男女関係は成り立ち得なかったと考えているが、[注26]いかがなものであろうか。教通と定頼との親交は、時に白河にある公任の別業へ同行するという形で現れ、明王院本『定頼集』一四六番歌には「寛仁二年二月、雪のいみじく降るに、大将（教通―筆者注）白河におはして」とする詞書で知られる。[注27]当時白河は都の上流貴族の別荘地として知られ、藤原摂関家伝領の白河院のみが建造物として知られている訳ではない。かつて公任の白河別業には帥宮敦道親王に連れられた和泉式部も訪れている。

定頼と小式部内侍との関係はともかくとして、紫式部の娘大弐三位賢子（越後弁）や『後拾遺集』の採入歌が女流として和泉式部に次ぐ相模と当代一流の才媛との関係がほぼ重なるようにあり、しかもそれに大和宣旨が加わるとなると、定頼の和歌六人党初期の領袖ともいえる範永らの新人発掘の成果も、[注(28)] その交遊圏の広さゆえと考えられ、これら才女たちとの関係は社交上手な定頼の面目躍如ということになろう。

定頼と賢子との男女関係は、おおよそ寛仁年間（一〇一七～一〇二〇）と推定されるのが一般的だが、森本元子は定頼が蔵人在任中の寛仁二・三（一〇一八、九）年ごろのこととし、定頼二十七、八歳、賢子二十歳ころとする。[注(29)] それは諸井彩子によっても賢子の出仕時期に関して、定頼との恋愛を経た上で、寛仁四（一〇二〇）年春以降と想定されてもいる。[注(30)] このように賢子と定頼との恋愛は短期間であったと思われる。一方、相模との関係は一時的な愛人関係であったのだろうか。

相模は橘則長（母清少納言）との離別後、長和年間（一〇一二～一七）大江公資と再婚し、治安元（一〇二一）年には夫とともに赴任先の相模に同行した。次の『後拾遺集』（恋一）には公資との結婚中に定頼との密通が知られる。

公資に相具して侍りけるに、中納言定頼忍びて訪れけるを、隙なきさまをや見けむ、絶え間がちにおとなひ侍りければよめる　相模

逢ふことのなきよりかねてつらければさてあらましにぬるゝ袖かな（六四〇）

当該歌を解説して武田早苗は以下のように述べている。[注(31)]

相模が大江公資《きんより》と再婚したのは、長和二、三年（一〇一三～四）頃。治安元年（一〇二一）に公資が相模国に下向する際

には、先妻を差し置いて、相模は妻として伴われた。相模守の任期が満了したのは万寿二年（一〇二五）で、夫婦は供に帰京をはたす。この年の秋頃に、藤原定頼は正妻と不仲となり、妻子のもとを一人去って、実家の四条宮邸に戻った。これらと前後して、相模と定頼との仲が、恋愛に発展したものと想像されている。だが、長くは続かなかった。

武田説は定頼の北の方源済政女との不仲を相模との恋愛の根拠と考え、帰京後の恋愛関係に限定するが、当該歌の詞書の「中納言定頼忍びて訪れける」を、相模国下向以前に設定することはできないのであろうか。

そこで、定頼の正妻となった済政女との結婚を音楽方面のゆかりと考える森本元子は、定頼の結婚に関して次のように指摘している。注(32)

定頼が済政女に契ったのは、経家の生まれた寛仁二年（一〇一八）をさかのぼることにまちがいあるまいが、定頼の年齢を考え、その二十歳のころ、長和三年（一〇一四）時分にはすでに結婚していたとみるのが穏当であろう。その後五、六年の間は、この妻のもとで平和な家庭生活が営まれたと想像され、大江公資の妻である歌人相模――この人は頼光女と推定されているので、済政女である定頼室には叔母にあたる――との密通事件や、越後弁との関係があったのは、その後のことと私は考えている。

定頼室となった済政女との結婚は『御堂関白記』寛弘七（一〇一〇）年十一月五日条に「済政朝臣家定頼来通、女方（倫子）蘇芳枕一面、銀小筥一雙入薫香送」とあり、その結婚時期は明確で森本説は修正されよう。それはともかくとして、結婚当初は定頼も落ち着いていたとはいえ、済政の妻が頼光女でもあったことゆえ、注(33)その近親に相模が浮上してくる済政女との結婚ということになり、そこに相模との機縁が生ずる背景があったとすると、相模との関係性が想定される時期を公資の相模国赴任以前に設定しても許容されることになろう。

しかも近時、近藤みゆきによって相模の「初度百首」が権現への奉納を装い、東国から都の定頼へ発信した恋の告白の詠歌だと言い、また「権現返歌百首」は、定頼詠との歌句の一致から、その詠み手が定頼に他ならないとする大胆な新説を唱えたのであった。注(34) 近藤氏が掲げる十例の五文字から十文字の歌句の一致の中で、特に注視したのは「かげをならべてみる」とする表現の一致がある定頼詠が明王院本『定頼集』では以下のような贈答となっている点である。

とほきところの名ありける人の、かたみとて物こひたりける、やるとて（定家本―やりたまひけるに）

君がかげみえもやするとます鏡とげど涙になほくもりつつ（四〇二）

といひたりし人の、なほおなじこころなるを見たまうて

ます鏡とげど涙にくもるらん影をならべてみるはうれしや（四〇三）

「とほきところの名ありける人」に定頼が形見として鏡を贈った、その返礼歌とそれに対しての定頼の詠歌とみられるが、「とほきところの名ありける人」とは、つまり夫公資に伴なって下向した相模と理会することが可能なのである。

また傍点を付した「おなじこころ」とは、『信明集』の源信明・中務の歌物語化歌群に於ける「あたら夜の月と花とを同じくはあはれ知られむ人に見せばや」と次の『拾遺集』（恋三）に採歌された二人の贈答歌に共有する恋情確認となっている。注(35)

月明かゝりける夜、女の許に遣はしける　源信明

恋しさは同じ心にあらずとも今夜の月を君見ざらめや（七八七）

返し　中務

さやかにも見るべき月を我はたゞ涙に曇る折ぞ多かる（七八八）

「同じ心」との言表は相思相愛を確認する内的発露の表徴であり、「涙に曇る」という恋の忍び泣きの表出も中務詠と一致することになるが、そうした「同じ心」による愛の指標は『和泉式部日記』に帥宮敦道親王の贈歌「われひとり思ふ思ひはかひもなしおなじ心に君もあらなむ」にみえ、さらに『源氏物語』橋姫巻の八の宮の思念や総角巻での薫の大君への告白にみえる「同じ心」の表出で拡充し、『更級日記』では頼通方の女房との「月もなく花も見ざりし冬の夜」の美意識の共有へと進化していく、当代の表現流行であった。注(36)

また後冷泉天皇の乳母となった大弐三位賢子への憧れを含意腹蔵する『更級日記』作者は源済政の息資通との出会いもあって、定頼への関心も少なからずあったのだろう。鏡に映る二人の姿を仮想して、「影をならべてみるはうれしや」との定頼の詠嘆が、『寝覚』（巻二）の式部卿の宮の中将が、但馬守の娘を石山で見初めた場面の贈答歌に「さやかにもみつる月かなことならば影をならぶる契りともがな」（宮の中将）「天の原雲居はるかにゆく月に影をならぶる人やなからむ」（女）とあり、『浜松』には現存巻一の冒頭で渡唐した中納言が在京の大君を恋慕して、「別れにしわがふるさとの鳰の海にかげをならべし人ぞ恋しき」と詠んでいるのに投影してくる可能性がある。『寝覚』『浜松』とも石山での場面だから、琵琶湖畔の水面に二人して影を並べて佇む相思相愛の男女の理想形構図として表出されているのであろう。注(37)

信明・中務から定頼・相模へと時を隔てた二組のカップルによって培われた相思相愛の構図の表徴としての〈同じ心〉と〈影をならぶ〉が、『源氏物語』の作中人物たちの営為との循環を経て孝標女の物語たちに投影しているのだとしたら、それは事実の物語性と物語の事実性の境界は霧散して、既に一体化しているといえ、物語の虚構と事実の峻別は意味をなさなくなり、ここでもやはり物語は現実に生起している事実なのであり、事実は物語に封じ込まれている物語的現実そのものなのだといえよう。

ともかく近藤氏は、この『定頼集』所載の二首に関して次のように説述している。

定頼は長和三年（一〇一四）十月から、中宮権亮となり、当時三条天皇の中宮であった妍子に仕えている。相模が妍子家の女房であったことは前述した通りだが、特に寛仁元年（一〇一七）六月から八月にかけて妍子は定頼の舅、源済政の邸に移り住んでおり、定頼はいっそう妍子の側近く仕えていたものと思われる。稿者は公資と相模の結婚を長和三・四年（一〇一四・一〇一五）年頃に想定しているが、妍子家女房としての相模が、宮権亮・定頼と全く交流が無かったとするのもまたむしろ不自然であろう。定頼は多くの女性と浮き名を流しており、両者がこの段階でどの程度の関係だったのかは判断が難しいが、女房と貴公子官人にありがちな関係が無かった訳ではないのかもしれない。特に歌壇の大御所公任の嫡男の定頼は、歌人・相模にとって和歌や文事を介した交流に最も手応えを感じる、憧憬する存在であったに違いない。

近藤氏は定頼と相模との関係の深まりを妍子家の女房とその官人としての立場を重視しての論説を展開していると思われるが、その時期は公資が相模守に任ぜられる治安元（一〇二一）年以前であり、長和三（一〇一四）年十月から定頼が中宮妍子の権亮として仕え始める時期と公資と相模との結婚の時期とほぼ重なるわけだから、結婚当初ではなくとも下向前に相模と定頼との恋愛関係が成り立ち、深まったと考えることは、「初度百首」と「権現返歌百首」の関連性からみれば、許されよう。そういう事情をうすうす感づいていた公資は、わざわざ先妻ではなく相模を任国に同伴して、都の定頼との絶縁を図ったのではなかったか。注(38) 遠く隔たった相模にしても、百首歌でお互いの愛を確認し合い、また鏡を形見とすることで、公資の妻として生きる決意に至ったのかもしれない。というのも伊豆山神社に奉納された百首歌である「走湯権現奉納百首」の「子をねがふ」の詠出として「なにごとも心にあらぬ身なれどもこの宝こそまづはほしけれ」や「ひかりあらむ玉のをのこ得てしがなかきなでつつもおほしたつべく」（流布本相模集、一九三・二九四）[注39]などがあるように、公資の子を授かりたいと切実に願っていた節があるからである。帰京後も定頼との関係が直に復活したのではなかったのも、公資の妻としての自覚が芽生えていたと考えられよう。

相模は万寿二（一〇二五）年初夏に都に戻ってから、再び出仕することになるが、その出仕先は妍子皇太后[注40]のもとではなく、入道一品宮脩子内親王のもとであった。[注41]その年の晩秋に定頼夫妻の別居を聞きつけて、上京後はじめて定頼のもとに贈ったと思われる歌が以下のように『相模集』にある。

　　九月の二十日あまり、時雨をかしきほどの夕暮に、ある所にさしおかせし。としごろの北の方
　　　を去りて離れゐ給へりと聞きしかば

　人知れず心ながらやしぐるらむふけゆく秋の夜半のねざめに（八三）

上京後四カ月もたって「（ある所に）さしおかせ」た当該歌をどのような気持ちで定頼は受け取っていたのかは、続く八四番歌の詞書に「久しうありてかれより」とあり、その返歌に「思ひもかけぬ人の水茎」と記されていたのだから、九〇番歌まで贈答歌があるにしても、両者にかつての積極性は消え、手紙のやりとりに終始したのではないか。しかし、この件が夫の公資の耳に入り、怒った公資は出て行ってしまったことは、一〇〇番歌の詞書に「あやしきこと言ひ付けて、さるべき物どもなどしたためて、けざやかにほかへ往にける」とあることで知られる。公資との破局をむかえることになった。それを『相模集全釈』は万寿二（一〇二五）年では早すぎるとし、「『異本相模集』の相模と公資の経緯からみてもこの事件は万寿三・四年」（一六四頁）ごろとしたのが穏当だろう。

ところで、相模が乙侍従として仕えていた妍子の女房時代、同僚であった大和宣旨のもとに皇太后妍子が崩御した万寿四（一〇二七）年九月十四日（日本紀略、小右記）後に、詞書に「そのころかの宮の宣旨のもとに」（流布本相模集、九

三）とする弔問歌（後拾遺集、哀傷、五四九）を贈っている。大和宣旨と相模とが同僚女房であったのは、夫公資とともに相模国に下向する以前のことだから、定頼が長和三（一〇一四）年十月から寛仁四（一〇二〇）年まで宮の権亮として妍子の側近く仕えていて、それが相模との交渉の機縁であったり、関係が深まる誘因であったりすることを前掲した近藤説の述べるところであったから、それは同時に大和宣旨と定頼との関係性を指摘できる環境でもあったことになる。

二人の関係を知ることができる手掛かりは『定頼集』には残されていないから、『後拾遺集』に収載される次の二首にすぎない。

　　中納言定頼がもとにつかはしける　　　大和宣旨
はる〴〵と野中に見ゆる忘れ水たえま〳〵をなげくころかな（恋三、七三五）

　　中納言定頼がもとにつかはしける
こひしさを忍びもあへぬうつせみのうつし心もなくなりにけり（恋四、八〇九）

「はる〴〵と」の七三五番歌は定頼の絶え間がちの訪れを嘆き、次の「こひしさを」の八〇九番歌は恋しさで声を上げ泣き正気も失せてしまったという意で、定頼からの返歌を記すことがないから、少なくとも一度は関係があったものの、定頼の方には激しい恋情はなく、大和宣旨の方に定頼を恋い慕う気持ちが強くあったのだろう。そうすると、妍子の女房として仕える相模と大和宣旨との両方と同時に関係があったのかと疑うことにもなって、明王院本『定頼集』には「ある人のもとにやれる文を、とりたがへて離れにし人のもとにやりたりければ」（一三番歌詞書）などという文使いが取り違える状況下も想定できるわけで、「ある人」とあって誰彼と特定される女ではないかもしれないが、「離れにし人」も同じ妍子の女房である場合の可能性を積極的に考えていこうと思う。一方、「しのびてもの言ふ人」と詞書にある一一番歌と一二番歌「梅津川しものわたりをたづねとてうきたる恋は我ぞまされる」の贈答歌の関係性は、『定頼集全釈』で森本元子は「若い日の定頼の秘密の相手がすべて中宮女房とは限らないし、ましてそれが相模でなければならぬ理由もない。」（四三頁）と否定的だが、人妻である相模との不安な恋にのめり込む状況の妥当性がまさろう。

さて、このように定頼と大和宣旨との恋愛関係は、大和宣旨からの求愛性が強く、定頼に飽きられて短期間で終わったようにみられるが、この二人の件は説話化の方向にむかって記憶にとどめられている。『古本説話集』「御荒宣旨歌事」[注42]や『無名草子』「女の論」には、前掲『後拾遺集』歌二首と賀茂神社に参詣する定頼の姿をよそながら見て詠む「よそにても見るに心はなぐさまでたちこそまされ賀茂の川波」によって両書の説話は構成されるが、さらに『古本説話集』には大和宣旨宛ての定頼の熱情を示す一首「ひるは蟬よるは螢に身をなしてなきくらしては燃えやあかさん」[注43]を先導させて、恋の熱から冷めて離反する男にいつまでも執着する女の哀れを描く。この「ひるは蟬」歌は、定家本『定頼集』に「女院の中納言の君、つれなくのみありければ」とする詞書を付して所載されている。

また『古本説話集』後半では、宣旨を「無下ならぬ人に」盗ませて、定頼への切ない想いを絶ち切らせようとしたが、やはり定頼のことを忘れることができなかったという。そして、この話の末尾には『伊勢物語』二条后章段よろしく、次のような後注が付されて、「みあれの宣旨」の素性が明かされている。

御堂の中姫君、三条院の御時の后、皇太后宮と申したるが女房なり。大和の宣旨とも申しけり。……

この作為的な物語性の生成をどのように考えるべきなのか。恋に翻弄される宣旨が、最後に略奪までされるに及ぶという取って付けたような展開は、実話が物語化される経過をまざまざと見せつけているのだが、さしてその構成の接ぎ木化は異和感を生じさせない。それはそれぞれの単元に平安後期の物語たちに当然あるべき話素が組み込まれているからなのだろう。

まず本説話の導入に設置された「ひるは蝉」歌は、定頼関係の恋歌というばかりではなく、相手が「女院の中納言君」、つまり万寿三（一〇二六）年一月十九日（左経記）に出家して上東門院の女院号を受けた彰子に仕える中納言の君という女房だというのである。この「中納言の君」という呼称が、父親の官職から派生したものとすると、大和宣旨の父も中納言であったのだから、出自類同の女房に対する定頼の懸想として関連性が保たれている。そこで注目されるのが、物語の女主人公が没落した宮家の姫君や後見を失った姫宮などから、中宮や皇太后宮などに仕える出自の高い上﨟女房の出現と重なってくる点である。

そうした物語の中に『夜の寝覚』のように物語の発端に人違えの恋が設定され、樋口芳麻呂によって「所たがえを主題とし、女の居場所を間違えた男が別な女性と契る話を骨子とする」物語といわれる『みかはにさける』がある。注(44)樋口氏は、男主人公の権中納言が関白に至り、その弟の三位中将も関白となっているところから、「実社会の事象が物語の世界にも影響を与えていると考えて、関白の頼通が弟の教通に関白を譲った治暦四年〈一〇六八〉以後の成立と推定して差支えないかもしれない。」（一九一頁）とする物語なのだ。

男主人公権中納言が人違えをした相手が太皇太后宮御匣《みくしげ》という、太皇太后宮に仕える御匣という女房というのだから、そうした時代背景を考慮すれば、太皇太后宮とは寛仁二（一〇一八）年一月七日（御堂関白記）に太皇太后宮となった彰子を想定してよいであろう。しかし、治暦四（一〇六八）年という年には彰子は女院としていまだ健在だが、皇太后から太皇太后に転上したのは禎子内親王であったから必ずしも彰子と限定できるわけではないが、寛徳二（一〇四五）年一月十九日に定頼は既に没している。

というのも、『みかはにさける』の題号の出典歌となるのが、『綺語抄』『色葉和難集』に載る「あやしくもところたがへに見ゆるかなみかはにさけるしもつけのはな」（傍点筆者）で、高貴な場所である宮中の御溝（みかわ）に、下賤な意の「しも」が付く花が咲いているという意と、国名の三河と下野と解せば、三河の国に下野の花が咲いているというのが奇妙な場所違いの組み合わせと見えるというのである。こうした「あやしくも」歌を想起せる例として『和泉式部続集』『頼宗集』が知られていたのだが、諸井彩子はそれらに加えて明王院本『定頼集』から新たに次の例を指摘した。注(45)

文やりしに、所たがへと言へる人に

あだならぬ心を知らでしもつけの花には人をよそへざらなむ（一二五）

そこで諸井氏は「しもつけの花」に場所違いや人違いの意をもたせた例が、道長・頼通の時代に集中しているとして、当該物語の成立も近い時期と考え、女房呼称の分析に入っている。いま悉に『みかはにさりる』に関して言い及ばないけれども、承香殿女御とも知らずに契りを結んで恋の虜となった権中納言が彼女の行方を見失い、人違いをするるが、その相手となるのが太皇太后宮御匣で、樋口氏によれば、こちらの恋の方が当該物語の眼目をなすとする。権中納言の想い人とは別人であることを感づいた御匣の嘆きの歌を(イ)『後百番歌合』（三十八番右）と(ロ)『風葉和歌集』（巻十四、恋四）から一首掲出しておく。注(46)

(イ)　みかはにさける所たがへに、権中納言、あながちに消息し寄りて、あらぬ人と見あらはしたる

気色見え侍りければ　太皇太后宮の御匣殿

なげきこり道まどひける山人の行くてにかかるものを思ふよ（二六七）

(ロ)　前関白いとせちにいひよりて、人たがへしたるさまにみえはべりければ　みかはにさけるの女院の御匣

なげきこり道まどひける山人のゆくてにかゝる物を思ふよ（一〇二六）

『風葉集』は極官で示すから、太皇太后宮が女院となっていて、彰子の次に禎子内親王も陽明門院とはなるけれども、こうした時代背景に置いてはむしろ男主人公の権中納言像に定頼のような破天荒な色好みの貴公子を想定できる時代相とも兼ね合わなければならないだろう。大和宣旨は中宮妍子に仕えていたころは、中宮の宣旨とか宮の宣旨と呼ばれていたのだが、諸井氏の検証によって宣旨女房は立后の儀のあと令旨によって任命されているのであり、上臈女房で三役といわれる宣旨、御匣、内侍の中でも前二者は公卿の女子が任ぜられることが多く、それに対し内侍の出自はやや低いという傾向があるということである。

つまり、散逸物語『みかはにさける』の題号に関わる場所違いによって引き起こされる人違いのモチーフを支える「しもつけの花」を踏む詠歌が『定頼集』に指摘できるというだけではなく、前掲「あだならぬ」歌の詞書にあった「所たがへと言へる人」が、皇太后宮妍子に仕える大和宣旨とかつては同僚女房であった相模という二人の女房間の所違えとは特定し得ないが、ほぼ同時期に恋愛交渉をもつ定頼との関係を無視できない時代相や恋愛状況の中で、『みかはにさける』物語の内実と共有していると言えるのである。

五　おわりに

本稿は、平中納言惟仲女である大和宣旨を軸として当代の貴公子である道雅と定頼に関わる足跡を結果として辿ったことになるが、その恋愛事情を検証することが目的であったわけではなく、その説述の過程で物語と史実との曖昧な関連性を考え、ついには物語の女主人公と創作提供者との関係をとかく后・女御・尚侍を筆頭に皇女そして宮の姫君たちと対極する受領層の女房という図式化で掌握する傾向がある中で、話題提供者ともなる上臈女房たちへの注視を怠っていたのではないかと喚起したつもりでいる。

物語での上臈女房への関心は、例えば薫が浮舟を失った後、女一の宮付きの女房である小宰相の君に逢って心を慰める相手としていたのだが（蜻蛉巻）、この小宰相の君のイメージはおそらく『紫式部日記』にとどめられている宰相の君、つまり大納言道綱の娘豊子であったのだろう。その昼寝姿を次のように記していたことを思い出してほしい。

　硯の筥にまくらして、臥したまへる額つき、いとらうたげになまめかし。絵にかきたるものの姫君の心地すれば、口おほひを引きやりて、「物語の女の心地もしたまへるかな」といふに、見あけて、……

受領層上がりのふつうの女房の視点からすれば、上臈女房の姿は絵物語に描かれる姫君そのものであったことを知らせてくれる一場面であり、現実に直面する日記に物語を例示したり比喩することは、この『日記』が間違いなく事実を記しているのだということを立証する表現手法ともなり、彼女らの目にする日常世界が常に《現実》と《物語》とが、隣り合わせになって流動しているのだということを、しっかりと認識できる貴重な一場面なのである。

ところで、かつて拙稿「民部卿について」（前掲『王朝物語文学の研究』）で天喜三（一〇五五）年禖子内親王家物語歌合に提出された『あらば逢ふ夜のと歎く民部卿』（出羽弁）と『をかの（をぐら）山たづぬる民部卿』（小左門）について論じたが、その女主人公も姫宮の中納言であったり女院の大納言という上臈女房であった。さらに男主人公の民部卿が、永承元（一〇四六）年後冷泉天皇の中宮に章子内親王が冊立されると、その中宮大夫となった長家のイメージを形象化していると論じた。そこに章子内親王家に仕える出羽弁との接点を探ったものだが、最後に次のような記事を『出羽弁集』から掲出しておきたい。注(47)

　このおほ宮どの丶ほどのことかきあつめられたりけるを、さいものないしのつたへて、さがみのきみにみせたまへりければ、れいの（い脱カ）みじ（き脱カ）こちたきことばどもになんめづる、いか許なることばどもをあつめられたまふ物とかおぼす、ふみにもかきつゞけてたてまつれとありしかど、すだれのうへにさしおきて、うしなひてやみにきと、かたりたまひしかば、……

大宮殿とは長家邸のことで、出羽弁が方違えで渡御したのを機会に長家邸のいろいろな出来事をかき集めたものを左衛門内侍が仲介して相模に見せたところ大形な褒め言葉をいただけたとする詞書で、八三番歌から八八番歌まで出羽弁と相模との間で贈答歌が繰り返されている。出羽弁が書き集めたものが何を目的とするためのものであったのか、『栄花物語』編纂のための資料などと拡大解釈できるものなのかどうかも不明だけれど、つながる女房集団の一画に中宮威子からその皇女章子内親王に引き続き出仕した出羽弁と中宮妍子の女房から脩子内親王家へ宮仕え先を転任した相模という頼通時代の文化世界を支える二人の才媛の交渉が成り立っていることを確認できれば、女房世界の情報交換の豊かさもなおさら直接的に確保できたのではあるまいか。

注

（1）関口力『摂関時代文化史研究』（思文閣出版、平成19〈二〇〇七〉年）「藤原道雅一、二」に詳しい。本稿は同論考に学恩を負う。なお道雅の娘には彰子に仕えた上東門院中将（後拾遺集勘物、勅撰作者部類）がいる。

（2）久下「宇治十帖の執筆契機―繰り返される意図―」（考えるシリーズⅡ『知の挑発②源氏物語の方法を考える―史実の回路』武蔵野書院、平成27〈二〇一五〉年、本書〈Ⅰ・第三章〉所収）参照。寛弘六（一〇〇九）年には具平親王薨去などがあって、宇治十帖の八の宮造型に関わるが、作者紫式部にとって「尚侍」に関わる彰子の妹妍子のための新作物語を式部の局に進入して道長が盗み出した暴挙に対する憤懣が主従の隷属関係にある物語作者のあるべき立場を揺さぶったことが、後の物語つまり宇治十帖構想変更の根幹にある。

（3）久下「夕霧の子息たち―姿を消した蔵人少将―」（考えるシリーズ③『源氏物語を考える―越境の時空』武蔵野書院、平成23

〈二〇一一〉年。本書〈Ⅰ・第五章〉所収）

（4）久下『王朝物語文学の研究』（武蔵野書院、平成24〈二〇一二〉年）「蔵人少将について」

（5）道長が紫式部の局から盗み出した新作物語の草稿はいったん道長後援の『赤染衛門集』にみえる物語創作に関わる女房集団のサロンに委ねられることとなったが、その後の政治状況の変化で式部に返却されたと憶測する。

（6）吉田文子「道雅と當子の恋愛事件と『狭衣物語』の構想―六条斎院宣旨に於ける史実摂取の方法―」（広島大学「国文学攷」131、平成3〈一九九一〉年9月）

（7）久徳高久「藤原道雅の恋―斎宮当子内親王をめぐって―」（「椙山女学園大学研究論集」、昭和56〈一九八一〉年3月）は、当事件の現場を通任邸とする。

（8）久下「『栄花物語』の記憶―三条天皇の時代を中心として―」（山中裕・久下裕利編『栄花物語の新研究―歴史と物語を考える』新典社、平成19〈二〇〇七〉年。本書〈Ⅲ・第五章〉所収）

（9）済時は大納言兼左大将どまりで、長徳元（九九五）年に既に没している。

（10）他の三首を『後拾遺和歌集』（岩波新大系）から列挙しておく。

○涙やはまたも逢ふべきつまならん泣くよりほかのなぐさめぞなき（七四二）

○逢坂は東路とこそ聞きしかど心づくしの関にぞありける（七四八）

○いまはたゞ思ひたえなんとばかりを人づてならでいふよしもがな（七五〇）

（11）武田早苗「当子内親王―道雅の恋―」（後藤祥子編『王朝文学と斎宮・斎院』竹林舎、平成21〈二〇〇九〉年）

（12）田中恭子「『赤染衛門集』と『栄花物語』正篇の接点」（お茶の水女子大「国文」66、昭和62〈一九八七〉年1月）

（13）好村友江・中嶋眞理子・目加田さくを『橘為仲朝臣集全釈』（風間書房、平成10〈一九九八〉年）二〇〇頁。

(14) 後藤祥子「もう一人のみあれの宣旨―散逸「宮宣旨集」の想定―」（「和歌史研究会会報」62～64合併号、昭和52〈一九七七〉年5月）は、夫婦離縁の原因を当子内親王との恋と見定め、「惟仲女が妍子後宮に出仕したのは、立后の長和元年〈一〇一二〉よりも皇太后宮となった寛仁二年〈一〇一八〉が適わしい。」とする。後藤論考の副題にあるように妍子中宮に仕える大和宣旨の女房名は「宮の宣旨」とするのが穏当である。しかし、筆者は妍子立后時に大和は宣旨女房となったと推定している。その根拠は後述する。

(15) 関口力は伊周薨去後の服喪を考え、「妍子に女御宣旨が下ったのは、寛弘八年二十三日のことであるから、大和宣旨がスカウトに応じたのは、寛弘七年後半期から寛弘八年の前半期と見るのが妥当であろう。」（前掲書四九頁）とする。

(16) 久下前掲『王朝物語文学の研究』

(17) 真鍋熙子「栄花物語作者についての試論―中の関白家に関する記事をめぐって―」（東京女子大学「日本文学」昭和34〈一九五九〉年3月）。伊周に対して光源氏に喩えての讃辞（「浦々の別れ」「見はてぬ夢」）は、史実に『源氏物語』を摂取して物語性を高めようとする方法であり、逆に『源氏物語』は準拠とする方法で事実性を高めていた。

(18) 久下「『巣守物語』は孝標女の作か」（前掲書）

(19) 数葉の伝後光厳院筆物語切を結びつける実践女子大学蔵の断簡出現によって、それらが『夜の寝覚』の末尾欠巻部の古筆切のツレである確証は得られたと思われる。横井孝「『夜の寝覚』末尾欠巻部断簡の出現―伝後光厳院筆物語切の正体―」（考えるシリーズⅡ『知の挑発①王朝文学の古筆切を考える―残欠の映発』武蔵野書院、平成26〈二〇一四〉年）

(20) 引用は、樋口芳麻呂校注『王朝物語秀歌選㊤』（岩波文庫）

(21) 仁平道明「『夜の寝覚』末尾欠巻部断簡考―架蔵伝後光厳院筆切を中心に―」（『狭衣物語の新研究―頼通の時代を考える』新典社、平成15〈二〇〇三〉年。のち『物語論考』武蔵野書院、平成21〈二〇〇九〉年）

(22) 田中登「「夜半の寝覚」末尾欠巻部の考察」（『古筆切の国文学的研究』風間書房、平成9〈一九九七〉年）

(23) 『朝倉』に関する全容の分析は樋口芳麻呂『平安・鎌倉時代散逸物語の研究』（ひたく書房、昭和57〈一九八二〉年）参照。

(24) 引用は、新日本古典文学大系『江談抄　中外抄　富家語』（岩波書店）に拠る。

(25) 『御堂関白記』寛仁二（一〇一八）年十二月二十四日条に「丑時大将妾産男子云々」と記されている。

(26) 久下『物語絵・歌仙絵を読む』（武蔵野書院、平成26〈二〇一四〉年）「小式部内侍と定頼―『百人一首』秘話―」。なお和泉式部が同僚の大輔命婦への依頼（和泉式部集）は範永との関係で懐妊し身重になっていた娘を気遣ったものかと推察している。

(27) 『御堂関白記』寛仁二（一〇一八）年二月七、八日条に降雪の記載がある。なお公任別業は娘との結婚にともなって教通に譲られたか。

(28) 久下「定頼交遊録―和歌六人党との接点―」（考えるシリーズ⑤『王朝の歌人たちを考える―交遊の空間』武蔵野書院、平成25〈二〇一三〉年）

(29) 森本元子『定頼集全釈』（風間書房、平成元〈一九八九〉年）

(30) 諸井彩子「大弐三位藤原賢子の出仕時期―女房呼称と私家集から―」（「和歌文学研究」104、平成24〈二〇一二〉年6月）

(31) 武田早苗『相模』（笠間書院、平成23〈二〇一一〉年）

(32) 森本元子「定頼集における一事実」（お茶の水女子大学「国文」16、昭和37〈一九六二〉年1月、のち『私家集の研究』明治書院、昭和41〈一九六六〉年）。なお柏木由夫「藤原定頼年譜考―その前半生について―」（『平安時代後期和歌論』風間書房、平成12〈二〇〇〇〉年）は、道長に親近し官人としての処生にも長けた済政家との結び付きを考える。

(33) 済政は「郢曲相承次第」に「音楽達者也」とあり、その長男資通も琵琶の名手で同じく頼光女と結婚した。

（34）近藤みゆき『王朝和歌研究の方法』（笠間書院、平成27〈二〇一五〉年）
（35）引用は、新日本古典文学大系『拾遺和歌集』（岩波書店）に拠る。
（36）久下「後期物語創作の基点—紫式部のメッセージ—」及び「あとがき—『狭衣物語』の世界」（考えるシリーズ④『源氏以後の物語を考える—継承の構図』武蔵野書院、平成24〈二〇一二〉年。前者のみ本書〈Ⅱ・第一章〉所収）
（37）「影をならべる」は『源氏物語』初音巻での源氏・紫の上贈答歌中に使われて以来、永遠に続く男女の契りの理想形となる言表であろう。なおこの箇所の記述は、久下「挑発する『寝覚』『巣守』の古筆資料—絡み合う物語—」（前掲『知の挑発①王朝文学の古筆切を考える—残欠の映発』。本書〈Ⅱ・第二章〉所収）の説述を繰り返した。
（38）恩師犬養廉「走湯百首論—権現詠の作者をめぐって—」（犬養廉編『古典和歌論叢』明治書院、昭和63〈一九八八〉年）は、この時期の定頼と相模との関係を契りを交わした仲ではなく、相模の淡々しい恋愛感情の域から脱したものではないものの、「そうした危険性があればこそ、公資は乙侍従を強引に東国に伴い、乙侍従は後髪を引かれる思いで彼の地へ下ったのではなかったか」とし、また「走湯百首」にみえる相模の意中に住む都の貴公子は定頼を措いて考えられないと夙く指摘している。
（39）引用は、武内はる恵・林マリヤ・吉田ミスズ『相模集全釈』（風間書房、平成3〈一九九一〉年）
（40）妍子が皇太后となったのは寛仁二（一〇一八）年十月十六日（御堂関白記）。なお定頼は寛仁四（一〇二〇）年まで皇太后妍子のもとで権亮として仕えた。
（41）出仕時期は従来不詳とされるが、満田（近藤）みゆき「相模伝試論—中年期以後の軌跡—」（犬養編前掲書）は、夫公資と中関白家との関わりから脩子家に出仕したとするならば、万寿年間とするよりも帰京後間もなくと判断される。
（42）久保木哲夫『うたと文献学』（笠間書院、平成25〈二〇一三〉年）「大和宣旨考」は「御荒宣旨」の呼称出典を不明とする。

おそらく「荒三位」と呼ばれる道雅との関連での創出呼称であろう。

(43) 引用は、朝日日本古典全書『古本説話集』に拠る。但し、末句は定家本『定頼集』では「燃えあかすかな」(一三四)となる。

(44) 樋口芳麻呂前掲『平安・鎌倉時代散逸物語の研究』

(45) 諸井彩子「散逸物語『みかはにさける』考―摂関期女房の呼称と官職をふまえて―」(『平安朝文学研究』復刊22、平成26〈二〇一四〉年3月)

(46) 引用は、樋口芳麻呂校注『王朝物語秀歌選(下)』(岩波書店)

(47) 引用は、久保木哲夫『出羽弁集新注』(青簡舎、平成22〈二〇一〇〉年)。但し濁点、読点は筆者の私意に拠る。

Ⅲ　道長・頼通時代の記憶

第一章　生き残った『枕草子』

——大いなる序章——

一　はじめに

藤原師輔流一門で叔父甥の関係でありながら、道長と伊周との主導権争いは、『小右記』に依れば、花山法皇を射る事、東三条院詮子を呪詛する事及び国家の秘法である太元帥法を私に修する事[注(1)]の三箇条を主な罪状として、内大臣伊周は大宰権帥に、弟の権中納言隆家は出雲権守にそれぞれ左遷となってほぼ決着をみたといえよう。

それは長徳二（九九六）年の変事なのだが、道長にとって姉で一条天皇の母后詮子と自邸土御門第を基点としてようやく共同歩調をとり始めたとはいえ、[注(2)]娘の入内とその皇子誕生をもって外戚の位地を確保することで摂関体制の基盤が確立することからすれば、左大臣で氏長者とはいえ、いまだ不安定な政権構築であったことであろう。

奇しくも彰子が入内した長保元（九九九）年の十一月、定子は一条天皇の第一皇子敦康親王を出産する。定子は長徳二（九九六）年五月に落飾したはずだから、帝の寵愛も察せられるところだが、既に長徳三（九九七）年の大赦により召還されていた伊周・隆家にとってこの上ない慶事であった。[注(3)]しかし、出産のため平生昌邸に第一皇女脩子内親王をともなっての渡御に際しても、道長は宇治の別業への遊覧を計画し、当日は中宮定子の方へは上達部は参ずることがなかったようで、それは道長の権勢を憚ってのことで、『小右記』は「似レ妨二行啓一事」と記している。

定子は長保二（一〇〇〇）年二月、皇后となり、彰子が中宮となった。注(4) 同年十二月には第二皇女媄子を出産するが、それがもとで帰らぬ人となってしまった。定子亡き後も敦康親王の世話役にはしばらくの間妹の御匣殿が当たったが、一条天皇の命により中宮彰子の猶子となり、長保三（一〇〇一）年十一月十三日には彰子の藤壺で着袴の儀も行われた（権記）。

彰子に皇子が誕生していない状況下に於いては、道長もかいがいしく親王の面倒をみていたようで、寛弘二、三（一〇〇五、六）年頃は、親王は道長の土御門邸を在所としていたらしい（御堂関白記）注(5)。増田繁夫は「万一敦康親王が立坊する場合のことを考えた父道長が、彰子の猶子のような形にしておくことで将来に備えたのであろう」注(6)とする認識が妥当で、道長の狡猾な慎重さをかいまみることができよう。

一方、伊周は寛弘二（一〇〇五）年二月二十五日には、座次が大臣の下、大納言の上と定まり、三月二十六日に昇殿を許されることとなった。さらに十一月十三日に行われた敦康親王の読書始に参列し、その夜朝儀に参与せしむる由の宣旨を賜わったのである。こうした一連の伊周の政界復帰を復権として位置づけ過大評価することは慎まなければならないだろう。もちろん、伊周は「一の宮のおはしますをたのもしきものに思し」（大鏡）ていたし、世間の人々も「したには追従し、怖ぢまうしたり」であったが、寛弘五（一〇〇八）年九月、いよいよ彰子腹に敦成親王（後一条天皇）が誕生したのであった。そして寛弘六（一〇〇九）年十一月にはつづいて彰子は敦良親王（後朱雀天皇）を出産する。よほど伊周は落胆したのか、病を得て寛弘七（一〇一〇）年正月薨じた。享年三十七であった。

寛弘八（一〇一一）年には一条天皇が譲位し、三条天皇が即位するが、その皇太子に誰を据えるのかの議論に、彰子は第一皇子敦康を主張したが、父道長に受け入れられるはずもなく、第二皇子敦成が立太子することとなった。強引な政局運営に対するこの彰子のささやかな抵抗こそが次の時代頼通期への序曲となっていよう。

こうした政治状況の中で『枕草子』は誕生したのだが、中関白家没落とともに埋もれてしまうばかりか強欲な道長政権によって、敵対した道隆・伊周父子の栄花が記される『枕草子』などは抹殺されかねない運命であったはずなのである。それが生き残って伝わってきたことは、その成立と伝流に関してもう少し緻密に時代背景をたどってみる必要があろうと思われるのである。

二　源高明の子、俊賢と経房

源高明は、醍醐天皇の皇子で、一世源氏として太政官の最高位である左大臣の地位にあったとき、藤原氏北家内部の権力抗争の巻き添えとなって、大宰権帥に左遷される。いわゆる安和の変（安和二〈九七〇〉年）であり、この変の意味するところは、小野宮家（実頼・師尹）と九条家（師輔・兼家）との賜姓源氏提携政策のもつれであって、高明と血縁関係を深めていた師輔方の勢力を削減し、自家の躍進を計ろうとした実頼方との対立構図の顕現であった[注(7)]。

九条流がその後も賜姓源氏との提携に意欲的であるのは、兼家の源時中抜擢や高明女明子を妾妻とした道長とて同様であって、高明の三男俊賢（師輔三女腹）を側近とし、四男経房（師輔五女腹）を猶子としていた。その俊賢と経房兄弟が『枕草子』と関わってくるのである。それも公任との連歌の機知が評価されて、俊賢が「なほ内侍に奏してなさむ」（三巻本、一〇二段）と言ったという、清少納言の宮仕え女房としての出世に関わること[注(8)]と、『枕草子』の流布に直接関与するのが経房（跋之）ということだから、清少納言にとっても『枕草子』にとっても最も重要な案件に高明一統が絡んでくるということなのである。

その際、俊賢と経房が流罪者の子であることと、『枕草子』に登場する彼らは既に道長方の人となっていることとの間隙をどのように埋めていくかによって、彼らの処世や立場も、さらには清少納言の立場や行動を、どのように理会するのかということを左右しかねないのである。『枕草子』に描かれる同僚の女房たちに扇動されて、清少納言に道長方に通じる裏切り者のレッテルを貼るのかどうかの問題とも連なってこよう。

源俊賢は道長に限って登用されたのではなく、俊賢の母師輔三女は伊尹・兼家と同腹の姉妹であったので、兼家そして道隆にも厚遇されている。そのような俊賢が長徳の変後も中関白家に好意的であったことを、定子の在所となっていた二条北宮が焼亡した折、甥の源頼定とともに馳せ参じたという『小右記』（長徳二〈九九六〉年六月九日条）の例などを挙げて、「時勢に流されない気骨ある一面」が認められるとしたのは高橋由記であった。[注(9)] 俊賢が蔵人頭に補されたのは正暦三（九九二）年八月で、「五位而輔蔵人頭越多人」（古事談）という抜擢を「俊賢卿蒙中関白恩」（傍点筆者）を感じたところに拠る俊賢の行動とも理会されよう。また長徳元（九九五）年八月二十九日には俊賢が参議（宰相）となるにおよんで、蔵人頭を行成に譲ったのは行成の祖父伊尹の政権時に父高明が召還され、封戸まで与えられたこと（公卿補任。天禄三〈九七二〉年四月二十日）に対する返礼であったかもしれないのである。ともかく信義を重んずる俊賢の気質と考えられよう。

「なほ内侍に奏してなさむ」の記事に「俊賢の宰相」ともあって、長保元（九九九）年二月と推定されているが、同年正月の中宮定子の入内を憂慮しつつ、二月九日には彰子の著裳の儀があって、入内準備を着々と進める道長方の動向からすれば、たとえ恩義に厚い俊賢とて、清少納言を内侍に推挙するのは不可能に近い状況であったろう。ここは前段から引き続いて、『白氏文集』の詩句を翻案しての応答に道隆が培った定子後宮と一条天皇との紐帯を志す清少納言の内侍幻想を型取っていると見做せよう。[注(10)]

一方、俊賢の異母弟である経房とは、清少納言が里居を知らせるほどの親交を結んでいた。久保木秀夫に拠れば、経房は俊賢とともに兼家政権下に於いて官途を得ていることから、伯父兼家の庇護を受けていたらしいとし、道隆には余り眼をかけられずにいて、道長政権下で栄達を遂げているとされる。[注11] それはおそらく同母姉明子（高松殿）が道長室となったことに関わっていると思われ、「年ごろ大殿の御子のやうに思ひきこえたまへり」（栄花、巻十六「もとのしづく」）とある。道長と父子同然の関係が成り立ったのであろう。

　これは、道長息頼通の正室具平親王女隆姫と同母弟源師房を頼通が猶子とした如くの関係が想定できようが、賜姓源氏に対する九条家流の姿勢であるとともに、極力変や事件の当事者に限定して処罰する気運が菅原道真の怨霊以来備わっていたようで、[注12] 高明自身やその子孫に対しての厚遇も、黒板伸夫の言う如く、「政治的に無力化された対抗者に対しては融和策をとる、この時代の上流貴族の行き方としてうけとめればよい[注13]」ということになろう。ただ道長にとっては相性の問題もあったようで、政界復帰後の隆家には気を許して迎え入れていたようで、『栄花物語』には「この君（隆家—筆者注）はにくき心やはある、帥殿（伊周）の賢さのあまりの心にひかるるにこそなどぞ思ほしめしける」（巻八「はつはな」）とある。単なる阿媚追従によって、かつての政敵やその子孫を引き立てることはまずなかったであろう。

　ところで、隆家が長和四（一〇一五）年四月に大宰権帥として赴任する際、経房に一品宮脩子内親王の万事を依頼して下向したらしく（栄花、巻十二「たまのむらぎく」）、また寛仁二（一〇一八）年十二月に薨去した敦康親王の葬儀の折にも経房は叔父である隆家の代わりに差配を引き受けたようだ（巻十四「あさみどり」）から、両者の余程の友好関係が察せられよう。[注14]

　だが、しかし、長徳二（九九六）年と推定される清少納言の里居を訪れる源経房にどのような意図や背後関係があったものか、それともあくまで清少納言との私的交渉として把握されるべきなのだろうか。ともかく『枕草子』の流布事情に関わる跋文（三巻本）を掲出しておこう。

左中将まだ伊勢の守ときこえしとき、里におはしたりしに、端のかたなりし畳をさし出でしものは、この草子載りて出でにけり。まどひ取り入れしかど、やがて持ておはして、いとひさしくありてぞ返りたりし。それよりありきそめたるなめり。

経房が伊勢権守となったのは、長徳元（九九五）年正月からで、長徳二（九九六）年七月二十一日に右近衛権中将、そして長徳四（九九八）年十月二十二日に左中将に任ぜられている。長徳元（九九五）年は、その四月十日に道隆が薨じているから、中宮の忌明け後の里居であろうから、長徳二（九九六）年六月前後と推定できよう。ただ父の服喪の期間であるはずなのに、中納言隆家の従者と右大臣道長の従者とが乱闘騒ぎを起しているし、長徳二（九九六）年正月十六日には例の花山院奉射事件が勃発する。中関白家側が相当乱れ荒んでいた状況にあったといえよう。ほぼ同時期と思われる一三八段には、

殿などのおほしまさで後、世のなかにこと出で来、さわがしうなりて、宮もまゐらせたまはず、小二條殿といふところにおはしますに、なにともなくうたてありしかば、ひさしう里にゐたり。御前わたりのおぼつかなきにこそ、なほえ絶えてあるまじかりけれ。右中将おはして、物語したまふ。（傍線筆者）

とあって、「ひさしう里にゐたり」の時期と前の『枕草子』初稿本の持ち出し時が重なる可能性がある。経房の「右中将」という官職表記を信じれば、七月二十一日以降ということになるが、定子が居る「小二条殿」が伊周の二条北宮であれば、前記した如く六月八日に焼失し、中宮は二条の高階明順邸に遷ることとなる。

真相を手繰り得ない文脈だが、花山院奉射事件の実質も故為光家で遭遇した花山院と伊周・隆家との従者同士の乱闘（小右記）に基因しているとすれば、中関白家側の一種の自壊作用なのだが、そこに断固とした糾明姿勢を示したのが一条天皇であった。その一条天皇の対伊周への指示を『小右記』の記述を追って示したのが倉本一宏だが、注(15)中宮

定子が遷御した四月二十四日には二条北宮に於いて伊周は大宰権帥に追下すべき勅語を伝えられ、二十五日には定子方に隠れて、伊周は御意に従わなかったようで、帝からの再三の仰せが下された。五月一日には中宮御所に検非違使までが入り探索され、伊周は何処かへ逃走したらしいのである。同日に定子は剃髪している。

このような事件の渦中に身を置く二条北宮（＝小二条殿）注(16)を忌避しての里居であったのであろうか、それともまた「左の大殿がたの人知るすぢにてあり」という道長方への内通嫌疑による同僚女房たちの誹謗中傷にまみれる状況を回避するためであったのであろうか。里居の理由を一つに限定する必要はなかろうが、女房たちの「御里居、いと心憂し。かかるところに住ませたまはむほどは、いみじきことありとも、かならずさぶらふべきものにおぼしめされたるに、かひなく」（傍線筆者）という言を、中宮方を訪れた経房が伝えているところによると、「いみじきことあり」が、いかにも前記の事情を越えるような清少納言の私的理由を想定させ、さらに前掲引用本文に「御前わたりのおぼつかなきにこそ」ともあって、主人定子を気づかいながらの里居であったことになる。

ともかく、ここで源経房が道長方の一員として、その訪問ゆえに清少納言に内通容疑がかけられるということだけは否定されねばならないだろう。注(17)つまり、経房の持ち出した初稿本がまず道長方に伝わり、広まっていくという構図は考えられないところで、「端のかたなりし畳をさし出でしものは、この草子載りて出でにけり」が、あたかも持って行ってほしいというような意図的な擬装でなければ、余程の信頼関係による油断で、定子後宮に自由に出入りし、清少納言の里居を気がねなく訪れている経房の立場や気質を思うべきなのである。その上、長徳の変に連座して出仕停止の勘事を受けた藤原相尹と源頼定は、ともに縁者で、相尹は高明の四女を妻にしていたから、俊賢、経房にとって義理の兄弟であり、また頼定の母は高明の長女であるから甥である。久保木氏は前掲論考でこれらのことを指摘し、経房にとっても他人事ではないとし、安和の変での父高明の大宰府左遷を思い起こし、中関白家に対して同情の念を禁じ得なかったらしいとする。後年の隆家との友交もそういう経房の心情に根差したところだろうと思われる。

父道隆没後の悲惨で苦難な道を伊周、隆家兄弟とともに歩み出した中宮定子であったが、一筋の光明となり得る徴候が、その身にあった。懐妊である。同僚の女房のだれもが「あやしき御長居」としていた今回の里下りに終止符をうって帰参した最大の理由を、近づく第一子の出産ではなかったかとしたのは圷美奈子であったが、注(18)それをもってこの謎めいた清少納言の長の里居の意味をまだ解くことはできないであろう。

そこで次のような稲賀敬二の言及に耳を傾けることとなる。注(19)

> 私は昔、本誌に書いた旧稿で、経房を枕草子の最初の読者に選んだのは、道長に自分を売り込む意図も内心あったかもしれないと述べたことがある。が、今は、それよりも、中宮に献ずる趣向にかかわる判断だったという考えに傾いている。（傍点筆者）

つまり、清少納言の謎めいた長の里居の意味するところは、『枕草子』の執筆であり、第一子誕生のお祝いとして、中宮定子に献ずるために騒動の渦中に身を置かず、精魂を傾けていたと推断されるのである。

三　高明の孫、隆国

定子の第一子が皇女であったためか、『枕草子』第一次浄書本は中宮に献上されなかった。注(20)では、中宮定子に献上されたのは何時如何なる状況下に於いてなのかといえば、集成された記事の年時からしても、それは第一皇子敦康が誕生する長保元（九九九）年十一月七日にあわせて浄書され、長保二（一〇〇〇）年二月十二日の中宮参内ないし、同月十八日の敦康の御百日の儀に献上された可能性が高いと考えている。第一皇子敦康の誕生に中関白家復活のすべてがかかっていた。

しかし、一条天皇の第一皇子敦康に期待せざるを得なかったのは、なにも中関白家側の人々だけではなかった。幼い彰子に皇子誕生の望みがない現在、女院詮子もそして道長さえ九条流の存続と繁栄のために敦康を後見した。一応その経緯については前記してあるが、あらためて倉本一宏の説を引用しておこう。注(21)

未成熟な彰子に皇子懐妊が期待できず、すでに東宮居貞親王（冷泉皇子。後の三条天皇）には済時（師輔弟の師尹男）女の娍子が入っており、敦明親王をはじめとする四人の皇子を出産していて、師輔流からは一人の妃も参入させることができない、という当時の情勢の中で、円融皇統を守り、師輔流の発展を期すには、権力中枢構成員が一丸となって、唯一の一条皇子である敦康親王を後見し、これを次の東宮に立てるしか、方策はなかったのである。したがって、この時期における敦康の存在は、詮子・道長・一条・彰子といった権力中枢構成員にとっては、きわめて重要な東宮候補だったのであり、それぞれ真剣になって後見したものと考えられる（『権記』には「皇后者国母也。」という言葉が見え、定子を国母と、すなわち敦康を次代の天皇と認識する考えのあったことを示している）。

しかし、彰子に寛弘五（一〇〇八）年九月、待望の敦成親王が誕生するに及んで、道長は敦康の後見を放棄し、立太子問題が浮上した時には、行成を使って一条天皇の説得工作を行い強引に敦成を皇太子に据えたのである。ただ敦成の母でありながら彰子は敦康を見限らなかった。その彰子の温情こそが、『枕草子』の由緒ある流布の一経路であったはずなのである。そして彰子方の、紫式部をはじめとする女房たちに読まれる背景ともなっていたのであろう。

彰子の後見は、父道長の政治的思惑とは異なって、定子を寵愛した一条天皇の意向を汲んでの親身な姿勢であったに違いなく、そうした心情は長保二（一〇〇〇）年十二月十六日の定子崩御後、より母代としての立場を深く自覚したようである。それは敦康ばかりではなく、伊周の息道雅に対してもやはり一条天皇の意向を汲んで後楯となっていたよ注(22)

うで、長保六（一〇〇四）年正月六日、十三歳の道雅が彰子御給によって従五位下に叙せられている。なお伊周の二人の娘は、伊周薨去後、姉大君が高明女明子腹の頼宗の正室となり、妹中君が彰子のもとに女房として出仕したらしい。

ところで、敦康に対してもう一人、好感をもって対していたのが、彰子の弟であり、次代の為政者である、頼通なのであった。『小右記』寛仁二（一〇一八）年十二月二十四日条に「年来同家、朝夕相親」とあり、敦康と親しく交わっていたようである。そして、その交情が頼通の正室隆姫の妹との婚姻を導いたのである。『栄花物語』（巻十二「たまのむらぎく」）には次のように記されている。

大殿の大将殿、この宮の御事をいとふさはしきものに思ひきこえさせたまひて、つねに参り通はせたまふと見しほどに、大将殿の上の御おとうとの中の宮に、この宮を婿取りたてまつらんと思し心ざしたりけるなり。（七二頁）注(23)

敦康親王と隆姫の妹、つまり具平親王二女との婚儀は、長和二（一〇一三）年十二月十日（御堂関白記）のことで、もちろんこの儀が彰子の御所枇杷殿で行われているのだから、『新編全集』頭注が指摘するように、彰子の世話があったことは当然だろう。重要なことは、彰子に加えて、頼通までが後見する立場になったことで、「今はいとど大将殿御後見せさせたまへば、御封などいづれの国の司などかおろかに申し思はんと見えて、いとどしき御有様」なのである。

敦康は結婚五年後の寛仁二（一〇一八）年十二月十七日に薨去する。その後に残されたのが、長和五（一〇一六）年に生まれた嫄子女王で、既に頼通は嫄子を養女にして自邸に住まわせていた。そして長元十（一〇三七）年正月七日には、頼通は嫄子を後朱雀天皇に入内させたのである。

ともかく定子が遺した敦康親王を介して、国母、女院となる彰子と、その弟で関白となる頼通が手を結んだことは、注(24)

父道長の強硬な政治路線を一変させる下地が形成されているのであり、道長の家司であり養子でもあった源経房の独自な中関白家との関与も次第に許容され、相乗的に『枕草子』の伝流を支えていたと考えられよう。

とくに頼通は家集集成等の文化事業面に於いても格別な意欲を示した為政者で、[注(25)]具平親王息で猶子とした村上源氏の師房、摂津源氏の源頼国、そして高明の孫、源隆国という三人の源氏が取り巻いていた。隆国は、俊賢の二男で、頼通との密着ぶりは『春記』が記すところだが、例えば長久元（一〇四〇）年十一月二十日条に於いて石清水臨時祭の試楽に関白が「親々公卿已下」を率いて参内した中に、長家、師房の次に隆国の名が挙げられている。[注(26)]記主資房は追従として隆国を批判するが、頼通は参議としてそれなりに評価していたようである。

十八歳で正五位下の源隆国は、寛仁五（一〇二一）年正月二十六日、蔵人に補されたが、六位の蔵人には後年『更級日記』作者菅原孝標女が憧れる源資通と、清少納言の前夫であった橘則光との間に生まれた橘則長が居た。この三人の同僚関係は、治安三（一〇二三）年まで続いたが、この間に隆国と則長とは何かしらの交渉があったかもしれないのである。

また頼通の家司であり和歌六人党の一人である藤原範永は、隆国、則長が補任した前年の寛仁四（一〇二〇）年まで六位の蔵人であった。その家集『範永集』[注(27)]（一〇九）には、

　　女院にさぶらふ清少納言がむすめこまが草子《さうし》をかりて、
　かへすとて、
いにしへのよにちりにけることのはをかきあつめけむひとのこゝろよ
　かへし
ちりつめることのはしれる君みずはかきあつめてもかひなからまし

とある。清少納言の娘小馬は上東門院彰子に仕えていたが、[注(28)]範永の依頼により「草子」を貸したらしい。書（掻）き

集めたこの「草子」というのは、おそらく「いにしへのよにちりにける」母清少納言の歌集のことだろうが、『枕草子』を含まないとは限らないだろう。というのは、範永と能因との交渉が『範永集』（九八〜一〇〇）や『後拾遺集』（巻一、春上、一一八）によって知られるから、現存する『枕草子』にある「伝能因所持本」の伝流経路の一つとして、その可能性を考えることができよう。また能因は同じ橘氏の出であり、妹を妻にしている則長とも親交をもっていた（能因法師集）から、いわゆる能因本の伝来のルートは、おおよそこのような接点に於いて確かなのであろう。

ところで、例えば三巻本にはなく、能因本にのみ存する次のような記事を如何に考えるのかにあたっても、慎重な背景を想定すべきであろう。

今上一の宮、まだ童にておはしますが、御をぢに、上達部などのわかやかに清げなるに、抱かれさせたまひて、殿上人など召し使ひ、御馬引かせて御覧じあそばせたまへる、思ふ事おはせじとおぼゆ。

（九二段。小学館全集二〇二頁）

この記事の存在の意味を今上一の宮つまり敦康の成長を見守りつつある、中関白家伊周の復権に根差すというだけでは論拠に欠ける恨みがあろう。「めでたきもの」段の最後に付加されたような仮想めいた記事を、現実の歴史上に位置づけた加藤静子に拠ると、注(29)長保四（一〇〇二）年九月十四日、隆家が権中納言に更任してから間もなく敦康の世話に加わるらしいから、場面は隆家邸とは限定されないものの、「御をぢ」とは伊周ではなく、隆家なのであろう。

加えて、『全集』頭注には「この記事は生後一年以内の事か、または定子崩御後作者がまだ宮仕えをしていた折の事となろう。「思ふ事おはせじ」の語からみて前者とするが、「童にて云々」の語はもう少し年長をさすようでもある」（二〇一頁）と指摘するのだが、生後一年以内の赤子が、「殿上人など召し使ひ、御馬引かせて御覧じあそばば」するのは無理というもので、やはり童の時期が想定され、それが作者を清少納言とする頑な視点から、『枕草子』執筆の下限を長保三（一〇〇一）年八月とし、なお清少納言は定子崩御後宮仕えを退いたという通説に従っている読解なのであろう。これを、長保四、五（一〇〇二、三）年、敦康満三、四歳頃、にぎやかに殿上人などに囲まれた道長邸での情景とみ、それを目撃し、筆録したのは清少納言ではなく、その娘の小馬なのだとするような理会はできないのであろうか。少なくとも『枕草子』の記事に清少納言以外の余人の手が入らないという認識はあらためる必要があろう。

ともかく、和歌六人党が敬仰する能因と清少納言息則長との関係をみたならば、当然六人党が仰ぐもうひとり、女流歌人の相模と則長との関係にも目を向けねばなるまい。相模は能因とも交友関係にあった相模守大江公資《きみより》の妻であったが、その結婚中にも公任息定頼と忍ぶ仲であって、存外多情な女性であった。そして、則長と相模との結婚が、公資との結婚より早い時期に想定され得るのである。[注(30)] つまり、相模も則長を介して清少納言自筆の『枕草子』を見る機会があったかもしれないのである。

相模の走湯百首の「花さきし草とも見えず枯れたるに雪こそ庭の面隠しなれ」（相模集272）や「あづまやの軒の垂氷を見渡せばただ白銀を葺けるなりけり」（277）という二首は、『枕草子』能因本二八一段（三巻本二八五段）の「あやしき賤の屋も雪にみな面がくしして」及び「白銀など葺きたるやうなるに」から摂取された表現であり得る可能性を西山秀人は指摘しているのである。[注(31)]

相模は上京後間もなくして公資と別れたようで、その後、親密な関係となったのは七歳程年下の源資通であった。[注(32)]長元八（一〇三五）年五月十六日関白左大臣頼通家歌合（賀陽院水閣歌合）では、左の方人に相模、四条中納言定頼、公資、能因が居並び、右中弁源資通は右の講師であり、右兵衛督源隆国が右方の念人のひとりであった。晴の盛儀に混沌とした私情を潜ませていたのであろう。ただ則長は前年、遠国で客死していた。

この頃、相模は定子所生、入道一品宮脩子内親王のもとに出仕していたから、『枕草子』的世界に親近していたことになる。かつての夫公資の母が伊周家の女房であった縁からの出仕とする説もあるが[注33]、相模の養父が頼国の父源頼光であり、その頼光家との関係を重視すべきであろう。源資通にしても母が頼光女だから相模は義理の叔母ということになる。

和歌六人党の頼家と頼国息の頼実は叔父と甥の関係で、頼実の異母弟で多田源氏として知られる頼綱の母が尾張守藤原仲清女であったから、範永は頼綱の叔父に当ることになるし、また範永は永頼二女を母とするから、頼実とも母方の縁でつながっている。その『範永集』(七四)には、また、

　西宮にて、落葉雨の如し

夜もすがら紅葉は雨と降りつむに眺むる月ぞくもらざりける

とあって、当時和歌六人党やその周辺の歌人たちが参集して私的歌会を催す場が、源師房邸であったり、伏見の橘俊綱(頼通実子)邸であったりするのだが、そのひとつに西宮邸があった。この長久四(一〇四三)年冬の同座と思われる詠が、『家経集』『経衡集』にも存するが、その家経詠とともに頼実の「木の葉散る宿は聞き分くことぞなき時雨する夜も時雨せぬ夜も」も、『後拾遺集』に「落葉如雨といふ心をよめる」の詞書をともなって採歌されている[注34]。

詠歌の場となった荒廃した西宮邸は、かつて西宮左大臣源高明の邸宅であったのだが、『類題鈔』の「行客吹笛」の題を記す見出しに「隆国 有事於西宮 永承四講之」とあるところから、隆国が当歌会の主催者であり、西宮邸の伝領者と推断したのが久保木秀夫であった[注35]。この隆国と頼実との接点が、頼実と母(永頼二男信理女)を同じくする妹である『狭衣物語』作者六条斎院禖子内親王家宣旨を隆国と結びつける機縁となったのではないかと臆測しているのである[注36]。

『狭衣物語』の『枕草子』の享受ないし摂取は、「ほのぼの明け行く山際、春曙ならねどをかし」(巻一。内閣文庫本)によって明らかだが、なお三谷榮一は「寺は」段に於いて、三巻本で「霊山は釈迦仏の御すみかなるがあはれな

るなり」となっている箇所が、能因本では「高野は、弘法大師の御すみかなるがあはれなるなり」となっていて、それが『狭衣物語』巻二の、主人公が高野、粉河に詣でようとする場面に、「弘法大師の御すみか尋ね見たてまつりて、猶この世をも逃れなん」（大系本）とある本文と関わることを指摘して、「狭衣物語は能因本系によったと断定してよいのではあるまいか」としている。注(37)

現存伝能因所持本の奥書には、「枕草子は、人ごとに持たれども、まことによき本は世にありがたき物なり。これもさまではなけれど、能因が本と聞けば、むげにはあらじと思ひて、書き写してさぶらふぞ」とあって、さらに「さきの一条院の一品の宮の本とて見しこそ、めでたかりしか」と記されている。「一条院の一品の宮」とは一品宮脩子内親王のことで、つまり相模が晩年直に手にする可能性があった本で、三谷氏はこれを清少納言自筆の献上本だとする。そしてこの一品宮本は、脩子が頼宗女で伊周女腹の延子を養女としていたから、「恐らく延子に伝わり、嫄子にも愛玩され、愛読されていたに相違ない」と述べている。注(38)

後朱雀天皇の後宮には伊周や定子の遺子関係者として延子と嫄子（敦康親王女）、そして嫄子の姫君たちである祐子、禖子内親王が居て、その存在は献上本の伝播ルートとして看過できないのであるが、一方で前述した如く、定子、脩子内親王方に関わる高明一統の存在をはじめとして、敦康を猶子とする彰子方及び頼通の家司受領としての和歌六人党の存在、また蔵人所での隆国と則長との接点及び則長と能因との関係、そして禖子の家司であった師房との関係、注(39)さらには頼光一統とりわけ頼国妻子の血縁及び人脈が『枕草子』の伝流の系譜を形成して、「枕草子は、人ごとに持たれ」ることになったのであろう。

入道一品宮脩子内親王は、永承四（一〇四九）年二月、五十四歳で薨じるが、その年の冬、西宮邸では前記した「行客吹笛」の題で、家経、経衡、範永等が参集した歌会があった。範永詠は「笛の音の過ぎ行くよりは紅葉の宿の嵐は身にぞしみけり」というものだが、「行客吹笛」という題の新しさは、[注40]『枕草子』「笛は」段の「笛は、横笛いみじうをかし。遠うより聞ゆるが、近うなりもて行くも、いとをかし。近かりつる声、はるかに聞えて、いとほのかなるも、いとをかし」（能因本二〇二段）に拠るのかもしれない。

注

（1）藤本孝一「藤原伊周呪詛事件について―宿曜師利原を中心にして―」（『風俗』昭和55〈一九八〇〉年6月）は、太元帥法によって道長の運命を没せしめるための呪詛を行わせたとする。

（2）池田尚隆「里内裏と行幸―一条天皇と藤原道長の距離―」（『ことばが拓く古代文学史』笠間書院、平成11〈一九九九〉年）

（3）『栄花物語』は親王の誕生によって召還されたとする。

（4）瀧浪貞子「女御・中宮・女院―後宮の再編成―」（『論集平安文学3　平安文学の視角―女性―』勉誠社、平成7〈一九九五〉年）は、中宮は天皇の生母としての伝統的理会の上に立って定子を皇后、彰子を中宮としたのは、立后時期の前後による呼称の違いではなく、彰子が中宮であることの意義を重視した道長の措置であったとする。

（5）山中裕『平安人物志』（東京大学出版会、昭和49〈一九七四〉年）「第五章　敦康親王」に拠る。

（6）増田繁夫『源氏物語と貴族社会』（吉川弘文館、平成14〈二〇〇二〉年）「序章　過渡期としての一条朝」「二　藤原伊周の生涯」

（7）山口博『王朝歌壇の研究　村上冷泉円融朝篇』（桜楓社、昭和42〈一九六七〉年）「源高明論」に拠る。山口氏は「賜姓源氏の存在を許そうとする勢力と、政界から駆逐する事により、藤原独裁政権の確立を狙う勢力との対立と言える」（二二六頁）とも述べている。史学界の主流的認識である他氏排斥論とは異なるが、山口説に賛する。また山中説は少しく流動的だが『平安朝の古記録と貴族文化』（思文閣出版、昭和63〈一九八八〉年）等は、山口説と類同する。

（8）「女は」（一七一）段に「女は、内侍のすけ、内侍」とあって、女房の最高職として意識されている。

（9）高橋由記「源俊賢考—王朝女流文学の史的基層として—」（「中古文学」64、平成11〈一九九九〉年11月）

（10）藤本宗利「中関白と呼ばれた人—藤原道隆の創ったもの—」（「国語と国文学」平成14〈二〇〇二〉年5月）は、道隆の妻の高階成忠の娘貴子が、抜群の漢才をもって宮仕えする高内侍と称された女性であったところに、道隆がめざすサロン形成があったとする。

（11）久保木秀夫「枕草子における源経房」（日本大学「語文」98、平成9〈一九九七〉年6月）

（12）『小右記』長和四（一〇一五）年十二月十三日条に、左大将頼通の病気時に伊周の霊が出現した記載がある。

（13）黒板伸夫「摂関制展開期における賜姓源氏—特に安和の変を中心として—」（『摂関時代史論集』吉川弘文館、昭和55〈一九八〇〉年）

（14）久保木秀夫前掲論考に拠る。

（15）倉本一宏『摂関政治の王朝貴族』（吉川弘文館、平成12〈二〇〇〇〉年）「第二部第五章　藤原伊周の栄光と没落」

（16）『日本紀略』正暦五（九九四）年八月二十二日条に「以権大納言同伊周為内大臣、公卿相率向内大臣第小二条、有饗禄事」（傍点筆者）とある。このことは既に増田繁夫「朧月夜と二条后」（大阪市立大学「人文研究」31、昭和55〈一九八〇〉年3月。王朝物語研究会編『研究講座　源氏物語の視界1〈准拠と引用〉』新典社、平成6〈一九九四〉年に再録）に指摘がある。なお萩谷朴「三巻本枕草子実録的章段の史実年時と執筆年時の考証」（古代文学論叢第三輯『源氏物語・枕草子研究と資料』武蔵野書院、昭和48〈一九七三〉年）に於いては「小二条殿」は高階明順の小二条宅との認識である。また浜口俊裕「花山法皇奉射事件」（「東洋研究」94、平成2〈一九九〇〉年2月）も同断だが、邸宅の位置関係が異なる。三巻本九五段には明順邸は「明順の朝臣の家」として描出されている。

(17)手のひらを返すように道長方への追従が明らかな斉信との関係を疑われたらしい。加藤静子「枕草子の背景―中関白家と斉信・成信―」(『東京成徳短期大学紀要』14、昭和56〈一九八一〉年3月。のち『王朝歴史物語の方法と享受』竹林舎、平成23〈二〇一一〉年)。久保木秀夫前掲論考等。

(18)圷美奈子「『枕草子』「長徳の変」関連章段の解釈―後宮の視点によって描かれた政変―」(『中古文学』71、平成15〈二〇〇三〉年5月。のち『新しい枕草子論』新典社、平成16〈二〇〇四〉年)

(19)稲賀敬二「『畳』に座した『草子』・謎の演出」(『国文学』昭和63〈一九八八〉年4月。のち『源氏物語の研究―物語流通機構論』笠間書院、平成5〈一九九三〉年)。引用本文中の旧稿とは「同時代人の見た枕草子」(『国文学』昭和42〈一九六七〉年3月)である。

(20)稲賀敬二前掲論考には「伊周の「紙」献上が長徳二年初春、第一次浄書本は同年初夏に完成したが、ちょうど伊周たちの配流事件が起って、清女がこの浄書本を献ずる雰囲気ではなかったのだと、私は考える」とある。

(21)倉本一宏前掲書二六七頁。

(22)『小右記』長和四(一〇一五)年十二月廿五日条に「道雅故院可相顧由被聞皇太后」とある。

(23)引用は小学館新編全集『栄花物語②』に拠る。

(24)『栄花』(巻二十三「こまくらべの行幸」)には万寿元(一〇二四)年九月十九日に催された駒競の後宴の和歌序に「多くの政をすべおこなはせたまふ左大臣も、妹背の山の雲もへだたらぬ御仲らひなり」と記すのは、太皇太后宮彰子と頼通姉弟の親密な仲をいう。なお三原まきは「高陽院行幸和歌の性格」(久下裕利編『狭衣物語の新研究―頼通の時代を考える』新典社、平成15〈二〇〇三〉年)が詳しい。

(25)和田律子「後冷泉朝の藤原頼通―『四条宮下野集』を軸として―」(『立教大学日本文学』85、平成13〈二〇〇一〉年1月)、「後冷泉朝期文化圏と藤原頼通―平等院を中心として―」（王朝物語研究会編『論叢　狭衣物語2―歴史との往還―』新典社、平成13〈二〇〇一〉年）等に詳述されている。のち両論考とも同氏『藤原頼通の文化世界と更級日記』（新典社、平成20〈二〇〇八〉年）

（26）黒板伸夫「藤原行成の子息たち―後期摂関時代の政治と人脈を背景に―」（『後期摂関時代史の研究』吉川弘文館、平成2〈一九九〇〉年。のち『平安王朝の宮廷社会』吉川弘文館、平成7〈一九九五〉年）に拠る。また明子腹でも倫子の養子となった長家は頼通と親しい間柄であり、長家は行成女と結婚している。さらに行成三男行経と隆国は親しく、黒板氏は「行経の摂関家側近への進出には長家との連携が大きな力となったことは疑いない」と述べる。

（27）『赤染衛門集』に記される「関白殿に集ども集めさせ給ふ」という頼通の家集集成事業の一環として『範永集』『経衡集』も考えられると、橋本不美男『桂宮本叢書第三巻』（養徳社、昭和27〈一九五二〉年）解題が指摘する。他に『伊勢大輔集』『能因法師集』『四条宮下野集』『為仲集』等が、その目的の集成として考えられよう。範永が頼通の意向を受けて『清少納言集』編集を目論んだのかもしれない。

（28）早稲田大学文学研究科所蔵二十一代集本『後拾遺和歌抄』十六「小馬命婦」（九〇九番歌）の勘物に「前摂津守藤原陳世朝臣女、母清少納言、上東門院女房、童名狛俗称小馬」とあり、小馬の父は藤原棟世である。また彰子が「女院」と呼ばれるのは万寿三〈一〇二六〉年からである。

（29）加藤静子「一の宮敦康親王の周辺―枕草子能因本「めでたきもの」段の背景―」（鈴木一雄編『平安時代の和歌と物語』桜楓社、昭和58〈一九八三〉年。のち前掲『王朝歴史物語の方法と享受』）

（30）稲賀敬二「後冷泉朝の歌壇」（『講座日本文学4　中古編Ⅱ』三省堂、昭和43〈一九六八〉年）、川村晃生『摂関期和歌史の研究』（三弥井書店、平成3〈一九九一〉年）「第一章第一節　能因法師研究」

（31）西山秀人「『枕草子』の新しさ―後拾遺時代和歌との接点―」（上田女子短期大学「学海」10、平成6〈一九九四〉年3月）

(32)『後拾遺和歌集新釈下巻』（笠間書院、平成9〈一九九七〉年）には、資通は「寛弘二〈一〇〇五〉年の出生で、相模生年を長徳四〈九九八〉年とすれば、七歳年下になる」（三六七頁）とある。

(33) 満田（近藤）みゆき「相模伝試論―中年期以後の軌跡―」（犬養廉編『古典和歌論叢』明治書院、昭和63〈一九八八〉年。のち『古代後期和歌文学の研究』風間書房、平成17〈二〇〇五〉年）

(34) 高重久美「「落葉」の音―源頼実の歌を通して―」（「文学史研究」39、平成10〈一九九八〉年12月。のち『和歌六人党とその時代―後朱雀朝歌会を軸として―』和泉書院、平成17〈二〇〇五〉年）。同論は当歌によって能因―頼実―俊頼という歌風の系譜を説いている。

(35) 久保木秀夫「和歌六人党と西宮歌会」（「中古文学」66、平成12〈二〇〇〇〉年12月）。また久保木説に対し、西宮邸の主は源長季だとする反論が高重久美「西宮邸―和歌六人党の詠歌の場―」（前掲『狭衣物語の新研究』）にある。

(36) 宣旨については拙著『狭衣物語の人物と方法』（新典社、平成5〈一九九三〉年）「狭衣作者六条斎院宣旨略伝考」を参照。

(37) 三谷榮一「枕草子の影響―狭衣物語その他」（『枕草子講座　第四巻』有精堂、昭和51〈一九七六〉年）

(38) 三谷氏は岩波大系『狭衣物語』の解説では「定子―敦康親王―媄子―禖子という順に枕草子が伝来した」と指摘。

(39) 師房の六条邸には二男顕房も住んでいたらしい。天喜四〈一〇五六〉年五月、頭中将顕房歌合には『枕草子』三巻本勘物に記される則長息の則季が出詠している。

(40) 和田律子「『更級日記』「荻の葉」段の笛吹く人をめぐって」（「日記文学研究誌」6、平成16〈二〇〇四〉年3月）は『更級日記』「荻の葉」段との接点を、また同氏「『更級日記』論にむけて―「荻の葉」の段から考える―」（『更級日記の新研究―孝標女の世界を考える』新典社、平成16〈二〇〇四〉年）は、その「荻の葉」段と『源氏』蜻蛉巻との関連を述べる。のち両論考とも前掲書。

第二章　藤原摂関家の家族意識

――上東門院彰子の場合――

一　はじめに

平安後期、道長の後を継いだ頼通が、後一条・後朱雀・後冷泉朝三代に於ける摂関として、約五十年の長さに亙る政権基盤は、いったい何に支えられていたのであろうか、という素朴な疑問が生じないはずはないのである。というのも頼通は後宮政策に失敗し、ついに一度も天皇の外祖父とはならなかった。つまり、摂関政治の根幹基軸となるはずの外戚の身位を終生確保できなかったのである。

しかし、それにも拘らず、藤氏長者である父道長の敷いた路線を受け継ぎ、その訓育と教導によって二十六歳という若さで摂政（寛仁元〈一〇一七〉年三月十六日）となっても、儀礼に先例を重んじる社会慣習にも助けられ、また他氏排斥の最後となった安和の変以後、同氏族間闘争の火種ともなりかねない小野宮流の鬼才でのちに「賢右府」として知られる実資をも味方への抱え込みに成功したからに他ならないからだが、だからといって、それらが、摂関政治の根幹が揺らげば、不安定な政権運営を強いられ、いずれ身内であるはずの倫子腹同母弟教通や明子腹異母弟頼宗たちにもつけこまれる余地があったはずなのである。

しかも、父道長は後一条朝期に於いて、円融系との両統迭立を視野に入れつつ、明子腹寛子を冷泉系敦明親王（小一条院）と結婚させるまで戦略的に天皇との外戚関係を築き上げるべく腐心努力してきたが、万寿四（一〇二七）年十二月四日に死去する。またその前年の万寿三（一〇二六）年一月十九日には太皇太后藤原彰子の出家（左経記）があり、既に関白としての実績をつんでいた頼通にとっても大きな痛手と重圧がのしかかる転機の訪れとなったはずなのである。

けれども、そこでも彰子の即日の院号宣下によって天皇家と摂関家との断絶を回避したのであった。用意周到な御堂流は、一条天皇の母后詮子を上皇に准ずる地位に比定する女院として、しかも創設期の女院が天皇の母后を前提とする意義を、出自は摂関家でありながら、王家に組み入れられる女院の権威・権勢を支えとして天皇の専有たる人事権や政務決定権をも左右することを可能とした存在たり得る役割を付与した点に、摂関家と天皇家を強く結びつける絆として、その紐帯としての女院の意義を見出し、詮子から彰子が継承して、いかんなくその存在意義を発揮し、女院の権威を確立していくのである。注(1)

もちろん歴史学の方でも近時摂関政治と母后・国母・女院の地位役割に関して、天皇・摂関という至高の権力構造の一画を形成する評価を与えるべく検討されているが、ただ保立道久『平安王朝』（岩波新書、平成8〈一九九六〉年）に於ける国母としての力を行使した上東門院の存在意義を欠落させたままの摂関政治史観を批判して、服藤早苗が「御堂流を摂関家として貴族たちから超越した権門として確立させたのは、道長に続く上東門院の力だったのではないか」とする言説にみる如く、その立場の照射に注視される状況に総体的にはとどまる段階ともいえよう。注(2)

いわば、女院の権力所在が天皇家と摂関家との両者にまたがってあるというばかりではなく、その縫合体を促す作用に彰子特有の家族意識を築き上げていたらしいことに本稿では着目して、以下詳しく論じることとする。

二　中宮彰子の猶子敦康親王

長保二（一〇〇〇）年十二月皇后定子没後、しばらく定子の妹御匣殿別当尊子（道隆四女）を母代わりとしていた一の宮敦康親王は、彰子の養子となった。その処遇は、後見なき敦康への一条天皇の配慮であると同時に、道長方にとっても敦康の抱え込みは、太宰府召還以後の伊周の復権を憂慮しつつも、冷泉系との迭立の慣例を前にして円融系の途絶を危惧するものであったらしい。注（3）そもそも彰子入内と、定子の敦康出産は長保元（九九九）年十一月と同年同月のことで、奇き縁と言わざるを得ないが、時に彰子はわずか十二歳であった。つまり、その〈後見〉の実質は、道長と正室倫子が担うべき責務であった。注（4）

敦康親王の成長を刻印する通過儀礼として、長保三（一〇〇一）年八月十一日の魚味始、同年十一月十三日着袴儀、そして寛弘二（一〇〇五）年十一月十三日には読書始と、すべて彰子の直廬飛香舎で行われ、伯父伊周の復権がすすむ中、公的な御披露目として敦康の帰属が宮廷社会に確認されたとみられよう。その間、中宮彰子の居所は土御門第への退出も頻繁だが、毎年の賀茂祭見物や童相撲などで養母子間の情をあたためていったようだ。

親王家別当となった『権記』の記主行成は、前掲した通過儀礼の折ごとに、『後漢書』に於ける馬皇后の故事を引いて、粛宗を養子にした馬后が慈愛を注いだ養育の結果と同じ有様を彰子に期待していたことを示している。例えば、長保三（一〇〇一）年の着袴儀には「皇子去秋以後渡給中宮、漢馬后例也」注（5）（皇子は去る秋以後、中宮の御在所に移御されている。漢の馬后の例である）と記す。そもそも一条天皇の真意は、最愛のキサキであった定子を失った後に彰子が代わって、敦康と良好な養母子関係を築くことだけを目的とした訳ではなかった。それは一条天皇が敦康に正統な皇位継承者としての身位を与え、即位までも念願していた内意を踏まえた行成の仕儀として理会すべきことであったのだろう。倉田実は「この故事は、養子とすることで敦康親王の即位を保証させるものであった」注（6）ことを強調する。つまり、漢の明帝が馬皇后に命じて、次の皇帝となるべく粛宗を養子にし、その愛育に委ねたという意味で、彰子に敦康を託したのだということになろう。

彰子の懐妊が十二歳で入内してから八年後だということも、皇妃の出産年齢において特別に遅いという訳でもないけれど、やはりその年月の経過が一条天皇の叡慮によるところだとすれば、彰子の賢明な養母としての素質を見極めた上で、それに応える証しとしての懐妊という事態を受け止めることもできよう。寛弘五（一〇〇八）年秋、道長にとっては待望の男皇子敦成親王が誕生し、憂慮が消え、逆に伊周方にとっては一縷の望みが絶たれた瞬間である。注(7) さらに寛弘六（一〇〇九）年十一月には彰子の第二子敦良親王が生まれ、道長方に慶事が続くこととなる。しかし、一条天皇は寛弘八（一〇一一）年六月十三日に譲位し、同月二十二日に崩御となる。

一条天皇の敦康を皇位継承者とする立太子の願いと、彰子が敦康に愛情を注ぎ得た十年近くの歳月の重みは、どのように絡み合うことになるのだろうか。

一条天皇譲位時における敦康立坊の可能性は、以下の如く信頼を寄せていた行成の進言によって封じ込められるのである。

今左大臣者亦當今重臣外戚其人也、以外孫第二皇子定應欲為儲宮、尤可然也、今聖上雖欲以嫡為儲、丞相未必早承引（略）故皇后宮外戚高氏之先、依斎宮事為其後胤之者、皆以不和也、今為皇子非無所怖、能可被祈謝太神宮也、猶有愛憐之御意、給年官年爵并年給受領之吏等、令一両宮臣得恪勤之便、是上計也

（権記、寛弘八〈一〇一一〉年五月二十七日条）

〔今、左大臣（道長）はまた、現在の重臣外戚、その人であります。外孫である第二皇子（敦成親王）を定めて儲宮としようと思われるのは、最も当然のことです。今、聖上（一条天皇）は、正嫡であることによって第一皇子（敦康親王）を儲宮としようと思われたとしても、丞相（道長）は、未だ必ずしもすぐには承引しません。

（略）この皇子（敦康親王）については、故皇后宮（藤原定子）の外戚高階氏の先祖（高階師尚）は、斎宮（恬子内親王）の事件の、その後胤の者であることによって、皆、和することはないのです。今、皇子の為に怖れるところが無いわけではありません。能く伊勢大神宮に祈り謝られるべきです。それでもなお、愛憐の御意向がお有りになるのでしたら、年官・年爵及び年給の受領の吏を賜い、一、二人の宮臣に恪勤の便宜を得させれば、これが上策でしょう」

寛弘八（一〇一一）年五月、一条天皇の病悩にかこつけて、いっきょに退位に追い込もうとする道長の暗躍に、いちはやく追従し、豹変した行成のことばが躍っている。一条天皇の第一皇子である敦康立坊への期待と執着は、後見の不在を理由の第一として無残にも挫折したのであった。この事態に対し、彰子は関与していなかったのかどうか、『権記』には「後聞」として前掲引用箇所の末尾に次のように追記されている。

後聞、后宮奉怨丞相給云々、此案内為達東宮、自御前被参之道、経上御盧之前、縦雖承此議、非可云何事、々是大事也、若無隔心可被示也、而為隠秘無被示告之趣云々、此間事雖甚多、不能子細之耳、

〔後に聞いたところによると「后宮（彰子）は、丞相を怨み奉られた」と云うことだ。この事情を東宮に伝える為に、天皇の御前から参られた路は、中宮の上御直廬の前を経るものであった。たとえこの議を承ったとしても、言うべきではない何事があろうか。事はこれは大事である。あるいは隔心無く伝えられるべきである。「ところが中宮に隠秘しようとする為に、この趣旨を伝え告げられることは無かった」と云うことだ。この間の事は甚だ多かったけれども、子細を記すことができないだけである。〕

行成が後に聞いたこととして記した核心は、傍線部「后宮奉怨丞相給云々」にあって、彰子が道長を怨んでいたという仄聞的事実の追記である。道長のいかなる所為に対しての怨みが彰子にあったというのだろうか。道長は彰子に

相談すべき大事があったにも拘らず、中宮の上御直盧の前を素通りされ、中宮が事の埒外に置かれたことを立腹したということなのだろうか。そうではなかろう。「而為隠秘無被示告之趣云々」という記述は、中宮に隠秘する必要のあった内容に関わるはずだからである。それはとりもなおさず敦康立坊に関することであり、敦康立坊の可能性を封じ込めた父道長に対する中宮彰子の「怨」の実質に迫まるべく書き記すことで、せめてもの行成の背信を償おうとする体とも理会され得る文末の模糊とした表出である。

上記掲出行文が行成が聞き及んだ内容とそれに対する見解とを峻別し難い点もあって、「縦雖承此議、非可云何事」を「たとえ、このご決定を伺いましても、私といたしましては、異議を唱えられるはずがございません。素直に従う所存でございましたのに……。」と解釈する下玉利百合子のように彰子の「怨」の実体を単に父との疎外感に置いて、父との対立姿勢を読み取ることに否定的な見解もあるが、注(8)いちおう当該箇所に関する今日的な共通理解を倉田説に拠って確認した上で、本稿の主旨に方向を定めていこうと思う。

この箇所は、彰子が敦康親王立坊を望んでいた証拠となる記述である。行成が彰子の批判をわざわざ記したのも、馬皇后の故事が念頭にあったからであろう。この日の道長は、東宮に譲位の事などを伝えに行く役を負っていたが、隠密に事を運ぶために、一条院内裏の彰子の「上御盧之前」を素通りしている。道長は、彰子に敦康親王立坊の考えがあったことを承知していたのだと思われる。だから素通りしたのである。彰子は、「大事」なことなのに、「為隠秘無被示告之趣」だった、すなわち秘密にして自分に告げられなかったと非難している。この時点が、道長に対して、彰子が批判的な姿勢をとるようになる始めなのかも知れない。（二八三頁）

円融・冷泉系両統迭立の原則に従えば、冷泉系東宮（居貞親王）の即位と円融系皇太子立坊の同時決定において、三条天皇の即位を確定すれば、円融系皇太子を誰にするかの議論となり、道長は十三歳の養孫敦康親王を切り捨て排除し、道長直系の外孫である四歳の彰子所生敦成親王を立坊させたのである。道長の意識において次の次を待つ訳にはいかなかった理由に、道長直系の血脈をのみ家族とする意識形成があり、たとえ敦康の抱え込みに成功し、既に伊周は死没（寛弘七〈一〇一〇〉年一月二十八日）していたにしても、敦康をミウチとすることができなかったことを挙げ得るとしたら、この道長の敦康立坊拒絶事件は、養母彰子にとっても実子以外をミウチとする意識が芽生えていたのかどうかをも問われなければならないだろう。

確かに彰子には敦康立坊の考えがあったに違いないにしても、『栄花物語』（巻九「いはかげ」）でさえ、敦康が一条天皇の第一皇子であるから、順序どおりとする「道理」に従って、敦康を立太子させることを説くだけで、敦康が彰子の養子であることには触れていないのである。さらに『栄花』（巻十三「ゆふしで」）は、敦明親王（小一条院）の東宮退位に際しても、道長が三の宮敦良親王を立太子させるとの案に対し、再び彰子が敦康を東宮に推挙している事例を次のように記すのである。

大宮、「それはさることにはべれど、式部卿宮などのさておはせんこそよくはべらめ。それこそ帝にも据ゑたてまつらまほしかりしか、故院のせさせたまひしことなれば、さてやみにき。このたびはこの宮のゐたまはん、故院の御心の中に思しけん本意もあり、宮の御ためもよくなむあるべき。若宮の御宿世に任せてもあらばやとなん思ひはんべる」と聞えさせたまへば、大殿、「げにいとありがたくあはれに思さるることなれど、故院も、こと事ならず、ただ御後見なきにより、おぼしめしたえにしことなり。賢うおはすれど、かやうの御有様はただ御後見からなり。帥中納言だに京になきこそ」など、なほあるまじきことに思し定めつ。

（小学館新編全集②一〇八～九頁）

九歳の実子「若宮」（敦良）より優先的に敦康を配慮すべき由を説く「大宮」（彰子）に対し、「大殿」（道長）の主張として、『栄花』は「後見」の不在を一貫して指摘し、敦康立坊を閉ざすが、彰子が敦康の養母であり、それを支えた道長がその後見者たるべき責務を放棄した、言い換えれば、愛情を培ってきたはずの家族の絆を断ち切り、その歳月の重みを抹消否定したという矛盾に口を噤むことであった。

もちろん『栄花』はあくまで敦明親王の意思による東宮退位とし、背後にある道長の策謀を隠蔽し、決して事の真実を伝えているとは限らないにしても、この件に関して『御堂関白記』は彰子の様子を「啓皇大后宮此由、其気色非可云」（寛仁元〈一〇一七〉年八月六日条）[注(9)]〔皇太后宮（藤原彰子）に、これらのことを啓上した。皇太后宮のご様子は、云うべきではない〕と記すにとどめているが、前掲『権記』の「后宮奉怨丞相給云々」と照応させ、これがあくまで敦明東宮遜位問題での彰子の反応で彰子の心中を斟酌するには大胆かもしれないが、敦明の遜位を母皇后宮娍子が「不快」と『御堂』に記されることと同じ次元ではないはずであろう。つまり、『御堂』が彰子を「其気色非可云」と記す事態の背後を『栄花』が補って語っているとすれば、それは敦明が東宮を退くにあたって、新たに敦良が立太子する事由に拠るところの、彰子の反応であったと理会することが許されるのではないだろうか。『栄花』が立坊し得ない敦康を同情深く描くことを、彰子の「怨」「其気色非可云」と連関させる根拠は乏しいけれども、ひとつの解釈、ひとつの回答として、敦康の養母としての彰子の意識や立場を考えさせられよう。

敦明東宮退位事件にともなって、敦康が再び除外され、三の宮敦良が立太子する状況は、既に「道理」と説く論理は破綻しているとみなければならないだろう。彰子の敦康立坊への固執が、故院（一条天皇）の遺志尊重に偏していたのではなく、敦康のためという『栄花』の記述に彰子を中核とする女房集団というその成立基盤の意志を読み取るのは些か的外れになるというのだろうか。前掲『栄花』の引用文中に「宮の御ためもよくなむあるべき」とあったが、三条天皇退位の際にも次のような記述がみえる。

式部卿宮とは、一条院の帥宮をぞ聞えさすめる。もしこのたびもやなど思しけんこと、音なくてやませたまひぬ。東宮もことわりに世の人は申し思ひたれど、この宮には、あさましうことのほかにもありける身かなと、うち返しうち返しわが御身一つを怨みさせたまへど、かひなかりけり。（巻十二「たまのむらぎく」。②七〇頁）

両統迭立の原則からすれば、後一条天皇の即位に従って、東宮には三条天皇の第一皇子である敦明親王が東宮になることは当然のことであった。十八歳である敦康があらためて立太子の可能性が潰える理由を、血の現実に直面させていると、この文脈を解せないであろうか。一条天皇の第一皇子である敦康であると同時に、彰子の第一皇子でもあったはずだという慨嘆が、その失意の内に潜んでいることを理会し得ないだろうか。そして、「宮の御ため」という言表の背後には彰子の裏切りという意識が見え隠れして、養母子関係の崩壊が危惧されてこよう。

ともあれ彰子と敦康との養母子関係を、どう把捉するのか。彰子にとっての養子敦康と、敦康にとっての養母彰子と、それは両者がともに成長する過程で育まれた情愛であったはずだが、それを中関白家の凋落にともなう定子の兄伊周の子息たちへの処遇と絡ませることはできないであろうか。例えば、道長の次妻明子腹の頼宗の正室となった伊周の大姫君、そしてその後に残された中姫君を彰子はサロンの女房にむかえたことなどを注(10)『栄花』の伊周遺言――世間との交わりを禁じた――と照らしてどう考えるべきなのか。伊周の遺子たちへの単なる同情なのか、それともさらに過酷な恥辱を科すという所為なのか。それらを伊周の嫡男道雅に対する彰子の処遇に関して知り得よう。

寛弘五（一〇〇八）年秋、男皇子誕生に沸き立つ道長家慶事を描く『紫式部日記』、その七日夜の産養は朝廷主催で勅使として登場するのが十七歳の蔵人少将道雅なのである。右兵衛佐から蔵人に補された時、道長は『御堂関白記』に「雖若年故関白鍾愛孫也」（寛弘四〈一〇〇七〉年正月十三日条）と故関白道隆の鍾愛の孫という理由で任ずると記すが、「任後人不知賢愚」とも記して、道雅が蔵人として適しているかどうかは知らないと、この人事に何らかの背景があったことが知られる書きぶりなのである。そして、寛弘八（一〇一一）年、彰子所生の敦成親王が立太子するや、道雅は春宮権亮に抜擢されるのである。関口力は、道長にとって最も慎重を期すべき東宮関係の人事において、道雅の権亮就任はいささか奇異として、「これは必ずや敦成親王の母彰子の強い希望と見るべきであろう」[注(11)]とする。平惟仲女大和宣旨との離婚後、道雅には奇怪な言動が特に目立つようになるのだが。

東宮敦成が即位し、後一条天皇となる受禅当日、重責を担う蔵人頭の人事に際し、またしても彰子が介入して、道雅が頭に補されるのである。関口氏が再び「これは、新帝の母后たる彰子の強い要望によるものであったという以外には考えられない」とする。『小右記』長和三（一〇一四）年三月二十二日条には「不恪勤之上不可堪其職」とある如く、実資ひとりの見識というのではなく、誰の目にも不適格な人事であったはずだ。まるで敦康を切り捨てた父道長に対して意趣返し的な事例になりかねない様相を呈しているとも言えそうである。案の定、後日さすがに道長は、道雅を従三位に叙して、蔵人頭の職をとり上げることになる。この経緯に関して、井上宗雄は、「貴種であり、彰子を後楯にした道雅を、道長は一度は頭にしなければならなかったのだろう」[注(12)]とする。しかも『小右記』長和五（一〇一六）年二月十六日条には、「道雅依母后恩不去中将」（傍点筆者）とあるから、井上氏の言うように彰子の口添えで辛うじて三位中将の体面は保持できたようである。道雅の春宮権亮や蔵人頭への抜擢は、あたかも道長の敦康立太子外しに対する、彰子の「怨」の矛先かのような感は否めないにしても、中関白家の人たちへの彰子の情愛の深さは窺知されよう。

ところで、定子腹敦康親王への庇護は、彰子の孤立無援な所為とはならなかった。弟頼通は、敦康と「年来同家、朝夕相親」（小右記、寛仁二〈一〇一八〉年十二月二十四日条）と昵懇の仲で、それゆえ正室具平親王女隆姫の妹との結婚が計られていったとおぼしい。『栄花物語』（巻十二「たまのむらぎく」）には、次のように記されている。

大殿の大将殿、この宮の御事をいとふさはしきものに思ひきこえさせたまひて、つねに参り通はせたまふと見しほどに、大将殿の上の御おうとの中の宮に、この宮を婿取りたてまつらんと思し心ざしけるなり。さて婿取りたてまつらせたまふ。大人二十人、童女四人、下仕同じ数なり。わが御女のやうに、よろづを思しそそきたたせたまふほど、上一所を思ひきこえさせたまへばにこそと見えさせたまふ。（②七二頁）

十八歳の敦康親王と、隆姫の妹「中の宮」との婚儀は、皇太后彰子の御所である枇杷殿に於いて行われたのである。『御堂関白記』長和二（一〇一三）年十二月十日条によれば、「帥宮御方、故中務卿宮女子参」とあって、「この宮を婿取りたてまつらん」とする「大将殿」頼通との意識に径庭がありそうな書きぶりで、頼通はまるで実娘に婿を取るように装束を調え、豪華な婚儀とした。「大人二十人、童女四人、下仕同じ数なり」と記すその随行要員も頼通と隆姫の結婚場面（巻八「はつはな」）と符合している。もちろん敦康親王の装束は、皇太后宮彰子方で用意されたのだが、注(13)装束の過差を非難する『御堂』には「従家可奉、今日不奉退出」とも記され、道長は敦康婚儀に際し、完全に主導権を奪われてしまっている。道長が敦康の後見を放棄してしまってから後、『栄花』が「今はいとど大将殿御後見せさせたまへば」（②七三頁）と記すように、二十五歳の頼通が婿取った敦康の後見を引き継ぐことになった。それが後年、敦康と具平親王女との間に誕生した嫄子女王を頼通は養女として、長暦元（一〇三七）年正月に後朱雀天皇に入内させることとなる。

このように姉の皇太后宮彰子が、実弟の権大納言頼通との肉親の絆以上の精神的な紐帯に敦康親王の存在があったことで、以降、この姉弟での政治的協調路線が築かれていくのではないかと考えられる。

三　後一条・後朱雀両天皇の母后彰子

道長の長女彰子の妹たち、次女妍子、三女威子、四女嬉子も、それぞれ三条天皇、後一条天皇、東宮敦良親王（のちの後朱雀天皇）に入内した。太政大臣道長は、寛仁二（一〇一八）年十月十六日に三女威子を外孫後一条天皇の中宮に立て、中宮妍子を皇太后に、そして既に後一条天皇の元服（十一歳）を賀して皇太后宮から太皇太后（御堂、同年一月七日条）となっていた彰子を加え、ここに一家三后を実現したのであった。その折の祝宴で詠まれた道長歌「此世をば我世とぞ思ふ望月の欠けたる事も無と思へば」が『小右記』（同日条）に遺されていて、皇太子にも敦良親王が立てられていたから、次世代にわたって道長の外孫が天皇を継ぐことは明らかで、古瀬奈津子が言うように「ここに外戚を基調とした摂関政治が極まったと言うことができる」注(14)のであろう。ただ道長の喜悦が将来、新中宮に男皇子の誕生までを予祝したとすれば、この中宮威子は後一条天皇の皇子を儲けることなく、天皇と相次いで長元九（一〇三六）年に崩ずることになるから、まさに道長とその子女たちの絶頂期を型取る詠歌だったということになる。ただし、後一条天皇は道長にとっての外孫であっても、摂政を譲られた嫡男頼通にとっては外孫ではなかったのである。

威子立后が摂政になったばかりの頼通にとってどう作用するのか。倉本一宏は「頼通は、これまでは後一条にとっては国母の弟に過ぎなかったわけであるが（これは血縁関係の問題である）、威子が立后すれば、中宮の兄ということになり（こちらは姻戚関係となる）、より強いミウチ意識で結ばれることになるわけである」注(15)として、天皇家とのミウチ意識の構築強化に益すると指摘するのである。しかも、威子早期立后の件は、国母となったばかりの母后彰子による積極的な発議提案であって、執政頼通への不安による権威付けというよりも、人事権行使による国政への共同参画の大きな証左として、天皇家と摂関家とを結び得る権力中枢構成員の最高位者たる注(16)身位の自覚と自信の顕現であって、いみじくもそれがかつて国母であった皇太后詮子が、彰子の立后を一条天皇に指示した所為に重なることでもその意義は認められよう。

若き為政者頼通は、内覧道長によって新たに創出された（古瀬説）太政官を介在せず天皇へ奏上して政務決定する奏事を、後一条期に常態化させ他の公卿と峻別する摂関の立場を強化したことなどが、父子継承の政務形式として特筆され、成熟する後期摂関期の確立に資することになる。さらにその権威保全は、内大臣であるにも拘らず摂政となった寛仁元（一〇一七）年の「一座宣旨」によるが、これも道長の配慮するところであり、治安元（一〇二一）年以降も「不可准他大臣」という方針が貫かれ、関白内大臣・関白左大臣である頼通が儀礼に於いて天皇の「御後」に祗候し続けたのである。このことは末松剛が、「天皇の後見役としての摂関の立場が、太政官官制による職務を上回った形でより強固に確立した」注(17)と、実質的な外戚ではない頼通の身位であっても、天皇の後見役として強化された摂関であることを明らかにしている。

ところで一方、摂関家の家政に目を転じても、道長が経済的奉仕に従事させた藤原惟憲などの家司受領を巧みに活用したのと同様に、頼通も『小右記』に「高大荘麗無可比類」（治安元〈一〇二一〉年九月二十九日条）とある高陽院造営において家司受領の支援によったのであろうことは想像に難くないが、むしろ本節ではそうした視点に立って、母后彰子が宰領するはずの後宮の女房集団についても言及しなければならないだろう。しかし、母后の宰領権や主君の養育、管理、情報提供を役割とする女房集団の実態についての研究は乏しいといってよく、古瀬奈津子も「一〇世紀後期から一一世紀中期の摂関期に、皇后・中宮の政治的・社会的な役割が大きくなると、キサキたちに仕えていた女房も政治的に表舞台へ立つようになっていく」注(18)と注視していながら、具体的な考証は清少納言や紫式部にとどまるのが史家の現状である。母后を支える女房たちの実態把握に踏み込み、後宮運営の要である母后彰子が統括する女房集団の一端を明らかにして、儀式や行幸などに於ける同座同輿による母后像ではなく、本来的意味での天皇を支える後見役としての母后像構築の一助に与るべく論をすすめたい注(19)。

中宮彰子に近侍した女房のひとりに赤染衛門がいる。『尊卑分脈』に「上東門院女房」とあり、『紫式部日記』に

「匡衡衛門」との綽名が見えるが、当初は道長の妻となった源雅信女倫子のもとに出仕していたらしい。[注(20)] その夫大江匡衡との間に生まれた女子が江侍従で、後一条天皇の内侍として重責を果たしたことが、『左経記』万寿三（一〇二六）年十二月十五日条の割注によって知られるのである。[注(21)] 後一条天皇と中宮威子との間に生まれた最初の子である章子内親王の七日夜の産養に当たる十五日に、上東門院から禄が与えられたことが記されている。しかも江侍従が中宮威子の出産に関わったばかりではなく、夫兼房（母は源扶養女）は威子立后に際し中宮権亮となっていた（小右記、寛仁二〈一〇一八〉年十月十六日条）のであり、さらに義父左衛門督兼隆（道兼男）は中宮威子の出産のためにその邸宅を提供していたのである。江侍従と兼房との婚姻時期は不明ながらも、大江家と兼隆家がともに後一条天皇と中宮威子に近侍しているところから、江侍従と兼房との結婚は道長と彰子との配慮によるところと考えることができようし、江侍従の内侍推挙も彰子と考えるのが妥当であろう。後一条天皇の乳母には藤原美子や惟憲の妻となった近江内侍そして道綱女宰相典侍藤原豊子がおり、初孫の側近を信頼の置ける血縁者や近習者で固めようとする道長の指示によるのは明らかなところである。

また中宮威子にも有能な女房が付き従っていた。出羽弁である。『尊卑分脈』によれば、従五位下出羽守平季信の娘で、元来女院彰子の女房（群書類従本経信母集）であったらしく、威子からその娘の章子内親王にまで仕え、『栄花物語』（巻三十一「殿上の花見」～巻三十六「根あはせ」）では長元六（一〇三三）年から永承元（一〇四六）年までの十四年間、おおよそ二十代後半から四十歳ごろにかけての動静が知られ、[注(22)] 中宮権亮の任にあった江侍従の夫兼房とも親交があったのである。長元九（一〇三六）年には四月に後一条天皇が、九月に威子が崩御するという深い悲しみが、彰子や頼通を襲った。『栄花』（巻三十三「きるはわびしとなげく女房」）には、出羽弁に関して「女房たち思ひまどふなかにも、出羽弁は死ぬべしと、人々いとほしがる」（③二七五頁）と、いかに親身に尽くしていたのかが察せられ、その悲嘆自失の体であったことが記されている。

威子没後、姉妹の章子・馨子両内親王は祖母であり伯母でもある女院彰子に引き取られることになる。『栄花物語』（巻三十三）に「十月二十一日、宮々は院に渡したてまつりたまひつ」（③二七八頁）とあり、威子の四十九日の翌日に当たる。倉田実はこの「渡し」に養親子関係を読み取るが、高橋秀樹は否定的である。注(23)ともかく両内親王は彰子の在所土御門第に移り、一品宮章子内親王の裳着が長暦元（一〇三七）年十二月十三日に行われ、彰子が豪華に支度を調え、関白頼通が腰結をしている。その夜、東宮親仁親王（のちの後冷泉天皇）の妃として参入したのであった。時に東宮は十三歳、章子は十二歳で、出羽弁も供として宮廷入りしている。

威子・章子の母娘に付き従い近侍する女房として、『栄花』続篇の作者に擬せられ、なお頼通にも信任の厚い出羽弁を注視したが、注(24)威子没後の悲しみにくれていた出羽弁を誘って復帰させたのが「宣旨の君」（栄花、③二七九頁）こと、故中宮威子の宣旨女房であり、章子内親王の乳母であった人だが、のち章子立后（永承元〈一〇四六〉年）に際し宣旨ともなって再び中宮宣旨（二条院宣旨）の役職に至る。注(25)かつて威子に仕え、いま章子に仕える女房たちが、再び内裏に帰って来られたのであった。

かくして太皇太后彰子が実子後一条天皇や妹中宮威子を支える女房たちの配置に腐心したものの、後一条天皇の直系は、章子・馨子内親王が子を残さなかったため、断絶してしまうのである。

皇太弟敦良親王（のちの後朱雀天皇）に入内した道長四女尚侍嬉子は、道長が既に出家の身であったので頼通の養子として入宮したのが、治安元（一〇二一）年二月一日であり、そして親仁親王（のちの後冷泉天皇）が誕生するのが、万寿二（一〇二五）年八月三日のことであった。その親仁親王の乳母のひとりに推挙されたのが他ならぬ紫式部の娘賢子、のちの大弐三位なのである。『栄花物語』（巻二十六「楚王のゆめ」）がその間の事情を記している。

若宮の御乳母頼成が妻は、わづらひてまかでにけり。その後は、讃岐守長経が女の、宰相中将の子生みたる、また大宮の御方の紫式部が女の越後弁、左衛門督の御子生みたる、それぞ仕うまつりける。大宮の御方には、なほこのほど過ぐさせたまふべきなりけり、あはれにうつくしう見えさせたまへれば、つと抱きあつかひきこえさせたまふ。

（②五三〇頁）

若宮親仁誕生当初の乳母であった頼成の妻が病気による退任によって、新たに定められた二人の乳母のひとりだったということになる。そもそも頼成は、故中務宮具平親王男で、その妻が藤原惟憲女だったことからすれば、その血筋と道長・頼通との親近性による乳母選定の要件が考えられ、また宰相中将は藤原道綱男兼経だが道長の養子だから、ミウチとする条件に適うとしても、越後弁賢子の抜擢はあの『源氏物語』作者紫式部の娘だからという点だけではなく、夫が前述した左衛門督兼隆であったという点も踏まえられ、道長家への貢献度が斟酌されての人事と考えるべきで、その際自らに仕える女房を乳母に強く推す彰子の意向が反映された結果ということになろう。時に兼隆は四十一歳、賢子は三十歳前後と推定される。

嬉子は産後、長く患っていた赤裳瘡《もがき》と故堀河左大臣顕光延子父娘の怨霊にたたられ、同月五日に薨じてしまうので、親仁親王は大宮彰子に託されることになった。嬉子の四十九日を過ぎてから迎え取る予定だったものが、前掲引用文末尾に「つと抱きあつかひきこえさせたまふ」とあるように、一時も離さず溺愛したようだ。そして、彰子は尚侍嬉子付きの女房たちも、そのまま親仁親王に仕えるよう指示したのであった（栄花、②五一九頁）。

このように彰子の家族意識は、血の絆のみを重視するのではなく、生活をともにする女房集団にまで及ぶ愛情の絆で結び、またその集団に支えられていたものといえよう。

四　頼通・教通兄弟の確執と姉女院彰子

嬉子亡き後、彰子・頼通がすすめる後朱雀天皇の後宮政策を考えると、既に東宮時代に参入していた三条天皇皇女禎子内親王の存在が政治上大きな波乱要因を抱えていることになるが、注(26) 本節ではむしろ藤原摂関家内部に於ける姉兄弟間の微妙な思惑の変化、ズレを後冷泉天皇の後宮との対照によって明らかにするとともに、万寿三（一〇二六）年に出家し、同日院号宣下によって上東門院と称し女院となった彰子が、依然として家長の立場で政治力を発揮し、家族内の協調性に腐心しているかをみておくこととしたい。

関白左大臣頼通は後朱雀天皇の後宮に送り込む実娘に恵まれなかったため、式部卿宮敦康親王の遺児嫄子女王を養子とし、長元十（一〇三七）年一月七日（扶桑略記）に参内させたのである。頼通は嫄子を養女とした当初は入内させる意図はなかったようだが、待望の実娘寛子が誕生したのは長元九（一〇三六）年のことだから、実弟教通や異母弟頼宗の娘の参内に抗するため、このまま放置することができなかったのだろう。養女の入内という前例のない仕儀は、注(27) 後宮政策上追いつめられていた頼通にとっては苦肉の策というのが実状だろうが、かつて敦康親王立太子の件で臍を噬んだ彰子にとって嫄子入内は、敦康の血筋が皇統化する可能性に活路が見出せることで安堵の感懐から好意的に迎えられたに違いないのである。こうした点から言えば、東宮大夫頼宗女延子が定子腹一品宮脩子内親王の養女となって入内したのも、頼宗にとっては延子（伊周女腹）の格式を整えたに過ぎないかもしれないが、彰子の意に沿った方策として考えられなくもなかろう。

ともかく嫄子の入内儀式は、後朱雀天皇の大嘗会で女御代を勤めたことから始まるといえる。以下、『栄花物語』（巻三十三「きるはわびしとなげく女房」）から当該場面を引いておく。

女御代には、故式部卿宮の姫君、殿の上の子にしたてまつらせたまふ立たせたまふ。御禊の有様いとめでたし。先帝は二十一年位におはしましましかば、絶え間久しくてめづらしく思ふべし。糸毛にて、女御代は殿の上一つ御車にて渡らせたまふ。（略）御輿の内のめでたさ、ものものしくあざやかにめでたくおはしますにも、なほ女院の御有様はいみじくめでたきに、さし並びおはしましは、またいみじかりしことぞかし。（②二八一頁）

故式部卿宮敦康親王の姫君嫄子は正確には頼通室隆姫の養女であるから、女御代と殿の上が同じ車に乗る。一方、後朱雀天皇は、尼姿の女院彰子と輿に同乗しているというのである。その光景のすばらしさが、二十一年前、後一条天皇と同輿であった折のことを想い起こされるというのである。しかし、後一条天皇の大嘗会の時は、九歳と幼帝であったゆえ、母后が一緒にに乗ることが許された事由だとすれば、長元九（一〇三六）年に即位した後朱雀天皇は既に二十八歳なのだから、尼姿の女院との同輿はいかにも不自然な様態であるはずで、その溺愛ぶりの証しという他ないだろうが[注28]、天皇の庇護者としての母后の立場役割が女院となっても励行されていたということだろう。

ところで問題は、入内した嫄子が女御から立后するに際し、皇后ではなく中宮となったことで、これによって東宮時に参入していた三条天皇皇女一品宮禎子内親王は、中宮から皇后に転上したのであった（一代要記、扶桑略記、長暦元〈一〇三七〉年三月一日条）。禎子内親王は、その処遇に立腹したのであろうか、その後内裏に参入しなかったのである。禎子が参入したのは、嫄子が崩御し、新造内裏が完成した後で、九歳となった尊仁親王（のちの後三条天皇）の書始（皇年代略記、長久三〈一〇四二〉年十一月三日条）のための還御で、後朱雀天皇とは、『春記』によれば長久元（一〇四〇）年十二月十七日以来の対面となった。

中宮から皇后への転上がどういう意味なのか、御堂流にとっての意義は道長が定子を皇后とし、彰子を中宮とした妻后並立の場合の〈中宮〉呼称への権威付けから始まるといってよいだろう。さらに言えば、中宮から天皇の母后としての皇太后という転上ルートが、皇位継承と不可分な国母樹立の呼称となっていたのである。つまり、彰子と頼通とが嫄子中宮に寄せた期待の大きさが窺知される訳で、嫄子が二人の女宮祐子・禖子内親王を残して世を去ってしまった嘆きは、『更級日記』作者孝標女の比ではなかったはずである。またそれは、後冷泉天皇後宮の妻后並立に於いても鮮明に浮かび上がる問題なのであった。

頼通の実娘寛子は永承五（一〇五〇）年十二月二十一日（日本略記）に入内した。後宮には後冷泉天皇が東宮時に既に参入していた章子内親王が居た訳だから、立后に際して、どちらが〈中宮〉呼称を名告るのかの選択は、彰子・頼通体制に亀裂が入りかねない状況の到来であったはずなのである。それを『栄花物語』（巻三十六「根あはせ」）は次のように記している。

二月に后に立たせたまふ。中宮こそはあがらせたまふべけれど、「ただかくてあらん」と申させたまひければ、今后を皇后宮と聞えさす。（③三六二頁）

永承六（一〇五一）年二月十三日に寛子は立后して皇后となった。中宮章子内親王のただひと言「ただかくてあらん」によって、事もなげに中宮から皇后に転上すべきところを中宮にとどまったというのである。「中宮こそはあがらせたまふべけれ」という記述が、何に拠るのか。後朱雀朝に於ける禎子内親王の例を想定しているのだろうか。二人の妻后同殿という結果が、表面上は中宮章子を後見する女院彰子方と皇后寛子の実父関白頼通方とに対立関係は生じなかったということだろう。恩師犬養廉は「後冷泉朝宮廷は頼通を中心とする一大血族集団」で、「大家族的な親睦世界」なのだとする。注(29) 頼通が大家族集団の中心となるのかは別にして協調と融和の後宮世界が後冷泉朝に現出しているという従来からの認識は正しい方向性にあるとはいえる。しかし、近時、高橋由記は章子内親王と寛子の文化圏に直接的な交流の跡が見えないことを、章子内親王方の『出羽弁集』に寛子方の女房は登場しないこと、逆に寛子方の

『四条宮下野集』『康資王母集』に章子内親王方の女房は登場していないし、また寛子方の歌合にも章子内親王の女房が出詠していないことを指摘して、両文化圏の緊張関係を読み取り、帝寵を争うはずの二人の妻后にとって「いかに両者が政治的に敵対していないようにみえても、真に協調関係にあったはずもない」とする[注30]。

時に女院彰子は後冷泉天皇にとっても祖母であり伯母でもあり、章子とともに「女院の同じごと生したてたてまつらせたまへる」（栄花、③三七九頁）とある如く、母后に準じた立場で後見していたのだから、両文化圏の宰領者の位地は揺るぎなかろう。天喜四（一〇五六）年四月三日開催の皇后宮寛子春秋歌合に於いて右の方人であった下野の歌三首を、女院から「これを」のひと言で、うち二首が彰子方の女房である伊勢大輔の歌と差し替えられた（下野集）ことからも明瞭だろう。

犬養氏の言う「一大血族集団」ないし「大家族的な親睦世界」をどの範囲まで拡げて考えることができるのか。少なくとも道長の時代までは家族は家長の血を分けた血族集団であり、なおかつ嫡妻倫子腹と次妻明子腹ではその子息の出世昇進や子女の結婚相手の格差が因習的に保持されていた。頼通時代にあっても嫄子入内があれば、実弟教通でさえ娘生子の入内を遠慮して控えていたし、嫄子没後、長暦三（一〇三九）年十二月二十一日の入内であっても、生子の立后は結局実現しなかった。後冷泉朝では教通は歓子を永承二（一〇四七）年に入内させるが、女御から皇后に転上したのが後冷泉天皇崩御の三日前、つまり治暦四（一〇六八）年四月十七日のことで、皇太后禎子内親王を太皇太后に、中宮章子内親王を皇太后に、皇后藤原寛子を中宮に転上させたのにともなう女御から皇后への転上で（一代要記）、いずれも御堂流の順当な転上方針が実施されている。それは実兄頼通に対する教通の自重と忍従の歳月であったし、実弟とはいっても関白頼通からの圧力に屈せざるを得なかった。特に生子立后妨害は顕著であったらしい。こうした実兄弟間の確執齟齬は、関白後継問題で極まることとなる。『古事談』に次のような挿話が載る[注31]。

宇治殿関白をば直に京極殿に譲り奉らむとおぼして、上東門院にも其の由申さしめ給ひければ、女院御ぐしけづらせて御とのごもりたるが、此の事を聞し食して、受けざる気色御坐して、俄かに起きしめ給ひて、御硯、紙召し寄せて、忽ちに御書を内裏に進らしめ給ひけり。其の状に云はく、「おとど申さるる事候ふとも、御承引有るべからず。故禅門慥かに申し置かれし旨候ふなり」と。仍りて譲る事を許されず。遂に後冷泉院の御宇に、大二条に譲らる、と云々。（一九六頁）

宇治関白頼通は、関白職を直に息子師実に移譲したかったが、女院彰子が父道長の遺言として頼通から教通への兄弟間委譲を指示していたとのことで、京極殿師実にはこの時点では関白職は委譲されず、治暦四（一〇六八）年四月十七日、教通（大二条）への移譲が成り立ったのである。服藤早苗は、この挿話の「上東門院にも其の由」を申したとする点を重視して、「関白という政権内の重要官職任命について、上東門院からの承諾が必要不可欠だったことがうかがえる」[注(32)]として、さらに内大臣教通息信長の蔵人頭人事をめぐる事例（春記、長暦三〈一〇三九〉年十二月十六日・十七日条）を挙げて、女院の許可のもと信長の蔵人頭が決定していることにより、関白委譲に関しても女院の人事権介入の可能性を明らかにした。

しかし、女院が常に政治上の人事に介入したという訳ではなく、ミウチの人事ゆえ最終的に介入したというのが実状だろうが、帝の側近で腹心となり得る蔵人頭が、後朱雀天皇の意向よりも母后彰子の判断が優先され、決定に及ぶ事象は、高次元からのミウチ内人事の裁量により確執対立の要因をなるべく回避したいとする母后ならではの女院たる必要な関与とでも理会したいところである。

こうした頼通関白委譲の件が道長の遺言によって左右されたことが、各々の思惑を越えて家長たる女院でさえ、亡き父道長の威光によって事を収拾させる方法を選んだとすると、関白委譲が摂関家継承の重大事であることは当然のこととしても、道長の遺言が『古事談』の仮構という訳でもなかろう。とはいえ、かつて女院詮子が伊周を毛嫌いし、道長贔屓で、関白委譲を渋る一条天皇を夜通し説得し、「女院の道理のまま」（大鏡、三二九頁）を根拠に内覧の宣旨を下ろさせたことを想い起こさせもする。摂関家継承に腐心し、英断実行する女院像が重なるようである。服藤氏の「天皇のミウチを純化し、御堂流を他の貴族たちから抜きんでた権門としての家格に上昇させ、摂関を出す家に定着させたのは、頼通であるよりも上東門院彰子だった」という指摘に首肯できるのである。

五　おわりに

平安時代中期における道長・詮子の姉弟体制を継承して、頼通・彰子の後期姉弟体制は、権力志向を第一とする前期に比して、一条天皇皇后定子腹敦康親王やその娘嫄子女王をめぐる養子女関係によって、直接的な血の系譜ではない家族意識の拡充という絆に結ばれた新たな姉弟体制を構築させたのであった。

新造の高陽院に渡御する太皇太后宮彰子をむかえた関白左大臣頼通との関係を、『栄花物語』（巻二十三「こまくらべの行幸」）は「多くの政をすべおこなはせたまふ左大臣も、妹背の山の雲もへだたらぬ御仲らひなり」（②四二四頁）と、その姉弟の親密な仲らいをことさら注視して記しているように、後一条、後朱雀そして後冷泉の三代にわたる頼通時代は、まさに姉彰子の支えあってこその成熟した時代であったといえよう。政権並びに後宮運営において権力中枢の要として、父院なき時代を摂関とともに統べる天皇にとって、母后としてまたは女院として後見する彰子の役割存在は大きかったといえるのである。そうした時代の終焉として承保元（一〇七四）年二月二日に頼通が、同年十月三日に彰子が相次いで没したことは、あまりにも象徴的な二人の死による時代の幕引きであったと言わざるを得ない。頼通八十三歳、彰子八十七歳であった。

〔藤原氏系図〕

- 兼家
  - 道隆
    - 道頼
      - 女〔寛子女房〕
    - 伊周
      - 道雅
      - 女〔頼宗室〕
      - 周子〔彰子女房〕
    - 隆家
      - 良頼
      - 経輔
    - 周頼
    - 好親
    - 頼親
    - 隆円
    - 定子〔一条后〕――敦康親王――嫄子女王
    - 原子〔東宮居貞親王女御〕
    - 女〔東宮居貞親王御匣殿、妍子女房〕
  - 道綱
    - 兼経
    - 道命
    - 豊子〔彰子女房、敦成・敦良親王乳母〕
  - 道兼
    - 兼隆
      - 兼房
      - 女〔敦平親王室〕
    - 兼綱
    - 尊子〔一条女御〕
    - 女〔威子女房〕
  - 道長
    - 頼通
      - 師実
      - 嫄子女王〔養女〕（破線）
      - 寛子
    - 頼宗
      - 兼頼
      - 俊家
      - 延子〔一品宮脩子内親王養女〕
    - 顕信
    - 能信
    - 教通
      - 信家
      - 通基
      - 信長
      - 静覚
      - 生子〔後朱雀女御〕
      - 真子
      - 歓子〔後冷泉后〕
    - 長家
    - 彰子〔一条后〕
      - 敦康親王〔養子〕（破線）
      - 敦成親王〔後一条天皇〕
      - 敦良親王〔後朱雀天皇〕
    - 妍子〔三条后〕
    - 威子〔後一条后〕
    - 嬉子〔東宮敦良親王妃〕
    - 威子〔小一条院女御〕
    - 尊子〔師房室〕
  - 超子〔冷泉女御〕
  - 詮子〔円融后〕
  - 綏子〔東宮居貞親王女御〕

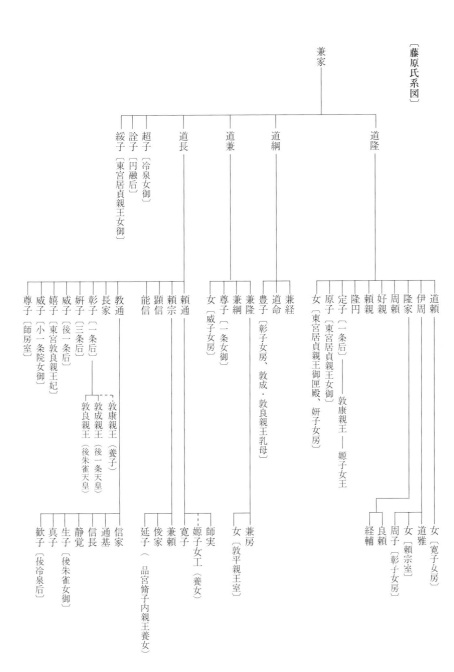

注

（1）久下「女院について―創設期の詮子・彰子を中心として―」（「学苑」805、平成19〈二〇〇七〉年11月。のち『王朝物語文学の研究』武蔵野書院、平成24〈二〇一二〉年）。同論考に於いても道長の築き上げた権力構造を継承した頼通と、詮子が女院として獲得した権威を継承した彰子が姉弟の協動的政治路線を確立していくことに着目している。本稿はその姉弟に精神的な共有の家族意識に結ばれる絆があることを論じていく。

（2）服藤早苗『平安王朝社会のジェンダー』（校倉書房、平成17〈二〇〇五〉年）「第二章　王権と国母―王朝国家の政治と性」。また古瀬奈津子「摂関政治成立の歴史的意義―摂関政治と母后―」（「日本史研究」四六三、平成13〈二〇〇一〉年3月）は、彰子の母后から女院への政治的処理案件をたどり、摂関とともに天皇を支えるシステム構造を開拓した偉業を指摘する。ただそれを摂関政治という概念に一般化するのではなく、頼通・彰子による後期摂関政治の独自性として特化するのが筆者の立場である。

（3）加納重文「藤原道長（下）―『御堂関白記』管見―」（京都女子大学「女子大国文」一一八、平成7〈一九九五〉年12月）は、「道長は外戚政治の切り札になる皇子を持たず、中関白家は皇子を擁立し得る権勢を持たない。互いに弱点を補強する形で、兼家の子供達が結束したのは、よく権勢家兼家の血を享けたと評すべきか。」と述べるが、兼家の子供達が結束したとは言い得ないだろう。なお服藤早苗『家成立史の研究』（校倉書房、平成3〈一九九一〉年）「序　平安時代の氏―家と女性」は、〈家〉成立過程を、血縁集団としての氏→一系的親族集団としての門流→父子の官職継承を原理とする家の誕生を指摘し、「女子を媒介とし、王権との結合に最終的に勝利し、氏長者の地位も、摂関の地位も、父子相承を確立していたのが、道長―頼通頃である」とする。

(4)『御堂関白記』寛弘二（一〇〇五）年十月二十五日条には、敦康が修法のため石山寺に参詣する際に「一宮参石山寺、先従内外土御門、与女方同車参」と、道長・倫子夫妻で同行している。また敦康病悩のことを聞くと馳せ参じて候宿したりするのが『御堂』寛弘二（一〇〇五）年五月十九日条や四（一〇〇七）年四月二十八日条などにみえる。

(5)『権記』（史料纂集）長保三（一〇〇一）年十一月十三日条。〔　〕の現代語訳は倉本一宏『権記』（講談社学術文庫）、但し漢字のルビを省く、以下同じ。

(6)倉田実『王朝摂関期の養女たち』（翰林書房、平成16〈二〇〇四〉年）「敦康親王と彰子」

(7)寛弘六（一〇〇九）年二月二十日には敦成への呪詛発覚により伊周は朝参を止められる。

(8)下玉利百合子『枕草子周辺論続篇』（笠間書院、平成7〈一九九五〉年）。以下同氏の説は同書に拠る。

(9)『御堂関白記』（大日本古記録）。〔　〕の現代語訳は倉本一宏『御堂関白記』（講談社学術文庫）

(10)『御堂』寛仁二（一〇一八）年十月二十二日条に「正五位下藤原周子、大宮、故帥殿二姫」とある。

(11)関口力『摂関時代文化史研究』（思文閣出版、平成19〈二〇〇七〉年）「藤原道雅」

(12)井上宗雄『平安後期歌人伝の研究』（笠間書院、昭和53〈一九七八〉年）「左京大夫道雅」

(13)下玉利氏は彰子から敦康へ贈られた豪華な装束は、近親縁者が慶祝の意をこめた慣習的儀礼であって、これを〝母情〟の表象として評価するには当たらないとする。なお彰子が定子弟権中納言隆家の女児に着袴の装束を贈与したことが『御堂』寛弘七（一〇一〇）年十一月五日条にみえる。その所為を失意の従兄弟隆家に対する同情なのか、それとも一族尊長女性の儀礼的役割なのか（服藤早苗『平安王朝の子どもたち―王権と家・童』吉川弘文館、平成16〈二〇〇四〉年）、あるいはそれによる着袴児に対する権威付与なのか、自らの権威誇示なのか、複雑に絡むが、この時点では道隆一門をも同血族として糾合する政治的意図ではなく、彰子の家族ミウチ意識の行為と見做す。

(14) 古瀬奈津子『摂関政治』（岩波新書、平成23〈二〇一一〉年）。以下同書の学恩に多くを負う。

(15) 倉本一宏『摂関政治と王朝貴族』（吉川弘文館、平成12〈二〇〇〇〉年）「第四章　威子立后決定の日」

(16) 令制では皇太后・太皇太后は天皇大権を代行しうる身位に位置づけられている。彰子は幼い後一条天皇の代理として皇太后宮での文書閲覧、定（会議）の設営を務めていた。特に摂政に関わる案件に対し「母后令旨」によっていることは古瀬氏が指摘するところである。

(17) 末松剛『平安宮廷の儀礼文化』（吉川弘文館、平成22〈二〇一〇〉年）九六頁。

(18) 引用は前掲新書からだが、古瀬氏には他に「清少納言と紫式部—中宮の記録係」（元木泰雄編『王朝の変容と武者』清文堂出版、平成17〈二〇〇五〉年）がある。

(19) 吉川真司「天皇家と藤原氏」（『岩波講座　日本通史　第五巻古代4』岩波書店、平成7〈一九九五〉年）は、天皇への日常的・直接的な奉仕を「後見」の実質と把握し、それを円滑に履行するために母后の内裏居住が定着することで、天皇の意志形成に母后が関与・介入することを容易にしたと説く。

(20) 加藤静子「赤染衛門の女房職と文学」（日向一雅編『王朝文学と官職・位階』竹林舎、平成20〈二〇〇八〉年。のち『王朝歴史物語の方法と享受』竹林舎、平成23〈二〇一一〉年）

(21) 田中恭子「江侍従伝新考」（『国語と国文学』平成3〈一九九一〉年3月）・「赤染衛門の人脈」（久下裕利編〈考えるシリーズ⑤〉『王朝の歌人たちを考える—交遊の空間』武蔵野書院、平成25〈二〇一三〉年）

(22) 松村博司『歴史物語考その他』（右文書院、昭和54〈一九七九〉年）「出羽弁の生涯」

(23) 高橋秀樹「平安時代の養子に関する近業をめぐって」（倉田実編『王朝人の婚姻と信仰』森話社、平成22〈二〇一〇〉年）

(24) 高橋由記「後宮の文化圏における出羽弁」（前掲久下編『王朝の歌人たちを考える』）および久下前掲書「民部卿について」

（25）諸井彩子「中宮宣旨の一考察―威子・章子内親王に仕えた宣旨―」（『平安文学新論―国際化時代の視点から―』風間書房、平成22〈二〇一〇〉年）

（26）倉田実前掲書「嫄子女王の境涯」は、禎子内親王側と後朱雀天皇第二皇子尊仁親王（のちの後三条天皇）側には、頼通の異母弟能信と小野宮流が後見勢力としてあることを従来の説を紹介しつつまとめている。以下、同論に負う所が多い。

（27）高橋秀樹『日本中世の家と親族』（吉川弘文館、平成8〈一九九六〉年）「第一章　平安貴族社会の中の養子」及び倉田実前掲書。なお『栄花物語』（巻三十三「駒競行幸」）で養女とした嫄子のことを実娘とは異なり「ものの隔てある心地」（②四二九頁）とするのを、高橋氏は彰子の心中を、倉田氏は頼通の心中を忖度したと捉える。筆者は後者の理会にある。

（28）皇太子敦良親王元服儀に於いて先例とは異なり、母后太皇太后彰子の在所弘徽殿での皇太子拝謁後、饗饌・御遊があり、母后から関係者への給禄があった。これを岩田真由子「平安中・後期の母后の役割とその変質」（「古代文化」583、平成23〈二〇一一〉年3月）は、国家行事であるにも拘らず、「あたかも母后が皇太子元服儀の主催者であるかのよう」とし、「このような儀を演出したのは、彰子の父藤原道長であろう」とする。道長演出説には従えないが、一条天皇元服儀における母后藤原詮子が、給禄によって天皇の庇護者としての母后の立場を示したことを踏襲している可能性については首肯される。

（29）犬養廉『平安和歌と日記』（笠間書院、平成16〈二〇〇四〉年）

（30）高橋由記「後冷泉朝の後宮と文化圏―妻后同殿とその文化圏について―」（「中古文学」91、平成25〈二〇一三〉年5月）

（31）引用は新日本古典文学大系四一『古事談　続古事談』（岩波書店）に拠る。

（32）服藤早苗注（2）前掲書同論考。

第三章　その後の道綱

一　はじめに

九条流の異端児摂政藤原兼家の二男道綱は、その母藤原倫寧女が『蜻蛉日記』の作者であるため、右大将道綱母との呼称をもって遍く知られるところだが、あいにく道綱自身の影《イメージ》は薄いのである。さらに、小野宮流藤原実資の記す『小右記』や『古事談』の説話に於ける道綱の風姿は、公卿としての無能と無才ぶりを露呈しているものばかりで、凡庸な人物像が定着するようである。

一方、『蜻蛉日記』には道綱の将来を夢解き、「みかどをわがままに、おぼしきさまのまつりごとせむものぞ」と、頂点を極める為政者への期待を記していることはともかくとして、おそらく『権記』長保二（一〇〇〇）年四月七日条にある「於一家為兄」を受けて、『栄花物語』（巻三「さまざまのよろこび」巻十「ひかげのかづら」）では「よろづの兄君」と記される道綱の立場、境遇は、異母弟道長によって祭り上げられているとはいえ、兄弟間の熾烈な政治闘争に明け暮れる平安朝中期に於いて、たとえ大臣になれない悲運を託つ鬱屈した人生の表徴があっても、道長と共同歩調をとることによって安穏な人生を選び取った一公卿の足跡としてみれば、道綱のような生き方も処世の方法としては賢かったとも言えなくはないのである。そして、近来、坂本共展によって「凡庸で中宮権大夫・右大将・春宮大夫・東宮傅・中宮大夫（皇太后宮大夫）

の要職を歴任し、大納言としての重責を二十三年間も務めることなどできるものではない」[注(1)]とする提言もあり、風説によっての人格認定は慎重でありたいところである。

本稿では天延二（九七四）年をもって閉じられる『蜻蛉日記』以後の道綱の動向を照射し、大納言兼右大将や東宮傅となる経緯を有能な政務官としての評価ではなく、政情の安定（知られざる闇の世界への関与を含めて）と、道長から頼通へと九条流の摂政の委譲を果たす道筋に、いわばその存在自体が寄与するところがあったのではないかと思われる点を明らかにしたいのである。

二　左近衛少将から右近衛大将へ

道綱は永観元（九八三）年、左近衛少将となる。二十九歳の時であった。天元三（九八〇）年には兼家二女詮子が円融天皇の第一皇子懐仁親王（一条天皇）を誕生させていた。皇太子の外祖父では満足できない兼家の権勢欲が花山天皇退位事件を勃発させることとなる。寛和二（九八六）年六月二十二日のことであった。この事件を「兼家一家のクーデターとも言える政変」と加納重文が指摘する如く、[注(2)]一家の浮沈をかけて兼家とその子たちのみで極秘に決行されたのである。道綱がいっきょに歴史の表舞台に躍り出た時でもあった。その時の道綱が担った役割は何であったのか。

『扶桑略記』（新訂増補国史大系）に拠ると、以下のようである。

夜半。天皇生年十九。出二鳳闕宮一。向二花山寺一。落飾入道。法号入覚。蔵人左少弁藤原道兼。僧厳久。二人陪従。出二縫殿陣一。参二元慶寺一。

即時令下左近少将藤原道綱持二神璽宝劔一。献中東宮御在所凝華舎上。件三人外他人不二敢知一レ之。禁省事祕故也。

即夜。右大臣藤原兼家参二入内裡一。令レ固二禁門一。

『日本紀略』寛和二（九八六）年六月二十三日条にも、「于レ時蔵人左少弁藤原道兼奉レ従レ之」とあって、兼家の意を受けた三男道兼が花山天皇を唆かし、禁中から花山寺（元慶寺）へ共に向かい、出家へと導くことになる。『大鏡』はこのドキュメントを次のように描いていた。

おりおはしましける夜は、藤壺の上の御局の小戸より出でさせたまひけるに、有明の月のいみじく明かかりければ、「顕証にこそありけれ。いかがすべからむ」と仰せられけるを、「さりとて、とまらせたまふべきやうはべらず。神璽・宝剣わたりたまひぬるには」と、粟田殿のさわがし申したまひけるは、まだ帝出でさせおはしまさざりけるさきに、手づからとりて、春宮の御方にわたしたてまつりたまひてければ、かへり入らせたまはむことはあるまじく思して、しか申させたまひけるとぞ。

（小学館新編全集四五頁）

事は全て道兼（粟田殿）一人の暗躍によって成就したというのだろうか。確かに『日本紀略』は前記に続けて「先二于天皇一。密奉二劔璽於東宮一。出二宮内一」と記すから、『大鏡』の「まだ帝出でさせおはしまさざりけるさきに、手づからとりて、春宮の御方にわたしたてまつりたまひてけれ」に符合する文脈といえよう。

しかし、三種の神器である曲玉（神璽）と宝剣を清涼殿の夜の御殿から道兼自身が「手づから」持って、皇太子懐仁親王のもとへ渡したというのでは、事の迅速な展開が要求される中での所為とは考えられないから、天皇に近侍する蔵人である道兼が、この陰謀の中心人物、要《かなめ》になるにしても、『扶桑略記』の如く道綱が介在し、曲玉と宝剣を東宮の在所である凝華舎（梅壺）まで運び献じたと考えるのが妥当であろう。注(3) いやむしろ蔵人左少弁の道兼でなく、左近少将である道綱こそが、剣璽に関わるのが相応しいと言ってよかろう。

というのは、正常な即位式の場合、その前に行われる剣璽渡御儀（践祚儀）に於いて、通例ならば剣璽使は内侍が勤めるのだが、諒闇践祚の時は、左右近衛少将（冷泉天皇、後朱雀天皇、鳥羽天皇）が剣璽使となっているのである。注(4)

そういう意味で、近衛少将である道綱の剣璽使的役割に注意したいところである。

それにしても兼家一家のクーデターとしては、嫡男道隆の姿が見えないし、二十一歳の末弟道長の姿も『扶桑略記』には確認できない。やはり道兼、道綱そして僧厳久の「三人外他人不二敢知一レ之」であったのであろうか。

ところで、慈円『愚管抄』は次の如く、その道隆と道長の二人を登場させている。注(5)

すでにとおぼしめしけるとき、道隆・道綱この人たちをまうけて、「いまは璽剣わたるべくや」と申て、道隆・道綱、両種をもちて、東宮一条院御方凝花舎へまいられりければ、右大臣まいりて諸門をとぢて、御堂の兵衛佐にておはしけるを頼忠のもとへはつかはして、「かゝる大事いできぬ」とはつげ給てげり。

左近少将の道綱が一人で神璽と宝剣を携えるよりも、確かに右近衛中将である道隆とともに二人で分け持つ方が至当で、後朱雀天皇と鳥羽天皇の例では、左近少将が剣を、右近少将が璽を持ち、後白河天皇の時は、右近中将が剣を、左近中将が璽をそれぞれ分担し持っていたのであった。加えて凝花舎（梅壺）には皇太子懐仁親王ばかりではなく、母女御詮子も待ち構えていたであろうから、実兄の道隆が同行していれば、詮子に安堵感があったに違いなかろう。

しかし、どうも道隆の介在はなかった可能性が濃厚で、今井源衛は『小右記』七月十六日条の「停二中納言道隆中将一門任一」を挙げて、「道隆一門のみは、この度の栄進には外されたものらしい。あるいは道隆は、この陰謀に反対だったのであろうか」とされる。注(6) 現に寛和二（九八六）年六月二十三日に一条天皇が践祚すると、右大臣兼家は自身を摂政に補任し、道兼を蔵人頭に、道綱には蔵人を兼ねさせ、そして道長を昇殿とする人事を断行する中で、道隆のみに変化はなかったのである。さらに萩谷朴が「恐るべき陰謀の実行を目前に控えての、陽動的な行為であった」注(7)とする寛和二（九八六）年六月十日開催の内裏歌合に参加したのも、道綱と道長であって、そこに道隆の姿は見えないのである。

また後年のことだが、兼家の腹心有国が花山天皇退位事件の功績に鑑みて、道隆ではなく道兼に関白を譲るべきだと進言したことを『古事談』が伝えているところをみると、道隆の関与は薄いようなのである。それに対し、少なくとも『愚管抄』に記す、関白頼忠のもとに報告に走ったという道長（兵衛佐）の存在は認められてこよう。

さて、道綱の位階は、寛和三（九八七）年正月七日、末弟道長と同じ従四位上となるが、同年九月二十日には道長は従三位となって兄弟逆転してしまうのである。母を倫寧女とする道綱と、道隆、道兼そして道長の母が藤原中正女時姫であっても、その兼家の二人の妻の受領層である出自身分に大きな差があった訳ではなかった。時姫が兼家の東三条殿に同居することになって、その正妻の座が確定したと増田繁夫はいう。注(8)しかし、こうした道綱と他の兄弟たちとの昇進の差は、寛和二（九八六）年に皇太后宮となった国母詮子が道隆以下の兄弟と同腹であったところによろう。決して道綱が父兼家に疎んじられたという訳ではないと考えられる。注(9)

道隆でさえ寛和二（九八六）年七月二十日に権大納言となり、同月二十二日に従二位、二十七日には正二位と位階を上げる。道隆が内大臣となる永延三（九八九）年二月二十三日には、道兼が権大納言となる。この日には道綱に昇叙はなく、従三位右近衛中将のままで、次に正三位となるのが、永祚二（九九〇）年のことであった。この時道長も正三位となるが、官職は権中納言兼右衛門督であるから、エリートコースのただ中にいるという感である。

永延二（九八八）年十月五日のことだが、宮中の弓場始に於いて、出御の折、「三位中将候御剣、置北置物御机」（小右記）と、近衛中将の役回りとは言え、相変わらずの宝剣持ちを勤めているようだ。摂政兼家が見守る中で、権中納言道長、左兵衛督源時中（道長室倫子の兄）、そして三位中将の道綱がそれぞれ矢を三度射て終っている。注(10)

道綱が三位中将であったのは、永延元（九八七）年十一月二十七日から長徳二（九九六）年四月二十四日に中納言に補任されるまでの足掛け八年間で、その間正暦二（九九一）年九月七日に参議となっているから、これ以後は一般的に宰相中将と呼び慣わす。

長徳二（九九六）年は道綱四十二歳だが、同年十二月二十九日には右大将となり、中納言が右大将を兼官とするのは異例の任用といえそうである。父兼家が四十二歳の時、同じく中納言兼右大将であったから、奇しくも父と同年齢に、同官職とは、川田康幸が言うように、「道綱の感激も一入であった」ことであろうし、「道長の配慮だとすれば、心憎いばかりの配慮」なのである。注(11) そして翌長徳三（九九七）年七月五日には大納言に補任されて、大納言兼右大将となるが、これも父兼家が貞元二（九七七）年十月十一日、兄兼通との権力闘争に敗れて右大将を解任されるまで歩みを同じくしているといえる。

ところで、道綱の右大将就任に寄せる感懐とは別に、右近衛府の長である右大将という官職は当時の政治情況や登用システムから如何なる地位として捉えられるのであろうか。本来近衛府は、天皇側近の武力機構として、皇権を守護する役を負っているはずだが、藤原摂関政治の成熟過程、とりわけ安和の変（安和二〈九六九〉年）で左大臣兼左近衛大将であった源高明が失脚して、九条家師輔流の世となってからは、少・中・大将という近衛府上級官は、その昇進コースに組み込まれてしまい、藤原氏の独占的現象を産み出し、それにともなって軍事的・警察的機能を喪失していき、長官たる近衛大将の地位も次第に名誉職化してしまうのである。以上のような認識はおおよそ笹山晴生が述べるところだが、さらに左右大将在任者の系譜上の差にも着目して笹山氏は次のように指摘している。注(12)

> 藤原氏の大将就任者を系図上にたどると、一般に当時の官位最高者で摂関の嫡系にあたる者がほとんどを占めるが、なかでも嫡系に左近衛大将が多く、主流以外の者に右近衛大将就任者が多い事情がうかがわれる。（略）九世紀前半までの藤原・源両氏以外の諸氏、ことに武官出身者は、ほとんど右近衛大将にのみ任命されている。
>
> （二一六頁）

つまり、近衛大将補任に関して、『官職秘抄』が「大臣、大納言、撰二其人一任レ之。但摂政関白家嫡、雖二中納言参議㆒任㆑之。多左」とし、また『職原抄』に於いて「多是大納言中、譜第上臈任㆑之。於㆓執柄息㆒者、越㆑次所㆑任也。又多被㆑任㆑左也」と記されるところも、摂関の嫡系に於いて右近衛大将よりも左近衛大将の方に名誉職化される傾向が確認され、道長前後の時代様相として近衛大将の本官が一般的に大納言（権大納言を含む）であることも知られる訳である。

安和二（九六九）年三月二十六日、左大臣兼左大将であった源高明は大宰権帥に貶流される。同日、変の首謀者の一人と考えられる右大臣兼右大将の師尹が左大臣兼左大将に転じ、兼家の実兄伊尹が権大納言から正官に転じ右大将を兼ねることになった。翌安和三（九七〇）年（三月二十五日天禄に改元）には、右大臣から摂政となった伊尹にかわって、中納言であった兼家が八月五日に右大将を兼帯することになったのである。時に四十二歳であった。

一方、道綱母が『蜻蛉日記』で異常な関心をもって注視する安和の変は、実質的には円融（守平親王）擁立に関わる貞観殿登子（師輔二女、兼家と同母妹）との親交や、源高明の後室であった愛宮（師輔五女）への同情をもって窺い知られ、さらにまた藤原北家内部の他氏排斥に関わる抗争の犠牲が、かかる高明左遷という結果を導いてしまった訳で、兼家側に遺恨があったことではないから、道綱元服の加冠役を高明の異母弟で『公卿補任』に「三月二十六日依兄大臣事下殿上」とある大納言源兼明に依頼したのも、変の翌年の天禄元（九七〇）年八月のことであったのである。注(13)

それにしても伊尹の極端な累進が、安和の変に於ける小一条家師尹側との提携の代償としてあったものなのか、それとも尚侍登子との結び付きを強めた結果なのか見解が分かれるところだが、摂政太政大臣にまで至った伊尹は、天禄三（九七二）年には四十九歳で没してしまうことになる。これ以後、覇権をめぐり兼通、兼家兄弟間の対立が激化する。

師輔二男で四歳年上の同母兄でありながら、兼通が安和二（九六九）年参議に任官した時は、弟兼家は高位の中納言になった。注(14)その不遇を一挙に逆転する機会が到来したのである。それが長兄伊尹の他界であった。

権中納言兼通は、円融天皇の母后である故安子の「関白をば、次第のままにせさせたまへ。ゆめゆめたがへさせたまふな」（大鏡）と書かれた遺書をもって、注(15)天禄三（九七二）年十一月二十七日、内大臣で関白の宣旨を受けたのである。『公卿補任』の傍書には「執政人不経大将初例」とある。ただ大納言兼右大将という兼家の身分に変化はなかった。ところが、五年後の貞元二（九七七）年十月十一日、死期を悟った兼通は、関白を弟兼家には渡さず、従兄で補佐役として政権を支えた右大臣兼左大将の頼忠に譲ったのであった。さらにこんどは兼家の右大将を取り上げ、治部卿に貶したのである。道綱も左衛門佐から土佐権守に遷されることとなった（紀略、補任）。同日、右大将には権中納言済時が任じられ、そして、左大将は頼忠が十一月三日に辞し、同年の十二月九日、兼通の男権大納言朝光が任じられたのである。この朝光の左大将直任に関して、笹山晴生は、「右大将から左大将への遷任が常態化していたこの時期としては、源高明についでの異例のことであり、朝光のこの例が、藤原道隆（永祚元年）をへて道長以後の摂関家子弟の左大将直任の一般化への道を開くことになる」と述べている。

道隆は花山天皇出奔事件当時は右近衛中将でありながら、三十七歳の永延三（九八九）年（八月八日永祚に改元）七月十三日、右大将を経ない直任の左大将となる。この時既に道隆は内大臣であったから、『公卿補任』には「任大臣後兼大将例」と記される。嫡嗣としての経歴、立場を整えたといえよう。三男道兼は三十歳の永祚二（九九〇）年六月一日、済時が左大将に転じたのにともなって、右大将に補任される。正暦二（九九一）年には内大臣となるから、済時が大納言兼左大将であって、常に左大将が高官の兼任になるとは限らないようである。

また兼家が摂政の期間（寛和二（九八六）年～永祚二（九九〇）年）、左大臣が道長の義父源雅信であり、右大臣が藤原為光なのだが、永延三（九八九）年八月二日（紀略）の相撲抜出日に於ける還御の時の一件を、『古事談』（第一、王道后宮）

が以下の如く伝えている。

一條院御時。永延比。相撲抜出日。還御之時。左大臣雅信候二御劔一。右大臣為光候二御笏一云々。前頭中将実資朝臣云。内宴及臨時事。乗輿之時。大臣大将持㆑候御劔一有二其例一。不レ兼二大将一之大臣候一御劔一之事。無レ例歟云々。摂政同有二許諾之氣一云々。（寛弘七年十月廿二日。還㆑御本殿一之時。諸卿候二御供一。左大将公季内大臣候二御劔一。前行云々。若宮後一條院着袴日事。）

還御の時、左大臣源雅信が宝剣を、右大臣藤原為光が璽箱を持ったというのだが、実資が言うところによると、大臣と言えども近衛大将を兼ねていなければ、天皇の宝剣を持候する例がないという。当該有資格者は、前記した如く内大臣で七月十三日に左大将の任に就いた道隆なのだが、不参加だったのか、道隆に身体的不具合があったのか、それとも摂家の驕慢なのか、終始道隆が宝剣に関わることはなかったようである。

『古事談』はこの一件の以下に注記して、寛弘七（一〇一〇）年の内大臣兼左大将公季の例を挙げている。公季は師輔九男で、長徳二（九九六）年八月九日、左大将を辞した左大臣道長の後を受け継ぎ左大将に就任する。同年七月二十日に大納言から右大臣となった兼通一男顕光が、十二月二十七日に右大将を辞したのを機に、四月二十四日、中納言となったばかりの道綱が十二月二十九日右大将を兼帯することになる。これが前記した如く道綱四十二歳の時なのだが、長徳二（九九六）年の人事異動に関しては、やはり道長の兄道綱に対する私的な配慮ばかりではなかったようである。

右大将となった道綱の姿を伝える好例は、長保元（九九九）年十月二十一日の弓場始で、『権記』に「能射右大将」と記されるぐらいであろう。注(16) 道綱は長保三（一〇〇一）年七月十三日、大将を辞すことを許され、同年八月二十五日、権大納言となった実資は右大将を兼ねることになり、その後長久四（一〇四三）年まで四十二年間の長きに亙って実資は右近衛大将の地位にあったのである。

実資が『小右記』に書きとどめた道綱の多くの失錯と「僅書名字、不知一二者也」（長徳三（九九七）年七月五日条）や

「一文不通之人」（寛仁三〈一〇一九〉年六月十五日条）として道綱の無知文盲を言い、侮蔑、罵倒する。さらには長和二（一〇一三）年二月三日条では、長年公役を勤めない道綱を尸位素餐《しいそさん》の例として非難しているのである。[注(17)]

こうした実資の悪口雑言は、右大臣顕光に対しても、例えば長和五（一〇一六）年一月二十九日の三条天皇譲位、敦成親王（後一条天皇）受禅の践祚儀に際して、[注(18)]固関勅符に関する政務手続の順序を誤ったことを、「今日作法前後倒錯、聊記其事、筆毫可刊、只是略記、卿相出壁後嘲咲」（二十五日条）と、辛辣な批判を浴びせているから、小野宮流を背負い余程の自信と気概があったのであろう。[注(19)]

確かに実資は政務処理能力に長けていたのであろうが、顕光は長和五（一〇一六）年には七十三歳の高年齢でもあり、老害として考えられなくもない。そして実資自身も『春記』長久元（一〇四〇）年十二月十日条によると、老齢で行幸に供奉できずにいるが、「天之所授有期歟」として、終身右大将を辞さない覚悟のようで、「此事天下之人多以謗訕」とある。その上諸事擁滞して、まさに老害この上ない事態に立ち至っているのである。時に実資八十四歳で、「彼右大臣已老衰人也」と『春記』には記してある。

加齢による物忘れ、痴呆あるいは手に負えない意固地さは、ある面いたしかたのない症状なのかもしれないが、四十五歳の時の右大将道綱としての失態が、『小右記』長保元（九九九）年七月九日条に記されている。それは東宮居貞親王行啓の際、東宮大夫であった道綱が右大将でもあったことを失念したのか弓箭を帯びていなかったので、諸公に嘲哢されたということである。実はその前年の長徳四（九九八）年七月二十日、道綱は辞書を上表したようなのだが、許可されなかった（公卿補任）訳で、長保三（一〇〇一）年七月十三日まで足掛け五年間、右大将の任にあったのである。

道綱の場合、公事が苦手なことは父兼家譲りの一面もあるが、その政務処理能力や資質を問う以前に、事にむかう気力の欠如こそ問題とすべきであって、左近衛少将から右近衛大将へと一貫して近衛の将官コースを歩んできた足跡が、『蜻蛉日記』天禄元（九七〇）年三月十五日、内裏の賭弓に参加した道綱が射手として活躍して以来、多少とも秀でていると思われる武芸的側面に由来する可能性をみたが、さらに次節で述べる武門源氏[注20]である源満仲・頼光父子との接点をみることによって、あるいは道綱に武闘派的資性があったかもしれないのである。

それはともかく、紫式部が現実に目にした右大将は道綱ではなく実資であったことは、『紫式部日記』寛弘五（一〇〇八）年十一月一日敦成親王五十日儀の祝宴で、式部は右大将実資に好感を持って接していて確実だが、『源氏物語』葵巻での新斎院に供奉する右大将光源氏の、まばゆいばかりの姿への投影は実資像だったのであろうか[注21]。

三　異母弟道長との関係

道綱は異母弟道長と行動を共にすることがしばしばあったようである。前述した寛和二（九八六）年六月の内裏歌合への参加は、父兼家の命ずるところであったろうが、『小右記』永延元（九八七）年四月十七日条に記される投石事件も、その偶発性に些か疑問の余地が感ぜられなくもないのである。

それは、賀茂祭の見物に於いて、右大臣為光の車の前を右近中将道綱・左近少将道長が車に乗ったまま横切るという非礼があって、そのため為光の雑色が車が壊れるほど石を投げつけたという事件である。両亜将が父摂政兼家に訴えたため、為光の家司が申文と過状（詫状）を提出した上に、為光自身も事の成り行きを心配して夜中兼家邸に赴いて謝ろうとしたが、異母兄兼家は会わなかったらしい。その後、『小右記』五月二十一日条によれば、為光の賀茂社参詣に当事者の道綱と道長が供をすることで和解、為光も志としてそれぞれに剣一柄を贈ることで一件落着となったようなのである。

この事件は、一条朝になって本格的な兼家政権の始動を意味する点で、いわば象徴的な事件となり得るのであろう。

言い換えれば、摂政兼家と異母弟右大臣為光（雅子内親王腹）との政治的な位地関係を測り得る事件だったと言い得るのである。つまり、山本信吉は、事の発端を「道綱・道長の軽率な行動」[注22]（二一三頁）とする偶発的事件との認識で、この件で険悪な事態にしたくない兼家は、為光の賀茂社参詣に際し、「為光に対する失礼を詫びるため供に」（二一四頁）道綱、道長を従わせたとする。これは太政官の掌握を未だ為光の力に頼らざるを得ない政情認識を示し、永祚元（九八九）年二月二十三日に、道隆が内大臣に、道兼が権大納言に任命されるに及んで、「兼家にとって太政官の運営をその子息を中心として行う体制がようやく整った」（同）とした。しかし、『小右記』に見える為光の行動にはいかにも卑屈さがにじみ出ているといえよう。わざわざ訪ねてきた為光を追い返し、家司・雑色長等に召名の処分を下す処置は、兼家の方に事態を穏便に収めようとする気配が微塵も感じられないのである。これは為光にとっては、今井源衛が言うようにまさに屈辱であったに違いないであろうし、剣を贈るもの「甥の御機嫌とりに専心努めている」[注23]（二一五頁）と判断でき得るのである。

前述したように寛和二（九八六）年には花山天皇出奔・出家事件があった。その誘因に為光二女、弘徽殿女御忯子の死があったことは誰もが認めるところである。山本氏も前掲論考に於いて以下のように述べている。

> 女御忯子の死去と花山天皇の突然の退位・出家は、将来に可能性が予想された為光の執政への道を閉ざしたが、一条天皇を擁して権力を確立した兼家にとって、為光の存在は政権の維持・運営にとって欠くことができない重要性を持っていた。執政としての兼家の最大の弱点は、左大臣源雅信に対抗し、兼家の意を帯して議政官として太政官の運営に当る信頼すべき公卿が乏しかったことである。前述したとおり子息道隆・道兼・道長らは、いかに兼家がその昇任を計ってもまだ若年であり、経験も浅く、大臣への途は遠かった。前述のとおり兼家が摂政就任時の大納言は藤原為光、源重信、権大納言は藤原朝光、同済時の四人で、このうち公事にも練達し、信頼が置

けると考えられたのが藤原為光であった。このため兼家は為光を自身の後任の右大臣とし、左大臣源雅信と拮抗させながら、太政官の掌握に務めたと思われる。（二一一頁）

確かに異母弟為光は、兼家にとって政権の維持、運営上、必要な人材であったに違いなかろうが、確執のあった実兄兼通に重用されていた為光の心底を見極めることも重要なことであったろう。花山天皇の退位が、懐妊していた忯子の死去よりも、為光から全てを奪ったことになりはしまいか。注(24) そしてこの早すぎた退位への疑念はなかったのであろうか。

歴史にはもしもという仮定は成り立ち得ないが、花山天皇が在位していれば、為光には忯子を含めて美しい五人の娘がいたから、花山が忯子の俤を慕うならば、そういう三女以下の娘の入内も可能性があったはずだ。忯子薨後五カ月の寛和元（九八六）年十二月五日には為平親王女婉子が入内していたし、注(25) 村上天皇が寵愛する安子の没後、妹登子を入内させ寵遇したことを、兄弟である兼家は間近に知っていた。だからこそ、忯子の死によって道心の深まった花山天皇をいっきょに退位に追い込む必要があったと考えたい。その後の為光に少しでも疑念があったならば、「兼家に対して意を尽して奉仕」（山本前掲書二一三頁）することはなかったであろう。

為光の娘は、こうして政治的事件にいやおうなく関わっていく。まさに退位した花山法皇が第四女に通うこととなり、第三女に通っていた内大臣伊周は、注(26) 法皇の相手がてっきりこの三女と誤解し、実弟隆家が矢を射かけるという、いわゆる花山法皇奉射事件が起きたのである。この不敬事件が、伊周・隆家配流の理由の一つとして挙げられている（小右記）。実はこの事件が、道長と伊周（道隆息）、叔父甥の主導権争いとして史上に現象しているのであり、奇行が目立つ花山は二度も政治上の掛け引きに利用された感が強いのである。注(27)

長徳二（九九六）年、花山法皇奉射事件によって内大臣伊周は大宰権帥へ、また中納言隆家は出雲権守に左降される。

その決定が四月二十四日のことだから、四十二歳の道綱が中納言に補任されたのも同日で、形の上からは隆家の跡を襲ったことになる。ただ長徳元年夏には疫病が大流行し、関白道兼以下、左大臣源重信、大納言朝光、済時、権大納言道頼等、納言以上の公卿が七名（糖尿病の道隆を除く）も薨じているから、そうした混乱状態に乗じた道長による覇権奪取と特異な人事異動であったともいえる。とりわけ身内たり得る二十五歳の道頼の死は、道長にとっても痛手であったはずだ。道頼は道隆の一男だが、伊周、隆家そして定子とも異腹（母藤原守仁女）で、父に疎まれ、祖父兼家が可愛がり猶子としていた、将来を嘱望される若き貴公子だったのである。注(28)

父兼家に重用された源時中がいるにしても兼家にとっての為光のような身内的片腕が道長にも必要であったに違いなかろう。みずからを内覧にとどめることで太政官にも目が行きとどく立場を工夫したが、注(29)政権運営にはいかにも持ち駒不足という感は否めないだろう。そこで凡庸でも従順な身内である異母兄道綱を参議から、上卿となり得る中納言にとりあえず登用したというのがおそらく実情で、その太政官としての力量を評価した訳ではなかろう。長徳三（九九七）年に左大臣道長、右大臣顕光、内大臣公季（宮腹で道長の叔父）という顔ぶれで政権運営が始まることとなる。注(30)道綱は右大将を長徳二（九九六）年十二月二十九日、二十七日に辞任した顕光から受け継ぎ、さらに長徳三（九九七）年七月五日には大納言に補任されると同時に内大臣となった公季にかわって東宮大夫も引き受けることになる。

道綱が大納言に補任された時、『小右記』記主実資が、前述した如く名字ぐらいしか書けない者と道綱を蔑んだのである。しかし、長徳元（九九五）年から三（九九七）年までは政変といっていい混乱期で、そうした実資の個人的憤慨ないし嫉妬をはるかに越える政情にあったといえよう。注(31)

当時、権中納言兼右衛門督であった実資とて、長徳元（九九五）年四月二十五日から翌二（九九六）年九月二十五日まで検非違使別当として伊周・隆家追捕に関わっている。注(32)

別当実資は一条天皇から直接命を受けて、捜検等の指示にあたったようである。長徳二（九九六）年四月二十四日、伊周を大宰権帥、隆家を出雲権守に追下すべき仰せがあったが、両名は定子中宮の御在所である二条北宮に隠れ潜み従わない。五月一日に至って、警察機構の実動部隊である検非違使が定子御所に突入し、隆家を捕えるが、伊周は愛宕山方面に逃亡したらしい。注(33) 同日の『小右記』には「右大将以下諸卿候雲上、余詣右府宿所、謁談之後、黄昏退出」とあって、実資は右大臣道長とも相談の上、事にのぞんでいる様子を伝える。前の別当で右大将である顕光も常に参内して対処していたようである。こうした動向に照らしてみれば、道綱が同年十二月二十九日に顕光に替って右大将に任用されるのも、この一件が落着した後であった。

晩年道長に「至愚之又至愚也」と罵倒された顕光と道綱との関係は、私的には微妙で、道綱が「不レ異二禽獣一者也」と非難された周知の『古事談』（第一、王道后宮）の逸話がある。宮中の酒席に於いて舞を舞った大納言道綱が冠を落とす失態を演じた時、右大臣顕光の嘲詞に対して、「妻ヲバ人ニクナガレテ」と顕光の北の方と密通した旨の暴言を吐いたということである。注(34) この話自体は、後世に無能の烙印を押された両人の目屎鼻くそを笑う類の掛け合いと見做せば事足りるが、問題は道綱に長保二（一〇〇〇）年七月、兼経が誕生し、その母が道長の正妻倫子と同腹の妹だということだ。

道綱と倫子妹（源雅信女）との結婚は、『栄花物語』（巻七「とりべ野」）によると、道長と倫子とが積極的に推しすすめたらしい。結婚の時期は未詳だが、従来道綱の前妻が、長徳四（九九八）年八月に死去していて、その喪明け後の結婚として考え、なお倫子妹も兼経出産後亡くなっているから、その間わずか一年程の結婚生活であったとする。しかし、『栄花』（同）には「御仲らひなどのいとめでたう、この北の方の御ゆかりに世のおぼえもこよなかりつる」注(35) と記されるところからすれば、倫子ともどもの雅信家とのつながりによって得た信用評価があったはずで、既に大納言兼右大将となっていた道綱にとって、それはどのような「世のおぼえ」だったのか些か疑問がなくはない。

その上、従一位左大臣源雅信は、正暦四（九九三）年七月二十九日に七十四歳で薨じているから、むしろ身寄りのない妹を安じた姉倫子の配慮による結婚とも考えられよう。そして、長保元（九九九）年には雅信七周忌法事が『御堂関白記』（七月二十九日条）に記されることになる。参列者は次の面々であった。


右大将（道綱）・源大納言（時中）・藤宰相（懐平）・源宰相（俊賢）等、殿上人多来、俸物有所々、

（大日本古記録本）


道綱を冒頭に記す理由は、雅信の娘である倫子妹の婿であったからであろう。それにしても平安時代の上流貴族にとって複数の妻の元に通うことに何らの障碍もないから、道綱と倫子妹との結婚を、道長と倫子とが結婚した永延元（九八七）年十二月十六日以後、雅信が薨ずる正暦四（九九三）年までの間とすることも一案だが、それではまた仲睦じい二人の間にいつまでも子が授からないことにもなり確定はできないようである。ともかく顕光のことを語らない『栄花』の意図と、生まれた兼経を道長の猶子とした事実は、道綱を取り込もうとする道長側の意図を感じさせよう。

雅信七回忌の翌月、八月四日には去年他界した道綱の妻の周忌法事が法興《ほこ》院に於いて行われている（小右記）。この妻は、いったい誰なのであろうか。一男道命の母源広女なのか、それとも二男斉祇の母藤原季孝女（？）なのであろうか。坂本共展は、父兼家が自邸二条院を仏寺にした法興院に於いて、「多数の公卿の参会のもとに」行われるのは、「大納言春宮大夫室・前関白女の為に相応し」いとして、貴子腹ではない道隆の娘なのであろうとした。注(36) その道隆女には第三男子兼宗が誕生したが、彼と第四男子兼経以外の道綱の子女たちが、道長政権下に於いて如何なる境遇、立場にあったのかということを、むしろ本稿では考えていきたい。

それは、『紫式部日記』冒頭、土御門邸に於ける道長女中宮彰子の安産祈願である五壇の御修法の場面に立ち現わ

れている。寛弘五（一〇〇八）年七月二十日の未明のことである。

斉祇《さいさ》阿闍梨も、大威徳をうやまひて、腰をかがめたり。人々まゐりつれば、夜も明けぬ。……（道長と式部との女郎花を交えての歌のやりとり）……しめやかなる夕暮に、宰相の君とふたり、物がたりしてゐたるに、殿の三位の君、すだれのつまひきあげてゐたまふ。（萩谷朴『紫式部日記全注釈』角川書店、昭和46〈一九七一〉年）

大がかりな修法の模様を、観音院の僧正、法住寺の座主そして浄土寺の僧都と名だたる高僧の姿を動的に写し描いた後に、五壇の西壇の大威徳明王を腰をかがめて礼拝している「さいさ阿闍梨」に目をとどめて、その描出を終えている。萩谷朴は「さいさ」は「さいき」の誤写と考証され、阿闍梨の名を「斉祇《さいぎ》」と認めるに至っている。つまり、道綱の二男斉祇なのだが、この場面で式部が目を止めている理由は、道綱の二男だからというのではなく、親密な「宰相の君」の姉弟だからというに他ならない。とどのつまり宰相の君も道綱の娘で豊子なのである。

豊子が「宰相の君」と呼称されるのは、父道綱が参議であった正暦二（九九一）年から長徳二（九九六）年までの間に、彰子に仕えるようになって宰相の女房名を得たのであろうし、また出産直前に殿の北の方倫子とともに几帳の内に控えた時には「讃岐の宰相の君」と記されるのは、当時の夫である大江清通が讃岐守であったからであろう。

豊子が道長家に仕える上臈女房の処遇を受け、従妹彰子に近侍するとともに、その出産を間近に見守り、皇子（敦成親王）誕生後の御湯殿の儀では産湯使いの役を果たすという重要な役回りを任されていて、余程の信頼を得ていたことが知られる。さらに生誕当日に於いて「讃岐の」とわざわざ紹介される意味も、夫の存在を示すばかりではなく、五十日の祝儀に於いて禁色を許された「少輔の乳母」が、『栄花物語』（巻八「はつはな」）の「讃岐守大江清通が女左衛門佐源為善が妻」[注37]と対照されて、豊子の娘である可能性があるからである。[注38]

一方、斉祇は、最年少、最下臈の阿闍梨でありながら、観音院僧正勝算の門弟であったことでもあり、この五壇の御修法に加わることになったのであろうが、『紫式部日記』冒頭場面で、道長と息頼通（殿の三位の君）父子の栄華を形作る敦成親王（後一条天皇）生誕の場にしっかりと据えられ、道綱の子女として豊子とともに道長の権勢が及ぶ境遇にあったということである。

ところで、萩谷朴は斉祇の年齢を二十六歳と考証するから、[注39] 倫子妹のお産の折、故源雅信の一条殿を避け、吉方ということで「中川の某阿闍梨」の別宅に移ったと『栄花』（巻七「とりべ野」）には記されていたが、それは長保二（一〇〇〇）年であって、八年前のことだから、その「某阿闍梨」が斉祇ということにはならない。倫子妹が必ずしも道綱の近親者を頼らなければならないということはないが、「某阿闍梨」とは道綱一男道命であった可能性が大いにあるのである。道綱母は天延元（九七三）年八月、中川に転居していたのであった。

道綱の一男道命は、花山天皇に殿上童として近侍していた。父道綱が寛和二（九八六）年の花山天皇出奔事件に於いて果たした役割は前述したが、『日本紀略』（寛和二〈九八六〉年六月二十三日条）に拠れば、花山天皇の剃髪入道の師が権僧正尋禅であって、その尋禅に尋光（為光息）らとともに道命は花山の後を追って入室したらしいのである。三保サト子の指摘に拠れば、この時、道命は十三、四歳で、長保三（一〇〇一）年十一月一日に道命は延暦寺摠持寺最初の阿闍梨に補せられたのであった。[注40] 道命が二十八、九歳の時阿闍梨となったから、兼経誕生の一年後となって『栄花』に「某阿闍梨」と記されるためには年紀的には矛盾となり得るが、『栄花』作者が後に阿闍梨となった道命をこう書き記すことは有り得よう。[注41]

仏門に入った道命に何故これほど拘泥するのかというと、父子がともに三条天皇（母兼家女超子）にも関わるからである。[注42] 道綱は長徳三（九九七）年七月五日、大納言兼右大将となるが、道長政権下となって誰も引き受け手がいない花山天皇の異母弟である東宮居貞親王（三条天皇）の大夫も兼ねることとなり、寛弘四（一〇〇七）年一月二十八日には東宮傅に転じたのである。東宮傅はふつう大臣の任とすべき名誉職だから、伊藤博が言うように、「表面的には、道長は道綱を一家の長老として遇していた」といえよう注(43)。

敦成親王五十日儀に於いて傅大納言道綱も参会していたはずだが（小右記）、『紫式部日記』には右大将実資や左衛門督公任との戯れが叙されてはいたが、道綱はその名さえ記されることはなかった。しかし、寛弘七（一〇一〇）年一月十五日の彰子所生二宮敦良親王五十日儀には、「簀子に、北むきに西を上にて、上達部、左、右、内の大臣殿、春宮の傅（絵巻本文）、中宮の大夫《（斉信）》、四条の大納言《（公任）》、それよりしもは、え見はべらざりき」とあって、左大臣道長、右大臣顕光、内大臣公季、春宮の傅道綱と順列を違えず書き、日記は結尾にむかうが、豊子自身が敦良親王の乳母であったから注(44)、この道綱の日記末尾の登場は、冒頭の斉祇への注視が宰相の君豊子への関心と連動してあったことと首尾照応される訳である。

その寛弘七（一〇一〇）年一月二十六日条の『権記』には、「此暁更傅殿姫君亡去」と記されていて、このため除目が延期となったという。いったいこの姫君の母は誰なのであろうか。同じく『権記』長保三（一〇〇一）年三月二十七日条には、「右大将姫君著裳」とあるから、この姫君が他界したということなのだろう。前述したように、道綱は長保二（一〇〇〇）年七月に北の方（倫子妹）を亡くしていて、その子兼経の乳母となった弁の君とも関係をもっていた注(45)。しかし、着裳という限りに於いては、この時点で幼くとも十一、二歳の姫君が道綱にはいたということなのである。

前掲三保サト子「道命阿闍梨伝考」は、道命家集中に「いもうとのうせ給へる」とあるのを、この亡くなった姫君と考え、さらに姫君の母が源頼光の娘である可能性をいう。従来、道綱が頼光の婿となるのは、正妻倫子妹没後のこととするから、例えば二、三年後に結婚して直に姫君が誕生したとしても、この亡くなった姫君はせいぜい六、七歳である。寛弘七（一〇一〇）年に前記推定から道命の年齢は三十七、八歳で異腹の幼い妹への哀傷歌が家集に載る。それにしても結婚を前提とする通過儀礼である着裳した姫君は、この頃二十歳程になっているはずだし、他に道命には「はらから」（豊子か）もいて、道綱には史料的に確定できない不明の子女がいるということであろう。

幼い姫君が頼光の娘と道綱との間に誕生していたとすると、道命がその姫君を知っているという現世的な関わりをもつ。そしてその場が頼光邸であった可能性が大きいのである。『小右記』長和二（一〇一三）年六月二十三日条に「彼中宮大夫住二頼光宅一、依レ為レ聟」とあり、さらに長和五（一〇一六）年二月十日条にも「一昨祭使従二大納言道綱家一条頼光家一出立」とみえ、道綱は本宅の大炊御門邸には居ず、頼光の娘婿となって一条頼光邸に住んでいた。その一条邸は、もともと藤原倫寧の邸宅であって、道綱が生まれ育った家であり、母をはじめ理能・長能兄弟が康保四（九六七）年の十一月まで住んでいた所なのである。注(46) その上、倫寧と頼光は従兄弟関係にあったのだから、道綱が婿となって頼光邸に住むというのも至極道理なのである。

道綱が頼光の娘婿となったのは、姫君誕生との関係で、長保四、五（一〇〇二〜三）年頃と推定していて、注(47) それはちょうど道綱が東宮大夫であり、頼光がその部下の東宮大進であった時期である。周知の如く、源頼光とその父満仲一統は、花山天皇出奔事件そして伊周配流事件に於いて常に関わった武装集団である。注(48)

実は、『大斎院前御集』の「実方の兵衛佐の懸想する満仲が女を、道綱の少将得つ」と『道綱母集』との関連によれば、満仲の娘を実方と争い、左近少将道綱が母の代作歌によって求愛に成功したらしいのである。注(49)『蜻蛉日記』天延元（九七三）年四月二十三日には、源満仲邸が盗賊団に襲われ、放火されたことがみえる。一条にある作者の家と満仲邸が近くにあったのだが、そのおおよそ十年後ぐらいのことなので、ちょうど花山天皇出奔事件があった寛和二（九七三）年の二、三年程前ということになろう。

つまり、頼光を道長に推挽したのは道綱の可能性があり、頼光は美濃等の国司を歴任して蓄えた財力をもって、寛弘年間に於いては既に道長の家司受領的存在となっていた。長和五（一〇一六）年のことだが、土御門邸が七月に焼亡し、その再建に際し、伊予守であった頼光が新邸の家具調度類の一切を献上したことなどは、その最たるものであろう（小右記、六月二十日条。栄花物語、巻十四「あさみどり」）。さらに、一条邸の購入も娘婿の道綱のためというふうに考えるのが妥当で、その時期は寛弘年間を想定しておこうと思う。

道綱や頼光が官職として三条天皇（居貞親王）の傍らにあったからといって、それは摂関家である道長の意向を反映してのことと捉えておくべきであって、三保サト子の言うような三条天皇の近臣群を形成していた訳ではあるまい。しかし、いっけん外から見れば、そうした近臣群と錯覚することはあり得よう。「寛弘六年冬傅大納言道綱歌合」[注50]に道命が参会し、道命との交渉が拓けていくのもこうした点にあったのであり、三条天皇が悪化する眼病の平癒に道命一人を召して読経させる（小右記、長和四（一〇一五）年閏六月十二日）ということも、三保氏が指摘するように、道長を慮って天皇のために祈る僧がいなかったからである。だからといって、三条天皇と道長との不和軋轢が即位当初からあったのではない[注51]。

道長は娘の尚侍妍子を三条天皇即位の一年前、寛弘七（一〇一〇）年二月二十日に入内させている。そして御子誕生前に妍子を中宮として、中宮であった彰子を皇太后に、皇太后であった遵子が太皇太后となったのが、寛弘九（一〇一二、十二月二十五日長和に改元）年二月十四日のことであり、同日道綱は中宮大夫を引き受けることとなった[注52]。

寛仁元（一〇一七）年六月二十七日のことだが、妍子は亡き三条天皇の四十九日の法事の帰りに三条の源済政邸に渡御した。三条院の近くにあったことと済政が従兄妹関係にあり日頃話し相手となっていたというのが朧谷寿の推論だが[注53]、むしろ倫子の甥済政も頼光の娘婿であって、済政邸も頼光が買い与えていたという憶測の方が信憑性があろう。『御堂関白記』寛仁元（一〇一七）年五月二十四日条に、「頼光朝臣非時、以絹・紙・折櫃物等也、雖物忌参院、定御法事」

とみえ、三条天皇の法事のことを定めたとある。もちろん六月十三日の「院五七日御法事」のこととも考えられるが、いずれにしても頼光が非時（食事）をはじめ諸事の準備を整えたといえよう。

八月二日、中宮妍子はようやく済政邸から道長の一条邸に移ることになった。家主済政に対して摂政頼通が与える賞を済政は娘婿の定頼（公任息）に譲って、一階を加えて正四位下としたというのである。その定頼と道命との交友が『定頼集』や『道命阿闍梨集』から知られ、とくに後者の詞書には「定頼の少将」とあって、寛弘七（一〇一〇）年三月十五日の石清水臨時祭に定頼が舞人を勤めた時の贈答歌と察せられる。[注54] 定頼は長和三（一〇一四）年十月五日右中弁に中宮権亮を兼ねることにもなっていて、翌長和四（一〇一五）年九月二十日には枇杷殿より還御の中宮御給により亮に昇進している（公卿補任）。

三条天皇および妍子中宮に、東宮大夫、東宮傅そして中宮大夫として奉仕する道綱、さらにその背後にいる頼光[注55]と寛弘から長和にかけて、道命は僧侶としての側面ばかりではなく歌人としての足場を築いていたようなのである。道命の歌才は『蜻蛉日記』作者の孫に引き継がれていたということであろうか。[注56] 道命の三条天皇追悼歌が二首（「あしひきの山郭公このごろはわが鳴く音をや鳴きわたるらん」「いかならん聞かばや死出の山桜思ひこそやれ君がゆかりに」）、『栄花物語』（巻十三「ゆふしで」。巻十四「あさみどり」）に書きとめられている。

道綱は、父兼家の好色性も確かに受け継いだといえようが、母の歌才とは、和泉式部との贈答歌は知られはするものの、だいぶ無縁なようであった。[注57] しかし、この時期の政情に鑑みていえば、異母弟道長が外戚関係を築くことができずにいた三条天皇の東宮時代から近侍し、形としては済時女娍子腹の敦明親王をはじめとする皇子たちへの障壁となり、反勢力化する気遣いのいらない道綱に委ねられていたともいえよう。それを体のよい身内化などということもできようが、幼い頃から培かってきた信頼感が道長の方にあったとも考えられよう。

ともかく『蜻蛉日記』作者に一人子として溺愛され、それが覇気のない人格形成に関わるようなのだが、むしろ幸いして、姉妹の入内などという問題が生じなかったことで、兄弟同士の覇権争いが回避され、道長が道綱を兄としてむかえ入れた大きな要因であったといえよう。さらに加えて言えば、何より花山天皇出奔事件や奉射事件という政変の裏事情に通じていて、その上背後に武門源氏の頼光を抱えているという、いっけん無気味な存在だともいえよう。

道長は嫡妻倫子（源雅信女）と次妻明子（源高明女）とに多くの子女をなすが、[注58] その元服や着裳の儀に関して『御堂関白記』に詳しく記録されている。例えば、寛弘元（一〇〇四）年十二月二十六日には明子腹の頼宗・顕信の元服に於いて、加冠役を東宮大夫道綱と右大将実資とでつとめ、同三（一〇〇六）年十二月五日の教通（倫子腹）と能信（明子腹）の元服では、加冠は右大臣顕光と東宮大夫道綱であった。また明子所生だが倫子の養子（公卿補任、治安二〈一〇二二〉年尻付）となった長家の元服は、寛仁元（一〇一七）年四月二十六日で、加冠は中宮大夫である道綱がやはり務めている。このように道綱が確かな身内《ミウチ》の役割を果たしていることが知られるのである。

寛仁二（一〇一八）年十月七日、道長女尚侍威子が後一条天皇（敦成親王）の中宮に立つと、妍子が皇太后となり、それにともなって道綱も皇太后宮大夫に転じている。[注59] 三条上皇と妍子皇太后とは長い縁であった。『小右記』寛仁四（一〇二〇）年十月十六日条に「入道大納言道綱、去夜入滅」と記される。享年六十六歳である。「あはれなる世の中なり。北の方いみじう思し嘆きたり。頼光もいみじう口惜しきことに思へり」とは、頼光父娘の悲しみを『栄花物語』（巻十六「もとのしづく」）が叙するところであった。

注

（1）坂本共展「紫式部と『蜻蛉日記』」（古代文学論叢第十二輯『源氏物語と日記文学　研究と資料』武蔵野書院、平成4〈一九九

二〉年）

（2）加納重文「寛弘までの道長―道長論前史―」（京都女子大学「女子大国文」116、平成6〈一九九四〉年12月）

（3）陰謀の首謀者はもちろん兼家なので、山本信吉『摂関政治史論考』（吉川弘文館、平成15〈二〇〇三〉年）は『黄葉記』寛元四〈一二四六〉年十月十七日条に記す兼家を摂政に任じた詔書の中に「皇太子未レ親二万機一之間」とあるのを示し、「詔中一条天皇を幼主と表記せず、皇太子としていることは、この詔が、一条天皇の践祚以前に花山天皇の退位を事前に予測し、円融法皇と兼家との間で用意されていた詔であったといえよう」（一八一頁）とする。つまり周到に準備されていた陰謀といえよう。

（4）加茂正典『日本古代即位儀礼史の研究』（思文閣出版、平成11〈一九九九〉年）「平安時代における践祚儀（覚書）―剣璽渡御を中心として―」の調査に拠る。但し加茂氏はこの一条天皇への渡御を受禅践祚の例としている。その場合も剣璽奉献者が内侍ではなく左右近衛中将となるのが、後一条天皇、堀河天皇、高倉天皇、安徳天皇の時である。ただ本事例は特異例である。

（5）『愚管抄』の引用は岩波大系本（一六八頁）からで、片仮名を平仮名に改めた。

（6）今井源衛『花山院の生涯』（桜楓社、昭和46〈一九七一〉年、改訂再版）一二七頁。

（7）萩谷朴『平安朝歌合大成　二』（同朋舎、復刊昭和54〈一九七九〉年）六〇五頁。

（8）増田繁夫『源氏物語と貴族社会』（吉川弘文館、平成14〈二〇〇二〉年）九一頁。

（9）『蜻蛉日記』には道綱母が養女をむかえるのも表面的にはその娘を入内させ、后妃ともなれば、道綱の栄達に関わるとの判断からであろう。

（10）射手三人が三度射ることが儀礼のようだ。なお『春記』長暦三〈一〇三九〉年十二月二十七日条に、同じく弓場始の折、

「左少将定房候御剣」とある。近衛少・中将の役目なのであろう。

（11）川田康幸「『栄花物語』における藤原道綱像―その叙述の特色―」（『信州豊南女子短期大学紀要』8、平成3（一九九一）年3月）

（12）笹山晴生『日本古代衛府制度の研究』（東京大学出版会、昭和60（一九八五）年）。以下、同氏の説の引用は同書に拠る。

（13）水野隆「兼家―蜻蛉日記から見た冷泉朝における兼家―」（『一冊の講座蜻蛉日記』有精堂出版、昭和56（一九八一）年）。なお兼家と登子との不和の原因を、従来考えられている兼通ではなく伊尹への登子の接近とする。

（14）安和の変に兼家が直接関わったことを示す史料はないが、山中裕『平安人物志』（東京大学出版会、昭和49（一九七四）年）「藤原兼家」は「兼家が師尹《ママ》とともにこの事件に何か力をかしていることは否定出来ない」（五三頁）とする。ママとした「師尹」は文脈からして「伊尹」のはずで、筆者はそのように解して引用した。

（15）山中裕前掲書は、この『大鏡』の逸話を円融天皇の蔵人で伊尹の家司であった平親信の『親信卿記』に「前宮遺命」とあることをもって裏付けとして史実と認められるとする。それを朧谷寿『藤原氏千年』（講談社現代新書、平成8（一九九六）年）が「伊尹の遺命」（九八頁）とするのは不可解である。

（16）伊藤博『蜻蛉日記研究序説』（笠間書院、昭和51（一九七六）年）「蜻蛉日記と藤原道綱」に付される「藤原道綱年譜」によって大略確認できる。なお『小右記』『御堂関白記』は東京大学史料編纂所「平安遺文フルテキストデータベース」によって検索可能である。

（17）『小右記』の随所に見られる道綱の失儀に関して、「道綱の母方の祖父、藤原倫寧は小野宮実頼の家司であり、その孫の道綱の下方に立つことは実資にとって耐え難い屈辱だった」（松原一義「『小右記』とその周辺の文学」〈稲賀敬二編著『論考平安王朝の文学　一条朝の前と後』新典社、平成10（一九九八）年〉）とは誰もが認めるところだが、その上で前掲伊藤博論考（「藤原道綱伝―蜻蛉日記の基礎的研究として―」〈『平安文学研究』昭和43〈一九六八〉年12月〉）は「実資の強い対抗意識のなせるわざ」と考え、また前掲川田康幸論考では道綱に官を二度も超任されたことを主体に考えている。

(18) この時の剣璽使は、実資男左中将資平が宝剣を、右中将源雅通が璽箱を持ち務め、左大臣、左右大将が相副い、皇太子敦成の居る土御門邸にむかう（小右記）。なお『御堂関白記』一月十三日条には、道綱以下の上達部が道長邸に参集して譲位並び即位の事を定めたとある。

(19) 大津透『日本の歴史第6巻　道長と宮廷社会』（講談社、平成13〈二〇〇一〉年）は、顕光の失錯は枚挙にいとまないとして当例を挙げ懇切に説明している。なお寛仁三（一〇一九）年六月、実資が上卿となって顕光、公季両大臣が二年間処理できずにいた十三カ国の諸国申請雑事を見事に陣定で処理したことを紹介している。

(20) 軍事貴族などという呼び名で知られるところだが、元木泰雄『源満仲・頼光』（ミネルヴァ書房、平成16〈二〇〇四〉年）に拠る武門源氏という用語を使う。

(21) 坂本共展「右大将源氏の本官」（『中古文学』54、平成6〈一九九四〉年11月）は、葵巻の光源氏の官職を右大将に東宮傅を兼ねるとし、この官職例の準拠を長徳元（九九五）年八月二十八日、二十二歳で東宮傅に任ぜられた内大臣伊周ではないかとする。

(22) 山本信吉前掲書。

(23) 今井源衛前掲書。

(24) 為光一女の婿権中納言義懐も花山を追って出家してしまう。

(25) 中村康夫「花山天皇出家事件と為平親王の野心―栄花物語と大鏡との比較から―」（『講座平安文学論究　第七輯』風間書房、平成2〈一九九〇〉年、のち『栄花物語の基層』風間書房、平成14〈二〇〇二〉年）は、この入内を叔父である為平が花山の心を慰める方法としてあったとする。

(26)『栄花物語』(巻四「見果てぬ夢」)に「寝殿の上とは三の君をぞ聞えける。御容貌も心もやむごとなうおはす」とある。角田文衞『平安人物志　下』(法蔵館、昭和60〈一九八五〉年)「為光の娘たち」に詳しい。

(27)後年為光第三女は隆家と結ばれ、また第四女は花山崩後、道長の妾妻となっている。あくまで真相は闇であるが、奇怪な結果の背後に、花山院の別当(坂本共展前掲注(1)論考)であった道綱が絡み、隆家の裏切り等を想定すれば、伊周排斥という陰謀の匂いを嗅ぎとることもできよう。但し土田直鎮『日本の歴史5　王朝の貴族』(中央公論社、昭和48〈一九七三〉年)、山中裕『平安時代の古記録と貴族文化』(思文閣出版、昭和63〈一九八八〉年)の両碩学は陰謀説を否定している。

(28)道隆と高内侍貴子との結婚に兼家は不満であったらしいが、貴子に三男四女が誕生したことが幸いしたのであろう。花山天皇出奔事件に道隆が協力しないのも、この時期父兼家との間に確執が生じていたとも考えられる。また前記しなかったが、為光の賀茂社参詣に道綱、道長とともに右少将道頼も同行して剣一柄を贈られている。

(29)森田悌『平安時代政治史研究』(吉川弘文館、昭和53〈一九七八〉年)は「正式の摂政・関白になると官符作成の上卿になれないのに対し、内覧であれば、それが可能であることから」とする。

(30)公季は兼家にとっての為光の立場となり、のち太政大臣にまでなるが、実権のある兼家や道長に反意するところがない。

(31)長徳二(九九六)年のみを〈長徳の変〉とする限定認識にはない。なお朧谷壽「摂関時代と貴族―文人貴族の地方官に触れて―」(『歴史物語講座第七巻　時代と文化』風間書房、平成10〈一九九八〉年)は、実資を越任しての道綱の任大納言を「家格」という用語で説明するが、賛意しがたい。

（32）権中納言兼衛門督の使別当となるケースが多いことは、久下「蔵人少将について—王朝物語官名形象論—」（王朝物語研究会編『論叢狭衣物語2　歴史との往還』新典社、平成13〈二〇〇一〉年。のち『王朝物語文学の研究』武蔵野書院、平成24〈二〇一二〉年）で指摘した。その際藤原顕光を源顕光と誤植した。ここに訂正しておく。実資の前任者が顕光であった。

（33）この間の模様は、山中裕『平安時代の古記録と貴族文化』（前掲）「第四章『御堂関白記』と『栄花物語』」及び倉本一宏『摂関政治と王朝貴族』（吉川弘文館、平成12〈二〇〇〇〉年）「第五章　藤原伊周の栄光と没落」に詳しい。なお『小右記』長徳二（九九六）年五月二日条の「先是右大将宰相中将候陣」を前記「平安遺文フルテキストデータベース」で検索すると「宰相中将（藤原道綱）」と出る。この宰相中将は藤原斉信であろう。斉信は同年四月二十四日参議となる。

（34）顕光は、娘承香殿元子が源頼定に密通された事があるので、余計道綱の暴言は心底に達したことであろう。なお源頼定は綏子との密通も知られる。

（35）倫子妹が道綱の正妻であることは『権記』（長保二〈一〇〇〇〉年七月二日条）にも「右大将殿北方昨日亡」とあり「北方」と記されていることからも明らかである。

（36）坂本共展前掲注（1）論考。

（37）萩谷朴の見解に従い、小学館新編全集『栄花物語①』は頭注（四一八頁）に於いて源為善を不審とし、『更級日記』勘物の「橘俊通但馬守為義四男、母讃岐守大江清通女」を挙げ、『小右記』七月十二日条に左衛門権佐とみえる橘為義ではないかとする。

（38）新田孝子「『紫式部日記』の女官名称—〈弁の宰相の君〉の問題—」（『日本文芸思潮論』桜楓社、平成3〈一九九一〉年。のち『栄花物語の乳母の系譜』風間書房、平成15〈二〇〇三〉年）。なお若宮の御佩刀を奉持した「弁の宰相の君」を、通説に反して豊子と別人とする指摘がある。また前記「少輔のめのと」の夫が橘為義であることを疑問視している（後著五一二頁）。豊子については次の本書第四章参照。

（39）萩谷氏は『紫式部日記全注釈』（八六頁）に於いて豊子の出生を天元三（九八〇）年とし寛弘五（一〇〇八）年現在、二十九歳と推定しているが、二十六歳の斉祇を「豊子の兄」（六〇頁）とする矛盾を犯す。また坂本氏は豊子を天元二（九七九）年の誕生とし、道命と同腹と考えている。

（40）三保サト子「道命法師伝考―飯室妙香院をめぐって―」（稲賀敬二編『源氏物語の内と外』風間書房、昭和62〈一九八七〉年）

（41）『栄花』前篇の作者に挙げられる赤染衛門の集に道命が亡くなって後、法輪寺を訪れて詠んだ歌一首が載り、その詞書に「道命阿闍梨なくなりてのち、法輪にもうでたりしに、すみし坊にさくらの咲きたりしをみて」とある。

（42）三条天皇と道命との関わりは、三保サト子「道命阿闍梨伝考―晩年の軌跡―」（前掲『論考平安王朝の文学』）に詳しい。以下、同氏の説の引用は同論に拠る。なお正暦四（九九三）年五月五日東宮居貞親王帯刀陣歌合には『道綱母集』の「歌合に、卯の花」とある以下十首の題が一致し、その中五首が存する。道綱母の代作歌だが、道綱より道命の方が可能性があろう。

（43）伊藤博注（16）前掲書。

（44）新田孝子前掲書は「乳付や湯殿の義に奉仕した女官も、乳母と指呼され」（五一三頁）る可能性を言い、敦成と一歳違いの敦良の湯殿の儀に於いて「共御湯宰相乳母傅女子」（御堂関白記、寛弘六〈一〇〇九〉年十一月二十五日条裏書）によって宰相乳母が東宮傅道綱の女子、つまり豊子だとする（五一九頁）。

（45）新田孝子前掲書一三六〜一三九頁。

（46）角田文衞『王朝の映像』（東京堂出版、昭和45〈一九七〇〉年）及び朧谷寿『源頼光』（吉川弘文館、昭和43〈一九六八〉年）、（『平安貴族の邸第』吉川弘文館、平成12〈二〇〇〇〉年）

(47) 前掲朧谷（鮎沢）寿『源頼光』は道綱と頼光女の結婚は長保二（一〇〇〇）年から寛弘元（一〇〇四）年の間とする。

(48) 摂津多田庄で数百人の武士団を率いていたといわれる。花山天皇出奔事件では道兼を護衛し、伊周配流事件では諸陣の警護にあたった。なお安和の変に於いては満仲は密告者だが、その弟の検非違使源満季が活躍している。

(49) 木村正中・伊牟田経久『小学館完訳日本の古典　蜻蛉日記』。また菊地靖彦「『蜻蛉日記』下巻の道綱贈答歌群をめぐって―集団から集団への歌、及び代作ということに触れて―」（前掲、古代文学論叢第十二輯『源氏物語と日記文学　研究と資料』）は、この贈答歌の時期を天元六（九八三）年から永観二（九八四）年としている。

(50) 萩谷朴『平安朝歌合大成　三』「一一三〔寛弘四―七年〕冬傅大納言道綱歌合」を同六（一〇〇九）年冬としたのは、田中新一『道命阿闍梨の和歌資料についての考察』（愛知教育大「國語國文學報」41、昭和59（一九八四）年3月）による。

(51) 三条天皇と道長との関係については、山中裕『平安時代の古記録と貴族文化』（前掲）「第二章　藤原道長と摂関政治」及び加納重文「三条天皇―『小右記』の記事を中心にして―」（『講座平安文学論究　第七輯』風間書房、平成2（一九九〇）年）に詳しい。

(52) 『御堂関白記』長和四（一〇一五）年八月二十八日条に、道長が桂の山荘に女房をともなって公卿殿上人を率いて遊んだことがみえ、中宮大夫道綱以下公卿十二名を挙げている。『小右記』にも「今日左祖国北方ヲ引率桂山荘ニ向ハル。卿相雲上人等首ヲ挙ゲテ追従ト云々」とある。なお二十八日の歌題は、「山里に田刈る」「紅葉を翫ぶ」の二題で、『公任集』『定頼集』に二首ずつ当日の作詠が載る。

(53) 前掲『源頼光』（二〇八～二一二頁）。なお済政の息資通も頼光の娘を妻としている。管絃に秀でた家系として知られる。つまり道綱との婚姻関係も摂関家への奉仕の代償としてあったに違いないが、『蜻蛉日記』作者の息としての関心もあったのであろう。頼光は女流歌人相模を養女として、小大君とも美濃守の頃の贈答歌がある。『尊卑分脈』に「其在二於武門一好二和歌一」と記され、見境もなく上流貴族への食い込みを目論んでいる訳ではあるまい。

(54) この贈答歌は道命歌ではなく定頼と「ある人」とのものである。なお『定頼集』の「広沢に人々いきて月のいみじうあかう池に映りたりけるに　すむ人もなき山里に池の面は宿る月さへ寂しかりけり」と、『道命集』の「ひろさはという所にまかりたり、人々ありて、いけみづのきよくもあるかなといひて、歌よみしに、かはらけとりて、いけ水のなからましかばやまざとにひとりや人のすむべかりける」は、同時詠であろう。

(55) 『小右記』長和五（一〇一六）年五月九日条に「院別当頼光」とあり、三条院の身辺警護にあたっていた。なお長和五（一〇一六）年正月十八日に道命が摂津国天王寺別当に任じられたことは道綱の息としての立場と、その背後に頼光が居てこその処遇であろう。

(56) 祖母道綱母とともに、道命は中古三十六歌仙の一人で、『後拾遺集』以下に五十七首入集している。また『梁塵秘抄』には「和歌にすぐれてめでたきは、人丸・赤人・小野小町、躬恒・貫之・壬生忠岑、遍昭・道命・和泉式部」とある。

(57) 岡一男『道綱母―蜻蛉日記芸術攷―』（有精堂出版、昭和45〈一九七〇〉年）は『和泉式部集』にある帥宮敦道親王没後の贈答歌を「はずかしからぬ力量」（二四一頁）と評価している。

(58) 『大鏡』（兼家伝）に「この殿（藤原道長）は北方ふたところおはします」とある。両人とも本妻だが嫡男誕生の妻を嫡妻として区別する。「妻」の呼称、その立場及びその子息たちの出世の違いをめぐっては議論の多いところで、増田繁夫『源氏物語と貴族社会』（前掲）「摂関家の子弟の結婚」が問題点を明らかにしている。なお高群逸枝「女の結婚と財産」（『解釈と鑑賞』昭和43〈一九六八〉年4月）は、同氏『招婿婚の研究』とはニュアンスを異にし、「正妻格の倫子とは生涯その家で同居し、妾妻格の明子には生涯通ったのである」と述べている。筆者に明子を妾妻と呼ぶ認識はない。

(59) 中宮権大夫として道綱を支えていた中納言源経房（源高明男）も同年十月十六日をもって皇太后宮権大夫となる。

第四章　大納言道綱女豊子について

――『紫式部日記』成立裏面史――

一　はじめに

いっぱんに凡庸とされる藤原道綱の道長政権下においての見直しは先行研究（伊藤博、坂本共展）を継いで前章「その後の道綱」[注(1)]において述べておいた。

その際道綱の子女たち、つまり本稿で取り上げる道綱の長女と思われる宰相の君豊子をはじめ、一男道命、二男斉祇についても言及した。

父母の名声とその秀英な子女たちの間に隠れる道綱を「二重に影の薄い存在」とする角田文衞[注(2)]の辛辣な酷評を尻目に、道長政権を支える影の存在としての道綱家の人々を照射し、大胆な憶測を交えての推論を展開しようとするのが、本稿の目的である。

二　『紫式部日記』のもう一つの意図

伊周・隆家ら中関白家一族の排斥に成功したものの左大臣道長は、一条天皇と定子中宮との間に有効なくさびを打ち込め得なかったが、長保元（九九九）年十一月一日、ようやく十二歳にすぎない彰子を一条天皇の後宮に入れた（日本紀略）。

しかし、寛弘五（一〇〇八）年の彰子所生敦成親王誕生までには道長は苦渋の選択を強いられることになる。というのも奇しくも長保元（九九九）年十一月七日、つまり彰子入内の同年同月、定子は一条天皇の第一皇子敦康親王を出産することになる。当分の間、幼い彰子に懐妊を期待すべくもないゆえ、円融系皇統を継ぐかけがえのない皇子誕生として、道長は国母詮子ともども受け入れざるを得ない現実であった。

だからといって、一条天皇の方も後見のいない第一皇子生誕を手離しで喜ぶ状況ではなく、執政者道長と折り合いをつけるべく、彰子立后への道筋をひらく。もちろんその実現には国母詮子と道長との意を帯した蔵人頭行成の説得工作が必要だった。

それにしても相変わらず彰子の一条院内裏への形式的な参入しか後宮政策に打つ手がない道長に転機が訪れた。皇后定子の崩御（権記・長保二〈一〇〇〇〉年十二月十六日条）にともなう一の宮敦康の処遇で、長保三（一〇〇一）年八月三日、敦康親王が中宮彰子の居所飛香舎（藤壺）に移御し、敦康は彰子の猶子に迎えられた。以後道長が後見役を果たすようになり、道長と一条天皇との軋轢が表面上解消した。ただ伊周の復権もあり、不安要因が全て取り除かれた訳ではなかった。

また長保三（一〇〇一）年十一月十八日には、一条院内裏が焼亡し、温明殿が火元近くであったため、賢所に奉置してある神鏡まで焼失してしまうという災事が出来した。そして同年閏十二月二十二日には東三条院詮子が院別当でもあった行成邸で崩御した。享年四十歳であった。一条天皇の即位に関わる母后詮子は、寛和二（九八七）年六月二十二日の花山院退位事件（扶桑略記）以来、長徳の変と激動の時代を生き、実弟道長政権擁立とその体制作りに労をいとわず支援した。

因みに、紫式部が十七歳の彰子のもとに初出仕したのは、寛弘元（一〇〇四）年十二月二十九日と推定されるから、[注3]詮子没後既に三年も経っていた。しかし、寛弘五（一〇〇八）年七月中旬ごろからの記述で始まる『紫式部日記』にもいまだ詮子の影響の残滓が揺曳しているらしいのである。

ひとまず、『紫式部日記』の秋色深まりゆく中で中宮安産祈願の読経の声々が響きわたる土御門邸を描く冒頭(イ)とそれに続く道長・頼通父子登場場面(ロ)及び三の宮敦良親王の五十日の祝儀を描く末尾(ハ)を掲げておく。

(イ)秋のけはひ入りたつままに、土御門殿の有様、いはむかたなくをかし。池のわたりの梢ども、遣水のほとりのくさむら、おのがじし色づきわたりつつ、おほかたの空も艶なるに、もてはやされて、不断の御読経の声々、あはれまさりけり。（略）さいさ阿闍梨も、大威徳をうやまひて、腰をかがめたり、人々まゐりつれば、夜も明けぬ。

（一二三～五頁。傍線筆者以下同様）

(ロ)渡殿の戸口の局に見いだせば、ほのうちきりたるあしたの露もまだ落ちぬに、殿ありかせたまひて、御随身召して、遣水はらはせたまふ。（略）

しめやかなる夕暮に、宰相の君と二人、物語してゐたるに、殿の三位の君、簾のつま引きあけて、ゐたまふ。（略）うちとけぬほどにて、「おほかる野辺に」とうち誦じて、立ちたまひにしさまこそ、物語にほめたるをとこの心地しはべりしか。

（一二五～六頁）

(ハ)その日の人の装束、いづれとなく尽したるを、袖ぐちのあはひわろう重ねたる人しも、御前のものとり入るとて、そこらの上達部、殿上人に、さしいでてまぼられつることとぞ、後に宰相の君など、口をしがりたまふめりし。さるは、あしくもはべらざりき。ただあはひのさめたるなり。（略）

主上は、平敷の御座、御膳まゐり据ゑたり。御前のもの、したるさま、いひつくさむかたなし。簀子に、北むきに西を上にて。上達部、左、右、内の大臣殿、東宮の傅、中宮の大夫、四条の大納言、それより下は、え見はべらざりき。　（二二〇～一頁）

掲出本文を最低限にとどめたため恣意的な部分引用と批判されかねないが、中略箇所があっても(イ)(ロ)(ハ)いずれも同場面や同日の出来事で、傍線箇所「東宮の傅」が道綱、「宰相の君」が長女豊子、「さいさ阿闍梨」が二男斉祇である。注(4)

このように『紫式部日記』の冒頭部と結末部に主要な道綱家の人々が出揃うことになる。(イ)斉祇については、萩谷『全注釈(上)』（五七～六一頁）が説くように、当夜の五壇の御修法に際し、師父である大阿闍梨勝算が加持物を寝殿へ持参する間、最年少（二十六歳）で最下臈であった斉祇は、退出せずに担当の西壇大威徳明王の前にひざまずいて頭を垂れたまま陀羅尼を唱え祈念している姿を捉えている。最下臈の凡僧に紫式部の目がわざわざ注がれたのは他ならぬ斉祇阿闍梨が宰相の君豊子の兄弟であったからということになろう。斉祇は、長元六（一〇三三）年に当夜の効験で安産で生誕した敦成すなわちのちの後一条天皇の護侍僧と為っている。

また『日記』結末部(ハ)は、寛弘七（一〇一〇）年一月十五日の敦良親王五十日の祝儀における東宮（居貞親王のち三条天皇）の傅大納言道綱の点出で、南側の簀子に北向きに居並ぶ公卿の一人として左大臣道長以下順当に着座していて、道綱を取り立てて描出しようとした訳ではあるまいが、宰相の君の衣装の配色に言及した後、注(5)紫式部はわざわざ同僚女房の「大納言の君、小少将の君ゐたまへるところに、たづねゆきて見る。」（二二一頁）と、その視界を確保している。ここは枇杷殿内裏なのである。注(6)

ただ最末尾の管絃の遊びの後に、酔った右大臣顕光が「ざれたまふめりしはてに、いみじきあやまちのいとほしきこそ、見る人の身さへひえはべりしか。」（二二二頁）と、見るものまで冷やっとさせるほどの大失態を演じたことがことさら記されている。『御堂関白記』（大日本古記録）同十五日条裏書に拠れば、「右府御前物見間、欲取御窪器物盛鶴問物、折敷打こほせり、衆人奇々事無極、非可取鶴、何物打覆哉、無心又無心」とあって、天皇の豪華な御善に鶴の置物に添えて盛りつけた窪器のものを取ろうとして折敷（木製の盆）に手をついたため壊したようなので、道長は呆れているのであろう。顕光は官人としての責務履行能力に劣り、公事において失儀、失態が多く、その点道綱とは同類で嘲笑、罵倒の事例が『小右記』にも数多く挙げられている。[注(7)]

　ところで、三の宮敦良の誕生は、寛弘六（一〇〇九）年十一月二十五日であって、その寛弘六（一〇〇九）年の実録的記事は、周知のように「このついでに」（一八九頁）以下のいわゆる消息体部分にとって代わり、何らかの理由で欠落するが、[注(8)]敦良親王生誕を記すことなく、五十日の祝儀のみを記述して当『日記』の結尾とする意図は別に考えておかねばならないことは言うまでもないが、副次的にでも道綱家の人々を、その視界に収めた記事で締め括ることの意義は推してしかるべきであろう。その意義を考えるにあたって、さらに二の宮敦成の五十日の儀を対照しておくことも必要となろう。

　寛弘五（一〇〇八）年十一月一日、敦成親王の五十日の儀は、土御門第において中宮御前で執り行われた私的な祝宴となっていて、中宮彰子の陪膳役は「宰相の君讃岐」[注(9)]（一六二頁）、つまり道綱女豊子が務め、「若宮の御まかなひは大納言の君」（一六二頁）であった。[注(10)]そして「殿、餅はまゐりたまふ。」（一六三頁）とあり、外祖父道長が手ずから若宮の口に餅を含ませる儀式を行っている。その後の酒宴では公卿たち（右大臣顕光、内大臣公季、中宮大夫斉信、右大将実資、左衛門督公任、侍従宰相実成）の乱れた酔態が活写されている。その中に道綱の姿は『絵詞』本文ともども確認できない。

　それに対し、敦良親王の方では、父である一条天皇みずからが敦良に餅を含ませているし、『日記』では天皇を前にして三人の大臣たちの次に居並ぶ公卿のひとりにすぎない道綱が、『御堂関白記』同日条に拠れば、おそらく無難に天皇の陪膳を務めていることが知られるのである。注(11)『日記』では単なる参列者にすぎない数ある公卿の一人という描出に作者の意図など窺い知られようはずもないとすれば、それまでだが、紫式部が内裏女房たちが居並ぶ中で、親近する同僚の中宮付き女房たちをわざわざ探し出し視座を確保し、宰相の君豊子からその父東宮傅道綱の姿を捉える営為は、道綱をクローズアップする記述はないにしても、あえて右大臣顕光の失態を描き入れることで、逆に道綱を照射できる手法であり、中宮賛美を挿入する冒頭部と天皇を配す結末部の設定操作に加えて、わずかながらもその連関性に作者の隠されたもう一つの意図（＝道綱家の人々を記す）を嗅ぎとることはできないのだろうか。

しかも久保朝孝が看破したように、管絃の遊びの有無を基に兄宮敦成五十日祝宴の記事は、公的↓私的展開をしているのに対し、弟宮敦良五十日祝宴の方は、私的↓公的視点での叙述記事に仕立てているのであり、注(12)その対照的構図は、首尾呼応だけではなく、兄弟両親王の五十日祝儀に関しても『日記』は構造体として機能し、生成しているのだといえよう。

三　宰相の君豊子と紫式部

『紫式部日記』の執筆意図が第一義的には、道長家の栄華の礎となる一大慶事の皇子誕生を記録することであったにしても、『日記』冒頭部の視点は、弟斉祇阿闍梨↓宰相の君豊子を捉え、また結末部は宰相の君豊子↓父東宮傅大納言道綱であって、とりわけ中宮彰子付の上臈女房として参仕する宰相の君への注目度が高く、紫式部の関心の所在が明確にかたどられていると少なくとも言い得よう。

また構造体としての『紫式部日記』に方法的な歴史叙述が選びとられていることは、『紫式部日記』敦成親王関連記事を資料とした『栄花物語』（巻八「はつはな」）との比較対照でさらに明確化できようが、定子・伊周方との対立軸を基点とする歴史叙述にむしろ『栄花物語』の特性が明示されれば、また『紫式部日記』の私的な女房日記としての特性も逆照射されよう。むろんそれが宰相の君関連の上述の指摘箇所が削除されている点の確認にすぎないのではなく『栄花物語』の歴史叙述方法としてあくまで除外されているのであって、宰相の君ひとりのみが省筆の対象では決してないことは留意しておかねばならないだろう。ここで一例を挙げておけば、中宮彰子が出産直前に物の怪に苦しめられる記事の前に置かれる寛弘五（一〇〇八）年八月末から九月初旬にかけての件りである。

『栄花物語』巻八「はつはな」

[a]このごろ薫物合せさせたまへる、人々にくばらせたまふ。[b]御前にて御火取ども取り出でて、さまざまのを試みさせたまふ。かかるほどに九月にもなりぬ。長月の九日も昨日暮れて、千代をこめたる籬の菊ども、行く末はるかに頼もしきけしきなるに、よべより御心地悩ましげにおはしましかば、夜半ばかりよりかしかましきまでののしる。[c]十日ほのぼのとするに、白き御帳に移らせたまひ、その御しつらひはかる。

（新編全集①四〇〇頁。傍線筆者）

当該引用箇所に対応する『紫式部日記』は、次の如くである。

㈡[A]二十六日、御薫物あはせはてて、人々にもくばらせたまふ。まろがしゐたる人々、あまたつどひゐたり。上よりおるる途に、弁の宰相の君の戸口をさしのぞきたれば、昼寝したまへるほどなりけり。萩、紫苑、いろいろの衣に、濃きがうちめ心ことなるを上に着て、顔はひき入れて、硯の筥にまくらして、臥したまへる額つき、いとらうたげになまめかし。絵にかきたるものの姫君の心地すれば、口おほひを引きやりて、「物語の女の心地もしたまへるかな」といふに、見あけて、「もの狂ほしの御さまや。寝たる人を心なくおどろかすものか」とて、すこし起きあがりたまへる顔の、うち赤みたまへるなど、こまかにをかしうこそはべりしか。おほかたもよき人の、をりからに、またこよなくまさるわざなりけり。九日、菊の綿を兵部のおもとの持て来て、（略）その夜さり、御前にまゐりたれば、月をかしきほどにて、はしに、御簾の下より、裳の裾などほころび出づるほどほどに、小少将の君、大納言の君など、さぶらひたまふ。御火取に、ひと日の薫物とうでて、こころみさせたまふ。（略）十日の、まだほのぼのとするに、御しつらひかはる。白き御帳にうつらせたまふ。（一二八〜一三〇頁）

『紫式部日記』を資料とした検証は『栄花物語』との文対応（傍線箇所A―a、B―b、C―c）で、その表現の一致からも受容関係は明らかだが、その中で「弁の宰相の君」注(13)に関する省筆も際立っている。宰相の君の昼寝の姿態、その容貌の美しさを「絵にかきたるものの姫君の心地」「物語の女の心地」として巧みな比喩により描出するとともに、上臈女房への式部の悪戯であっても許容される親密性が特出される場面となっている。いったい紫式部は宰相の君とどのような関係性を築こうとしているのだろうか。

前掲(ロ)では、「しめやかな夕暮に、宰相の君と二人、物語してゐたるに、殿の三位の君、簾のつま引きあけて、ゐたまふ」と、「殿の三位の君」つまり頼通を道長の嫡子として定位するのが主たる意図であって、頼通はその場から立ち去り際に「おほかる野辺に」と口ずさむが、それは「女郎花おほかる野辺に宿りせばあやなくあだの名をや立ちなむ」（古今集、秋、小野美材）の第二句であった。すなわちこの場面が、早朝の道長との「女郎花《をみなへし》」をめぐる式部との和歌のやりとりを受けての連続性と対比構図によって描出されているところからすれば、この場に宰相の君と二人して居たことの状況設定は、掲出本文(ニ)の宰相の君との戯れの場面展開への布石となっているはずで、宰相の君の美しい容態を「絵にかきたるものの姫君の心地」「物語の女の心地」とする形容も、嫡子頼通を「物語にほめたるをとこの心地」とした前提での反映として解釈する必要があって、その対照をまるで物語的世界の再現を「憂き世」の現実に見出し得る賛美の手法として作者が描いているばかりではなく、中宮彰子の従姉である宰相の君を道長家のミウチとして定位するための方法として、実はその形容があったのではないかと考えたいのである。

ところで、中宮彰子付きの上﨟女房としてその筆頭に宮の宣旨や宮の内侍がいる中で、紫式部は親密な関係を形作る女房に宰相の君、小少将の君、大納言の君という三人を取り上げて、当『日記』中にそれぞれ順に十六回、十四回、十回と登場させている。[注(14)] このような三女房の過度な登場傾向は、必ずしも中宮に近侍伺候する頻度や儀式における奉仕役割りの相異によっているわけではなさそうである。

小少将の君は源時通の娘であり、大納言の君は源扶義の娘であったから、時通や扶義は道長の正妻倫子の兄弟であって、その娘は姪ということになり、倫子からすれば、同じ彰子の従姉妹といっても父道長方の縁戚の宰相の君とはその気心や信頼性を問えば、不安が残る点もあったかと思量されなくもない。さらに『日記』内で、小少将の君と大納言の君は福家氏が前掲論考で明らかにしているように、和歌の贈答を含めて憂愁叙述に関わり、紫式部の孤愁に響き合う心の友としてその存在性が『日記』に定位されているといえよう。

それに対し、登場頻度の最も多い宰相の君との関係では心の交流を描くことはなく、彼女の衣装や容貌に関する記述に終始しているのである。[注(15)] その一例として挙げるのは、寛弘五（一〇〇八）年十月十六日、土御門邸行幸当日、一条天皇が誕生した若宮敦成と初めて対面する場面である。

(ホ)殿、若宮抱きたてまつりたまひて、御前にゐてたてまつりたまふ。主上抱きうつしたてまつらせたまふほど、いささか泣かせたまふ御声いとわかし。弁の宰相の君、御佩刀《みはかし》とりてまゐりたまへり。身屋《もや》の中戸より西に、殿の上おはするかたにぞ、若宮はおはしまさせたまふ。主上外《と》に出でさせたまひてぞ、宰相の君はこなたに帰りて、「いと顕証に、はしたなき心地しつる」と、げに面うちあかみてゐたまへる顔、こまかにをかしげなり。衣の色も、人よりけに着はやしたまへり。

（一五七頁）

母屋の御簾内のことで式部の視界が及ぶわけでもなく、若宮の泣き声を耳で捉えての判断であろうことは止むを得ないが、若宮を抱く天皇や道長よりも若宮の守り刀を捧持する宰相の君の方に関心が注がれている。

女房による女房のための日記とすれば無理からぬことといえ、恥じらい故か顔を赤らめた宰相の君の美しさは、前掲㈡の昼寝姿の場面でも同じく「こまかにをかしうこそはべりしか」とあって、その評言は決して非難とはならない。しかし、舞台裏の表情とはいえ、頼りがいのある風格を漂わせる上臈女房とはとても言い難いし、ただ外見の軽薄な美しさだけがその衣装とともに強調されているにすぎないのである。まるで新人のようにもの慣れない体が宰相の君の実像であったのかどうか。小少将の君や大納言の君とは全く異質な描かれ方をしているのであって、この三人を式部にとって親密な関係ゆえ一括りにして、その位置づけをすることが可能なのかどうか躊躇せざるを得ないのである。

既に掲出した本文によって知られるように、宰相の君の女房名は当『日記』中では特に「弁の宰相の君」と記されたり、「讃岐の宰相の君」（一三二頁）と呼称されたりするが、これらが同一人物との判断は、寛弘五（一〇〇八）年九月十一日に誕生した敦成の御湯殿の儀に関して『御産部類記』所引『不知記』に「御湯殿奉仕、清通朝臣妻名弁宰相」とあり、夫大江清通が讃岐守であったゆえ、「弁の宰相の君」ともあるいは「讃岐の宰相の君」とも指呼されているとの判断が成り立つこととなろう。もとより掲出㈭の本文により御佩刀を捧持した「弁の宰相の君」と、その役割を果たして、式部たちの居る東の廂の間に帰ってきた「宰相の君」は、同一文脈上から同一人物と考えられるから、「宰相の君」との表記は「弁の」という冠称を省いた呼称として通例『日記』では用いているのだと考えることができよう。

なお、「このついでに」（一八九頁）以下のいわゆる消息体部分に登場する「宰相の君は北野の三位のよ」（一八九頁）は、参議藤原遠度の娘であって、明らかに別人と認識でき、注(16)そう『日記』に記述されているから、本稿では考察外とするが、それでも「宰相の君」を道綱女豊子とした場合、その呼称に「弁の」を冠する意図が不明なのである。

というのは、豊子の父、夫、兄弟などの近親者に弁官を補任した者がいないとなると、官職名からの由来となる「弁の」が不詳となり、「宰相の君」である豊子の実体把握に不明な点があり、その女房名にはいまだ疑問が残ってしまうのである。

さて、その疑問点については後述することとして、ここではさらに「宰相の君」と紫式部との関係について検討していきたい。再び敦成五十日の祝儀の場面を取り上げることになるが、酔って羽目をはずす公卿たちの中で式部はめずらしく右大将藤原実資に話しかけたり、注(17) 逆に左衛門督藤原公任に「あなかしこ、このわたりにわかむらさきやさぶらふ」（一六五頁）と、からかわれたりしていた。そうした宴の果てに次のようなことが起きた。

(へ)おそろしかるべき夜の御酔ひなめりと見て、ことはつるままに、宰相の君にいひあはせて、隠れなむとするに、東面に、殿の君達、宰相の中将など入りて、さわがしければ、二人御帳のうしろに居かくれたるを、とりはらはせたまひて、二人ながらとらへ据ゑさせたまへり。「和歌ひとつづつ仕うまつれ。さらば許さむ」とのたまはす。いとはしくおそろしければ聞こゆ。

いかにいかがかぞへやるべき八千歳のあまり久しき君が御代をば

「あはれ、仕うまつれるかな」と、ふたたびばかり誦せさせたまひて、いと疾うのたまはせたる、

あしたづのよはひしあらば君が代の千歳の数もかぞへとりてむ

さばかり酔ひたまへる御心地にも、おぼしけることのさまなれば、いとあはれに、ことわりなり。

（一六五〜六頁）

若宮祝儀の酒席で盃がまわれば、参列する公卿たちは賀歌を献上するのが慣例だが、この祝儀に記された和歌は紫式部と道長とのこの唱和だけであった。主人道長が、頬を避けて隠れていた式部と宰相の君を二人ながら引き据えて、

和歌を所望されたがゆえの式部の「いかにいかが」歌の詠出であった。「和歌ひとつづつ」との仰せであれば、宰相の君の詠進も当然あってしかるべきだが、詠まれずにこの場は収束したのか記されていない。そこで『絵詞』本文は「和歌ひとつ」であり、『栄花物語』（巻八「はつはな」）も「歌一つ」（①四二一頁）となってしまうのであろう。では宰相の君の立場、存在理由は何であったのかを問わねばなるまい。これでは式部にだしにされて奥へとただ引きずり回されているにすぎないということになってしまう。しかし、むしろそこに式部の意図があったのかもしれないのである。『蜻蛉日記』の作者を祖母にもつ宰相の君豊子に歌才がなかったとは言い難く、注(18)この場面での道長と式部の息の合った掛け合いこそが若宮の将来の繁栄を言祝ぐ歌の内容よりも眼目であったということであり、宰相の君がここに居てこそ式部が中宮彰子サロンの文芸的傾向が和歌的世界であり、注(19)それを領導していくことを見せつけることが可能であったということであろうか。

『日記』冒頭部に付置された「女郎花《をみなへし》」をめぐる道長との私的な和歌贈答でその当意即妙な歌才を試され開幕する『日記』が、いまや最高権力掌握を保証する若宮祝儀の最終場面に御帳台近くに座しているはずの中宮彰子とその母倫子が聞こえる間近で公的な賀歌を道長との間で集約する式部と、あたかも疎外されているかのように賀歌を詠まなかった宰相の君が、中宮彰子とその母倫子との輪の中にミウチとして存在し、式部によって組み込まれていることに気づくべきであろう。道長の自詠に対しての「われぼめ」（一六六頁）と「母もまた幸ひあり」（一六七頁）と言い放つ有頂天の仕儀が倫子を怒らせたのか、注(20)倫子はこの場から立ち去っていき、あとを追う道長を写し出してこの場面が閉じられている。

式部と親しく交わる宰相の君は、小少将の君や大納言の君が『日記』にその詠歌が記しとどめられているのに対し、彼女は一首も『日記』にその詠歌を残すことはないのである。そうした宰相の君の位地は、既に十一日の暁、出産をひかえ北廂の間に彰子は移り、道長は御座所の傍にいた多くの女房たちを彰子の近くから遠ざけた場面で既に明らかになっていた。

(ト)人げ多くこみては、いとど御心地も苦しうおはしますらむとて、南、東面に出ださせたまうて、さるべきかぎり、この二間のもとにはさぶらふ。殿の上、讃岐の宰相の君、内蔵の命婦、御几帳のうちに、仁和寺の僧都の君、三井寺の内供の君も召し入れたり。殿のよろづにののしらせたまふ御声に、僧もけたれて音せぬやうなり。いま一間にゐたる人々、大納言の君、小少将の君、宮の内侍、弁の内侍、中務の君、大輔の命婦、大式部のおもと、殿の宣旨よ。いと年経たる人々のかぎりにて、心をまどはしたるけしきどもの、いとことわりなるに、まだ見たてまつりなるるほどなけれど、たぐひなくいみじと、心ひとつにおぼゆ。（一三二～三頁）

宰相の君は、「殿の上」つまり倫子の次にその座を占め御几帳の内で彰子を見守るのである。次の間に控えるのが、大納言の君、小少将の君以下の「いと年経たる人々のかぎり」であって、宰相の君は古参の女房としての立場をも超越していてミウチとしての待遇を受けていたのだと言えよう。宰相の君の次に控える「内蔵の命婦」は大中臣輔親の妻で道長の五男教通の乳母だが、こうしたお産の現場に慣れた女房として産婦の状態を見守る必要から特別に几帳の内に招き入れられたのだと判断されるから、宰相の君の破格の位地とは異なるとみられる。

ここではいまだ式部にとって中宮彰子は「まだ見たてまつりなるるほどなけれど」であったのだが、若宮五十日の祝儀ではその酒宴の狂騒にまぎれて式部は宰相の君をともないまんまと中宮彰子の居る御帳台に接近し得ていたのであった。

四　敦成・敦良両親王の乳母

宰相の君豊子に関して最も重要な事項を遅まきながら明らかにしておけば、寛弘六（一〇〇九）年十一月二十五日に誕生した弟宮敦良の乳母であったのであり、それは次のような史料で確認される（傍点筆者）。

○『御堂関白記』寛弘六（一〇〇九）年十一月二十五日条

共御湯宰相乳母（傅女子）、向湯宰相（三位遠度女子）、侍長等奉仕、

○『御堂関白記』寛仁二（一〇一八）年三月二十七日条

参内、東宮熱物今日頗宜御座、退出、参中宮、行土御門、一夜漏女方等送女装束三具（一具綾掛）、綾掛・袴一具宰相乳母許、

○『小右記』寛仁四（一〇二〇）年九月二十日条

道綱卿従昨日不覚、只今欲殞命之由、告送宰相乳母許（道綱卿女也）

寛弘六（一〇〇九）年十一月二十五日に誕生した弟宮敦良の湯殿の奉仕を務める「傅女子」豊子が「宰相乳母」と表記されていて、これが史料的には嚆矢で、兄宮敦成の湯殿での奉仕も『日記』（一三八頁）では宰相の君豊子だったのだから、その時点で兄宮敦成の乳母であって、『御堂関白記』にも弟宮敦良の時と同じ記載があったならば、遠度女と同じ「宰相の君」の女房名表記を用いずに、遠度女と区別する呼称表記として「宰相乳母」を採る選択肢があったはずなのである。しかも掲出本文(ハ)は寛弘七（一〇一〇）年一月の弟宮敦良の五十日の祝儀で、前掲『御堂関白記』寛弘六（一〇〇九）年十一月の湯殿の儀より後だから、少なくとも弟宮敦良の乳母であったことは明らかなので、(ハ)の「宰相の君」の女房名表記を変更しないまでも、乳母らしさを加えた記述が『日記』に伴っていても不自然ではなかったはずだ。しかし『日記』は一貫して「宰相の君」の造形に乳母らしい役割やその権威付けをする記述を伴うことをしなかったのである。

また前掲『御堂関白記』寛仁二（一〇一八）年三月二十七日条の記載に関して新田前掲書では次のような説明をしている。

右の前日の廿六日に「東宮御脛有小熱給物」ということがあり、その翌日にはよくなったことへの賜祿であるから、東宮敦良親王の看病に当ったのが、「宰相乳母」であるという事実を表している。そうすると、敦良親王の生誕に際し、湯殿を奉仕したのが「宰相乳母」であるという前の例と併せて、道綱女豊子が〈宰相の乳母〉と指呼されることの内実は、弟宮敦良親王の乳母という意味である可能性も生じることになるだろう。なぜかといえば、『紫式部日記』には、兄宮敦成親王の生誕当日の条に登場する「宰相の君」が、湯殿の奉仕者であることは語られているのだが、乳母であるとは一言も述べられていない。「宰相の君」が道綱女豊子を指掌して動かないものとするならば、彼女は兄宮敦成親王の乳母ではなかった、ということにもなりかねないのである。

（五五九～五六〇頁）

つまり、宰相の君豊子に関して最も重要な属性である《乳母》という役目を『日記』は排除し抹消したということになるのであろうか。

しかし、もとより周知の事実として宰相の君豊子は兄宮敦成（のち後一条天皇）の乳母でもあったことは、後一条天皇の崩御（長元九〈一〇三六〉年四月十七日）に際し、素服を賜るべき者として『左経記』長元九（一〇三六）年五月十七日条に挙げられた女房十八人の割書に「先藤三位、藤三位、江三位、菅典侍（已上御乳母）と記され、その前文には乳母子と思われる伊予守章任朝臣、美作守定経朝臣、美濃守義通朝臣、右兵衛佐資任、前丹後守憲房と、計五人が挙げられている。この時点で乳母の一人が既に死没しているとみて、両者各々を突き合わせての詳しい考証が必要だが、ここでは省略して、当面の問題の検討を急ぎたい。まず「先藤三位」が宰相の君豊子であり、その子息が「美作守定経朝臣」であることは、『尊卑分脈』にも「大江清通妻　定経朝臣母」と、その母子関係が記され異論のないところで、定経が美作守となったゆえ宰相の君はのちに美作三位とも言われ、天皇の乳母としての叙爵で女官の最高職として典侍そして従三位となるのが慣例であった。

『日記』では記されていない宰相の君豊子の乳母としての位地が、定経の誕生時期とも関わってどのような経緯をもって何時《いつ》確定したのか。さらに五人の乳母子の存在からして、宰相の君豊子の他にも敦成親王には乳母が任命されていたのだが、『日記』には登場しない乳母が居たということになる。なぜならば、『日記』には敦成誕生当初、乳母として、「もとよりさぶらひ、むつましう心よいかた」（一三七頁）との評価で「大江衛門のおもと」が選ばれ、その後敦成五十日の祝儀当日の夜、「少輔の乳母」が新たに選任されたらしく、この二人だけしか乳母が挙げられていないからである。宰相の君豊子以外に残る二人の乳母も何故『日記』にその名さえ記されることなく排除されたのか、いまのところ不明なのである。

ともかく『日記』に記される「大左衛門のおもと」と「少輔の乳母」について検討しておくと、前者「大左衛門のおもと」は、橘道時の娘で蔵人右少弁藤原広業の妻であった中宮女房で、その選出基準は前掲の通り明確で、古参でありながら気立てが良いとの理由で早くから乳母に決定されていたのであろう。

これに対し、後者は『日記』に「今宵、少輔の乳母、色ゆるさる。ただしきさまうちしたり。」（一六二頁）とあり、親王の乳母として今夜初めて禁色の着用が許されたと判断され、その緊張した様子が強調されているとみたい。というのも宮内庁書陵部蔵黒川本の本文は「たゝしき」だが、五島本『絵詞』本文は「こゝしき」とあり、その誤写の可能性が考えられるからである。萩谷『全注釈㊤』も「ここでは、少輔の乳母の年齢的な若さと、禁色を聴された晴れがましさに緊張しているのであろう心理状態とよりして、「大人大人し」の反対語たる「児児し」の第一義に従って解釈するのが妥当であると判断する。」（四五三頁）とするのに首肯できる。

さらに『栄花物語』（巻八「はつはな」）では、当該本文が「讃岐守大江清通が女左衛門佐源為善が妻、日ごろ参りたりつる、今宵ぞ色聴されける。」（①四一八頁）となり、何らかの事情で急きょ呼び出され、乳母として正式に当夜任命された趣が伝わり、その素姓が讃岐守大江清通の娘で、左衛門佐源為善の妻と記される。しかし、「源為善」は『御堂関白記』寛弘五（一〇〇八）年十月十七日条裏書に「玄蕃亮」とあり左衛門佐ではなく、当時左衛門権佐（小右記、同年七月十二日条）であった橘為義の誤りと考えられる。

大江清通と橘為義とは、ともに道長の家司であり、「少輔乳母」こと清通の娘大江康子（のちの江三位）注(21)と為義との結婚は家格相当と言えるのに対し、受領層にすぎない民部少輔大江清通と大納言道綱女宰相の君豊子との婚儀は、角田前掲論考が「如何にも不自然に見える」と疑義をはさんだように不釣合いで、ここにも何らかの力が働いていたと考えざるを得ない。となれば、道長が物忌で身を寄せるほど信頼する腹心の家司であった大江清通と、注(22)想像するに弁官であった夫を亡くして実家に籠る豊子に注(23)再出仕を要請するに及んでこの成婚を図ったとも考えたいところで、清通も前妻を失いちょうど身重か出産したばかりの娘が居て、若宮誕生に際して乳母にとの心積りが道長にあったのか、道綱女豊子の道長家への取り込みの方法として多少合理性に欠けるうらみがあるものの、この結婚を道長側から懇願したのかもしれないのである。

少輔乳母は豊子にとって年齢上から継娘となるとするのが萩谷『全注釈(上)』（一一一頁）であり、その豊子を「敦成親王の湯殿を奉仕するために、道長が中宮彰子に再出仕させたのであろう」（五六三頁）とするのが新田氏の考えだが、とにかく宰相の君豊子は、定経生誕に絡み兄宮敦成に授乳可能な乳母であったのかどうかを不問にしたまま、若宮の新任で若い乳母である少輔乳母を後見する母代としての立場が確保されるようである。補足するが大納言道綱女と受領層の大江清通との格差結婚が本質的な問題なのではなく、将来天皇に即位する可能性がある敦成親王の主乳母の出自が問われているのだと考えるべきであろう。

ところで、新田氏は「弁の宰相の君」と「讃岐の宰相の君」とが別人との認識を示し、後者が道綱女豊子とし、前記したように若宮誕生に際し再出仕を道長から要請されたと判断して、以下の『権記』の記述に関しても独自な見解を示している。（傍点筆者）。

①寛弘四（一〇〇七）年五月二十四日条

今夕参内、候御前、於中宮上御廬逢弁宰相、令啓事

②寛弘五（一〇〇八）年二月十七日条

参中宮御方、相逢宰相君

③寛弘七（一〇一〇）年八月十一日条

参中宮御廬、被仰事伝弁宰相

①③は行成が内裏に居る中宮彰子に啓上する場合の取次者として「弁宰相」が登場し、②は「宰相君」とあって敬称をつけているので、①③の「弁宰相」とは別人とみて、遠度女と判断したのである（五三四頁）。ではいったい中宮に近侍する「弁宰相」とは誰なのかというと、菅原輔正女芳子[注(24)]（頼任妻、右兵衛佐資任母）であるとした。つまり、前記した『左経記』での乳母の中に「菅典侍」とあった人物となるが、ただこのこと自体は角田文衞[注(25)]や萩谷『全注釈(上)』（一〇八～一一〇頁）が明らかにしていることだが、新田氏は輔正女の兄弟に右中弁であった為紀の存在を指摘し、道綱女豊子が何故「弁の宰相の君」と呼称されるのか根拠が不詳だったのに対し、史料に確認できる弁官の兄弟がいる菅原輔正女芳子の「弁の宰相の君」たる由縁を明らかにしたのであった（五二五～五三二頁）。そしてその初出仕を父菅原輔正が長徳二（九九六）年四月二十四日参議に列せられる以降で、しかも右中弁為紀が早世する長保四（一〇〇四）

年十一月十六日までの六年間とし、ならば長保元（九九九）年十一月一日の彰子入内ないし、翌二（一〇〇〇）年二月二十五日の彰子立后に合わせて彰子側近の女房として出仕したと想定している。ただ寛弘五（一〇〇八）年の敦成親王誕生時には、その三十余歳という年齢から必ずしも授乳のための乳母ではなく教育担当に重きを置いた任命ではなかったかとしている。

ここであらためて問題点を整理しておくと、敦成親王の乳母に関して『紫式部日記』の道綱女豊子の「宰相の君」が乳母としての役割を付与されずに登場しているが、中でも「弁の宰相の君」と呼称され得る菅原輔正女が中宮彰子の側近として仕えているはずであるのに、別人格として描かれずに「弁の宰相の君」は「讃岐の宰相の君」と一体化し、その二重呼称をある場合は「宰相の君」に統合して記されている。こうした現象が何故起こっているのか従来から疑問とされていたが、道綱女豊子に亡き先夫として参議で左大弁を経た源扶義を想定する角田説があるものの解決に至っていない。

実在した人物に関して作者の操作など加わるはずはないとする頑な幻想のためか、当『日記』の内実に目をそむけずに読めば、虚構に溢れたまさに物語作者の日記となっている。彰子に初めての男皇子誕生をみ、歓喜に湧く土御門邸とその主人道長の権勢の要となる親王の誕生を描く目的である『日記』執筆要請であれば、なおさらその若宮の生育にとって最も大事な乳母に関しての記述があいまいであるはずはないとの確信も、のちの史料との対照で書き分けられていないどころか、全ての乳母が記されているわけでもなかった。つまり実録日記としての体裁は根底から崩れていると言っても過言ではないはずだ。つまりこうした状態を踏まえれば、『紫式部日記』を物語のような構造体として分析する視点と同時に、いま現実に起きている事件が時時刻刻と意図的に変容を加える媒体として作品に摂り込まれてくる流動的記憶体としての内実を当『日記』に問うべきかとも考えている。

ともかく実在の人物として菅原輔正女が存在し、しかも「弁の宰相の君」との名称で中宮彰子側近の女房として近侍していることが事実である以上、『紫式部日記』中で「讃岐の宰相の君」こと道綱女豊子の存在性を推し量ると、如上の検討を踏まえれば、『日記』の冒頭部と結末部との結構を初めとして道綱女豊子の存在性の方が主体であることは明らかであって、長保年間以来長く近侍してきたらしい菅原輔正女の立場や役割をとって替わらせようとする作為が『日記』には展開されているとみられるのである。では何故そのような事態を招来させているのか、『紫式部日記』の中にただ一例、そのような状況転換を促す事件が描かれている。

前掲した(ト)の後文の場面で、産気づいた彰子を物の怪調伏のため数多くの修験者、僧侶、陰陽師たちが祈り、読経し、占い、安産を祈願するほどひどい難産の様子が『日記』に描かれている。そして頑強な物の怪のためなかなか調伏されずに大騒ぎをしたエピソードとして『日記』は次の出来事を記していた。

(チ)宮の内侍の局にはちそう阿闍梨をあづけたれば、物の怪にひき倒されて、いといとほしかりければ、念覚阿闍梨を召し加へてぞののしる。阿闍梨の験のうすきにあらず、物の怪のいみじうこはきなりけり。宰相の君のをぎ人に叡効《えいかう》をそへたるに、夜一夜ののしり明かして、声もかれにけり。御物の怪うつれと召しいでたる人々も、みなうつらで、さわがれけり。（一三五頁）

物の怪が駆り出されて憑依した憑坐を上臈女房の局に移して、それぞれ調伏させるに際しての悪戦苦闘のさまで、その最後の例に宰相の君の局を分担した。「招《を》ぎ人」叡効を捉えるのは、泣きはらし化粧くずれした宰相の君の容顔を「いとめづらかにはべりしか」（一三四〜五頁）と記す紫式部の視点からすれば、順当な締め括りだともいえよう。産婦彰子を苦しめる物の怪に対して安産を確保するためにも仕える者たちが、一致団結して一つ一つ不安を取り除いていかなければならなかったという出産時の顛末であった。

一方、『栄花物語』(巻八「はつはな」)では物の怪調伏に声をはり上げる験者の慌ただしさを写し出しながらも、正面から道長の不安や心配を忖度する記述に転換している。

○いとあやしきことに恐ろしうて思しめして、いとゆゆしきまで、殿の御前もの思しつづけさせたまて、ものの紛れに御涙をうち拭ひうち拭ひ、つれなくもてなさせたまふ。すこしものの心知りたる大人たちはみな泣きあへり。(①四〇一頁)

○さて御戒受けさせたまふほどなどぞ、いとゆゆしく思しまどはるる。(①四〇二頁)

中宮彰子は初産のためか相当な難産であって、仏の加護を祈って、仮に受戒までさせ、道長は自身で法華経を念誦している。『紫式部日記』を資料としたはずの『栄花物語』は親である道長に焦点を当て、「宰相の君」豊子を捉える紫式部の視界を排除し、その心情を切り捨てて、独自な展開に切り換えている。もとより、両者に「弁の宰相」こと菅原輔正女は確認されない。

中宮彰子の側近の女房であり、しかも乳母ともなる菅原輔正女が、その主人の最も大事な出産に立ち合っていないことの理由に、内裏の留守居であったとか、病気で里居であったのだろうなどという事情で通るのであれば、『日記』に作意性は必要なく『栄花』のような方法での対応が可能となる。『日記』は意図するところがあって、「宰相の君」こと道綱女豊子をクローズアップさせているからこそ、上﨟女房で以下続く御湯殿の儀等での菅原輔正女の不在をも顕著とせざるを得ないのであろう。

それでは、なぜ菅原輔正女は中宮彰子の出産に立ち合うことができなかったのか。彰子の傍には父道長ばかりではなく、いやもっと間近に母である倫子が付き添っていたことは前掲(ト)から確かであった。万が一にも不吉な事態になってはならず、細心の注意を払いあらゆる手を尽くして安産を祈願しているのである。そう判断できれば、菅原輔正女の存在自体に問題があったと言わねばならないだろう。

式部大輔菅原輔正は、北野天神菅原道真の曾孫なのである。一条朝では祟る神から守る神への転換が兼家流の人々によって、特に詮子などの意向によって計られはするが、一抹の危惧をも払拭できているかは疑わしい。まして母源倫子からすれば、いかなる瑣末な不安でも、できる限り初産の娘の前から取り除きたいと願うはずであろう。

〈系図〉菅原道真─┬─高視─雅規─資忠─孝標[注(26)]
　　　　　　　　└─淳茂─在躬─輔正

しかも新田氏が『権記』で証明したように菅原輔正女は院別当であった行成の取次役であった可能性があるから、かつては詮子の意向を伝えたり、逆に中宮彰子の動向をつぶさに伝えたりする詮子とのラインが考えられる中宮側近の上臈女房であった。

ところで、長保二（一〇〇〇）年二月二十五日の彰子立后に際し、中宮大夫に補任されたのが大納言源時中（道長正室倫子の兄）であったが、その没後長保四（一〇〇二）年二月三十日（公卿補任）に中宮権大夫から転じて中宮大夫に抜擢されたのが新任の権中納言藤原斉信であった。[注(27)]おそらく倫子の意向を反映しての人事であったろう。『紫式部日記』にはその斉信と「宰相の君」豊子とが相対している場面がある。

(リ)事はてて、殿上人舟にのりて、みな漕ぎつづきてあそぶ。御堂の東のつま、北向きにおしあけたる戸のまへ、池につくりおろしたる階の高欄をおさへて、宮の大夫はゐたまへり。殿あからさまにまゐらせたまへるほど、宰相の君など物語して、御前なれば、うちとけぬ用意、内も外もをかしきほどなり。（二一三頁）

この場面は、「十一日の暁」から始まる寛弘五（一〇〇八）年五月の記事が混入したかとする説があり、そうとすれば敦成懐妊中のこととなるが寛弘六（一〇〇九）年の某月十一日とみてもかまわないであろう。仏事が終わって道長が突然中宮方へ来たため、中宮大夫斉信の話し相手を務めることになった「宰相の君」豊子を写し出す。斉信を相手とする「宰相の君」像は、行成を相手とする「弁の宰相の君」こと菅原輔正女とは明らかに違う人格として立ち現れていて、中宮の側近女房の位地を確実に占めているといえよう。いまや中宮彰子は、ミウチの「宰相の君」豊子と、倫子からも信任をおく中宮大夫兼敦成親王家別当である斉信とに見守られ、穏やかな生活が確保されているようである。その上「御前なれば、うちとけぬ用意」とは、いかにもいまは大江清通の後妻におさまっている道綱女豊子と夫の上司である斉信とが相対する時空が、違和感なくしっとりとつつみ込まれていて、「内も外もをかしきほどなり」とは、御簾のうちの父娘の機微と絶妙な主従関係の新しい構築をかいま見させていることになろう。

五　東三条院詮子から道長正室倫子へ

東三条院詮子は一条天皇の母后で、初の女院となり長保三（一〇〇一）年閏十二月二十二日の崩御まで絶大な権力を誇った。『紫式部日記』寛弘五（一〇〇八）年現在、その影響力はどのような形で残っているのだろうか。紫式部の身にふりかかったエピソードが当『日記』に書かれてある。それは寛弘五（一〇〇八）年十一月十七日の中宮内裏還啓の記事である。以下当該場面を掲げる。

(ヌ)御輿には、宮の宣旨乗る。糸毛の御車に、殿の上、少輔の乳母若宮抱きたてまつりて乗る。大納言、宰相の君、黄金造りに、つぎの車に小少将、宮の内侍、つぎに馬の中将と乗りたるを、わろき人と乗りたりと思ひたりしこそ、あなことごとしと、いとどかかる有様、むつかしう思ひはべりしか。殿司の侍従の君、弁の内侍、つぎに左衛門の内侍、殿の宣旨式部とまでは、次第しりて、つぎつぎは、例の心々にぞ乗りける。月のくまなきに、いみじのわざやと思ひつつ、足をそらなり。馬の中将の君を先にたてたれば、ゆくへもしらずたどたどしきさまこそ、わがうしろを見る人、恥づかしくも思ひ知らるれ。（一七二～三頁）

いま簡略に乗る順番と同乗者を明示しなおすと次のようになる。

御輿―中宮彰子、宮の宣旨（源伊陟女陟子）

一の車―殿の上（道長正室倫子）、若宮（敦成親王）、少輔の乳母（大江清通女）

二の車―大納言の君（源扶義女廉子）、宰相の君（道綱女豊子）

三の車―小少将の君（源時通女）、宮の内侍（源経房妻橘良芸子）

四の車―馬の中将（藤原相尹女）、紫式部（藤原為時女）

五の車―侍従の君、弁の内侍

六の車―左衛門の内侍、宣旨式部

第一に問題とするのは、四の車に乗り合わせた馬の中将の紫式部への過剰な意識と反応である。「わろき人と乗りたりと思ひたり」の主語は馬の中将で、「わろき人」とは同乗者となった紫式部を嫌悪する心情の形象で、後文の馬の中将の「ゆくへもしらずたどたどしき」とした足どりのおぼつかなさを、表面上は凡庸を装いながらも式部の冷徹な観察眼を過剰に意識したためと理会すれば、その緊張感ゆえのぎこちない動作から馬の中将の紫式部への意識を探り得よう。ただこうした従来の見解をさらに一歩推しすすめて馬の中将の心情の内奥に迫ったのが福家氏であった。注(28)

馬の中将の素性は道長のもう一人の妻である高松殿明子の姪であり、中宮彰子を囲む女房集団にも嫡妻倫子に近い女房と次妻明子に近い女房との間に割り切れない感情が介在していたのではないかと考えられ、しかも倫子側にいる紫式部は『源氏物語』の作者であり、その主人公である光源氏の須磨明石流謫には菅原道真ばかりではなく源俊賢や明子の父で一世源氏である高明の太宰府への流罪が影を落としているのは明らかで、当時の享受者たちは身近にそのモデル探しをして楽しんでいた傾向があり、注(29)あたかも高明が光源氏のような色好みゆえ配流の身となった事件があったのではないかと誤解されかねない書きぶりなのである。注(30)それを明子に縁故のある馬の中将が作者紫式部に対し厭う気持ちがあったとしても無理からぬことではなかったのかと福家氏は説くのである。

『源氏物語』の盛行が、安和の変での汚名に苦しむ源高明の親族にとって、いつまでも風化されない現実に身を晒されていることの堪え難い心境が、馬の中将の意識や動作に代弁されている。この場面は、宮仕え女房たちが牛車に乗る順番においてもその集団での序列を鮮明にし、出自や職責での格差が思い知らされる渦中での特異な女同士の人間関係の開陳となっていた。福家氏が馬の中将との反目の叙述を次のようにまとめている。

作者がむまの中将と同車が可能であったのは、作者が『源氏物語』で盛名を得ていたことと無縁ではなかったろう。実際の身分を超えて、作者が車に乗ったために、むまの中将は反発したと考えるのが自然である。作者は『源氏物語』創作によって、主家に厚遇されていたのであり上﨟女房に次ぐ乗車はまさに『源氏物語』の余慶というものであろう。むまの中将が『源氏物語』に反発の思いを抱いていたとすれば、作者に対する主家の厚遇はおよそ許しがたいものであったろう。（二八六頁）

明子側に連なる馬の中将の感情的なしこりが現在の紫式部に対する主家の厚遇を照らし出すとすれば、『日記』とともに表面化している紫式部の立ち位地が倫子側に据えられる不快感を誘発してくるはずなのだが、それは将来勢力の対抗構図が明子腹の能信によって先鋭化してくるのはもう少し後のことで、むしろ女方で勢力図式を顕在化すれば、明子の背後にいた東三条院詮子をこそ問題にすべきであった。

そもそも中宮彰子を取り囲む女房集団に何故このような二極化現象が顕在化するのかというと、繰り返すが道長政権樹立は一条天皇の母后詮子の支援なくして成り立たなかった。道隆没後の権力移動に伊周方は一条天皇の皇后定子への寵愛を拠り所としていたが、伊周の政治能力に疑念を抱いていた母后詮子は強力に末弟の道長を推挙していた。その背景として、もう一つ詮子との関係性を象徴するのが、道長と明子との結婚であった。『栄花物語』（巻三「さまざまのよろこび」）がその二人の結婚事情を詳しく語っている。

いとど三位殿（道長―筆者注）は思しわくるかたなう、水漏るまじげに過ぐさせたまふほどに、故村上の先帝の御はらからの十五の宮（盛明親王―筆者注）の姫君、いみじうかしづきたまへるは、源帥（源高明―筆者注）と聞えしが御弟姫君をとりて養ひたてまつりたまひしなりけり。その姫君（明子―筆者注）を后宮（詮子―筆者注）に迎へたてまつりたまひて、宮の御方とて、いみじうやむごとなくもてなしきこえたまふを、いづれの殿ばらも、いかでいかでと思ひきこえたまへるなかにも、大納言殿（道隆―筆者注）は、例の御心の色めきはむつかしきまで思ひきこえたまへれば、宮の御前、さらにさらにあるまじきことに制しまうさせたまひけるを、この左京大夫殿（道長―筆者注）、その御局の人によく語らひつきたまひて、さべきにやおはしけん、睦まじうなりたまひにければ、宮も、「この君はたはやすく人にものなど言はぬ人なればあへなん」と、ゆるしきこえたまひて、さべきさまにもてなさせたまへば、わが御こころざしも思ひきこえたまふうちに、宮の御心用ゐも憚り思されて、おろかならず思されつつありわたりたまふ。土御門の姫君（倫子―筆者注）は、ただならましよりはと思せど、おほかたの御心ざまいと心のどかに、おほどかに、もの若うて、わざと何かとも思されずなん。（①一五七～八頁）

源高明の末娘明子は左遷後、同腹の兄弟盛明親王の養女として育てられていたが、その後后宮詮子のもとに引き取られ、「宮の御方」として特別に扱われていた。そこに求婚者として現れたのが道隆であったが、その色好み性をきらって道長に明子を許したというのである。『栄花』は明子との結婚に先立って、倫子との結婚が成り立っていることを前提とした記述となっている。

倫子との結婚を当初父左大臣源雅信が反対したことからすれば、母穆子の婿かしづきで倫子とは仲睦まじくあっても、道長に気苦労があって明子側へ接近したと考えられよう。しかし、すぐに彰子が誕生（永延二〈九八八〉年）したこともあって、明子方には終生通い婚となっていた。とはいえ、このような明子との結婚がはたして詮子の政治上の影響力とつながり得るのかという疑問もさることながら、一条天皇を説得して伊周に替り内覧を道長に獲り得たこと[注(31)]などが具体的事例として想到できよう。

またこうした事情のある高貴な姫君を抱え込むことは、一条天皇膝下の政権内に無用な混乱を回避する抑止力ともなり得ようが、いかにも女方らしい配慮とすれば、道綱家にも関係がある事例に、道綱母が夫兼家と源兼忠女との間に生まれた女子を養女としたのだが、叔父の遠度が求婚してきたり、入内の噂が出たりして、その後皇太后詮子の宮の宣旨となったらしいのである（栄花、巻三①一四〇頁）。となれば、道綱女豊子はどうであったのかということになろう。

だいぶ後年のことになるが、彰子は既に女院となる後一条天皇（敦成親王）の御代のことで、その第一皇女の章子内親王と第二皇女の馨子内親王のそれぞれに美しく可憐な姿を見て、内の乳母として年功をつんでいまは美作三位と呼ばれる道綱女豊子が昔を回想する件りが『栄花物語』（巻三十一「殿上の花見」）にある。

美作の三位など、「またよき人あまた見たてまつれど、この御前たちのやうなるはおはしまさざりき。一条院の女二の宮、故女院におはしましかば見たてまつりし、それぞいとをかしげにおはしましかども、この二所の御やうには、えおはしまさず」など、けちえんに褒めまうしたまふさま、ほこりかに愛敬づきたまへり。

（③二二一頁）

「一条院の女二の宮」、つまり一条天皇皇后定子所生の第二皇女媄子内親王のことだが、定子は長保二（一〇〇〇）年十二月十五日、媄子出産後、死去し、女院詮子[注32]はかねてより今度生まれた御子を引き取る考えであったようで（栄花、巻七「とりべ野」①三三七頁）、その後媄子内親王はじめ定子の遺子敦康親王や脩子内親王もともども女院詮子のもとで養育されたのであった。掲出本文の内容が事実であったとするならば、道綱女豊子がたまたま東三条院を訪れた時、女二の宮媄子を偶然見かけたというよりも、女房として出仕していて世話などをする機会があったのかもしれない。それが「見たてまつりし」であったとすれば、道綱女豊子の初出仕が東三条院詮子のもとであったということも一つの可能性として浮上してこよう。

前記したように詮子の崩御は長保三（一〇〇一）年閏十二月二十二日だから、それ以後道綱女豊子は実家に引き籠もっていたこととし、寛弘五（一〇〇八）年に再出仕を道長家から促されたと考えることもできよう。これは新田氏の考えるところに近くなる。しかし、萩谷『全注釈㊤』は次のような考えを示している。

父道綱が参議に任じていた正暦二年（九九一）から長徳二年（九九六）までの間に、永延二年（九八八）生まれの幼い従妹の彰子に仕えて宰相の女房名を得、さらに、『権記』寛弘四年十月二十一日条に「讃岐守清通」と見える夫の官職によって「讃岐」の名が加わり、夫の祖父朝綱が長年弁官を歴任した（左少弁八年、右中弁三年、左中弁六年、左大弁三年）縁故から、「弁」という呼び名をも得たのであろう。

（八六頁）

萩谷氏は東三条院詮子のもとに初出仕したとは考えていない。つまり、道長家への初出仕の時点で父道綱の官職を根拠とする「宰相の君」に寛弘四（一〇〇七）年前後の夫清通の「讃岐守」やその祖父の弁官が新たに付け加わって「讃岐の宰相の君」とか「弁の宰相の君」とかの呼称も共存することになっているとの説明である。

それに対し、角田説を参考として前夫を参議で弁官でもあった源扶義と想定し、道綱女豊子の初出仕を東三条院詮子のもととする可能性を探っているのである。というのも、後夫となる清通との結婚や敦成親王の主乳母となる清通女である少輔乳母の継母としての立場での道長家への参仕が連動していると判断しているからである。また道綱女豊子の道長家への再出仕説は『日記』におけるもの慣れない所作や昼寝の姿を新鮮な視線で捉えるのも新参の女房に対する式部の興味関心によるところとみれば、合理的な説明がつくはずであろう。

ただ萩谷氏は豊子の年齢を夫清通や所生の定経との関係から校勘して二十九歳と推定しているのだが、それを基準とすると前夫扶義との結婚に年齢的には不都合が生じてしまうことになる。三十五歳の紫式部がどれ程道長や倫子から信任を得ているからとはいえ、『日記』では上﨟女房である「宰相の君」豊子が新参でなお年下であってこその気安さが働いての行動が目立つという点からしてもこのような再出仕説を捨て切れないのである。

ともかく国母から初めての女院として詮子の権力は表舞台である一条天皇の皇権をも左右しかねなかったのだから、後宮の女房たちの人選に関して内裏女房は言うに及ばず、キサキたちの女房にまでその影響が及んでいたことは想像にかたくない。中宮彰子付き上﨟女房でもその筆頭で中宮の御輿に陪乗した宮の宣旨にしても、源俊賢・明子兄妹にとって従兄源伊陟の娘であって、中宮権大夫俊賢の中宮への啓上の際にはその取次役であったが、『日記』には二カ所にしか記されず、萩谷朴『全注釈㊦』は「端的に言えば、紫式部は宣旨の君には必ずしも好意的ではなかったということができよう。」（一五五頁）としている。つまり詮子側の女房であったのだろう。

また三の車に小少将の君と陪乗した宮の内侍は、『権記』長保二（一〇〇〇）年二月二十五日条に「左大臣被奏云、以橘朝臣良芸子院弁命婦為宮内侍、奏聞了」と記されている通り、中宮彰子の立后に際し、通例中宮の令旨より補されるはずの宮の内侍の件を父左大臣道長がわざわざ一条天皇に奏聞して認可を受けている。その橘良芸子《おきこ》の割書に「院弁命婦」とあり、東三条院詮子に使えている弁命婦という女房であることが知られる。女院詮子の女房から中宮彰子の女房へと転任したとみられるが、同年五月二十日条には院司であった行成が女院を訪れた時に「弁命婦」の呼称のまま逢っていることからすれば、詮子の意向を受けての人事であったにせよ、病悩がちの詮子への気遣いがあっての兼任という形であったのだろうか。[注33] ともあれ、寛弘五（一〇〇八）年十一月十七日の中宮内裏還啓に際し、そのお付きの女房たちの上位に詮子没後既に七年も経つのに、なおその息のかかった女房たちが占めているというのが実状なのである。

しかし、その一方で道長の正室であり中宮彰子の母堂である鷹司殿倫子が手を拱いていることはなかった。大納言の君と小少将の君は倫子の姪であるし、中宮内裏還啓場面には、その名が挙げられていないが、大輔の命婦（越前守大江景理妻）は、倫子の実家左大臣源雅信家との縁故で彰子の入内（長保元（九九九）年十一月一日）に従った女房であろうし、大納言の君も彰子入内時か長保二（一〇〇〇）年の立后時に、養父となった伯父時中を後見役として初出仕したのであろう。[注34] しかも、詮子の力が及ばなくなった寛弘五（一〇〇八）年の敦成誕生に当たっての乳母選任に際しては、主乳母少輔以外にも倫子は自身の乳母子たちを積極的に登用した。藤三位基子（源高雅妻）と近江内侍美子（藤原惟憲妻）である。両者は修理亮藤原親明女で、姉妹そろって敦成親王の乳母であったことになる。

前掲した後一条天皇（敦成）の乳母子の一人である伊予守章任朝臣について『続本朝往生伝』に「但馬守源章任は、近江守高雅朝臣の第二の子なり。母は従三位藤原基子、後一条院の御乳母なり。[注35]」と記されている。後一条天皇の中宮威子（倫子腹）所生である馨子内親王が、長元四（一〇三一）年十二月十三日（左経記）に三条の章任邸に出御される時のことを、[注36]『栄花物語』（巻三十一「殿上の花見」）では次のように記す。

内の御乳母の大弐の三位と聞こゆるは、殿の上鷹司殿の御乳母子なり、その人の子に、丹波守章任といふ人の家

の三条なるに出でさせたまへり。　（③二一六頁）

章任の母であれば基子で、「大弐の三位」とすると美子となり[注37]、何らかの錯誤があるにしても、道長の正室鷹司殿倫子の乳母子であることの明示は、倫子の影響力の浸透と拡大を意味していよう。

さらに美子に関しては、長和二（一〇一三）年七月六日、道長の次女妍子（倫子腹）と三条天皇との間に禎子内親王が誕生した際に、その乳付となったことが『栄花物語』（巻十一「つぼみ花」）にみえる。

御乳付には、東宮の御乳母の近江の内侍を召したり。それは御乳母たちあまたさぶらふなかにも、これは殿の上の御乳母子のあまたのなかのその一人なり、大宮の内侍なりけり。　（②二三～四頁）

「東宮」が敦成親王であるから、その乳母として「近江の内侍」美子が紹介されている。そして、「殿の上」つまり倫子の乳母子の一人であったことも明らかとなっている。大宮は彰子のことで長和元（一〇一二）年二月十四日に中宮から皇太后宮に転上し、妍子が女御から中宮となっていた（日本紀略）。美子は大宮彰子の内侍となって近江内侍と呼ばれていた時期のことである。

つまり、倫子の権力の伸長基盤はあまたの乳母子たちであり、吉海直人は「倫子が彼女の乳母子達を娘腹の皇子の乳母として派遣し、後宮の実権を把握している[注38]」とまとめ、「道長の栄華を裏側（女側）から支え」た、「まさに女関白」だったとも言わしめている[注39]。

しかし、『紫式部日記』に立ち返ってみると、藤三位基子・近江内侍美子両乳母は『日記』に一度も記されていず、確認したように中宮内裏還啓の搭乗車列には言うまでもなく、敦成親王誕生後の諸儀式にもその名を他史料にさえ見出すことはできないから、寛弘五（一〇〇八）年当初の乳母の選出には含まれず、その後の任命であった可能性があろう。

倫子は寛弘五（一〇〇八）年十月十六日の一条天皇土御門第行幸によって、叙位に与り従一位を賜っていた（御堂関白記）。

後宮の実権掌握の必要性を感じ新たな乳母の増員をはかり、その対処に信頼のおける自身の乳母子である両者を送り込んだのだと考えられよう。

そうすると、宰相の君豊子の採用やひいては紫式部の女房採用に関して倫子の力が及ぶところであったのかどうかだが、もちろんそれはたとえ中宮彰子付きの女房であったにしても実家の後見なくして全てが成り立ちようがない時代だから、道長家のみの判断での採用がある程度可能であったといえよう。

紫式部の道長家への初出仕を寛弘元（一〇〇四）年とし、宰相の君豊子の出仕はその後と考えている筆者にとって、紫式部が鷹司殿倫子の女房であるという所伝は有効な視座を与えてくれる。『河海抄』「料簡」に「紫式部者鷹司殿従一位倫子一条左大臣雅信女官女也　相継而陪侍上東門院」とあり、『紫明抄』冒頭の「系図」の「紫式部」に注記して「従一位源倫子家女房」とされる。注(40)また陽明文庫蔵伝藤原為家筆『後拾遺和歌抄』勘物に「従一位倫子家女房」注(41)と記されている。ただこれらの所伝の前後には明らかに誤伝とみられる記述もあって、鵜呑みにするわけにはいくまいが、倫子が家の女房の人選に関しては、その採用権ないしは人事権の行使が可能であったこと、もっと言えば、その人事権はむしろ女方にあったのではないかとさえ思われる。深沢徹は紫式部が倫子家女房との伝承から一歩退いた認識で、「影の主人としての倫子」の立場を示し、「少なくとも女房たちの品定め（人選）においては、倫子のおめがねにかなうことが不可欠の条件であったろう。」注(42)（四六四頁）と述べている。

ところで、道綱女宰相君豊子の採用に関しても詮子方の影響が最も気にかかる事案であったであろうことは想像にかたくない。倫子にしてみれば彰子にとっても従姉である豊子なのだから、最も信頼のおけるミウチとして取り込みたいはずで、紫式部が物語作者でありながら彰子の教育係であったように、豊子に期する関係は敦成親王の乳母（実体は乳母の母代）でありながら、彰子の親身なミウチとしての立場であったのだろう。その豊子に詮子方の影響があってはならず、しかも彰子に仕える古参の詮子方上﨟女房に対してもその身分・経歴上比肩する地位を有する女房獲得によって、いわば初めての倫子方上﨟女房の中核的人材として要請されていたといえよう。そうした特別な意図をもって倫子による女房採用であったとは考えられないだろうか。

倫子にとっていや道長家にとっての第一皇子誕生に際しての乳母選出は絶好の機会であった。それは男皇子誕生の確信をもって中宮大進という役職に据えていた大江清通という道長家にとって最も信頼のおける家司の娘をその乳母に抜擢しようとの準備は着々とすすめられていた。道綱女豊子と大江清通との結婚と女房採用の時点との前後は問うまいが、豊子と清通との結婚は、清通の連れ子である娘を敦成親王の乳母抜擢の大前提としてあったのではなかったか。

紫式部から捉えた宰相の君豊子の初初しい姿や場慣れした様子が見えないその所作から寛弘五（一〇〇八）年から遠く隔たった時点での女房採用ではないことが窺い知られよう。つまり『日記』のもう一つの意図とは、宰相の君豊子という女房をしっかりと道長家の女房として、いやそれだけではなくミウチ的立場の女房として位置づけることにあったといえまいか。それが『日記』に他の女房を圧倒する頻出や特殊な描出となって現れているのだといえよう。

すなわち、『紫式部日記』は単に待ちに待った彰子の第一皇子誕生に沸く道長家の栄華を祝祭的に記録するのではなく、そこには彰子サロンの和歌的文化性を紫式部が領導し、その主人彰子を支える内なる女房の中核に宰相の君豊子を据えることが道長の正室倫子による女房経営のあるべき方向性として示されているといえよう。そうだとすれば、従来ほとんど疑いもなく『紫式部日記』は道長による執筆要請として考えられていたのだが[注(43)]、道長ではなくその正室倫子による執筆指示だとみれば、『日記』の風景も一変しよう。寛弘五（一〇〇八）年九月九日の「菊の綿」段（前掲(二)の省略部）における特別な激励やその歌中の「花のあるじ」の意味合い、あるいは同年十一月十七日の「中宮内裏還啓」段の直前に位置する「里居」段での帰参を促す皮肉まじりの手紙などが、倫子が紫式部に期待するがゆえの配慮や厚遇として『日記』に記されている。そのよってくる特別扱いの背景が倫子による『日記』執筆依頼の根拠として理会されてこよう。

六　おわりに

宰相の君豊子の父道綱に関して『栄花物語』（巻三「さまざまのよろこび」）は長兄道隆存命中にも拘らず、「よろづの兄君」（①一七五頁）とし、さらに巻四「みはてぬゆめ」では摂政道隆を差し置いて宰相にすぎない道綱を「よろづの兄君」（①一八七頁）と呼んで、兼家の子息の序列を破綻させてまで異腹の道綱を持ち上げ定位している。陽明文庫蔵伝為家筆『御拾遺和歌抄』勘物に「従一位倫子家女房」とある赤染衛門のその視点は、巻十三「ゆふしで」において亡き三条院への哀傷歌として道命阿闍梨の一首のみを記しとどめる作意と呼応するならば、道綱家の人々に対する破格な対応をどう理会すべきかということになるが、『紫式部日記』対象外の巻十九「御裳ぎ」では妍子所生の禎子内親王の裳着の儀に際し、腰結は彰子が行い、髪上役に「弁の宰相の典侍」（②三三七頁）つまり豊子が召され、その贈物として調度類いっさいが下賜され、その豪華さを「かかることおのづから先々もあるなかに、こたみの御事に御髪上の典侍の賜りたまふやうなる例はなくや」（②三三九頁）と驚きをもって書きとどめてもいる。

つまり『紫式部日記』がことさらに宰相の君豊子に焦点を当てたとする理会が妥当なのは、作者紫式部の興味関心による独断でなされた訳ではなく、道長にとって生き残った唯一の兄である道綱の存在を認め、その子女ともども道長家の発展のためにミウチとして抱え込む必要があったからで、その内輪の人的配慮からすれば、当の道長よりも正室倫子に支えられる点が多くあったということなのであろう。

注

（1）久下「その後の道綱」（『学苑』783、平成18〈二〇〇六〉年1月。本書〈Ⅲ・第三章〉所収）。「その後」とは道綱母『蜻蛉日記』に表れる道綱以後をいう。

（2）角田文衞「大納言道綱の妻―『宰相の君』の生母と女房名をめぐって―」（『王朝の映像』東京堂出版、昭和45〈一九七〇〉年）

（3）寛弘二、三（一〇〇五、六）年説が定説化しているが小学館新編全集『紫式部日記』の解説の中野幸一説に従う。以下本文引用も同書に拠るが、紫式部召人説に従うわけではない。

（4）本文「さいさ」が「さいき」の転化本文であること及びそれが道綱男である「斉祇」であることの考証は萩谷朴『紫式部日記全注釈㊤』（角川書店、昭和46〈一九七一〉年）に従う。

（5）萩谷『全注釈㊦』は引用を省略した箇所での小大輔の衣装を評して宰相の君への紫式部の心変わりを指摘する（四四七頁）が従えない。この場面の作者の精神を分析した秋山虔「紫式部の思考と文体㈠㈡」（『源氏物語の世界』東京大学出版会、昭和39〈一九六四〉年）がある。

（6）寛弘六（一〇〇九）年十月五日一条院内裏は焼亡（日本紀略、御堂関白記）し、同年十月十九日道長造営の枇杷殿に遷御した。

（7）『古事談』（一―二八）『続古事談』（一―一六）には舞で落冠した道綱を顕光が嘲ったので、道綱は「妻をば人にくながれて」との暴言を吐き非難される。この妻というのが左大臣源雅信女で道長の北の方倫子の同腹の妹であり、なお兼経の母であるらしく、道長・倫子夫妻の強力なすすめで道綱の妻となったという因縁が二人の間にはある。

（8）寛弘六（一〇〇九）年の実録的記事の欠落は、紫式部が何らかの事情で書けなかったのか、それともあえて書かなかったのか、両者の疑問に応える事由を想定できなければ充分でない。従来同年二月に伊周方の彰子・敦成への呪詛が発覚したことを原因とする説が有力であったり、また個別には藤村潔「紫式部日記の形態試論」（『藤女子大学・藤女子短期大学紀要」24、昭和62〈一九八七〉年1月。のち『源氏学序説』笠間書院、昭和63〈一九八八〉年）は六年正月から七年正月までの間は『源氏物語』続篇の執筆に没頭したため空白になっていたのが本来の形態だと推定している。それに対し拙論「宇治十帖の執筆契機―繰り返される意図―」（考えるシリーズⅡ『知の挑発②源氏物語の方法を考える―史実の回路』武蔵野書院、平成27〈二〇一五〉年。本書〈Ⅰ・第三章〉所収）は、具平親王女隆姫と頼通との婚儀及び宮の薨去とに関わる事象を指摘する。

（9）この「讃岐」の本文は道綱女豊子の夫大江清通が讃岐守であったゆえ、その注記が本文に混入したとみる。

（10）『御堂関白記』同日条に「大納言陪膳」とある。ここは『日記』の通り「大納言の君」とすべきで、「大納言」を道綱とする『大日本古記録』（第二刷以降）の傍記は誤りとする指摘は、山中裕編『御堂関白記全註釈　寛弘五年』（思文閣出版、平成19〈二〇〇七〉年）にある。

（11）寛弘五（一〇〇八）年十月十六日の土御門邸行幸時にも道綱が一条天皇の陪膳を務めていることが『御堂関白記』『小右記』で知られる。『紫式部日記』には同日に東宮傅道綱の存在さえ記されていない。

（12）久保朝孝「『紫式部日記』敦成・敦良両親王御五十日祝宴記事の比較」（『源氏物語とその前後』桜楓社、昭和61〈一九八六〉年）。同氏は「敦成親王・敦良親王に関するそれぞれの記事が両々相俟って初めて完璧性を保持し得るのである。」とも言っているが、本稿は叙述視点の動態を言う点、異なる。また管絃の宴の有無も天皇の出御に関わるとなると私的・公的の規定は流動的ではなくなるか。

（13）「弁の宰相の君」に豊子以外の別人を想定することも可能な異称だが、いまは同一人物として論を進める。この呼称に関しては後述する。

（14）福家俊幸「『紫式部日記』における三人の女房についての一考察―宰相の君・大納言の君・小少将の君をめぐる記述を中

心に―」（『中古文学論攷』9、昭和63〈一九八八〉年12月。のち『紫式部日記の表現世界と方法』武蔵野書院、平成18〈二〇〇六〉年）。以下福家説は同書に拠る。

（15）前掲久保朝孝論考に指摘がある。

（16）『日本紀略』永祚元（九八九）年二月二十四日条に「入道従三位藤原遠度薨。号北野三位。」とある。遠度は九条家師輔の六男で、道綱の叔父に当たり、『蜻蛉日記』では道綱母が養女とした源兼忠女に求婚したりする。またその遠度には二人の娘がいて、その姉が三巻本『枕草子』第百段に登場する中宮定子の妹淑景舎原子付き女房の「北野宰相のむめ宰相の君」とし、また『栄花物語』（巻五「浦々の別」）に定子所生第一皇女脩子内親王の乳母として参上した「北野の三位とてものしたまひし人の御女」（①二七三頁）もその遠度女とする考えを示す新田孝子『栄花物語の乳母の系譜』（風間書房、平成15〈二〇〇三〉年）がある。なお前掲福家俊幸論考に宰相の君の登場回数を十六回としてあるのは当然この遠度女を除外している。

（17）小野宮家の実質に関しては父為時以来好意をもった接触があり、紫式部は『小右記』長和二（一〇一三）年五月二十五日条では皇太后宮彰子への啓上の取次役を勤めていたことが知られる。

（18）西本願寺本系統『兼盛集』末尾に付載される十二首の佚名家集は従来定頼とか頼宗との説があったが、宰相の君豊子の歌集とする森本元子「西本願寺本兼盛集付載の佚名家集―その性格と作者―」（『和歌文学研究』34、昭和51〈一九七六〉年3月。のち『古典文学論考』新典社、平成元〈一九八九〉年）に従う。

（19）『枕草子』の漢詩的世界を見据えてのことであろう。前掲の公任の戯れに「わが紫」とあったゆえ「藤式部」を「紫式部」とするあだ名命名に関わること萩谷『全注釈㊤』（四八〇～三頁）に賛する。萩谷氏の言う如くここに清少納言のあだ名命名との関連性が浮上すれば、本稿にとっても有効な視座となろう。

(20)萩谷『全注釈(上)』(四九三頁)が言う紫式部が召人であるがゆえの嫉妬で倫子が席を立って去ったという理会はしない。山本淳子『紫式部日記と王朝貴族社会』(和泉書院、平成28〈二〇一六〉年)「倫子の不愉快—『紫式部日記』五十日の祝い—」に従う。

(21)増田繁夫「紫式部と中宮彰子の女房たち—中宮女房の職制—」(南波浩編『紫式部の方法』笠間書院、平成14〈二〇〇二〉年)

(22)『権記』寛弘四(一〇〇七)年十月二十一日条に「参左府、依御物忌、御讃岐守清通宅也」とある。

(23)角田文衞『王朝の明暗』(東京堂、昭和52〈一九七七〉年)「後一条天皇の乳母たち」に豊子の先夫の候補として長徳四(九九八)年七月に四十七歳で卒した参議、正四位下、左大弁の源扶義を挙げる。史料的な裏付けはなく、また大納言の君との関係も考えなくてはならず候補者としていちおう考えに入れておく。

(24)前掲増田繁夫論考は長元四(一〇三一)年に典侍を辞した芳子の妹善子とする。

(25)前掲「後一条天皇の乳母たち」

(26)行成『権記』長保二(一〇〇〇)年の記には菅原輔正とともに行事蔵人である孝標の名が記され、特に同年十月六、七日条には皇后定子の御産の際の修法料とか調度類の手配を命ぜられている。なお後年『更級日記』の作者の乳母志向にも微妙に影を落としているのかもしれない。

(27)斉信の権中納言への昇進は同じ参議であった藤原懐平、菅原輔正、藤原誠信らを超えたものであった。道長方の力が働いていたものと考えられる。なお大江清通も彰子立后時に中宮大進に任ぜられている。

(28)福家俊幸前掲書「むまの中将(一)(二)」

(29)福家氏は公任が敦成親王五十日の祝儀の酒席で「わがむらさき」と式部に戯れかけたことを、公任の若き日の昭平親王女との恋に近似していることから、自分が光源氏のモデルだとする読みに基づく発話と理会した金田元彦『源氏物語私記』（風間書房、平成元〈一九八九〉年）を紹介している。

(30) 清水好子『源氏物語論』（塙書房、昭和41〈一九六六〉年）は、高明歌が『後撰集』『拾遺集』には採択されなかったが、『後拾遺集』に十首採歌され、しかも九首が恋の部にあることは、高明を色好みとするような『後拾遺集』撰者の独特な解釈とみ、それを『源氏物語』の影響とする。

(31) 長徳元（九九五）年五月十一日、藤原道長に内覧の宣旨を賜う（朝野群載七）。

(32) 正暦二（九九一）年九月十六日、皇太后藤原詮子出家、女院号を定め東三条院とする（日本紀略）。

(33) 増田繁夫前掲論考

(34) 萩谷『全注釈(上)』二〇〇頁。但し『栄花物語』（巻八「はつはな」）と矛盾するが、源時中はこの時期大納言であった。

(35) 引用は日本思想大系7『往生伝　法華験記』（岩波書店）に拠る。

(36) 『日本紀略』長元四（一〇三一）年十二月十六日条には「卜二定賀茂斎王一第二馨子内親王卜食。去十三日。遷二座丹波守章任三条宅一。」とある。

(37) 杉崎重遠「後一条天皇の御乳母大弐三位」（『王朝歌人伝の研究』新典社、昭和61〈一九八六〉年）。なお前掲五人の乳母子のうち美子は「前丹後守憲房」の母となる。但し基子・美子を姉妹とし両者ともに天皇の乳母とする点に疑義がないわけではない。本書Ⅲ・第六章参照。

(38) 吉海直人「『御堂関白記』における「女方」について―道長と倫子の二人三脚―」（「解釈」平成4〈一九九二〉年2月）

(39) 吉海直人『平安朝の乳母達』（世界思想社、平成7〈一九九五〉年）「『栄花物語』の乳母達」

(40) 引用は玉上琢彌編『紫明抄　河海抄』（角川書店）に拠る。

(41) 陽明叢書2『後拾遺和歌集』（思文閣出版、昭和52〈一九七七〉年）。因みに和泉式部は「上東門院女房」とある。

(42) 深沢徹「紫式部、「倫子女房説」をめぐって─即自的存在者(外なる他者)と対自的意識(内なる他者)の挟間で─」(南波浩編『紫式部の方法』笠間書院、平成14〈二〇〇二〉年)

(43) 原田敦子『紫式部日記　紫式部論考』(笠間書院、平成18〈二〇〇六〉年)「紫式部日記の始発─道長家栄華の記録」等。

第五章　『栄花物語』の記憶

——三条天皇の時代を中心として——

一　はじめに

三条天皇の在位期間に当たる寛弘八（一〇一一）年から長和五（一〇一六）年という短い五年間に、ほぼ権力の基盤を固めそして手中にした道長の横暴な政治姿勢に対して、毅然と対峙したひとりの公卿が居た。小野宮流の実資、その人である。正二位左大臣道長は彰子所生の皇太子敦成親王の即位にむけ、三条天皇にも恭順な姿勢を示さず、衝突を繰り返し、退位に追い込もうと目論んでいたから、三条天皇はおのずから正二位大納言兼右大将の実資を頼りとするようになっていた。

実資は儀式作法、故実典例に精通していたから、道長といえども一目置かざるを得なかったし、頼通の時代には九条流に取り込まれはするものの、賢人右府と称されるほどで、右大臣の地位にまで昇り廟堂の重鎮としてその実力をいかんなく発揮することになるのだが、道長と相対していたこの時期に於いても、小野宮流の矜持ばかりではなく、筑前高田牧をはじめとする収益確保の経済的基盤が背後の支えとしてあったことを忘れてはなるまい。

本稿は決して実資論を意図するものではないが、実資の日記『小右記』を一級史料として取り扱うに際して、道長への個人的な悲憤慷慨ではなく、正当な評価、所感として、その批判、非難が適切であることを認知しなければならないだろう。『小右記』の道長に対する評価・所感を分析した佐々木恵介は、特に道長の〝過差〟に対する批判が全期間を通してみられ、また数的にも相当の比重を占めることを指摘している。注(1)

とりわけ賀茂祭という衆目が注視する華麗な祭列を伴う国家行事に於いて、禁制を逸脱する過差、奢侈の顕現、横行が社会文化的時流の反映としてあるばかりではなく、政治権力所在の明らかな表象となり得たのが、長和二（一〇一三）年の事例であった。過差禁制の主導者たる三条天皇の意を裏切り、道長の見物用桟敷にこともあろうに三条天皇の敦明親王以下の皇子たちを招き、過差に満ちた祭使の行列を見物していたとなると、遠藤基郎の言うが如く、「まさに公然たる当てつけと言うしかない」注(2)のであり、『小右記』同年四月二十四日条には「左府の気色によって、禊日前駈祭所過差。内には過差を停むべきよしを奏し、外には制に拘るべからざるのことを仰す。天地を恥ざるか、他事推すべし」とする批判はしごく当然なのであろう。

特に大納言実資は賀茂祭上卿を長保五（一〇〇三）年から治安元（一〇二一）年にかけて二十年近くも勤めており、当時斎院司の用途は全て諸国直納となっていたから、禊祭料の未進の催促をしたりすることまで、裏方として意を砕いた勤労ぶりであって、注(3)この孤軍奮闘下での道長の過差ぶりを眼前にすれば、実資の非難が憤慨の域にまで達する内実も理解できよう。

本稿が中心話題とする禎子内親王誕生が長和二（一〇一三）年のことであって、『栄花物語』が慶事と祝祭に沸く妍子中宮方の過差増長の可能性を、「五節、臨時祭などうちしきれば、女房のなりなど、あまた襲の御用意あるべし」（巻十一「つぼみ花」）と記している。それも長和二（一〇一三）年の五節舞姫献上者の一人が非参議から権中納言に異例の昇進をした道長の嫡妻倫子腹二男の教通であったり、翌長和三（一〇一四）年にも続けて、やはり非参議から権中納言に昇進した次妻明子腹一男頼宗が献上者となるなど、道長方に過差の要因となる慶事が実に多いのである。注(4)

十一世紀には舞姫献上が公卿・受領各二人計四人に定着する中で、注(5)長和二・三(一〇一三・一四)年は公卿三人、受領一人であって、この特殊性が教通、頼宗兄弟の権中納言昇進そして舞姫献上と道長の意向、差配であるのは確かなところだが、長和二(一〇一三)年には受領の一人が、実資家人備中守橘儀懐であったし、翌長和三(一〇一四)年の公卿の一人は実資の兄権中納言藤原懐平《やすひら》であったから、人的配置の拮抗も実資方と対峙していくかのようである。

さらにそれは、過差を取り締まる当時の警察機構である検非違使の別当(長官)人事にも異動が見られる。実資兄懐平は寛弘三(一〇〇六)年から長和二(一〇一三)年十月十九日まで別当であったが、同年十二月十九日にその後を継いだのが、権中納言兼左衛門督である十九歳の藤原教通なのであった。注(6)既に配下には道長の家司である左衛門権佐橘為義が居たし、また実動部隊の指揮を執るはずの左衛門尉には軍事貴族源頼光の息頼国という要員である。注(7)これでいったい誰の何を取り締まるというのであろうか。

教通は長和三(一〇一四)年十一月にはやばや別当を辞すが、代わって同月七日内大臣公季の一男実成が別当となっても状況に変化はない。同年頼宗が五節舞姫を献上する際、舞姫扈従の童女・下仕に過差禁制の織物を着用させたのである。父道長の「不可有禁制」の指示によって、三条天皇の仰せを意図的に破り、御覧に呈したのであるから、小島小五郎の言う如く「禁制を無視蹂躙する首魁は、これに最大の責任を有すべき、摂関家そのものであったとすべきであらう」注(8)ということができる。

このような過差禁制をもって徳政を志向する三条天皇・実資方と摂関家道長との確執は、微妙な人的配置まで影響して対峙するが、道長息能信(明子腹)の動向などが、いずれ大河の流れを左右するようになることからすれば、三条天皇の時代を発芽として後三条天皇の時代から顧みることもできよう。福長進は次のように述べている。注(9)

後三条天皇は後朱雀天皇の性格を引き継ぎ、後冷泉天皇は後一条天皇のそれを引き継いでいると言えよう。後見との関係も、後一条天皇も後冷泉天皇も関白頼通に政治を委ねたのに対して、後朱雀天皇は政治を頼通に任せきるのではなく、主体性を確保したのであったが、後三条天皇は頼通と対立し、登極後は自らの判断で政治を仕切った（略）実は後朱雀天皇、後三条天皇を支えた公卿は、大雑把に言えば、小野宮流の人々であり、摂関家の人で言えば、傍流にあたる能信、さらには能信と姻戚関係のある公季流の人々、藤原隆家の子孫にあたる人々であった。一方、後一条・後冷泉の両天皇を支えたのが、頼通を始めとする摂関家本流の人々であり、頼通と姻戚関係で結ばれた人々であった。『栄花物語』はかかる公卿層の動向を見据えた叙述をなしているわけではないけれども、道長薨後の後一条天皇の御世から後三条天皇の御世に至るまでの流れをかなりの正確さで言い当てていることが知られてくるのである。

皇統と後見の大きな見取図、系譜の図式化だが、道長流政権下としての認識とすれば、既に一条天皇と三条天皇とに萌芽を見定めることができようし、そうだとすれば、道長流と小野宮流との対立が表面化する嚆矢が三条天皇の時代で、それも禎子内親王誕生と、それに関わる人事配置こそが決定的な誘因となり得るのであろう。

福長氏は『栄花物語』が、このような公卿層の動向を見据えた叙述をなしている訳ではないというが、『栄花』の物語性と歴史的事実との関連性をどのように把握するのが至当なのか、とりわけ後宮の様相、それは后人事だけにとどまらず、女院や一品の宮の動向に注視する視点を本稿は持ちたいのだが[注(10)]、その意図する執筆姿勢や叙述方法などを《記憶》の用語《ターム》をもって考えようとするものである。もちろん、《記憶》こそが真実となり得る危険性もおのずから胚胎するという意味も踏まえてのことである。

二　妍子と娍子の立后

道長の二女妍子が東宮居貞親王（三条天皇）に参入するのは、寛弘七（一〇一〇）年二月二十日のことだが、『栄花』は「輝く藤壺」ともてはやした中宮彰子の入内（長保元〈九九九〉年）から十年後とするためか、寛弘六（一〇〇九）年のこととする。既に東宮居貞の後宮には藤原済時の娘宣耀殿女御娍子が居て、その所生として長保二（一〇〇〇）年の時点で敦明をはじめ敦儀、敦平の三皇子があった。

道隆が関白となって、定子の同母妹原子が長徳元（九九五）年に居貞の後宮に入内した時の様子を『栄花』は、「年ごろ宣耀殿を見たてまつりたる心地に、これは事にふれ今めかしう思さる。女御もかうもてなすと思さねど、御衣の重なりたる裾つき、袖口などぞ、いみじうめでたく御覧ぜられける」（巻四「みはてぬゆめ」）と叙していて、娍子の古風な調度類は叔母芳子のために故村上天皇が寵愛の証として作らせた由緒あるもので、原子の華麗な衣装の「今めかしさ」の対比をもって、居貞の気を魅こうとしていた。しかし、「東宮には宣耀殿のあまたの宮たちおはしまして、御仲らひいと水漏るまじげなれば、淑景舎（原子—筆者注）参りたまふこと難し」（巻七「とりべ野」）であって、居貞の娍子への寵愛を揺るがすことができなかったのである。[注11]

それが、尚侍妍子の参入時に於いても再び、娍子の「故村上の帝の、かの昔の宣耀殿女御（芳子）にしたてまつらせたまへりける」（巻八「はつはな」）古風な調度類[注12]との対比が採り挙げられ、さらに妍子の衣装に関しても、「こと御方々よりも、はかなう奉りたる御衣の袖口、重なりなどの、いみじうめでたうおはしませば、殿の御前も、いとどめでたうのみ重ねきこえさえたまふめり」（同）とあって、妍子の華やかさは、逆に原子の二の舞を危惧させるような叙述構成となっている。ましてや現実の居貞（三条天皇）が衣装の華美に心を動かし得るのか。道長の努力も徒労に過ぎなかったのではないか。[注13]

しかし一方で、妍子方の女房達のみごとな装束を、「えならぬ織物の唐衣を着、おどろおどろしき大海の摺裳どもを引き掛けわたして」（同）となると、彰子入内時の女房が「大海の摺裳、織物の唐衣など、昔より今に同じやうなれども、これはいかにしたるぞとまで見えける」（巻六「かかやく藤壺」）を想起させる叙述ともなっているから、居貞と娍子との水も漏らさぬ「御仲らひ」が、一条天皇と中宮定子との強固な〝仲らひ〟に重なり、むしろ逆転して、「弘徽殿（義子）、承香殿（元子）、暗部屋（尊子）など参りこませたまへり。されどさるべき御子たちも出でおはしまさで、中宮のみこそは、かくて御子たちあまたおはしますめれ」（同）とする文脈を生み出しているのかもしれない。なぜならば、「御子たちあまた」とあるが、当時定子には脩子内親王と敦康親王の二人だけであったから、これが「宣耀殿（娍子）のあまたの宮たちおはしまして」に照応して、二人の絆を乗り超える視界を点綴するに至るとも言えよう。

つまり、一条天皇の「むげにねび、ものの心知らせたまへれば、いとどものの栄えもあり、また恥づかしうもおはします」（同）という大人の見識に拠る寛容が、居貞にも備わってきていて、同じく「御年などもねびさせたまひにたれば、何ごとも見知り、ものの栄えおはしますにこそ、いと恥づかしう、いとど何ごとにつけても、その御用意心ことなり」（巻八「はつはな」）と叙されてゆく文脈の形成に注目すべきなのである。いわば一条天皇が定子に替わって彰子を受け入れたように、娍子との絆に風穴をあけ、居貞が妍子を受け入れる下地の確認ともいえるのである。その上、娍子が妍子の参入を快く受け入れ、母親のように「今なん、心やすく見たてまつる」（同）とする謙譲と献身を示すから、注(14)一部に緊張はあっても、『栄花』は東宮後宮に於ける妍子対娍子という対立の構図は現出させないのである。

寛弘八（一〇一一）年十月十六日、三条天皇即位による妍子立后への道に於いても、彰子を先例とする意図が道長にあったに違いない。彰子の場合は定子が既に中宮で、長保二（一〇〇〇）年二月二十五日、定子を皇后に転上して、彰子を中宮に据えた。道長の《中宮》への固執は、瀧浪貞子の極論が示すが如く、《中宮》は単にキサキの称ではなく、皇位継承権を胎する嫡妻、つまり天皇の生母＝国母の尊称として用いられている伝統と格式が備わっている呼称として認識していたのであろう。[注(15)]『栄花物語』は妍子立后を次のように語る。

内には、督の殿の后にゐさせたまふべき御事を、殿にたびたび聞えさえたまへれど、「年ごろにもならせたまひぬ、宮たちもあまたおはします宣耀殿こそ、まづさやうにはおはしまさめ。尚侍の御事は、おのづから心のどかに」など奏せさせたまへば、「いと興なき御心なり。この世をふさはしからず思ひたまへるなり」など、怨じのたまはすれば、「さは吉日してこそは宣旨も下させたまふべかなれ」と奏して出でさせたまひて、にはかにこの御事どもの御用意あり。何ごともそれに障り、日など延べさせたまふべき御世の有様ならねば、二月十四日に后にゐさせたまひて、中宮と聞えさす。いそぎ立たせたまひぬ。

（新編全集栄花物語①巻十「ひかげのかづら」五〇二頁）

妍子より先にまず「宮たちもあまたおはします宣耀殿」娍子こそ、[注(16)]后になられるべきと勧める道長の謙譲が、むしろ三条天皇の「いと興なき御心なり。この世をふさはしからず思ひたまへるなり」とする恨み言を導き出して、いっけん円滑に妍子立后を運んだかのようなのである。しかし、このやりとりは、道長に娍子の立后を容認させていることにもなっていて、その背後に三条天皇の意向が見え隠れしている。そもそも道長に娍子を立后させる気持ちがあったのか。あったのなら何故娍子をまず中宮となして、後に妍子を中宮に据えるため、定子の場合と同じく娍子を皇后に転上させる方法を採らなかったのだろうか。

彰子の場合は、中宮定子が出家の身であるため祭祀を行えないという一条天皇の蔵人頭藤原行成の説得工作[注(17)]には理があって、一帝二后が成立し、〝中宮〟という正后の地位を確保することができたのである。ところで、娍子立后の宣命作成に於いて、実資が「尊二中宮一為二皇后一、以二女御一可レ為中宮一歟」（小右記、長和元（一〇一二）年四月二十七日条）と三条天皇に問い直していることが、とりも直さず女御娍子をまず中宮としておく段取りが、有効であったことを知らしめている。道長に油断か誤算があったとしか思えないのである。

前掲『栄花』の引用末尾に「いそぎ立たせたまひぬ」とあったが、妍子立后の兼宣旨（内示）が長和元（一〇一二）年正月三日であり、立后の儀が二月十四日となるから、実際は四十日以上の日数が立っている。その期間に妍子方に支障があったり準備がとどこおるような理由は特になさそうだから、妍子をまず中宮となすことに思慮を欠いたという認識が道長に起きたかもしれないのである。[注(18)]

もしその誤算が、娍子の父藤原済時（芳子の弟）が大納言兼左大将どまりで、長徳元（九九五）年に死去していたことを、『栄花』では三条天皇の口を借りて「今も中ごろも、納言の女の后にゐたるなんなき」（巻十「ひかげのかづら」）とした、その大納言の娘であることへの油断があったとしたら、明らかに道長に読み違いがあったのだろう。そして三条天皇は即位の儀の前からたびたび道長に関白就任を勧めていたのを、道長は固辞して、一条天皇の時代と同じく内覧にとどまる宣旨をもらっていた（御堂関白記、寛弘八（一〇一一）年八月二十三日条）手前もあって、即位後間もなくに娍子立后に対する三条天皇の意向を無にして、あえて険悪な状況に陥る必要もないと判断したのであろう。前記『小右記』長和元（一〇一二）年四月二十七日条に於いて、実資の問いに対して、三条天皇は「ただ皇后と為すべき」と即答しているところをみると、立后の兼宣旨の時点（御堂、三月七日条）で、服部一隆の言うように、娍子を皇后とし妍子は中宮のままとする合意が、三条天皇と道長の間にあったと見るべきだろう。[注(19)] もちろん、三条天皇と道長とに〝皇后〟と〝中宮〟の身位に対する認識に差があったというべきであろう。[注(20)]

ともかく道長の妥協と、故大将済時に対して贈大臣とする恩情を示すことで、娍子は長和元（一〇一二）年四月二十七日、立后の儀をむかえることになる。ところが、同日に妍子入内が重なったため、公卿以下ほとんどが中宮のもとに馳せ参じた。立后の儀に参列の公卿は、皇后宮大夫藤原隆家、右衛門督藤原懐平、娍子の弟である修理大夫藤原通任、そして立后の内弁をつとめることになった実資と、近親の上達部四人だけとなった。上卿として大納言実資が諸事を取りしきることになったのも、右大臣顕光は病気を理由に、内大臣公季は物忌のため不参となったためで、これも道長に対して「万人致二怖畏一」（小右記）結果であって、実資は『小右記』に「相府立后事頻有二妨遏一」と記していて、明らかに妨害としてみている。しかし、当日は道長男教通と公任女との結婚の儀の計画もあって、妍子入内の件は偶然にずれ込んできたようで、時刻が異なるから支障ないと道長に強行に進言したのは源俊賢であったし、道長も「年来相親人」（御堂）である隆家と懐平の不参を訝しがっているところからしても、これをもって道長の計画的な妨害工作とするには当たらないであろう。[注(21)]

道長が娍子皇后冊立を快く思っていないのは事実であったにしても、それを容認し、同月二十五日（御堂）には、娍子に立后料として絹百疋を贈っているのだから。むしろ注意したいのは、実資が三条天皇から依頼された立后宣命の草案を先に立てた后がいるからとの理由で削除変更するように命じた道長の意図するところであって、それは〝皇后〟の后権に対する実資との認識の差も浮き彫りになることになって、宮廷政治史上看過できないことと思われるからである。

つまり、服部氏によると、道長は通常の立后宣命である文頭の「食国天下政波独知倍支物爾波不有、必毛後倍政有倍之、自古行来留事爾弖」箇所の「天下政」以下と次の文を削除し「食国止之天自レ古行来」と書くように指示し、以下「皇后弖志闌中乃政波成物止奈母常毛所聞志行須」に於ける「闌中乃政」に関わる箇所は、前文「後倍政」と同じく削除するよう命じたのであった。[注(22)]要するに、この削除変更の意図するところは、「しりへの政」＝「闌中の政」に関わっていて、皇后娍子の後宮を統括する后権を剥奪し、中宮妍子にのみそれを認めることによって、〝皇后〟と〝中宮〟の差別化をはかったのである。黒板伸夫は、この立后宣命に関わる道長の干渉を次のように述べている。注(23)

道長は宣命の案を内覧して、いろいろと文句をつけいわば立后の宣命のきまり文句である皇后の後宮支配を意味する文言も、すでに先立の正后があるからとの理由で削除させ、娍子を名ばかりの皇后に祭り上げようとの意図を露骨に示している。

子のない妍子を先に后に立て中宮としたことは、注(24)道長の父兼家が右大臣の時、第一皇子を擁する梅壺女御詮子を差し置いて、円融天皇の計らいで、太政大臣頼忠の娘遵子が中宮となったことに対応し、「素腹の后」（巻二「花山たづぬる中納言」）と非難されたことを『栄花』は忘却したのであろうか。注(25)さらにこの逆転劇は、一条天皇の第一皇子敦康親王を擁する定子を皇后とし、彰子を中宮に据えての初めての一帝二后並立という快挙をしっぺい返しのように逆手に取られて、道長はいったん窮地に追いこまれたようだが、内覧としての立場を巧みに活かして娍子立后宣命の上記文言削除によって、妍子の〝中宮〟としての身位を〝皇后〟の単なる別称ではなく、後宮の統括と将来の国母としての立場を確保したといえよう。

ところで、妍子立后の儀の当日、里邸に於ける本宮の儀に臨む新中宮が、蔵人所から贈られた大床子に髪上げ姿で着座する様や、中宮の象徴として帳台の前に左右に置かれた獅子と狛犬を記述する視点は、新中宮となった彰子の参内記事（巻六「かかやく藤壺」）を彷彿とさせる方法ともなっていて、その上で「大饗」に言い及ぶのは、やはり『栄花』正編に於いては、彰子と妍子のみであって、注(26)大饗が実際に行われたかどうかは問題ではないのである。つまり、前掲引用本文の末尾に、妍子立后を「二月十四日に后にゐさせたまひて、中宮と聞えさす」とし、娍子の立后を「四月の二十八日后にゐさせたまひぬ。皇后宮と聞えさす」と、同じ后でも「中宮」と「皇后宮」という対照による呼称表記の峻別は、『栄花』にとって道長の認識と切り結び、価値ある相違であることを明示させているはずなのである。
ともかく長和元（一〇一二）年二月十四日に於ける妍子の中宮立后は、同日皇太后遵子を太皇太后に、中宮彰子を皇太后に転上させる仕儀ともなっている。皇太子敦成親王の母彰子が皇太后であるべき関係を重視してのことであることは、道長三女威子が立后の際の一件でも知られる。それは、左大臣藤原顕光が「中宮乎皇太后仁」であるところを、「皇后宮乎皇太后仁」と宣命の主旨を取り違えて内記に指示したのを道長が聞き、「被罵辱左大臣之詞」（小右記、寛仁二〈一〇一八〉年十月十六日条）と激怒した様子が伝えられている。このことは、服部氏が言うように、皇太后の身位は皇后から機械的に行われるものではなく中宮から転上すべきとの道長の考えを端的に示している例といえよう。
その事の意味を踏まえれば、威子立后に関してあまりにも簡略に、そして結果のみを事務的に記すような『栄花』の執筆姿勢も首肯されなくはなかろう。

寛仁二年十月十六日、従三位藤原威子を中宮と聞えさす。ゐさせたまふほどの儀式有様、さきざきの同じことなり。もとの中宮をば、皇太后宮と聞えさす。尚侍には弟姫君ならせたまひぬ。

（巻十四「あさみどり」②一五六頁）

道長の栄華の極みとされる三后並立が実現する威子立后記事が、新中宮と彼女を取り巻く女房達の華やいだ有様を写し出すこともなく、「さきざきの同じことなり」と省筆されている。この簡略性の理由に制約となる資料不足を認めながらも、三后並立の意義はかなり認められるとして池田尚隆は次のように述べている[注27]。

ここで彰子立后に触れていない点が注目される。彰子はこの年の正月七日に皇太后から太皇太后に登っている。『栄花物語』はこの彰子の太皇太后については何も記していない。となると妍子が皇太后になるについては、彰子の地位が疑問として浮かぶところだろう。しかし『栄花物語』にはその痕跡はない。それでありながら結果的に、ここで彰子については何も記さず、妍子の皇太后だけを書くという〝正確〟を見せているわけである。日付け等の有り様も含めて、これはこの日の移動を記した良質の資料を思わせる。もちろん、中宮に立つことの注目度は大きい。そこからいわば自動的に昇ることの多い皇太后や太皇太后への移動を同一視はできないだろう。ここに記された妍子の皇太后を中宮の地位を空けるものと考えれば、彰子がみえないことをあまり問題にする必要はないのかもしれない。嬉子尚侍記事の位置の誤りも含め、疑問も残るのではあるが。

道長にとってわが娘を帝の后として中宮から皇太后へとする転上は最善のルートとして腐心し築き上げたのであって、決してそれは「自動的に昇る」ことができる地位ではなかった。そして、さらに「妍子の皇太后を中宮の地位を空けるもの」と考えれば、本来皇后のうち天皇の生母のみが皇太后に冊立されると想定されるに反して、いまだ禎子内親王の母にすぎない「もとの中宮」妍子を皇太后とする意図も隠されているのだし、また道長四女嬉子の尚侍記事が続くのが疑問となるのは当然なのであろう。注(28)

威子立后を喜ぶ道長は『御堂関白記』にいる。それに対し、『栄花』は「かくて后三人おはしますことを、世にめづらしきことにて殿の御幸ひ、この世はことに見えさせたまふ」と、三后並立の意義は十分に認めながら、あくまで結果にすぎないとの口吻の体なのであろう。事の次第を熟知し客観視した文体だとすれば、それは道長の心奥に最も寄り添っているともいえよう。

つまり、この十月十六日ではなく一カ月後の十一月十五日に尚侍となる嬉子について、あたかも同日のように「尚侍には弟姫君ならせたまひぬ」と続くことの意味に、『栄花』は着目しているのであり、それは道長の子女姉妹たちが、順次〝尚侍〟の地位を空け〝中宮〟となり、またその〝中宮〟の地位を空け、そして〝皇太后〟となり、その順送りとなる構造こそが重視されなければならないのであって、三后並立とは、やはりその結果なのである。だから、中宮に「ゐさせたまふほどの儀式有様、さきざきの同じことなり」とは、単なる省筆の語法などではなく、最も的を射た〝繰り返し〟の言質なのだと理会したいのである。

そこで、前掲引用した妍子立后記事に立ち返ってみると、「内には、督の殿の后にゐさせたまふべき御事」「尚侍の御事は」とあったことにあらためて注意しておきたい。実は、妍子は寛弘八（一〇一一）年八月二十三日に娍子とともに[注29]女御となっていたのだから、尚侍から直接中宮となった訳ではないのである。しかし、この文脈は尚侍から直に中宮に冊立されたような構成となっている。尚侍職が中宮へと転上するため、待機する〝きさきがね〟の地位として確保されていくのである。[注30]三女威子も『日本紀略』は「女御藤原成子ヲ立テ、、中宮ト為ス」と記し、女御から中宮となった次第を明かすのだが、『栄花』は「寛仁二年十月十六日、従三位藤原威子を中宮と聞えさす」と、〝女御〟威子とは記さない。道長の意図した尚侍→中宮→皇太后のルートが完成したことを、三后並立よりも重視した『栄花』の視点が窺い知られるのである。

三　禎子内親王誕生

（1）産養

三条天皇中宮妍子の初めての子が長和二（一〇一三）年七月六日誕生の禎子内親王である。[注31]男皇子ではなく皇女であったことを『栄花』も道長の落胆を隠さず、「殿の御前いと口惜しく思しめせ」（巻十一「つぼみ花」）と記すが、いずれは男皇子の生まれることを期待して「これもわろからず」と思い直させている。これは、『栄花』が、道長の初孫として東宮となった敦成親王の誕生を「初花」とするのに対し、「つぼみ花」と呼び、「ただ今こそ心もとなけれど、時至りて開けさせたまはんほどめでたし」と、禎子内親王が後に東宮時代の敦良親王（後朱雀天皇）と結婚し、後三条天皇の生母となる事実を知っているからとみるのが穏当であろう。

ところで、女皇子である現実に直面している道長がかなり不機嫌であったことは、『小右記』に「相府已ニ卿相・宮ノ殿人等ニ見エ給ハズ。悦バザル気色甚ダ露ナリ。女ヲ産マシメ給フニ依ルカ」（七日）と、賀を述べるためにやって来た卿相等にも対面しなかったようであり、[注32]九日も「左相国、猶、悦バザルノ気有リ」と記されていて、依然として不機嫌であったことが知られる。その間、八日には御剣が下賜されたはずで、『御堂関白記』にも「大内ヨリ朝経朝臣ヲ以テ御剣を給フ」と書きとめられている。これを『栄花』は以下のように記憶にとどめる。

内には、けざやかに奏せさせたまはねど、おのづから聞しめしつ。御剣《みはかし》いつしかと持てまゐれり。例は女におはしますには御剣はなきを、何ごとも今の世の有様は、さきざきの例を引かせたまふべきにはあらねば、ことのほかにめでたければ、これをはじめたる例になりぬべし。（②二三頁）

通例では皇女の場合は、御剣は贈られないのだが、この禎子内親王が初例となったというのである。当初御剣使を命じられたのは頭中将藤原公信であって、彼は「憚ル所有ルニ依リ」（小右記、八日条）辞退し、近衛府の所属でない頭弁朝経に代わったのである。[注33]背後に公信の個人的な理由ではなく拝命できない不都合な事があったのかもしれない。それが「内には、けざやかに奏せさせたまはね」に関わるとすれば、女皇子であることを知った三条天皇が御剣勅使を送ったかどうか。『栄花』は格別に栄えある事として認知するばかりだが、不機嫌に口を閉ざす道長によって、結果的に新制・新定の一つとなった可能性も否定できないであろう。[注34]

また八日には三日夜の産養の儀がとり行われた。『栄花』の産養に関する記述をつづけて引用しておく。

御産養、三日夜は殿せさせたまふ。五日夜は宮司、七日は公より、九日は大宮よりぞせさせたまふべかめる。このごろ殿ばら、殿上人の参る有様、三位よりはじめて六位まで、ただ大宮の御時の有様なるべし。（②二五頁）

これによると、三日夜は道長が主催し、五日夜は中宮職の官人が担当、七日夜は朝廷から、そして九日夜は皇太后宮彰子がとり行うのである。しかし、史実では三日目の産養は中宮職が奉仕し、五日目が生母の父＝外祖父道長が主催しているのであって、そこが逆になっている。単に記憶違いの錯誤とするには、「ただ大宮の御時の有様なるべし」と、大宮彰子の時の産養を先例として比肩しているのであって、先の「つぼみ花」とした湯殿の儀式の有様を写し出す文脈に於いても、「白い御調度など、大宮の御例なり」として、その対照性は一貫して明らかなのである。もちろん、皇太后宮彰子の先例というのは、敦成親王誕生時の産養を指していて、『紫式部日記』に拠りながらも、『栄花』は巻八「はつはな」に詳細に記述していたのであった。確かに三日夜は大夫藤原斉信をはじめとして中宮職の官人が奉仕していて、五日夜が道長で、七日夜は天皇主催の産養となり、多くの内裏女房たちの参列があり、九日夜は、母方の親族代表として東宮権大夫である弟の頼通がとり行っている。ということは、先例とも史実とも異なる設定に『栄花』はあえて組み替えたということになろう。

二后並立とはいえ、中宮として皇位継承権を確保している彰子に、ようやく一条天皇の第二皇子敦成親王が誕生したのは寛弘五（一〇〇八）年であって、定子所生第一皇子敦康親王誕生の長保元（九九九）年から九年後のことであった。であるから、たとえ妍子に男皇子が産まれたにしても、三条天皇の皇后娍子腹である第一皇子敦明親王が生まれたのは、彼らよりもさらに早く正暦五（九九四）年のことであり、既に二十歳となっている。道長が万難を排して妍子を中宮としたにしても、その中宮に男皇子が誕生しなければ、そうした努力も水泡に帰することになる。

つまり、男皇子誕生を願うというより、男皇子でなければならなかった道長にとって、皇女禎子誕生は想定外の打撃であって、その失望落胆は前記『小右記』が示す通り、実に大きかったはずなのである。それを『栄花』は〝悦び〟に転換させる意図で、いかにも簡略で具体的描写をともなわない記述の中で、本来中宮職が担当し、奉仕した三日夜の最初の産養を、いまだ不機嫌であるはずの道長に率先してとり行わさせたということなのではないだろうか。それは現実を把握していたからこその『栄花』作者の所為として考えてみるべきものであろう。

ただ、そうした道長だが、九日目の夜、皇太后宮彰子が主催する産養では多少笑みを浮かべたと推察される。『大鏡』（道長伝）に道長の詠歌として「おと宮の産養をあね宮のしたまふ見るぞうれしかりける」と記されている。姉彰子が妹妍子のために産養を奉仕する構図が、父道長にとって満悦なのであり、姉妹の連鎖の〝しくみ〟にこそ道長の意図した眼目が吐露されているとみることができよう。

それにしても妍子の出産に関わる中宮職の影は薄いと言わざるを得ないから、三日夜担当の産養を後の五日目に回されたにしても内部矛盾でありながら、物語展開上さほど違和感はないのかもしれない。当夜の儀は『小右記』に詳しいが、『御堂関白記』にも八日条に「今夜庁官奉仕御生養事、大夫御前、権大夫・能信等御衣、皆有風流」（大日本古記録）と記されている。中宮大夫は妍子立后の際にも、「大夫には大殿の御はらからのよろづの兄君の大納言なりたまふ」（巻十「ひかげのかづら」）とあった大納言藤原道綱で、その大夫を補助する中宮権大夫が源経房であり、妍子の異母弟能信が中宮権亮となっていた。『御堂』は権亮である能信の前に順序としては亮の藤原惟風を挙げるべきところだが、明子所生のわが息への注視とみられよう。能信は後に禎子内親王の皇后宮大夫を勤め、そしてその所生の尊仁親王（後三条天皇）の東宮大夫となり、後三条天皇即位を実現していくこととなる。

中宮妍子の大夫であるべき道綱が何故か遠景に退いているといえる。妍子が懐妊により内裏を退出するに際し、母倫子とともにいったんは東三条院に入るが、長和二（一〇一三）年正月十六日に火災があり、「斉信の大納言の大炊御門の家」（巻一「つぼみ花」）に移ることになったのである。『日本紀略』十六日条には、「今夕行啓春宮大夫斉信卿郁芳門第」とあって、「大炊御門」と「郁芳門」は同じ路の別名だから、斉信邸に行啓したことは間違いなく、『小右記』

注(35)

同日条にも「今夕可渡給之家有僉義、春宮大夫斉信家当吉方」とある。吉方に当たるという理由で選ばれた斉信邸の所在を『全註釈』は「中御門大路と大炊御門大路にはさまれた、おそらく南北二町の邸であったのではないか」（四六頁）と推察する。

ところで、斉信邸と同方向とは言えないまでも、大炊御門邸として知られるもう一つの邸第があった。それは中宮大夫道綱邸である。『小右記』長和二（一〇一三）年六月二十四日条に、権大納言・権中納言となった頼通・教通兄弟が昇進の挨拶に伯父道綱邸にむかったことが以下の如く記されている。

新大中納言依二相府命一。向二中宮大夫家一、日来住二頼光宅一、然而到二本家大炊御門家一、乍レ立退出云々、彼中宮大夫住二頼光宅一、依レ為レ聟、依レ悪二彼宅一向二本家一云々

源頼光の聟となっていた道綱は、頼光の一条邸に住んでいて、本宅の大炊御門邸には不在であったのだが、頼通・教通の二人は「依悪彼宅」との理由で頼光邸に行くことを避けたようだ。道綱の正妻は倫子の同母妹であったが、すでに亡く、朧谷寿は、その忌避した理由を「今は亡き叔母への同情から、一種の憎しみのような気持が彼らの心中にはあったのではなかろうか」とする。[注(36)]

事は半年前のことである。道綱が舅頼光の一条邸に既に移り住んでいたかは史料に確認できないところだが、道綱の本宅は確かに「大炊御門家」と呼ばれていた。『栄花』が「斉信の大納言の大炊御門の家」と記すのは事実だとしても、本来は東宮大夫である斉信邸ではなく、中宮大夫である大納言道綱邸の「大炊御門の家」に中宮の行啓があってもよいはずなのである。僉義の結果、吉方である斉信邸に決まった。道長は斉信に対し「年来の間、語らふ人なり」「年来の芳心、此の時に有り」と『御堂関白記』（十六日条）に記し、信頼と感謝の念を表している。ただ斉信に最も信頼を寄せていたのは、敦成親王誕生時、中宮大夫としてその任を全うする姿を間近に見ていた彰子ではなかっ

たか。斉信邸決定に皇太后宮彰子の意向が反映されたかどうか定かではないが、中宮妍子は四月十三日、斉信邸を出、彰子の枇杷殿に立ち寄ってから土御門邸に入ったのである。因みに、道綱の娘豊子は東宮敦成親王の乳母であり、頼光は東宮権亮で、道綱の縁者も敦成に近侍している。

(2) 乳母選定

誕生した禎子内親王の乳付役は、東宮敦成親王の乳母の一人であったが、中宮大夫道綱の娘豊子ではなく近江内侍[注37]であった。

御乳付には、東宮の御乳母の近江の内侍を召したり。それは御乳母たちあまたさぶらふなかにも、これは殿の上の御乳母子のあまたのなかのその一人なり、大宮の内侍なりけり。(②二三頁)

従来、『御堂関白記』にも「乳付等、母奉仕す[注38]」(六日条)とあって、常に付き添う妍子の母倫子の乳母子の一人とする文脈を重視するが[注39]、大宮である実姉彰子の内侍であり、その子東宮敦成親王の乳母である点を軽視すべきではなく、実質的な差配、乳付及び乳母の選任に当たっては、皇太后彰子の意向の反映と考えたいところである。

近江内侍は、禎子との対面のための三条天皇の行幸によって加階の栄に浴し、『御堂』九月十六日条に「従五位上美子」とみえる藤原美子が、その人であろう。新田孝子に拠ると、美子は藤原親明の娘で、寛弘五(一〇〇八)年に彰子の中宮亮兼近江守で、道長の家司でもあった源高雅の室家であったゆえ〈近江〉を冠称としたという[注40]。ところが、高雅は寛弘六(一〇〇九)年八月二十七日病のため官を辞し、翌日出家してしまうから、近江内侍が授乳以前の儀式的、形式的な乳付だけでは済まされず、乳母が決まるまで十六日間も乳母の代わりを務めていることで、不都合を生じてしまうのである。

そこで、新田氏は八十嶋祭使の典侍に関して、『小右記』寛仁元（一〇一七）年十二月十五日条にある「今夜八十嶋使典侍入京近江守惟憲妻」と『左経記』寛仁元（一〇一七）年十一月十一日条の「以藤原美子可任典侍職者」とを照らし合わせて、八十嶋祭使の典侍が、藤原美子であり、その時には近江守惟憲の妻であり、高雅の室家であった美子が惟憲に再嫁したと推断したのであった。さらに『尊卑分脈』に於いて惟憲男憲房の注記に「母修理亮親明女」と記載されているところから、惟憲との再婚後の出産が考えられ、長和二（一〇一三）年七月の禎子誕生時、美子は既に東宮敦成親王の乳母であって、その上「東宮まだ御乳きこしめすほどなれば、内侍疾う参るべき御消息しきりなり」（巻十一「つぼみ花」）と、授乳可能であった。

惟憲は道長の家司であり、寛弘五（一〇〇八）年十月十七日には敦成親王家の家司（御堂）となっているから、高雅没後の美子との再婚も、道長の指示するところであったのだろう。美子は、寛弘五（一〇〇八）年敦成誕生当初からの乳母ではなかったから、近江内侍の存在は『紫式部日記』に見えないのも当然だといえ、倫子の乳母子である美子が敦成親王家の家司となっていた惟憲との縁で、あらたに東宮敦成親王の乳母に抜擢されたと考えられる。

そうだとすれば、近江内侍美子の乳付役選任の場合は、彰子よりも道長の政治的意図を背後に察した方がよいかもしれない。父三条天皇は完全に無視され、帝の乳母ではなく東宮の乳母が乳付を行っていて、古海直人は「当時五歳の東宮が乳をほしがったとき、多くの乳母の中からことさら近江の内侍を召すのは、何か理由があるのだろうか」（前掲書八六頁）との疑問は、前記皇女誕生を秘すという点から、道長腹心の女房である必要があったからであろう。美子は新しい乳母が決定してようやく宮中に帰参することになったのである。

> 「御乳母に参らん」など申す人々あまたあるを、心もとなく思しめすほどに、故関白殿の御子といはるる中務大輔周頼の君の妻ぞ参りたるは、やがて夜の中に御乳きこしめさせて、内侍は内裏へ参りぬ。さべき贈物など、い

とおどろおどろしう思し掟てさせたまひて、御乳付にしもあらず、やがて御乳母の中に入れさせたまひつ。（②二五頁）

妍子中宮にもとから仕えている女房たちの中に、乳母を希望する者が大勢いたにも拘らず、「いかにもいかにもただよそ人の新しからんをとぞ、宮の御前おぼし心ざしためる」（②二四頁）という方針で、外部から乳母を迎えるということで選考に手間取ったという説明だろう。妍子が頼りに思える乳母を探しあぐねているうちに、乳母に決まったのが「故関白殿の御子といはるる中務大輔周頼の君の妻」だという文脈として、「心もとなく思しめすほどに」を読解したいのである。当該引用の「故関白の御子」以下校訂本文だが、『御堂』二十二日条に「今日、宮の乳母に兼澄朝臣の女子参る。是れ周頼朝臣の妾なり」とみえ、『栄花』にも後文に「この宮の御乳母の夫中務大輔周頼とありし君」（②四〇頁）とあるから、故関白道隆の男で、中務大輔周頼の室家が新任の乳母に選ばれたというのである。

妍子が「よそ人」から乳母を選任するということが、妍子の乳母である中務典侍藤原高子など信頼のおける女房の縁故関係さえも全く考慮されないということであろうか。この文脈は、東宮の乳母の帰参をはやく促すために、あえて母彰子が中務大輔周頼の妻を送り込んだという状況を披瀝するが如く、「やがて夜の中に御乳きこしめさせ」て、「内侍は内裏へ参りぬ」を導き出しているといえよう。つまり周頼の妻は選任された乳母として送り込まれた訳ではなく、乳母の候補として彰子が派遣し、妍子の了解の上で、すぐさまその夜、お乳を差し上げたというような状況経過を察し得る文脈だという訳なのである。後に新たに二人の乳母が加わることになるが、その弁の乳母や中将の乳母の選出とは明らかに事情が異なるといえよう。

しかし、何故彰子が送り込む乳母が「故関白殿」道隆の息男の妻であったのか。むしろ彰子だからこそ道隆の男である周頼の妻を推挙できたというべきであろう。周頼は、長徳二（九九六）年四月の伊周・隆家配流事件に連座した彼らの異腹の兄弟で、殿上の簡を削られる処分を受けた一人であった。中関白家の人々が直に没落したのではなく、復権後、道長と交誼をむすぶ隆家とは違って、兄伊周はあくまで定子所生一の宮教康親王を後見し、立坊即位の希望をつなぎ、道長と対立した。しかし、寛弘六（一〇〇九）年二月一日に伊周近親者による敦成親王呪詛事件の発覚後、伊周は急に病状が悪化したのであった。二人の姫君に対する遺言は、結婚や宮仕えによって物笑いの種となるような行動を慎むようにということであったが、姉は明子所生の道長男頼宗と結婚し、妹は中宮彰子の女房に召されたのであった。

道長が太政大臣藤原為光の五女をはじめとして高貴な姫君たちを妍子方の女房として集めたことが知られているが、摂関家の家格を高めるとともに、后妃候補を根絶やしにするという極めて無辣で政略的な方法でもあって、三条天皇以後を自家の血統に集約しようとする目算であろう。それに対し、敦康親王を猶子とし親身に愛育していた彰子は、一条天皇の意向を体した馬皇后の故事を拠り所として実子敦成誕生後も敦康親王を東宮候補として推して父道長と鋭く対立したのであった。注(42) このような彰子の心情や姿勢からして、伊周の娘のひとり残される妹の方を召すのも、道長の冷徹な他家姫君たちの自家への抱え込みと同一視して解すべきではないと思われるからである。つまり、中関白家につながる人たちへの彰子の温情と考えたいところであり、屈託なく周頼の妻を禎子の乳母として推挙する動機も、そのような心情に根差していたといえよう。

四　三条天皇退位

長和三（一〇一四）年の正月は、三条天皇と禎子内親王との対面も実現して穏やかにむかえることができたようだが、二月九日に出火して内裏は焼亡し、天皇と中宮妍子は慌ただしく他所へ移ったのであった。内裏の再建造営事業は直に始められたようである。

三日ありて、やがて内裏造るべき事思し掟てさせたまふ。その折の修理大夫には、皇后宮の御兄の通任の君、南殿造るべく仰せらる。木工頭には、この宮の御乳母の夫中務大輔周頼とありし君を、この司召になさせたまへりしかば、清涼殿をばそれ造る。こと殿をば、ただ受領おのおのみな仕うまつるべき宣旨下りて、官の使部ばら国々にあかれぬ。（巻十一「つぼみ花」②四〇頁）

南殿（紫宸殿）を担当するのが、修理大夫通任であり、清涼殿が同年の司召で新たに木工頭となった中務大輔周頼だとする。妻が禎子の乳母となったことで夫の周頼が栄誉な任に当たるということであろうか。

敦成親王（後一条天皇）の乳母でありながら、禎子の乳付をし乳母となった近江内侍美子は、近江守であった前夫高雅も富裕であったようだが、後夫惟憲も治安三（一〇二三）年十二月十五日に大宰大弐に任官して、財を蓄えて帰洛した。『小右記』長元二（一〇二九）年七月十一日条に「惟憲明後日入洛、随身珍宝不レ知二其数一云々、九国二島物掃底奪取、唐物又同。已似レ忘レ恥、近代以二富人一為二賢者一」とあり、惟憲は大弐の任期中、収奪と宋との交易によって莫大な富を手中にしている。注(43) 高田牧など九州に所領のあった実資にとって、道長の家司であった惟憲が大弐に赴任したことは、実資と親しい隆家や経房（実資兄懐平の婿）が権帥として赴任した時期注(44)と状況を一変させているようであり、このような遠隔の地に於いても、道長対実資の構図が波及しているといえよう。

惟憲は天皇の乳母である妻の恩恵に浴している例といえようが、敦成誕生時の乳付は父一条天皇の乳母であった橘徳子が務めている。『栄花』に「御乳付には有国の宰相の妻、帝の御乳母の橘三位参りたまへり」（巻八「はつはな」）と記される。注(45) その夫有国もまた大宰大弐となり富裕を手に入れた。

有国をライバル視して大宰の帥となる平惟仲は、注(46) やはり一条天皇の乳母であり、道兼の未亡人であった藤三位繁子

（師輔女）に近づき、繁子の娘尊子の入内に際し、道長を助けて万端を用意したようである。尊子は長保二（一〇〇〇）年八月に女御となって、繁子の宮中の局名から「暗戸屋の女御」と呼ばれた。一条天皇の崩御後、繁子は尊子を三条天皇の皇后娍子の弟通任と再婚させたのであった。『栄花』はそれを一条天皇崩御後の承香殿女御元子と源頼定との密通事件の後に挿入した。

暗部屋の女御と聞えしには、母の藤三位、今の宣耀殿の御はらからの修理大夫をぞあはせさこえためる。

（巻十一「つぼみ花」②二〇頁）

皇后娍子の異母弟修理大夫通任との結婚は、『小右記』長和四（一〇一五）年十月三日条に「今夜、参議通任、子代女御と婚す故右大臣道兼女」とみえるから、前掲引用の内裏再建に於いて南殿を担当する時には、通任はまだ尊子と結婚していなかった訳であるし、繁子の夫惟仲は、既に寛弘元（一〇〇四）年三月、筑紫で没していた。

しかし、前掲内裏造営に関する行文に於ける修理大夫通任の背後には繁子が、中務大輔周頼の背後には彰子が影ながら控えていて、再建造営を成就させたような感がある。注(47)ところが、三条天皇は里内裏の枇杷殿からはやい遷御の意向を示し、進捗の思わしくない天皇の居所清涼殿造営に対し、担当の木工頭更迭の意を示されたのであった。注(48)周頼は明らかに力量不足であったと言わざるを得ないであろう。

河北騰は、通任と周頼とが道長の反対勢力の一員との判断から、「この通任と周頼に、宏壮で費用多大の南殿と清涼殿の造営を請負わせ、容赦なく彼らの負担を増大させ、力を削ごうとする道長の峻厳な方策と見て良いであろう」と述べている。注(49)であるならば、造宮定に於いて三条天皇が別当に推した懐平を何故道長は拒否して、中納言教通、参議兼隆・公信という若い三人の別当を選んで事に当てさせたのであろうか。『小右記』長和二（一〇一四）年五月二十四日条に「還為摧折之謀、抑造宮者天下重事、豈如此之、而抽撰年少之卿相三人被定件別当、極不便事也」と実資は記して、慨嘆している。

造営別当の実質的な指揮権、監督権がどの程度に及ぶのか測りかねるが、技術面で造営全体を統括することができる修理職を傘下にするためか造宮行事所は修理大夫曹司に設置されたようだから、修理大夫は、修理職をたばねる実務能力とともに経済力をも期待されていたと上島亨は述べ、さらに次のように続けている。注(50)

修理（権）大夫の前歴を見ると受領経験者が多く、修理（権）大夫在任中も備前・備中などの比較的富裕な国の受領を兼帯している例が散見される。彼らが有する財力が修理職の造営財源として期待されたことは間違いなく、官司財政が悪化する中、修理職は長官の財力にもある程度依存しつつ、運営されたといえる。

藤原通任は、有国の後任の修理大夫として寛弘八（一〇一一）年十月に任じられ、寛仁四（一〇二〇）年十一月まで務めたのであった。その間、備前守を長和二（一〇一三）年から長和五（一〇一六）年まで兼任しているから、修理大夫として内裏最重要部の紫宸殿を造進するとともに、前掲本文引用箇所の後半部に「ただ受領おのおのみな仕うまつるべき宣旨下りて」とあったように、諸国の受領に対する国宛で他の殿舎ないし門・廊をも造営したはずなのである。

さらに通任が寛仁四（一〇二〇）年まで修理大夫の任にあったということは、新内裏が再度焼亡するのは、長和四（一〇一五）年十一月十七日のことで、その木作始が長和五（一〇一六）年四月七日のことだから、修理大夫として同じく内裏再建に関わったはずなのである。ところが、『御堂関白記』長和五（一〇一六）年二月二十六日条には以下の如く記されている。

修理職別当左大弁道方、木工寮別当左中弁経通、件職寮大夫・頭等懈怠、白物等也、前度造宮各不作合、仍此度尤不合歟、各以別当弁、可行司内雑務・造宮事宣旨下

長和三（一〇一四）年の再建時に、修理大夫通任・木工頭周頼が天皇の遷宮予定期日内に造進できなかったことを、道

長が「懈怠、白物等也」と咎め罵倒し、今回は弁官である道方と経通がそれぞれ職寮の別当となって、その監督・指揮のもとに造営事業が進められることになったのである。注(51) 上島氏が指摘するように、別当の補任は特例であって、通任・周頼が解任されずにその上に別当を定められたことは、むしろ恥辱であったかもしれないが、ここで注意したいのは道長の姿勢の変化、その対処の真剣さ、意気込みの方なのである。長和三(一〇一四)年と長和五(一〇一六)年の内裏再建の事情、意味するところは一変していたのである。

長和三(一〇一四)年には二月の内裏炎上に続いて、三月十二日には大宿から出火し、内蔵寮不動倉・掃部寮に延焼し、累代の宝物も悉く焼失したという(小右記)。このように度重なる災禍は、眼病を患い体調のすぐれない三条天皇注(52)に対して追いうちとなり、その速やかな退位を促す口実を与えるものとなった。同年三月十四日、道長は、東宮時代の大夫であった異母兄道綱とともに、天道主上を責め奉ると奏上したのであった。三条天皇も退位の意を固めつつあったとみてよいであろう。『栄花』に退位の意向が初出するのは巻十二「たまのむらぎく」に於いてである。

上はともすれば御心あやまりがちに、御物の怪さまざまに起らせたまへば、静心なく思しめされて、内裏を夜昼に急がせたまふは、おりゐさせたまはんの御心にて、内裏を造り出でざらんがいと口惜しく思しめさるるなるべし。(②五三頁)

内裏造営を急がせた理由が、退位の場の確保にあり、「おりさせたまはむにも、内裏などよく造りて、例の作法にてと思しめしつる」(②六七頁)ともあるように、しきたり通りの儀式に従って、天皇の身位を退く配慮であったようだ。里内裏枇杷殿から新造内裏への遷御は、長和四(一〇一五)年九月二十日のことであったが、その後二カ月足らずの十一月十七日に再び出火した。

内の御物忌なりける日、皇后宮の御湯殿仕うまつりけるに、いかがしけん、火出で来て内裏焼けぬ。(略)これにつけても、帝世の中心憂く思さるることかぎりなし。皇后宮ありありて入らせたまひてかかることのあるを、いみじう思し嘆かせたまふべし。上はおりさせたまはんとて、かく夜を昼に急がせたまひしかども、すべて心憂く。（②六六頁）

『栄花』は『新編全集』の頭注にある如く、「帝の譲位の意思と内裏再建のことが関連あるものとして書」いている。それも今回の出火場所が皇后宮娍子方の湯殿だというのも、『御堂関白記』に「南廊より焼く。宣陽門の南方ばかり焼く」とあるから、史実とは違い内裏の東側で類焼も広範囲に及んでいないはずなのである。さらにその失火がよりによって天皇の物忌の当日だというのである。まさに「天譴避け難し」であり、思うにまかせない三条朝の治世を象徴して、その終焉をむかえると言ってよいであろう。

中宮妍子は間近に迫る退位を予期してか参内せず、こうした凶事から遠ざけられる一方、注(53)長和二（一〇一三）年三月二十日以降の参内が確認できない皇后娍子の久方ぶりの参内をみた十一月九日直後の出火だけに、内裏再建の労が報いられない娍子の弟修理大夫通任との兼ね合いも考えられるところである。

三条朝を支えるべくあった皇后娍子の父贈太政大臣済時の実質的な後見を欠き、非力な通任では如何ともしがたい、いわば自壊ともいえそうな災禍であり、それはいちめん中関白家の没落に匹敵する様相を呈していよう。実は参議通任には兄為任がいて、皇后職の大夫亮に任ぜられ、寛弘九（一〇一二）年四月二十七日に冊命文を新后宮に奉っている（小右記）。この内裏焼亡前後の娍子の居所は、小一条第の里邸ではなく、長和二（一〇一三）年にはやばやと大夫を辞した隆家に代わって、実資の兄懐平が皇后宮大夫となっていて、ここ数カ月来その懐平邸に住んでいたようだが、長和四（一〇一五）年十一月十七日の出火後は、為任邸に移っていた（小右記）。

一方、通任は小一条第の東隣にあった娍子所有の華山院に中務卿宮敦儀親王とともに住んでいたし、第一皇子の式部卿宮敦明親王は、右大臣顕光の女婿となって堀河院に同居していたのであった。『御堂関白記』長和四（一〇一五）年閏六月二十六日条には、通任が死穢に触れた身でありながら、式部卿宮敦明親王の逍遥に供奉し、勘事を受けたことがみえている（二十七日条）。池田尚隆は、通任が「傍親」として娍子腹の斎宮当子内親王群行に際し長奉送使を勤めたが、不始末が多く、帰京後問題となっている（小右記、長和三（一〇一四）年十月六日条）事例等を指摘して、「頭領たるべき弟通任はあまり頼りになるような器ではなかった」（傍点筆者）と述べている。[注(54)] 娍子が皇后宮大夫懐平を介して、実資を頼りとするのも無理からぬことであったろう。

よく引かれる例だが、左大臣道長の病気を悦ぶ五人の公卿として、実資は自身を含めて大納言道綱、中納言隆家、そして参議の兄懐平と通任を挙げている（小右記、寛弘九（一〇一二）年六月二十日条）。但し、これら五人は反道長派勢力としてグループを形成していた訳ではない。道綱は、道長の異母兄として大臣になれない不満はあるものの、道長政権を陰ながら支えているといってよいであろう。[注(55)] 特に派手好みで浪費家である妍子の中宮大夫として、その私財を当てにされ内廷経済を管理する内蔵頭にまで抜擢された源頼光を抱え、いっけん息道命とともに三条天皇の懐に深く潜行していた。[注(56)] 隆家は伊周の弟だが、道長は懐柔による取り込みを計っていたと思われる。道綱と倫子妹との間に生まれた兼経は道長の猶子であり、隆家の娘を室にむかえているのもその一端であろう。兄弟の一方を籠絡して味方に引き入れる手法は、どちらかというと鷹揚で思慮深くない方が標的にされたようで、為任・通任兄弟の場合は、弟の通任の方であったといえよう。

実資の兄右衛門督懐平が、寛弘九（一〇一二）年四月二十七日、中宮妍子の内裏参入と重なった当日、娍子立后儀の方に参列したのだが、それを『御堂関白記』に道長は、「右衛門督、年来相親人也、今日不来、奇思不少、有所思歟」とわざわざ記し、相当気にしているようである。懐平を「年来相親人」とするからには、如何ともしがたい実資ではなく懐平の方に触手をのばしていたとみられよう。しかし、懐平は実子資平を実資の養子とし、資平を連絡役[注57]にして兄弟の紐帯は固く結ばれていたといえるのである。

池田氏は「実資は必ずしも娍子方についているわけではない」とする。その実資の娍子立后儀の奉仕に関して、関口力は摂関家嫡流意識を重視する。[注58]忠平一男実頼（小野宮流）の孫実資が、三男師尹の孫通任に代わって、師尹の息故済時の娘娍子に頼られている。「天無二日、地無二主」（小右記）とする奉仕理由に、故済時に対する高潔な実資の旧誼を否定する必要もなかろう。二男師輔流の道長に対する姿勢として、苦闘する三条天皇とその皇后娍子に頼られれば、それを助ける気力と知力と財力とを実資は持ち合わせていた。ところが、『栄花物語』はその実資に関する記憶をとどめないのである。

頭領たる修理大夫通任による内裏再建は報われず、再度の内裏焼亡とともに、外祖父としての資格を与えられ仮構された贈太政大臣済時に支えられた三条天皇は、こともあろうにその皇后娍子方からの失火によって幕を引くこととなった。長和五（一〇一六）年正月二十九日、三条天皇はやむなく里内裏枇杷殿に於いて譲位し、後一条天皇（敦成親王）が土御門邸に於いて受禅した。道長は初孫の天皇を拝して、同日はじめて摂政となったのである。つまり、長和五（一〇一六）年一月の内裏再建は、三条天皇のためにあった訳ではなく、後一条天皇の即位によるところであったのである。

注

（1）佐々木恵介「小右記―藤原道長に対する評価・所感の調査―」（『歴史物語講座第七巻　時代と文化』風間書房、平成10〈一九九八〉年）

（2）遠藤基郎「過差の権力論―貴族社会的文化様式と徳治主義イデオロギーのはざま」（服藤早苗編『王朝の権力と表象―学芸の文化史』森話社、平成10〈一九九八〉年）

（3）丸山裕子「平安時代の国家と賀茂祭―斎院禊祭料と祭除目を中心に―」（『日本史研究』339、平成2〈一九九〇〉年11月）。ただ祭日の行事宰相は当巡で勤めることになっていて、長和元（一〇一二）年は修理大夫藤原通任が当たった。通任については後述するので、ここであえて注記しておく。

（4）一方、長和三（一〇一四）年春の春日祭で、明子腹四男で祭使となった権中将藤原能信が辞退し、実資の養子である権中将藤原資平に祭使が改定された時、実資が還饗料などの確保に腐心した様子が『小右記』同年正月二十九日・二月一、二、三、五、六日の各条にみえることを佐々木恵介「『小右記』にみる摂関期近衛府の政務運営」（『日本律令制論集下巻』吉川弘文館、平成5〈一九九三〉年）が指摘している。

（5）遠藤基郎「十～十二世紀における国家行事運営構造の一断面―五節舞姫献上をめぐる家の国家行事関与の分析―」（『歴史』74、平成2〈一九九〇〉年4月）

（6）別当職が朝家清撰の重職だけに『小右記』長和三（一〇一四）年四月二十一日条に「別当年歯極若、又無才智、暗夜之又暗夜也、京畿之間昏乱無度、使鼻如口、聖人鑒戒而已」と、教通が幼若・無智であるゆえの批判がみえる。渡辺直彦『日本古代官位制度の基礎的研究』（吉川弘文館、昭和47〈一九七二〉年）「検非違使別当について」

（7）例えば『小右記』長和二（一〇一三）年三月三十日条には「預二検非違使頼国朝臣一令二禁固一、頼国舞人便所預云々」とある。

（8）小島小五郎『公家文化の研究』（国書刊行会、昭和56〈一九八一〉年）二三二頁。ただ道長が必ず過差禁制を無視している訳ではない。むしろ三条朝の特異性としてみるべきだろう。

（9）福長進「『栄花物語』続編について」（山中裕編『新栄花物語研究』風間書房、平成14〈二〇〇二〉年）

（10）久下「一品宮について―物語と史実と―」（昭和女子大学「学苑」792、平成18〈二〇〇六〉年10月。のち『王朝物語文学の研究』武蔵野書院、平成24〈二〇一二〉年）。なお続編の生成問題を直線的に捉えることはできないかもしれないが、中村成里「『栄花物語』続編における後三条院の位相」（「国文学研究」150、平成18〈二〇〇六〉年10月）も女院や一品の宮への視座から拓ける論として読みたい。

（11）『大鏡』師尹伝にその寵愛の程が語られている。

（12）本文「こたい」は「古体」を当て、暗に小一条流全般の古風な仕儀を批判していると思われる。対し、原子と妍子は当箇所では九条流として一体である。

（13）山中裕「栄花物語と摂関政治―特に後宮を中心として―」（「日本学士院紀要」昭和52〈一九七七〉年4月）は、「妍子の華美な描写に作者の最終的な目的が存するのではなく、妍子の入内、立后の事実が常に娍子と対比して書かれていることを注目せねばならない。これは作者が三条天皇をめぐる後宮の問題を客観的に見すえていたことの証拠に他ならない」とする。

（14）池田尚隆「『栄花』と『源氏』と『小右記』―藤原娍子記事を中心に―」（「山梨大学教育学部研究報告書」39、昭和63〈一九八八〉年）は、「『栄花』が「はつはな」の時点の東宮居貞の後宮で捉えたものは稀有の娍子の謙譲にすぎず、歴史への肉迫とはほど遠い」とする。

（15）瀧浪貞子「女御・中宮・女院―後宮の再編成―」（『論集平安文学3』勉誠出版、平成7〈一九九五〉年10月）

（16）この時点で娍子には前記三皇子の他にさらに師明親王、当子、禔子内親王と皇子女が誕生している。

（17）『権記』長保二（一〇〇〇）年正月二十八日条。当条に関する分析は黒板伸夫『藤原行成』（吉川弘文館、平成6〈一九九四〉

年）や倉本一宏『摂関政治と王朝貴族』（吉川弘文館、平成12〈二〇〇〇〉年）に詳しい。

(18) 三条天皇の御禊女御に妍子ではなく、娍子がなったことで焦ったか。また長和元〈一〇一二〉年正月十六日には明子所生顕信が突然出家した。父道長に衝撃と落胆があったことも、その一因となり得るだろう。

(19) 服部一隆「娍子立后に対する藤原道長の論理」（『日本歴史』695、平成18〈二〇〇六〉年4月）。以下多くを服部氏同論考の学恩に拠る。

(20) 『栄花』『大鏡』は贈太政大臣とするが、『補任』『分脈』は贈右大臣である。

(21) 大方の論は道長の妨害とするが、前掲服部一隆論考に賛す。なお山中裕『平安時代の古記録と貴族文化』（思文閣出版、昭和63〈一九八八〉年）も慎重な判断を促している。

(22) 服部一隆前掲論考では『小右記』長和元〈一〇一二〉年四月二十七日条に於ける「國内斯理幣政」の「國」に対する大日本古記録本の「闈ヵ」との傍記を「「国内」の表記がはっきりしないので、闈中に該当しない可能性もある」と注意する。それを私意で「闈中」と改めた。

(23) 黒板伸夫前掲書一九二頁。

(24) 皇子女を産んでいない妍子が先に立后したことに注視しているのは、保立道久『平安王朝』（岩波新書、平成8〈一九九六〉年）がある。

(25) 但し、『栄花』の「梅壺（詮子）は今はとありともかかりとも、かならずの后なり。世も定めなきに、この女御（遵子）の事をこそ急がれめ」（①一〇七頁）の文言や、贈太政大臣に潜められているのかもしれない。

(26) 加藤静子「『栄花物語』立后の大饗記事から―正編作者の位相―」（山中裕編『新栄花物語研究』風間書房、平成14〈二〇〇二〉年）

(27) 池田尚隆「『栄花物語』威子立后記事を読む」（山中裕編『栄花物語研究　第三集』高科書店、平成3〈一九九一〉年）

(28) 田村葉子「『儀式』からみた立后儀式の構造」（『国学院雑誌』平成10〈一九九八〉年6月）

(29) 令外である「女御」の階梯を踏むことも令の規定する「皇后」を遠ざけているともいえる。つまり〝中宮〟の身位は次の〝皇太后〟を保証しているのである。

(30) 久下「尚侍について―王朝物語官名形象論―」（『源氏物語の新研究―内なる歴史性を考える』新典社、平成17〈二〇〇五〉年。のち『王朝物語文学の研究』武蔵野書院、平成24〈二〇一二〉年）参照。

(31) 『小右記』は誕生を七日とし、以下述べる産養まで一日ずれる。

(32) 山中裕編『御堂関白記全註釈　長和二年』（三二七頁。高科書店、平成11〈一九九九〉年）。以下『全註釈』として引用する。

(33) 彰子所生敦成親王誕生時の御剣使は『紫式部日記』の「とう中将」を『栄花』は誤って頭中将藤原頼定とする。なお萩谷朴『紫式部日記全注釈上巻』（角川書店、昭和46〈一九七一〉年）は「『西宮記』によっても知られるように、この役は宰相中将でなければならない」とする。いかがか。

(34) 長和年間には道長の恣意により新定となることが多い。例えば、長和元〈一〇一二〉年八月二十一日、まだ着裳が行われていない十四歳の威子が尚侍となる。服藤早苗『平安王朝の子どもたち』（吉川弘文館、平成16〈二〇〇四〉年）は「この威子から童の段階で叙位され、任官する女性があらわれる。以後、摂関家の女子達は着裳以前の童で叙位や任官が多くなっていく」と述べる。また告井幸男『摂関期貴族社会の研究』（塙書房、平成17〈二〇〇五〉年）は、長和二・三〈一〇一三・一四〉年の儀式に於いて参列する諸卿に隠文螺鈿の着用を道長が命じていることを指摘して、道長の「新定」として儀式の格を高くしているとする。禎子は道長にとって初めての孫娘である。

(35) 惟風妻は、妍子の乳母中務典侍藤原高子である。

(36) 朧谷寿『源頼光』（吉川弘文館、平成元〈一九八九〉年新装版）。なお同氏はまた『平安貴族と邸第』（吉川弘文館、平成12〈二〇〇〇〉年）では、道綱の本宅に関して、『小右記』寛仁元（一〇一七）年九月二十二日条を挙げ、「大炊御門家」を「郁芳門家」とも呼んでいることを示している。

(37) 禎子生誕から十年目の治安三（一〇二三）年四月一日の着裳の儀に於いて、髪上に奉仕した「弁宰相の典侍」（栄花、巻十九「御裳ぎ」）が豊子である。

(38) 「母奉仕」には「乳」の脱落説等あるが、吉海直人『平安朝の乳母達―『源氏物語』への階梯―』（世界思想社、平成7〈一九九五〉年）の「主人格の倫子が代表して記されている」（八六頁）と解しておく。

(39) 吉海直人前掲書は「自分の乳母子を乳母として派遣して意思の疎通をはかり、道長の栄華を裏側（女側）から支えていた。倫子の乳母作戦は乳母子の一族によって拡大され、天皇家との結び付きは驚くべきものであり、乳母の系譜と称することも可能であった。そして倫子こそはその首謀者であり、まさに女関白として長く君臨したのである。道長の最大の幸運は、この倫子を妻に選んだことだったのではないだろうか」とまで述べている。ただこの場合、倫子の計らい、影響力からすれば、乳付は道綱女豊子が最有力であったはずというのが筆者の認識である。

(40) 新田孝子『栄花物語の乳母の系譜』（風間書房、平成15〈二〇〇三〉年）。萩谷朴『紫式部日記全注釈上巻』（前掲）に於ける後一条天皇の乳母として考証する「源高雅妻藤三位修理典侍基子」や「藤原惟憲妻近江三位江典侍美子」を修正することになる。「後一条天皇の乳母〈修理典侍基子〉なる女性は実在せず、惟憲室美子の虚像に過ぎない」とする。

(41) 角田文衞「中務典侍―枇杷皇太后の乳母・藤原高子の生涯―」（『平安人物志下』法蔵館、昭和60〈一九八五〉年）に詳しい。禎子誕生の長和二・三（一〇一三・一四）年頃、中宮亮であった夫惟風との死別等高子の身辺に不祥事があった。なお角田所説の〈高子から灑子へ〉の改名に賛するものではない。

(42) 加藤静子「一の宮敦康親王の周辺」（『平安時代の和歌と物語』桜楓社、昭和58〈一九八三〉年。のち『王朝歴史物語の生成と方法』風間書房、平成15〈二〇〇三〉年）は「敦康猶子の一件は、帝の敦康の将来に対する不安を払拭させたに違いない」とし、倉田実『王朝摂関期の養女たち』（翰林書房、平成16〈二〇〇四〉年）「敦康親王と彰子」は、敦康親王の着袴を母方殿舎で行う慣例に従い、彰子中宮方で行われたことを記す行成の『権記』（長保三〈一〇〇一〉年十一月十三日条）に漢馬后の故事を再度記すことで、「着袴を迎えた敦康親王が養子になったうえで、皇位継承権があることを確認しているのである」（二六五頁）と述べる。なお倉本一宏『一条天皇』（吉川弘文館、平成15〈二〇〇三〉年）は長保三〈一〇〇一〉年八月日敦康彰子猶子以降の『権記』十月二十三日条に定子の一年の喪が明けない中で「后者国母也」と記してあることを示し、行成は敦康立坊を確実視していたことが知られる。

(43) 告井幸男前掲書「実資家の所領」「王氏爵事件—摂関期の京と西国—」に詳しい。

(44) 久下「大宰大弐・権帥について」（『学苑』785、平成18〈二〇〇六〉年3月。本書〈Ⅲ・第七章〉所収）。当稿に於いて美子に関して「江典侍とも呼ばれている時期がある」という言説は、新田孝子の御教示によって、そうした女官名の指呼はあり得ないというから、削除したい。

(45) 加納重文『歴史物語の思想』（京都女子大学、平成4〈一九九二〉年）「作者の周辺—妍子」は、『紫式部日記』には「有国の宰相の妻、帝の御乳母の」箇所がないことから、『栄花』のこうした付加に作者にとって乳母への意識を測ることができるとする。

(46) 惟仲の娘の一人が、後に妍子に仕えることになる大和宣旨である。

(47) 『小右記』長和三〈一〇一四〉年五月二十四日条に内大臣公季が皇太后彰子の許へ参上し、息左兵衛督実成を造営行事にと啓上していることがみえるから、彰子の影響力をかいま見ることができる。

(48)『小右記』長和四〈一〇一五〉年六月十四日条に「木工頭有可被任替之天気」とある。

(49)河北騰「栄花物語の「つぼみ花」巻を考える」(『講座平安文学論究　第七輯』風間書房、平成2〈一九九〇〉年。のち『歴史物語の世界』風間書房、平成4〈一九九二〉年)。この河北氏の言説に対し、斎藤熙子「栄花物語と貴族の生活」(『歴史物語講座第二巻　栄花物語』風間書房、平成9〈一九九七〉年)は「『栄花』がその負担の重大さに一言もふれず、むしろ周頼にとって面立たしい任務を与えたかのような書きぶりは作者の意図か」とする。

(50)上島亨「大規模造営の時代」(『中世的空間と儀礼』東京大学出版会、平成18〈二〇〇六〉年)。同論考に多大な学恩を負った。

(51)『小右記』長和五〈一〇一六〉年二月二十七日条には「以右大臣為蔵人所別当、修理職以左弁道方為被職別当、木工寮以左中弁経通為別当、彼職寮事一向可執行、又造宮事可行之、宣旨等下了」とある。上島氏は前掲論考に於いて「無能な修理大夫・木工頭に代わり」「彼らのもとで造営が進行した」とする。また『御堂関白記全註釈長和四年』(思文閣出版、平成15〈二〇〇三〉年)も、通任・周頼を造作の実務からはずしているとの理会を示す(二一五～六頁)。ただ道長の前回の遅延を容認するかのような別当人事とこの大夫・頭に対する叱責の意味するところは理会に苦しむ。

(52)『小右記』長和三〈一〇一六〉年三月一日条に天皇の眼病のことが初めてみえる。『栄花』は隆家の眼病のことは言うが、三条天皇の眼病については特に触れない。

(53)この時期の姸子の所在は枇杷殿だが『栄花』は京極殿と記したりする。詳しい検討は中村康夫『栄花物語の基層』(風間書房、平成14〈二〇〇二〉年)「三条天皇について」にある。

(54)前掲注(14)と同論考。

(55)久下「その後の道綱」(「学苑」783、平成18〈二〇〇六〉年1月。本書〈Ⅲ・第三章〉所収)

(56)道命は、『寺門高僧記』(続群書類従28)に「道綱右大将息也、御堂猶子也」とある。

(57) 黒板伸夫『平安王朝の宮廷社会』(吉川弘文館、平成7〈一九九五〉年)は、「三条天皇と小野宮家の関係は、実資が娍子立后に際して道長の思惑を恐れずに奉仕し、天皇に感謝されたということもあるが、むしろ彼の養子資平が天皇の忠実な側近であったことを重視すべきであろう」と述べる。因みに『小右記』長和四〈一〇一五〉年十二月二十五日条には道長が資平を参議とする件や新帝の蔵人頭にすることを拒んでいるのがみえる。

(58) 関口力「藤原実資考―娍子立后奉仕に際して―」(国学院大学大学院「史学研究集録」4、昭和53〈一九七八〉年10月。のち『摂関時代文化史研究』思文閣出版、平成19〈二〇〇七〉年)

第六章　道長・頼通時代の受領たち

――近江守任用――

一　はじめに

近江国は大国で、琵琶湖を抱え経済交通及び逢坂の関など軍事の要地である。さらに平安時代後期では参議の兼国として、近江は同じ大国の播磨を圧え、一位となっていた。それを土田直鎮は、「公卿の兼国として、公卿の地位にふさわしいと考えられていた」注(1)とする言表にとどめている。道長の嫡妻倫子腹長子頼通と二男教通にはともに近江守ではないが、元服後数年内に近江介に任用している〈公卿補任〉。摂関家嫡男の近江介任用の意図は奈辺にあったのだろうか。近江に摂関家領があるからというだけの理由ではあるまい。

一方、摂関家に経済的奉仕を主体にして密着する〈家司受領〉という主従関係が隆盛するのも道長・頼通時代の特徴であり、その多くが近江守に補任されている。徴税によって国家財政を支えるはずの受領の寄進による摂関家領の拡張が、受領の私的収奪による蓄財の黙認という相関を導き出すのは、受領功過定に於ける摂関家の発言力に依存する受領側の癒着の結果でもあって、それがまた荘園管理の多様性を産み出していく。注(2)注(3)そうした相互の利益利権循環が、受領を家司化することより、むしろ家司を受領化していき、忠実で安定的な摂関家への奉仕形態として機能したのが、道長・頼通時代の〈家司受領〉であると理解している。

この期に於ける家司受領が近江守となった例を藤原知章をはじめとして悉に挙げて検討したのは泉谷康夫だが、摂関家家司がこの十一世紀前半に連続して近江国の国司となったことを大番舎人の成立と関連づけ、「近江国が摂関家大番役を差配するのに最も適した国であったといえる」[注(4)]とした。

このように近江国は常に先進化することで、ことさら注視される訳で、大津透前掲書[注(5)]でも大和王権の帰化人による植民開発の地でありながら、伝統的在地豪族の支配もあり、その折り合いの中で、畿外であっても国家財政基盤に関わる畿内的要国として説かれていて、まさに「近江国者宇宙有名之地也。地広人衆、国富家給」（藤氏家伝下巻）地なのであった。

二　摂政藤原兼家と左大臣源雅信

寛和二（九八六）年六月二十三日、右大臣藤原兼家は花山天皇を策謀によって退位に導き、娘詮子腹で七歳の一条天皇を践祚し、翌日摂政に補任された（日本紀略）。次いで同七月二十日に除目を行い、兼家は右大臣を辞して、大納言藤原為光をその後任に補し、摂政のみの身分となったのである。

兼家が目論んだ摂政の立場とは、恩義ある太政大臣藤原頼忠を排することなく、また円融天皇以来の忠勤な左大臣源雅信を温存しつつ、兼家の意向を反映する円滑な太政官運営の補佐役として異母弟為光を配しての国政の決定権と執行権の両面を保有する最高位としたと、山本信吉は説いている。[注(6)]そうした道長の実父兼家と岳父となる宇多源氏雅信の《近江》執心の一端をひとまず確認することからはじめたい。

『蜻蛉日記』中巻、天禄元（九七〇）年七月頃、中納言兼家（四十二歳）の女性関係として同年五月に亡くなった摂政太政大臣小野宮実頼の召人のひとり「近江」の名が侍女の口の端にのぼった。その後、兼家はこと繁く通ったようで、天延二（九七四）年には女児が誕生する。その「近江」が産んだ女児は、のちに三条天皇の女御となった綏子《すいし》と推定されるから、綏子の母である「近江」は藤原国章女ということになる。注(7)

その国章女が何故「近江」と呼称されたのか、その理由を史料によって分明にすることはできないが、大納言兼家が頼忠によって源雅信の後を襲う右大臣に抜擢された天元元（九七八）年当時、国章は大宰大弐であった。大弐は受領の最高職と考えられるから、注(8)兼家の経済的支援としても有効な持ち駒として機能していたと思われる。道長の家司受領であり、二度も近江守に補任された知章の兄である国章がいっきょに大弐に登りつめたとは考えられないから、近江守として任用されていた頃、その娘が実頼の召人となったとすれば、「近江」と指呼される理由として穏当な仕儀となろう。のちに述べることになるやはり道長の家司受領のひとりである藤原惟憲も近江守、播磨守を経て、治安三（一〇二三）年、大宰大弐となっている。さらに『源氏物語』でも頭中将が内大臣となった頃、劣腹の娘という近江の君の出現をみ、摂関家の子息の若き日の放蕩ぶりを想定させるが、その関係をもった女が近江守あたりの娘というのも、単なる色好みの粋狂というのでは済まされない史的背景が看取されてこよう。

天暦三（九四九）年から近江守で、天徳二（九五八）年からは近江権守でもあった源雅信も、注(9)若き頃近江守の娘と関係をもった、というよりも室とした。『尊卑分脈』に拠ると雅信の息時中と済信には母として源公忠女と記す。公忠が近江守であったことは『公忠集』でも明らかである。それは『三十六歌仙伝』に拠れば、天慶四（九四一）年三月の補任であった。

賜姓源氏の左大臣雅信に対しては、頼忠を太政大臣にとどめ、為光を右大臣とすることで牽制したが、その長男時中を兼家の息道隆や道兼に対する異例の昇進の如く、時中を昇進させたのは、その代償とも思われる兼家の配慮といえよう。注(10)時中の系譜は息済政が道長の家司で近江守となるが、孫資通ともども管絃の才でも名の知られるところとなっている。

さらに兼家は太政官運営を直接的に掌握するために実務担当の中枢である弁官の人事に関与して、家司である藤原懐忠、藤原有国（在国）そして平惟仲を任用し、昇進を急いだことが、また山本信吉によって指摘されている。[注11]『栄花物語』に「左右の御まなこ」（巻三「さまざまのよろこび」）として兼家が特に目をかけていた有国と惟仲に関して確認しておくと、前者は兼家が摂政となった寛和二（九八六）年八月に左少弁に任ぜられ、右中弁、左中弁を経て、永祚元（九八九）年四月には右大弁に昇り、後者は永延元（九八七）年七月に右少弁となり、同じく右中弁、左中弁を経て、正暦元（九九〇）年八月右大弁に至っていて、二人はともに三・四年で少弁から大弁へと異例の昇進をとげている。山本氏が「兼家がこの二人を中心に弁官局を掌握していたことが推察される」とする所以である。

有国・惟仲のような二人の側近に支えられる例は、『源氏物語』にも造型されていて、光源氏に近侍する惟光と良清である。惟光は大弐の乳母子で従者として若き頃には源氏と行動を共にするが、良清は源姓[注12]で須磨巻には「親しき家司」と設定され、のちの少女巻では「良清、今は近江守にて左中弁なるなん奉りける」と、近江守兼左中弁となる。前記した源公忠は近江守兼右大弁でもあったから、物語の人物造型（出自・昇進・役割）に史実が忠実に摂り入れられているとも考えられる。論を元に戻すことにする。

しかし、こうした家司たちの弁への任官ばかりではなく、寛和二（九八六）年には雅信の嫡妻藤原朝忠女[注13]つまり穆子《ぼくし》腹の時通も右少弁となり、永延元（九八七）年十一月には出家した時通に代わって異腹の兄弟である扶義《すけよし》が右少弁に任ぜられ、左少弁を経て、正暦元（九九〇）年には左中弁となっている。扶義は同時期蔵人でもあったため太政官政務の掌握を強化する意図で兼家に重用されたようである。前記した時中と同じく雅信の子息たちへの異例の配慮は、積極的な兼家側への取り込みとも考えられるところとなろう。それを結果的に促したのが他ならぬ道長と穆子腹倫子との結婚であった。

『栄花物語』（巻三「さまざまのよろこび」）に拠ると、雅信は倫子を将来后がねと踏んで道長の婿取りに反対したが、母穆子《ぼくし》が見込んだ成婚であったことが窺い知られる。三位中将から左京大夫となったばかりの道長と倫子との結婚は永延元（九八七）年十二月十六日のことであった。そして翌永延二（九八八）年には彰子が誕生する。

『紫式部日記』には中宮彰子に近侍する七・八人の女房の中で、大納言の君と呼称されるのが扶義の娘簾子であり、また小少将の君と記され、紫式部と特に親しい中宮女房が、時通の娘であって、注(14)おそらく倫子の差配によって信頼できる血縁者が彰子の間近に呼び集められているのであろう。

ところで、兼家の家司であった有国が、道隆時代には冷遇されたが、道長によって復権させたりすること等で父兼家体制の基盤を継承する訳だが、道長が長徳二（九九六）年七月二十日右大臣から左大臣へ転ずる同日、時中は正三位中納言から大納言となり、翌長徳三（九九七）年、右大臣顕光、内大臣公季と当面の道長体制が定まると、時中にも按察使が加わり、筆頭大納言となり、中・大納言時代から按察使を兼ねていた（安和三〈九七〇〉年八月～天延三〈九七五〉年一月）父雅信の後を形の上で継ぐことになっていく。しかし、時中は長保三（一〇〇一）年八月按察大納言を辞し、十二月病により薨ずる。一方、雅信四男で大納言の君の養父扶義も、長徳二（九九六）年八月二十八日右大弁から左大弁に転ずるが、長徳四（九九八）年七月二十五日にはやくも卒してしまう。ただ扶義には『尊卑分脈』に「近江源氏佐々木一流元祖」と付記されるように、その息経頼、成頼《なるちか》兄弟が近江に根を張るようになる。

経頼は、惟憲のあと近江守となったのが、寛仁二（一〇一八）年正月二十七日で、蔵人は止められ、左少弁を兼ねていた。それから右中弁を経て、寛仁四（一〇二〇）年十一月二十九日権左中弁に転ずるが、時に近江守で内蔵頭でもあった。注(15)同年には多額の経費がかかる五節舞姫の殿上分献上者となっている。注(16)そして長元三（一〇三〇）年に参議となり、翌年には再び公卿として五節の舞姫を献上している。殿上と公卿と二度にわたって舞姫を献上したのは平惟仲と源経頼だけであって[注(17)]、経頼は道長の家司ではなかったが、摂関家に家司並みの奉仕を尽くしたことが窺い知られよう。

こうして経頼は父扶義と同じく弁官ルートを歩み昇進するが、成頼は何故か近江の佐々木荘に住みつき、その子孫が中世源平争乱期に武者として活躍することになって、上記父源扶義に「近江源氏佐々木一流元祖」という肩書が付記されることになる訳である。

経頼のあと治安元（一〇二一）年から近江守となったのが、前掲した時中の息源済政である。済政は道長の家司として奉仕していて、その一端は道長の法華三十講に於ける多大な費用を必要とする非時調進で、長和四（一〇一五）年から寛仁二（一〇一八）年まで毎年その名が『御堂関白記』に挙がっている[注(18)]。その頻度は寛弘年間の近江守藤原知章に匹敵するものである。もっとも済政はこの期間讃岐守であって、近江守であった藤原惟憲の名が長和五（一〇一六）年五月十六日条と寛仁二（一〇一八）年五月二十二日条にはともに記されている。寛仁二（一〇一八）年五月の場合、『小右記』に拠ると、八日の饗膳奉仕は済政が、十三日は惟憲が担当していることが知られる。

こうした摂関家への奉仕が、道長・頼通に評価されて、済政は万寿二（一〇二五）年十月十九日、近江守重任が裁許されたのであろう。ただ『左経記』（万寿三〈一〇二六〉年二月二十九日条）に拠れば、「以二私物一作二勢多橋一」ことがあって、その功績が重任の直接理由であったらしい。

国司重任の例は稀であり、寛弘元（一〇〇四）年、三十講の非時を分担した丹波守高階業遠《なりとお》や播磨守藤原陳政も、前者が造羅城門功により、また後者は造常寧・宣耀殿功により各々国守を重任している[注(19)]。受領が私財をもって造営事業にあたり、財政難にある国家への貢献寄与を果たす。つまり国司補任を有利にする成功《じょうごう》も摂関家への私的奉仕を前提として機能していたようで、とくに高階業遠は、道長の家司ではなかったが[注(20)]、『小右記』（寛仁二〈一〇一八〉年十二月七日条）に「大殿無双者也」とされ、道長の側近で、寛弘五（一〇〇八）年には『紫式部日記』にも記される如く、東宮権亮兼丹波守である業遠が五節舞姫を献上し、その舞姫の介添役に「錦の唐衣」を着せ、それが「闇の夜にも、ものにまぎれず、めづらしう見ゆ」と、豪華さが指摘され、その富裕さを誇示していた。

ともかく源済政が、信濃、美濃、讃岐、近江、丹波、播磨と国守を歴任できたのも、摂関家への徹底した奉仕の賜物なのだが、済政や経頼は、注(21)兼家時代の左大臣源雅信の孫たちであって、道長と倫子との結婚が、血縁者として雅信一統を身内化しながら、道長・頼通時代には忠実な受領層への転換をはかった結果なのだといえそうである。

三　家司受領源高雅と藤原惟憲

寛弘五（一〇〇八）年九月十一日、土御門第に於いて中宮彰子は、はじめて皇子敦成を産む。盛人な産養を済ませた後、一条天皇の行幸を仰いで、親王宣下を受け、わきかえる邸内は、叙位加階でさらに歓喜は盛り上がったのである。そこで十月十七日には敦成親王家別当となった中宮大夫兼右衛門督藤原斉信以下、十一名の家司が定められる。

左近衛中将源朝臣頼定・中宮亮兼近江守源朝臣高雅・右近衛権少将源朝臣済政・右近衛少将源朝臣雅通・内蔵権頭藤原朝臣能通・散位藤原朝臣惟風・甲斐守藤原朝臣惟憲・散位藤原朝臣済家・東宮大進藤原朝臣知光・美作守藤原朝臣泰通・筑後権守大江朝臣挙周

（御堂関白記、大日本古記録）

敦成親王家家司たちは道長の信頼すべき家臣たちでほぼ固められているといえよう。前節で検討した源済政はいまだ右近衛権少将であった。そして当時現任の近江守である中宮亮源高雅は、既に九月十三日に三日夜の産養が中宮職の官人が担当するため奉仕していて、『紫式部日記』には「近江の守は、おほかたのことどもやつかうまつるらむ」と記されている。さらに既にたびたび言及した大宰大弐にまで登りつめる藤原惟憲はこの時甲斐守であった。

敦成親王家家司の中ではこの三人が道長・頼通政権下での近江守経歴者であり、高雅は寛弘六（一〇〇九）年八月、病により中宮亮兼近江守を辞し出家し、惟憲は長和二（一〇一三）年十二月二十六日、十二名の申文提出者から選ばれ近江守となった（御堂関白記）。つまり、再任し近江守となった前出藤原知章の前後が源高雅と藤原惟憲だったということになる。[注22]

道長にとって娘彰子に敦成親王が誕生し、翌寛弘六（一〇〇九）年には敦良親王が生まれ、ひと安心するが、定子腹第一皇子敦康親王の処遇に関わる一条天皇の譲位、そして寛弘八（一〇一一）年三条天皇の即位と、外祖父となる後一条天皇（敦成）誕生までにはまだ険しい道のりが続くのである。歓喜に充ちた道長邸にも不安要因はいまだあり、慎重に事を運ぶ必要があったはずなのである。

源高雅が出家した時、道長は『御堂関白記』に「年来無他心相従者、今有事、歎思不少」（寛弘六〈一〇〇九〉年八月二十八日条）と記し、忠臣が身を引いたことを嘆き悲しんでいて、その後任の近江守が知章であり、そしてまた『御堂関白記』寛弘六（一〇〇九）年九月十四日条には、ことさら前々司知章の善状が再任の理由であることを記している。これが道長の意図的な知章の近江守補任だとすれば、[注23]あえて再任を押し切ってまで知章を近江守とする必要があったということなのであろうか。実資によってのちに「貪欲也」（小右記、長元二〈一〇二九〉年九月五日条）と罵倒されるほどの収奪を繰り返し、道長への徹底した奉仕でその名を知られる惟憲は、この時点ではまだ道長に近江守の候補とするまでの信任を得ていなかったということなのであろう。寛弘六（一〇〇九）年は惟憲が甲斐守となって四年目であった。[注24]その惟憲が長保三（一〇〇一）年の因幡守として受領生活のスタートを切ったことを踏まえて、佐藤堅一前掲論考は次のように述べている。

この因幡守在任中に蓄積した富は、寛弘二年の得替による任甲斐守、同四年の「造安殿」による従四位下昇進などに活用されたと思うが、おそらく道長を中心とする摂関家へ彼が接近しはじめたのもこの時期であろう。

寛弘二・三（一〇〇五・六）年頃に惟憲は摂関家へ接近し、道長の家司に取り立てられたらしいという想定を可能にする言及で、佐藤氏はなお『御堂関白記』寛弘三（一〇〇六）年十二月三日条の「辛未、於山階寺南京分万僧供令申上、使惟憲朝臣」を指摘し、私用の使者とする「惟憲は家司であることが推定される」とする。たとえそうだとしても、「寛弘二年の得替」（公卿補任）による「任甲斐守」（寛弘三〈一〇〇六〉年正月二十八日条）に至る因幡守としての受領考課にはちょっとした問題があった。

『御堂関白記』寛弘二（一〇〇五）年十二月二十九日条に拠ると、後任の因幡守橘行平が前司惟憲に解由状を与えずにいることで、任中の因幡国の復興に関して不審の儀が浮上していたからに他ならない。それを道長は「前司申所有道理歟」として、惟憲を擁護し、行平に解由状を出させたのである。[注25] まずは惟憲が道長の家司でもなければ、道長がこのような配慮をする必要もなかろうから、筆者はこの時点での家司の可能性を考えたいのだが、いずれにしても惟憲が道長の家司となるのを寛弘二・三（一〇〇五・六）年頃としておくのが穏当なところであろう。

したがって、「年来無他心相従者」であった源高雅亡き後、再任と言えども藤原知章が近江守として適当な人材として道長周辺にあったのであり、惟憲に全幅の信頼を寄せるには至っていなかったとみるべきであろう。前述した道長の法華三十講における非時調進者にしても『御堂関白記』に惟憲の名が記されるのは寛弘八（一〇一一）年を待たなければならなかったのである。

ところで、寛弘年間に於いて内裏女房の中に「近江」を冠称する者が仕えて居た。敦成親王生誕七日目の夜は朝廷主催の産養であるため、藤三位繁子をはじめとする内裏女房たちが道長邸に集ったのである。その中に「近江の命婦」（紫式部日記）と称する女官がいた。また長和二（一〇一三）年のことだが、道長の次女妍子と三条天皇との間に禎子内親王が誕生した時、その乳付役に「近江の内侍」と呼ばれる女房が参上している。『栄花物語』（巻十一「つぼみ花」）は次のように記している。

御乳付には、東宮の御乳母の近江の内侍を召したり。それは御乳母たちあまたさぶらふなかにも、これは殿の上の御乳母子のあまたのなかのその一人なり、大宮の内侍なりけり。（新編全集②二三頁）

「近江の内侍」は「東宮の御乳母」だというのだから、東宮敦成親王の乳母ということになる。しかし、敦成親王誕生の寛弘五（一〇〇八）年当時、「近江」を冠称する乳母の存在は『紫式部日記』にも記されていないのである。記されているのは「近江の命婦」ばかりであり、もしこの二人が同一人物だとしても、内裏女房の命婦から「大宮」つまり彰子方の内侍となるような経緯が分明でなければならないだろう。ただここで一つ注意しておく必要があるのは、近江内侍は形式的な乳付役で済まされず禎子に新任の乳母が決まるまで授乳したようなのであり、さらに「東宮まだ御乳きこしめすほど」と『栄花』は記し、六歳にもなった敦成親王が乳を欲しているため急ぎ帰参したというのである。

翻って『紫式部日記』に記される「近江の命婦」が寛弘五（一〇〇八）年当時「近江」を冠称しているから、その夫が近江守であるという必然性はないにしても、また源高雅が寛弘六（一〇〇九）年に近江守を辞したからといって、長和二（一〇一三）年に「近江の内侍」として立ち現れる乳母が、近江守であった高雅と無関係であるとも言い切れまい。むしろ同時期に於ける「近江」の冠称は、高雅を介して同一人物の可能性を想定させよう。

というのは、高雅の子に章任《のりとう》がいて、『栄花物語』（巻三十三「きるはわびしとなげく女房」）及び『左経記』「類聚雑例」（長元九〈一〇三六〉年五月十七日条）に、後一条天皇崩御に際して素服を賜わる乳母子の中に伊予守章任が記され、また大江匡房『続本朝往生伝』に「但馬守源章任朝臣者、近江守高雅朝臣之第二子也、母従三位藤原基子、後一条院乳母也」（新校群書類従本）とある。「近江の内侍」は、敦成つまり後一条院の乳母であるのだから、章任が乳母子であり、その父が近江守高雅ということで、その呼称が定位することになる。すなわち、高雅の妻が「近江の内侍」であり、その実名は、藤原基子であることが明らかとなる訳である。

一方、惟憲の妻もその実名が知られることになる。寛仁元（一〇一七）年の八十島祭に勅使として下向した典侍に関して、『小右記』同年十二月十五日条に「近江守惟憲妻」とし、『左経記』同月十二日条には「今日典侍美子」と記してあるから、近江守惟憲の妻の名が美子であることが明らかとなるのである。さらに『小右記』の翌寛仁二（一〇一八）年四月二十二日条には、次のような記載がある。

典侍藤原□子、当帝御乳母、春宮亮惟憲妻

これを『左経記』と突き合わせると、□の欠字は「美」であることは自明で、「当帝」は後一条天皇であるから、惟憲の妻も高雅の妻と同じく後一条院の乳母であったことになる。そして、惟憲の息憲房も乳母子として章任と同じく前記『栄花物語』『左経記』にその名が見えるのである。

つまり、以上の史料による検討を一応まとめると、高雅の妻が基子であり、惟憲の妻が美子で、両者がともに敦成親王（後一条天皇）の乳母となり、それぞれの子が章任、憲房であるということになる。

ところで、『尊卑分脈』の章任には生母の記載はないが、兄行任に「母修理亮親明女」と注記があり、また憲房にも「母修理亮親明女」ともあって、彼らの母が姉妹か同一人物となってしまう。しかし、『尊卑分脈』の惟憲の女子のひとりには「典侍従二位美子後一条院御乳母」と注されてもいるから、この一件に関する『尊卑分脈』の記載には慎重な配慮が必要となろう。

越後守行任に関して『小右記』寛仁三（一〇一九）年十月二十七日条に「太后御乳母子」とあり、行任母はおそらく彰子の乳母であったことになり、基子の存在を考える限り、章任母とは別人となって、両者は姉妹の関係を想定せざるを得なくなってしまうのである。それは道長三女威子が後一条天皇の中宮に冊立される寛仁二（一〇一八）年十月十六日条の『御堂関白記』に次の如くあるからである。

此暁内御乳母修理・宰相等典侍参入、修理典侍理御髪、宰相典侍奉仕陪膳

威子立后の儀に於いて理髪を奉仕した後一条天皇の乳母の一人が「修理典侍」と記されているので、典侍に「修理」を冠して称されるには前記「母修理亮親明女」を当該者として想到するのが妥当なのである。その場合、章任の母基子を中心に据えて考えをすすめたのが角田文衞であり、注(26)憲房の母美子を基準に検証したのが杉崎重遠・新田孝子であったようなのである。注(27)

まず角田氏は、後一条天皇の乳母として基子に「修理典侍」の呼称が存在するには、夫の高雅も息子の章任も修理職に関係しないから、基子を行任の母の姉妹とし、基子も修理亮藤原親明の娘と考え、「早世した姉―行任の母―に代って高雅の後妻となり、章任を産んだものと推断される」としたのである。

一方、強硬な新田氏はその後の経緯に関して憲房の母が美子であり「修理亮親明女」であることを重視し、『続本朝往生伝』のいう源章任母を「基子」とする記載を誤伝とし、抹殺して、以下のように述べる。

源章任は「典侍美子」の前夫高雅の子であり、美子の豪富にあずかったと見てはどうかと思うのである。ともあれ、後一条天皇の乳母〈修理典侍基子〉なる女性は実在せず、惟憲室美子の虚像に過ぎない。

確かに杉崎・新田両氏の指摘する如く〈修理典侍基子〉を支える史料的根拠は薄弱であり、典侍美子が富豪な大宰大弐惟憲とともに近江三位それから大弐三位と名声をほしいままにしてゆく軌跡が〈基子〉を虚像化させるのも当然だと言えばいえよう。その結果、美子の前夫を源高雅、後夫を藤原惟憲とするに到る訳であろう。注(28)

そして、新田氏も言及するように、惟憲との再嫁は、敦成親王の乳母に美子（＝基子）が選任された後であり、それゆえ近江守源高雅の妻として〈近江の内侍〉と指呼されたと考えられよう。惟憲が近江守となったのは、長和二（一〇一三）年も暮れの十二月であることに再度注意しておかねばならない。その後、惟憲は寛仁元（一〇一七）年八月九日、春宮亮、さらに寛仁四（一〇二〇）年正月三十日には播磨守となり、ついで治安三（一〇二三）年十二月十五日に大宰大弐に任命されたのである（小右記）。

彰子をはじめとして妹たちの妍子・威子・嬉子も土御門第に退出し、それぞれ皇子・皇女の出産をはたし、道長の栄華を育む舞台となった。その南北二町の土御門第に富小路をはさんで、西に隣近するのが、また高雅邸と惟憲邸で、北、土御門大路側が前者であり、南、近衛大路側が後者の邸宅であった。高雅は後年、道長家の御倉町として自邸を献上していたようだから、家司と言えども運命共同体の様相であったといえよう。おそらく高雅亡き後は、未亡人美子を室とするばかりではなく、それを引き継いだのが惟憲ということになろう。道長の栄華を内から支えその余慶に浴するだけではなく、長和五（一〇一六）年七月二十一日には災禍をともに受ける。注(29)

というより火元は近江守惟憲邸で、盗賊による放火だったのか、折悪しく風にあおられまたたく間に道長の土御門第を類焼し、さらに火は南へと燃えひろがったらしい。この時の状況を『御堂関白記』は以下の如く伝えている。

風吹如拂、二町（間カ）同数屋一時成灰、先令取出大饗朱器、次文殿文等、後還一条間、中法興院火付、即行向、不遺一屋焼亡、凡従土御門大路至二条北、五百余家焼亡

二条にある故兼家の法興院にまで延焼したようであり、土御門第も全焼したが、とりあえず大饗朱器や文殿の文書類は運び出していたようである。再建の造作始は、同年八月十九日だが、七日条の『御堂関白記』には「土御門四面垣上置板令掃除、行事惟憲・斉等也」とも記してあり、再建の責任者は、当の惟憲であったらしい。寝殿は一間ごと

に諸受領が担当し、注(30)「造作過差、万倍往跡」(小右記、寛仁二〈一〇一八〉年六月二十日条)だから、豪壮な美邸として蘇ったのであろう。さらに実資が「希有之希有事也」としたのは、伊予守源頼光が派手に家具調度類のいっさいを調進したことで、『栄花物語』(巻十四「あさみどり」)にも記される如く遍く知られるところである。

道長が再築なった土御門第に移ったのは、寛仁二(一〇一八)年六月二十七日のことであったが、『小右記』同日条に「春宮亮惟憲宅、在大殿西隣新造、今夜同時移徙」とあり、惟憲も同夜、道長邸の西隣に新造した自邸に移ったのである。

また後朱雀天皇の御代、長久元(一〇四〇)年九月九日(春記)のことだが、里内裏としていた土御門第に火の手が上がり、内侍所に当てていた西の対が焼亡し、神鏡も灰燼に帰したことで知られる火災があった。時に亡父惟憲から伝領した憲房邸に天皇は避難するのだが、そこは既に寝殿が女院彰子の御在所として使われ、西の対には東宮親仁親王(後冷泉天皇)が滞在していたという。

このように土御門第が南北二町の邸宅であるにしても、西隣の高雅邸と惟憲邸は、ともに実質的な使用に於いて一体化していたといえよう。長和五(一〇一六)年の火災による再建が既に春宮亮惟憲邸をも里内裏化する意図で、その機能を具備していたのだと憶測したいところである。

それにしても惟憲には悪受領としてのイメージが払拭できないのである。惟憲が治安三(一〇二三)年に大宰大弐となるに際しては、道長に一万石、朝廷にも千石を奉献したことを伊予守藤原広業が伝えているし(小右記、同年十一月十八日条)、長元二(一〇二九)年、大弐の任を終え帰京する時には、「随身珍宝不知其数」(小右記、同年七月十一日条)であって、関白頼通に白鹿を献上している。実資は「九国二島物掃底奪取、唐物又同、已似忘恥、近代以富人為賢者」と憤懣やる方ないのである。

道長・頼通に追従し、奉仕に徹する家司受領として公卿にまでなったのは惟憲ただ一人なのだが、その奉仕のための蓄財が大略収奪によるところで、大弐時代はその管理範囲が九国二島に及んだということである。しかし、大弐惟憲はそれだけにとどまらなかった。地の利を活した宋との密貿易が発覚する。露顕の発端は、『小右記』長元元（一〇二八）年十月十日条に記される、惟憲が蔵人所と偽って宋商から唐物を押収したことや、宋商の来航を都に報告しなかったことなどであろうが、それは長元四（一〇三一）年の正月叙位の際に、関白頼通の前で問題化した。この事件は、式部卿敦平親王が申請した王氏爵が、実は前都督藤原惟憲の口入で、それも姓名を偽った宋商周良史であったことで歴然とした訳である。惟憲と良史との結託の経緯や真相は、告井幸男が詳細に説くところであって[注31]、失敗に終わった叙爵の意図も、宋との交易活動に益するとの見解で首肯される。

実資が惟憲を「貪欲之上、不弁首尾之者也、都督之間、所行非法数万云々」（小右記、長元四〈一〇三一〉年正月十六日条）と、非難し憤慨するのも、その内実は筑前にある実資の代表的所領の一つである高田牧などへの惟憲の圧力を不快とする表れであったと解することも可能で、告井氏は「惟仲以降、隆家・行成・経房など実資と相親と言いうる人々が権帥であったが、ここにきて大弐に藤原惟憲が任じられ、高田牧に対して（恐らく過重と言いうる）譴責を加え、京上に不備を生じた」[注32]と述べている。

こうした惟憲の常軌を逸した収奪や策謀の背後に道長対実資の図式を想定すると、前記した不可解な再任劇を演じた近江守藤原知章の娘が実資養子資平室となっていたり、兄国章の子景斉・景舒兄弟が実資家人であったりすることからすれば、父兼家以来の小野宮家側の切り崩しで、道長による知章懐柔、そしてまた褒賞の一環とも考えられてくるのだが[注33]、それにしても因幡守時代の惟憲が不動穀を隠匿した前例から鑑みても、悪徳受領そのものなのである。

翻って、惟憲の妻美子が、高雅室であったことを思うと、その経緯には些か疑念の余地があり、いみじくも『小右記』がその名を一字欠脱した箇所など意味深長な背景を読みとりたいところであって、基子が美子として復活してくることの許容性がどこまで考えられるのかだろう。言い換えれば、それは後一条天皇の乳母である近江内侍美子が、例えば時平が国経の若い妻を略奪したことと同次元のことと容認されてくるのかということでもあろう。しかし、後一条天皇の乳母の夫惟憲が悪名高い受領であったことは歴然とした事実であって、本稿ではこのことを真に受け止めておくことで了としたいのである。

以上、検討してきたように権勢家道長の意によって熟国近江の国守に補任されるのは、多くが道長の近親者や家司受領であって、その利権を前提に摂関家に対する忠実で旺盛な奉仕が期待される。またその見返りなのであろうか、時に天皇の乳母となるほどの女房と結ばれることもあったのである。道長の二人の家司受領の妻がともに後一条天皇の乳母となっている史料の現況に堪え難い思いではあるが、筆を擱くことにする。

注

(1) 土田直鎮「公卿補任を通じて見た諸国の格付け」(『奈良平安時代史研究』吉川弘文館、平成4〈一九九二〉年)。なお『官職秘抄』には「中下国無二権守一」とし、「近江越前丹波播磨美作備前備中備後周防伊予讃岐為二参議兼国一」とある。

(2) 大津透「摂関期の国家論に向けて—受領功過定覚書—」(『山梨大学教育学部研究報告』39、昭和63〈一九八八〉年。のち『律令国家支配構造の研究』岩波書店、平成5〈一九九三〉年)は、「この功過定の一層の整備が進められたのは長保、寛弘年間であり、藤原道長、一条天皇の時代に功過定を通じての受領統制が強化されたことがわかろう」とする。しかし、寺内浩「摂関期の受領考課制度」(『日本国家の史的特質　古代・中世』思文閣出版、平成9〈一九九七〉年。のち『受領制の研究』塙書房、平成16〈二〇〇四〉年)は、「摂関期になると受領人事などに権力者が介入し、受領考課制度が恣意的に運用されるようになる」と述べる。

（3）柴田房子「家司受領」（京都女子大学「史窓」28、昭和45〈一九七〇〉年）は、「一般貴族の所領保持は中央権門の庄園体制の一環としての存在しか望みえなかったのである」とも述べている。

（4）泉谷康夫「摂関家家司受領の一考察」（山中裕編『平安時代の歴史と文学　歴史編』吉川弘文館、昭和56〈一九八一〉年。のち『日本中世社会成立史の研究』高科書店、平成4〈一九九二〉年）。なお渡辺澄夫『増訂畿内庄園の基礎構造　下』（吉川弘文館、昭和45〈一九七〇〉年）は「近江国が早くから大番国となった理由は、京都との距離的関係は勿論ながら、湖をひかえた厨的性格との関連を考慮すべきではないかと想像するが、なお個々の大番領の立地上の分布関係の検討を俟ち、今後の課題としなければならない」としていた。さらに近時、佐藤全敏『平成時代の天皇と官僚制』（東京大学出版会、平成20〈二〇〇八〉年）「古代天皇の食事と贄」は、十世紀以降の「日次系の贄は、収取対象地域を御食国中心から畿内・近江へと移行させた」と述べる。さらに付言すれば、『更級日記』に近江土着の豪族である息長《おきなが》氏の邸宅に宿泊したことが記されている。筑摩御厨として知られる。

（5）「付論2　近江と古代国家―近江の開発をめぐって」

（6）山本信吉『摂関政治史論考』（吉川弘文館、平成15〈二〇〇三〉年）「摂政藤原兼家と左大臣源雅信　右大臣藤原為光」

（7）阪口玄章「蜻蛉日記人物考」（『国語と国文学』昭和7〈一九三二〉年6月）

（8）久下「大宰大弐・権師について」（『学苑』785、平成18〈二〇〇六〉年3月。本書〈Ⅲ・第七章〉所収）

（9）天暦三（九四九）年雅信は三十歳である。なお応和二（九六二）年からは弟重信が近江権守となり、応和三（九六三）年には雅信は播磨権守となる。

（10）源時中の異例の昇進については、山中裕『平安人物志』（東京大学出版会、昭和49〈一九七四〉年）「第三章　藤原兼家」に指摘がある。

（11）山本信吉前掲書「摂政藤原兼家と弁官」

（12）吉海直人「「親類の女房」攷―乳母に比肩する女房」（「日本文学」平成12〈二〇〇〇〉年3月）では、乳母子に匹敵する主従の親密さから、良清を源氏の親類と想定している。なお少女巻引用文は五節舞姫献上時のもので、受領の五節舞姫献上については後述する。

（13）朝忠は天慶九（九四六）年に近江守となる（公卿補任・三十六人歌仙伝）。つまり公忠の後任となる訳で、雅信の執拗な近江守歴任者の娘との婚姻なのか、それとも単なる偶然なのであろうか。

（14）大納言の君と小少将の君の父親に関しては諸説あって、それらを踏まえて検討する安藤重和「大納言の君・小少将の君をめぐって―紫式部日記人物考証―」（「中古文学」63、平成11〈一九九九〉年5月）もある。安藤説は大納言の君と小少将の君は姉妹で、実父は時通だが、二人とも扶義の養女となったとする。

（15）内蔵寮は皇室内廷経済を担当管理するが、その頭に富裕な受領を補任し、私的財力を当てにする場合がある。森田悌『受領』（教育社、昭和53〈一九七八〉年）は長和三（一〇一四）年ころ内蔵頭であった源頼光の例を挙げる。

（16）寺内浩前掲『受領制の研究』「受領の私富と国家財政」は、十世紀末を受領の私富拡大の画期として、道長が受領の人事権を掌握し、家司や側近を受領とし、築いた私富を経済的奉仕にまわさせたことを力説し、その例証として延喜から長元までの五節舞姫の献上者を表にして挙げる。

（17）三上啓子「五節舞姫献上者たち―枕草子・源氏物語の背景」（「国語国文」802、平成13〈二〇〇一〉年6月）

（18）山本信吉前掲書「法華八講と道長の三十講」には、三十講の非時調進者が表にしてまとめられている。

（19）『日本紀略』寛弘元（一〇〇四）年閏九月五日条、『小右記』寛弘二（一〇〇五）年十二月二十一日条。なお陳政は『権記』（長

保二〈一〇〇〇〉年正月二十二日条）に拠ると、「拝任近江、其外国非敢所望」と、近江守への補任を熱望していた。

(20) 佐藤堅一「封建的主従制の原流に関する一議論—摂関家家司について—」（安田元久編『初期封建制の研究』吉川弘文館、昭和39〈一九六四〉年）は、道長の家司として藤原惟憲・公則・泰通・惟風・保昌・済家・季通・資頼・方正・能通、源高雅・済政、平重義、橘為義、菅原為職・典雅、多米国平、但波奉親、甘南備保資、多治比守忠を挙げている。

(21) 済政の息蔵人兵衛佐資通は、斎宮嫥子女王（具平親王女）の裳着のため、後一条天皇の勅使として万寿二（一〇二五）年十一月二十日に伊勢へ遣わされる。その時『左経記』（経頼卿記）に拠れば、経頼が斎宮の装束を調進している。勅使資通の伊勢下向は『更級日記』にも書きとめられている。

(22) 前掲佐藤堅一論考には知章は道長家司に挙げられないが、『小右記』長和元（一〇一二）年五月二十四日条に「相府家司知章」とある。ただいつの時点で家司となったのかは明示できない。

(23) 『御堂関白記』の同条は「除目儀了如レ常、闕国近江・伊勢也、近江以二知章一被レ任、是有二道理一内……」とある。これに関し泉谷康夫前掲論考は「知章を補任したことについての弁護であるとも受取れるこの記述は、道長が知章の補任を強く求め、その結果近江守知章が実現したことを示しているように思われる」と述べる。

(24) 長和五（一〇一六）年のことだが、死闕にともなう長門守の小除目に於いて、道長は数カ月前に肥前守に任ぜられたばかりの高階業敏を当てている（小右記、同年四月二十八日条）。

(25) この一件に関して寛弘二（一〇〇五）年四月十四日の日付をもつ「平松文書」の記録から説き起こし平易に真相を究明する繁田信一『王朝貴族の悪だくみ—清少納言、危機一髪』（柏書房、平成19〈二〇〇七〉年）がある。なお『御堂関白記』寛弘三（一〇〇六）年正月六日条の記事に拠れば、両者の間に八千石もの「不動穀」（備蓄米）に関して依然問題がくすぶっている。

（26）角田文衞『王朝の明暗』（東京堂出版、昭和52〈一九七七〉年）「後一条天皇の乳母たち」。なお出家後も高雅は基子と性交渉をもち、子を儲けたとする見解も以下の二者と異なる。

（27）杉崎重遠『王朝歌人伝の研究』（新典社、昭和61〈一九八六〉年）「後一条天皇の御乳母大弐三位」。新田孝子『栄花物語の乳母の系譜』（風間書房、平成15〈二〇〇三〉年）「乳母「近江の内侍」」。

（28）新田孝子前掲書に「敦成親王の乳母一覧表」（五一六頁）がある。なお久下「『栄花物語』の記憶―三条天皇の時代を中心として―」（山中裕・久下裕利編『栄花物語の新研究―歴史と物語を考える』新典社、平成19〈二〇〇七〉年。本書〈Ⅲ・第五章〉所収）では、新田氏のこの結論を採用して論じた。但し論中、惟憲と美子との結婚を道長の指示によるとしたことは早計であったかもしれない。

（29）以下に指摘する炎上と再建は、朧谷寿『平安貴族と邸第』（吉川弘文館、平成12〈二〇〇〇〉年）「藤原道長の土御門殿」に詳しい。

（30）『源氏物語』澪標巻にも光源氏が二条東院の造営に際して、「よしある受領などを選りて、あてあてに催し給ふ」とあるから、権力者が受領を私的造営に手配するのは常道であったのだろう。

（31）告井幸男『摂関期貴族社会の研究』（塙書房、平成17〈二〇〇五〉年）「王氏爵事件―摂関期の京と西国―」

（32）告井幸男前掲書「実資家の所領」。なお河添房江『源氏物語時空論』（東京大学出版会、平成17〈二〇〇五〉年）「紫式部の国際意識」に於いても実資の唐物への執着に絡ませ、この『小右記』の記述を私怨とする。

（33）藤原知章は、道長男教通と藤原公任女の婚礼の仲人となっている（御堂関白記、長和元〈一〇一二〉年四月二十七日条）。

第七章　大宰大弐・権帥について

一　はじめに

筑紫の大宰府は、令制下西海道九国二島の内政及び外交を管轄した地方行政機構で、その長官が帥《そち》と呼ばれ、九世紀前半以降親王が任命されたが、名誉職で遥任のため権帥や大弐が実質的な長となった。ただ権帥と大弐とが併任されることはなかったから、府の事務はどちらか一方が取り扱っていたことになる。

本稿は平安時代中期から後期にかけての権帥や大弐の変遷諸相を検討することになるが、例えば帥では、『和泉式部日記』に於いて冷泉天皇の第三皇子である弾正宮為尊親王没後、その弟の敦道親王との恋愛交渉を描き、その弟宮が大宰帥であったため帥宮と呼ばれていることは文学史上でも周知のことである。また権帥については、時の権力闘争に巻き込まれ大宰権帥として配流左遷された右大臣菅原道真、左大臣源高明、そして内大臣藤原伊周などが著名なところであろう。

こうした例はいっけん大宰府が大臣の流刑地のような錯覚をきたすが、流罪の身は『職原鈔』（群書類従）に「為㆓大臣㆒之人左迁之時任㆓権帥㆒。而不㆑可㆑知㆓府務㆒也」とある如く府務に関わらないが、一般の職務は繁多で、とくに外寇は悩みの種となったようだ。しかし、一方利権も膨大であったらしく、大弐が辞書（辞表）を出すと、後任を希望する者が殺到するのが常であったようで、隆家の後を襲った行成などは道長家の長家を婿にむかえたため、その世話のための費用捻出が目的であって、補任後は、「筑紫より物などもてまゐりなどして、いとはなやかにもてなしきこえたまふ」（栄花物語、巻十六「もとのしづく」）という状態であった。ただ必ずしも現地へ赴任するとは限らず、むしろ在京のままの不赴任者が続出したため、赴任賞などがあったことが田中篤子によって指摘されている[注(1)]。

もっとも隆家の場合は、眼病治療が目的で任地に赴く必要があったようだが、彼らは権帥としての任官であり、『官職要解』には「納言以上の人が多く任ぜられた」とある。中納言であった隆家や行成が就任を望めば、叶えられたという『栄花物語』の文脈は、首肯され得る中納言という上級公卿の特権であったのであろうか。それにしても隆家の権帥就任は、兄伊周の流罪地にその弟が再び赴くことになるという、如何なる運命の綾なのであろうか。このような史上の大弐、権帥の実情を検討するのが本稿の目的なのであるが、まずもって作り物語内でのイメージ造型を確認するところから始めたい。

二　物語の中の大弐・権帥

継子譚として知られる『落窪物語』には、女主人公落窪の君の異母姉妹四の君の再婚相手として巻四に権帥が登場する。

おほやけのえらびにて、中納言の筑紫の帥にて下るが、にはかに妻うせたりけるを聞きたまひて、「人柄もいとよき人なり」と思しきざして、内裏に参りあひたるにも、心とどめて語らひたまひて、さるべき折に、このことのすぢをほのめかしたまひければ、よきことと思ひて、「いとよきことに侍るなり」と申し契りてけり。

（小学館新編全集三〇五頁）

男主人公左大臣道頼が継母への復讐の一環として四の君を面白の駒と結婚させたことへの代償としてすすめられた縁談で、権帥[注(2)]は償いの意図を充たす夫の条件に合致していたのであろう。この話を聞いた継母も「ただの受領のよからむをがなとこそ思ひつるに、まして上達部にあなり。いといとうれしきことなり」と、大変な喜びようである。ただ受領クラスへの再縁が適当とする認識があって、それ以上の身分の上達部である中納言の後妻だから望外の幸運とするのでは役職としての権帥への評価へはつながってこないという恨みがある。

ところで、継母ではなく乳母に虐められる『狭衣物語』（巻二）の飛鳥井君は、その亡き父が「帥中納言」であった。現在は生計の手だてとして仁和寺の威儀師から援助を受けていた乳母が、威儀師の飛鳥井君拉致という暴挙から救った主人公狭衣を嫌い、いつしか狭衣の従者である式部大夫道成に飛鳥井君を委ねようと画策するに至った。そのような時道成の父が大宰大弐として赴任するに際し、道成も筑紫へ同行するということになり、急きょ妻を求めることになって、乳母の意向に合致したということなのである。

そもそも飛鳥井君のもとに通う狭衣が、検非違使別当の子の蔵人少将などと身分を偽っていたために起きる悲劇なのであるが、飛鳥井君は乳母に欺かれて筑紫下向の船に乗せられてしまうことになる。通ってくる男を自分の主人とは知らずに「なま公達」と侮蔑する道成の意識に驕りがあるが、父が関白である狭衣の乳母子としての羽振りの良さを、「少々の上達部、殿上人などよりは、世の人も心ことに思ひたり」という文辞が支えていよう。これは『枕草子』に「あまた国に行きて、大弐や四位などになりぬれば、上達部などもやむごとながりたまふめり」（能因本）という受領層の矜持形成につらなっているとも考えられる。

ともかくこの時点での道成の余裕は関白家の権勢を笠に着てのことと判断されるし、狭衣の乳母の夫を大弐として派遣するのも関白家の意向とするところであろう。ただ『落窪物語』や『狭衣物語』では権帥や大弐にまつわる権勢や利害関係が、物語の展開要因とする背景として明確には浮かび上がってこないようなのである。

それに対し『源氏物語』では、蓬生巻に窮乏著しい末摘花のもとを、大弐の妻として任国へ下ることになった叔母が訪れ、故常陸宮の妻であった末摘花の母に蔑まれていた意趣返しに、西国への同行を誘うのであった。叔母が末摘花邸に牛車を乗りつける表情を、「よき車に乗りて、面もち気色ほこりかにもの思ひなげなるさま」とか「行く道に心をやりて、いと心地よげなり」と叙するのは、小学館『全集』の頭注が「大宰大弐として物質的に恵まれた羽振りのよさを誇示したさま」(2)三二八頁)とする如く、いまや受領に嫁した叔母の生活状況が優位に立ち、なお夫が地方官として最高の大弐として赴任することで、将来の豊かな生活が期待され、その栄光に浴している体なのである。

大弐が、そうした富裕な蓄財を獲得できる実情を認めた上で、光源氏の乳母の一人に惟光の母である大弐乳母が居たことに思い到ると、亡き母方に支援が期待できない現状で、さらに左大臣の婿となる元服以前の光源氏にとって、その養育が全面的に乳母に依存していたと見られる点から注(3)すれば、これをも父桐壺帝の配慮として重視せねばならないだろう。

光源氏が関係した女性の中にも大弐の娘がいて、五節舞姫だったので、「らうたげなりしはや」(花散里巻)との印象をもった女であった。その大弐が任果てて上京する途次、須磨に謫居する源氏を見舞った手紙の一節に、「あり知りてはべる人々、さるべきこれかれまで、来向かひてあまたはべれば、ところせさを思ひたまへ憚りはべる事どもはべりて、えさぶらはぬこと。ことさらに参りはべらむ」(須磨巻)とあり、都から須磨まで大勢が出迎えにくるといって、ことさら威勢を示すのである。それに大弐の方は陸路であるのに、北の方と娘たち一行は船で上るというのだから、豪勢で、その莫大な蓄財も察せられるというものである。注(4)

それにしてもやはり地方官にすぎない大弐が、その娘をして何とか権門に取り入るという様相は、『浜松中納言物語』にも顕著で、唐から帰国したばかりの主人公中納言に娘を差し出して、婿に迎えようとしている。この『浜松』の場合は、その人物設定が大弐の娘という点ばかりではなく、中納言が寝所をともにしながら受け入れないという薫的な造型と、大弐がそもそも『源氏』の明石入道の、「いかにして都の貴き人に奉らんと思ふ心深きにより」（明石巻）を模して、中納言にむけ、「昔より、これを仮にも殿の御あたりにさぶらはせむと、こころざし深う思う給へしか」（巻二）という一念を示して類同化している[注(5)]。

明石入道は近衛中将という京官を捨てて、播磨守として赴任し、土着した。その理由は上記の目的意識をもって、物質的利益を追求しつつ、機会を待っていたのである。若紫巻で源氏の従者良清（現播磨守の息）が語るところによれば、「そこら遥かにいかめしう占《し》めて造れるさま、さはいへど、国の司にてしおきけることなれば、残りの齢ゆたかに経《ふ》べき心がまへも、二なくしたりけり」と、国司の威光をもって広大な邸宅を構えるに至り、余生をおくるに充分な私財を蓄えたということなのである。

平安中期当時の播磨が実勢を反映する大国であり、その国司が受領層にとって渇仰の対象であるならば[注(6)]、いくら紫式部が羨望の呪縛に捉えられ無視したい国司像であったにしても、『紫式部日記』冒頭で「播磨守」が、おそらく東三条院詮子方の碁の負け態（饗応）を「華足などゆゑゆゑしくして」奉仕経営する手腕は、一条天皇の乳母であり、彰子に誕生する敦成親王の乳付役となる橘三位徳子の夫である藤原有国をもって、この「播磨守」の該当者とするのが妥当であろう[注(7)]。

要するに、物語文学史上に生起する国司ないし大弐像の系譜的連関と同時に、物語作者の鬱屈がどうあろうとも、史上にその経歴をもつ人物とのイメージ連繋は必然で、従来物語研究に於いてはモデル論などとして喧伝されるところであった。とくに上述の『落窪物語』と『狭衣物語』の〈帥〉に関しても、平惟仲と藤原有国とが俎上に載せられている。非参議有国は、長徳元（九九五）年に大宰大弐に任ぜられ、中納言惟仲は、長保三（一〇〇一）年に大宰帥を拝命されていた（権帥でないこと後述）。斎木泰孝は次のように述べている。注(8)

> 落窪物語巻四の作者は、帥の中納言のモデルとして、藤原有国と平惟仲を重ね合わせ、その筑紫下向については、「いと猛にて」下った有国とそれとは対照的であった伊周の配流にその材を取っているのではなかろうか。

もっとも作中官職が「帥の中納言」なのだから、モデル論的には平惟仲なのであって、『狭衣物語』ではさらに巻二に於いて「帥の平中納言」と「平」が本文に付加され、なお「親たちみな筑紫にて失せにける」と、飛鳥井君の両親の動向が新たに記されている。この箇所に小学館『新編全集』の頭注は、「大宰帥となって任地で没した平中納言には格好のモデルがある。平惟仲《これなか》は寛弘二（一〇〇五）年三月十五日、大宰府で没した（小右記・四月七日条）」（①二四九頁）と指摘するのである。

『狭衣物語』が継子譚の物語形成上の系譜としてばかりではなく、平惟仲を彷彿とさせるイメージの「帥の平中納言」を飛鳥井君の父像として設定しているのかについては、『狭衣』作者も参加した天喜三（一〇五五）年五月三日の六条斎院禖子内親王家物語歌合に『菖蒲かたひく権少将』を提出した大和が、三条院太皇太后宮妍子女房で、惟仲の娘だったからなのであろう。注(9)

物語はその時代設定や事象を深遠な準拠とする場合もあれば、物語作者の卑近な人物の血縁関係を摂り入れたりもするのである。『源氏物語』にしても源氏の須磨明石流離に大弐との接触や、その前後の花散里巻や澪標巻に大弐の娘五節に言い及ぶのは、伊周の配流との対照を周辺人物をもって確実に想定しているからであって、有国や惟仲のイメージをもって、明石入道や大弐が造型されていると見做せよう。もちろんそれは『紫式部日記』に、惟仲の養女に注目して、次のように記されているからでもある。

五節の弁といふ人はべり。平中納言の、むすめにしてかしづくと聞きはべりし人。絵にかいたる顔して、額いたうはれたる人の、まじりいたうひきて、顔もここはやと見ゆるところなく、いと白う、手つき腕つきいとをかしげに、髪は、見はじめはべりし春は、丈に一尺ばかり余りて、こちたくおほかりげなりしが、あさましう分けたるやうに落ちて、すそもさすがにほめられず、長さはすこしあまりてはべるめり。（小学館新編全集一九二頁）

惟仲は寛弘二（一〇〇五）年三月大宰府で没した。養父の死による傷心のためか五節の弁の豊かな髪が抜け落ちてしまったという。萩谷朴『紫式部日記全注釈下巻』（一九二頁）は、その豊かな髪や色白、腫れぼったい額つき等の容貌描写に末摘花との近似性を認めているが、「五節の弁」という呼称からすれば、かつて五節の舞姫（一条天皇践祚の年か）をつとめたことのある美形の彰子付き女房ということになる。惟仲の娘には、伊周息の道雅の妾で、のちに藤原義忠の妻となった前記した大和（大和宣旨）と、『尊卑分脈』に拠ると、もう一人、源頼光の妻で、頼家の母が知られる。

新田孝子の考証によれば、実父は藤原忠信で、養父が惟仲と考えられ[注(10)]、五節の弁が頼家の母であることはまず間違いなかろう。頼家は『狭衣』作者宣旨の叔父であるから、惟仲やその娘たちは物語作者、いや宮仕えする女房たちにとっても関心の的であったに違いなく、作者はそのような親しい血縁関係の枠組で、物語に人物や事蹟を踏まえて取り込んでいる可能性がみえてくるのである。

因に紫式部の夫となった宣孝には、式部との結婚当時、既に下総守藤原顕猷女、讃岐守平季明女、そして中納言藤原朝成女などの妻があり、それぞれに子を儲けていた。その中の娘の一人は、道雅が惟仲の娘と別れた後に関係をもったようで、二人の間に女子が誕生した。『和歌色葉』によると、それが彰子に仕えた上東門院中将であって、井上宗雄は、断定する証はないとしながらも、「永承六年夏と推測されている禖子内親王歌合にみえる道雅三位女とは

まず同一人物と思われる」とする。注(11)

三　大弐藤原有国

摂政専任の身分となった兼家が政権運営上、太政官行政の要として弁官機構を直接掌握する方策を用い、注(12)とりわけ家司である有国と惟仲の二人を重用し、両人は兼家の腹心となった。しかし、有国は兼家の後継者として道兼を推したため、摂政となった道隆に、永祚二（九九〇）年八月三十日の除目に於いて蔵人頭と右大弁の要職を剥奪されるという憂き目にあう（公卿補任）。注(13)その有国が次代の覇者道長政権での復活を『栄花物語』（巻四「みはてぬゆめ」）は、次のような形で書き記している。

(イ)まこと、かの押い籠められし有国、このごろ宰相までなさせたまへれば、あはれにうれし、世はかうこそはと見思ふほどに、このごろ大弐辞書《じそ》奉りたれば、有国をなさせたまへれば、世の中はかうこそはあれと見えたり。帝の御乳母の橘三位、北の方にていと猛にて下りぬ。これぞあべいこと、故殿（兼家―筆者注）のいとらうたきものにせさせたまひしを、故関白殿（道隆）あさましうしなさせたまひてしかば、めやすきことと、世の人聞え思ひたり。惟仲はただ今左大弁にてゐたり。（新編全集①二二五頁）

『栄花物語』にはつごう六箇所の有国関連記事があり、その中四箇所は惟仲と併記されている。そして関白道隆の惟仲厚遇に対する有国冷遇を、『栄花』作者は批判し、有国には同情を寄せているのである。とはいえ、引用箇所の「このごろ」前後の二文が、参議となった長保三（一〇〇一）年十月三日と、長徳元（九九五）年十月十八日に藤原佐理にかわって新たに大宰大弐に任ぜられる六年の隔りを無視するかのような文脈で、要領を得ない訳だが、ともかく非参議ならばなおさら注(14)望んでも望むべくもない大弐の職に就いたことの意義は大きいはずである。長年の散位による困窮もこれによって一挙に癒されるばかりではなく、それ以上の余りある富裕が確約されるから、北の方橘三位徳子は有頂天なのであろう。しかし、「猛にて下りぬ」とある、その下向時期までの経過も実は無視されていた。

有国が大弐に任ぜられたのは長徳元（九九五）年だが、実際に下向したのは長徳二（九九六）年八月九日以降のことであった。『小右記』によれば、八月九日は有国の任符および位記が作成されているが、それに先立つ八月二日には宮中に於いて餞席が設けられ、有国は正三位に加階された。これは通例の赴任賞昇叙ではなかったのであろうか、実資は「足驚奇者也」と『小右記』に記し呆れている。また八月七日には道長邸での餞席の模様が以下の如く叙されている。

参左府、依御消息、被餞大弐、有佰銭事、臨晩有和哥、藤中納言・左武衛・左大臣（弁）・宰相中将・勘解由長官等也、非参議不読和哥、夜閑（闌与）専馬一疋・女装束・釵等、又給掛一襲・袴於貞副（嗣）朝臣、又家土脱衣、被基隆朝臣、未得其意、

（小右記〈大日本古記録本〉）

出席者は中納言道綱、左兵衛督公任、左大弁惟仲、宰相中将斉信、勘解由長官源俊賢等であった。夜になって興が乗ったのか、有国に馬一疋、女装束、剣等が与えられたばかりではなく、その息貞嗣には掛一襲・袴を給い、また基隆には道長の着衣が被けられた。有国一統へのこの道長の異常な気遣いはいったい何を意味しているのか。実資ならずとも「未得其意」とは至極当然の疑問であろう。

この有国が大宰大弐に任命された長徳元（九九五）年及び任地に下向する運びとなった長徳二（九九六）年は、政治的に激変期で、いわゆる長徳の変が起きた時期なのである。事の発端は、長徳二（九九六）年一月十六日、故為光の姫君たちをめぐって花山院と伊周・隆家方との闘乱で、一条天皇みずからが伊周・隆家の罪科を糾弾し、四月二十四日には内大臣伊周を大宰権帥に、中納言隆家を出雲権守と為す左遷の宣旨が下った。注(15) ところが伊周・隆家兄弟はなかなか勅命に従わず、一時伊周は播磨国にとどまった。九月には播磨守が詮子・道長に近い源時明に替わり、十月十日に伊周

が密かに入京していたことが発覚し、再び大宰府への追下が命じられたのである。つまり有国の大宰赴任がこうした政情と対応しているのであり、有国は道長の何らかの密命を帯ていたといえよう。これらの点を悉に検討された川田康幸は次のようにまとめている。注(16)

有国大宰大弐補任の本質は、有国と道長の結びつきから考えて、道長が伊周を大宰府に配流する為の布石であり、有国は道長の意図に添って大弐を勤めたものと、解釈できよう。大宰府にあっても有国の耳目は、正に京の道長の耳目であり、有国は道長の指示通り、適切に動いたのであろう。自分の裁量にまかされている地方官の範囲に於いては、当時の国司達の通弊の如く、いやそれ以上の苛斂誅求な政事を行ない、私財を貯め込んだと見られる。

ただ有国の大弐補任を「道長が伊周を大宰府に配流する為の布石」とまでは言い切ることはできないにしても、長徳二(九九六)年八月七日以降の大宰府下向は、道長の意向に従ったことはまず間違いないであろう。それが『栄花物語』(巻五「浦々の別」)の語るようなことだったのかどうか、疑わしくもある。長文に亙るが当該箇所を引用しておく。

(ロ)やうやう筑紫近うおはしたれば、国々の駅家《やけ》の、使の御まうけども、いと真心に、泣く泣くといふばかり仕まつりわたす。今は筑紫におはしましつきたるに、そのをりの大弐は有国朝臣なり、かくと聞きて、御まうけいみじう仕うまつる。「あはれ、故殿(道隆)の御心の、有国を罪もなく怠ることもなかりしに、あさましう無官になさせたまへりしこそ、世に心憂くいみじと思ひしに、有国が恥は恥が恥にもあらざりけり。あはれにかたじけなく、思ひもかけぬ方にも越えおはしましたるかな。公の御掟よりはさしまして、仕うまつらむとす」など言ひつづけ、よろづ仕うまつるを、人づてに聞かせたまふもいと恥づかしう、なべて世の中さへ憂く思さる。御消息、わが子の資業《よしなり》して申させたり。「思ひがけぬ方におはしましたるに、京のこともおぼつかなく、驚きながら参るべくさぶらへども、九国の守にてさぶらふ身なれば、さすがに思ひのままにえまかりありかぬになむ、今までさぶらはぬ。何こどもただ仰せごとになむ随ひ仕うまつるべき。世の中に命長くさぶらひけるは、わが殿（兼家）の御末に仕まつるべきとなん思ひたまふる」とて、さまざまの物ども、櫃どもに数知らず参らせたれど、これにつけてもすぞろはしく思されて、聞き過ぐさせたまふ。そのままにただ御斎《とき》にて過ごさせたまふ。

（①二六六頁）

有国は、伊周に対して、その父道隆が官を剥奪したことへの怨念を捨て、「わが殿（兼家）の御末に仕まつるべき」と、あくまで兼家の恩寵を受けた家臣として、その孫である伊周に仕えるべく、「公の御掟によりはさしまして」、誠意をもって奉仕するのだという。『栄花物語』が描く、この有国の伊周への厚遇を従来はほぼ信じていたが、川田氏は「有国の徳を描くことは、その後楯であり、直接の支配者でもある、時の一の人・道長を讃美することにもなろう」として、『栄花』の方法との認識を示し、これを「作為的な叙述」として、「有国は罪人に対する規定通りに厳しく伊周を処遇したと考えるのが、事実に近い見方と言えるのではないか」と、異を説いた。[注18]

確かに有国の伊周への厚遇を、『栄花物語』の誇張的潤色とすることには筆者も首肯されるのだが、それが直に「罪人に対する規定通りに厳しく伊周を処遇した」ことになるのかどうか疑わしいのである。前記した異常とも思える餞席に於ける道長の有国への気遣いはいったい何であったのか。それが伊周を厳しく処遇するという密命であったのかということである。

伊周は重病の母貴子を見舞うため播磨から朝廷の許可なく密かに入京して一時その行方が知れなかったから、有国がよく監視をし、伊周に不審な動きでもあれば、直に京へ情報をもたらすぐらいのことは道長から厳命されていただろう。ただそれだけであれば、有国に大宰赴任を促し、特別に接待することでもあるまい。むしろ定子が身重であり、誕生する御子が皇子でもあれば、伊周の存在意味は測り知れないから、粗略には扱えないところである。

しからば、道長の密命とは何であったのか。長徳元（九九五）年は関白道隆、道兼、左大臣源重信等が没し、激変の年であった。道長は突如、権大納言で内覧の宣旨を受け、右大臣に昇った。そして長徳二（九九六）年七月二十日には左大臣に転じたのである。左大臣道長が大弐有国に期待したこととはいったい何であったのか。それは、既に今井源衛が述べているように、農民等からの徴税収奪であり、「それを私的に権力者へ提供する」注(19)ことだったのである。

有国の大宰府での悪行搾取は何ら咎められず、帰京後、参議に列したのである。有国が京へ帰還したのは、長保三（一〇〇一）年のことであったが、伊周は既に長徳三（九九七）年、女院詮子の病気平癒を期した非常赦で道長、詮子の同意のもと一条天皇の勅定によって召還されていたのだから、有国赴任が伊周対策でないことは歴然としているのである。『栄花物語』は帰京後の有国が、東三条院詮子の委嘱によって、中関白家の係累、皇后定子の遺子である脩子内親王、敦康親王、媄子内親王の三人の後見を務めたと語り伝える。慈悲の如く中関白家一統に有国の収奪が還元されたにしても、それは詮子・道長の意向によるのだから、まさに有国の大弐就任の意図を証明することにもなっていよう。

有国の後任が、平惟仲であった。既に近江国等の国司として強盗に襲われるほど莫大な財を貯えてきた惟仲が何故有国の後を襲ったのか、これも腑に落ちない点である。両者は兼家の「左右の御まなこ」（栄花）として弁官職で互いに競い合うようにして地歩を固めてきた。それが関白道隆による有国の官剥奪によって常に惟仲の一歩前をすすんでいた有国との立場が逆転することになった。有国が右大弁の職を停められて、その後に右大弁に任ぜられたのが惟仲だったが、前掲引用した『栄花』(イ)の有国大弐補任時、つまり長徳元（九九五）年当時、惟仲は従三位参議兼左大弁であり、翌長徳二（九九六）年七月二十日には権中納言に昇叙した（公卿補任）。有国が帰京した長保三（一〇〇一）年には惟仲は正三位中納言であって、有国はようやく十月三日に参議となったにすぎない。

有国と惟仲との関係がどのようなものであったのか。道長政権下に於いて、その処遇に特別な優劣の差はないのである[注20]。ただ有国が一条天皇の乳母橘三位徳子を妻にしていたものだから、惟仲も同じく一条天皇の乳母である藤三位繁子（師輔女、道長の叔母）と関係をもつようになったと思われる。時に繁子は道兼の未亡人で[注21]、尊子の母であり、長徳四（九九八）年、尊子の入内時には惟仲が万端を用意したようである。

　ところが、惟仲に孤立化を深める定子の中宮大夫の役が命ぜられたのが、長保元（九九九）年正月のことであり、同年七月にははやくも辞任する。定子側との接触を避けてのことであろう。弟生昌がかつて中宮大進であった縁で、長保三（一〇〇一）年八月九日、定子は生昌邸に移御した。『枕草子』「大進生昌が家に」（三巻本第六段）に於いて描かれ、敦康親王出産のための行啓であった。つまり本来は中宮大夫として惟仲が定子の行啓をあおぐ立場にいたということなのである。まずは中宮大夫辞任の理由が、道長方に身を置きたい惟仲の姿勢を示していたといえよう[注22]。

　妻にした繁子が東三条院詮子の女房でもあった縁で、詮子は長保二（一〇〇〇）年七月十三日から十二月十五日まで惟仲邸に滞在している。しかし、惟仲としてはもう少し道長への奉仕を尽くし貢献度を上げたかったのではあるまいか。ライバル視していた有国が大宰大弐を終えたこともあって、中納言の惟仲は少なくとも上位の権帥での赴任が可能となるのを見込み望んだのであろう。長保三（一〇〇一）年正月に帥に任ぜられる。しかし、寛弘元（一〇〇四）年十二月二十九日、宇佐八幡宮の宮司の内紛に介入したことから、帥職を停止されている。これは有国の前任者大弐藤原佐理が正暦五（九九四）年十月二十三日、同じく宇佐宮神人との争いがあり、その理由で解任されるに至っていたのである。

　皮肉なことに惟仲は二度と京の地を踏むことができなかった。ライバルとしての有国と惟仲は、最後に道隆没後の中関白家一統との関わりに於いて、その人品の評価に差がついたといえようか。

藤原佐理　正暦二（九九一）年　従三位参議　大弐

←

藤原有国　長徳元（九九五）年　従三位非参議　大弐
↓
平　惟仲　長保三（一〇〇一）年　正三位中納言　帥

四　権帥藤原隆家

そもそも惟仲は、大宰の〈権帥〉なのか、それとも〈帥〉であったのかの議論がある。黒板伸夫は『北山抄』に「惟仲任帥之時、為尊親王任二他官一、…」とある記述を俎上に据えて検討され、惟仲が正帥として補任したのみならず、為尊親王を他官に遷すという強引な人事が実行されたとして、次のようにまとめられた。注(23)

中納言平惟仲は長保三年正月二十四日に大宰帥に任ぜられた。これは権帥でなく正任の帥であり、当時ではすでに「帥」は親王が在京のまま任ぜられ、大宰府には公卿が「権帥」または「大弐」として赴任するという形が慣例化していたことからみて異例の人事であり、しかもその時に大宰帥を兼帯していた弾正尹為尊親王の兼官を他に代えるという強引なやり方でもあった。

この理由については、これより以前の長徳二年に内大臣藤原伊周が罪を蒙り、大宰権帥の名目で配流され、惟仲の補任時には既に召還されて居り、権帥の名は帯していなかったらしいが、罪人としての彼が帯した「大宰権帥」を惟仲が忌避し、強いて正帥補任を望んだものと思われる。

以後、本稿に於いても平惟仲は〈権帥〉ではなく〈帥〉であったと、あらためて認識しなおすこととしたいが、引用した黒板(B)論考では、惟仲が〈権帥〉ではなく〈帥〉を望んだ理由として、流罪の伊周が〈権帥〉であったので、それを忌避したのだとする。しかし、黒板(A)論考に於いては、この理由は明記されず、ただ「彼と藤原兼家の家司時代以来のライバルである大弐藤原有国にかわって、臣下としては当時異例の正帥として任地に赴いた惟仲の得意は思うべしである」としていた。筆者は惟仲が正帥を望んだ背景、理由として、やはり有国へのライバル心で、それも常に有国の後塵を拝していた意識を払拭するために歴然たる差をもって、つまり〈権帥〉ではなく〈帥〉として大宰の地に赴任することが第一の理由であったろうと思われ、第二の理由として、罪人伊周と同じ〈権帥〉であることを忌避したのであろうと考えたい訳である。というのも、後者の理由は、源経房や藤原隆家にも波及する視点を抱えているといえるからである。

前掲(A)論考に於いて、黒板氏は『類聚符宣抄』第七「大宰帥傔仗随身事」の項に、長保三（一〇〇一）年五月二十九日、平惟仲の傔仗を給うべき官符及び随身に食馬を給すべき官符には「中納言兼大宰帥」と記すのに対し、長和四（一〇一五）年四月七日の藤原隆家には「中納言兼大宰権帥」と記してあること、そして異本『公卿補任』では惟仲に「帥」と記しているのに対し、隆家には「権帥」と明確に区別していることに着目し、それを指摘していた。ところが、論考(B)に於いて、「大宰員外帥あるいは権帥として配流された凶例を忌んだ」という視点で、左大臣源高明とその息源経房の事例を捉えて、『小右記』寛仁四（一〇二〇）年十一月二十九日条に「大宰帥権中納言経房」と記してあり、また同日条の異本『公卿補任』には「兼㆓大宰帥㆒停㆓大夫㆒」とあることを指摘して、「経房が正任であった可能性を考え得る」と述べているのである。

惟仲の場合は忌避すべき中関白家との関係であったが、源高明と経房は父子関係で、同じ〈権帥〉であることを凶事と認識するのかどうか。むしろ無実の罪を負ったという意識で、あえて父と同じ〈権帥〉であるべきことを考え得る立場にあるともいえよう。そして黒板氏が史料として挙げる流布本『公卿補任』の祖形とみられる異本『公卿補任』には、経房の前任者藤原行成及び前々任者藤原隆家を「権帥」と明記して区別しているとまで指摘しながら、隆家に関して最後にこう言い及ぶのである。

なお治安三年、すなわち藤原隆家が中納言を辞した年の同書の記載に、「長暦元年八月九日任二大宰帥一…」とある。平行親記にも「大宰帥隆家」とあり、すなわち彼も大宰府に再任したときは正帥に任じたのかもしれない。摂関家の上流貴族である伊周と隆家は親しい実の兄弟であり、惟仲のように受領からその財力と如才なさで中納言まで成り上がった公卿とは、おのずから考えるところも異なろう。本節では長元十（一〇三七）年の再任時に於いて隆家が〈帥〉であるのか、それとも〈権帥〉であるのかの議論に結着をつけようとする意図はなく、むしろ平惟仲が〈権帥〉ではなく〈帥〉であったことさえ、最新の成果を採り入れてあるはずの新編全集『栄花物語』でも採用していないことゆえ、あくまで黒板氏の提言はそれとして隆家が初任時に於いても〈帥〉である可能性をも念頭に置きながら、慎重を期して『栄花物語』や『大鏡』での隆家に関する記述を中心に考えてみようと思うのである。

『栄花物語』は伊周・隆家の召還を女院詮子の病悩快癒のための恩赦であった事実を偽り、定子の敦康親王誕生ゆえとする潤色を施していることはよく周知されている。それは敦康の後見の重要性を浮上させるための物語としての虚構的布石となっていて、とくに長保二（一〇〇〇）年定子没後、敦康は妹の御匣殿（道隆四女）を経て、彰子の手に委ねられることになる。道長も彰子に皇子誕生をみない限り、敦康を兼家流の東宮候補として大切に養育する方針で、寛弘二、三（一〇〇五、六）年頃は、敦康は道長の土御門邸に居て、その保護下にあったことが知られる。[注24]

その頃、伊周は准大臣、隆家は権中納言として復官していて、[注25] 道長に恭順の姿勢を示していたが、道長と伊周との関係は必ずしも良好とは言い難く、それに対し隆家は親しく交わっていたようである。

中納言は大殿（道長—筆者注）につねに参りたまひて、また見えたまはぬをりは、たびたびまつはしきこえたまひつつ、にくからぬものに思ひきこえさせまたひて、この君（隆家）はにくき心やはある、帥殿（伊周）の賢さのあまりの心にひかるるにこそなど思ほしめしける。

（栄花、巻八「はつはな」三六六頁）

こうした隆家の道長との円満な交流が、阿《おもね》り諂《へつら》う巧みな世渡りというよりも、隆家の裏表のない性格や楽天的な気質によるところであろうと推察される。寛弘六（一〇〇九）年、彰子の敦成親王誕生に際しても、伊周のみは「よろづに世とともに思し乱れたる世の憂さ」（巻八「はつはな」）と認識する。確かに全ての情況は中関白家側にとって暗転していたが、伊周はそれらをまともに身に受け、自らを追い込んでいったとおぼしい。伊周は病悩を悪化させ、寛弘七（一〇一〇）年正月二十九日薨ずる（権記・栄花）。同年七月十七日には敦康親王が元服した。敦道親王没後のことだったので、大宰帥に任じられ、帥宮と呼ばれるようになっていた。

一方、一条天皇も寛弘八（一〇一一）年五月頃より病気がちとなり譲位の運びとなる。同年六月十三日、一条天皇譲位、三条天皇（居貞親王）受禅で、皇太子は定子腹の第一皇子敦康親王ではなく、彰子腹の第二皇子敦成親王が立太子したのであった。

隆家は最後まで敦康親王の立太子に望みをかけていたが、道長の意をうけていた敦康親王家別当である藤原行成の一条天皇説得工作が実り、敦成親王の立太子実現をみたのである。注(26)

こうした政情を踏まえた上での隆家の大宰府への赴任とすると、眼病治療が目的であったとはいえ、京に居たたまれない気も起きたことであろう。当該箇所を『大鏡』から引用する。

御目のそこなはれたまひにしこそ、いといとあたらしかりしか。（略）よろづにつくろはせたまひしかど、えやませたまはで、御まじらひ絶えたまへる頃、大弐の闕出できて、人々望みののしりしに、「唐人の目つくろふがあなるに、見せむ」と思して、「こころみにならばや」と申したまひければ、三条院の御時にて、またいとほしくや思し召しけむ、二言となくならせたまひてしぞかし。（略）その御北の方には、伊予守兼資のぬしの女なり。

その御腹の女君二所おはせしは、三条院の御子の式部卿の宮の北の方、いま一所は、傅の殿の御子に宰相の中将兼経の君、この二所の御婿をとりたてまつりたまひて、いみじういたはり聞こえたまふめり。
（道隆伝。小学館新編全集二七六～七頁）

眼疾の悪化を理由とするのは『栄花』も同じだが、隆家が「御まじらひ絶えたまへる頃」と隠居状態にたち至ったことは、それを口実にしたとまでは言えないまでも、たぶんに敦康立太子の挫折による落胆失意が原因とみた方が適当で、『大鏡』はさらに三条天皇も眼病であったことを引き出して隆家の大宰府赴任を実現させている。その上、隆家の二人の娘婿に三条天皇第二皇子である敦儀親王と、「傅の殿」つまり道綱の三男兼経（但し道長の猶子）をむかえているのであり、この二人の婿を「いみじういたはりきこえたまふ」では、たいそうな出費が考えられるところで、これも前記したように行成が道長の息長家を婿にむかえたため大弐を望んだという『栄花』の記述に対応するとみられるから、隆家の就任意図にも当然こうした事情をも含むものと考えられるのである。

隆家が長和三（一〇一四）年十一月七日に権帥に補任された時、敦康親王が帥であったはずで、長和五（一〇一六）年一月二十九日、後一条天皇（敦成親王）が受禅し、式部卿宮であった敦明親王（母娍子）が立太子するから、その後敦康が式部卿になったようで、まずは隆家が権帥であったことは疑いないであろう。赴任は翌長和四（一〇一五）年四月二十四日であった。

ところで、落ち込んでいるはずの隆家の執務ぶりは、前掲『大鏡』が続けて、「政よくしたまふとて、筑紫人さながら従ひまうしたりければ、例の大弐、十人ばかりがほどにて、上りたまへりとこそ申ししか」（二七七頁）という具合で、ふつうの大弐の十人分ぐらいの実績をあげたという。眼病などもどこ吹く風という精勤であったようだ。

その六年目の最後の年、すなわち寛仁三（一〇一九）年四月のことだが、壱岐・対馬を刀伊国の賊が多数来襲し、放火掠奪を行い、住民を殺害あるいは拉致したが、隆家は大宰府管轄の九か国の武士を指揮し、これを撃退し、連れ去られた日本人を高麗国の手を借りて救出したのであった。注(27)古代史上〈刀伊の入寇〉と呼ばれる大事件を解決に導いた功績は、特筆に値しよう。このような隆家は「大和心かしこくおはする人」として道隆流の名望をたもち、左大臣道長にも捨て難い人物と思われたが、帰京後は再び引きこもってしまった。つまり、隆家の大宰府赴任は、中関白家の生き残りとして京から排除しようとしたのではないことは確かなようだ。

寛仁三（一〇一九）年、隆家の後を引き継いだのが藤原行成であったが、北九州沿岸の海賊の横行や高麗国の脅威に臆したのか、行成は赴任せぬまま、翌寛仁四（一〇二〇）年四月末に辞任した。

実は隆家が大宰府下向に際し、定子の遺児である一品宮脩子内親王の万事を源中納言経房に依頼して旅立ったと『栄花物語』（巻十二「たまのむらぎく」）は語り、さらに敦康親王が寛仁二（一〇一八）年十二月に薨去した際には、葬儀の準備を陰ながら支えたようである（巻十四「あさみどり」）。

五巻の日は御遊びあるべう、船の楽などよろづその御用意かねてよりあるに、明日とての夜より聞しめせば、「式部卿宮（敦康）うせたまひぬ」とののしる。（略）「帥中納言（隆家）さへはるかにおはするをり、心憂く」と思しのたまはす。誰こまやかに何ごとも仕うまつるらんと、あはれに思ひきこえさする人々多かり。源中納言（経房）ぞ一品宮の御事も仕うまつりたまへば、よそながらもさるべきさまに掟て仕うまつりたまふ。

（②一六〇頁）注(28)

盛大に営まれている道長の法華八講の五巻の日、つまり十二月十七日の昼過ぎに、二十歳の親王は急逝する。葬儀の万事は故親王室が頼通室隆姫の妹であったので、頼通側で取りしきったようだが、叔父の隆家が大宰府に居て不在であるから、おそらく経房は隆家の名代として葬儀に関与したのであろう。帰京後の隆家が再び引きこもったのも首肯される、親王の他界であった。

もっとも隆家と経房が何故こうした堅い親交を結び得たのか不明とする他なく、いくら経房が清少納言にとって気の許せる相手であったからといって、隆家との関係は『枕草子』にみえない。さらに経房は源高明息男だからとはいえ、師輔五女愛宮腹であり、実姉明子が道長室（高松の上）となっていた関係で、道長の猶子でもあった。こうしたことから言えば、道長と隆家との友好関係が切り拓かれた流罪後、中関白家に対してもともと同情の念を寄せる経房との関係もいっそう進展したのかとも思われる。

道長は妍子を尚侍を経て、三条天皇がまだ東宮であった頃入内させた。妍子は長和元（一〇一二）年二月十四日立后したが、その中宮大夫となったのが道綱であり、中宮権大夫が源経房であったから、前記した如く隆家が二人の娘婿として、三条天皇の敦儀親王と道綱の三男兼経をむかえていた関係もあって、経房とも接点があり、二人の交渉も自然と深まっていったのであろう。かつて、つまり長徳二（九九六）年のことだが、花山天皇奉射事件の主謀者であった隆家と、その後花山院の別当となった道綱、そして経房とが一グループを形成していた可能性がある。隆家が大宰府への出立の日、「中宮（妍子）もとより御心寄せ思ひきこえさせたまへり」（栄花、巻十二「たまのむらぎく」）とあって、餞別の装束が妍子方から贈られている。『栄花』が「もとより」とする理由は不明だが、三人の交渉圏として妍子周辺が考えられるところである。さらに隆家息男の良頼と経房女とが結婚し、両家は姻戚関係となっていくのである。注(29)

隆家と経房との奇き縁は、正二位権中納言経房が行成の跡を継いで寛仁四（一〇二〇）年十一月二十九日、大宰権帥に就任したことで極まるといえよう。経房にとって父高明が流罪となった地の大宰府へ赴くことは、兄伊周の謫居を追体験した隆家からの慫慂があったのかもしれない。注(30)いま親友となった経房と隆家の深き紐帯は、大宰の地であったことが確認された訳だが、それが二人を永遠に切り離すことにもなった。経房は治安三（一〇二三）年十二月十二日、大宰の地で没した。その年は、良頼と経房女との間に良基が誕生した年でもあった。そのような友を崇ってか、隆家は長暦元（一〇三七）年八月九日、大宰権帥に再任され、再び大宰府にむかったのであった。

つまり隆家が再任された情況下に於いては〈帥〉である必要は全くないといえようし、隆家の二度の大宰府赴任は、いずれも死地を求めていくような趣が感じられてならない。

平　親信　寛弘七（一〇一〇）年　従二位非参議　大弐

↓

藤原隆家　長和三（一〇一四）年　従二位中納言　権帥

↓

藤原行成　寛仁三（一〇一九）年　正二位中納言　権帥

↓

源　経房　寛仁四（一〇二〇）年　正二位権中納言　権帥

五　大弐源資通

経房の後任の大弐は、非参議藤原惟憲で、治安三（一〇二三）年十二月十五日に任ぜられた。それより七年間、長元二（一〇二九）年正月二十四日までその任にあったから、惟憲の妻の藤原美子は、後一条天皇の乳母として当初近江三位と呼ばれていたが、その後大弐三位の呼称をもってするようになっている。

つまり後一条天皇女一の宮章子内親王の着袴の後宴に参列した乳母たちを、『栄花物語』（巻三十一「殿上の花見」）が、「内の御乳母たち、大弐の三位、美作の三位、上野など皆参りて、打出でさぶらひたまふ」と記す、「大弐の三位」は藤原美子なのである。注(31)因に「美作の三位」とあるのは、道綱女の藤三位豊子のことであり、その子の定経が長元九（一〇三六）年頃に美作守となっているのによる呼称なのである。

ともかく惟憲は甲斐や近江守を歴任した受領層であり、道長の家司として勢力を振るったのであり、妻美子が既に天皇の乳母であって、その後大弐に就任したとはいえ、その処世の根源は財力であったことに揺るぎはなかろう。つまり、前述した有国や惟仲の場合と同然で、二人の妻がともに一条天皇の乳母であり、それぞれ橘三位（徳子）、藤三位（繁子）と呼ばれていた。『枕草子』に「かしこきものは、乳母の男こそあれ。帝、皇子たちなどはさるものにて」（三巻本八二段）とある如く、天皇の乳母の夫が大弐として羽振りをきかす構造がみえるのだが、しかし、それは摂関家との癒着に根差していたというのが、この時代の真相であろう。

また栄達勢威の獲得は、大弐とその妻である御乳母との相互依存関係で、これも『枕草子』に、受領を歴任して「大弐や四位などになりぬれば、上達部などもやむごとながりたまふめり」とあり、女の方は、「内わたりに、御乳母は、内侍のすけ、三位などになりぬれば、重々し」（能因本一八四段）とある。時に清少納言の批判となるが、それは裏を返せば、嫉妬羨望であろう。乳母が女官としての最高職の典侍となり、三位を叙位される。

大弐三位である藤原惟憲の妻美子も寛仁元（一〇一七）年十一月十一日、典侍に任ぜられて（左経記）、江典侍とも呼ばれている時期がある。ただこのような呼称は、同一人物か別人かの混乱をきたす場合もあって、前記した藤三位にしても道綱女で大江清通妻豊子であるのか、それとも道兼の薨後、惟仲の妻となった藤三位繁子なのか、同時期に存命していれば、「先の藤三位」などとして区別する他なかろう。注(32)大弐三位にしても、もう一人著名な後冷泉天皇（親仁親王）の乳母となった賢子がいる。すなわち、紫式部の娘賢子なのである。

長保元（九九九）年、宣孝との間に生まれた賢子は、二十代前半には母の後に続いて彰子の元に出仕していたようで、生母嬉子（彰子と同母妹）を亡くした親仁親王が彰子に引き取られたことで、万寿二（一〇二五）年に乳母に任ぜられた。当時の夫は権中納言兼左兵衛督藤原公信（為光の六男）で東宮権大夫の任にも就いていて、将来に期待をもてたが、惜しくも万寿三（一〇二六）年五月十五日に薨じる（公卿補任）。その後間もなく、賢子は一転して受領層の従五位上東宮大進高階成章と再婚する。親仁親王が寛徳二（一〇四五）年即位して後冷泉天皇となると、賢子は典侍に任ぜられ、従三位に叙せられたのである。後夫成章も、天喜二（一〇五四）年十二月二日、大宰大弐に任ぜられ、翌年七月十九日に赴任賞で従三位に叙せられた。当初賢子の呼称は「越後の弁」とか「弁の乳母」とか呼ばれていたが、その夫の官によって「大弐三位」と呼ばれるようになったのである。

萩谷朴は『紫式部日記』を娘賢子への家訓・庭訓を記すと捉える視点から、後一条天皇（敦成親王）の乳母となった藤三位典侍豊子とその道綱の親族には好意をもって描くが、一条天皇の乳母橘徳子とその夫たる有国一家とは、日記冒頭からして、播磨守有国の碁の負け態の当日、「たいした用事でもあるまいに、せっかくの負け態にも列席せずして宿下りし、帰参した後日、その洲浜の和歌一首をよすがに、遠い天禄の乱碁歌合の勝ち態・負け態の扇に回想の筆をそらせてしまう」（全注釈一〇四頁）という。つまり紫式部が「有国一家の栄達を羨望嫉視するがゆえに、これを意識的に無視する態度に出ている」とされる。

さらには素行のよくない弟の蔵人兵部丞惟規の立身に腐心する式部は、寛弘七（一〇一〇）年師走に中宮御所に盗賊が侵入した時、手柄を弟惟規に立てさせようとするが不在で、徳子腹の有国の男式部丞資業に功名を横取りされてしまう。弟を名指しで「恥も忘れて口づから」呼びにやらせたのにも拘らず、この仕儀で、「つらさことかぎりなし」とは「その無念残念をむき出しにした日記の文章」だと萩谷氏はいう。注(33) また土御門邸行幸で一条天皇の陪膳役を勤める橘三位徳子自身の衣装についても、「青いろの唐衣、唐綾の黄なる菊の袿ぞ、表着なんめる」と記すのは、「徳子の夫藤原有国が、長徳元年十月十八日から長保元年閏三月五日まで、大宰大弐を勤めていたことからしても、舶載の唐物を豊富に所有していたであろう」（全注釈上巻四〇九頁）とし、「その布地に舶載の唐綾を用いていることが自慢で、それを目だたせるために、表着や打衣を重ねることを故意に避けたのであろう」（四一〇頁）との理会を示している。

このように天皇の乳母となり、従三位典侍の官位を得、[注34] 得意然としている徳子の姿と有国一家の勢威をみせつけられていた紫式部が、その娘賢子に、かくあるべき女官としての栄達を目ざす遺訓とするために残した日記だとすれば、その通りに賢子は、三位典侍で、夫成章が大宰大弐となり、母式部が地団太を踏んで打ちのめされた夢を、まさに実現した「大弐三位」の呼称なのであった。

ところで、熱烈な『源氏物語』の読者であり、また『紫式部日記』の読者でもあった菅原孝標女も賢子と同様な夢の実現を期したが、はかなく挫折したことが『更級日記』に書きとめられている。[注35]

年ごろ「天照御神を念じたてまつれ」と見ゆる夢は、人の御乳母して、内裏わたりにあり、みかど、后の御かげにかくるべきさまをのみ、夢ときも合はせしかども、そのことは一つかなはでやみぬ。ただ悲しげなりと見し鏡の影のみたがはぬ、あはれに心憂し。かうのみ心に物のかなふ方なうてやみぬる人なれば、功徳もつくらずなどしてただよふ。（小学館新編全集三五七頁）

孝標女はまがりなりにも祐子内親王家に出仕したから、「人の御乳母」が親王ないし内親王の乳母としても、その措定は親王の乳母となることであったろう。当然乳母となった親王が即位すれば、自身は典侍となり、[注36] 天照御神を日常的に祈ることができる立場となる。

というのは、「わが念じ申す天照御神は内裏にぞおはしますなるかし」と、内侍所、温明殿に奉納安置する神鏡が、他ならぬ皇祖神で伊勢神宮に鎮座する天照御神の分霊として見做されていた時代だからである。[注37]

孝標女は祐子の参内に供奉した長久三（一〇四二）年四月、縁者の「博士の命婦」（五位以上の女史）の案内で、神鏡を拝むことができたようだ。注(38) しかし、日記にその老女官の「神さび」たことだけを記すのは、神鏡への落胆だったかもしれない。そうした欠落、喪失の感懐は、藤壺の主だった祐子の母である嫄子中宮崩御の実感をともなってもいた。祐子は、後見人である頼通の高倉邸に常住していた。長久三（一〇四二）年十月、宮家の不断経の夜、孝標女は源資通とめぐり会い、親愛の情を抱く。その後、「そこは内裏にこそあらむとすれ。はかせの命婦をこそよくかたらはめ」という夢をみていることからすれば、典侍としての宮仕えを希求し、みずからの夫を資通と定めていたようだ。その夢想が秋の夜の月に心よせた朋輩の女房に、資通を横取りされたような形で挫折してしまうのである。

同じ心に、かやうにいひかはし、世の中の憂きもつらきもをかしきも、かたみにいひかたらふ人、筑前に下りて後、月のいみじう明きに、かやうなりし夜、宮に参りてあひては、つゆまどろまずながめ明かいしものを、恋しく思ひつつ寝入りにけり。宮に参りあひて、うつつにありしやうにてありと見て、うちおどろきたれば、夢なりけり。月も山の端近うなりにけり。さめざらましをと、いとどながめられて、

夢さめて寝ざめの床の浮くばかり恋ひきとつげよ西へゆく月

（三五一〜二頁）

この行文を、夫の任地である筑前に下っていった朋輩の女房に寄せる思いが、いつしか、その同じ地にいる資通への慕情に転化していると読んだのは犬養廉（新編全集頭注三五二頁）で、さらに「作者が三年越しの逢う瀬を綴った源資通が、このころ（永承五〈一〇五〇〉年九月）大宰大弐として筑紫に下っていることに注目したい」とする。犬養氏はただ筑前に下った親友と憧れた資通が大宰大弐として、ともに西国に居る状況を言ったまでである。事実は親友の朋輩が資通を横取りしたり、結婚した訳では毛頭ない。だいいち孝標女の夫は橘俊通であって、資通との出逢いの頃は、偶然夫は下野守として赴任していて留守であったにすぎない。であるから、こういう夢想を綴った深層に、孝標

女が天皇の乳母となり、内侍所に関わる女官としての最高職である典侍に任ぜられ、そしてまた夫が大宰大弐であるという名誉と富貴をいっきょに実現できる人生の理想の軌跡を幻視し、はかなくも挫折した心境が語られていると筆者はみるのである。

「わが身よりもたかうもてなしかしづきてみむとこそ思ひつれ。われも人も宿世のつたなかりければ、ありありてかくはるかなる国になりにたり」とは、父孝標が常陸介に任ぜられた時の慨嘆であり、その娘は〈大弐三位〉への夢が潰えるつたない宿世であったということなのであろうか。まさに福家俊幸が言うように、孝標女の夢を理想的に実現していたのが、紫式部の娘大弐三位賢子なのだといえよう。[注(39)]

一方、資通とて立身出世と富裕な生活を希求したはずで、祖父時中、父済政と管絃に秀でた家系でありながら、世渡りのために摂関家に密着せざるを得なかったようだ。兼家、道長を経て、資通の時代は頼通に追従した。父済政の場合は道長室倫子の甥であるところから、不用意な言動に責めを負っても道長に救済されたように、資通も頼通の高倉邸への日参の結果として恩恵を受容したようである。[注(40)] また父済政は源頼光の娘を妻として、資通は母とするが、資通もまた頼光女を妻としたらしい（尊卑分脈）。

源頼光は軍事貴族、武門源氏として知られ、摂津、伊予、美濃等の国守を歴任し、財力を蓄え、摂関家への露骨な経済的奉仕ばかりではなく、三条天皇の在位中には、内廷経済を管理する内蔵頭に抜擢されている。[注(41)] そして長和五（一〇一六）年、三条が上皇となると、院司にも指名されていた（小右記、正月二十九日条）。

このような三条天皇との緊密な関係は、頼光が娘の婿とした道綱との関係に拠ると考えるのが至当なのだが、道綱のために頼光が一条の旧藤原倫寧邸を購入し住まわせたように、資通の父済政も邸宅を贈与された可能性が高く、頼光の財力に相当頼るところがあったと思われる。資通が頼光女と結婚するのは頼光没後のようだから、その贈与に与ることがあったかもしれない。受領との婚姻関係によって、場合によっては家の収入にその私富を組み入れる例も『春記』にみえるから、[注42]弁官コースを歩む資通にとって父済政からの経済的助力の実質はそのようなところであったのであろう。

資通の官位昇進に関しても、長元七（一〇三四）年正月五日に行幸上東門院賞により従四位上に叙されるが、この昇叙は父済政からの譲りであり、また長久五（一〇四四）年（十一月二十四日寛徳に改元）正月七日には正四位上に昇叙されるのも父済政の仁寿殿修造の成功《じょうごう》によるところであった（公卿補任）。孝標女に逢いにきながら人目を憚って去っていったのが長久五（一〇四四）年春のことだから、資通の官職は蔵人頭で右大弁、つまり頭の弁の要職にあった。同年正月三十日には近江権守を兼ねたのである。

頼通の時代は、公卿にも赴任しない権守を数多く任命し、家の収益に利する方法を採るが、[注43]例えば長久五（一〇四四）年は従二位参議藤原俊家が伊予権守で、従三位参議藤原経任が播磨権守であった。また正四位下藤原資房が備後権守であり、正四位下源経長は周防権守と美作権守とを兼ねていた。そして資通と同じく蔵人頭であった正四位下藤原行経が備中権守という具合である。近江、播磨は大国で、[注44]古くから京官に守を兼任させた例が知られ、近江は済政も国守を務めたことがあり、資通は永承四（一〇四九）年二月五日、近江権守から播磨権守に転じた。時に従三位の参議であった。翌永承五（一〇五〇）年九月十七日、大宰大弐を兼ね、同年十一月十一日、赴任賞により正三位となったのである。

なおさらに、資通の歌壇活動の一端も頼光一統との関わりをもっている。頼光の孫頼実は、和歌六人党の中核歌人であり、『狭衣物語』や『玉藻に遊ぶ権大納言』（天喜三〈一〇五五〉年五月三日六条斎院禖子内親王家物語歌合提出作品）の作者である宣旨の同母弟であった。六人党の一員で叔父である頼家よりも従兄弟の資通が頼実に作詠の場として自邸や山荘を提供し、頼実をその志向する和歌の世界へ誘ったとは高重久美が説くところだが、注(45)そもそもその山荘等の購入に頼実の祖父頼光ないし父頼国が関わったかもしれない。もちろんどれもこれもが頼光一統の援助支援によっているとは限らないが、頼実の家集にみえる長暦・長久年間の歌会の場となった資通の梅津や八条の別邸は、父済政からの贈与相続とまずは考えられよう。

父済政は近江ばかりではなく、丹波、信濃、播磨、讃岐等の国守を長保（一〇〇一〜）から長暦（一〇三九〜）にかけて歴任し、道長の家司受領と化し経済的奉仕に徹していくようだ。彰子の第一皇子敦成親王誕生によって当家の別当の一人に任命される辺りに、道長の正妻倫子の甥という立場で道長との交渉の起点が考えられよう。それは寛弘五（一〇〇八）年十月十七日（御堂関白記）のことで、済政はまだ右近衛権少将であった。この時に頼光の長男文章生頼国が親王家の蔵人となっている。

また済政は公任息定頼を娘婿とし、中宮権亮であり蔵人頭であった定頼は寛仁元（一〇一七）年八月二日、済政宅からの中宮還御之次所賞で正四位下に昇叙している。定頼は婿として済政宅におそらく寛弘七（一〇一〇）年以来住んでいたと思われるが、一時中宮妍子に仕えていた相模（頼光養女）との恋愛沙汰（後拾遺集、六四〇・七五三番歌）で、別居することがあったらしい。

ともかく資通の交流圏は頼光女との婚姻関係で拡がりをみせ、文人貴族と言えども受領層の富裕な経済的支援のもとに相互依存的に協調関係を成り立たせていたとみられよう。資通は大宰の地で天喜元（一〇五三）年冬十月歌合を主催して、注(46)早世した頼実の影響下にある歌を詠んだとは、高重氏の指摘するところでもある。弁官コースを歩み、播磨権守を歴したのは有国と同じだが、大宰の地での歌合の開催などは、文人貴族としての矜持と気概を示しているといえよう。

資通の後任の大弐が、紫式部の娘賢子の夫となった高階成章であった。もちろん『更級日記』が書かれたのは、その後のことだと言わねばなるまい。

藤原惟憲　治安三（一〇二三）年　従三位非参議　大弐
↓
源　道方　長元二（一〇二九）年　従二位権中納言　権帥
↓
藤原実成　長元六（一〇三三）年　正二位中納言　権帥
↓
藤原隆家　長暦三（一〇三九）年　正二位前中納言　権帥
↓
藤原重尹　長久三（一〇四二）年　正三位前権中納言　権帥
↓
藤原経通　寛徳三（一〇四七）年　正二位権中納言　権帥
↓
源　資通　永承五（一〇五〇）年　従三位参議　大弐
↓
高階成章　天喜二（一〇五四）年　従三位非参議　大弐

注

（1）田中篤子「大宰帥・大宰大弐補任表」（東京女子大学「史論」26・27、昭和48〈一九七三〉年9月）

（2）物語本文はあくまでも「帥」だが、当時の慣例上中納言は権帥となるので、いまは権帥とする。但し、後述するが当該物語が本文通りの「帥」であることもあり得る点を言い添えておきたい。

（3）吉海直人『平安朝の乳母達』（世界思想社、平成7〈一九九五〉年）一六四頁。

（4）『古今著聞集』（巻三）に権帥大江匡房が「道理にてとりたる物」と「非道理にてとりたる物」を分け、各舟一艘に積み上京したという。盗賊の難を避け、私腹の有様を示す訳である。

（5）他に表現上の類似は、中納言の詠「行くさきをはるかに契る心あるにかけな離れそ箱崎の松」（巻二）と、明石入道の「行くさきをはるかに祈る別れ路にたえぬは老いの涙なりけり」の初二句との関連が小学館新編全集『浜松』の頭注（一五二頁）に指摘される。

（6）横井孝『円環としての源氏物語』（新典社、平成11〈一九九九〉年）「明石の入道の基底」

（7）寛弘五（一〇〇八）年秋当時の播磨守としては、藤原行成が正守で、藤原有国は権守であったが、萩谷朴『紫式部日記全注釈上巻』（角川書店、昭和46〈一九七一〉年）の考証によって有国とする。

（8）斎木泰孝「落窪物語に登場する帥の中納言のモデル―藤原有国と平惟仲―」（「王朝細流抄」6、平成15〈二〇〇三〉年3月）

（9）久下「フィクションとしての飛鳥井君物語」（『狭衣物語の新研究―頼通の時代を考える』新典社、平成15〈二〇〇三〉年。のち『王朝物語文学の研究』武蔵野書院、平成24〈二〇一二〉年）

（10）新田孝子『栄花物語の乳母の系譜』（風間書房、平成15〈二〇〇三〉年）七三八・九頁。

(11) 井上宗雄『平安後期歌人伝の研究』(笠間書院、昭和53〈一九七八〉年)六一頁。
(12) 山本信吉『摂関政治史論考』(吉川弘文館、平成15〈二〇〇三〉年)「摂政藤原兼家と弁官」
(13) 従三位勘解由長官有国の除名の理由を『日本紀略』(正暦二〈九九一〉年二月二日条)は大膳属秦有時を殺害したかどによるとする。
(14) 有国が元の非参議に復したのは正暦三〈九九二〉年八月二十二日(公卿補任)である。但し有国は従三位で、大宰大弐の相当位は従四位下であり、前掲田中篤子論考に大弐は初期から全期を通して従四位・正四位が圧倒的に多いとある。有国だけではなく本稿で対象とする平安中・後期の大弐は例外ということになるのであろうか。
(15) この間の経緯に関しては倉本一宏『摂関政治と王朝貴族』(吉川弘文館、平成12〈二〇〇〇〉年)「藤原伊周の栄光と没落」に詳しい。但し「この事件に道長や公卿がほとんど関与していない点は、特徴的である」(一九九頁)とする。
(16) 川田康幸「『栄花物語』における有国像の定着」(「中古文学」22、昭和53〈一九七八〉年9月)
(17) 道長の有徳性を指摘する他の論考に、山田邦明「栄花物語の有国記事について」(山中裕編『栄花物語研究第1集』国書刊行会、昭和60〈一九八五〉年)がある。
(18) 川田氏が挙げた有国の長保元〈九九九〉年六月二十四日付の大宰府から送った参議の申文(朝野群載)は、参議となって政事に尽くし、天子の恩に報いるために早期帰参を訴えるものであって、伊周を厚遇した点に触れていないからといって、それを否定する根拠はないだろう。
(19) 今井源衛「勘解由相公藤原有国伝—一家司層文人の生涯—」(九州大学「文学研究」71、昭和49〈一九七四〉年3月)
(20) 川田康幸「『栄花物語』における惟仲像」(「信州豊南女子短期大学紀要」5、昭和63〈一九八八〉年3月)
(21) 道兼が薨じたのが長徳元〈九九五〉年五月八日だから、惟仲が関係をもったとしても一周忌後、長徳二〈九九六〉年五月以降だろう。惟仲、繁子ともに五十歳代である。

(22)『小右記』長保元（九九九）年七月二日条に「中宮大夫惟仲依病上辞中宮大夫之表云々」等により、辞任の理由を病気とする説もある。高橋由記「平惟仲について―定子の中宮大夫辞任に関連して―」（「国文目白」35、平成8〈一九九六〉年2月）

(23)黒板伸夫『摂関時代史論集』（吉川弘文館、昭和55〈一九八〇〉年）「大宰帥小考―平惟仲の補任をめぐって―」(A)及び「大宰帥についての覚書」(B)。次の引用は後者(B)論考からである。

(24)山中裕『平安人物志』（東京大学出版会、昭和49〈一九七四〉年）「敦康親王」に詳しい。

(25)伊周に関しては『日本紀略』寛弘五（一〇〇八）年五月十六日条に「今日、前大宰権帥伊周准大臣給封千戸」とあるが、寛弘二（一〇〇五）年頃より昇殿等、徐々に復帰の施策がとられていた。隆家は『権記』によると長保四（一〇〇二）年九月二十四日に復した。

(26)倉本一宏「一条天皇最期の日々」（駒沢女子大学「日本文化研究」4、平成14〈二〇〇二〉年3月）に詳しい。

(27)黒板伸夫前掲書「「刀伊の入寇」と藤原行成」

(28)引用本文中「帥中納言」とあるのは、権中納言を中納言と記す如く物語上の呼称表記で、正しくは権帥であるのを帥と記したまでのことである。

(29)『小右記』治安二（一〇二二）年十一月二日条に「春日祭使少将良頼妻故帥女也」等により知られ、二人の間に良基が誕生している。久保木秀夫「枕草子における源経房」（日本大学「語文」98、平成9〈一九九七〉年6月）は、「良基の生年（治安三）から推して婚儀は治安元・二年、あるいはもう少し余裕を見て寛仁年間（一〇一八―一〇二一）とすべきであろうか」とする。

(30)中納言だから自ら望んだのであろう。『栄花』（巻十六「もとのしづく」）には「いみじうくやしう思ひ乱れたまへ」と、望んだことを後悔している様子がみえるが。

（31）杉崎重遠『王朝歌人伝の研究』（新典社、昭和61〈一九八六〉年）「後一条天皇の御乳母大弐三位」

（32）萩谷朴『紫式部日記全注釈上巻』（前掲）は『左経記』長元九（一〇三六）年五月十七日条に後一条大皇の崩御に関して素服を賜わった「先の藤三位」は、修理亮藤原親明女で源高雅妻藤三位修理典侍基子として、繁子を退ける。

（33）萩谷朴「紫式部とその娘賢子」（「むらさき」11、昭和48〈一九七三〉年6月）

（34）角田文衞『日本の後宮』（学燈社、昭和48〈一九七三〉年）及び吉海直人『平安朝の乳母達』（前掲）が天皇の乳母が典侍となり三位を叙位される傾向を指摘している。

（35）和田律子「『更級日記』における宮仕えの記をめぐって」（立教大学「日本文学」74、平成7〈一九九五〉年7月。のち『藤原頼通の文化世界と更級日記』新典社、平成20〈二〇〇八〉年）が、三作品の関係を薫、頼通、資通を通して論じている。

（36）加納重文「典侍考」（「風俗」59、昭和54〈一九七九〉年8月）は、天皇が成人した後の乳母の職務に「今度は天皇補任の最高級女官としての現実の職務を持つ典侍を与え、さらに優遇の手がかりにした」と述べ、「典侍における乳母の資格が、平安中期の官女としての典侍を考えるうえでの、基本的な前提となる」とする。またその視点に立って倉田実「源典侍物語の意味―「典侍」の職掌から―」（『源氏物語の鑑賞と基礎知識　紅葉賀・花宴』至文堂、平成14〈二〇〇二〉年4月）は、源典侍が桐壺帝の乳母であった可能性をいう。

（37）斎藤英喜『アマテラスの深みへ』（新曜社、平成8〈一九九六〉年）「平安内裏のアマテラス―内侍所神鏡をめぐる伝承と言説」

（38）迫徹朗「『更級日記』の「博士の命婦」は誰か」（「中古文学」42、昭和63〈一九八八〉年11月）は、「博士の命婦」を安部長子とする。なお孝標女が拝んだ神鏡は、長久元（一〇四〇）年九月に火災のため粉々に砕けた破片二粒（春記、長久元〈一〇四〇〉年九月十日条）が入った唐櫃なのだろう。この「博士の命婦」が破片の捜索に加わり、それを見つけ唐櫃に収めたらしい。また当時内侍所の実質的な管理が内侍＝掌侍以下の、こうした命婦が担当していたとしても孝標女の典侍幻想を妨げるものではない。

(39) 福家俊幸「『更級日記』と物語創作―記されない意味―」（和田律子・久下裕利編『更級日記の新研究―孝標女の世界を考える』新典社、平成16〈二〇〇四〉年）。なお福家論は伊藤守幸『更級日記研究』（新典社、平成7〈一九九五〉年）の「紫式部の娘、大弐の三位は、正に孝標女が夢みていたところの「人の御乳母して内裏わたりにあり、みかど后の御かげにかくるべきさま」を体現する存在だったのである」という指摘を受けている。上記『新研究』に載る拙論「孝標女の物語―『夜の寝覚』の世界」（のち『王朝物語文学の研究』武蔵野書院、平成24〈二〇一二〉年）は、女院としていまだ権勢を誇る彰子に紫式部に代わる物語作者としての評価を得るため『巣守』『寝覚』等が発信されていたことを述べたものである。

(40) 小谷野純一『平安後期女流日記の研究』（教育出版センター、昭和58〈一九八三〉年）「更級日記源資通との邂逅譚」では、『春記』長暦三〈一〇三九〉年十月八日条の服暇の定めを無視した例を挙げる。

(41) 元木泰雄『源満仲・頼光』（ミネルヴァ書房、平成16〈二〇〇四〉年）は、受領で内蔵頭に任ぜられたのは藤原陳政に次ぐ二人目とし、「受領の内蔵頭抜擢が、単に富裕さによるものではなく、天皇・摂関との密接な関係を前提としていたことを物語る」と述べる。以下の済政・資通父子の記述は同書に拠るところが多い。但し内蔵寮に関しては森田悌『平安時代政治史研究』（吉川弘文館、昭和53〈一九七八〉年）「平安中期の内蔵寮」が詳しい。

(42) 『春記』の記主藤原資房は、参河守源経相の娘を妻としていて、長暦三〈一〇三九〉年十月七日条には「衣食等雑事、巨細皆在二彼人養顧一」と記している。当時資房は蔵人頭兼左近中将で、近江介でもあった（蔵人補任）。寺内浩『受領制の研究』（塙書房、平成16〈二〇〇四〉年）に指摘されている。

（43）遥任の権守の収入は正官の手を経て貢上される場合が多かったと村山修一「源氏物語と受領」（『解釈と鑑賞』昭和34〈一九五九〉年4月）は推測している。権官の太政官が摂関家につながる者としてのステイタスがあった時代状況と権守頻出は重なるようである。なお権中納言に関しては神尾暢子『王朝国語の表現映像』（新典社、昭和57〈一九八二〉年）「官職呼称の人物映像―堤中納言の権中納言―」が詳しい。

（44）大国の実質は問わねばなるまいが、近江・播磨・伊予の三か国について、その受領が道長・頼通政権下では天皇・摂関家の関係者によってほぼ占められていることを寺内浩前掲書は一覧表にしている（二五八頁）。伊予権守は長和四（一〇一五）年まで頼通の側近となる源隆国がその任にいた。

（45）高重久美『和歌六人党とその時代―後朱雀朝歌会を軸として―』（和泉書院、平成17〈二〇〇五〉年）『宇多源氏資通―摂津源氏歌人頼実像が照射するもの―』。以下高重説は同論に拠る。

（46）萩谷朴『平安朝歌合大成四』（同朋舎）に於いて「一五八〔永承五年九月―天喜二年十一月〕冬　太宰大弐資通歌合」と示される歌合。なお『後拾遺集』（巻三、夏）に載る「筑紫の大山寺といふ所にて歌合し侍りけるによめる」とする詞書を記す元慶法師の一七八番歌は『難後拾遺』では、この時の詠か。

第八章　王朝歌人と陸奥守

一　はじめに

河原左大臣と通称される嵯峨天皇の皇子で一世の源氏となった源融（弘仁十三〈八二二〉年〜寛平七〈八九五〉年）は、鴨川沿いに位置する別業河原院に松島湾内にある塩釜の海浜景を模した広大な庭園を造作したことで知られ、それをさらに賞賛する歌を翁となった在原業平が詠ずる『伊勢物語』八十一段の構成は両者の政治的負性の感傷とも相俟って、和歌に陸奥の地名を採り入れることが夙くから〝みやび〟を基調とする風雅の道を極める方法のひとつとなったといえよう。

また伝説に彩られる陸奥幻想の礎が、『伊勢物語』二十五段に於いて生成され得るのも、『古今集』（巻十三、恋三）に於いてたまたま連接したかのような業平歌「秋の野に笹わけし朝の袖よりも逢はで来し夜ぞひちまさりける」（622）と小野小町歌「みるめなきわが身をうらとしらねばや離れなで海人の足たゆく来る」（623）が、近世の新注『古意』や『打聴』などが拾い挙げた妄説となる業平・小町夫婦伝承の形象化を促すとともに、東下りの昔男が陸奥にまで足を延ばしたことで、百十五段の「むかし陸奥の国にて、男女すみけり」の、この女の詠歌「おきのゐて身を焼くよりも悲しきはみやこしまべの別れなりけり」（1104）までが『古今集』巻十の墨滅歌に掲げる小町歌であったことに拠る

『伊勢物語』の構造化を促し、陸奥幻想の実態をまさに浮き彫りにしている。

このような業平・小町夫婦伝承が、風雅の道に色好み性を重視する遍昭と小町との『大和物語』百六十八段「苔の衣」の贈答歌の例もあって、各々が六歌仙同士の親密な交友関係を構築する作意的所産であったにしても、鎌倉初期成立ではないかと言われている「小野氏系図」（群書類従）では小町は小野篁の孫で出羽守良真の娘となっているが、他の史料に現れない良真との年齢差からしても小町は篁の娘であった方が穏当なのだが、その篁は『公卿補任』『古今和歌集目録』に拠っても、承和九（八四二）年正月十一日に陸奥守に任ぜられている。これはおそらく遥任なのだろうが、小町の祖父峯守までも陸奥守に関わるとなれば、小町の陸奥在住を想定しても火のない所に煙は立たないの類で、昔男業平との夫婦伝承もそれなりの信憑性で担保されているのだといえよう。

さらに陸奥守となる父と娘との関係で言えば、『勅撰作者部類』にも「右大将道綱母」に「陸奥守藤原倫寧女」とある如く、『蜻蛉日記』作者の父倫寧が陸奥守であった。それも兼家との結婚当初のことで、倫寧の赴任は天暦八（九五四）年十月であった。道綱母への不安を残す旅立ちで、行く末長い夫婦の絆を願う父倫寧の疑念に対する娘婿兼家の答歌は「われをのみ頼むといへばゆくすゑの松の契りも来てこそは見め」（蜻蛉日記作中歌）とあって、これは陸奥にある歌枕「末の松山」を採り入れた『古今集』歌「君をおきてあだし心をわが持たば末の松山波も越えなむ」（巻二十、東歌・陸奥歌1093）を踏んでいて、浮気心なくいつまでも変わらぬ夫婦の契りを誓ったものだったのだが、結局は兼家の儀礼的な返歌の域を出なかった。

既にいくつかの例を挙げての緒言となったが、『伊勢物語』初冠段での河原左大臣源融の詠「陸奥のしのぶもぢずり誰ゆゑに乱れむと思ふ我ならなくに」（古今集、巻十四、恋四724）の掲出の意図も荒廃した河原院を知る作者紀貫之が改めて陸奥への関心を惹起させたに違いないが、またその後の著名な王朝歌人が陸奥守となって赴任したことで、京から遠く離れた幻想的な陸奥国の歌枕を親近性のある確かな歌枕として定着させ、和歌世界に豊穣な表現性をもたらしていくことになったのだろう。

本稿では平安前期から源信明、中期から藤原実方、後期から橘為仲を取り上げてその実態を確認していくことにする。

二　陸奥守源信明と中務

醍醐天皇の寵臣源公忠の息が信明（延喜十〈九一〇〉年～安和三〈九七〇〉年）で、父子ともに公任の『三十六人撰』に選ばれる王朝の代表的歌人である。そして信明は、『古今集』時代の傑出した女流歌人伊勢と敦慶親王との娘中務と結ばれている。周知の如くこの母娘ともに同じく三十六歌仙である。

このような高貴な血脈と華やかな交友関係が想定される信明なのだが、京官としてよりは地方官としての生活が主体であったらしく、若狭守、備後守、信濃守、越後守を歴任し、晩年の応和元（九六一）年十月十三日には陸奥守に任ぜられたのである（三十六人歌仙伝）。注(1) その当時信明は五十二歳で、五十歳ほどの中務と夫婦であったようだが、信明の陸奥赴任に際して、中務は夫と同行したのか、それとも京に留まったのか定かでない。

稲賀敬二は『玉葉集』（旅、1170）「待ちつらむ都の人に逢坂の関まで来ぬと告げややらまし」の詞書に「源信明朝臣、陸奥守にてまかりけるにともなひて、任果てて上り侍るとて、逢坂の関にて詠」んだ、中務の歌だとするのは『玉葉集』の誤解だとする。注(2) その理由は『大鏡』（道長下、雑々物語）の叙述が、「任果てて上京した信明が都の中務へ送った歌というたてまえで書かれていると解すべきもの」と理会するからだが、繁樹の後妻への「詠みたまひけむ歌は覚ゆや」の発問は、中務歌への関心に由来するから、稲賀氏の曲解かもしれない。また平野由紀子も夫信明にともなっての中務の陸奥下向は認め難いとする。注(3) 中務の居所はともかく、信明が確かに陸奥守として赴任したのは、次の『信明集』歌で知られる。

　堀河の大臣の、宮の権大夫ときこえし時、陸奥より聞こゆる
明け暮れは籬の島を眺めつつ都恋しき音をのみぞ泣く（139）

堀河大臣とは藤原師輔の次男兼通のことで、天徳四（九六〇）年正月二十四日以来、村上天皇中宮安子の「宮の権大夫」の任にあった。歌中「籬の島」は陸奥国の歌枕であり、注(4) 塩釜の浦にある島で、朝に夕に眺めては、都が恋しくて声を立てて泣いてばかりいるというのである。なお『信明集』には屏風歌が数多く採録されるが、例えば「村上御時名所屏風」にはその名所絵に付した信明歌に「安積の沼」「勿来の関」「浮島」などの陸奥の歌枕が散見する。

また、中務との恋の成就に困難を極めた四十三首の贈答歌群を経て、ようやく中務のもとに通い始めた頃の贈答歌に次のようなものがある。

　近付きて、男
闇夜良し風も涼しく吹くころは心ことにて待たじとやする（94）
　又
波高く松のかかれる世にやあらんたのみて幾そ度か越すてふ（95）
　かへし
末の山昔よりまつ君をおきて波高くとも越さじとぞ思ふ（96）

「かへし」とあるのが中務歌ということになるが、例の『古今集』歌「君をおきてあだし心を我が持たば末の松山波も越えなむ」（前掲）を踏まえた贈答歌である。「末の松山」を波が越える疑心を訴えるのが女の立場と思いがちだ

が、信明と中務の場合も信明の不安を中務が払拭しようと努めている。というのも『古今集』歌も心変りしないと女が誓う詠であり、『百人一首』の清原元輔歌「契りきなかたみに袖をしぼりつつ末の松山波越さじとは」も『後拾遺集』(巻十四、恋四770)の詞書に「心変り侍りける女に、人に代りて」とある如く、女の心変りを恨んでいる。和歌世界に於いては恋愛で不実なのは多くの場合男ではなく、女の方なのである。

正保版本系『信明集』が中務との恋の始まりから終焉までをその贈答歌群で構成する信明の一途な恋の物語化が顕著である一方、『中務集』では平野氏が指摘するように、中務の贈答の相手は元長親王、常明親王、平かねき、藤原実頼、師輔、師氏、師尹などと多く、華やかな異性関係が記され、信明はそのうちの一人にすぎなかったのである。このような多情な男関係をもつ中務と実直そうな信明との夫婦関係が成立したのも奇妙だが、それをもって陸奥同行の反証の根拠とするには充分とは言えないだろう。なぜなら信明が陸奥在任中の京に残る中務へ送る歌が存在しないからである。中務の方にこそ鄙びた陸奥から都に帰る期待感が昂まっていたことであろう。

因みに宮内庁書陵部本『歌仙傳』注(5)には信明の代表歌二首が掲載されるが、その二首とも中務との恋愛関係に於いて贈歌された「あたら夜の月とはなとをおなじくはあはれしれらん人にみせばや」(原文カタカナ)「こひしさはおなじ心にあらずともこよひの月を君見ざらめや」であって、陸奥守として現地に赴任したにも拘らず、『信明集』には屏風歌以外、陸奥の歌枕を詠み込む作例にとぼしいのである。

三　陸奥守藤原実方と清少納言

藤原実方は天徳四(九六〇)年の誕生と推定され、左大臣師尹の孫で、父は定時だが、幼少にして父を亡くし、叔父大納言済時の養子となった。勅撰集入集六十四首で、中古三十六歌仙のひとりである。その実方が陸奥守に任ぜられた事情は、『古事談』『十訓抄』『源平盛衰記』『百人一首一夕話』等の挿話としてあまねく知られている。

それは殿上で実方が行成の冠を投げ捨てたという暴力事件で、一条天皇の「歌枕見て参れ」とする左遷による陸奥下向説話である。その真偽のほどは不明だが、一般には左遷としての認識に傾いている。夙に池田亀鑑は、実方と業平との共通項として、①武官として相似た経歴をたどり、極官が「中将」であること、②当代きっての「好き者」であったこと、③歌人として高い評価を得ていたこと、④陸奥にまで下ったこと、⑤後世著しく伝説化・説話化された人物であったこと、を挙げている。[注(6)] さらには両者の行動性格上の放縦性などを加えることができるかもしれない。陸奥へ下る実方に業平像を重ねた歌集の物語化や、あるいは事実を背景とする様々な潤色に加えて伝承説話自体の混同増殖が指摘されているが、[注(7)] 逆に実方の陸奥下向が『伊勢物語』の虚構性を事実性に転換した作用もあったのかもしれない。

それにしても実方の陸奥下向が左遷というのは、『中古歌仙三十六人伝』に「長徳元年正月十三日、兼㆓陸奥守㆒」[注(8)]（読点・傍点筆者）とあり、本官はあくまで左近衛中将であり、陸奥守はその兼任であったはずなのであり、『日本紀略』や『権記』の長徳元（九九五）年九月二十七日条では赴任に際し、天皇に召され禄が下給され、正四位下に昇叙されている（赴任賞）。左遷とは考え難い。[注(9)] また東宮居貞親王（のちの三条天皇）女御である済時女娍子に第一皇子敦明親王が正暦五（九九四）年に誕生（日本紀略、同年五月九日条）したばかりで、その上、養父左大将済時も疫病により長徳元（九九五）年に死去（日本紀略、同年四月二十四日条）する激動の時代に、左近中将を辞してあえて陸奥下向を実行するのは、いかにも世情に背を向けることではなかったか。

済時夫妻が相次いで逝去したため重喪で延期していた折、花山院から近侍であった実方に餞別に弓を贈られたが、その『実方中将集』歌（337）の詞書に「下るべき日ののびければ、まことはいつばかりと仰せられて」とあり、いつまでも出立の日が決まらないとするのは、誰もが実方の真意を忖りかねていると見做せよう。[注(10)] 次いでに陸奥赴任の際

に別離の歌を交わした中に注目すべき陸奥国の歌枕の作例を指摘しておく。注(11)

○みちのくに衣の関はたちぬれど／またあふさかはたのもしきかな（185）

○なにかは君にむつれて年をへば衣の関をおもひたたまし（191）

○別るとも衣の関のなかりせば袖濡れましや都ながらも（336）

一首目は女院詮子の女房侍従典侍との短連歌で、餞別の旅の衣を縁にして陸奥の歌枕「衣の関」を詠み入れたのに対し、逢坂の関で実方が切り返した詠。二首目は、出立の決意もにぶるという素直な実方詠。三首目は、どこその懇意にしていた女房詠だろうか、「関」に涙をせき止める「堰」を掛けて、都にいても涙で袖が濡れるという理知的な詠である。竹鼻『注釈』は「「衣の関」を詠みこんだ歌は実方以前には『後撰集』に一首ある程度で、（略）歌枕として定着したのは実方以後である」とし、さらに一八五・三三六両歌に対して「「衣の関」を歌に詠みこむ場合の新しい表現技法を試みた作」（四六四頁）と評価している。

論を元に戻すと、陸奥下向の原因ともなった行成との確執に関しても、たまたま同時期にあった蔵人頭の人事に弁官としても有能であった行成が親密な源俊賢の推挽を得て後任の頭に収まったことを、明暗を分けた二人の官人の岐路が対照的に誇張脚色された創作の可能性があり、実方の一方的な私怨でないにしても何らかの政治的背景による陸注(12)奥下向に違いなかろうが、まさかそれが清少納言との恋愛に関わることではなかったであろう。

増淵勝一は、実方と清少納言との機縁に関して師貞親王（のちの花山天皇）東宮擁立の立役者が師尹・済時父子であったことから実方も花山院の東宮時代から出入りし、花山院を取り巻く歌人グループの一員であった清少納言の父清原元輔や兄である戒秀法師との親交が築かれていったことを指摘している。注(13)

しかし、清少納言は花山院の乳母子であった橘則光とまず結ばれ、注(14)天元五（九八二）年に則長を産み、またその後元輔の旧友であった藤原棟世との間にも、小馬命婦を儲けている。注(15)つまり、実方との関係が最も親密となる可能性は、棟世との破局にあった間で、しかもそれが実方の長徳元（九九五）年の陸奥下向直前となり、清少納言にとっても人生を左右する重大事となっていたかもしれない時期なのであろう。そうすると実方との男女関係は、清少納言が正暦四（九九三）年冬と推定される中宮定子に出仕した以後ということなのだろうか。

三巻本『枕草子』七十八段「頭中将のすずろなるそら言を聞きて」では「いもうとせうと」と則光との親しい関係は公然としているのに対し、実方初出の三十三段「小白川といふ所は」では「兵衛佐」との官職名で、寛和元（九八五）年当時、実方は左近少将兼播磨権介（中古歌仙三十六人伝）であり、天元元（九七八）年任命の「兵衛佐」（右兵衛権佐）と前官で呼んでいるのである。増淵氏は「清少納言が実方の名を知ったのが、その兵衛佐時代に始まったことを物語っているのであろう」（一六九頁）とするが、「兵衛佐」と前官の呼称を用いて無関心を装うようで、『枕草子』には実方を好意的に描いているにしても、その男女関係を暗示するような記述はいっさいないところをみると、もし二人に関係があったとしても隠しておくべき秘められた関係だったのではないかと思われる。ともかく、子をなした橘則光と藤原棟世との夫婦関係成立後、つまり清少納言が定子のもとに出仕した以降、それはおそらく棟世との別居中であり、急速に実方との関係が深まっていったはずなのである。そうした経緯を『拾遺集』『後拾遺集』『実方集』『清少納言集』によって辿ることが可能である。

(イ)『**拾遺集**』（巻十四、恋四）注(16)

藤原実方朝臣

元輔が婿になりて朝に

時の間も心は空になる物をいかで過ぐしし昔なるらむ（850）

(ロ)『**後拾遺集**』（巻十二、恋二）注(17)

清少納言、人に知らせで絶えぬ中にて侍りけるに、久しうおとづれ侍らざりければ、
よそ〳〵にて物など言ひ侍けり、女さし寄りて、忘れにけりなど言ひ侍ければよめる
忘れずよまた忘れずよ瓦屋のしたたくけぶり下むせびつゝ（707）

『**実方集**』

元輔がむすめの、中宮にさぶらふを、おほかたにていとなつかしう語らひて、人には知らせず絶えぬ仲にてあるを、いかなるにか、久しうおとづれぬを、おほぞうにてものなどいふに、女さしよりて、忘れ給ひにけるよといふ。いらへはせで、立ちにけり、すなはち

忘れずよまた忘れずよかはらやの下焚く煙したむせびつつ（181）

返し　　清少納言

葦屋の下焚く煙つれなくて絶えざりけるもなにによりてぞ（182）

『**清少納言集**』（流布本）[注18]

宮のあまた殿におはします比、さねかたの中将まいり給て、おほかたに物なとのたまふに、さしよりて、わすれたまひにけりなといへと、いらへもせてたちにける、すなはちいひをくりたまへる

わすれすやまたわすれすよかはらやの下たく煙下むせひつゝ（10）

返し

しつのをは下たく煙つれなくてたえさりけるもなにゝよりそも（11）

(ハ)『実方集』

忍びてもの言ひける人に、月のあかかりける夜、まゐりけるを見て、かくなむ

出づと入ると天つ空なるここちしてもの思はする秋の夜の月（330）

『清少納言集』（異本）[注(19)]

うちなる人の、ひとめつゝみて、うちにてはといひければ

いつといるとあまつそらなる心ちしてものおもはするあきの月かな（31）　さねかた

(ニ)『清少納言集』（異本）

さねかたのきみの、みちのくにへくたるに

とこもふちふちもせならぬなみた河そてのわたりはあらしとそおもふ（33）

実方と清少納言との夫婦関係を積極的に認めようとする増淵氏に対して竹鼻氏は否定するが、その根拠となるのが、(イ)『拾遺集』「時の間の」歌の詞書と詠者名で、『拾遺集』の伝本による相異が不確定要因となっている。しかし、(ロ)『後拾遺集』『実方集』の詞書に共通して実方と清少納言の間柄を「人には知らせず絶えぬ仲」（後者）というのだから、二人の間には特別な男女関係が成立していたと考えられ、『枕草子』からは全く想定できない親密な交渉があったということが、これら歌集群によって明らかになるのである。しかも、この「絶えぬ仲」とは夫婦関係の成立をも意味することであれば、公表できない秘匿される夫婦関係とはいったいどういうことなのかを考えてみることも必要になろう。一夫多妻が許される時代であっても、出自の高い正妻の親元を気づかったり、また嫉妬深い正妻であれば、他の妾妻の存在を隠さざるを得ない場合もあったであろう。清少納言の方の事情なのか、それとも実方の方に汲み取

るべき事情があったのか、定かではない。

ところが、「久しうおとづれぬ」状況に対して、よそよそしくつれない実方の対応を萩谷朴は「これではやはり、口先の巧みさはともかく、本心では清少納言を避けたがっている実方と、ただ只管に憧憬を抱いて、片想いの残酷な真相に気づかぬお人好しの清少納言という、二人の奇妙な取り合わせが感得されるのではなかろうか」（九六頁）[注(20)]とする。事情があったにしても清少納言の方ではなく実方の方にあるらしいことは、実方の傍に近寄って「わすれたまひにけりな」と清少納言の方から詰問したり、(ニ)『清少納言集』の実方陸奥下向に際し、恋する女の心情を露わにして惜別の涙が絶えないとする告白に清少納言の方に真剣さが窺われようが、ここにも問題がなくもない。

というのは、「とこもふち」歌は『小大君集』に養父済時の他界の折、「さねかたの君、おやにおくれてなげくときくころ」との詞書で、小大君の贈歌「そこはふち淵はせならぬ涙川袖のわたりはあらじとぞ思ふ」を利用した作詠で、「とこもふち」との本文を信じれば、「底」を「床」にして哀傷歌を恋歌に転化させた巧知があり、また「袖のわたり」が陸奥国の歌枕である点も時機を得ていよう。[注(21)]

しかし、竹鼻氏は「この小大君の歌を清少納言が利用したとみるには、利用する側の論理はともかく、これを受け取った実方は不快な思いをしたにちがいない。まして親密な関係にあった小大君が傷心の実方を思って詠んだ歌を、こうした形で利用されることは堪えがたかったろう。はたして、このような無神経なことを清少納言がしただろうか。この歌によって実方と清少納言の関係を論ずることはできないであろう」（五三四頁）と、清少納言歌として根本的に疑っているのであるが、氏も認めている通り実方の「忘れずよ」歌が長能の「わが心かはらむものかかはらやの下焚く煙わきかへりつつ」（長能集29）に依拠しているとなれば、「とこもふち」歌の意図も明確で、異本歌だからといってこれを退ければ、『枕草子』で培われた清少納言像が瓦解しかねないし、実方に一方的に翻弄されているばかりのまさに遊戯的な恋愛状況が浮き彫りになっているという他はないだろう。しかし、「とこもふち」歌によって実方と清少納言との恋愛を歌人同士の対等な状況に引き据えているといえよう。筆者はむしろこうした恋愛状況よりもその期間の短さにこの恋愛の本質を見とどけたいと思う。

(ロ)の流布本『清少納言集』の「あまた殿」は「ま（満）」と「は（波）」の字形相似による本文転化で「あはた殿」と認められ、萩谷朴が考証したように、正暦五（九九四）年二月初旬、積善寺供養のため中宮定子が東三条院の東側二条北宮つまり「粟田殿」に滞在したころに詠まれたことになり、正暦五（九九四）年ごろ、実方と清少納言との間に交渉があったことは、竹鼻氏も否定し得ないのである。つまり、清少納言が出仕した正暦四（九九三）年冬以後、実方が陸奥に下向する長徳元（九九五）年九月まで、正暦五（九九四）年でさえ「久しうおとづれぬ」期間があったのだから、実質の恋愛は一年そこそこの短期間であったということになろう。(ハ)の「もの思はする秋の夜の月」と詠ずるのも長徳元（九九五）年は重喪だから、正暦五（九九三）年の秋と限定されよう。

清少納言が陸奥下向に伴うことがなかったにしても実方の妻子はどうであったのだろうか。正妻が同伴したことは『実方中将集』では建治本の独自歌と言われる「いにしへを」歌（221）の詞書に「みちの国にて北の方うせ給ひてのち、つつぎみに袴着せ給ふとて」とあって知られ、その上袴儀をした幼児の存在も確認される。童名「つつ君」とする幼児は、その誕生の七日夜の産養に中将道綱から贈られた祝歌に「知らずして七日ゆくまでなりにける数まさるなる浜の真砂を」（164）と記してあり、その幼児が陸奥下向以前の誕生であるとともに、「数まさるなる」との下句の内容から「つつ君」の他に既に兄か姉かがいたことになる。実方の子どもについては、「いにしへを」歌をも掲出する『重之集』に次のようにある。注(22)

みちのくにのかみはらぐの（子イ）と、をとこをんなと、かうぶりし、もきす、

またこかまもきす、かはらけとれとあれば人〴〵かはらけとりて、は、ぎみうせてのことなり

いろ〳〵にあまたちとせのみゆるかなこまつがはらにたづやゐるらん（147）

かへし　かみ

いにしへを今日にあらするものならば一人はちよもおもはざらまし（148）

又　かへし

ひなごとに千よもゆづりてまなづるのいづれのくもにとびかくれけむ（149）

詞書に「はら〴〵の（子イ）と」とあるように、実方には複数の妻と加冠（元服）、裳着、袴着を行う年齢の男女複数の子どもがいたことになるが、亡くなった北の方の子が袴着をした最年少の「つつ君」だとしても、これら妻子の素性はいっさい不詳というほかない。

ただ『尊卑分脈』に実方の子として朝元・賢尋・貞叙・義賢の四名が挙げられている。しかも賢尋以下三名がいずれも僧籍に身を置くことになったのだから、その事情の一つとしてやはり嫉妬深い正妻の存在が考えられもする。とにかくこの四名の中では「かうぶりし」の該当者は朝元だけということになろう。竹鼻『注釈』は朝元の推定年齢が元服には若すぎるということで、朝元よりも年上の男子の存在を想定し、その男子が左大将朝光の娘の子であろうと推定している（五三二頁）。

出自の高い左大将朝光の娘が実方の正妻とするのが最も自然だが、天理図書館蔵藤原定家筆本『実方集』の独自歌（19）の詞書に「大将の御むすめをかたらふを、許されずいはるるを、子さへいできにけるを、……」とあり、実方は結婚を許されないのに子までできてしまったという。閑院左大将朝光（天暦五〈九五一〉年～長徳元〈九九五〉年）は、実方

が枇杷第で済時の義母延光室（藤原敦忠女）に養育されていたが、延光没後、若い朝光が通ってきて後妻にしたというのである（大鏡、兼家伝）。朝光には『尊卑分脈』に花山院女御や円融院女御となった二女が知られるが、実方の正妻を朝光の別の娘とも特定できない。ただ増淵氏は朝元の「朝」は祖父朝光の一字をもらっての命名だとする（九七頁）。朝元は『尊卑分脈』に「従四下　陸奥守」とあって、父実方と同じような運命を辿ることになる。注(23)

ところで、実方の陸奥下向に帯同したのは妻子ばかりではなく、三十六歌仙に名を連ねる清和源氏の源重之（延喜二十三〈九二三〉年?~長保二〈一〇〇〇〉年?）もその集「みづのうへ」歌（94）の詞書に「さねかたの君のともにみちのくに、くだるに、……」とあって、同行したことが知られる。重之は実父兼信が陸奥に土着していたからで、伯父兼忠の猶子となっての京での官人生活に見切りをつけたことによろう。注(24) その理由に実方の養父右大将済時に主従契約のしるしとなる名簿《なづき》を呈して臣従していたが、注(25) その済時の死と中関白家の没落によって前途を断たれたことを指摘するのは目崎徳衛である。注(26) 重之の場合は、その生活基盤が既に陸奥にもあったことで、実方の陸奥下向の決意とは重ならないが、逆に重之からの勧誘と説得があったのかもしれない。実方にとっての陸奥守補任事情と、左近中将を辞しての陸奥下向決定とは異なる背景が考えられてもかまわないような気がする。実方は長徳四（九九八）年十二月に赴任先で卒するが、重之も『三十六人歌仙伝』に「長保年中於二陸奥国一卒」とあり、実方より少し長生きをしたが、ともに二人の著名歌人が陸奥国で没している。

四　陸奥守橘為仲と四条宮主殿

積極的に自己を押し出すにしては愚直さゆえに空回りしているような印象を抱かせ、多少軽佻浮薄な性向の持ち主ともいえるが、注(27) 個性豊かな歌人として橘為仲（長和四〈一〇一五〉年?~応徳二〈一〇八五〉年）を挙げ得よう。名門橘氏の平安時代の中興は一条天皇の乳母となった徳子だが、概して男たちは受領層に甘んじている。その受領層の中で和歌に志を持つ特異な風流集団である和歌六人党と通称される頼通の異性猶子となった源師房を庇護者とするグループがあり、藤原範永、平棟仲、源頼家、源頼実、藤原経衡、橘義清、源兼長（重成）らを挙げるのが一般的だが、長久五（一〇四四）年頼実が早逝し、また義清の肥後守赴任によって弟の為仲が和歌六人党を構成するメンバーとして浮上し、「永承六人党」とも言える時期があったようだ。注(28)

高重氏が後冷泉朝歌壇に於ける永承・天喜年間の六人党の姿を活写しているとも言う為仲の家集に『橘為仲朝臣集』があり、また四条宮寛子に仕える下野との親交がうかがえる『四条宮下野集』などによって、為仲の広範に及ぶ交遊関係が知られることになる。とりわけ頼通の娘四条宮皇后寛子の女房たちとの交流は、為仲が天喜四（一〇五六）年四月三十日開催の皇后宮寛子歌合には皇后宮少進として右の念人に名を列ねているし、また康平三（一〇六〇）年には皇后宮権大進であることが『定家朝臣記』（同年七月十七日条）に確認され、そして晩年には太皇太后宮亮（尊卑分脈、勅撰作者部類）となり、一貫して寛子に仕える皇后宮職の職員であったからだろう。その為仲が陸奥守に任ぜられたのは白河朝の承保三（一〇七六）年のことであった（水左記、同年九月十二日条）。既に六十歳を超えていたと思われる。このような為仲の経歴や歌道に執していった過程の詳細は犬養前掲論考に委ねて、本稿では陸奥守赴任前後の動向に着目していこうと思う。

為仲と下野との間に特別な関係があったにしても治暦三、四（一〇六七、六八）年の頃には下野は師賢と親密であったようだし、為仲が越後守に赴任した延久元（一〇六九）年春以後に下野は出家してしまっている。次に挙げるのは陸奥下向時の別離歌の主なものである。注(29)

(イ)　みちのくにのかみになりて、くだらむとし侍しに、式部大輔実綱が七条のいづみにて、

わかれをしみ侍しに

すぎゝたるこゝろは人もわすれじなころものせきをたちかへるまで(18)

李部郎藤原実綱

ひとはいさわがよはすゑになりぬればまたあふさかをいかゞまつべき(19)

(ロ) 大宮の少将の内侍もとより

おもひいでんおもひわするなあさゆふにやまのはいづるつきつもるとも(20)

返し

いはざらむさきも人をわすれめや月日にそひておもひこそいでめ(21)

(ハ) つきひをかぞへてこそは　　をはり

あづまぢのはるけきほどにゆきめぐりいつかとくべきしたひものせき(22)

(イ)の「ひとはいさ」歌は『金葉和歌集』(巻六、別部)にも採入され、注(30)その詞書に「橘為仲朝臣陸奥へまかりくだりける時人人餞し侍りけるによめる」(346)とある実綱詠で、陸奥国の歌枕「衣の関」を詠み入れた為仲詠に対して、東国への出入口にあたる近江国の歌枕「逢坂の関」で応えた歌である。前掲実方の短連歌に既に作例があった。実綱は和歌六人党と交流のあった亡き資業の息で、七条の実綱邸で盛大な送別の宴が催されているから、為仲の人望が知られる。

次の(ロ)の大宮寛子に仕える「少将の内侍」は『四条宮下野集』にもその名が見え、為仲との男女関係を想定できなくもないが、儀礼的な惜別歌とみておきたい。ところが、(ハ)の「をはり(尾張)」は少将の内侍と同僚女房の詠とはいえ、袴、裳の「下紐」との掛詞で、陸奥国の歌枕「下紐の関」[注(31)]を詠み入れ、いったいいつまた「下紐」を解くことができるでしょうかとの意は、やはり男女関係にあったと考えるのが自然であろう。当「あづまぢの」歌は二、三句目に多少の字句の相違はあるものの、『詞花和歌集』(巻六、別)に「橘為仲朝臣みちのくにのかみにてくだりけるに、太皇太后宮の大盤所よりとてたれとはなくて」(184)とする詞書で採歌されている。為仲が寛子サロンの女房たちに慕われる存在であったことは確かである上、その中に特に情を交わした女房がいたことが考えられよう。

また、陸奥在任中に京へ送った歌に次のような詠がある。

八月十五夜、京をおもひいでゝ、大宮女房の御なかに十首のうち

見し人もとふのうらかぜをとせぬにつれなくすめる秋のよの月(41)

当歌は『新古今和歌集』(巻十、羇旅歌)にも採入されて、詞書に「陸奥国に侍りける頃、八月十五日夜に、京を思ひ出でて、大宮の女房のもとにつかはしける」とある。[注(32)]歌枕「十符(布)の浦」を詠み入れて「見し人」からの音信もなく寂しい心の内を吐露した恋歌の体だろうが、いずれにしても大宮寛子に仕える女房に宛てた歌で、それも『為仲集』の詞書に拠れば、女房に送った歌は十首あり、その中の一首だという。残りの九首が知られないが、大宮の女房たちの特定の誰彼を指して詠んだ歌でなかったとしたら、いかにも多い歌数で、忍ぶ恋の相手にはそれとなく知られる詠みぶりの歌を紛れ込ませてあったとも勘繰りたくなる。都人からの返しとして左衛門権佐行家や散位実清らの返歌が『為仲集』に記載されていても、なぜか女房たちからの返歌は一首も記録されていないのである。

そこで気になるのが『下野集』ではないもう一つの四条宮家の女房の家集『主殿集』に陸奥に赴任する男と主殿との恋歌が記載されていることである。以下煩瑣に亙るが該当する十首を掲出する。[注(33)]

あきころとをくいくおとこ、はきにつけていひをくれる

うしろめたつくを丶るこそ秋はきにおもはぬかたの風もこそふけ（52）
返し
しめそむるもとあらぬこはきたはやすくゆくてのかせになひく物かは（53）
なを人のよもしらす、このたひはちかくてなといひて、おとこ
しのふくさいさやかたみにむすひてむうきよはたれもしらぬいのちを（54）
返し
むすひてもまたむすはてもしのふ草わすれかたみにおもはれよかし（55）
とほきほとにありける人に、たよりふみと人のこひはへりけれは、いひやる
山かせのたよりにつくることのはをいさあらしとやいはむすらむ（56）
みちのくにへいにける人を、いとしのひてくる人につとめていひをこせる女
かくてのみあるめるうみもをなしなをなみこすいそのあらはれねかし（57）
返し
すゐおこすなみたになくはいまこそはねはあらはれめやそしまのまつ（58）
かくなんあるときゝて、ある人の御もとより、かれをはいかに思なりぬるそとありけれは
あたなみにたえすこさるゝみとなりておもひもかけすすゐのまつをは（59）
秋ころ物いひそめて、とをくいにけるおとこの、九月はかりにきくの花をふみの中にいれ
ていひはへりける
ちよもとてむすひし事のはにさへやはなうつろはす露はをくらん（60）

返し

つゆむすひしもさへいまをくめれといろもかはらてまつそあやしき（61）

主殿は自己を「女」と三人称化して、「あきころとをくいく」男と誓った恋も新しい男の出現に心変りをして新しい男に身を委ねることになったとする展開で、これら十首が恋物語を志向してひと括りにまとめられているらしいことを看破したのは針本正行であった。注(34)この「あきころとをくいく」男は、（57）の詞書に「みちのくにへいにける人」とあって、旅立った遠国が陸奥国であったことが知られるのである。新しい男は陸奥国へ赴任した男の存在を知りながら求愛を続けたようで、その関係が陸奥国へ下向した男の親しい友人でもあろうか、「ある人」の耳にも入り詰問されるまでになったという経緯が、（57）（58）（59）に明かされている。そこに針本氏が指摘したように例の『古今集』歌「君をおきてあだし心をわが持たば末の松山波も越えなむ」が引用されているのである。特に「ある人」への主殿の返歌となる「あだ波にたえず越さるる身となりておもひもかけず末の松をば」は明示的で、「おもはぬかたの風」に靡きかねない不安を「萩」で表白し、「忍ぶ草」で堅く結びおいた男の恋も、あっけなく女の浮気心で無残な結末となっている。陸奥国の歌枕「末の松山」は、ここでもやはり女の心変りに利用されていた。

この『主殿集』の「みちのくにへいにける人」とは誰なのか、為仲と結びつける根拠は何一つ存在しないのだが、為仲の恋も京から遠く離れた陸奥国へ下ってしまったら、どんなに堅く契りおいても、頼りにならない約束と同じで、信じて返歌を待つ意味すらないのだろう。末尾の二首もその総括としての趣で、「とをくいにけるおとこ」は前半の男と同一人物と見ておきたい。「秋ころ物いひそめて」ということであれば、陸奥下向直前に別れが忍び難くて始まった恋だったとも思われる。因みに繰り返すが、為仲の補任は承保三（一〇七六）年九月であったし、四条宮家の女房たちとの交渉やその歌人らしき官人が陸奥下向するという条件が重なる該当者は、そう多くはいないはずだ。大蔵卿長房への返事に為仲は「しづむともいまはわが身はさもあらばあれこひしき人を見ぬぞかなしき」(50)と返歌している。
為仲は任国陸奥での生活を沈倫の日々と感じ、早く帰京したいと願っていたにも拘らず、[注35] 二年の延任を願い出、結局永保三(一〇八三)年まで陸奥国にとどまることとなった。[注36] 上京に際し、宮城野の萩を長櫃十二合に入れて持ち還ったと鴨長明『無名抄』に記され、都大路の見ものであったという。時に為仲は七十歳に近く、いまだ意気軒昂であったようだ。為仲の後任は源義家で後三年の役が始まること(奥州後三年記)になるが、既に永承六(一〇五一)年には陸奥守となった源頼義により前九年の役が始まっていたこと(陸奥話記)からすれば、争乱の時代に「風流歌人受領」と言われる為仲が陸奥国守を務めたことの意義は別に考えなければならないことかもしれない。

〔橘氏系図〕

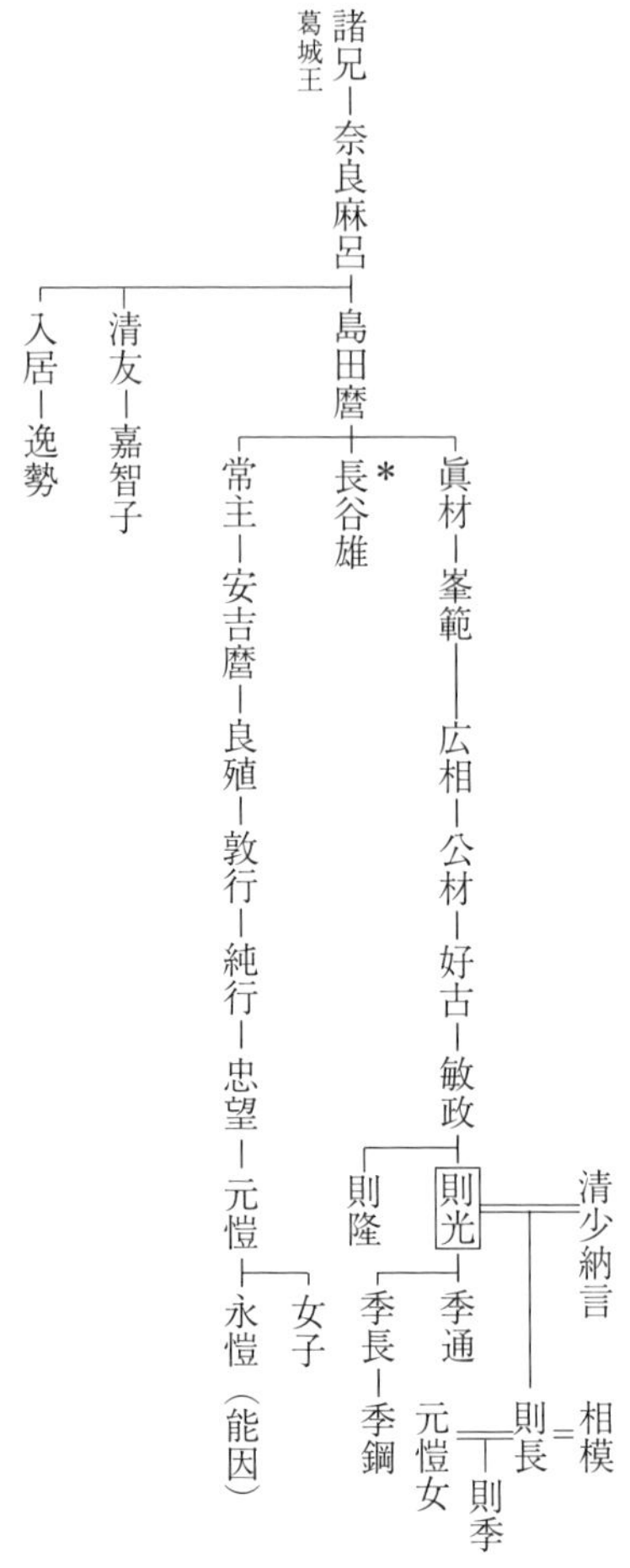

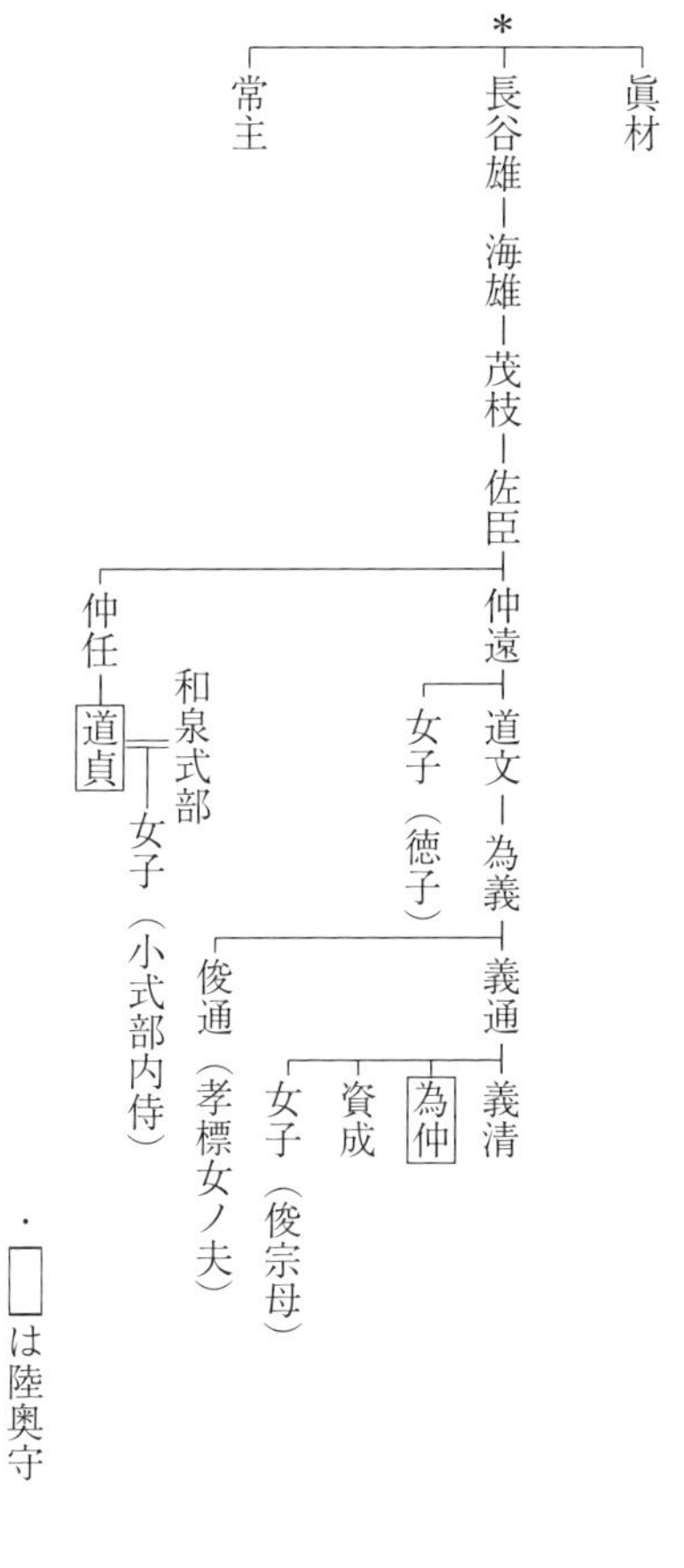

五　おわりに

橘氏に平安時代中期以降陸奥守となる者が多い傾向があり、それが陸奥国の歌枕形式に関与して、なお同時に則光の妻が清少納言であり、道貞の妻が和泉式部であったことの意義は、和歌史上にも宮廷女房歌人との間に多くの作例を残す結果となったと思われる。橘氏の相関図を考えるにあたり、前掲系図に加え勅撰和歌集から随意に拾い出しておく。

『後拾遺集』

橘則光、陸奥国に下り侍けるに、言ひつかはしける　中納言定頼

かりそめの別れと思へど白河のせきとゞめぬは涙なりけり（巻八、別477）

義通朝臣、十二月のころほひ、宇佐の使にまかりけるに、年明けばかうぶり賜はらんことなど思ひて、餞賜ひけるに、かはらけとりてよみ侍ける　橘則長

別れ路にたつ今日よりもかへるさをあはれ雲居に聞かむとすらん（巻八、別478）

橘則長、越しにてかくれにける頃、相模がもとにつかはしける　橘季通

思ひ出づや思ひ出づるに悲しきは別れながらの別れなりけり（巻十、哀傷560）

橘則長、父の陸奥守にて侍りける頃、馬に乗りてまかり過ぎけるを見侍て、男はさも知らざりければ、又の日つかはしける　相模

綱たえてはなれはてにしみちのくの尾鮫の駒を昨日見しかな（巻十六、雑二954）

人の、長門へいまなむ下るといひければよめる　能因法師

白波の立ちながらだに長門なる豊浦の里のとよられよかし（巻二十、雑六1216）

『金葉集』

みちのくにへまかりけるにあふさかの関よりみやこへつかはしける　橘則光朝臣

われ独いそぐと思ひし東路に垣根の梅はさきだちにけり（巻六、別離歌371）

『詞花集』

道貞にわすれられて後みちの国のかみにてくだりけるに

和泉式部

諸共にたゝまし物をみちのくの衣の関をよそにきくかな（巻六、別173）

陸奥守とその妻や愛人までもが文学史上に名を残す著名な歌人であり、もはや陸奥国は辺境の地、異界の地として時空の隔絶に窮するところではなく、周知のように能因こと橘永愷がそして西行、芭蕉へと陸奥の歌枕への憧憬を抑えきれず旅立っていく。和歌史上あるいは歌壇史としてその先達となる王朝歌人たちの活動が個々の営為よりは父子継承であったり交友関係の連関としてあったことの意義は大きいのである。

為仲詠は能因の歌作に影響を強く受けているし、和歌六人党に能因とともに影響を与えた相模（公資との離縁後、定子の遺児入道一品宮脩子内親王家の女房）は若い頃、則光息の則長と婚姻関係にあった。そしてその則長は、義通が叙爵前に宇佐の使として出立する治安三（一〇二三）年十一月二十五日の送別の宴で「別れ路に」歌一首を献じている。さらに能因が長門国へ下る人に詠んだ「白波の」歌は、『能因集』の詞書には「則長朝臣、今なむ長門へ下るといひおこせたるに」とあり、三巻本『枕草子』奥書の「橘則季」の注に「母前長門守橘元愷女」とあるから、能因の姉妹と則長とが夫婦となっていた縁故による惜別歌だったといえよう。このように橘氏は同族意識で強固な結びつきを形成していることが掲出歌で窺い知られよう。

一方、竹鼻『実方集注釈』の解説に、源信明から平孝義まで陸奥守の一覧を掲げて、出自、官位の点から実方が陸奥守に任命されることの異例を言い、さらに「藤原済家・藤原貞仲は道長家の家司で橘道貞も道長の信任の厚かった人物であった。このように陸奥守に任命された人物は、実方を除くと、東国に本拠を置き、一族・伴類の武勲によって中央政府の信頼をえた人物と道長家の家司やそれに近い者たちであった」とも言うが、道長の後継者頼通からその弟教通時代の陸奥守橘為仲に関してもそのようなことが言えるのかどうか、竹鼻氏の視界にないだけにまた疑問の残るところである。

注

（1）『三十六人歌仙伝』（群書類従）から源信明の項全文を掲げる（新字体に改めた）。

散位従四位下源朝臣信明。前右大弁公忠男。

承平七年正月十六日補蔵人。父公忠朝臣。辞五位蔵人補之。八月三日任右衛門権少尉。同四月如旧為蔵人。天慶二年二月任式部少丞。四年三月任大丞。五年三月廿九日叙従五位下。任若狭守。天暦元年二月任備後守。同二年正月十四日叙従五位上。治国。同年十二月十五日復任。同七年正月廿九日任信濃守。天徳二年正月廿九日任越後守。同五年六月八日叙正五位下。応和元年十月十三日任陸奥守。安和元年十二月五日叙従四位下。治国。天禄元年卒。年六十一。

（2）稲賀敬二『女流歌人中務―歌で伝記を辿る―』（新典社、平成21〈二〇〇九〉年）

（3）平野由紀子『信明集注釈』（貴重本刊行会、平成15〈二〇〇三〉年）の解説。以下の引用も同書に拠る。なお、その解説に信明陸奥下向の証となる『玄々集』の源重之歌を挙げる。

（4）以下、陸奥国の歌枕には歌中傍線を付す。

（5）新藤協三『三十六歌仙叢考』（新典社、平成16〈二〇〇四〉年）に拠る。

（6）池田亀鑑「藤原実方論」（『短歌研究』昭和11〈一九三六〉年9月）

（7）高島康子「陸奥の実方―その伝説の原形と変貌―」（『國學院大学大学院紀要』7、昭和50〈一九七五〉年度）、岡嶌偉久子「実方説話について―実方後代資料の検討―」（『甲南国文』33、昭和61〈一九八六〉年3月）

（8）『中古歌仙三十六人伝』（群書類従）から藤原実方の項全文を掲げる（新字体に改めた）。
藤原実方。左大臣師伊公孫。侍従貞時男。母左大臣雅信公女。天禄三年正月廿四日任二左近将監一。故左大臣給二合仕之。四年正月七日叙二従五位下一。寛平譲。天延三年正月廿六日任二侍従一。天元元年二月二日任二右兵衛権佐一。五年正月七日叙二従五位上一。正月卅日兼二備後介一。永観元年十一月廿日叙二正五位下一。宇佐使労。二月一日任二左近少将一。寛和元年正月廿八日兼二播磨権介一。二年七月廿二日叙二従四位下一。少将労。三年七月十六日任二右馬頭一。正暦二年九月廿一日任二右近中将一。四年正月七日叙二従四位上一。五年九月八日転二左近中将一。長徳元年正月十三日兼二陸奥守一。四年十一月卒。

（9）礪波美和子「歌人の旅―歌枕をめぐって」（『院政期文化論集第三巻　時間と空間』森話社、平成15〈二〇〇三〉年）

（10）岸上慎二「藤原実方について―平安の一貴族として―」（『和歌文学研究』12、昭和36〈一九六一〉年9月）は、娍子後宮の財的基盤造りのための積極的反抗の道を陸奥に求めての野心をもった東国下りであったかとするが、従い難い。

（11）引用は竹鼻績『実方集注釈』（貴重本刊行会、平成5〈一九九三〉年）に拠る。

（12）目崎徳衛『漂泊―日本思想史の底流―』（角川書店、昭和50〈一九七五〉年）「歌枕見テマイレ」・『百人一首の作者たち』（角川ソフィア文庫、平成17〈二〇〇五〉年）は「時めく近衛中将から辺境の国司へ、これは優遇とはいえないが、口論とか左遷とかいう事は信頼すべき史料にみえない。むしろひどく治安の乱れていた辺境を鎮定する使命を帯びて、つまり在地豪族に睨みの利く貴種なればこそ選ばれたものと、私は推定している」（引用は後者）とする。

（13）増淵勝一『平安朝文学成立の研究　韻文編』（図研出版、平成3〈一九九一〉年）「三　清少納言の生涯」

（14）三巻本系陽明文庫蔵『枕草子』の橘則季に関する勘物に拠れば「陸奥守則光孫」とある。則光が陸奥守であったことは『小右記』寛仁三（一〇一九）年七月二十五日条に見える。

（15）早稲田大学蔵『後拾遺集』勘物（上野理『後拾遺集前後』笠間書院、昭和51〈一九七六〉年）に「小馬命婦―前摂津守藤原陳世（ママ）朝臣女、母清少納言、上東門院女房、童名狛俗称小馬」とある。

（16）引用は新日本古典文学大系『拾遺和歌集』（岩波書店）。同書の脚注（二四五頁）の指摘にもある如く、異本第一系統の詞書には「中将元輔が婿になりての又の朝に　藤原信賢」とあり、これを信じれば、実方との結婚説に疑問符が打たれる。

（17）引用は新日本古典文学大系『後拾遺和歌集』（岩波書店）

（18）流布本『清少納言集』は『私家集大成中古Ⅰ』（明治書院）書陵部蔵「清少納言Ⅰ（五〇一・二八五）」

（19）異本『清少納言集』は前掲『私家集大成中古Ⅰ』書陵部蔵「清少納言Ⅱ（五〇一・二八四）」

（20）萩谷朴『清少納言集全歌集　解釈と評論』（笠間書院、昭和61〈一九八六〉年）

（21）引用は平塚トシ子・松延市次・長野淳『小大君集全釈』（翰林書房、平成12〈二〇〇〇〉年）。同書の「袖のわたり」の語釈に「宮城県名取郡にあった阿武隈川下流の渡船場」（二六九頁）とある。

（22）引用は目加田さくを『源重之集・子の僧の集・重之女集全釈』（風間書房、昭和63〈一九八八〉年）に拠る。

（23）朝元は長元二（一〇二九）年正月廿四日任（群載第二六）で、長元四（一〇三一）年十月卒（尊卑分脈）である。なお『後拾遺集』巻十三、恋三738番歌の詠者名に「皇太后宮陸奥」とあり、早稲田大学『後拾遺集』勘物に「陸奥守藤原朝光朝臣女」とあるのは「朝光」ではなく「朝元」の誤りであろう。

（24）『大和物語』百十九段に「閑院の大君」に「陸奥の国の守にて死にし藤原さねき」が懸想したことがみえる。「閑院の大君」は貞元親王の長女で基経女所生で兼忠と同母となろう。また『尊卑分脈』に兼忠の娘一人が記され、「右大将済時室」と注されている。実方と重之との縁はそこに由来すると思われる。なお「藤原のさねき」が真材だとすれば陸奥守に任ぜられたことがないため、阿部俊子『校本大和物語とその研究』（三省堂、昭和29〈一九五四〉年）は、真興とし陸奥守であった期間が延喜十九（九一九）年頃から延長元（九二三）年頃となる。また閑院の大君と信明が関係があったかのような誤伝が『信明集』（歌仙家集本）に記載されている。

(25)『後拾遺集』（巻十七、雑三）に「小一条右大将に名簿たてまつるとてよみて添へて侍ける　源重之／みちのくの安達の真弓ひくやとて君にわが身をまかせつるかな」（976）とあるによって知られる。

(26) 目崎徳衛『平安文化史論』（桜楓社、昭和43〈一九六八〉年）「源重之について—摂関制における一王孫の生活と意識—」

(27) 犬養廉『平安和歌と日記』（笠間書院、平成16〈二〇〇四〉年）「第二篇第9章　橘為仲とその集—古代末期の歌人像—」

(28) 高重久美『和歌六人党とその時代—後朱雀朝歌会を軸として—』（和泉書院、平成17〈二〇〇五〉年）

(29) 引用は好村友江・中嶋眞理子・目加田さくを『橘為仲朝臣集全釈』（風間書房、平成10〈一九九八〉年）尊経閣文庫蔵「乙本全釈」

(30)『金葉集』（二度本。但し二句目「わが身はすゑに」）『詞花集』（但し二・三句目「はるけきみちを行きかへり」）の引用は『新編国歌大観』（角川書店）に拠る。

(31) 前掲『橘為仲朝臣集全釈』に「下紐の関は為仲集が初出か。陸奥国の歌枕。現在の福島県伊達郡国見町」（二五八頁）とある。

(32) 引用は久保田淳『新古今和歌集全注釈三』（角川学芸出版、平成23〈二〇一一〉年）に拠る。久保田氏は「後宮女房に言い送るといっても、懸想じみた要素はほとんどなく、もっぱら望郷の想いに駆られての行為であったのであろう」（三

○六頁）とするが、いかが。

（33）引用は前掲『私家集大成中古Ⅰ』に拠る。

（34）針本正行「平安女流日記の終焉―四条宮家の女房日記『主殿集』を素材として―」（『日本文学論究』55、平成8〈一九九六〉年3月）

（35）久保田淳『全注釈』に「いのりつゝ、なをこそたのめみちのおくにしづめたまふなうきしまのかみ」（37）等を挙げている。

（36）延任の理由について久保田淳『全注釈』に「『帥記』に「彼国有亡弊声」とあるように、陸奥地方の、恐らくは冷害等に伴う疲弊の建て直しのためと考えられる」（二九〇頁）とある。

［付載］　頼宗の居る風景
――『小右記』の一場面――

『源氏物語』の藤裏葉巻や宿木巻には、童の舞や奏楽に感動した帝が御衣を下賜され、わが子に代わって父親の大臣が庭に下りて感謝の拝舞をするという場面が、以下の如くある。

○賀皇恩といふものを奏するほどに、太政大臣の御弟子の十ばかりなる、切におもしろう舞ふ。内裏の帝、御衣脱ぎて賜ふ。太政大臣降りて舞踏したまふ。（藤裏葉巻。小学館新編全集③四六〇頁）

○右の大殿の御七郎、童にて笙の笛吹く。いとうつくしかりければ御衣賜す。大臣下りて舞踏したまふ。（宿木巻。⑤四八五頁）

前者は、准太上天皇となった光源氏の邸宅六条院に当帝冷泉天皇と先帝朱雀上皇とが行幸した時の宴で、太政大臣（かつての頭中将）の末の子息が舞っている。後者は、薫が今上帝皇女二の宮の降嫁を得て、その披露として宮中で藤花の宴が催された。その折、帝の婿となった右大将薫が亡き実父柏木遺愛の横笛をここぞとばかりに音の限り吹き立てた管絃の時に、殿上童であった右大臣夕霧の七男が初登場し、笙の笛を吹いた時の出来事である。

ともに時の最高為政者だが、慶賀を受ける主体者ではなく参列者にすぎない者の末子が、天皇から御衣を下賜され栄誉に浴しているのである。ことさらな末子の登場が以後の物語展開に関わる訳でもないから、君臣の絆を確認しつつ、子だくさんの両家が子子孫孫まで従来通り光源氏や薫を支えるようにという儀礼的挨拶の域を出ない事例のようである。だから、童に帝が御衣を下賜されたことや、栄誉に浴した息子に代わって感激した父親が、大臣の身位でありながら、拝舞に及んだということも、ことさら注視する必要はないかもしれない。後者に『花鳥余情』が准拠として挙げる『西宮記』天暦三（九四九）年四月十二日の飛香舎に於ける藤花の宴でも、宴の終了時に兼家（師輔三男）の昇殿が許され、父右大臣師輔は子の兼家とともに拝舞しているのだから、御意に感謝の意を込めて拝舞するのは、宴という場での当然の行為と見受けられよう。天皇の前で舞を披露した殿上童に対して御衣の下賜は慣例のようであったし（服藤早苗『平安王朝の子どもたち—王権と家・童—』吉川弘文館、平成16（二〇〇四）年）、その上童に代わって父親が拝舞するのも『河海抄』に「子息預　勅禄之時父舞踏定儀也」とあり通例のはずなのだから、父親の拝舞をことさら奇怪で大形な所為と見做すこともないのであろうと思われる。

　ところが、長保三（一〇〇一）年十月七日、東三条院詮子の四十算賀の試楽が内裏で行われた時に、陵王（＝龍王）を舞った十歳の鶴君（頼通）に天皇から御衣が下賜されたのに対し、父左大臣道長は感に堪えず、「庭上において天長地久の由を唱へ、拝舞」（日本紀略、同日条）したのだが、実資はそれを「其體軽々」（小右記、同日条）と非難し、行成は「雖似軽忽、不堪感悦」（権記、同日条）と、「軽忽」としながらも、感悦に堪えなかったのであろうと理会を示している。さらに『権記』に拠れば、道長の拝舞は「天長地久」と唱した上に、「跳而舞」とあり、その過度な狂喜乱舞を指弾しているのかもしれないが、とにかく「軽忽」なのだから、かろがろしいふるまいとの認識があったということなのであろう。

　その二日後の九日が算賀の当日で、一条天皇行幸のもとで行われた。ところが、当日は陵王を舞った嫡妻腹の頼通ではなく、納蘇利を「極めて優妙」（小右記）に舞った次妻腹頼宗の方に、天皇は感嘆されたようで（「天上有令感給之気」）、その舞師に栄爵を与えたのだが、それを道長は「忿怨（怒カ）」したというのである。『小右記』同日条に実資はその事情を次のように記している。

　龍王兄、既愛子、中宮弟、当腹長子、納蘇利外腹子、其愛猶浅、今被賞納蘇利師、仍所忿怨云々、

道長の「忿怨」の理由は、陵王を舞った兄頼通は、中宮彰子と同腹の弟で、嫡妻倫子腹の長男で「既愛子」であるのに対し、納蘇利を舞った九歳の頼宗は「外腹子」、つまり終生通った次妻明子腹であるから、「其愛猶浅」なのだという。すなわち、嫡妻腹の長子との愛情の温度差に由来する「忿怨」であり、当然嫡子への賞讃が優先されるべきだという理屈なのだ。嫡子の舞の披露と、それへの天皇からの下賜は単なる舞への賞讃ではなく、道長にとって権勢の継承をも意味する価値を有していたのであろう。前掲服藤論考は、これに関し、「道長にとって、嫡妻長子と次妻腹男とが同時に天皇や殿上人の前で舞った時、実質的な舞の出来如何ではなく、道長の直接的後継者である嫡妻長子が、権威と栄誉を披露されなければならなかったのである」（一二六頁）と述べる。確かに多く参列する公卿や殿上人の前での栄誉の授与は、その認証の意義を増幅させるには違いないのである。

しかし、一条天皇にしてみれば、元服前の七歳で童殿上を聴されている頼通に対し、今回の試楽で、「王権との人格的主従関係を可視的に表象する」（服藤前掲書、一三一頁）〈御衣の下賜〉によって、その意を充分に尽くしていると判断して、上東門第で行われた東三条院詮子の算賀の当日には、母后詮子が養女格として道長との婚姻を成立させたその明子腹の頼宗への賞讃を表したといえよう。しかも道長に遠慮して間接的にその舞師への栄爵という形で、その祝賀の意を示したのであり、決して〈御衣の下賜〉に及んだのではなかったのだから、道長の「忿怨」を理会し難かったのではなかろうか。

道長の嫡妻腹の子息子女と次妻腹のそれへの愛情の温度差は、子息たちの昇進格差や子女たちの結婚相手の身分格差や邸宅伝領に歴然と現れていったのである（梅村恵子「摂関家の正妻」『日本古代の政治と文化』吉川弘文館、昭和62

〈一九八七〉年。野口孝子「平安貴族社会の邸宅伝領―藤原道長子女の伝領をめぐって―」「古代文化」557、平成17〈二〇〇五〉年6月)。それは因習的な差別として道長に備わっていたと思われる。明子腹の四男能信はそうした因習的差別に反抗的であったのだが、頼宗は概して従順であったようである。

本稿で『小右記』の一場面として採り挙げようとするのは、実資が皇太后彰子の御所であった枇杷殿に見舞いに訪れた長和三〈一〇一四〉年正月二十日条の記事に、その頼宗が登場してくるからである。

皇太后宮日来不予之由人々云々、仍黄昏参入、以二位中将令啓達、被仰自去十三日悩気御坐由、秉燭後罷出。

当該記事は、従来実資が皇太后彰子のもとに訪れ案内を乞う時、特定の女房が取り次ぎ役を果たしていたのに、この長和三〈一〇一四〉年正月二十日以後、その女房が現れなくなった、その理由を特定の女房に関して探るためであった。この二十日はその女房に替わって二位中将頼宗をもって啓上したというのである。

実資は養子の資平の蔵人頭任官のとりなしを彰子に依頼する目的でか、長和二〈一〇一三〉年にはほぼ毎月のように訪れていた。その時には必ず特定の女房が応接したようで、「相逢女房」という表記で示しているのだが、その特定の女房が長和二〈一〇一三〉年五月二十五日条の割注に、「越後守為時女、以此女前々令啓雑事而已」と記されるに及んで、「越後守為時女」つまり、紫式部だったことが知られたのである。すなわち、これらの記事が実資と彰子との取り次ぎ役を果たしていた紫式部の役割に注視される以上に、紫式部の進退や没年にまで及ぶ考証の史料となり得ていたのである。

紫式部の宮仕え引退に関して、今井源衛などは「紫式部の実資との接近が道長の忌諱にふれたため」として、なお清水寺参籠で紫式部と伊勢大輔とが偶然出会って二人して上東門院のために祈ったという『伊勢大輔集』の記事をも参酌して、「式部は、少なくとも長和二年一一月以前おそらくは秋の末から初冬のころに宮廷を退いていたのである」

（初出「晩年の紫式部」「日本文学」昭和40〈一九六五〉年6月。『王朝文学の研究』角川書店、昭和45〈一九七〇〉年。『今井源衛著作集第3巻　紫式部の生涯』笠間書院、平成15〈二〇〇三〉年）としたのである。この『小右記』長和三〈一〇一四〉年正月二十日条の紫式部不在が一つの根拠となって、紫式部は彰子の前から姿を消して宮廷から退いたという推論が導かれていたのである。

ところが、角田文衞が「相逢女房」の表記を伴う『小右記』寛仁三〈一〇一九〉年正月五日条の記事を指摘して、なお「御坐枇杷殿之時、屢参入之事、于今不忘坐之由有仰事也。女房云、彼時参入、当時不参、不似世人、所恥思食也」とある記載で、その「女房」が実資の長和二〈一〇一三〉年当時の頻繁な訪問を回想していることから、紫式部の現役でいる姿にもましてその生存を確認できたのである（初出『紫式部とその時代』角川書店、昭和41〈一九六六〉年。『紫式部伝―その生涯と『源氏物語』―』法蔵館、平成19〈二〇〇七〉年）。この角田論考でさえ紫式部の約五年間に及ぶ長い所在不明と、長和三〈一〇一四〉年正月二十日条の頼宗登場の関連を以下のような理会を示すにとどまっている。

長和三年正月二十日に実資が皇太后の御所に御見舞いに参上した際、頼宗に啓上を依頼したことは、紫式部の在任、退任とは全く関係がないと思う。たまたま紫式部は里に下っていたのかもしれないし、また多数の見舞客の応接のため、頼宗が御所に詰めていたのかもしれない。こうした不確実な事柄に基づいて紫式部の退任を想定するのは、行き過ぎと言うべきであろう。

この寛仁三〈一〇一九〉年の記事から紫式部は短期の里下りではなく、長期の不在を考えるべきであろうし、だからといって、今井源衛の道長の勘気による紫式部追放説が成り立ち難いのは、彰子の信任の厚い紫式部を、いまや雇主とはいえ道長の独断で解雇することは不可能であったはずだからである。これは紛れもない筆者の憶測なのだが、紫式部は敦康親王が具平親王女（頼通正妻隆姫妹）と結婚した長和二〈一〇一三〉年十二月十日（御堂関白記）以後、正室となった具平親王女付きの女房として出向し、将来の后教育を彰子から委ねられていたのではなかったか。寛仁元（一〇一七）年には、敦明親王東宮退位に際し、彰子は猶子敦康親王を次期東宮に推すが、再び父道長に拒否され、失意の親王は、寛仁二（一〇一八）年十二月十七日薨去する（小右記、日本紀略等）。その約五年間、紫式部は敦康親王家に出向し、その任に当たっていた。寛仁三（一〇一九）年正月、再び彰子のもとに戻ってきて、以前と同じく彰子付きの女房として復帰したのだと、愚考しているのだが。

ところで、いま本稿の観点は、このような紫式部の進退や没年ではなく、なにゆえ病気の彰子のもとに異腹の弟頼宗が伺候していたのかということである。もちろん家族の一員として彰子の病状を気遣い控えていたということではあろう。長和三（一〇一四）年正月二十日の前日、つまり十九日には彰子の妹妍子中宮が内裏に参入し、大納言頼通や中納言教通は扈従していたから、たまたま手隙の二位中将頼宗が、日増しに重篤な彰子の看病に付いていたのであろう。ということだとしたら、彰子に寄り添い近侍する頼宗の存在をことさら注視する必要はないのかもしれない。また『小右記』の十七日条の記事には除目に二位中将頼宗が中納言に任ぜられる案を知り、「乱代之極又極也、悲哉」と、実資は悲憤慷慨していて、その数日後に頼宗を介して啓上するというのも苦苦しいことであったろう。実資の意を受けた三条天皇でさえ道長の意向に従わざるを得ない現実に、いまさら彰子を介して資平蔵人頭の運動をして道長の説得工作を試みても徒労なことは、英邁な実資ならば判断できたはずである。二十日の病気見舞いは実資の誠意の現れと見做す他なさそうだ。

たまたま『小右記』に頼宗が登場してくる背景に、ことさらの意味を附会することはないのかもしれないが、既に「大中納言員数多過」である現状に、さらに中納言を一人加える道長の横柄な権勢への憤慨と、長和三（一〇一四）年正月現在、二十二歳の頼宗が位階は二位であっても権中将にすぎないのに対し、正妻腹で十九歳の教通が権中納言であることの二重の文脈透視は、また各々にその意味を考えさせるのと同様だとすれば、頼宗が重篤の彰子に近侍することを注視して、その意味を考えるのも許されよう。

頼宗は伊周女大姫君と結婚していた。その結婚の時期は不明だが、伊周の薨去した寛弘七（一〇一〇）年正月二十九日（権記）以後のことであろう。『栄花物語』（巻八「はつはな」）には次のように記されている。

かの帥殿の大姫君にはただ今の大殿の高松殿腹の三位中将通ひきこえたまふとぞいふと、世に聞えたり。あしからぬことなれど、殿の思し掟てしには違ひたり。中将いみじう色めかしうて、よろづの人ただに過ぐしたまはずなどして、御方々の女房にものたまひ、子をさへ生ませたまひけるに、この御あたりにおはし初めて後は、こよなき御心用ゐなれど、なほをりをりのものの紛れぞ、いと心づきなうおはしける。あはれに心ざしのあるままによろづにあつかひきこえたまへば、仕まつる人もうち泣き、女君も恥づかしきまで思しけり。

（新編全集①四五九頁）

「御方々の女房にものたまひ、子をさへ生ませたまひける」とは頼宗は余程の色好みであったようだが、伊周の娘との結婚でだいぶ落ち着いたらしい。長和三・四（一〇一四・一五）年ごろには、和泉式部の娘小式部内侍を異母弟教通と奪い合うことになるのは周知の事実である。当該記事に続いて彰子が伊周の中の君周子を女房として召し出したということで、娘たちの安易な結婚や宮仕えを戒めた伊周の遺言が破綻してゆくことになる訳である。ただ頼宗のこの結婚が彰子との合議の上とまでは言わないが、中の関白家の人々への配慮は、猶子となった定子所生の敦康親王一人だけを特別扱いしたのではなく、妹の出仕要請なども彰子の腐心の結果だと見做し、道長が上流貴族の娘たちを女房として召し抱える所業とは一線を画す彰子の所為と考えたいのである。のちには定子所生一品宮脩子内親王のもとに伊周女腹の延子を養子として送り出し、彰子所生後朱雀天皇への入内を期すのは、頼宗と彰子の意向との合議とみてまず間違いないであろう。

『小右記』長和三〈一〇一四〉年正月二十日条の記事は、頼宗が異母弟であっても彰子と没交渉ではない事実を確認できるとともに、父道長の意に反する中の関白家の人々への温情は、彰子ひとりの孤独な戦いではなく頼通や頼宗の協力があったればこそといえよう。本稿は「藤原摂関家の家族意識―上東門院彰子の場合―」（『昭和女子大学女性文化研究叢書第九集　女性と家族』御茶の水書房、平成26〈二〇一四〉年2月。本書〈Ⅲ・第二章〉所収）の補足としてあるべき位地にあり、道長と彰子との家族意識の落差を述べた趣旨の参考となろう。併せて読まれたい。

初出一覧

Ⅰ 『源氏物語』宇治十帖の記憶

第一章　宇治十帖の表現位相―作者の時代との交差―　（「学苑」841、平成22〈二〇一〇〉年11月）

第二章　匂宮三帖と宇治十帖―回帰する〈引用〉・継承する〈引用〉―　（「学苑」865、平成24〈二〇一二〉年11月）

第三章　宇治十帖の執筆契機―繰り返される意図―（田坂憲二・久下裕利編〈考えるシリーズⅡ〉『知の挑発②源氏物語の方法を考える―史実の回路』武蔵野書院、平成27〈二〇一五〉年）

第四章　夕霧巻と宇治十帖―落葉の宮獲得の要因―　（「学苑」853、平成23〈二〇一一〉年11月）

第五章　夕霧の子息たち―姿を消した蔵人少将―（秋澤亙・袴田光康編〈考えるシリーズ③〉『源氏物語を考える―越境の時空』武蔵野書院、平成23〈二〇一一〉年）

Ⅱ　後期物語の記憶

第一章　後期物語創作の基点―紫式部のメッセージ―（久下裕利編〈考えるシリーズ④〉『源氏以後の物語を考える―継承の構図』武蔵野書院、平成24〈二〇一二〉年）

第二章　挑発する『寝覚』『巣守』の古筆資料―絡み合う物語―（横井孝・久下裕利編〈考えるシリーズⅡ〉『知の挑発①王朝文学の古筆切を考える―残欠の映発』武蔵野書院、平成26〈二〇一四〉年）

第三章　『狭衣物語』の位相―物語と史実と―（秋山虔編『平安文学史論考』武蔵野書院、平成21〈二〇〇九〉年）

第四章　主人公となった「少将」―古本『住吉』の改作は果たして一条朝初期か―（「学苑」771、平成17〈二〇〇五〉年1月）

第五章　物語の事実性・事実の物語性―道雅・定頼恋愛綺譚―（和田律子・久下裕利編〈考えるシリーズⅡ〉『知の挑発③平安後期　頼通文化世界を考える―成熟の行方』武蔵野書院、平成28〈二〇一六〉年）

Ⅲ　道長・頼通時代の記憶

第一章　生き残った『枕草子』―大いなる序章―　（「学苑」773、平成17〈二〇〇五〉年3月）

第二章　藤原摂関家の家族意識―上東門院彰子の場合―　（昭和女子大学女性文化研究所編『昭和女子大学女性文化研究叢書第九集　女性と家族』御茶の水書房、平成26〈二〇一四〉年）

第三章　その後の道綱　（「学苑」783、平成18〈二〇〇六〉年1月）

第四章　大納言道綱女豊子について―『紫式部日記』成立裏面史―　（「学苑」915、平成29〈二〇一七〉年1月）

第五章　『栄花物語』の記憶―三条天皇の時代を中心として―　（山中裕・久下裕利編『栄花物語の新研究―歴史と物語を考える』新典社、平成19〈二〇〇七〉年）

第六章　道長・頼通時代の受領たち―近江守任用―　（「学苑」817、平成20〈二〇〇八〉年11月）

第七章　大宰大弐・権帥について　（「学苑」785、平成18〈二〇〇六〉年3月）

第八章　王朝歌人と陸奥守　（「学苑」891、平成27〈二〇一五〉年1月）

［付載］　頼宗の居る風景―『小右記』の一場面―　（「学苑」879、平成26〈二〇一四〉年1月）

あとがき

『源氏物語の記憶―時代との交差』を上梓するはこびとなった。おそらく単著としては本書が最後となろう。というのも、長年勤務した昭和女子大学を定年退職する人生の区切と重なるからで、ひとしお感慨深いのである。

研究も大学という場に所属していることで円滑にすすんだのであろうし、またこのような研究書を出版する資格もおのずから授かっていたのであろう。しかし、研究業績を積み上げることを義務としたり、また逆に愉悦とすることはなかったし、ましてその所為が何かを得るための目的を前提とすることでもなかったのは確かなことである。

だからこそ人に誇れる文学研究上の遺産となり得ると期待もするが、それは後人の評価に委ねる他ないことは承知してはいるものの、筆者としては自負できる遺産なのである。

ふりかえれば単著の他にも、王朝物語研究会の名を借りて、『論集　源氏物語とその前後1』（新典社、平成2〈一九九〇〉年）以下五冊、『研究講座　源氏物語の視界1〈准拠と引用〉』（新典社、平成6〈一九九四〉年）以下十冊、『論叢　源氏物語1〈本文の様相〉』（新典社、平成11〈一九九九〉年）以下十冊、の企画立案、原稿依頼、編集等に関わり、『狭衣物語の新研究―頼通の時代を考える』（新典社、平成15〈二〇〇三〉年）以下の〈新研究〉シリーズからは編者に個人名を記すことになった。これらは十一冊に及んだが、その中の四冊は私が編者に名を連ねていないが、その場合は編者を決めその方々に委託することになった。

そして、その後出版社を武蔵野書院にかえ、〈考える〉シリーズ①『王朝女流日記を考える―追憶の風景』（平成23〈二〇一一〉年）以下五冊、つづけて〈考える〉シリーズⅡとして知の挑発①『王朝文学の古筆切を考える―残欠の映発』（平成26〈二〇一四〉年）以下三冊をもって〈考える〉シリーズを終了した。また〈考える〉シリーズⅡと併行して〈知の遺産〉シリーズを始め、四冊目の『堤中納言物語の新世界』（平成29〈二〇一七〉年）に至っている。その出版ごとに多大な出費を余儀なくされてきたが、それが苦になるようなことはなかった。

もちろんこれらは当然私ひとりの力で成し得たことではなく、数多くの先生方の賛同、協力を得てのことであって、感謝にたえない。中でも実践女子大学の横井孝は終始一貫して共同歩調をとり得た同志であり、また近時、早稲田大学の福家俊幸や流通経済大学の和田律子などが、打ち合わせてのことではなく、まるで共同論戦をはるかのようにお互いの論考に刺激、触発されて、さらに研究を深めることができるようになったことは何より喜ばしい成果であった。

ただ心残りな点もあって、なかなか研究とそれにともなう執筆、出版活動の終結宣言には至らないというのが、偽らざる現在の心境である。

平成二十九年三月吉日

著者識

著者紹介

久下裕利〈本名・晴康〉（くげ・ひろとし）

1949年5月東京都生

経　歴　早稲田大学大学院博士後期課程満期退学
　　　　昭和女子大学名誉教授

主　著　『平安後期物語の研究』（新典社、1984年）
　　　　『変容する物語』（新典社、1990年）
　　　　『狭衣物語の人物と方法』（新典社、1993年）
　　　　『源氏物語絵巻を読む—物語絵の視界』（笠間書院、1996年）
　　　　『物語の廻廊—『源氏物語』からの挑発』（新典社、2000年）
　　　　『王朝物語文学の研究』（武蔵野書院、2012年）
　　　　『物語絵・歌仙絵を読む』（武蔵野書院、2014年）

源氏物語の記憶—— 時代との交差

2017年5月19日 初版第1刷発行

著　　者：久下裕利
発 行 者：前田智彦
装　　幀：武蔵野書院装幀室
発 行 所：武蔵野書院
　　　　〒101-0054
　　　　東京都千代田区神田錦町3-11 電話03-3291-4859　FAX 03-3291-4839
印　　刷：三美印刷㈱
製　　本：㈲佐久間紙工製本所

ISBN 978-4-8386-0701-3 Printed in Japan